KB262624

이문구 문학의 전통과 근대

이문구 문학의 전통과 근대

구 자 황

도서출판 역락

능력 밖의 길을 걷다보니 무언가 매듭짓는 일에도 미욱하기 짝이 없다. 그럼에도 불구하고 새로운 출발을 위해 이번 책에 욕심을 냈다. 끝이 없겠지만 얼마간의 공부를 한 매듭이나마 짓자는 의미다. 턱없이 부족한 능력을 스스로 위무할 필요도 느꼈다.

이 책은 박사학위논문을 깁고 더한 것이다. 한국소설에서 김유정, 채만식 등의 이채로운 서사전통은 이문구에 이르러 일대 장관을 보여준다고 믿었다. 그러한 서사전통의 맥과 이문구 소설의 주요 시기별 특장을 요령 있게 분석하는 것이 논문의 목표였다. 이 책은 산만하고 지루한 설명을 나름대로 간명하게 다듬었을 뿐 분석의 틀과 요지는 논문과 크게 달라지지 않았다.

분에 넘치는 일이었지만 이문구 전집을 만드는 일에 참여하면서 논문을 되새김질할 기회를 얻었다. 연구합네 하며 어렵사리 쪼개는 데 여념 없었던 이문구 문학을 비로소 크게, 제대로 볼 수 있었다. 때론 소설 속의 인물이 뚜벅뚜벅 걸어 나왔고, 그들과 공감하기도 했다. 가끔은 행간에 숨어있던 작가의 맨얼굴도 볼 수 있었다. 그래서 전집을 만드는 내내 사실은 행복했다. 논문을 쓰면서는 결코 느끼지 못했던 감정이었다. 논문을 수정·보완하기로 하면서 공감의 여지를 애써 넓혀보고자 했던 것도, 사진이며, 부록을 추가하기로 했던 이유도 이 때문이다.

장항선 열차를 타고 상경한 이래 20여 년이 흘렀다. 결코 만만치 않은 시간의 두께다. 그간의 무모한 도전을 받아 준 성균관대학교의 '대성로'와 '금잔디'만이 지난 세월을 말할 수 있으리라.

서사전통에 대한 방대한 이해를 제쳐두고 이문구 문학으로만 집중할 때, 누구보다도 비판과 격려를 동시에 보내준 조건상 선생님께 고개 숙여 감사를 표한다. 나의 고집을 받아주시고 성근 논문을 열과 성으로 감당해주셨다. 윤회 형을 비롯한 성균관대 동학들에게도, 억지 부탁을 들어준 역락출판사의 식구들께도 마음으로부터 고마움을 전해야겠다.

하늘 아래 둘도 없는 나의 아내, 그녀가 없었던들 이 책도 내 아이들도 태어나지 못했을 것이다. 단언컨대 이 책의 절반은 그녀의 몫이다. 나머지 절반은 문학은커녕 변변한 학교에 다니신 적 없지만 아들의 책가방을 채워주신 부모님의 것이다. 매일 거꾸러져도 그들이 있기에 하루하루를 다시 살 수 있었고, 더딘 걸음이지만 뒤도 돌아보지 않고 걸을 수 있었음을 고백한다.

성근 매듭이나마 이렇게 마무리한다고 생각하니 마음 한편이 홀가분해지는 동시에 새로운 짐을 다시 얹게 되는 느낌이다. 애초부터 길이 있었던 것은 아니다. 가다보면 길이 되는 법. 그래서 매듭은 새로운 출발이다. 이문구의 고향이 그의 소설이자 관산(關山)이었던 것처럼, 부족하지만 여기가 내 연구의 관문(關門)이 될 것이다.

2006년 10월 西原齋에서

저자 씀.

차 례

제1부 관촌(冠村) 가는 길

성주산 잿뱅기에 첫 자동차 불만 뜨면 오얏골로 돌아누운 신작로도 새벽길을 벗었고, 이슬밭 터는 송아지 워낭 소리가 굴뚝 모퉁이를 흔들어, 추녀 끝에 깃들였다. 덤불로 쫓겨난 참새 떼 짜그락거리는 게 여간 시끄럽지 않은데, 우물가 매실나무 삭정이 끝에선 덩달아 까치가 수선스레 풍을 쳐, 질동이 이자 엉덩춤이 볼품인 칠칠찮은 계집애들 한눈파는 꼴을, 해장 삼아 읍내 나가 쳐온 인분지게 봇둑에 벗어놓고 물 타던 동네 머슴들은 벙어리로 웃곤 했다. 그리고는 그뿐이었다.

— 소설 「이풍헌」 중에서

이 곳 관촌마을은 윗갈머리(上冠村)와 아랫갈머리(下冠村) 중 아랫갈머리로서 연작소설 「冠村隨筆」의 무대이며 또한 저자 李文求 작가의 출생지이다. 마을 뒷산은 「관촌수필」에 나오는 부엉재이고, 현 농지개량조합이 있는 곳은 왕소나무가 서 있었던 자리이다. 드넓은 농경지로 변한 마을앞 철로 건너편은 潮水가 드나들던 갯벌이었고 아이들의 놀이터가 되었던 소나무숲과 서쪽 언덕 위에 마을 처녀들이 그네를 뛰던 팽나무는 지금까지도 남아 있어 관촌마을의 토속적 향수를 달래주며 지나는 이들의 발길을 머물게 하고 있다.

◀◀ **사진설명** ❶관촌에 세워진 문학비의 전문. ❷『월간문학』 편집장으로 일하던 무렵의 이문구. 온갖 사람들이 드나들던 사무실에서 전화 받고, 이야기 받아주고, 인사해가면서도 끊임없이 무언가를 썼다며, 나중에 알고 보니 그게『관촌수필』이었다고 소설가 김주영은 회고했다. ❸젊은 시절 고향을 찾은 이문구. 그가 바라보는 쪽으로는 개펄과 바다가 있었다. 이문구는 그곳에서 뛰어 놀던 그 때를 '동짓날 밤 별빛같이 아름다운 시절'로 기록하고 있다. ❹고향의 후배 문인들이 만들어준 문학비 앞에선 이문구. 해마다 이문구를 그리워하거나 이문구 문학을 배우러 오는 이들의 발길이 끊이질 않고 있다.

제1장 서 론

1. 문제제기

한국 소설사에서 작가 이문구만큼 이채롭고 독특한 존재도 드물다. 이문구 소설의 독특함은 흔히 그를 한국문단의 희귀한 스타일리스트로 규정하는 데에서부터 비롯된다. 일찍이 김동리는 이문구의 이러한 면모를 누구보다도 먼저 지적한 바 있거니와, 절묘하게 불려 놓고 교묘하게 엮어 가는 이문구의 언어감각은 소설사에서도 흔히 볼 수 있는 것이 아니다.

가령 이문구의 소설을 읽으면서 어떤 이는 염상섭의 질깃한 만연체를 떠올리는가 하면, 또 어떤 이는 판소리 사설을 연상하기도 한다. 혹자는 왁살스런 그의 말참견을 두고 '시골 밭둑의 싱싱한 수풀'에 비유하였던 바, 그의 만연체 문장과 풍부한 어휘구사력, 특히 구술(口述)과 사투리의 묘미를 만끽하게 하는 토착어(土着語) 지향의 담론이야말로 마치 '차돌배기 고기 씹듯이 요리 씹고 조리 굴리는 맛'을 제공한다.

이문구는 근대소설이 표방하고 있는 저자(Author)의 이념에 반하는 작가로도 유별난 점이 있다. 소설로부터 알게 되는 그의 작가적 풍모는 하나의 허구적 세계를 자기의 의지에 따라 지어내고 그 위에 군림하는 창조자의 모습과 다르다. 오히려 이야기를 끌어가는 서술자가 허구적·경험적 세계의 인물(혹은 사건)을 독자에게 전달해주는 이야기꾼의 면모가 강하다. 이것은 화자가 등장인물들의 위에 서있는 권위적 존재가 아니라 관객과 무대의 구별이 없이 스스로를 웃음의 대상에 포함시키곤 하던 전통적인 이야기꾼이나 민중 축제에서의 광대의 위치와도 별반 다르지 않을 정도다. 따라서 그가 즐겨 쓰는 서술양식은 일반적 의미의 근대소설과 달리 '보여주기(묘사)'보다는 '말하기(서술)' 위주로 진행되는 경우가 흔하다.

한편 이문구 소설의 새로움 내지 독특함의 실체는 1970년대 문학과의 관련 속에서도 찾을 수 있다. 물론 한국 소설사가 10년 단위로 구분되고 그에 따라 어떤 획시기적 의미를 지니는 것은 아니다. 또 문학 현상 자체가 그렇게 단속(斷續)적인 것도 아니라는 점은 자명하다. 그럼에도 불구하고 특정한 시대가 단순한 시간단위를 넘어, 그 시대를 규정하는 구조적 '토대'와 그 속을 꿰뚫는 내면적인 '표상', 그리고 그러한 상황에 대한 문학적 응전 '양식'으로 발현되는 것 또한 사실이다.

이러한 맥락에서 볼 때, 1970년대는 근대의 밝음과 어두움이 극단적으로 드러난 시기였다. 이른바 '고도 압축 성장'을 이룬 개발의 시대인 동시에 분단 자본주의의 역기능이 극에 달했던 고통의 시대이기도 하였다. 이는 무엇보다도 유신체제를 정치적 상부구조로 하고 있다는 데에서 극명하게 드러난다. 유신체제는 세 가지의 이데올로기에 의해 지탱되었다. 반공주의, 권위주의, 성장주의가 그것이다. 그런데 이것으로 인한 역기능의 극대화는 필연적으로 광범위한 저항을 불러 일으켰다. 따라서 1970년대 문학은 산업화 및 정치·사회적 모순으로 인한 '소외'와 '불화', 그리고 그러한 현실에 대한 '저항'을 문학적 형성 기반으로 삼고 있다.

이문구 소설 역시 이런 자장(磁場) 안에 있었음은 분명한데, 첨예한 근대의 이중성을 끌어안으면서도 독특한 '소외-불화-저항'의 양상을 구현함으로써 그 자체가 70년대 문학의 역동성과 풍부함을 증명하는 데 기여한다. 즉 이문구는 소외된 농촌의 삶이나 전통과의 불화를 통해 부정적 근대를 끊임없이 환기하고, 이를 소설 형식적 변용과 문체적 저항으로 확대·발전시켰다는 점에서 황석영, 조세희, 최인호 등 소위 70년대 작가군(作家群) 속에서도 뚜렷하게 구별되는 개성을 갖는다.

그러나 무릇 한 작가의 독창성은 개인의 능력과 자질을 넘어 개인을 둘러싸고 있는 시대의 사회·문화적 기반과 밀접하다. 뿐만 아니라 그러한 내적 전통에 제한받지 않을 수 없다. 작품이란 특정한 개인의 산물임에 틀림없지만, 또한 그것은 고립된 개인이 아닌 사회적 개인의 산물이기 때문이다. 이런 의미에서 이문구 소설의 형성기반과 내적 전통을 고찰하는 것은 매우 당연하고, 또 필요한 문제다.

그럼에도 불구하고 이제까지 이문구 문학과 관련하여 한국 소설의 내적 전통과 관련된 연구는 거의 전무한 편이다. 간혹 그의 '문체'를 전통과 관련지어 보는 경우가 있긴 했지만 대개 실증적·합리적 검토를 생략한 채 막연한 추측에 머무는 정도였다. 오히려 그의 문체에 대한 주목은 긍정적이든 부정적이든 간에 그의 소설이 보여주는 근대 소설적 규범에서 모종의 '미달'을 지적하는 근거로 활용되었다.

이것은 오늘날의 한국문예에서 거의 지배적으로 통용되는 이론이자 가장 세련되고 집요한 형태, 소위 텍스트론에 사로잡힌 탓이다. 문제는 한국문학사의 경우 서구 텍스트론과 로고스 중심주의가 무분별하게 복제되고, 이식되는 과정에서 철학적 사유에 바탕이 되는 합리성 자체와는 별도로 그것이 구획한 체계에 해당되지 않는 작품들을 아예 제쳐놓거나 '미달형' 혹은 '변이형'으로 취급해 왔다는 사실이다. 따라서 고전적인 문학론이나 서구의 소설론이 설정하는 기술체계(記述體系) 및 규범에서 본다면 이문구의 소설 및 그와 같은 계열의 작품들은 '통일성을 결여' 하였거나 '그 밖의 작품들'로 취급될 수밖에 없었던 것이다.

최근 학계에서 활발하게 논의된 바 있는 '근대성'과 그에 대한 관심은 우리 시대의 과정과 경험의 총체, 즉 근대에 대한 근본적인 성찰과 반성에서 비롯된 것으로 보인다. 이것은 간단히 말해 우리에게 근대란 무엇이고, 또 그것이 전통과 어떠한 관계를 맺어 왔는가의 물음이기도 하다.

전통은 '우리'와 '타자'를 구분하는 근거이자 원초적 정체성의 매개체다. 그러나 전통은 자연상태의 객관적 실재로 존재하는 것이 아니라 선택적인 해석작업의 결과다. 앤소니 기든스(Anthony Giddens)에 의하면, "전통은 여러 세대에 걸쳐 지속된다는 단순한 사실로부터가 아니라, 현재를 과거에 얽어매는 끈을 확인하기 위해 수행되는 끊임없는 해석작업으로부터 도출된다."[1] 근대성과 전통이 제휴하는 것은 바로 이 해석작업 안에서다. 그러므로 이런 맥락에서 보면 전통이란 철저히 근대적 산물이며, 진정한 근대란 축적된 시간의 작용과 확장된 공간의 영향이 상호작용하는 총체로서 정의할 수 있을 것이다.

따라서 각론을 통해 차츰 검증하겠지만 이문구 소설이 판소리문학으로 대표되는 구술적 서사전통에 기반을 두고 있고, 작품을 형성·전개하는 방식이 플롯의 원리와는 차이가 있으며, 나름의 서사적 구조를 마련함으로써 근대적 변용의 양상을 띤다는 점은 이러한 해석작업의

---

1) 앤소니 기든스 외, 임현진·정일준 옮김, 『성찰적 근대화』, 한울, 1998, 101쪽.

산물이라는 점에서 주목할 필요가 있다.

이문구 소설에 대한 정당한 접근을 위해서는 적어도 두 가지 의미 있는 전제가 필요하다. 우선 어느 소설을 막론하고 그것의 서사전통을 확인하고 이로부터 서사 전략과 구조를 정당히 규명하기 위해서는 텍스트 외적 자료 혹은 주변자료에 의해 보충될 필요가 있다. 그러나 이 것은 어디까지나 텍스트 그 자체를 통해 규명되어져야 할 이유를 넘어서지는 못한다. 그리고 이에 앞서 우리가 유의할 것은 텍스트를 대하는 태도의 문제다. 이문구 소설에 대한 종래의 접근 태도는 그것이 우리 고유의 전통에 기반한 것임을 인정한 대다수의 연구조차 실제로 소설을 이해할 때에는 서구적 의미의 '텍스트'로서 이해하고 해석하려 했을 뿐이다. 이러한 태도는 이문구 소설을 살아있는 동적 구조체(動的構造體)로서 이해하는 것이 아니라, 고유의 유기적 생명을 말살·해체시켜 하나의 죽은 화석으로 그 시체를 해부하는 일에 비유할 수 있다.

다음으로, 이문구 소설에 대한 정당한 접근을 위해서는 한국 근대소설에 켜켜이 쌓인 서사전통, 즉 구술적 서사전통에 대한 재인식과 오해를 불식시키는 것이 필요하다. 왜냐하면 의사소통이나 사고하는 데 있어 구술에 입각한 세계(oral universe) 또는 '구술성(口述性, orality)'은 일반적으로 생각하는 것과 달리 문자에 입각한 세계(literal universe) 또는 '문자성(記述性, literacy)'의 한 변종이 아니며, 일정한 '정신구조(mentality)'의 차이까지 드러내기 때문이다. 즉 구술의 양식에 뿌리박은 사고방식이나 표현방식과 문자양식에 매개된 그런 방식들과의 사이에는 뚜렷한 차이가 있기 때문이다.[2]

---

2) 월터 J. 옹, 이기우·임명진 옮김, 『구술문화와 문자문화』, 문예출판사, 1995, 13~21쪽. 본고가 사용하는 개념 가운데 '구술성'은 구두 발화의 역동적 측면을 보아내는 데 가장 유용한 시각을 제공하는 용어로서, "표현수단의 여부에 관계없이 일단 말이

말과 글의 차이는 무엇인가? 말은 그것이 궁극적으로 추상적 체계에 의하여 규정되는 것이라고 하더라도 언어의 테두리 안에서 일어나는 것이 아니다. 말은 사물과 인간의 상호작용이 구성하는 실제적 상황에서 일어나고, 또 이 실제적 상황의 일부를 이룬다. 그렇기 때문에 말의 전달행위는 실제적 상황을 빼 버리면 매우 난해한 것이 되어 버리고 만다. 이에 비해 글은, 물론 이것이 실제적 상황으로부터 완전히 독립하여 존재한다고 할 수는 없다하더라도, 여기로부터 잠깐이라도 떠나는 것을 조건으로 하여 가능해지는 행위다.

무릇 말에 의한 표현의 근저에는 '구술성'이 잠재되어 있다. 말과 글은 언표상으로만 약간의 차이를 지닌, 표현되고 나면 둘 다 비슷해지고 마는 그런 단순한 표현 수단이 아니다. 말과 글은 무엇을 표출하고 어떻게 표현해야 하는지를 사전에 결정하게 한다. 또한 표출하는 도중에도 끊임없이 영향을 끼치며, 표출하고 난 다음에도 그 의의를 사뭇 다르게 전달하는, 심대한 차이와 의미를 지닌 표현 수단인 것이다. 그러므로 말과 글이라는 언어적 껍데기에 주목할 것이 아니라 그 내부의 속성을 인식하고 그것이 문학적 형상화에 어떻게 기여하는지를 곰곰이 따져볼 필요가 있는 것이다.

우리의 경우, 구술적 전통의 총화라 해도 과언이 아닌 판소리문학(판소리 및 판소리계 소설을 포함한)은 고유의 구조와 생명력을 오늘날까지

지니고 있는 심층적 속성 혹은 구두 표현시의 언어 구조, 그리고 구두 발화자의 역동적 심리상태 등을 총합"하는 개념이다.

구비성–기록성이 전승의 측면에 중점을 둔 용어이고, 구어성–문어성이 표현에 중점을 둔 용어라면, 구술성–기술성은 창작과 유통의 측면뿐 아니라 문학의 총체적·문화론적 문제를 포함하려는 것으로서 현상적으로는 표현매체에 따른 구분이긴 해도 그 표현매체의 잠재적인 속성과 그 표현매체를 택할 때의 심리적 정향 및 그에 따른 진술방식을 포괄하는 용어다.

도 이어오고 있다. 따라서 구술성과 기술성의 근본적 차이점을 바탕으로 해서, 의식적으로 고안된 서사가 없는 판소리의 구술성 혹은 구술적 전통이 기록되고 옮겨지는 역동적 과정을 감안해야 할 필요가 있다. 그래서 그것을 수용했던 근대소설 초기의 구술적 서사전통을 확인해야 할 것이다. 그 다음, 궁극적으로는 이문구의 소설이 어떠한 서사적 특성과 방식으로 그러한 전통을 새롭게 변용하는지를 검증하게 된다면 이문구 소설의 성격 규명은 물론 당대적 의미와 소설사적 위상을 가늠할 수 있으리라고 본다. 이것이 본고가 이문구 소설을 대상으로 하고 있음에도 불구하고 서사의 전통과 맥락을 감안하고 그것의 근대적 변용을 주목하게 된 이유다.

이와 같은 이문구 소설과 그 기반이 되는 서사전통의 맥락에 대한 연구가 갖는 미덕은 한국 근대 소설의 통시적 좌표를 이해하는 데 일정한 기여를 할 수 있다는 점이다. 문학의 역사가 말로 하던 문학형태에서 글로 하던 문학형태로 점차 변해왔다는 것은 주지의 사실이다. 물론 글로 하던 문학형태가 등장한 후에도 말로 하던 문학형태의 일부는 자신의 영역을 변질시키지 않고 나름의 구술방식을 계속하여 유지해오기도 했지만, 삶의 양식이 변하고 문학의 소통 방식이 변하는 상황 속에서 거기에 대한 적응력 혹은 응전력을 갖추지 못한 대부분의 구술문학은 소멸되거나 기술문학으로 전환되지 않을 수 없었다. 이렇게 문학사가 구술문학으로부터 기술문학으로 진행되어 왔다고 할 때, 우리는 이 전환의 역동적 과정뿐만 아니라 심층에 잠재되어 있는 의미들에 대해 진지하게 숙고해볼 필요가 있다.3) 이러한 문제의식은 고전문학과 현대문학 사이에 무슨 장강(長江)이 흐르는 것처럼 인식하

---

3) 이 문제에 대한 고전문학계의 진지한 접근과 그 성과는 한국고전문학회가 엮은 『국문학의 구비성과 기록성』(태학사, 1999)에 잘 드러나 있다.

는 풍조나, 그 전환을 표현수단의 변화 정도로만 피상적으로 파악하고 마는 경향에 강한 의문을 제기하는 것이다.

기존의 근대 연구는 물론이거니와 근대소설의 이해에 있어서도 전통과 근대는 상호배제적 범주로 이해되곤 했다. 이러한 틀 안에서 일반적으로 전통은 근대성의 구현 혹은 근대화(modernization)의 추진에 장애가 되는 것으로 인식되었으며, 이 과정의 모순은 예컨대 근대 자체의 모순이나 근대화 이론의 내재적 한계에서 비롯된 것이라기보다는 전통이나 관습의 요인에 의해 쉽게 설명해버리는 경향을 만들어 냈던 것이다. 전통은 일방적인 억압과 지배를 당하는 장(場)으로서 표상되곤 하였던 것이다.

그러나 이러한 통념에도 불구하고 한 사회의 근대성의 형성에서 전통이 이처럼 수동적인 방식으로만 작용하는 경우는 매우 드물다. 전통과 근대는 어떠한 방식으로든 상호작용하면서 한 사회에 특유한 근대성의 내용과 구조를 형성해 가는 것이다. 본고의 주안점은 구술적 서사전통 혹은 구술성이 근대 소설에 여전히 잔존하고 있다는 사실의 확인에 있다기보다는 근대소설이 그것을 새로운 방식으로 기능하게 하면서 재창조하고 새롭게 고안해내는 과정이다. 왜냐하면 전통이란 과거에 존재했었던 것이 변함없이 그대로 전해 내려오는 것이 아니라 바로 우리(사회)가 현재 '그렇게' 존재하게 하는 것이기 때문이다. 이문구의 문학은 한국 근대소설사와 70년대 문학에서 이러한 양상을 이해하는 데 가장 적절한 교재라고 생각된다.

이에 본고의 문제의식은 첫째, 서구적 근대소설이 표방한 합리적 체계화 및 그를 바탕으로 한 문학사적 구도를 재고하고, 둘째, 근대소설에 나타난 구술적 서사전통과 맥락에 대한 실증적 이해를 도모한 뒤, 셋째, 한국 소설의 구술적 서사전통과 변용의 양상이 가장 두드러진 이문구 소설의 성격과 특징을 규명하는 데 있다. 이 과정에서 그의 소설이 갖는 당대적 의미와 소설사적 위상이 드러날 수 있으리라고 본다.

이러한 접근방식과 태도는 서두에서 강조한 바 있듯이 소설은 모든 장르들 중에서 가장 늦게 나타났으면서도 다른 장르들을 '소설화'하는 힘을 갖고 있다는 전제를 바탕에 깔고 있다. 즉 소설이 작가의 주관적 의도나 시대의 일정한 요구를 받아들일 만한 '역동성'을 가지고 있다고 보지 않는 한 이러한 방식과 태도는 성립하기 어려운 것이다.

특히 바흐찐의 소설이론은 언어의 내적 체계나 그 형식의 측면을 중심으로 논의가 전개된다는 면에서 형식주의나 구조주의, 탈구조주의 등과 문제의식을 공유한다. 그러면서도 그러한 그의 문제의식이 언어의 내용적 측면과 형식적 측면에 대한 올바른 인식과 통합됨으로써 언어와 문학언어 양자의 성격이나 그들 사이의 관계에 대한 온전한 이해를 획득하는 데 도움을 준다. 그에게 있어 언어는 결코 추상적인 문법체계나 구조, 중립적인 매체 등으로 이해될 수 있는 성질의 것이 아니다. 그것은 오히려 각기 다양한 세계관을 담지(擔持)하고 있는 다양한 사회적 언어들의 갈등과 대화의 장이다. 이와 같이 언어란 곧 세계관의 동의어이며, 나아가 다양한 세계관들간의 끊임없는 대화와 투쟁의 장으로 인식하는 바흐찐의 이론에 기대어 본고는 입론의 근거를 마련하고자 한다.

2. 연구사 검토 및 연구 방법

이문구는 1965년 단편 「다갈라 불망비(不忘碑)」로 『현대문학』에 초회 추천되고, 이듬해 「백결(百結)」이 추천 완료되면서 문단에 등단하였다.

이후 「몽금포 타령」(1969), 「암소」(1970)를 발표하고, 첫 장편인 『장한몽(長恨夢)』(1970. 12~1971. 9)과 중편 「해벽(海壁)」(1972) 등을 발표하면서 문단의 주목받기 시작하였다. 그러나 이문구가 널리 알려지게 된 것은 『관촌수필(冠村隨筆)』(1972~1977) 연작부터이며, 대표작 『우리동네』(1977~1981)를 통해 70년대 문학에서 의미 있는 자리를 차지하게 되었다. 그 후 장편 『산너머 남촌』(1984)과 『유자소전(兪子小傳)』(1993), 상상적 평전(評傳)이라 할 수 있는 『매월당 김시습』(1992)을 발표한 바 있으며, 말년에는 90년대 이후 변모된 농촌현실과 작가적 성찰을 담은 소설집 『내 몸은 너무 오래 서 있거나 걸어왔다』(2000)를 상재한 바 있다.

이문구 소설에 대한 시기 구분은 좀 더 분명한 기준을 설정하고 세심한 작업이 필요하겠으나 그의 작품 활동이 정점에 달했던 시기를 70년대로 보고, 소설사적 의미 또한 70년대를 중심으로 뚜렷하다고 보았을 때, 대략 다음과 같은 세 시기로 구분함이 타당할 듯싶다.

초기 소설(1965~1972)은 당대 농(어)촌의 현실과 해체과정을 포착한 단편들과 도시체험을 바탕으로 부정적 근대의 양상을 다룬 소설들이 주를 이룬다. '뿌리 뽑힌 사람들'의 삶과 한(恨)을 다룬 『장한몽』은 이 시기의 특징을 집약하는 성과라고 말할 수 있다. 이 시기 소설들은 부정적 근대체험의 양상을 해학과 풍자, 그리고 구체적인 사실주의의 형상화를 통해 드러내고 있다. 그리고 무엇보다도 이문구 소설의 이야기성 수용, 즉 구술적 서사전통이 근대소설의 면모로 수용되는 과정과 그 소설적 실험이 매우 다양하게 진행되고 있다는 점에서 본고의 주목을 요한다.

중기 소설(1972~1981)은 이문구 소설이 비로소 '자기 세계'를 갖기 시작하였을 뿐만 아니라 뚜렷한 성과를 거두었던 시기로, 『관촌수필』과 『우리동네』는 그 정점에 해당된다. 이로부터 이문구의 소설에 대한 핵심을 '산업화 과정에 노출된 사회적·문화적 황폐에 대한 가장 혼신적인 문학적 반응의 하나'로 규정하게 되는 바, 특히 이 두 연작소설이 보여주는 소설 형식적 변용과 의미구현양상은 두 작품의 '관계'와 '대비' 속에서 이문구 소설의 성격과 특징을 이해하는 핵심을 제공한다.

후기 소설(1981~2003)은 80년대 장편 『산너머 남촌』을 비롯하여 90년대를 거쳐 오늘에 이르는 다양한 소설적 경향을 두루 포함한다. 이 시기 작가의 관심은 여전히 8, 90년대 한국 농촌의 현실을 천착하고 있으며, 특유의 문체랄지 서사적 구조에는 커다란 변화가 없으나, 이전에 비해 이야기성은 퇴조하고 고독과 성찰의 시선이 강화되는 양상을 보여주고 있다.

그간 이문구 소설에 대한 연구는 적지 않게 이루어졌다. 비록 본격적인 학위논문의 대상으로 다루어지기는 최근의 일이나 비평적 영역과 개별 작품론을 통해 상당한 연구가 축적되었다. 그러나 많이 이루어졌다고 해서 꼭 연구의 수준이 높거나 연구가 정밀한 것만은 아니다. 물론 그 가운데에는 주목할만한 업적도 있지만, 개론적 해설 수준에 그친 인이힌 글을 빼고 나면 전체적 면무를 다루거나 특히 이문구 소설이 가지고 있는 소설미학의 혁신적 내용이나 소설의 지평을 확대하기 위한 노력과 그 결과들에 대한 연구는 결코 많은 편이 아니다.

지금까지 이문구 소설에 대한 연구는 크게 세 가지 방향에서 이루어졌다. 첫째는 당대적 시의성에 주목한 사회·문화적 관점이다. 이는 주로 이문구가 6, 70년대 한국사회의 당대적 현실, 즉 근대화의 여파로 인한 농촌의 해체와 몰락, 이농과 도시빈민으로의 전화(轉化) 등을 다룬 성과며 한계를 언급한 것들이다. 둘째는 이문구 소설의 핵심을 문체와 기법(만연체와 구어체, 사투리, 나아가 해학과 풍자의 성격에 이르기까지의 문제)에 두고 이를 통해 작품적 공과(功過)를 언급한 것들로, 이는 형식미학적 관점으로 분류할 수 있다. 셋째는 주로 1990년대 이후 이문구 소설에 대한 본격적 고찰을 표방하며 축적된 성과들이다. 이들의 연구방법은 문체론을 심화시키거나 근대성의 차원에서, 혹은 이야기 꾼의 특성이나 이야기성을 주목하는 방향에서 다양하게 진행되었는데, 이러한 방법은 앞의 두 관점을 종합하려는 의도를 포함한 것이었다.

주지하다시피 사회·문화적 관점은 당대적 의미와 그것을 구현해내는 양상을 주목한다. 따라서 대개의 리얼리즘 논자들은 긍정적으로든 부정적으로든 이러한 관점에서 이문구의 소설을 평가하였다. 이 가운데 대표적인 논의로는 백낙청, 김종철(金鍾哲), 김우창의 견해가 주목된다.

백낙청은 이문구에 대해 "실재하는 생활현실의 인식에 굳건히 의지하고 선 작가"라고 하면서, 농어촌에서부터 도시변두리에 이르는 소외 지대 및 그 안의 민중적 삶에 대한 폭넓고 정확한 지식을 높이 평가한 후, 특히 이문구의 소설이 다루는 농촌이 이전의 농촌 작가들이 흔히 다루었던 절대적 빈곤과 정체의 세계가 아니며, 많은 사람들이 향수에 젖는 목가적 풍경과도 멀다는 점을 주목하였다.4)

그러나 작가의 비판정신이 70년대 '눈부신 발전상'을 현혹되지 않는 눈으로 포착하게 하였음에도 불구하고 작품의 효과가 문체에 너무 의존하는 경향에 대해서는 불만을 토로하고 있다. 그는 이문구 특유의 문장에 대해 "때때로 번거로울 정도로 구성이 복잡하고 남모를 단어 들이 많으며 복고적인 가락에 흐르기도 하는 것은 떳떳한 사회의식이 나 역사적 실천으로" 나아가지 못하게 하는 원인이기도 하다고 본다. 또한 초기 소설 이래 꾸준히 추구되어온 해학성과 사건의 해학적 처리는 문제의 핵심을 흐리게 하고, 세태소설에 접근하게 될 위험이 있

---

4) 백낙청, 「민족문학의 현단계」, 『창작과비평』, 1975 봄.

다고 비판하였다.5)

　　김종철(金鍾哲)의 이문구론은 초기 연구 가운데 가장 본격적이고 꼼꼼한 편이다. 그는 『관촌수필』이 보여주는 삶의 방식과 인간 본성, 전인적 인간상(全人的 人間像)은 새삼스레 전통의 가치를 다시 한번 확인시켜주었으나, 그의 노력이 "오늘날의 사회와 전통 사회의 단순한 대조를 넘어서 하나의 사회사적인 기술(記述)이 되지 못"함으로써 '역사적 상상력'의 결여를 나타낸다고 하였다.6) 그가 보기에 당대 사회병리의 원인은 사회적으로 누적된 경험에 기반을 두고 있기 때문에 전통사회 자체의 한계와 가능성을 비판적으로 검토하는 것이 수반되어야 한다는 지적이다. 이러한 맥락에서 그는 좀 더 당대의 현실에 가깝고 왜곡된 근대에 대한 반성을 촉구한 『우리동네』의 가능성에 기대를 걸기도 하였다.

　　김우창은 『우리동네』에서 이문구 소설이 문제 삼고 있는 것이 근대화과정에서 심각하게 흔들리게 된 삶의 질서 전반의 정당성에 대한 것임을 지적한 후, 그가 소설 속에서 도출해 내는 '시정의 변증법', 즉 "사실의 확인─분노와 대결과 투쟁─화해─새로운 주체의 성립"의 과정이 보여주는 역동성에 중요한 의미를 부여하고 있다. 우선 그는 농민문학적 측면에서 이문구 소설의 의미와 성과를 평가하였다. 즉 이문구 소설 속의 농촌과 농민은 복고적 향수의 대상이나 계몽의 대상 혹은 정치 이데올로기의 표현 매개물로서가 아니라 여러 세력이 복합적으로 작용하는 삶의 현장 안에서 다루어지고 있으며, 특히 재래의 농촌과의 대비 및 근대화로 인한 농촌의 왜곡이 예민하게 포착되었다는 점을 들고 있다. 그리하여 그의 소설은 상대적 빈곤 속에서나마 농민

─────────────

5) 백낙청, 「사회비평 이상의 것」, 『창작과비평』, 1979 봄.
6) 金鍾哲, 「사회 변화와 전통적 가치」, 『문학과지성사』, 1978 봄.

이 가지고 있던 건전한 보수성, 그리고 농촌이 지키고 있던 자율적이고 자족적인 생활이 도시로부터 침투해 들어오는 허황된 소비문화에 침윤되어가는 현실을 적나라하게 보고(報告)해준다는 것이다.[7]

이상에서 살펴본 바와 같이 사회·문화적 관점에서의 평가는 사실상 광의의 리얼리즘이 제시하는 준거 하에서 마련되고 있다. 물론 이문구 소설은 대체로 근대의 합리적 본질에 의해 배제된 혹은 해체된 가치들을 주목하고 있으며, 그것의 구체적 실상을 '사회 비평 이상의 것'으로 확장시키고 있다는 점에서 리얼리즘적 면모를 갖는다. 그러나 이러한 평가를 내린 대부분의 연구자들은 이문구 소설의 느슨하고 복고적인 문체와 안이하고 산만한 구성을 공통적으로 지적하고 있다. 그리하여 작가의 체험과 실감을 기반으로 한 사회의식을 주목하면서도, 종국에 이르러서는 진정한 사회의식으로 나아가지 못했다거나 역사적 상상력이 결여되었다는 등의 평가로 리얼리즘의 차원에서 미흡하다는 결론을 내린다. 이때 복고적 세계인식이나 전통으로의 회귀 경향도 문제로 지적된다.

하지만 이러한 방식이야말로 우리가 극복해야 할 이분법적 소설사의 이해, 즉 리얼리즘과 모더니즘의 소설사적 구도에 의거하고 있다는 점에서 문제적이다. 따라서 이러한 구도로는 이문구 소설의 독특함과 그 전통을 이해하는 데 제한적일 뿐만 아니라 그러한 '존재'를 아예 비켜갈 확률이 높다. 실제로 이제까지의 문학사에서는 이문구와 그의 소설을 소재에 따라 부분적으로 다루거나 농민문학의 범위 안에서 다루고 있으며, 그 평가에 있어서도 전근대적 세계 및 복고적 시각을 중심으로 특이한 문체의 개인적 성취라는 점을 들고 있을 뿐이다.[8]

---

7) 김우창, 「근대화 속의 농촌」, 『세계의문학』, 1981 겨울.
8) 이재선은 『현대 한국소설사』(민음사, 1991)에서 이문구의 소설을 소재와 주제별로

다음은, 문체를 중심으로 한 이문구 소설의 형식미학적 접근이다.

김치수가 염무웅의 '농민문학론'에 대한 반론 형식으로 쓴 글9)에는 이문구 소설의 문체에 대한 최초의 본격적 관심을 보이는데, 이러한 관심을 이문구의 작품세계에 나타나고 있는 미학적 범주로 정리한 사람은 김주연이다. 그는 이문구를 60년대 작가의 특징인 '개인의식의 성장'을 보여주지 않는 특이한 존재라고 하면서 그의 진술은 전형적인 이야기꾼을 방불케 한다고 전제한 후, 그의 한계는 과거지향성에서 나오는데 현재의 수락을 거부하고 가치를 잃어버린 느낌을 '―거였다' 혹은 '―것이었다'와 같은 이야기조의 종결어미에 의존하고 있다고 보았다.10)

김주연이 이문구의 초기 소설을 두고 '요설록(饒舌錄)'이니 '요설체(饒舌體)'니 운운한 것은 소설의 실상과 다르거나 현상적 특징을 왜곡한 것으로 보이지는 않는다. 다만 그가 이문구 소설을 요설체로 명명하는 데에는 대상에 대한 부정적 인식과 기준이 깔려있다. 이미 요설체에 대한 비판은 식민지 시대 김남천(金南天)이나 안함광(安含光)에게서도 단편적으로 확인된 바 있고, 천이두11)의 채만식 평가에서 뚜렷하게 드러

분리하여 다루고 있는데, 초기작품은 도시소설의 양상으로, 이후 작품은 농민소설의 작품으로 취급하였으며, 경우에 따라서는 분단소설의 범주에서 다루기도 하였다. 김윤식·정호웅의『한국소설사』(예하, 1993)는 사회변동과 농촌공동체의 해체양상을 주목하며, 이에 대한 근대화비판의 맥락에서 이문구의『관촌수필』과『우리동네』를 언급하고 있다. 그러나 여기에서는 개성적 문체는 문체대로 평가하면서도 그의 소설을 관통하고 있는 농민적 삶과 농민적 심성이 대상을 진단하는 절대적 기준으로 고착되었다는 점을 들어 다양한 관계양상이 탐구되지 못한 한계를 지적하고 있다. 권영민의『한국 현대문학사』(민음사, 1993)에서는 산업화시대의 문학적 범주의 하나로 농민소설과 이문구를 거론하고 있는데, 비록『우리동네』에 한정된 것이긴 하지만 그 당시 유행했던 연작의 형식에서 그의 작품을 다룬 점이 주목된다.

9) 김치수,「농촌소설은 가능한가」,『문학과지성』, 1971 봄.
10) 김주연,「서민생활의 요설록」,『한국문학대전집』, 태극출판사, 1976.
11) 천이두,「현실과 소설」,『창작과비평』 4호, 1966 가을.

났던 것처럼 김주연의 평가 또한 소설의 전통적인 문장은 묘사문이며, 이를 통한 유기적 서사의 성취만이 근대소설의 전범이라는 인식과 기준에 근거하였던 것이다.

한편 김윤식은 이문구 소설이 애상적 전원취미나 추상적 농민상을 거부하고 있다는 점을 인정하고, 특히 이문구에게 있어서는 고향의 의미가 그의 작품의 기조(基調)를 이루는 것으로 보았다. 그런데 그는 이런 고향과 농민상이 작가 이문구에게 있어서 심정적 차원의 맹목적 뜨거움도 냉정한 비판도 아닌 거의 혼(魂)의 문제로 다뤄지고 있음을 주목하면서 동시에 혼이 실체화되는 과정으로서의 형식문제를 중시하고 있다. 그러나 "형식에의 의미 부여가 이문구에게는 지적인 조작이 아니라 거의 본능적인 문체의 힘으로 되어 있"으며 "그것에서 빚어지는 힘이 하도 집요하여 왕왕 방법론의 한계를 망각하는 수가 있을 정도"라는 점도 분명히 하였다.12)

김태현은 이문구의 문체에 대하여 긍정적 평가를 내리고 있는 편이다. 이문구의 『관촌수필』, 『우리동네』, 『산너머 남촌』은 역사적으로 누적된 모순이 복합적으로 얽혀 있는 농촌현실의 변모를 만족할 만큼 조형하지 못했다는 비판이 부분적으로 가능함에도 불구하고, 운문처럼 유장한 가락이 있고, 운치 있는 우리말을 자유자재로 구사하고 있다는 점, 또 그것이 조선후기 평민문학의 장르에서 볼 수 있는 기술적인 독특성이 발견된다는 점에서 의미를 부여하였다.13)

이상에서 보는 바와 같이 형식미학적 관점의 평가는 주로 이문구 소설의 문체에 대한 관심으로 모아진다. 그런데 논자마다의 다양한 평가에도 불구하고 전통적인 맥락은 배제하거나 감안한다고 하더라도

---

12) 김윤식, 「문체의 힘―이문구론」, 『한국현대문학사』, 일지사, 1976.
13) 김태현, 「문체의 윤기와 농촌의 변모」, 『현대소설』, 1990 겨울.

막연한 추측에 머물고 있는 형편이다. 그러나 보다 문제인 것은 문체를 그 자체의 고립적 의미로 접근한다는 점이다.

사실 문체는 개별 작가 혹은 특정한 집단의 언어체를 구별하는 차원이나 순전히 형식적인 차원을 뛰어넘는 것이다. 문체는 '표현적－구성적－가치부여적 특성'으로서, 이 경우 흔히 반복과 변형 가능성을 넘어서는 미학적 현상으로 부각된다. 나아가 장르로서의 소설이 지니는 문체적 특징은 상호의존적이면서도 상대적 자율성을 지닌 단위체들이 서로 결합함으로써 전체로서의 작품이 가지는 보다 높은 차원의 통일성이 창조된다.[14]

그러므로 문체와 언어를 장르(소설)의 문제로부터 분리하는 것이야말로 문체의 개인적이고 공시적인 측면만이 특권적인 연구주제로 군림하고, 그 바탕이 되는 사회적 의미는 무시되기 쉽다. 이 경우 대개의 문체론은 개인적 기예의 문체론으로 스스로를 규정하며, 담론이 작가의 서재 밖에서 즉 도시와 농촌, 사회적 집단이나 세대 및 시대 등의 열린 공간에서 영위하고 있는 사회적인 삶을 간과해버리고 만다. 그러므로 삶을 근본적으로 규정하고 있는 사회적인 양식이나 문체적 전통과 단절된 채 이렇듯 개인적 차원으로, 그것도 장르적 고려 없이 이해된 문체는 필연적으로 평면적이고 추상적인 형태를 띠게 되고, 따라서 문체는 한 작품을 구성하는 여러 의미요소들과의 유기적 연관

---

14) 소설 속에서 연구자는 몇 개의 이질적인 문체상의 단위체(혹은 통일체)와 마주치게 되는데, 이들은 종종 상이한 언어학적 지위를 갖고 있으며, 상이한 문체적 통제에 종속된다. 하나의 전체로서의 소설을 구성하고 있는 문체구성적 단위체의 기본유형은 (1) 작가에 의해 직접적으로 이루어지는 서술과 그 변형들, (2) 일상구어체 서술의 양식화(이야기), (3) 準문학적 문어체의 일상서술의 양식화(편지, 일기 등), (4) 비예술적 문예언어(윤리, 철학, 과학 진술 등), (5) 작중인물의 개성적 발언 등이다. 미하일 바흐찐, 전승희 외 옮김, 『장편소설과 민중언어』, 창작과비평사, 1988, 67～68쪽.

속에서 연구될 수 없게 되고 만다. 특히 이러한 문체론은 소설 속에서만 독특하게 이루어지는, 서로 다른 언어들간의 사회적 대화에 대한 접근방법을 가지고 있지 않다. 결국 이러한 고립적인 문체론에 입각한 소설문체의 분석은 한 편의 소설 전체를 향하는 것이 아니라, 하위의 문체적 단위들 중 어느 하나를 향하게 된다. 그러므로 고립적 문체론은 교향악과 같은 소설의 주제를 피아노로만 치는 것과 같다.

하지만 문체에 대한 긍정적 평가를 하는 경우에도 문제가 아주 없는 것은 아니다. 흔히 이문구에 대한 정평의 하나는 으레 문체를 두고 행해지며, 그의 문체를 두고 판소리와 탈춤의 사설을 잇는 전통적인 풍자와 해학의 문체니, 문학사적 통시성 위에 존재하는 문체니 운운하는 것으로부터 시작하곤 한다. 그러나 이것은 시작과 동시에 끝나는 공허한 지적이기 쉽다.

엄밀히 말해서, 위와 같은 지적이 사실이라고 하더라도 그 자체로 상찬(賞讚)의 근거가 되어야 할 직접적인 이유는 없다. 더 중요한 문제는 그러한 문학사적 통시성 위에 놓여있는 문체와 문장이, 그렇지 않은 문체와 문장과 어떤 차이를 드러내며, 그 차이가 왜 그렇지 않는 경우보다 긍정적인가를 밝혀내는 것이다. 이문구 문장이 100여 년 안팎의 역사를 지닌 번역투 문장이 아니라 우리 민족 전통의 문장이라는 사실 자체가 상찬의 이유가 되는 한, 그것은 우리가 늘 그 속에 빠져들어서 헤어 나오기 힘든, '민족주의의 미학적 등가물'의 한 변주를 확인하는 것에 지나지 않을지도 모른다.

그의 소설적 언어가 '민중의 언어'임을 들어 고평하는 경우도 마찬가지다. 우리가 그의 말을 '민중의 말'이라고 규정한다는 것은 '민중의 언어'라는 일정한 '언어적 정체성'을 전제할 때 가능한 일이다. 그런데 실제 그러한 정체성이 있는가? 중요한 것은 그의 소설에 등장하는 농

민, 혹은 민중들이 구사하는 일상의 언어가 숨길 수 없이 그 민중이
살고 있는 사회의 제도적, 또는 이데올로기적 조건과 물질적 조건의
복합적 형성물임을 확인하는 데 더 큰 의미가 있을 것이다.[15]

어쨌든 오늘날 문체에 대한 연구는 더 이상 주변적인 작업이 아니
고 필수 불가결한 것이 되고 있다. 하지만 스타일리스트로서의 독보적
영역을 구축해 온 이문구의 경우, 더더욱 그의 '말' 혹은 문체로 구현
되는 소설의 사회적 의미와 문체적 전통 및 그에 기반을 둔 구조의 문
제가 결코 분리되어서는 안 될 것이라는 점은 여전히 강조해도 지나
치지 않다.

결국 90년대 이전 초기 연구 자료는 꼼꼼한 작가론이 드물고 개별
작품론의 형태가 대다수를 차지하고 있다. 게다가 내용과 형식이 분리
된 관점을 택하고 있어 적지 않은 한계를 지니고 있다. 이러한 상황에
서 세 번째 관점의 연구는 대개가 본격적인 수준에서 주요 작품을 중
심에 둔 작가론의 형태로 진행되었다는 점에서 고무적이다. 뿐만 아니
라 적어도 내용과 형식을 분리하는 관점은 더 이상 아닌 듯싶은데, 예
를 들어 세계관 혹은 문학관과 문체를 연관 지어 설명한 임우기의 연
구는 이러한 관점의 선구적 시도로 보인다.

임우기는 기존의 '텍스트 위주의 분석담론'과 그러한 분석의 틀에
의해 마련된 한국 소설사를 강력히 비판한 뒤, 그러한 분석의 틀로는
이문구와 같은 작가는 끝내 분석될 수 없거나 본연의 의미는 반감될
뿐이라고 지적한다. 그는 이문구의 가족사 체험은 삶의 고통이 너무도
큰 것이었기 때문에 '객담'[16]이나 '수필'의 형식으로 나올 수밖에 없

---

15) 한수영, 「말을 찾아서」, 『문학동네』, 2000 가을, 46쪽.
16) 임우기에 의하면 이문구 소설에서 객담은 일종의 '환유(換喩)'의 형식이다. 즉 객담
    은 심리적 분열, 단층, 콤플렉스의 변형이고 자리 옮김이라는 해석이다. 그는 언어

는 것이며, 그로부터 나오는 문체는 현실의 대상과 대상을 매개하는 것이 아니라 현실의 정황을 설명함으로써 궁극적으로는 현실과 '교감 (交感)'하는 문체라고 말한다. 또한 농민 소설의 경우도 계급적 관점으로 분석하는 것이야말로 잘못이라고 하면서 통합적 세계관, 생명적 관점에서 그것이 갖는 진보적 의미를 논하고 있다. 임우기의 견해는 한마디로 반(反)합리주의의 옹호와 그로부터 파생된 문체가 갖는 진정성, 그리고 그러한 것의 바탕을 이루는 생명사상(혹은 세계관)의 강조로 요약된다.17)

임우기의 이러한 논의는 결코 작가 이문구에 한정되는 것이 아니라 박경리과 박상륭, 서정인 등 한국문학에 편재(遍在)된 어떤 특성과 광범위하게 맞닥뜨리는 구도를 전제하고 있다. 그러면서도 전통 언어 문법과 소설 언어 문법과의 친화성까지도 염두에 둔, 그야말로 도발적인 시론(試論)임에 틀림없어 보인다. 특히 김승옥과 이문구의 문체를 비교하는 대목 등 몇몇의 부분은 이제까지 볼 수 없던 정밀한 분석을 제공하였다.

그러나 합리주의를 옹호하는 입장에서 쓰여진 글이 지적했던 바대로,18) 그의 문체 분석은 세계관 차원의 논의로 성급하게 일반화되고 있다. 아마도 임우기는 문체가 곧바로 작가의 세계관의 문제라고 이해하는 듯한데, 임우기의 전제, 즉 '문체는 곧 세계관이다'를 수용하더라

학자 로만 야곱슨이 실어증의 유형을 분석한 데서 착안하여 객담의 의미를 추출하고 있는데, 이러한 콤플렉스, 분열, 단층을 마음의 주름이라 한다면, 그 마음의 '주름'이 예술 작품의 '그늘'의 내용을 채우는 것이고, 주름은 심리적 결핍을 벌충하고 보충하려는 욕망과 언어 사이의 길항과 갈등에서 생겨난다는 것이다. 결국 그의 주장은 주름이 욕망과 결핍 사이를, 콤플렉스와 극복의 사이를 정직하게 삶으로써 예술적인 형식으로 승화된 삶의 깊이 자체라는 점을 강조하면서 동시에 객담은 이문구 소설의 중요한 키워드이자 형식이라는 점을 강조하는 것이다.

17) 임우기, 「'매개'의 문법에서 '교감'의 문법으로—소설문체의 비판적 검토」, 『문예중앙』, 1993 여름.
18) 한   기, 「합리주의의 문턱에서」, 『문예중앙』, 1993 가을.

도 그 세계관이 어떤 문체는 어떤 세계관에 반영된다는 식의 결정론적 세계관이라면 문제가 있다. 또 세계관이 잘 조직된 정합적 구조로만 되어 있는 것도 아니다.

예를 들면, 정치적으로는 급진적인 의식(정치적 세계관)을 가지고 있는 사람이, 문화적으로는 완고한 보수주의의 의식(문화적 세계관)을 가지고 있어 각각의 세계관이 충돌할 수도 있으며, 경우에 따라서는 착종된 상태로 하나의 소설세계 안에서 다수의 세계관이 공존할 수도 있는 것이다.

따라서 이문구의 경우만 놓고 보면, 임우기의 시론은 정작 이문구에 와서 두드러진 양상으로 표현될 수밖에 없는 문학적 환경과 문체적 전통의 맥락, 특히 그의 문체를 구성하고 있는 이문구의 중층적(中層的) 세계관의 문제를 감안하지 못하고 있다. 그렇기 때문에 이문구 문체가 상당 부분 구술문화 및 이를 바탕으로 한 이야기 문화의 전통을 수용하였을 가능성 아래서 채만식·김유정 이래의 친화성을 고려하였음에도 불구하고 막연한 추론이나 구조적 유사성을 추측하는 데 그치고 그러한 구조를 관통하는 원리와 특징까지는 나아가지 못했던 것이다.

이런 점에서 보면 송희복과 전정구의 연구는 이문구 소설의 문체 연구에서 매우 주목할 만한 접근을 보여주었음에 틀림없다.

송희복에 의하면 이문구의 문체는 서구로부터 박래(舶來)된, 시각에 의존한 문체가 아니라 문세가 용장(冗長)한 토착적인 문장으로 이루어져 있으며, 소설의 글투가 바로 말투에 진배없다는 점에서 '청감(聽感)의 시학'으로 명명된다. 그는 이문구의 소설을 두고 입에서 입으로 전해진 토착어의 배타적 구조로 이룩된 민중의 서사시로 비유하면서, 그의 문학사적 선배로는, 조선 후기의 광대나 전기수(傳奇叟)가 있었으며, 1930년대에는 염상섭, 채만식, 김유정이 존재했다는 소설사적 계보를

추정해 보였다.[19)

전정구는 송희복이 주목하고 명명한 '청감의 시학'을 구술성의 개념으로 접근한 최초의 연구로 보인다. 그는 이문구 소설이 구술성에 바탕을 두고 있으며, 이를 통해 '한국적 의미의 문장구성과 언어선택'을 복원해낸 것으로 평가한다. 특히 최인훈과의 대비를 통해 그 특징을 미시적으로 분석하였다는 것도 큰 장점이다.[20)

한편 권성우, 하정일의 논의는 근대성 차원에서 이문구 소설을 접근한 경우다. 권성우는『관촌수필』의 91년판 해설을 쓰면서 결국 그의 소설이 지향하는 세계란 반(反)근대적·복고적 세계라고 규정하였다.[21) 그러나 이러한 분석은 이문구 소설에 대한 전형적인 오독의 코스로써 이면적 의미와 심층적 분석이 결여된 것이다. 본론에서 차츰 논하겠지만『관촌수필』의 진정한 의미는 고향상실에서 끝나는 것이 아니라 '고향상실'과 동시에 '고향탐색'이 진행되고 있다는 점이며, 나아가 그것이 고향을 '환기'의 미학으로 되살려낸다는 점을 간과해서는 안 된다.

흔히『관촌수필』을 근거로 이문구의 소설을 농촌공동체에 대한 향수와 '낭만적 근대부정'의 한 양식으로 해석하는 경우가 많다. 물론『관촌수필』과 이문구의 소설 가운데 일부는 기본적으로 농촌공동체에 대한 향수에 기반하고 있다. 그러나 엄밀한 의미에서 그의 소설 속에 드러난 농촌공동체적 질서가 조화로운 이상향으로 소설의 내적 전망을 획득하거나 그러한 전근대적 논리와 공간으로써 자본주의적 합리성을 극복하려 했다고 볼 수는 없다. 따라서『관촌수필』을 포함한 70년대 민족문학이 종종 보여 주던 '전근대적 세계의 낭만적 이상화'라는 한

---

19) 송희복, 「말투의 복원, 청감의 시학」,『이문구 전집 3 : 이 풍진 세상을』, 솔, 1997.
20) 전정구, 「이문구 소설의 문체연구」,『현대문학이론연구』9, 1998. 5.
21) 권성우, 「1991년에 읽은 관촌수필」,『관촌수필』, 문학과지성사, 1991.

계는 시대적 차원에서 해석될 여지가 있다.

　다시 말해서 전통과 근대의 긴장, 특히 이행기의 과도기적 상황에서 근대적 전망을 명확히 하고 시대의 총체성을 형상화하는 데에는 작가의식의 미성숙이라는 주관적 측면과 동시에 중층적 구조의 당대 현실도 고려되어야 한다는 것이다. 이런 맥락에서 볼 때, 『관촌수필』과 같은 소설을 이해하는 데 있어서 '낭만적 근대부정' 혹은 '낭만주의적 편향'을 현실적 문맥 없이 받아들이고 공간과 인물의 비현실성을 들어 곧바로 리얼리즘적 성취를 제약하는 가장 큰 요인으로 설명하려는 방식은 온당치 않다. 오히려 낭만주의에 대한 편협한 인식을 떨치고 나면 영국의 낭만주의가 기여했던 것처럼 적극적 의미부여가 불가능하지도 않을 것이다.

　하정일은 70년대를 '저항의 서사'로 규정하면서 황석영, 조세희와 더불어 이문구를 농촌소설(농민문학) 분야의 탁월한 성과로 평가하고 있으며, 그 근거로 『우리동네』에서 보인 '대안적 공동체의 제시'와 '저항적 주체의 성립'을 들고 있다. 본고는 하정일이 70년대를 결정짓는 좌표로 제시한 '저항의 서사'가 중요한 지표라 보며, 그의 논지에 대해서도 부분적으로는 동의하는 대목이 많다. 어차피 문학사라는 것이 한 시대를 관통하는 정신적 지향을 읽어내고 그로부터 발전과 위계의 문제를 따진다고 했을 때, 하정일의 시도는 그 자체로 의미를 지니는 것이며 문학사적 연속성을 고려한 견해임이 분명하다.

　그러나 하정일의 관점은 풍부한 개별 작가·작품론에 뒷받침되고 있는 형편이 아니라는 점은 차치하고라도, 어딘지 모르게 70년대 소설의 다양한 방법과 성과를 균일하게 재단하려는 연구자의 구도가 생경하게 드러나고 있다. 즉 조세희, 황석영의 대립적 세계인식과 저항의 구도를 통해 리얼리즘과 모더니즘의 성과를 수용한 후, 어느 곳에도

속하기 어려운 이문구의 소설적 성과를 중간에 배치하는 구도가 그것
인데, 이럴 경우 이문구 소설의 풍부한 함의는 연구자의 구도에 의해
개별 작가의 특수성이나 개성이 사상(捨象)되고 말 위험이 있다.22)

　진정석의 이문구론은 그동안 등한시되었던 초기 소설을 주목한 뒤,
이문구의 소설 전반을 관통하는 이야기꾼으로서의 면모를 통해 그가
‘이야기체 소설’이라는 독특한 성과를 보여준다고 보았다.23) 현길언의
이문구론 또한 그의 ‘이야기성’을 주목한 경우다. 이야기성은 널리 알
려진 대로 이문구 소설의 특징으로 거론되곤 하던 것인데, 현길언은
그에 못지않게 이문구 소설에는 ‘서사성’ 또한 갖추고 있음을 역설하
면서 기존의 편견을 불식시키고자 하였다.24)

　진정석의 논의는 이야기의 전통을 발터 벤야민의 이론에 근거를 두
고 이야기꾼의 소멸현상이 산업화와 어떤 연관을 맺고 있으며, 소설과
의 상호관계가 있는지에 대한 이해를 넓혀준다.25) 그러나 이문구에게
보이는 이야기전통의 수용은 벤야민이 말하는 바의 그것과 거리가 있
다. 발터 벤야민의 용어인 ‘선원형’, ‘농부형’ 이야기로 해석하는 것은
별 의미가 없어 보인다. 한편 현길언의 주장은 꼼꼼한 작품분석에 근
거하고 있으며 고전소설과의 연관성에 주목함으로써 본고의 문제의식

---

22) 하정일, 「저항의 서사와 대안적 근대의 모색」, 『1970년대 문학연구』, 소명출판,
　　2000. 하정일의 구도대로라면 이문구의 『관촌수필』은 ‘저항의 서사’로 해석되기
　　참으로 곤란하다. 만일 해석된다고 하더라도 전근대적 세계와 낭만적 근대부정의
　　징후까지는 부정하지 못할 터인데, 그렇다면 그로부터 『우리동네』의 성과, 즉 대
　　안적 공동체의 제시와 유토피아적 충동의 세계로 비약되는 과정을 어떻게 설명할
　　수 있을지 의문이다.
23) 진정석, 「이야기체 소설의 가능성」, 『1970년대 문학연구』, 예하, 1994.
24) 현길언, 「이야기성과 서사성의 만남」, 『작가연구』 7 · 8호, 1999.
25) 발터 벤야민, 「이야기꾼과 소설가」(『발터 벤야민의 문예이론』, 민음사, 1983) 김종
　　철의 「이야기꾼의 소멸」(『시적 인간과 생태적 인간』, 삼인, 2000) 또한 이와 같은
　　성격의 글이다.

에 시사하는 바가 자못 크다. 하지만 몇몇의 단편소설만을 자의적으로 선택하여 진행된 시론(試論)의 형태이므로 작가론 전체로 확대하기 위해서는 대상을 확대하고 논리적으로 보완될 점이 있다.

최근 성과로는 김윤식의 견해를 주목하지 하지 않을 수 없다. 김윤식의 논문은 본고가 자리한 지점과 대척적인 위치에서, 때론 근원의 문제를 공유하면서 커다란 이정표를 제공해주었다. 때문에 본고의 중간 중간 논의의 핵심적 테제들을 언급할 것이다.[26]

현재 이문구 소설에 대한 관심은 대상과 범위를 확정해 가면서 서서히 학위논문의 형태로도 제출되고 있다. 학위논문으로 다뤄진 연구들은 지금까지 축적된 연구 성과를 정리하는 수준이고 독창적인 방법과 성과로 충분히 이어지지는 못하고 있지만 이문구 소설이 비평의 영역에 한정되지 않고 학술적 대상으로 삼아지고 또 그럴만한 가치가 있음을 시사한다.

이 중에서 조용미의 연구는 이문구 소설에 드러낸 특성들이 "1960, 70년대 근대화 논리의 부정성에 대한 비판이자 적극적 대응 방식이라는 점"을 체계적으로 밝히고 있다. 그는 자본주의적 근대화의 '속도'에 맞서 농촌공동체 삶의 원리를 추구하려는 이문구의 소설이 그 서사의 진행상 매우 느릴 수밖에 없으며, 이 '느림의 미학'은 기본 줄거리 외에 무수한 '객담'과 '삽화'들이 첨가되는 구조와 만연체 문장의 구사를 통해 구현되고 있음을 분석하고 있다.[27]

특히 『장한몽』에 두드러지는 '삽화 첨가식 구성'이 "사람과 사람 사

---

26) 김윤식, 「모란꽃 무늬와 물빛 무늬 ― 전(傳) 형식으로서의 소설 미달 또는 소설 초월의 이문구 문학」, 『한국문학』, 2000 여름.
27) 조용미, 「이문구 소설 연구 ― 1960~70년대 작품을 중심으로」, 연세대 석사학위논문, 1999.

이의, 그리고 그들이 이끌어온 하나의 삶과 또 하나의 삶 사이의 연관성을 강조하고 이를 통해 각각의 삶이 고유한 가치를 발견할 수 있도록 관심의 시선을 최대한 확장하고자 하는 의도와 관련”되어 있다는 분석이라든지 이문구 소설의 구어체를 “언어 공동체의 복원을 통해 생활과 의식의 공동체의 회복을 꿈꾸는 것이며, 말의 ‘지혜’를 통해서 글의 ‘지식’에 대해 대항하는 것”으로 본 해석은 주목할 만하다. 그럼에도 불구하고 이 논문은 이문구 소설에 산재된 특징을 하나의 체계로 설명할 만한 그 어떤 ‘틀’도 고려하고 있지 않다는 점에서 작가론으로서의 한계를 지닌다.

가장 최근의 학위논문으로는 민병인의 것이 주목된다.28) 이 논문은 ‘농경문화 서사와 구술적 문체 분석’이라는 부제에도 불구하고 기본적으로는 ‘생태주의적 관점’이 짙게 깔려있다. 따라서 최근 『녹색평론』을 중심으로 논의되고 있는 환경 혹은 자연친화적 발상이랄지 그에 상응한 미학으로서의 의미를 이문구 소설에 적극적으로 부여하고 있다. 그가 이러한 의식을 농경문화적 세계관으로부터 추론하는 것에는 논리적 무리가 없으며, 특히 그간 소홀히 다루어졌던 초기 소설의 세계를 면밀히 분석한 점은 이 논문의 또 다른 미덕이라 하겠다.

아쉬운 점은 이 모든 논의를 리얼리즘으로 다시 한번 환원시키는 대목이다. 일반적으로 이문구의 소설은 당대 평자들뿐만 아니라 오늘날에까지도 리얼리즘의 기준으로는 다소 인색한 평가를 받고 있는 것이 사실이다. 그의 문학에 대한 문학사적 공과를 논외로 치더라도 리얼리즘이란 기준으로 이문구 문학을 보는 것이 타당하냐 하는 문제에 대해서는 이미 지적한 바 있거니와 그러한 평가에 인색한 대상을 굳

---

28) 민병인, 「이문구 소설 연구 – 농경문화 서사와 구술적 문체 분석」, 중앙대 박사학위 논문, 2000. 12.

이 리얼리즘의 또 다른 '확장' 내지 '승리'로 규정하려는 것은 논리적 설득력이 풍부하게 마련되지 않는 이상 연구자의 의욕을 감당하기는 다소 버거워 보인다.

이상에서 살펴본 바와 같이 이제 이문구 소설은 본격적인 연구로 접어들 시점에 와있다. 이에 본고가 주목한 것은 한국 근대소설의 서사전통에 존재하는 구술성의 영향, 즉 구술성에 기반한 서사전통과 그것이 수용되는 양상 혹은 변용의 원리다. 즉 과거에 존재했던 것으로 고유기능을 상실한 듯한 전통적인 것들이 왜 여전히 근대 소설의 여러 양상으로 두드러지게 출현하고 있는가 라는 질문이 그것이다. 그러나 이것은 단순히 구조적 상동성(相同性)을 발견하고 그 양상을 확인하려는 것에 그쳐서는 아니 될 것이다.

실증적·합리적 검토를 거치지 않은 채 '한국적', '토속적', '우리 것', '전통'이라는 모호한 개념으로 수식하는 태도만으로는 실체를 잡을 수 없다. 오히려 이를 둘러싼 여러 의문을 덮어두거나 왜곡하는 길이 될 수도 있다. 또 이러한 태도는 자칫 서구소설의 전범에 어긋나거나 미달인 항목들을 죄다 장점으로 이해하려는 경향으로 치우치기 쉽다. 이것은 단순하고 이분법적인 구도로서 마치 전통을 극단적으로 옹호하며 신비화하는 태도와 같다. 이렇게 되면 전통은 단절되진 않겠지만 '퇴화'될 가능성이 생긴다.[29]

그러므로 우리는 보다 엄밀한 검증과 분석을 통해 한국 근대소설에 면면히 흐르고 있는 구술적 서사전통과 그것의 미학적 특질을 밝혀야 할 것이다. 그리고 그러한 탐구 속에서 이문구의 소설은 어떻게 발전하고 변모하는지를, 아울러 이문구 소설의 사례를 통해 구술적 서사전

---

29) 조동일, 「전통의 퇴화와 계승의 방향」, 『창작과비평』, 1966 여름 참조.

통에 기반한 한국 소설의 자기갱신이 어떠한 가능성 위에 서 있는지를 물어야 할 것이다.

예비적 고찰에 해당되는 제1부는 이러한 한국 소설의 서사전통과 맥락을 살펴보고자 마련되었다. 이문구의 소설은 소위 '전(傳)' 문학적 형태가 많고 화자의 서술방식이 고전소설, 특히 판소리문학(판소리 및 판소리계 소설을 포함한)에 그 맥락이 닿아 있다. 거창하게 한국 소설의 형성과 기원에 이를 수는 없겠지만 우리 문학사에 존재하는 폭넓은 '이야기 문화'의 전통과 그 맥락에 관한 고찰은 구술적 서사전통에 기반을 둔 이문구 문학을 통시적으로 이해하는 데 도움을 주게 될 것이다.

그러나 한국 소설사를 조금만 주의 깊게 살펴보면, 서구적 의미의 근대소설이 편만(遍滿)한 가운데에서도 단속적으로나마 구술적 서사전통에 기반을 둔 소설의 흐름은 여전히 유지·계승되어 왔음을 알 수 있다. 이는 작가들뿐만 아니라 독자들의 관습적 이해에서 더욱 광범위하게 존재하고 있는 현상이기도 하다.

사실 신소설 이후 우리의 소설은 서구문화의 영향 하에 있었고 작가의식 또한 자의식의 심화와 사회의식의 확대과정을 거치면서 전대(前代) 국문소설이 지니는 당위성은 변질·퇴색하게 되었다. 동시에 서구적인 소설에서 바람직한 전형을 모색하려는 문학 활동으로 인하여 우리 고유양식으로서의 서사문학은 민중으로부터 분리되어 왔다. 그러한 가운데도 일부 작가들에게 의하여 구술적 감각과 서사전통이 제한적으로나마 작품으로 나타나게 되었으니, 대표적인 이들이 바로 채만식과 김유정이다.

그런데 이문구의 소설은 채만식, 김유정 같이 구술적 전통에 기반을 둔 근대소설의 계보를 형성하면서도 그것이 이야기와 이야기꾼이 소멸하는 산업화시대에 등장한다는 점에서 좀더 세심한 주목을 요한다.

따라서 이문구의 체험과 이력을 통해 구술적 전통과의 친화성을 확인해보고 그의 작가의식을 구성하는 주요한 요소들, 즉 그의 문사의식(유교적 세계관), 민중의식(농민적 세계관)간의 길항관계가 이야기꾼으로서의 작가의식에 폭넓게 완충·수용됨으로써 소설적 파탄을 면하고 새롭게 갱신하는 과정 및 원동력을 찾아보고자 한다.

제2부에서는 구술적 서사전통이 이문구 소설로 변용되는 원리 및 특징을 의미 구현 양상을 통해 분석하고자 한다. 여기서 본고가 사용하는 '이야기성'은 이야기하는 방식에 따르는 모든 사항을 포괄하는 서술 기법의 문제를 총칭하는 개념이다. 이는 화자의 선택과 화자와 관련되는 여러 대상과의 거리, 어조와 어투를 포함한다. 따라서 구두 발화의 역동적 측면을 고려할 뿐만 아니라 구술적 전통과 이야기 문화를 수용하는 출발이면서, 동시에 서사적 구조를 감안한 결과로 나타난 소설 미학적 개념이다. 이문구 소설의 서사전통은 이러한 이야기성을 본질적으로, 지속적으로 유지 갱신해내는 근대소설의 한 양상으로 뚜렷한 자리에 있다.

또한 본고는 텍스트와 플롯이 가진 선입견을 배제하고자 '서사적 구조'라는 용어를 사용하되, '제 요소(성격, 행동, 사상)가 결합하여 작품을 형성·전개하는 방식'이라는 뜻으로 쓴다. 이는 문학작품이 어떤 식으로 짜여야 한다는 요구를 배제하는 기술적(記述的) 개념이다. 따라서 이를 바탕으로 사용하는 '서사전통'이라는 개념 역시 상대적 문화론(혹은 문화양식)을 강조하기 위한 용어라기보다는 본질적으로 구술성에 기반을 둔 양식과 그렇지 않은 양식과의 사고 및 언어표현에 초점을 두고 있다. 즉 풍부한 이야기 문화의 배경 속에서 구술성에 기반을 둔 서사전통이 어떠한 구조로 양식화되는지, 특히 근대소설의 틀이나 규범과의 접변(接變) 속에서 드러나는 특징적 양상과 그것의 변용을 주목하고 있다.

한편 제2부에서는 주요 작품의 양상과 원리를 '관계'와 '대비' 속에서 논의할 예정이다. 한 작가의 작품세계는 발전·변모한다. 이는 흔히 작가의식의 발전·변모의 반영일 수도 있다. 그러나 이문구의 작가의식은 대단히 완고한 편이며, 애초의 갈등을 완화해주는 적층성의 간여로 인해 극한 충돌과 대립·갈등으로 확대되지는 않는다. 이것은 작가의 의식이 발전이 없다거나 작품 세계가 다채롭지 못하다는 뜻이라기보다는 뚜렷한 양상과 원리의 발전·변모 속에서도 변하지 않는 것에 대한 천착을 의미한다.

그의 작품세계에서 소설미학적 정점에 올라와 있는 작품은 『관촌수필』과 『우리동네』다. 그런데 이 두 작품은 여러모로 비교될 만한, 그럼으로써 이문구의 작품세계와 그 구조의 특징을 명징하게 보여주면서도 각각의 뚜렷한 특징을 갖고 있다. 따라서 비록 그것이 작가론의 영역 안에서이긴 하지만 '관계'와 '대비'를 고려하기로 한다. 이때 '관계'란 『관촌수필』의 이전과 『우리동네』 이후에 대한 주목이며, 이는 인식론적 혹은 소설미학적 차원의 변모와 과정을 추론하기 위해서다. '대비'란 『관촌수필』과 『우리동네』의 서사적 구조와 변용 및 그 특징의 개개 항목을 정치(精緻)하게 분석함으로써 정점의 문학에 대한 미시적 분석을 도모하려는 것이다.

후기 소설은 이제까지 비평의 영역에서 주로 다루어졌으며, 본격적인 논의는 드물었다. 그럼에도 불구하고 이전 소설과 구분되는 일련의 정조와 서사적 변모양상은 비교적 뚜렷하다. 본고는 이문구의 마지막 소설에 나타난 이 같은 변모양상과 특징까지를 다룰 것이다.

이러한 분석을 토대로 제3부에서는 이문구 소설의 소설사적 위상을 논구하고, 이제까지의 논의를 요약·정리할 것이다.

제2장 이야기, 이야기성, 이야기꾼의 운명

1. 이야기 문화의 전통과 계승

소설은 우리 시대의 대표적 서사문학이다. 일반적으로 근대 이후의 소설을 지칭하는 경우라면, 소설은 자본주의와 시민사회의 형성을 기반으로 한 개인주의의 각성에서 비롯되었다는 것이 정설이다. 그리하여 루카치 이래로 규범화된 서구소설은 "문제적 개인이 본래의 정신적 고향과 삶의 의미를 찾아 길을 나서는 동경과 모험에 가득 찬 자기인식에로의 여정을 형상화하고 있는 형식"으로 받아들여졌다. 즉 근대적 의미의 소설은 '주인공의 자기 확인을 향한 전진적 이야기의 플롯 속에서 가변성과 역동성 속에 있는 근대적인 삶이 풍부한 구체성을 띠고 재현되는 동시에 자체에 내재하는 어떤 형식의 가능성을 드러낸다'는 점을 뚜렷한 특징으로 가진다.[1]

그러나 우리의 경우, 근대소설의 기원과 형성에 관한 문제는 서구의

---

1) 루카치, 반성완 역, 『소설의 이론』, 심설당, 1985.

경우와 달리 미묘한 지점이 있다. 우선 식민지 경험과 그로 인한 파행적 근대가 갖는 특수성 때문이다. 게다가 소설이라는 문학양식을 서구 근대소설의 형태로만 고착시키는 것도 무리가 있다. 왜냐하면 소설이라는 명칭 자체가 동양적 문화 내지 우리의 전통과 밀접한 관련이 있기 때문이다. 따라서 한국 근대소설의 형성은 내적인 계기와 외적 영향을 동시에 고려하여야 한다.2)

예전부터 동양에서는 소설(小說)을 '작은 이야기'란 말로 써왔는데, 대개 부정적 의미로 쓰이긴 했지만 이러한 기록은 여러 문헌에 나타나고 있다.3) 우리나라의 경우, 패관(稗官), 전기수(傳奇叟), 강담사(講談師) 등 이야기꾼의 등장과 더불어 설화적 전통 내지 소설의 유사 개념을 확인해 볼 수 있다.

이야기를 주고받는 행위로만 본다면 그 역사는 옛날부터 지금까지 이어지고 있다. 따라서 단순한 의미의 이야기는 물론이거니와 설화적·허구적 차원의 이야기라 하더라도 이는 실로 오랜 전통을 가진다 할 수 있으며, 그 기록 또한 적지 않은 편이다. 우리나라의 경우 삼국시대 이전부터 전승되어 오던 구전설화의 모습은 확실히 알 길이 없지만, 그 일부가 오늘날까지 전해지고 있어서 당시에 설화가 얼마나

---

2) 구인환, 『소설론』, 삼지원, 1996, 51쪽.
3) 『莊子』外物篇, 夫揚竿累趣渚瀆守鮒鮒 其於得大魚難矣 飾小說以干縣令 其於大達亦遠矣(대체로 작은 낚싯대로 개울에서 붕어 새끼나 지키고 있는 사람들은 큰 고기를 낚기가 어렵다. 이와 같이 小說을 꾸며서 그걸 가지고 縣의 守令의 마음에 들려하는 자는 크게 되기 어렵다).
   『孔子』子張篇, 孔子曰 雖小道 必有可觀 者焉 致遠恐泥是以君子不爲也(小道에는 볼 만한 것이 있기는 하나 원대한 일을 당해 이를 인용하면 통하지 않을 염려가 있다. 그러므로 군자는 이런 것을 하지 않는다).
   『漢書藝文志』, 小說家者流 蓋出於稗官, 街談巷語 道聽塗說者之 所造也(소설가라는 것은 대개 稗官에서 비롯된 것으로 소설이란 길에 떠도는 이야기와 항간에서 들을 수 있는 것으로 만들어진 것이다).

성행했는지는 짐작할 수 있다. 삼국시대 이전 것까지를 전해주는 『신라 수이전(新羅 殊異傳)』, 『삼국유사(三國遺事)』, 『삼국사기(三國史記)』 등의 기록과 고려시대의 『파한집(破閑集)』, 『보한집(補閑集)』 등은 하나의 편린에 불과하며, 조선시대 문인들에 의해 본격적으로 수집(蒐集)되고 기록된 것만 해도 서거정(徐居正)의 『태평한화(太平閑話)』, 성현(成俔)의 『용재총화(庸齋叢話)』, 유몽인(柳夢寅)의 『어우야담(於于野談)』 등 실로 엄청난 양인데, 이것들이야말로 우리 문학의 풍부한 이야기 문화와 전통을 증명하는 자료가 아닐 수 없다.

주지하다시피 조선후기는 매우 역동적인 시기로서 문학적 양상에도 일대 혁명적 변화가 마련된다. 서민들의 세력이 증대되면서 이들의 문화도 다양한 모습으로 형성·전개되었던 것인데, 이 시기 가장 두드러진 특징의 하나는 '이야기 문화'의 발달이다. 이들의 문학은 주로 '구전(口傳)'을 통해 이야기 문화를 적극 수용하는 한편, 그것을 새로운 모습으로 향유하기 시작함으로써 18세기 이후 국문학의 중심적인 위치로까지 부각되었다.

대략 그 양상을 보면, 첫째, 이야기 소재를 다양하게 취택하고 그 영역을 새롭게 확대해 나간다는 점이다. 경우에 따라서는 생활주변의 이야기뿐만 아니라 역사적 사건이나 국가 정치, 나아가 중국의 자료를 수용하는데까지 이르기도 한다. '허구지향적'인 야담과 '사실지향적'인 '전(傳)'의 상호영향관계가 발견되는 것도 이즈음이다.[4]

둘째, 이야기의 향유방식을 새롭게 추구한다는 점이다. 사실 이전까지만 해도 이야기는 특별한 장소나 기교가 필요한 것이 아니며 정해진 이야기꾼도 없었다. 그런데 조선 후기에 이르러 이야기의 구연방식

---

4) 정명기, 「전과 야담의 엇물림(1)―'야담'의 '전'수용 양상을 중심으로」, 『한국어문학』 33집, 1994. 12.

은 이 같은 재래의 형태에서 벗어나기 시작한다. 이야기하는 것을 전문으로 하는 사람이 생겨나게 되고, 그에 따라 이야기의 구연방식이나 구연장소도 새롭게 마련되었다. 이 같은 이야기꾼의 형성은 조선조 숙종 때 전기수(傳奇叟)에 관한 기록에서 찾아볼 수 있다.

이야기하는 늙은이(傳奇叟)

늙은이는 동대문 밖에 살고 있다. 언문소설을 잘 읽었는데, 그가 읽는 것은 「숙향전」, 「소대성전」, 「심청전」, 「설인귀전」 같은 傳奇小說들이었다. 초하룻날에는 첫 번째 다리 밑에 앉아서 읽고, 초이튿날은 두 번째 다리 밑에 앉아서 읽고, 초사흗날은 베오개에서 읽고, 초나흗날은 교동 입구에서 읽고, 초닷새에는 대사동 입구에 앉아서 읽고, 초엿새 날은 종각 앞에 앉아서 읽는다. 이렇게 올라갔다가 다음 초이레부터는 도로 내려온다. 이렇게 올라갔다 내려오고, 내려갔다가 올라가고 하면서 한 달을 마친다. 달이 바뀌면 또 이렇게 하는데, 워낙 책을 잘 읽었기 때문에 청중들이 겹겹이 담을 쌓는다. 그는 읽어나가다가 가장 간절하여 아슬아슬한 대목에 이르면, 문득 입을 다물고 말이 없다. 사람들은 그 다음 대목이 궁금하여 다투어 돈을 던져 준다. 이것을 '돈 거두어 들이는 법'이라 한다.

—「傳奇叟」, 「奇異」, 趙秀三—

위 글은 국문소설(언문소설)이 '귀로 듣는 소설'이었으며, 폭넓은 구연의 가능성과 연관된다는 사실을 알려준다. 이러한 이유는 한문소설이 '글로 읽는 소설'이었고 주로 사대부에 의한 것이었음에 비해, 국문소설은 글(한문)을 모르는 일반 민중과 부녀자들에게 한문소설을 전달하는데 그 목적이 있었기 때문이다.

이후 18, 19세기에 이르러서는 국문소설이 더욱 융성하면서 직업적인 서사문학의 구연자인 '이야기꾼'이 활발하게 활동하였는데, 이들은 역할에 따라 약간씩 다른 명칭인 강독사(講讀師), 강창사(講唱師), 강담사

(講談師)로 불리워졌다.5) 이 같은 명칭은 단순히 이야기를 구연하는 솜씨만 요구되던 이야기꾼에서 종래의 목소리와 말재주에 표정이나 몸짓 등 극적 요소 또는 전문화된 소리까지 가미하게 되면서 철저한 직업의식을 가진 전문가로 발전해 나갔음을 알려준다.

임동철에 의하면, 판소리에 있어서 음악적 요소는 이야기를 효과적으로 표현하기 위해서 이용하는 하나의 서사적 기법에 불과하다. 내용이 슬프면 슬픈 가락을 붙이고, 기쁘면 기쁜 가락을 붙인다. 그는 음악적 성격을 결정하는 요소가 곧 판소리의 서사적 내용이라는 사실을 강조하면서 판소리의 핵심이 '이야기 문화의 계승'에 있음을 주장하고 있다. 다만 후대로 오면서 음악적 요소에 비중이 커져서 음악적 요소가 서사적 요소를 압도해 가는 경향이 있긴 하지만, 판소리의 바탕은 어디까지나 서사성에 있다는 것이다.6)

이와 같은 주장은 판소리의 생성을 둘러싼 논란, 즉 판소리가 소설의 단계를 거쳤든, 아니면 그 단계를 거치지 않았든 간에 이야기에서 나왔다는 점에는 아무런 이견도 제기되지 않았다는 사실에서 뒷받침된다. 다시 말해서, 판소리의 생성에 관한 서로 다른 이론—'판소리 선행설'이나 '소설 선행설'—에서조차 다같이 동의하고 있는 점은 판소리가 이야기를 기본으로 하고 있다는 점이다.

판소리계 소설의 생성과 발전에 관해서는 이미 고전문학계에서 충분한 논의가 있어왔기 때문에, 여기서 논의를 되풀이 할 필요는 없을 것이다. 다만 판소리 및 판소리계 소설을 포함한 '판소리문학'은 다같이 조선후기 '이야기 문화'의 확장과 발전을 이끌었던 중요한 양식으로서, 상호간의 넘나듦과 엇물림, 즉 활발한 장르교섭에도 불구하고

---

5) 임형택, 「18, 19세기 이야기꾼과 소설의 발달」, 『한국학논집』 2, 계명대학, 1975.
6) 임동철, 『판소리와 판소리계 소설 연구』, 민속원 1997, 27~28쪽.

이야기를 바탕으로 하고 있다는 점에서 공통점을 지니는데, 특히 이야기꾼의 등장으로 구연의 가능성이 증대되면서 구연방식 또한 세련되어졌다는 사실만은 정리해 두고자 한다.

옹(Walter J. Ong)은 "숙련된 구연 양식이 기술문학의 스타일을 선행하거나 사전 결정하는 측면이 있"[7]다고 보았는데, '이야기 문화'의 정점에 선 '판소리문학', 특히 판소리계 소설의 구성원리와 미의식은 이를 증명할만한 충분한 근거를 제공하고 있다.

판소리계 소설은 소설의 기법에 있어서 획기적인 변화를 이루어냈다. 즉 비(非)판소리계 소설은 설화적 차원에서의 단조로움과 단순성을 유지하였던 반면, 판소리계 소설의 서사기법은 어휘나 문체의 차원에서 논의할 성질 그 이상의 것을 발전시켰다. 또한 판소리계 소설은 문체나 어휘 및 인물의 다양성을 바탕으로 하면서 구성에 있어서도 다원성을 보이고 있다. 장면의 독자성을 보이는 복합적 구성, 삽입가요를 포함한 삽입요소가 보여주는 복선적 의미망, 그리고 앞뒤가 서로 괴리되고 모순되는 듯하면서도 내면에 흐르는 일관된 작가의식 등은 전체적으로 '삽화적 구조' 아래서 운용되는 특성들이다.

그런데 판소리 혹은 판소리계 소설 특유의 '삽화적 구조', 나아가 '장면의 극대화'는 문자를 수단으로, 더욱이 쓰기에 입각한 서사와 구술문화적인 환경 속에서 출발한 서사의 차이점을 고려하지 않으면 그 특징을 제대로 이해하기가 어렵다. 즉 오늘날 읽고 쓸 줄 아는 인쇄문화 속의 사람들은, 의식적으로 고안된 서사를 그 유명한 '프라이타그(Freytag)의 피라미드(상향 경사가 있고, 거기에 하향 경사가 뒤따르는)'처럼 도형화한 '클라이맥스적 선형 플롯(climactic liner)' 속에서 전형적으로 제

---

7) Walter J. Ong, 「Orality, Literacy, and Medieval Textualization」, NLH 16-1, 1984, p.1
  김현주, 『판소리 담화 분석』, 좋은날, 1998, 228쪽에서 재인용.

작된 것으로 간주한다.[8]

하지만 이처럼 기다란 서사에 대한 엄격한 플롯은 사실상 쓰기와 함께 생겨난 것이며, 기록성 담화의 표현 특징일 뿐만 아니라 근대 이후 정착된 서구 소설의 전제조건이다. 그러므로 이를 곧바로 판소리나 판소리계 소설의 이해에 적용하는 것은 근본적으로 무리한 발상이 아닐 수 없다. 오히려 앞 단락과 다음 단락의 관계가 유기적이고 분석적인 짜임의 방식이 아니라 첨가적이고 집합적인 방식으로 짜여있다는 점에서 판소리계 소설은 구술성에 기초한 담화방식임을 알 수 있다.

구술문화에 입각한 사고와 표현의 구성 요소들은 뿔뿔이 흩어져 있다기보다는 한데 모여서 덩어리가 되는 경향이 있다. 그래야만 외우고 전달하는데 쉽기 때문이다. 구술문화의 특유한 표현이 형용구, 그 밖의 정형구를 많이 갖게 되고 문장이 늘어나는 이유는 이와 관련된 것이다. 문자에 익숙한 문화와 달리 구술문화에서 장황한 말투와 다변은 조리 정연한, 즉 분석적이고 유기적인 사고나 짜임의 방식보다 훨씬 깊고 한층 자연스러운 것이다.

한편 판소리계 소설의 서사적 구조가 분열적이고 앞뒤가 모순되는 듯한 것은 이야기꾼 자신의 갈등하는 시선을 통해, 그 이야기가 처해 있었던 이조후기 사회의 변화기적 분열상을 폭넓게 형상화하였기 때문이기도 하다. 여기에서 하층민의 반양반문화적(反兩班文化的) 성향이 주로 풍자적 골계를 통해 발휘되었다는 점은 이미 상식으로서 이원적 대립 속에서도 풍자는 특히 공격적이며, 공존하는 낡은 문화의 지향을

---

8) 이것 때문에 이 표준화된 선형 플롯은 한 매듭의 묶음과 풀림에 비유되어 왔다. 이와 같은 플롯은 일반적으로 상승하는 행동이 긴장을 쌓으며 최고점에 이르게 되고, 그것은 하나의 인지나 '운명의 역전' 또는 행동의 반전을 야기하는 다른 사건으로 구성된 다음, 대단원 또는 해결이 뒤따른다. 월터 J. 옹, 이기우·임명진 옮김, 『구술문화와 문자문화』, 문예출판사, 1995, 212~213쪽.

파괴하는 새로운 힘이 되었고, 해학은 현실과의 정서적 일치를 이완시키는 독특한 골계미학의 전통을 수립하게 된다.

따라서 이러한 판소리문학의 골계미학적 특징 역시 구술적 성격과 무관하지 않다. 구술문화에 입각한 사고와 표현들은 애초부터 논쟁적 성향이 강하기 때문이다. 구술성이 잔존해 있는 고전 수사학의 전통에서 우리는 '거친 찬사'를 흔히 접할 수 있다. 이것은 고도의 문자문화에서 자란 사람들에게는 착실하지 못하고 공허하며 우스꽝스러울 만큼 허식을 부리는 듯한 인상을 준다. 그러나 선과 악, 덕과 악덕, 악인과 영웅이라는 형식으로 강하게 분극화된 논쟁적인 구술의 세계에서 그러한 찬사는 으레 있는 것이다. 구술문화 속에서 속담이나 수수께끼 혹은 고사성어는 언어로 상대방과 지적인 대결을 하기 위한 것이었다. 따라서 사회적으로 약자인 서민들은 현실의 대립과 갈등을 '말의 갈등'으로 드러내곤 하였던 것이다. 다만 우리나라의 경우, 어느 정도에 이르면 이러한 논쟁 혹은 극적 환상이 단지 이야기일 뿐이라는 '차단'을 통해 일정하게 화해하고 현실과 거리를 둔다는 점이 독특할 뿐이다.9)

그럼에도 불구하고 이러한 관련양상에서 판소리 및 판소리계 소설이 전반적으로 기술문학적인 요소가 강화된다는 것은 틀림없는 사실이다. 예를 들어 문법적인 일탈이 적어진다든가, 시점의 이동 폭이 좁아진다든가, 자신의 서술 전략을 노출시키지 않으려고 하는 등 판소리의 사설(혹은 '敍事體')은 점점 기술성 위주로 나아가고, 이러한 현상은 판소리계 소설이 개작된 형태, 즉 신소설(新小說)에서 그 변화의 징후를 찾아볼 수 있다.

---

9) 서양의 경우 구술문화의 특징적인 사고 과정과 표현에 있어서의 논쟁적인 역동성은 줄곧 서양문화의 발전에 중심이 되었다. 수사학의 기술과 변증법이 발전하고, 토론문화가 정착될 수 있었던 것도 이러한 논쟁적 역동성의 결과가 아닌가 싶다.

결론적으로 말하자면, 조선 후기 '이야기 문화'의 개화는 이야기꾼의 등장과 판소리 및 판소리계 소설의 형성·발달로 이어지면서 우리 문학의 구술적 전통에 있어 중요한 결절점(結節點)을 형성하는 것으로 보인다. 특히 본고의 관심에 비춰볼 때, 조선 후기 판소리문학을 정점으로 하는 서사양식의 발달은 오늘날까지 이어져온 놀라온 생명력뿐 아니라 그 안에서 구술성을 계승·확장시켜온 측면에서 주목되며, 이를 통해 근대 소설의 형성과 밀접한 관련을 지니고 있음을 알 수 있다.

2. 근대소설의 이야기성과 미학적 특징

신소설 이후 한국 소설은 서구문화의 영향 아래 있었고 작가의식 또한 자의식의 심화와 사회의식의 확대과정을 거치면서 전대(前代) 소설―특히 국문소설이나 판소리계 소설 같은―이 지니는 전통과 당위성은 급격히 변질·퇴색하게 되었다. 이러한 현상은 서구적인 소설에서 바람직한 전형을 모색하려는데 직접적인 원인이 있으나 소위 '언문일치운동'과의 관련에서도 일정한 원인을 찾을 수 있다.

언문일치 운동의 명제는 '말하듯이 쓰는 것'이었다. 그러나 실제로 말하듯이 쓰려는 언문일치 운동의 이상이 보다 쉽고 신축성 있는 일상언어로의 지향을 부분적으로 구현하는 한편, 한자어를 포함한 외래어의 도입에 있어 무제한의 개방성향을 드러내어 일상생활에 있어서의 말의 실상과 큰 괴리를 빚어냈다는 사실도 부인할 수 없다. 이 같은 사실은 근대 초기 어문생활의 혼란과 모순을 단적으로 시사해준다. 그런데 문제는 이로 인한 언문일치 운동에 있어서의 말과 글의 편향, 특히 주체의 편향은 일부 특수계층을 제외한 일반 민중에게 자기표현의 길을 제한하도록 만들었다는 점이다. 그 결과 언문일치 운동의 한복판에서 멀리 떨어져 있던, 가령 농민들은 민요와 같은 분야에서나 겨우 자기 목소리를 찾을 수 있었다.

이런 점에서 볼 때, 식민지시대 소월(素月) 시의 성과가 토착어지향에서 비롯되었다는 사실, 즉 그의 시가 민요의 구술적 전통을 계승하고 회화체(會話體)를 변형한 데서 왔다는 점은 시사하는 바가 크다.10)

토착어의 세련된 조직은 시뿐 아니라 언문일치 운동과 함께 자기 성숙을 꾀하였던 근대 산문문학의 기본 충동의 하나이기도 하였다. 작위적인 것에서 벗어나 자연스러움과 직접성을 회복하자는 충동은 결국 생활 속의 자연, 즉 현실에의 충실을 도모하는 계기가 되어 주었고 현실에의 충실은 다시 날카로운 현실감각과 이에 따른 자기 발견의 성취를 가능케 하였다. 이것은 서구적 의미의 기준과 모델에 대한 집착에서 벗어나 우리 고유양식으로서의 서사문학과 구술적 전통에 주의를 기울이는 한편 민중으로부터 유리된 말과 이야기를 복원하고자 하는 흐름으로 이어졌다. 바로 홍명희, 김유정, 채만식 등이 여기에 속한다.

홍명희의 『林巨正』에 나타난 다양한 삽화는 그 자체가 우리 고유의 서사문학적 내용(민담, 설화, 속담)에 해당된다. 특히 이 소설의 삽입구조는 새로운 인물의 등장을 통한 이야기의 지속과 확장이 더 큰 이야기, 즉 임꺽정의 일대기적 구성 하에서 이루어지며 삽입의 구조와 방식도 다양하다.11) 이것은 마치 세헤라자드의 끝나지 않는 이야기의 구조이며, 동시에 구술적 전통의 부가적·첨가적 형태가 서사적 구조로 반영

---

10) 유종호, 「시와 토착어 지향」, 『현실주의 상상력』, 나남, 1981, 171~177쪽.

11) 민담, 설화, 속담의 삽입 방식은 대략 세 가지로 행해진다 (1) 한 인물이야기의 대부분을 차지하는 방식, (2) 인물의 성격창조 등 인물형성에 관여하는 방식, (3) 삽화적인 기능만을 수행하는 방식. 장노현, 「『임꺽정』의 삽입구조 : 끝나지 않는 이야기」, 『정신문화연구』 22권 3호, 1999 참조.

된 것이다.

한편 채만식, 김유정은 앞서 잠깐 살펴본 판소리문학의 구술적 전통이 어떻게 근대소설에 접맥될 수 있었을까? 또 그들이 어떻게 근대소설의 이야기의 형태가 요구하는 시간·행동·의미를 유기적으로 통일·조율함으로써 그 안에서조차 구술적 전통과 그 특성을 나름대로 발휘할 수 있었을까? 하는 의문에 중요한 단서를 제공해준다.

채만식 소설에서는 서술화자가 노골적으로 등장하는 형태가 있는가 하면 소극적으로 개입하는 형태의 괄호 사용이 빈번하다. 또한 같은 말을 중언부언하거나 아예 일상적인 이야기투로 진행되는 대목이 흔하고, 열거와 나열의 리듬감 있는 문장이 적지 않게 발견된다. 이것은 소설의 본질을 독자(혹은 청자)와의 만남이라는 문학행위에서 찾으려한 것이며, 이야기꾼의 존재가 작품 속에 그대로 드러났던 구술적 전통이 폭넓게 수용되고 있음을 알려주는 증거가 된다. 이는 몇몇 소설의 서두만 보아도 확연히 드러난다.

> 북을 치되 잡스러이 치지 말고 똑 이렇게 치럇다. 만리장성 은담 안에 아방궁 높이 짓고 옥새를 드러치며 육국제후를 조회 받듯이 반학천봉 깊은 곳에 잔나비 새끼두고 애정을 못이기어 스러져가는 닷이 치면 <u>내 별별 이상한 고담 하나를 하여보리라.</u>[12]

> 추석을 지나 이윽고 짙어 가는 가을 해가 저물기 쉬운 어느 날 석양. 저 계동(桂洞)의 이름난 장자(長者) 윤직원(尹直員)영감이 마침 어디 출입을 했다가 방금 인력거를 처억 잡숫고 돌아와 마악 댁의 대문 앞에서 내리는 <u>참입니다.</u>[13]

---

12) 「흥보전」, 『국문학연구자료 23 : 활자본소설(4)』, 박이정, 1999, 55쪽(띄어쓰기 및 현대어 표기는 필자).
13) 채만식, 『태평천하』, 『전집 3 : 9』 앞으로 채만식 작품의 인용은 『채만식 전집』(창

　　우리 아저씨 말이지요. <u>아따 저 거시키,</u> 한참 당년에 무엇이냐 그
놈의 것, 사회주의라더냐, 막걸리라더냐 그걸 하다 징역 살고 나와서
폐병으로 시방 앓고 누웠는 우리 오촌 고모부 그양반…<u>머 말두 마시
오.</u> 대체 사람이 어쩌면 글쎄…내 원 신세 간데 <u>없지요.</u>[14]

　　채만식의 『태평천하(太平天下)』는 확실히 작가와 독자의 관계라기보
다는 화자와 청자와의 관계를 보는 듯하다. 여기에서 돋보이는 '―이
지요', '―입니다', '―겠지요' 등의 경어체 어미는 서술화자가 직접
독자에게 이야기를 구술하는 형식인 데다가 시제도 대부분 현재형으
로 처리되고 있어, "내 별별 이상한 고담 하나를 하여보리라"의 판소
리 형태를 직접 떠올리게 하는 장치이다.

　　이에 비해 「치숙(痴叔)」의 '―군요' 내지 '―지요' 같은 종결어미는
같은 경어라도 공경의 뜻을 갖기보다는 오히려 빈정거리는 듯한 어조
가 되어 작품상황과 인물을 조롱하는 느낌을 갖게 하는데, 이는 토속
적인 언어, 욕설, 과장, 비유, 속담과 어울러 작품에 생동감과 함께 골
계적 해학을 맛보게 한다. 즉 직접적으로 서술화자와 청자를 상정하지
는 않으나, 꾸며낸 이야기 대신 바로 곁에 두고 하는 일상적인 대화로
대체하고 그에 걸맞은 어투를 구사함으로써 현실과 허구 사이의 간격
을 좁히는 효과까지 얻고 있는 것이다.

　　이와 같은 양상은 김유정의 소설에서도 쉽게 확인 해 볼 수 있다.

　　원래는 사람이 떡을 먹는다. 이것은 떡이 사람을 먹은 이야기다.
다시 말하면 사람이 즉 떡에게 먹힌 <u>이야기렷다.</u>[15]

작사, 1987)에 의거하며, 전집의 번호와 쪽수만을 표기하기로 한다.
14) 채만식, 「치숙」, 『전집 7 : 261』.
15) 김유정, 「떡」, 『전집 : 67』 앞으로 김유정 작품의 인용은 『원본 김유정 전집』(전신
　　재 편, 한림대학출판부, 1987)에 의거하며, 쪽수만을 표기하기로 한다.

옛날 저 강원도에 있었던 일입니다. 강원도라 하면 산 많고 물이 깨끗한 산골입니다. 말하자면 험하고 끔찍끔찍한 산들이 줄레줄레 어깨를 맞대고, 그 사이로 맑은 샘은 곳곳이 흘러 있어 매우 아름다운 경치를 가진 산골입니다. 장수꼴이라는 조그마한 동리에 늙은 두 양주가 살고 있었습니다.16)

남의 자식을 애써 길러야 뭘 합니까. 그걸 국을 끓입니까, 떡을 합니까. 아무 소용이 없거든요. 혹 기생을 만들며는 나중에 덕좀 볼런지 모르지요. 마는 어는 하가에 그만치 자라고 소리도 배우고 합니까. 그때는 벌써 전에 두 늙은이 땅 속에서 희 백골이 되어 멀건이 누웠을 것입니다. 하고 또 에미딸 에미 닮지 별 수 있겠습니까. 저것 두 필시 낯짝이 즈에미번으로 됐다는 떡일테고 승갈도 마찬가지로 발만 하겠지요.17)

김유정은 문어체에서 흔히 볼 수 없는 '—렀다' 형의 구어체 어미를 통해 판소리의 전통과 이야기꾼의 면모를 두드러지게 나타낸다. 뿐만 아니라 채만식 소설과 비슷한 그의 존대 어투 역시 청자를 가정한 발화이며, 모두에게 친숙한 옛날이야기를 구연하듯이 정감 있는 목소리인 것이다. 아울러 김유정의 작품에서도 시제가 현재형인 것은 물론, 「애기」에서 보는 바와 같이 대화체와 독백체로 현장의 생생함을 잘 살려주고 있다.18)

---

16) 김유정, 「두포전」, 『전집 : 325』.
17) 김유정, 「애기」, 『전집 : 382』.
18) 김유정 문학의 우수성은 일차적으로 이러한 언어—표준어가 아니라 생생한 방언, 문어가 아닌 구어, 구어체라기보다는 구연체라고 해야 할 언어—로부터 비롯된다. 그러나 이제까지 이것은 막연히 '향토적'이라는 용어로만 규정되거나 평가되어 왔다. 전집이 발간된 이래 막연하고 일방적인 규정을 탈피하고 폭넓은 연구가 축적되었는데, 최근에 이르러서는 '전통성과 근대성'의 차원에서 김유정 문학을 재조명한 바 있다. 전신재 편, 『김유정문학의 전통성과 근대성』(한림대학교 아시아문화연구소, 1997) 참조.

채만식과 김유정 소설에 수용된 구술적 전통의 면모는 인물묘사와 골계미의 측면에서도 두드러진다.

말총같은 머리털이 하늘을 가리키고, 됫박이마, 횃눈썹에 움푹눈, 주먹코요, 메주볼, 송곳 턱에 써렛니 드문드문, 입은 큰 궤문 열어 논 듯하고, 혀는 짚신짝 같고, 어깨는 키를 거꾸로 세워 논 듯, 손길은 소댕을 엎어논 듯, 허리는 짚동같고, 배는 폐문 북통만, 엉덩이는 부자집 대문짝, 속옷을 입었기로 거기는 못보아도 입을 보면 짐작하고, 수종다리, 흑각발톱, 신은 침척자가웃이라야 신는구나.[19]

그 차림새 또한 혼란스럽습니다. 옷은 안팎으로 윤이 지르르 흐르는 모시 진솔 것이요, 머리에는 탕건에 받쳐 죽영(竹纓) 달린 통영갓(統營笠)이 날아갈 듯 올라앉았습니다.
발에는 크막하니 솜을 한근씩은 두었음직한 흰 버섯에 운두 새까만 마른 신을 조그맣게 신고, 바른 손에는 은으로 개대가리를 만들어 붙인 화류 개화장이요, 왼손에는 서른네살박이 묵직한 합죽선입니다.
이 풍신이야말로 아까울사, 옛날 세상이었더라면 일도의 방백(一道方伯)일시 분명합니다. 그런 것을 간혹 입이 비뚤어진 친구는 광대로 인식착오를 일으키고, 동경대판의 사탕장수들은 카라멜 대장감으로 침을 삼키니 통탄할 일입니다.[20]

흔히 말하길 게집의 얼골이란 눈의 안경이라 한다. 마는 제 아무리 물커진 눈깔이라도 이 얼골만은 어째볼 도리 없을 게다.
이마가 훌떡 까지고 양미간이 벌면 소견이 탁 티었다지 않냐. 그럼 좋기는 하다마는 아기자기한 맛이 없고 이조로 둥글넓적이 나려온 하관에 멋없이 쑥내민 것이 입이다. 두툼은 하나 건순입술, 말좀 하려면 그리 정하지 못한 운이가 분질없이 뻔찔 드러난다. 설혹 그렇다

---

19) 강한영 교주, 「심청가」, 『신재효 판소리 사설집』, 민중서관, 1971, 215쪽(띄어쓰기 및 현대어 표기는 필자).
20) 채만식, 『태평천하』, 『전집 3 : 10~11』.

치고 한복판에 달린 코나 좀 똑똑이 생겼다면 얼마 나겠다. 첫대 눈
에 띠는 것이 그 코인데, 이렇게 말하면 년의 숭을 보는 것 같지만,
썩 잘보자 해도 먼 산 바라보는 도야지의 코가 자꾸만 생각난다.[21]

　빵덕어멈의 용모를 묘출(描出)한 대목에서 특징적인 것은 완만한 '병
렬식 묘사'[22]다. 이것은 객관적이고 세밀하다기보다 과장적이고 구연
적인 묘사로 진행된 것을 알 수 있는데, 구연자는 특별한 억양구사와
함께 구연과정에서 청각적 감흥을 높임으로써 청중의 자극을 점층적
으로 고조시켜 나아갈 것임을 짐작할 수 있다. 채만식과 김유정은 근
대소설사에서 이런 방식의 묘사를 가장 적극적으로 수용한 것으로 보
인다. 특이한 점은 이런 종류의 묘사, 즉 그로테스크한 이미지의 인물
묘사는 다른 작품에서도 빈번하게 활용된다는 것인데, 대체로 이러한
활용은『태평천하』와「안해」에서 보는 바와 같이 풍자와 해학적 성격
이 강한 작품들에서 더욱 두드러진다는 점이다.
　그런데 본고의 관심에 비춰볼 때, 채만식과 김유정 소설이 갖는 진
정한 미덕은 이와 같은 구술적 전통과 골계미학적 특징을 바탕으로
좀 더 세련된 형태의 서사적 구조를 갖추고 다양한 소설적 실험을 보
여준다는 점에서 찾을 수 있다.
　이와 관련하여 우선 돋보이는 대목은 서술화자의 직간접적인 개입,
즉 메타 서사행위이다.

---

21) 김유정,「안해」,『전집 : 151~152』.
22) 임명진은 판소리의 구술적 특성인 반복(정형구 또는 정형화된 레파토리)과 열거(창
　　조적 변이)를 아우르는 용어를, 이른바 '엮음'으로 부르고 있다(「판소리 사설의 구
　　술성과 전승원리」,『국어국문학』30집, 1995). '병렬식묘사'는 이와 관련된 것이다.
　　그러나 채만식이나 김유정, 나아가 이문구 소설에서는 이 같은 반복과 열거의 양
　　상은 점차 덜하며,(물론 아예 없는 것은 아니다) 이러한 양상은 문체·문장상의 차
　　원보다는 작품의 짜임새나 인물의 성격에서 자주 발견된다.

왼갖 날김생들이 고국을 찾어 환국을 하는 때라 흥보 제비가 나오는듸, 노정기로 나오것다.[23)]

"인력거 쌕이(삯이) 몇푼이당가?"
이 이야기를 쓰고 있는 당자 역시도 전라도 태생이기는 하지만 그 전라도 말이라는 게 좀 경망스럽습니다.[24)]

이렇게 에두르고 휘돌아 멀리 흘러온 물이, 마침내 황해 바다에다가 깨어진 굼이고 무엇이고 탁류째 얼러 죄르르 쏟아버리면서 강은 다하고, 강이 다하는 남쪽 언덕에 대처(大處 : 市街地) 하나가 올라앉았다.
이것이 군산이라는 항구요, 이야기는 예서부터 실마리가 풀린다. 그러나 항구라서 하룻밤 맺은 정을 떼치고 간다는 마도로스의 정담이, 정든 사람을 태우고 멀리 떠나는 배 꽁무니에 물결만 남은 바다를 바라보면서 갈매기로 더불어 운다는 여인네의 그런 슬퍼도 달코롬한 이야기는 못된다.[25)]

아차 쓸데없이 '덕언이 선생님'의 인물소개가 너무 길었습니다. 이제 그러면 잔말은 그만 두고 원줄기 이야기를 하지요.
그런데 '덕언이 선생님'은 이야기를 참 잘 햇습니다. 시방 같으면 서울 와서 방송국의 초빙을 받아 야담 방송 한자리쯤 잘 했을 것입니다.[26)]

때는 한창 바쁠 추수때이다. 농군치고 송이파적 나올 놈은 생겨나도 안엇스리라. 허나 그는 꼭 해야만 할 일이 업섯다.[27)]

꽁보는 금점에 남다른 이력이 잇느니만치 제가 선뜻 맛탓다. 부피

---

23) 「흥보가」, 『판소리 다섯 마당』, 뿌리 깊은 나무, 1982, 136쪽.
24) 채만식, 『태평천하』, 『전집 3 : 11』.
25) 채만식, 『탁류』, 『전집 2 : 8』.
26) 김유정, 「소복 입은 영혼」, 『전집 : 109』.
27) 김유정, 「만무방」, 『전집 : 79』.

를 대중하야 다섯목에다 차례대로 메지메지 논앗든 것이다.
  헌데 이런 우수강스러운 놈이 또잇슬가— [28]

  판소리에서 흔히 보이는 노골적인 서술화자의 개입은 이른바 서사체로부터의 일탈행위로 이는 『흥보가』에서 보는 바와 같이 소리제목이나 소리의 장단을 알려주고, 광대와 고수간의 소통을 통해 소리를 원활히 할 목적으로 활용되었으며, 부수적으로는 판소리의 서술화자가 자신의 서술행위를 피서술자에게 안내하는 역할도 겸하였다.

  그러나 판소리계 소설 및 근대소설로 계승되면서 이러한 양상과 목적은 조금씩 달라진다. 사실 인용문에서 밑줄 친 부분은 소설의 전개에는 별 필요가 없는 부분들이다. 서술화자가 참견하여 나름대로 사건의 진상에 대해 느낀 바를 '희화적 논평(戲畵的 論評)'을 통해 독자에게 보고하는 것이기 때문이다. 그런데 이렇게 서술화자가 개입하여 독자에게 직접 말하는 서술양식은 우선 친근감을 가질 수 있고, 작품 내적 소통에 의해 화자와 청자가 존재한다는 관계에서 구어체 문장을 원활하게 구사할 수 있는 장점이 있다. 그리하여 근대소설에 와서 이것은 판소리의 '아니리' 기능이 그러했던 것처럼 장면과 장면을 접속시켜 주거나 이야기의 속도를 적절히 통어(統御)하고 조정하는 요약·서술의 기능을 대체하게 된다.

  그러나 서술화자의 개입이 무엇보다도 중요한 효율성이 있다면 그것은 한마디로 '미적 거리'의 형성이다. 즉 서술화자의 개입에 의하여 소설을 읽던 독자는 작자의 존재를 뚜렷하게 의식하게 되면서 소설의 세계를 바라보는 일정한 거리를 가지게 되는 것이다. 즉 서술화자의 존재가 많이 드러나면 드러날수록 독자가 느끼는 '이화(異化)'의 정도는 더욱

---

28) 김유정, 「노다지」, 『전집 : 38』.

더 커진다. 서술화자가 자신의 존재를 드러낼수록 이야기의 '간접성'은 증가하여 독자는 사건의 현장에 있다는 환상을 갖기보다는 서술화자에 의하여 전달받고 있다는 느낌을 강하게 느끼게 되는 것이다.29)

옹(Walter J. Ong)은 구술문화에 입각한 사고와 표현의 일반적 특성을 아홉 가지로 요약하면서, 그 하나로 객관적 거리 유지보다는 감정이입적 혹은 참여적 성격이 강하다고 지적한 바 있다. 문자로 쓰는 사람은 쓰기의 작업 과정에서 쓰기의 대상과 그 주체를 쉽게 분리해냄으로써 어느 정도 객관성을 유지하지만, 구술하는 사람은 구술하는 과정에서 구술의 대상과 주체를 쉽게 분리하지 못하거나, 때로는 그 양자를 일체화시킨다는 것이다.30) 이런 의미에서 보면 채만식, 김유정 소설의 서사 일탈 현상은 구술적 서술이 지니고 있는 일반적인 현상의 하나로 간주 될 수 있다.

그런데 판소리계 소설에서 독자가 작품의 세계와 거리를 두고 바라보는 미적 거리는 대개 해학과 풍자를 유발하는 '희극적 거리'이기도 하다. 주지하다시피 비장(悲壯)은 있어야 할 것(당위)과 있는 것(현실) 사이의 괴리에도 불구하고 불가능한 당위를 구하는 데서 생겨나는 것이다. 그런데 골계(滑稽)는 비장한 또는 숭고·우아한 대목에서 이루어진 극적 환상을 '차단'하여 작중현실에 대해 독자(혹은 청자)가 어느 정도의 거리를 유지하게 하는 데 그 본질이 있다. 이처럼 작중 현실을 정상적인 것보다 과장하여 일그러지게 표현함으로써 그 특징을 강조하는 수법이 골계라 할 때, 여기서 독자(혹은 청자)가 느끼는 위화감으로부터 웃음이 유발되는 것이며, '희극적 거리'란 이런 것을 가능하도록 하는 전제이자 장치인 셈이다.

---

29) 신종한, 「한국근대소설의 판소리 서술양식 수용」, 『단국대논문집』 27집, 1993, 15쪽.
30) 월터 J. 옹, 이기우·임명진 옮김, 『구술문화와 문자문화』, 문예출판사, 1995, 74~75쪽.

따라서 서술화자가 개입하여 이야기 해주는 '주석적(註釋的) 소설'이 해학적·반어적 세계를 관찰하는 데에 유용하다는 지적은 이런 점에서 타당하게 들린다. 그리고 이러한 설명으로부터 구술적 전통에 근거한 양식에서 왜 골계미가 흔히 나오게 되는지, 골계미학적 특성이 구술적 전통을 계승한 채만식, 김유정의 근대소설에서도 왜 친화성을 보이는지에 대한 일정한 답을 제공받을 수 있게 된다.

채만식의 『태평천하』는 이상에서 살펴본 구술적 전통의 맥락을 근대소설의 서사에 가장 확실하게 변용(變容)한 사례일 것이다. 『태평천하』의 서술화자는 등장인물들의 위에 서있는 권위적 존재가 아니라 관객과 무대의 구별이 없이 스스로를 웃음의 대상에 포함시킨 민중축제의 광대나 이야기꾼의 위치에 서있다. 즉 『태평천하』의 서술화자는 하층민과 같은 비속한 언어를 사용하다가도 '윤직원'의 판소리나 예술에 대한 지식이 나오는 대목에서는 한문문화에 해당하는 고사성어를 자유자재로 사용하는 것이 마치 이조시대에 이런 양면성을 가졌던 광대나 이야기꾼의 모습과도 거의 다를 바 없다.

소설의 서사적 구조도 독특하다. 이 작품의 사건은 대문 앞, 명창대회장, 싸움과 애욕으로 점철된 안채, 수형 할인하는 사랑채 등의 장면을 중심으로 전개된다. 여기에 과거에 있었던 군더더기 삽화가 많이 열거되어 있고, 또 스토리 진행상의 연쇄성을 무너뜨리지 않는 한도 내에서 15개의 각 장들은 그러한 삽화들의 덩어리 역할을 하고 있다. 이는 마치 판소리 『춘향가』에서 「오리정 이별」, 「옥중가」, 「어사 출두」 등 대목 대목 나뉘어 장면마다 '창―아니리'로 긴장과 이완을 조성하는 것처럼, 각 장마다 긴장과 이완이라는 이중구조로 형성된다. 즉 일률적으로 풍자적인 인물치레나 상황묘사로 정서를 환기시킨 다음 극적인 상황을 설정하여 긴장을 고조시키고 작중현실을 정상적인 것보다 과장하여 일그러지게 표현함으로써 웃음(이완)을 촉발하였던 구조에 상응하는 것이다.

판소리 한 바탕을 짜임의 차원에서 보면, 일면 불필요한 군더더기에 해당되는 삽화가 상당히 끼어 있음을 발견할 수 있다. 이 대목들은 대폭 축소하여도 서사 전개에 하등 지장이 없으며, 오히려 축소나 생략이 상황의 핍진성(逼眞性)을 강화시키는 경우도 있다. 이것은 애초에 판소리가 전체 줄거리의 기승전결이 어떻게 되는가에 예술적 가치를 두기보다는 광대의 창과 너름새, 사설, 고수의 장단과 추임새 등이 함께 어우러져 이루어지는 '이면(裏面)'의 생성에 있었던 것과 관련이 있다.

따라서 판소리는 해당 부분의 '이면'을 생성하기 위해서 그 부분이 전체 사설로부터 어느 정도 독립적으로 짜여 있다. 그리고 이런 부분의 독립성은 적어도 두 가지의 결과를 낳는 것으로 보이는데, 첫째, 한 바탕의 사설 전체가 여러 '부분들의 덩어리'의 집합이 되도록 하는 것과, 둘째 그 부분의 장면이 극대화되는 것이 그것이다. 전자는 판소리를 이른바 '클라이맥스 선형 플롯'보다는 수많은 삽화들의 열거인 '삽화식 구조'[31]로 짜이도록 하며, 후자는 그 삽화가 독립적인 극적 특성을 띠도록 한다고 간추릴 수 있는데, 『태평천하』의 구조는 전형적인 삽화식 구조에 해당된다.

채만식의 구술적 전통의 변용과 소설적 실험양상은 같은 1인칭이라 하더라도 그 안에서 다양한 층위를 모색해본달지, 전지적 작가시점의 소설에서 주석적 서술상황과 인물 시각적 서술상황을 혼용하는 등의

---

31) 옹에 의하면, 삽화식 구조가 길다란 내러티브를 상상하고 조직하는 자연스런 방법이었다는 점은 전세계의 문화에 걸쳐 두루 발견된다고 하면서, 긴소설(小說)의 전사(前史)요, 일본판 이야기 문화의 집대성인 겐지모노카타리(『源氏物語』)의 삽화적 요소를 하나의 예로 들고 있다. 옹, 임명진・이기우 옮김, 『구술문화와 문자문화』, 문예출판사, 1995, 216쪽.

형태로 나타나기도 한다.[32] 이상을 종합해 보면, 채만식은 '이야기'보다는 '담론'의 차원에서 판소리를 수용하려고 함으로써 서사양식 내에서 판소리와 소설의 양식적 공통성을 점검한 것으로 보인다. 그리고 그 공통성은 구술성의 일반 성격과 관련지을 때 보다 분명하게 드러나는 것이어서, 그가 소설적 '담론'을 행하는 작가로서 이른바 '강담사'나 '전기수'와 유사한 입장에 서고자 했던 것으로서 파악된다.[33]

한 가지 흥미로운 점은 채만식과 김유정의 경우 전기적(傳記的) 사실에서도 구술적 전통과의 밀접한 양상을 확인할 수 있다는 것이다.

자전적 기록에 의하면, 채만식의 경우 판소리의 본고장인 전라도에서 출생하여 어려서부터 큰형수에게서 많은 역사이야기와 옛날이야기를 들으며 자랐고, 고담(古談)을 좋아해 형이나 손님들을 쫓아다니며 이야기를 졸라댔었다고 한다. 또한 수필 중에 남도가락의 흥취에 젖거나, 판소리 명창 이동백(李東伯) 운운하는 대목을 보면 평소 판소리에 많은 관심을 가졌던 것으로 보인다. 게다가 그가 문학을 하게 된 동기도 '붉은 딱지책'을 통한 『춘향전』, 『심청전』, 『홍길동전』 등의 탐독에 있었다고 하며 '붉은 딱지책'의 은공을 갚기 위해 생전에 최대의 희극소실로 『배비상전』, 최대의 비극소설로 『심청전』, 최대의 역사소설로 『춘향전』을 문학적으로 완성시키겠다는 포부를 가졌다고 한다.

---

32) 국어문학회 편, 『채만식 문학연구』, 평민사, 1997, 38~41쪽.

33) 임명진, 「채만식 소설의 판소리 수용에 관한 연구」, 『한국언어문학』 37, 1996, 19쪽. 이에 비해 김유정 역시 구술적 전통과 '이야기 문화(임형택은 이를 '한국 야담의 전통'이라고 부른바 있다)'에 상당한 관심을 가지고 근대소설로의 변용을 실험하였으나, 이야기의 수용적 측면, 즉 '설화성'이 강화되는 측면으로 활용되곤 한다. 본고의 관심사인 이문구의 경우는 기본적으로 이러한 계보에 위치하면서도 채만식과 같이 담론적 차원의 전통 수용이 강하다고 볼 수 있다. 특히 이러한 면모가 극단적으로 드러나는 『우리동네』야말로 그 정점에 있는 것이라고 할 것이다. 『우리동네』에서 '대화'를 통해 드러난 담론의 성격과 그 궁극적 지향에 대해서는 제1부 3장에서 검토할 것이다.

이러한 그의 포부는 그 후 소설『배비장』, 소설과 희곡으로 된『심봉사』등으로 나타난다. 이렇게 '붉은 딱지책'에 탐닉하여 문학적 동기를 삼았던 그가 이를 통해 판소리계 소설의 문학적 표현과 문체, 나아가 구습(口習)까지 몸에 익혔으리라는 것은 짐작하기 어렵지 않다.

김유정 역시 판소리를 좋아했던 것으로 알려져 있다. 그의 전기적 사실들을 살펴보면 구술적 전통과 익숙한 체험들이 다수 발견된다. 무슨 노래를 좋아하느냐는 설문에 "육자배기 같은 건 자다 들어도 싫지 않습니다"는 응답이나, 2년 연상인 판소리 명창 박녹주를 일방적으로 열애하면서 그의 공연에는 빠짐없이 참석하고 그가 소리하는 방송에 으레 귀를 기울인 것, 한때 그의 고향 춘천 실레마을에서 들병이 및 풍각장이들과 함께 어울려 생활한 체험 등이 그러하다.

이러한 내용을 고려해 볼 때, 판소리를 통해 계승된 구술적 서사전통과 구연방식의 근대소설적 수용은 채만식이나 김유정 문학의 토양이 되고 있음을 알 수 있다. 결국 채만식과 김유정 두 작가는 모두 '글'을 가지고 '말'을 하는 상황을 모방하려고 노력했던 작가들이다. 이들은 마치 앞에 독자가 있어 자신의 이야기를 읽어주는 것처럼 글을 쓰고 있다. 즉 소설의 서술양식을 '말하기'와 '보여주기'의 두 가지 양상으로 구분하여 볼 때 그들의 작품은 대부분의 근대 사실주의 소설들이 지향하는 보여주기의 기법과는 달리 말하기의 서술양식을 즐겨 사용했던 것이다.

3. 산업화시대의 문학과 이야기꾼의 운명

한국의 현대문학에서 한국전쟁은 잃어버린 문학의 시대를 낳았다.

1950년대는 식민지 지배의 급격한 종식과 내전에 뒤이은 독재권력의 전횡으로 혼란과 정체의 시기로 인식되고 있다. 전쟁이 휩쓸고 지난 간 폐허에는 해방 직후에 만끽했던 민족적 감격도, 정치적인 이념과 열정도, 새로운 삶의 의욕도 사라져 버린 것이다. 전쟁과 피난과 수복으로 이어지는 참극 속에서 새로운 민족문학을 꿈꿨던 희망도 사라졌고, 문학 자체에 대한 열정마저도 상실된다. 새로운 민족문학 운동이 그 출발점에서부터 사회적 지반의 결정적인 파괴에 직면함에 따라, 문학은 일시적인 공백상태를 모면할 수 없었던 것이다.[34]

이 같은 1950년대의 혼란과 정체, 그로 말미암은 퇴영적 분위기 속에서 전통에 대한 애정은 느슨하고 이완된 상태로 옮겨간 반면 전통에 대한 식민지적 유산은 그대로 계승되었다. 즉 전통에 대한 강한 반발로 나아가는 추세였는데, 특히 지식인들의 경우, 자신들이 위치한 내재적 전통에 대하여는 거의 외면한 채로, 관념적인 서구의 이미지에 비추어 현실을 비판하거나 또는 그것에 전폭적으로 몰입했다.

하지만 지식인이건, 국가권력의 경우이건(국가에 의한 전통의 날조(Invention)를 일컫는 것임), 이들에게서 서구적 근대와 내재적 전통의 밀접한 상호작용을 통한 근대의 전망을 설정하는 것은 불가능하였다. 서구적 근대가 급속하게 확산되었다고는 하더라도 그것이 한국사회의 구체적 현실을 기반으로 한 것이 아니었기 때문에 피상적일 수밖에 없었고 또 그것이 발생한 원래의 맥락을 떠나 수용되었다는 점에서 형식적이고 천박했다. 이와 동시에 전통은 외래의 요소들을 포함한 현실과의 상호작용을 통하여 새로운 형태로 발전할 가능성을 봉쇄되었기 때문에, 유제(遺制)로서 살아남아 여전히 영향력을 행사하였다. 이리하

---

34) 권영민, 『한국현대문학사 : 1945~1990』, 민음사, 1993, 100쪽.

여 얼핏 보면 모순되는 듯이 보이는 전통의 유제와 서구의 근대는 사실상 한 몸으로 작용하면서, 한국사회의 현실에서 병존하는 구조가 형성되었다.[35]

전후문학의 성격이 전환기적 고비를 맞이하게 되고, 동시에 전통 논의가 새로운 차원으로 촉발된 계기는 4·19로부터 비롯되었다. 단순화를 무릅쓰고 말한다면 우리에게 소위 근대란 합리주의의 역사였다. 4·19는 우리에게 경험된 근대의, 합리주의의 거대한 결절점(結節點)이다. 한국에서 합리성이 지배하기 시작한 것은 멀리 개항기부터 혹은 타율적인 일제 강점기부터 잡을 수 있다. 그러나 한국 사회에서 주체적이고 능동적인 합리성의 지배가 이루어진 시기는 1960년의 4·19부터라고 볼 수 있다. 4·19 이후의 한국문학사 또한 4·19적 패러다임 속에서 새로운 의식과 감성과 이론들이 모이고 조절되기 시작하였으며 이러한 시각이 어느 정도 일반화되었다.

그러나 근대적 역사상의 전개가 합리화의 이면에 폭력적 비합리성을 동반하였듯이 우리의 문학사에서도 근대 이후 합리주의의 역사는 전통과 비합리주의에 대한 문학적 전횡을 가져왔다. 4·19 이후 한국문학의 근대성 기획은 줄곧 진행되었는데, 그 근대성의 기획을 수행하기 위한 '이론적 실천' 가운데 하나가 소위 '전통 단절론'이다.[36] 4·

---

35) 김경일, 「근대적 일상과 전통의 변용 : 1950년대의 경우」, 『한국의 근대성과 전통의 변용』, 한국정신문화연구원, 1999, 152쪽.

36) 따라서 4·19세대를 자임하는 이들이 강조하던 '세대론적 혁명'과 그 이론적 기반으로서의 '전통 단절론'은 50년대 맹아적으로 보였던 기존의 전통논의와 대립될 수밖에 없었다. 1950년대 김성식, 안병무 등에 의해 제기된 전통논의는 서구적인 것에 의해 압도되었던 당대 현실에서 전통에 대한 관심과 아울러 그것의 현재적 계승을 촉구하는 수준이었다. 이들의 논의는 사실상 이례적일 정도로 미비하였고, 근거 또한 상이한 지점에 두고 있었으나 1950년대 말에 가면서 상당한 범위에 걸쳐 확산되어 갔다.
당시 지성계를 대표하였던 『사상계』는 비교적 일찍부터 이 문제에 관심을 표명하

19세대를 자임하는 그들은 자신들의 의식과 감각과 정서를 50년대 문학과 차별화하면서 거기에 새로운 세대의 역사적 의미를 부여하였다.

> 우리는 전통의 발견이나 발굴에 동분서주할 필요는 없다. 또 전통의 '아리바이'를 역설할 필요도 없다. 문제는 몇 세대 후에 사람들에게 우리가 겪은 바와 같은 빈곤의 탄성을 다시는 말하지 않도록 하는 데에 있을 것이다. 이런 의미에서 우리의 과업은 오히려 미래의 수확을 위한 시초 작업을 수행하는 데에 있을지도 모른다. 사실 크게 보아 현금의 우리 작업은 처녀지 개간의 기초 작업일지도 모른다.[37]

그들은 이 '세대론적 혁명'의 성격을 무엇보다도 언어의식에서 구별하려고 했다. 그들은 자신들의 근대적 기획과 합리주의 기준 속에서 과거의 민족언어가 지닌 '불합리성'을 지적하면서, 언어의 '현실 지시성'을 골간으로 하는 한글 문법을 지향하였던 바, 기실 그것은 현실주의와 합리주의의 문법적 지배를 뜻하는 것이었다.[38]

그러므로 이와 같은 언어의식으로는 구술적 전통과 그에 기반을 둔 문학이 예외적이거나 퇴행적으로 비칠 수밖에 없었다. 사투리는 지방주의의 산물로, 토착어와 공동체의식은 향토주의나 인정주의의 산물

였는데, 1950년대 후반기부터 간간이 발표되었던 개별 논문은 논외로 하더라도 '동양의 재발견'(57. 8), '우리 문화의 유산'(58. 11), '민족성의 반성'(59. 8)과 같은 특집들을 기획하여 이 문제를 집중적으로 부각시켜왔다.

특히 이들 기존의 전통논의는 70년대 이후 민족과 민중에 바탕을 둔 전통의 이름으로 전개되었다. 그러나 민족에 바탕을 둔 전통논의는 원래의 의도와는 무관하게 박정희 정권에서 이른바 한국적 민주주의의 대두와 상당한 친연성을 보이는 반면, 민중에 바탕을 둔 전통논의는 민요나 판소리 등과 같은 전통 연회 형식들에 대한 연구와 대학을 중심으로 실제 연행이 부활되면서 변혁지향적인 성격으로까지 이어졌다.

37) 유종호, 「전통의 확립을 위하여」, 『비순수의 선언』, 신구문화사, 1973, 239쪽.
38) 임우기, 「'매개'의 문법에서 '교감'의 문법으로」, 『그늘에 대하여』, 강, 1996, 160쪽.

로 취급되었다. 여기에는 이러한 의식과 동궤(同軌)를 이루는 이른바
'새 것 콤플렉스'의 그림자가 드리워져 있는데, 이쯤 되면 소위 4·19
세대들이 기준으로 삼은 문체나 감수성으로부터 일정한 거리에 놓인
작가작품들, 즉 민족언어나 구술적 전통에 의거한 문체나 감수성이 아
래와 같이 평가받는 이유를 가히 짐작할 수 있다.

> 부분적 풍자, 즉 수법으로서의 풍자의 차원이 아니고 요설적(饒舌
> 的)인 차원의 풍자성일 때 작품에서의 긍정적인 측면은 가려지거나
> 미약해져 드러나지 않는다. ……(중략)…… 『태평천하』를 읽고 나면
> 쓰다만 느낌을 받거나 한바탕의 입담을 들은 듯한 느낌을 갖게 되는
> 이유는 이에 있다. 소설의 정석에서 너무 멀리 벗어났다는 증거이기
> 도 하다. ……(중략)…… 『태평천하』는 요설적 풍자에 함몰되어 허무
> 주의적인 것이 점점 강하게 자리를 잡는다. 고골리적 방법정신이 아
> 닌 요설적 풍자는 모든 것을 입심으로 처리하여 현실을 가려버릴 따
> 름이다.39)

> 유정(裕貞) 문체의 다른 특징은 구어체 문장이 많다는 점에서 취할
> 수 있다. 구어체문장은 필연적으로 토속화된다. 즉 유정의 작품이 대
> 부분 구어체의 토언(土言)으로 조직되었다는 점은 매우 독특한 것이
> 다. 대화체, 독백체의 문장이 많이 나오기 때문이다. 하나는 독물(讀
> 物)로서는 대단히 효과적이다. 그러나 심오한 사상이나 인생의 심층
> 을 해부하여 새로운 현실을 창조하려는 소설문학 당위의 명제 앞에
> 서 유정 문체는 매우 무력해진다.40)

> 흔히 이문구의 소설은 읽기에 좀 힘이 든다는 비판이 있다. 필자
> 역시 부분적으로 동의하는 이 같은 비판 역시 우연한 결과는 아니
> 다. 그것은 이문구의 소설 공식—옛 것, 어리숙한 것은 좋은 것이고,

---

39) 김윤식, 『한국근대문학양식논고』, 아세아문화사, 1990, 15쪽.
40) 정한숙, 「해학의 변이」, 『인문논집』, 고려대학교, 89쪽.

새 것, 날씬한 것은 나쁜 것이라는—이 갖는 최대의 단점 때문에 생
겨나는 부산물과 같은 것으로서, 우선 그것은 그의 과거지향성 때문
에 유발된다.[41]

그러나 토착어 혹은 토속성의 문제만 하더라도 그들의 주장대로 폄
하할만한 요소로 치부될 것인지는 의문이다. 토속(土俗)은 그 지방 특유
의 습관, 풍속을 일컫는 말로서 그 자체로 어떠한 가치평가의 함의가
드러나 있지 않다. 따라서 소위 4·19세대가 '토속' 운운하며 지방주
의나 향토주의의 산물로 취급하려는 것은 기실 그들이 한국문학에서
지양해야 할 요소로 파악한 '샤머니즘'과의 관련성을 부분적으로 확대
한 해석일 뿐이다.

오히려 '토속성을 통한 생동감'이야말로 한국 근대 소설에서 되새겨
질 만한 요소다. 가령 김유정의 단편들에서 토속 소재는 부자와 빈자
의 갈등, 또는 돌파구 없는 의욕의 발광 같은 것으로 두드러졌고, 채
만식의 『태평천하』에서는 사회 풍자가 두드러졌고 하근찬(河瑾燦)의 단
편들에서는 격동하는 역사로부터의 수난이라는 주제가 두드러졌다.
그러면서도 이 토속성들은 모두 중요한 것이었다.

또한 방영웅(方榮雄)에 와서 이 토속성은 '생명과 삶'에 대한 본능적
긍정이 야만스러울 만큼 징그럽게 그려져 있다. 주지하다시피 『분례기』
(1966)의 가장 큰 특징은 토속 생활의 묘사에 있다. 많은 독자들에게
강한 충격을 주었다는 것은 그 토속 소재를 매우 생동감 있게 그렸다
는 의미로 풀이될 수 있으며, 그만큼 한국 토속 생활의 가장 깊은 곳
을 파헤쳐 들어간 셈이 된다.[42]

---

41) 김주연, 『변동사회와 작가』, 문학과지성사, 1979, 139쪽.
42) 구중서, 「방영웅론」, 『분단시대의 문학』, 전예원, 1981, 276~277쪽.

아울러 토착어에 대한 오해도 불식될 필요가 있다. 토착(土着)이란, 대대로 그 땅에 살고 있는 것을 의미하지만, 생물학적 의미를 제외할 때, 그것은 제도·풍습·사상 따위가 뿌리를 내려 그 곳의 성질에 맞게 '동화(同化)'되는 것을 의미한다. 그러므로 특유의 성질을 강조·한정하는 토착은 토속이라는 말보다도 넓게 사용될 수 있다.

문학적 의미에서 보더라도 토착어가 한자어에 비하여 전달효율이 높다는 사실 외에 뛰어난 정서적 호소력을 갖는다는 것은 주지의 사실이다. 더 중요한 것은 감각적·정서적 호소력보다도 사실의 전달에 있어서도 뛰어나다는 점일 것이다.

사실 우리문학에 있어서 독자와 더불어 실감을 느끼게 한 대개의 작품들은 염상섭 이후 비속체의 문장이었다. 이러한 비속체 문장을 한자어로 표현하기는 어렵다. 고유 언어만이 실제적 상황을 끈적끈적한 현실을 나타낼 수 있을 것이다. 이런 의미에서 '문지파'로 대변되는 4·19세대의 전통론과, 특히 언어의식은 재고해보지 않을 수 없다.

한편 이들의 합리주의는 개인의식의 강조와 더불어 서양적 소설관의 유입에 따른 '텍스트의 규범화'를 내포하는 것이기도 하였다. 이들이 강조한 내면의 탐구와 개인의 발견이란 롤랑 바르트 이래 규범화된 텍스트주의와 밀접한 관련을 갖는 것이다. 글은 말이 자기 자신으로 돌아갈 것을 요구하는, 적어도 어느 정도까지는 자기회귀적(自己回歸的) 또는 재귀적(再歸的) 활동이다. 말이 사물 사이에 있다고 한다면, 글은 의식의 내면에 또는 그것의 객체화로서 종이 위의 기초로서 존재한다. 이렇게 보면, 말은 글을 통해서 내면화되고 주관적이 된다. 그러니까 글을 통해서 비로소 내면의 발견과 탐색에의 새 길을 열 수 있게 되는데, 이러한 과정과 짜임을 유기적으로 구성하는 것이 이른바 '텍스트'였던 것이다.

그러나 루카치 이래로 규범화된 서구소설의 뚜렷한 특징, 즉 '문제적 개인'의 이야기라는 형식을 한국의 작가들이 편안하게 여겨온 것은 아니다. 그 이야기를 뒷받침하는 개인주의 문화가 뒷받침되지 않았고, 노블(Novel)이 아무래도 낯설고 버거운 형식일 수밖에 없는 한국적 근대의 정황 때문에 작가들은 종종 그것을 경원하거나 무시했던 것도 사실이다.43)

그렇지만 이들의 언어의식과 소설관이 가장 문제되는 것은 1970년대 문학의 형성기반, 즉 '소외―불화―저항'의 좌표로 설정된 민중의 삶과 변화를 감당함에 있어 제한적일 수밖에 없다는 사실 때문이다.

일반적으로 (민족)언어를 통하여 잃어지는 것은 우리가 사는 세계에서도 가장 언어적 구성으로부터 또 의식적 구성으로부터 먼 부분이다. 그러니까 우리의 자아 가운데서도 육체가, 또 사회에서도 가장 직접적인 삶의 현실 속에 있는 민중적 삶이, 또 인간을 넘어서는 자연의 신비가 언어, 특히 형식화되고 이론화된 글에서 사라지기 쉬운 것이다. 이러한 맥락에서 볼 때, 1960년대 전반 4·19세대를 자임하는 이들로부터 제기된 소설적 규범, 즉 '긴밀하고 건축적인 이야기 구성', '내면의 발구와 개인 발견을 위한 문체와 감수성'은 1960년대 후반부터 전개되는 현실적 지형의 변화, 특히 소외된 민중의 삶을 소설적으로 감당하기에는 다소간의 어려움이 생길 수밖에 없었다.

1966년 창간된 『창작과비평』을 계기로 민족문학의 전통과 정서가 되살아난 것 또한 이러한 흐름과 무관하지 않아 보인다. 보다 정확히

---

43) 심지어는 한국 단편 미학의 완성자라 불렸고, 20세기 전반기의 작가들 중에서 창작으로서의 소설에 대한 의식이 누구 못지않게 투철했던 이태준만 해도 노블형 소설에 이질감을 느낀 나머지 "이 동양에선 서구식 산문소설의 배양이란 워낙 풍토에 맞지 않는 원예인지 모른다"고 말하기도 했다. 이태준, 「동방정취」, 『무서록 : 이태준 전집 15』, 깊은샘, 56쪽.

말하자면 백낙청이 창간호에서 표방했던 전통단절론을 스스로 비판하고 전통에 대한 인식을 새로이 하면서, 또한 방영웅의『분례기』평가를 통해 이러한 의지를 비평적으로 실천하면서, 그리고 좀 더 본질적으로는 60년대 후반으로 갈수록 한국 사회의 모순이 극명하게 표출되면서 이러한 전통은 작품을 통해 경향적으로 드러났다. 이 시기 등장한 김정한, 박태순, 서정인, 이문구 등의 작품은 소외된 민중의 육체적 건강성·생명력을 회복시키고, 소외된 민중의 말을 되찾아 주거나 변두리로 밀려난 그들의 삶을 애정어린 시선으로 부각시켰다.

이문구의 글쓰기는 이러한 일련의 상황, 즉 60년대적 글쓰기 및 소설관에 대한 탈선 혹은 저항에서 비롯되었으며, 1970년대 문학의 형성기반 안에서 마련되었다. 특히 그는 잃어버린 민중의 말을 되찾으려는 언어의식과 이들의 삶을 들려주고픈 이야기꾼의 충동과 자질을 갖추고 있었다. 따라서 이문구가 '수필'이라는 제목을 들고 소설을 쓰게 된 것은 텍스트주의 혹은 서양적 의미의 서사로 고착되어가는 당대의 산문적 현실에 대한 일종의 '은폐된 논쟁'을 의미한다고까지 말할 수 있다.

실제로 작가의 공부는 말공부요, 시가 노래라면 소설은 어차피 '이야기'며 '말'이라는 게 이문구의 지론이다. 그가 말을 줍거나 얻거나 물려받는 일에 관심을 두었던 것도 이런 연유에서다. 그의 말은 때론 풍부한 지식의 창고이며, 웃음의 빌미이고, 저항의 수단이 된다.

그는 '보여주는 육성', '목소리의 모사'를 고집함으로써 작품 속의 세계와 작품 밖의 세계 사이의 연속성을 강화시킨다. 더욱이 작중인물들의 목소리는 역사적·향토적 특수성이 생생하게 살아있는 방언의 세계에 뿌리를 두고 있어 이야기된 인물, 사건, 정황의 현실적 기원을 끈질기게 상기시킨다. 그러므로 그의 문체는 허구적 세계와 현실적 세계를 분리시키는 쓰기 위주의 문체가 아니다. 그러면서도 이문구의 소설은 허구적 세계를 자기의 의지에 따라 지어내고 그 위에 군림하는 전능한 창조자, 즉 저자(Author)의 모습은 아니다. 작품에 재현된 허구적 세계가 바로 우리가 존재하는 현실적 세계이고, 작중인물들이 자신의 가족, 이웃, 친지임을 표나거나 표나지 않게 알려주는 이야기꾼의 모습인 것이다.

> 더러는 선발하지 않고 전용(轉用)하여 틀은 소설이지만 내용은 기(記)나 전(傳)으로 쓴 인물도 있다. 이를테면 졸작 「유자소전」의 유자, 「명천유사」의 최노인, 「변사또의 약력」의 변사또 등은 실명으로, 『관촌수필』, 『우리동네』 등에 나오는 여러 인물이나 「김탁보전」의 김탁보, 「더더대를 찾아서」의 더더대 등은 가명으로 등장한 실재 인물들이다.[44]

물론 이야기꾼의 능력도 필경 하나의 재능일 것이다. 그러나 이 재능이 순전히 개인적인 것만이 아니라는 사실에 주의할 필요가 있다. 이야기를 잘하고 못하는 능력의 개인적인 차이란 실제 대단한 것이 아닐 것이다. 보다 중요한 것은 이야기꾼의 존재를 근본적으로 가능히게 하는, 또는 불가능하게 하는 사회적 조건이다.

이야기꾼의 소멸이라는 현상은 광범위한 산업화에 수반하는 부산물의 하나다. 왜냐하면, 우선 이야기꾼이 존재하는 데 필요한 너그러운 삶의 분위기, 즉 인간적 공동체의 사회적 분위기가 박탈되기 때문이다. 또 진정한 의미의 이야기란 살아있는 경험의 일부가 되어야 하는 것인데, 산업화는 엄청난 정보와 매체의 발달로 인하여 사람들 사이의 서로의 경험을 교환하는 일을 불가능하게 만든다.[45] 그리하여 '이야기

---

44) 이문구, 「내 작품의 주인공들」, 『나는 남에게 누구인가』, 엔터, 1997, 119~120쪽.

꾼'들은 서구문명이 들어오고 산업화가 가속화되면서 만담가(漫談家)나 포장굿장이 및 거리의 약장사, 때론 변사(辯士)로 맥이 이어지기도 하다가, 마침내 전문적인 소설가에게 그 기능과 역할을 넘겨주면서 소멸하였던 것이다.

그렇다면 이처럼 이야기와 소설은 사회적 기반이며 형식 따위가 분명 다름에도 불구하고, 산업화시대의 한복판으로 이야기꾼을 자처하며 들어가는 작가 이문구의 모습은 무엇인가? 이것은 애초 그가 소설을 '이야기'라 하면서도 허구적 세계와 현실적 세계를 분리시키지 않는다는 점에서 알 수 있다. 즉 이문구 소설의 궁극적 목표는 현실이 가변적임을 보여주려는 데 있다기보다는 무엇이 현실인가를 알려주려는 욕망에 있다. 이것은 극단적으로 말하자면 창작(創作)이기보다는 전승(傳承)에 가까운 것이다.46) 현실로부터 밀려난 현실과 그러한 체험, 삶으로부터 소외된 민중과 그들의 말을 이문구 소설은 들려준다. 이처럼 '귀와 몸'으로 들은 것을 전해주는 '이야기'가 어떤 사태의 시간 속에서 발전을 보여주려는 '플롯(나아가 소설)'과 다름없다고 그는 생각하고 있었던 것이다.

이문구는 이렇게 얻어진 소설의 정의를 두고 이른바 '구이지학(口耳之學)'47)이라고 명명한 바 있다. 즉 '귀로 들은 것을 그대로 남에게 이야기하는 일'이 그에겐 소설이었던 것이다. 물론 여기에는 다분히 작가 특유의 겸손함이 배어있는 것도 사실이다. 『관촌수필』만 하더라도 작가가 들려주는 이야기의 대상은 자신에게 가장 귀한 가르침을 주었던 사람들이다. 이문구는 그들의 인생역정과 삶의 가치에 비하면 자신

---

45) 김종철, 「이야기꾼의 소멸」, 『시적 인간과 생태적 인간』, 삼인, 1999, 383~384쪽.
46) 황종연, 「문제적 개인의 향방」, 『비루한 것의 카니발』, 문학동네, 2001, 225쪽.
47) 이문구, 『관촌수필』, 문학과지성사, 1991, 238쪽.

의 글쓰기란 도무지 어떤 품격 같은 것이 없거나 감히 바랄 수도 없는 것쯤으로 여긴다. 따라서 소설의 제목을 '수필'로 정한 데에는 그냥 붓 가는 대로 따라간 것이라는, 그래서 서투른 것에 지나지 않는다는 뜻도 포함하고 있다. 그럼에도 불구하고 그의 수필적 글쓰기란 사실상 새로운 차원의 저항적 글쓰기에 가까웠고, 60년대 이래의 기존 소설과 차별을 꾀하는 전략이었듯이 '구이지학'의 의미 또한 단순히 겸양의 차원이나 글자 그대로의 뜻으로만 한정될 수 없는, 보다 심층적 의미가 담겨져 있다.

그는 몇 편의 산문집을 통해 자신의 작가적 기질에 대해 부족함을 스스럼없이 인정하곤 했으며, 더러는 그의 소설을 두고 구성이 부실하다는 세간의 평을 시인하기도 했다. 그러나 이것은 이문구가 사건을 인과적 논리로 구성하고 작중인물의 내면과 숨겨진 가치를 탐구하는 글쓰기 방식, 즉 서구적 근대소설과의 '거리'를 인정하는 것일 뿐 결코 그의 소설관 자체를 부정하는 것은 아니었다. 오히려 '구이지학(口耳之學)'의 소설관과 이야기꾼으로서의 소설가를 염두에 두었기 때문에 그와 같은 단점을 인정할 수 있었던 것이라고 보면, 결과적으로는 겸양의 의미와는 별도로 그의 소설관은 오히려 강조되고 있었던 셈이다.

이문구의 '구이지학(口耳之學)'은 독특하면서도 오래된 연원을 가지고 성립된 것이다. 산문집에 의하면, 그는 보통의 작가와 달리 색다른 독서편력을 경험한 것으로 보인다. 그는 어려서부터 『유충렬전』, 『옥단춘전』, 『추풍감별곡』 같은 껍데기가 울긋불긋한 육전소설(六錢小說)들을 읽다가, 얼마 후 『춘향전』, 『흥부전』 같은 고대소설에 심취하였던 적이 있고, 근대소설을 접하게 된 때는 그 후로도 오랜 시간이 지난 뒤였다고 한다. 이러한 과정은 동시대 작가들의 문학수업과정과 색다른 것인데, 더욱 특이한 것은 이야기책이나 고대소설을 동네사람들 앞에서 낭독하면서 되도록 듣기 좋게 읽어 버릇했고, 그렇게 하는 과정에서 문장의 호흡과 가락의 맛을 느껴 보았다는 점이다.[48]

이와 같은 유년기 독서편력은 이문구 소설의 구성 원리를 '묘사보다 서술이 우세하고 보여주기보다는 말해주기의 방식'으로 이끌었을 것으로 보이며, 좀더 근본적으로는 구술적 환경에 입각한 사고와 표현을 그의 소설적 원형으로 마련한 계기로 볼 수 있다. 따라서 그가 채만식의 『태평천하』를 읽고 일정한 친화성을 느꼈다고 하는 술회나, 초창기 채만식, 김유정의 뒤를 잇는 작가로 분류되던 이유는 여기서부터 비롯된다고 할 수 있다. 이들은 언어사용과 사고의 패턴, 소설의 서사적 구조 및 문체의 조응관계에서 볼 때, 비슷한 '작가적 성향(the habit of his mind)'을 지니고 있음이 증명된다.[49]

결국 이문구의 '구이지학(口耳之學)'은 이야기로서의 소설관을 정초할 뿐만 아니라 소설 구성의 원리에도 영향을 주었다. 따라서 '구이지학(口耳之學)'의 심층적 의미는 본인이 겸손으로 지어낸 말이건, 의식적 혹은 무의식적으로 명명한 것이든 간에 이문구 소설의 영도(零度)를 제공한다는 점에 있다.

---

48) 이문구, 『나는 남에게 누구인가』, 엔터, 1997, 11~19쪽.

49) 이문구의 '구이지학'은 이처럼 오래된 연원을 가지고 있었던 것이다. 그러면서도 유년시절의 체험으로만 남아있지 않고 단단히 체득되었다가 비로소 소설의 옷을 입고 나타났던 것은 이문구가 '서라벌 예대'에 입학하고 나서다. 입학 후 소설창작 수업시간에 있었던 사단(事端)에서 이문구 스스로가 느낀 민망함과 당황스러움, 그의 스승 김동리가 발견한 스타일리스트의 예감, 그리고 조세희, 박상륭, 한승원 등 그의 동료들이 보여준 당연한 비판은 그 자체로 의미심장한 장면이 아닐 수 없다. 『남의 하늘에 붙어 살며』, 청람, 1978. 한승원, 「소설 이문구」, 『소설문학』, 1981. 6 참조.

제2부 구술적 서사전통과 근대적 변용

세월은 지난 것을 말하지 않는다. 다만 새로 이룬 것을 보여줄 뿐이다.
나는 날로 새로워진 것을 볼 때마다 내가 그만큼 낡아졌음을 터득하고
때로는 서글퍼하기도 했으나 무엇이 얼마만큼 변했는가는 크게 여기지 않는다.
무엇이 왜 안 변했는가를 알아내는 것이 더 중요하겠기 때문이다.

—소설 『관촌수필』 중에서

◀◀ **사진설명** ❶ '민족문학의 밤'에서 사회를 보는 이문구와 축사를 하는 함석헌. 온갖 궂은일 마다 않던 이문구는 1970
년대 민족문학 진영의 마당발에서 2000년대 문학동네의 촌장으로 비유되곤 하였다. ❷ 문학상 시상식에서
시인 정현종과 이야기 하고 있는 이문구. 뒤로 문학평론가 백낙청, 김병익의 모습이 보인다. ❸『우리동네』
를 쓰던 무렵, 딸 자숙이의 돌을 기념해 찍은 가족사진. ❹ 사무실에서 전화를 받는 이문구의 환한 얼굴.
그의 책상 위에는 늘 남의 원고 아니면 자신의 원고가 놓여있었다.

제1장 사실과 체험의 입체화

1. 사실과 체험의 입체

① 도시체험의 양상과 세태

'개발과 성장'은 오늘날까지도 우리를 붙잡아 놓곤 하는 마술적 표제이자 구호다. 그리고 이러한 표제와 구호가 부각되기 시작한 것은 1960년대부터의 일이다. 한국현대사를 돌이켜 볼 때, 전시(戰時)가 아닌 평시에 1960년대와 같이 급격한 인구이동과 공간의 조작이 이루어졌던 시기는 일찍이 없었다. 특히 60년대 후반부터는 '개발'이 모든 가치를 앞지르기 시작했다. 성장과 수출이 인간적 가치를, 중앙이 지방을, 공권력이 국민을 압도한 채 그야말로 '성찰적 근대화(省察的 近代化)'의 변증법적 접근이 완전히 결여된 시기였다.[1]

---

1) 1970년대 전반적 상황에 관한 부분은 다음과 같은 글을 참조할 것.
　한국정신문화연구원 편, 『1960년대 사회변화연구 : 1963~1970』, 백산서당, 1999.
　한국정신문화연구원 편, 『1970년대 전반기 정치사회변동』, 백산서당, 1999.
　김동춘, 『근대의 그늘 : 한국의 근대성과 민족주의』, 당대, 2000.

이러한 급격한 사회변동이 60년대 소설의 지형에도 일정한 변화를 가져온 것은 당연한 일이다. 어느 시기를 막론하고 현실에 대한 관심과 그 소설적 형상화는 있어왔던 것이지만, 60년대 중후반에 나타나는 객관현실에 대한 첨예한 관심은 얼핏 보면 60년대 초반의 소설경향과 확연히 구분될 정도다. 물론 60년대 초반의 소설적 경향과 중후반에 이르러 새롭게 대두한 소설적 경향이 결코 단절적으로 파악될 문제는 아니다. 굳이 문학사적 연속성의 문제를 거론하지 않더라도 여기에는 60년대 문학(소설) 주체의 성격과 시대사적 논리가 동시에 고려되지 않으면 안 될 만큼 역동적인 '변화와 분화'의 성격이 개재(介在)되어 있기 때문이다.

이문구의 등장과 그의 초기 소설에 대한 관심은 대개 이러한 맥락, 즉 60년대 중후반에 새롭게 대두한 객관현실의 관심이라는 측면에서 우선적으로 파악될 수 있다. 이 시기 이문구와 함께 거론되는 김정한, 박태순, 서정인, 이호철 등의 소설은 각각의 차이점에도 불구하고 급격한 사회변동으로 인한 객관현실을 천착해 들어가고 있다는 점에서 공통점을 지니며, 이는 60년대 초반의 소설과는 상이한 면모를 지닌다.

이문구의 초기 소설(1965~1972)은 대략 두 갈래로 구분된다. 하나는 도시변두리의 '뿌리 뽑힌 사람들'의 삶을 사실적으로 전달해주는 유형이고, 다른 하나는 근대화(산업화)의 이면에 놓인 농어촌의 해체와 풍정(風情)을 그린 유형이다. 즉 당대 농(어)촌의 현실과 해체과정을 포착한 단편들과 도시체험을 바탕으로 부정적 근대의 양상을 다룬 소설들이 주를 이룬다. '뿌리 뽑힌 사람들'의 삶과 한(恨)을 다룬 『장한몽』은 이 시기의 특징을 집약하는 성과라고 말할 수 있다. 이 시기 소설들은 부정적 근대체험의 양상을 해학과 풍자, 그리고 구체적인 사실주의의 형상화를 통해 드러내고 있다. 그리고 무엇보다도 이문구 소설의 이야기성 수용, 즉 구술적 서사전통이 근대소설의 면모로 수용되는 과정과 그 소설적 실험이 매우 다양하게 진행되고 있다는 점에서 본고의 주목을 요한다.

이문구의 초기소설 가운데 도시체험과 세태를 다룬 유형은 이른바 '도시종주성(都市宗主性)'이 심화되어 가는 과정을 적나라하게 보여준다. 여기에 등장하는 인물들은 대개 사회변화의 와중에서 자기 본래의 세계를 박탈당한 존재일 뿐만 아니라 새로운 세계에도 정착하지 못하고 있는 인물들인데, 이들이 살아가는 곳이 도시의 '외곽'이나 '지하'라는 공간적 표지는 그들이 도시사회로의 진입에 곤란을 겪고 있다는, 혹은 그로부터 배제되었다는 것을 말해준다.

대체로 이들은 전쟁과 가난으로 인해 탈향(脫鄕)하여 도시의 '외곽'과 '지하'를 전전하는 밑바닥 인생들로서 이들이 겪는 야멸찬 생존투쟁과 불안, 절망, 허무의 분위기는 초기 도시체험 소설의 주조(主潮)를 이루고 있다.2)

「지혈(地血)」(67. 10)은 미군부대 안의 도로포장 공사장을 배경으로 '일당 삼백 원짜리 핫발이 십장(什長)' '김찬섭'의 일화를 다루고 있다. 김찬섭은 '외돌아간 성질'의 소유자다. 그는 가난한 가정환경으로 인해 제대 후 복학을 포기하고 공사장에 나오게 되었지만 남달리 일꾼들의 사정을 잘 봐주는 탓에 윗사람들로부터는 오히려 무능하다는 소리를 듣고 있다. 그런 그가 현장에서 잡역부 '김춘희'를 알게 되고 그녀의 불쌍한 처지를 이해하게 되자 영내(營內)의 물건을 빼돌리기로 결

---

2) 이러한 유형에 속하는 작품으로는 다음과 같은 것들이 대표적이다. 「야훼의 무곡(舞曲)」, 『현대문학 145』, 1967. 1 / 「생존허가원(生存許可願)」, 『현대문학 150』, 1967. 6 / 「부행동(不動行)」, 『사상계 172』, 1967. 8 / 「지혈(地血)」, 『현대문학 154』, 1967. 10 / 「몽금포타령」, 『창작과비평 15』, 1969. 9 / 「금모래빛」, 『다리』, 1972. 5.

심한다. 그러나 그는 일말의 죄책감을 느끼지 않으며, 오히려 해방감까지 느낀다.

> 그는 자기를 절도범이라고 생각하지 않았다. 초조나 불안커녕 말할 수 없는 어떤 해방감마저 느끼고 있었다. 드디어 자기는 창고에 갇혀 있던 그 상자처럼 이제껏 찌들려온 두꺼운 우리 안에서 탈피한다고 믿는 거였다. ……(중략)…… 드넓은 대지의 뜨거운 지혈이 자기 혈맥에 수혈되었고, 전신에 꿈틀대는 맥박도 그 까닭인 것 같은 느낌이었다. 그것은 오랜 표랑 끝에 신대륙을 발견하여 정박하는 기분이었다.[3]

하지만 미군 물자를 빼돌리려던 그의 계획은 수포로 돌아간다. 헤롤드라는 미군에게 발각되었기 때문인데, 그가 체포될 상황에서 현장의 또 다른 잡역부 '정간난'이 자신의 몸을 헤롤드에게 주는 대가로 찬섭은 위기를 모면한다. 작품의 결말은 이러한 '거래'로 풀려나오는 찬섭이 윤리적 파탄과 비인간화를 태연히 받아들이는 과정을 보여준다.

「몽금포타령」(69. 9) 역시 한남동·보광동 일대 한강 수원지 취수탑 공사장(인부 합숙소)을 배경으로 하여, 고향을 떠나 무작정 상경한 '신두만'과 '오덕칠'이 하루하루 힘든 노동과 암울한 절망으로 이어가는 이야기다. 여기에 어느 날 '박영식'이라는 인물이 찾아든다. 그는 쥐약을 소화제처럼 가지고 다니는 특이한 인물이다. 그의 이 같은 행위는 죽음을 아는 자만이 진정으로 삶을 알 수 있고, 삶에 대한 용기와 욕망, 기대를 지닐 수 있다는 신념을 손쉽게 상기하려는 이유에서 나온 것이다. 그럼에도 불구하고 박영식의 행위는 땅에 정착하려는 '오덕칠'의 노력이나, 포장마차를 통해 다른 삶을 도모하는 '신두만'의 의지에

---

3) 「지혈」, 『이문구 전집 1 : 다갈라불망비』, 솔, 1996, 138쪽.

비해 구체적 비전이나 희망이 결여된 것이었으므로, 마침내 그의 삶은 허무주의로 빠지게 되고 이러한 삶을 합리화하는 쪽으로 타락한다. 그 결과 그는 강에 빠진 어린애의 익사체를 건져주고 받은 사례금으로 외도를 하고, 또 교통사고 현장에서 죽은 시체 역할을 대신하고 돈을 받는 등 비인간적인 행위도 마다 않게 된다.

이처럼 이문구의 초기 소설 가운데 도시체험과 세태를 주로 다룬 유형은 밑바닥으로 내몰린 이들의 야멸찬 생존투쟁과 절망을 다루고 있으며, 이 척박하고 황량한 공간에서 인간적인 것과 비인간적인 것이 착종되고 혼재되는 양상을 어둡고 음울한 어조로 그려내고 있다.

작가에 의하면, 초기소설의 이러한 유형은 작가의 실제 공사장 체험을 바탕으로 한 것이었다.

노가다판이라고 불리우는 곳이 있습니다.
할 수 없이 된 사람들이 할 수 없어 하고 있는 일터를 가리키는 왜정 때의 말입니다. 목숨을 지탱하기 위해서는 일이 빠지도록 몸뚱이를 함부로 부리지 않으면 안 될 만큼 막판에 이른 막된 사람들의 막일을 뜻하는 말이기도 합니다. ……(중략)…… 내가 이 바닥에 첫발을 디딘 것은 19세 때인 1960년 여름이었으며, 그 현장은 10여 년 전에 쓴 단편소설 「지혈」에 그려진 그대로 어느 미군 부대의 영내 도로포장 공사장이었습니다. ……(중략)…… 오래 전에 쓴 단편소설 「몽금포타령」이나 「금모랫빛」에도 그려 있듯, 때로는 노가다 중에서도 윗길로 치던 건축공사 일판에서 질통으로 자갈을 져나른 적도 없지 않으나, 나의 현장은 거의가 서울 시내의 길바닥이었습니다. ……(중략)……
그런 일판에 몸을 담고 있으면, 가난이나 고생이란 말은 너무도 추상적이었으며, 이미 과거화한 한 때의 여유에 지나지 않는 것 같았습니다.
가장 구체적인 것은 오로지 한 가닥의 목숨과 함께 남아 있는 것, 절망이라고 명시화한 막다른 고비 그것뿐이었습니다.4)

이밖에도 그의 초기 소설 가운데 도시체험과 세태의 유형은 각박한 도시생활의 풍속에 관해서도 적지 않게 다루고 있다. 이들 작품은 체험소설이 보여준 절망적 분위기가 다소 엷어지긴 하였으나, 대체로 돈과 양심, 윤리의 파탄을 문제시한 점에서 근본적으로는 같은 유형에 속한다.5)

「백결」(66. 7)에서 '조춘달' 영감은 인간의 선의나 긍정을 지향하는 인물인데 반해, 이를 농락하는 '최덕수'는 돈과 이기적 욕심으로 똘똘 뭉친 배은망덕한 인물이며, 그의 양녀(養女)격인 '옥화' 역시 아메리칸 드림을 위해 윤리와 모성을 팔아먹는다.

「생존허가원」(67. 6)의 '김우길'은 의과 대학생이었다는 전력에도 불구하고 군대에서 사고로 잃은 다리 때문에 제대 후 일수놀이꾼으로 근근이 살아가는 인물이다. 그는 옛 전우이자 그의 애인을 가로채어 갔던 '최말식'에게 아들의 병원비로 돈을 꿔주고, 이를 받기 위해 악착같이 달려든다. 이 와중에 김우길과 최말식이 벌이는 갈등과 교섭은 도덕과 윤리가 파괴되고 살인과 거래가 오가는 참혹하기 이를 데 없는 아비규환의 축도를 연출한다.

「두더지」(68. 3)는 고궁으로 소풍 나온 학생들과 그들의 자모(姉母)를 상대로 야바위 행각을 일삼는, 이 방면에 이력이 난 인물들을 다루고 있다. 각박한 현실에서 양심과 윤리의 '눈'을 상실한 채 도시의 '외곽'

---

4) 이문구, 「『장한몽』에 대한 짧은 꿈」, 『지금은 꽃이 아니라도 좋아라』, 전예원, 1979, 160~161쪽.

5) 이러한 유형에 속하는 작품으로는 다음과 같은 것들이 대표적이다. 「백결」, 『현대문학』, 1966. 7 / 「두더지」, 『창작과비평 9』, 1968. 3 / 「덤으로 주고 받기」, 『월간문학 24』, 1970. 3 / 「다가오는 소리」, 『월간중앙 52』, 1972. 7 / 「낙양산책(落陽散策)」, 『창조 12』, 1972. 8 / 「그럴 수 없음」, 『주간조선』, 1972. 12 / 「우산도 없이」, 『세대 120』, 1973. 7 / 「임자수록(壬子隨錄)」, 『북한 14』, 1973. 2.

과 '지하'를 떠돌아다니는 이들의 행태를 작가는 아이들 소풍의 상품
으로 나온 '두더지'에 비유하고 있다.

> "두더지라, 이건?"
> "벙어리저금통이겠군. 그놈 속도 어두우니까 말야"
> "밭농사를 해치는 나쁜 놈이니까 상품치곤 하질이겠는걸"
> "눈이 없으니 별 수 없지. 어두운 데선 눈이 필요 없거든. 밝은 데
> 서나 안경이 필요하듯 말야. 햇볕을 쐬면 즉사할 만큼 눈이 퇴화해
> 버렸다구."[6]

역사적으로 볼 때, 도시는 '이중적 이미지'를 가지고 있다. 예컨대
1900년에서 1차 대전 전까지의 유럽도시는 절정에 다다른 부르주아
문명의 산업적, 상업적, 경제적 연락의 중심지로서 가장 안락한 경제
적 조건과 거대한 제국주의의 건설로 인한 문명적 우월감의 집약된
표현이었다. 반면 피카소의 「아비뇽의 여인」(1907)이 보여주는 바와 같
은 '자율성과 전망이 무시된 채로 기하학적인 마름모꼴과 삼각형 모양
의 나체의 여인'은 그 반대편의 극단에 서 있다.[7]

그런데 우리의 경우, 도시화가 본격적인 궤도에 이르고 이로부터 도
시소설의 요건이 갖춰진 것은 일본의 식민지배가 타율적 근대를 강요
하던 식민지시대부터다. 즉 한국 도시의 성장배경은 첫째, 일제시기(수
탈과 군사적 요소로서의 도시구성). 둘째, 해방직후(해외귀환동포의 집중으로
인한 도시인구 급증현상). 셋째, 6·25 이후(농촌공동체의 파괴와 이에 따른 도
시로의 인구 집중, 즉 일종의 구조적 공간이동현상)로 구분되는데, 주지하다

---

6) 「두더지」, 『이문구 전집 1 : 다갈라불망비』, 솔, 1996, 164쪽.
7) Allan Bullock, 「The Double Image」, Malcolm Bradbury & James Macfarlane ed.,
   『Modernism』(Pelican Books, 1976) pp.58~70. 김만수, 「1950년대 귀향소설 연구」, 『관
   악어문연구』 18집, 서울대, 1993, 147쪽에서 재인용.

시피 농촌과 도시의 생산력 및 인구비율이 역전된 것은 70년대에 이르러서다.[8]

따라서 이문구의 초기소설은 이와 같은 변화의 실상을 사실적으로 반영해 주고 있다는 점에서 일차적으로 도시소설적 면모와 그 의의를 지닌다. 즉 그의 초기 소설은 농촌의 파괴로 인해 야기된 인구의 도시 집중이 생활의 편리를 도모하기 위한 집중으로서의 도시의 '순기능'보다는 실업자와 소외계층의 형성이라는 부정적인 양상으로 이어지고 있음을 주목한다.

그럼에도 불구하고 그의 초기소설이 이전의 것이나 여타의 도시소설과 다른 점을 또한 간과해서는 안 된다. 우선 도시체험과 세태를 다루면서도 그의 초기 소설은 농촌과 도시를 분리하거나 단순 대비하는 데 그치고 있지 않다. 특히 부정적 도시체험의 양상이 계층계급간의 갈등 및 사회구조적 문제로 제기되면서도 그 저변에는 양심의 파탄과 도덕의 혼란, 혹은 비인간화와 같은 근본적인 문제의식이 줄곧 깔려 있다. 이로부터 도시에 대한 환멸과 소외의 경험은 그의 소설 가운데 내면화되는 양상을 띤다.

사실 그의 초기 소설 흔히 볼 수 있는 '탈향 의지'는 절대적 빈곤으로부터 탈출하려는 주체의 의지에 지나지 않는다.

> 삼사월 긴긴 해에 굶기도 지겨웠다. 해마다 양식은 세 안에 떨어졌고, 풋보리 잡아 찧고 말려, 가루내어 죽쑤어 먹을 때까지는, 산나물 들나물로만 연명해 댔던 것이다. 보릿고개가 아닐 때도 점심은 부잣집 별식 먹듯 이름을 모르고 살았지마는.[9]

---

8) 이은우, 「한국근대 도시 농촌간의 인구이동에 관한 연구」, 서울대 경제학과 박사학위논문, 1992 참조.
9) 「담배 한 대」, 『이문구전집 1 : 다갈라불망비』, 솔, 1996, 203쪽.

추녀끝이 헛간이요 상수리나무 해묵은 그루터기와 바위 잔등이
장독대인, 토방이란 것도 요강이나 올려놓으면 어울릴까 고무신 한
켤레 벗어놓기도 거북한 엇비슴한 둔덕으로 툇마루 한 쪽 없이 방
두 칸만 달랑한 오막살이.10)

"가난이란 그네들이 하늘한테 받은 유산인 셈이었고, 그것과 싸우
지 않으면 안 되어 버린 무기는 그네들의 유일한 재산인 건강 그것
뿐"11)이었다. 그러나 "시뻘건 황토 같은 가난"12)으로부터 탈출하려던
주체의 의지는 부정적 근대체험으로 도시(서울)에 대한 환멸과 소외의
경험으로 굳어지면서 자멸감이나 패배감이 아니면 공격성이 강한 심
리상태로 나아간다.

「우산도 없이」(73. 7)의 화자가 스스로 판명한 '심안(心眼)의 실명(失
明)', 「금모래 빛」(72. 5)의 화자가 말하는 '역조의 풍랑에 난파당해 표
류하는' 처지, 그리고 「다가오는 소리」(72. 7)의 화자가 느끼는 '기생하
는 자로서의 열패감(劣敗感)' 따위는 기실 이와 같은 부정적 근대체험이
내면화된 상태일 뿐이다. 결국 초기소설의 이러한 특징과 전개양상은
중기소설이 본격적으로 다루는 문제의 핵심, 즉 중기소설의 공간이동
과 농촌소설로의 지향 및 천착을 이해하는 데 바탕이 된다.

② 농촌의 해체과정과 풍정(風情)

그런데 이 같은 도시체험의 부정적 양상은 앞서 거론한 '개발과 성
장'의 구호아래 진행된 60년대 도시화로부터 비롯된 음영(陰影)에 지나
지 않는다. 오히려 문제는 그러한 도시화가 한마디로 농촌의 와해 위

---

10) 「추야장」, 『이문구전집 4 : 만고강산』, 솔, 1998, 18쪽.
11) 「해벽」, 『이문구전집 4 : 만고강산』, 솔, 1998, 56쪽.
12) 「다가오는 소리」, 『이문구전집 4 : 다갈라불망비』, 솔, 1998, 196쪽.

에 이루어진 '농민의 도시화'[13] 였다는 점이다. 이 시기 국가의 농업 부문에 대한 적극적 착취는 '저임금—저곡가(cheap labor and cheap food)' 라는 형태로 공업적 도시화의 생산적 기반을 제공하였으며, 농촌은 '조국 근대화'의 미명아래 내국(內國) 식민지의 위치 또는 이중(二重) 식민지의 역할을 강요당해야만 했다.

사실 M.칼렉키가 적절히 지적했듯이 농산물은 수요에 의해 그 가격이 결정되므로 5·16 이후 경제 개발계획의 테두리 안팎에서 강구된 생산증대 일변도의 농업근대화정책은 생산성 상승의 이익을 모두 저곡산물 가격이라는 형태로 비농민에게만 귀속시키고 농민의 생활수준은 상대적으로 크게 떨어뜨렸다.[14]

가령 오늘의 농촌은 도시에 대한 내국 식민지의 위치를 감수하면서 자본주의 경제체제의 구조적 모순에 따른 세에레 현상의 심화로 외국자본의 압박이 전가되어 이중 식민지의 역할을 하고 있다. 역대 지도자가 중농정책을 표방, 안간힘을 다하는데도 농촌의 빈곤은 단순재생산에서 그치지 않고 확대 재생산됨으로써 농촌의 파괴는 가속화되고 있는 것이다. 농민은 역사를 통해서 단 한 번도 시민으로서의 정당한 권리를 행사함이 없이 물리적 권력에 의한 통제 또는 이에 정치작용의 효율성이 가하여진 복합적인 조정에 의해서 정치권력의 도구화하여 그들의 이익이나 의사와는 관계없이 굴욕적인 생존을 계속해왔다.[15]

---

13) 1966~70년간의 도시인구 증가율 7.16%는 전무후무한 기록이다. 이 기간 동안 농촌의 인구증가율은 −1.16%를 기록하여 당시 농촌 인구의 증가율이 높았던 점을 감안한다면 이와 같은 농촌절대인구의 감소는 '농촌탈출(rural exodus)'의 정도를 가늠케 해준다. 한국정신문화연구원 편, 『1960년대 사회변화연구 : 1963~1970』, 백산서당, 1999 참조.
14) 임종철, 「근대화에 대한 비판적 성찰」, 『문학과지성』, 1971 가을.
15) 신경림, 「농촌현실과 농민문학」, 『농민문학론』, 온누리, 1983, 48~49쪽.

원래 농민들이야말로 창조적인 생활의 원천지대에 살아가고 있는 존재가 아닐 수 없다. 그들은 농사에 쏟을 수 있는 정성과 방법의 가능성이 무진장함을 알 수 있고, 심는 대로 거두는 법칙의 불변성을 믿을 수 있고, 조물주의 섭리를 반영하는 온갖 식물과 동물의 생명에 늘 접촉하며 살아왔다.

그러던 것이 일찍이 생계농업의 터전을 잃고 뿌리 뽑힌 인생으로 유리하게 된 광범위한 현상은 일제의 식민지통치로 말미암아 그들이 농토를 잃고 만주로 간도로 떠나면서부터 일 것이다. 그러나 해방 후 새로운 이농현상은 1960년대로부터 시작되었다고 볼 수 있다. 이것은 채만식의 단편 「논 이야기」(1946)를 보면 그 과정을 알 수 있고, 이후 일련의 현실이 조국 안에서의 이농 부랑민을 낳게 한 과정은 황석영의 「객지」(1971)를 통해서도 잘 드러나고 있다.

70년대로 들어서면서 염무웅을 필두로 새로운 농촌문학의 재인식과 필요성이 제기된 것은 확실히 위와 같은 현실 인식과 맥락을 같이한다. 이들이 파악한 문제는 농촌 빈곤의 확대재생산, 농촌 파괴의 가속화로 야기되는 이른바 '농촌 탈출(rural exodus)' 현상으로, 급기야 그로 말미암은 한국농촌의 기형성(畸型性)은 도시와 농촌을 분리시키는 데 그 심각성이 있다고 보았다.16) 따라서 당시 농민문학론의 핵심적 요체는, 이른바 '불도저식' 근대화로 인한 농촌의 급작스런 변모 및 와해의 본질을 적출(摘出)해 내고, 도시와 농촌의 문제를 분리하지 않은 채 궁극적으로는 '도시의 문제를 포함하는 탁월한 농촌문학'을 정립하는 것이었다.

이러한 점에서 「암소」를 비롯한 이문구의 소설이 방영웅의 『분례기』

---

16) 염무웅, 「농촌 현실과 오늘의 문학」, 『창작과비평』, 1970 가을.

(1966), 박경수의 『동토』(1969)와 더불어 새로운 농촌소설의 가능성으로 주목받았다. 이문구는 「암소」, 「그때는 옛날」, 「못난 돼지」, 「추야장」 등의 단편과 중편 「해벽」을 통해 산업화의 이면에 놓인 농어촌의 해체과정과 풍정(風情)을 그려냈는데, 이들은 이문구 초기소설의 다른 한 유형으로 뚜렷이 구분된다.17)

「암소」(70. 10)의 주인공 '박선출'은 머슴으로 4년간 모아놓은 전재산을 주인인 '황구만'에게 맡겨 놓고 군대에 간다. 황구만은 그 돈으로 소창직 직조틀을 서너 대 장만하여 가내 공장을 시작한다. 황구만의 직조 공장은 처음에는 잘 돼 나갔다. 그러나 읍내에 공업 단지가 조성되고, 기계화의 흐름이 진행되면서, 황구만의 직조공장은 폐업 지경이 되고, 급기야 그는 박선출의 이자는 물론 원금도 돌려 줄 수 없는 형편이 된다. 여기에 주인 황구만은 5 · 16정권이 들어서면서 시작된 농가 고리채 정리 기간 동안에 선출의 돈을 덜컥 신고해버린 탓에 원리금마저 몽땅 날릴 판이 되었다. 결국 황구만은 암소를 사 키워 박선출의 돈을 갚기로 계약하고, 제대한 박선출은 이 암소를 극진히 보살피는데, 난데없는 사고로 암소는 죽게 되고 동시에 두 사람의 기대와 희망은 날아가 버린다는 이야기다.

「암소」는 '캐시밀론'으로 상징되는 근대화의 물결 속에서 농촌의 소외와 피폐된 모습을 보여준다. 뿐만 아니라 국가정책의 실패로 오히려 피해만 가중시키는 현실 및 그로 인한 갈등을 통해 당대 농촌현실

---

17) 이러한 유형에 속하는 작품으로는 다음과 같은 것이 대표적이다. 「김탁보전(金濁甫傳)」, 『농토』, 1968. 3 / 「담배 한 대」, 『현대문학 162』, 1968. 6 / 「암소」, 『월간중앙 31』, 1970. 10 / 「못난 돼지」, 『농민문화』, 1971. 3 / 「그 때는 옛날」, 『월간중앙 38』, 1971. 5 / 「떠나야 할 사람」, 『정경연구 78』, 1971. 7 / 「추야장(秋夜長)」, 『월간중앙 46』, 1972. 1 / 「해벽(海壁)」, 『세대 103』, 1972. 2 / 「초부(艸夫)」, 『월간중앙 66』, 1973. 9.

을 적나라하게 반영하고 있다. 이러한 점에서 「암소」는 식민지시대의 농민소설과 구별되는 차원에 있으며, 시간이나 공간의식이 뚜렷하지 않고 현실 도피적이거나 토속적인 요소만을 지나치게 강조했던 기왕의 농촌소설들과도 구별된다.

아울러 이 작품에서 주목할 만한 점은 주인공 박선출의 '도시지향성' 혹은 '탈향 의지'다. 박선출이 암소를 그토록 아끼는 까닭은 거기에 그의 기대와 희망이 고스란히 담겨져 있기 때문이다. 그런데 여기에서 나타나는 선출의 탈향 의지는 '덮어놓고 서울'식의 극단적 체념이랄까 혹은 도시생활에의 막연한 동경이나 들뜬 허영으로부터 나온 것만은 아니다. 그의 탈향 결심은 절대적 빈곤이 가중되는 농촌의 현실, 또 그것이 확대 재생산될 뿐인 고향의 존재를 확인하는 과정이다. 물론 선출은 도시에 대한 기대와 근심이 엇갈리는 가운데 고민하기도 한다. 풋풋한 인정과 공동체 안에서의 안온함, 특히 땅의 생명력을 생각할 때마다 발길을 머뭇거린다. 하지만 그러한 공동체적 질서와 규범마저 이미 파편화되기 시작했고, 더 이상 전(前)근대적 질서에의 회귀는 가망이 없다고 생각하자, 그가 최후로 매달려 볼 수 있는 한 가닥으로 선택한 것이 바로 상경이었던 것이다.

따라서 「암소」의 마지막 장면, 예컨대 암소가 죽자 장승처럼 굳어 있다가 이내 몸부림치는 선출의 모습을 통해 우리는 당대 농민의 근대적 동경과 좌절, 그리고 그 낙차(落差) 안에 켜켜이 쌓인 비극을 보게 된다. 그럼에도 불구하고 「암소」의 비극은 전혀 건조하지 않다. 그것은 군데군데 해학적 장면(가)이 적지 않고, 결말 역시 해학적 외피(나)를 걸치고 있기 때문이다.

(가) 선출이와 황씨는 눈이 뒤집혀 있었다. 아니 간이 뒤집혔는지

도 모를 일이었다. 소는 황씨네 밭마당가 우물 도랑 건너 타작 마당
에서 주정하는 중이었다. 주정이 아니라 속에서 난 불을 끄는 꼴이
었다. 펄펄 뛰다 나뒹굴고 비치거려 일어났다 대가리를 처박고 엉덩
이춤이 한창인가 하면 무릎을 꿇다 모로 나자빠져 버둥대곤 했는데
사람들은 그저 한갓 장승이 달리 없었다.[18]

(나) 밤이 깊어 가면서 마을 사람들은 모두 속으로 죽은 고기는 반
값이니 몇 근 사두면 그믐 대목까지는 곰국을 먹겠다고 치부하면서
도 겉으로는 하늘 아래 이 동네 서고 소가 술취해 죽기는 듣고 보기
처음이라고 탄식이 거듭이었다.
계속 모닥불은 터지게 얼어붙은 하늘을 태웠고, 타는 하늘에서 쏟
아져 내리는 슬픔처럼 곡성이 멀리로 퍼지며 산과 들도 울먹이기 시
작하게 했다. 겨우 제정신이 온 선출이가 사년간 모아 온 아픔으로
몸부림인 곁에서 신실이마저 신세타령삼아 목놓아 울어대고부터
는.[19]

「암소」가 탈향 의지를 매개로 6, 70년대 농촌현실의 적나라한 실상
을 적출해 내면서도 해학적 장치로 구성된 결말을 보여준다면, 「추야
장」의 아슬아슬한 비극적 결말은 해학적 외피를 벗어 던진 결과였다.
「추야장(秋夜長)」(72. 1)에 등장하는 '박윤만'의 탈향 명분 또한 「암소」
와 비슷하다. 그는 "늙도록 소금밭 인부로 죽쒀 먹기보다는 비렁뱅이
로 바가지를 차더라도 타관으로 나가지길 축수(祝手)"한다. 그리하여
급기야 우직하고 순박한 심성의 그가 소금을 빼돌리고 그의 애인 '능
애'와의 야반도주를 계획한다. 그러나 「동백꽃」의 '점순이' 만큼이나
영악한 능애는 박윤만의 생각을 앞질러, 윤만이 소금지게를 지고 나가
는 사이 그녀만의 탈향을 먼저 실행에 옮긴다. 제목 그대로 기나긴 가

---

18) 「암소」, 『이문구전집 3 : 이 풍진 세상을』, 솔, 1997, 140쪽.
19) 「암소」, 『이문구전집 3 : 이 풍진 세상을』, 솔, 1997, 141~142쪽.

을밤, 서로의 엇갈린 정을 묻은 채 나누는 마지막 밤의 정사와 대화, 다음날 새벽 서로를 외면할 수밖에 없는 두 사람의 뒷모습은 이 소설의 압권이 아닐 수 없다. 작가는 헤어날 길 없는 농촌의 궁핍과 탈향 의지를 동정하면서도 이들을 엇갈리게 함으로써 동경과 좌절의 이중성, 즉 근대의 이중적 정체를 예비해주고 있다.

「그때는 옛날」(71. 5)의 됨말댁 역시 가난으로부터 헤어날 길이 없는 현실 속에서 살고 있다. 그러나 그녀는 낙천적이고 실망을 모르는 생명력의 소유자로 억척스럽게 곤궁한 삶을 헤쳐 나오면서 남편과 아들딸을 먹여 살리고 있다. 어느 날 서울에서 식모 살다 내려올 딸 삼례를 위해 큰맘 먹고 장에 간 그녀는 쌀과 생선을 사는 와중에 순박한 양심으로 번민하게 되고 급기야 공짜로 얻은 쌀값을 치르러 갔다가 쌀주머니를 도둑맞게 된다. 그러자 그녀는 이를 벌충하기 위해 온종일 장터를 맴돌며 다음과 같은 혼잣말로 다짐을 한다.

> 세상사야말로 공평찮다는 걸 그녀는 새삼스럽게 깨달았다. 양심과 인심으로 살아봤자 물 한모금 얻어 마실 수 없는 세상이란 게 뼈가 저리도록 가슴으로 스며들던 것이다. 부지런하고 절약하면 할수록 못살고, 도둑질이나 거짓말쟁이여야 살게 된 세상인 것 같았다.
> '두고 봐라, 나도 인제버텀은…암, 양심? 쳇! 그때가 옛날이다. 이젠 한심두 모를리라!' 됨말댁은 이를 악물며 마음을 고쳐 먹었다.[20]

하지만 순박하고 양심적인 그녀로서는 아무 것도 훔칠 수가 없고, 오히려 돈 주고 산 물건마저 도둑질한 것인 양 양심의 가책을 느낌과 동시에 일종의 울분마저 갖기에 이른다. 그것은 쌀자루가 아까워서도 아니고, 그 벌충으로 아무 것도 훔치지 못해서가 아니었다. 그것은 바

---

20) 「그때는 옛날」, 『이문구 전집 3 : 이 풍진 세상을』, 솔, 1997, 201쪽.

른대로 살자고 그랬다가 여지없이 날치기당한 양심의 안타까움을 찾을 길이 없었기 때문이었다. 여기서도 작가는 궁핍한 농촌의 실상과 함께 건강한 농민의 양심과 마음씨에 동정을 보내고 있으나 이미 시골장터에 까지 변모하기 시작한 풍속과 세태 앞에서 양심과 인정의 속절없어 하는 모습을 보여주고 있다.

「해벽」(72. 2)은 '조등만'이라는 한 인물이 어떻게 몰락하고, 또 그의 몰락이 근대화 과정에 놓여있던 농어촌의 몰락과 어떻게 동궤(同軌)를 이루는 지를 야심차게 보여준 중편이다. 「해벽」의 야심찬 기획은 적어도 두 가지 점에서 빛난다. 하나는 비록 조등만이라는 한 인물의 의존하고 있다는 점을 빼면 분량과 구성이 장편의 면모에 육박한다는 점 때문이고, 다른 하나는 부정적 근대화의 한 축을 미군 기지의 건설과 이후에 벌어지는 사건으로 설정한 파격성 때문이다.

예를 들어 미군 병사들의 강간과 양공주촌의 형성은 조그마한 읍내를 흉흉한 분위기로 몰아넣고, 미군 기지의 건설은 어촌의 쇠락과 변화에 직간접적으로 영향을 끼치는데, 이것이 주인공 조등만의 반감을 불러일으키고 부정적 근대체험의 직접적 양상으로 받아들여진다는 점에서 이 소설은 일종의 '반미소설(反美小說)'적 면모를 보여준다.

하지만 이 작품의 진정한 주제는 반미의 문제에 놓여있는 것이 아니라 인간과 자연의 공생, 그리고 동화(同化)에 있다. 작가는 조등만의 독백을 빌어 자연의 순환과 재생의 법칙에 순응할 것은 물론 인간과 인간끼리 나아가 인간과 자연간의 조화를 강조하고 있다. 이를 인간의 근본적인 도리, 즉 세상이 어찌 변하건 지켜야할 엄연한 원칙이자 숙명으로 받아들이고 있기 때문이다.

조등만은 '사포곶' 어협조합장으로 대대로 내려온 생계인 수산업을 발전시키고 고향을 지키기 위해 수산고등학교를 의욕적으로 설립한다.

그러나 자신의 땅과 어민들의 출어세(出漁稅)까지 거두어 육성시킨 이 학교는 지역주민들의 인식부족과 근대화의 물결 속에서 외면당한다. 게다가 사포곶 언저리에 미군부대가 자리를 잡으면서 조등만과 사포 곶은 몰락의 길로 접어든다.

우선 미군부대가 주변을 통제할 목적으로 검문검색을 행하게 되자 사람들의 발길은 뜸해지고 자연 사포곶은 활기를 잃어갔다. 뿐만 아니 라 인근의 '쇠께마을'은 양공주촌으로 변모해갔고, 미군의 강간사건과 횡포로 민심은 날로 흉흉해갔다.

조등만의 몰락은 국회의원 '박창식'과 그의 일가가 주동이 되어 추 진한 사포곶 근대화 작업의 결과로 가속화된다. 박창식과 그의 일가 및 그들과 손을 잡은 '거믄개(흑포)' 어협 측은 수십만 평의 농토를 조 성하기 위해 간척공사를 추진하고 근대적 수리사업을 위한 저수지를 마련하게끔 하였다. 그러나 정작 어민들은 이로 인해 실질적 혜택은 아무 것도 받지 못한 채 삶의 터전인 갯벌만을 잃게 되었을 뿐이다. 설상가상으로 조등만의 배는 조난을 당하고, 급기야 사포곶 어협조합 장을 내놓을 수밖에 없는 처지로 전락하게 되었던 것이다.

이처럼 「해벽」은 사포곶의 몰락을 통해 농어촌의 해체과정을 적나 라하게 보여줄 뿐만 아니라 정책의 허구성을 구체적으로 비판하는 등 '근대화' 이념에까지 문제를 삼고 있다.

농촌근대화란 거국적인 명제를 내세우고 추진하는 일에 어민 구 실도 제대로 못해본 채 갯물만 허거물쓰듯 켜온 몇몇 어민들의 절규 란 결국 자신들의 무능과 소외감만을 재확인 시켰을 뿐, 아무런 보 람도 구경하지 못하리라고 일깨워주지 않을 수 없던 거였다. 이날 입때껏 정부 덕을 입어 산 적이 한번이나 있었던 가를 되묻지 않을 수 없었고 어느 기관이 무슨 일을 하든 모른 척해야 한다. 우리는 다만 우리 손으로 자식을 낳아 길렀듯, 우리에게 돌아오는 세월을 우리 힘으로 맞아야 하리라고 설득하지 않곤 견디지 못하겠던 거였다. 조는 정말 진심으로 설득하고 싶었다. 우리는 바다만 믿고 살아왔던 것, 쌀과 의복을 바다에서 건져 먹을 것이라고 일렀고 비록 개펄은 잃었을지언정 아직도 하늘보다 더 넓은 바다가 남아있음을 상기시켰던 거였다. 물론 바다에서 먹고살자던 고달픔이 두세 갑절로 늘며 따라서 생활고가 가중될 건 당연한 이치요 제격에 맞아떨어진 결말이라고 할 수밖엔 없었다. 그러나 그럴수록 좌절을 해선 안 된다고 조는 누누이 당부해야 했고 또한 자기가 그 본때를 본보이기로 솔선해 나서고자 했던 것이다.[21]

그러나 그의 문제해결 방식은 대립과 갈등의 정면대결이 아니라 자연에의 순응을 통한 길이었다. 조등만은 자신과 사포곶의 몰락이 곧 자연에의 순응과 공생의식의 몰락임을 모르지 않는다. 또 이에 기반한 농(어)촌 공동체의 전통적 기율이 타락한 것임을 모르지 않는다. 이러한 의미에서 「해벽」의 마지막에 등장하는 무량사 행자의 이야기는 자연(바다)을 향한 조등만의 슬픈 만가(輓歌)라 할 수 있다.

　"그 대들보가 돛대였으니 여북했을껴…만경창파가 요게냐구 호령허던 돛대가 두메산골 음팡간에 갇혀있었으니…오죽이나 답답다 못했으면 어린것 헌티 해꽂이를 다 했을 거여…"
　조는 지그시 눈을 감고 있던 눈을 뜨며 한마디 더 웅얼거렸다.
　"돛대가 모처럼 노젓는 소리럴 들었으니 월매나 신이 솟았을까. 바다가 그립구 파도소리처럼 못잊어 허던 판인디 워찌 울잖구 배겼을 거여…"하며 고개를 드니, 동창은 이미 부여하게 벗어져가는 중이었다.[22]

---

21) 「해벽」, 『이문구전집 4 : 만고강산』, 솔, 1998, 124쪽.
22) 「해벽」, 『이문구전집 4 : 만고상산』, 솔, 1998, 131~132쪽.

③『장한몽』의 성격과 의미

『장한몽(長恨夢)』(『창작과비평』, 1970. 12~71. 9)[23]은 이문구의 초기소설 가운데 유일한 장편이다. 이문구는 1965년 연희동 소재 주한외국인학교 터에 있었던 공동묘지 이장(移葬) 공사장에서의 체험을 바탕으로 이 작품을 썼다고 밝힌 바 있는데, 작가의 말을 그대로 옮기면 "사실(事實)을 사실(査實)한 대로 사실(寫實)하기로 작정했던"[24] 작품이다.

이 작품은 공동묘지 이장 공사장에서 일어나는 닷새 동안의 일들을 다루고 있다. 이 공사판에 모여든 10여명의 인물들은 하나같이 "모가지에서 찬바람이 이는 막된 사람들"로서, 이들이 모여 일하는 공사장이야말로 야생적이고 원초적인 생존투쟁의 공간이다. 그러나 이 작품에서 벌여지는 닷새 동안의 일이란 원래의 묘지에서 유골을 수습하여 새로운 묘지로 옮겨 매장하는 과정(그나마도 새로 옮겨간 공동묘지에서의 작업은 그곳의 인부들에게 위탁된다)에서 각각의 인물들에게 일어나는 자잘한 사건들, 그리고 공사 책임자인 김상배와 이상필을 중심으로 한 인부들 사이의 초보적인 쟁의 형태가 전부다.

그러므로『장한몽』은 엄밀한 의미의 '장편'이라고 부르기엔 어려운 점이 있다. 비록 주인공 김상배를 포함한 등장인물의 개인사를 모아놓

---

23) 본고가 분석의 대상으로 삼은『장한몽』은 애초『창작과비평』에 네 번으로 나뉘어 실린 작품이다. 그런데 이것은 단행본으로 출간된『장한몽』과 내용 및 문체 면에서 현저히 다르다. 첫 장을 펼치는 순간 애초의『장한몽』은 오간 데 없고 전혀 다른 작품으로 느껴질 정도다. 이점에 대해서는 송기숙이『산너머 남촌』의 후기에서도 지적한 바 있다. 그러나 본고의 관심이 판본의 확정 및 차이점에 대한 상세한 분석에까지 미치지는 못하고 있다. 다만 내용상의 차이와 가감은 전체 줄거리를 훼손하지 않는 정도라 하더라도 특히 문체와 어휘의 차이는 본고가 주목한 측면, 즉 이야기성의 수용과 소설적 실험이라는 점에서 결코 사소한 것이 아니기 때문에 여기에서는 연재본『장한몽』을 대상으로 삼았다.
24) 이문구, 「『장한몽』에 대한 짧은 꿈」, 『지금은 꽃이 아니라도 좋아라』, 전예원, 1979, 165쪽.

으면 한국현대사의 근원과도 맞닿는 부분이 없진 않지만 장편소설의 기본적 골격, 즉 서사의 구조와 전개는 뚜렷한 대립과 갈등의 선(線)이 없고 그나마 수시로 중단되며, 그 중단된 자리에 등장인물들 각각의 기구한 내력과 자잘한 삽화가 대체되어 있다. 때문에『장한몽』은 공동 묘지 이장공사를 매개로 들려주는 '인물이야기' 또는 '한(恨)의 이야기' 라고 바꿔 불러도 과언이 아니다.25)

그러므로 넓게 보아『장한몽』의 공사장 안에 모인 갖가지 '한(恨)의 이야기'는 가난과 전쟁, 그리고 부정적 근대의 그늘이 만든 도시 변두 리 계층의 삶과 비애로 요약된다. 사실 이들은 오랫동안 살던 고향에 서 떨어져 나와 도시의 '외곽'과 '지하'를 전전하는 이른바 '뿌리 뽑힌 사람들'이다. 아마도 이들은 절박한 탈향 의지를 품고 상경한―비록 실제 작품에선 그들의 탈향 의지가 좌절되고 말지만―「암소」의 '선출' 과 '신실', 「추야장」의 '윤만'과 '능애'의 모습이며, 혹은 어두운 도시 한 켠에서나마 정착을 위해 발버둥치던「몽금포 타령」의 '두만'과 '덕 칠',「생존허가원」의 '김우길'이나 '최말식'의 다른 모습일 것이다. 애 초 이들은 마길식처럼 "있을 땐 이웃과 나눠 먹되, 없으면 남의 것도 넘성대며 군침이나 삼키다가 끝내는 합법적인 방법으로 갉아먹는 데 에도 서슴지 않으리라 싶은 아무데나 있는 흔한 인간들 가운데 하나" 인 사람일뿐이다.

그러나 이들은 시체의 금이빨을 빼서 훔치도록 약삭빠르기도 하고, 애인에게 선물할 돈을 마련하기 위해 시체의 머리카락을 잘라 모을

---

25) 작가의 회고도 이러한 판단을 부정하지 않고 있다. 그에 의하면, 애초 200장 남짓 의 단편 재고품이 우여곡절 끝에『창작과비평』에 연재되었다가, 각 장의 소제목도 없는 1000장 분량의 장편이 된 사연을 말하고 있다. 이문구,『나는 남에게 누구인 가』, 엔터, 1997, 66~70쪽.

만큼 우직하기도 하고, 간질병 약으로 쓰겠다는 사람에게 간장을 친 뜨물로 가짜 시즙(屍汁)을 만들어 팔정도로 간교하게 변해 있다. 이들은 하나같이 이중적 모습을 띠며, 인정(人情)과 악착(齷齪)이 착종되어 나타나고 인간적인 모습과 비인간적인 모습이 혼재되어 있다.

이들이 지닌 악착같은 생명력은 근대 삶을 살아가는 동력으로서 작가도 그 점은 높이 사고 있다. 작가의 분신이랄 수 있는 김상배는 허무의 냄새가 짙게 배어나오는 이장 공사장에서조차 살아남기 위해 몸부림치는 이들의 행동을 비난하면서도 마음속으로는 공감하고 있다.

상배는 성식이 말한 보통 사람이란 것이 어떤 형태의 인간을 일컫은 말인지 알 수 없었다. 보통사람…범인(凡人)…성식이 그런 말을 했다고 해서가 아니라 자기 자신이 보통으로 살아가는 보통사람이 아닌 것 같아 그런 거였다. 그리고 그것은 해결되지 않았다. 신성식, 마길식…우선 최근에 자주 접촉한 사람들을 보아도 모두가 그저 그런 보통사람들이었다. 육손이 아내, 데릴사위를 들인 장모, 처제들, 흘러집 작부, 명주리 묘지기와 인부들…모두가 보통 사람이었고 기억에 남아 있는 많은 사람들의 대부분도 보통사람들인 것 같았다.

상배 자신만 그렇질 못한 별쭝맞은 인간인 듯싶었고, 물론 나쁜 쪽의 별중이 같은 느낌이었다. 보통사람들에겐 질 줄밖에 모르는, 보통사람들이 해놓은 예삿일의 뒤치닥거리로만 바쁜, 보통사람을 존중한다거나 이용할 줄 모른, 혼자 답답하고 그 답답함에 비로소 위안이 얻어진, 상배 자신은 그런 사람인 것 같았다.

나는 할 말이 많은 사람이다. 많았어도 참아온 사람이다. 하고 상배는 되풀이 주장했다. 그것은 한(恨)이기도 했다. 길고도 오랫동안 풀어보지 못한, 어쩌면 끝내 풀어보지 못할지도 모를.

그러나 지금은 그런 주장도 결국 자기에겐 실제로 아무런 이득이 없잖느냐고 반문했고 또 긍정해버린다. 갑자기 보통사람으로 변모할 리도 없고 잃어버린 청소년 시절이 보상될 것도 아니다. 해야 할 일은 다만 저 숱하게 많은 보통 사람들 틈에 섞여들어 언제까지 견뎌

낼 수 있느냐는 용기와 무지를 정비하는 일이다.26)

6·25의 상처로 인해 줄곧 무기력한 패배주의자로 살아온 상배는 인부들의 야생적인 생활 속에 서려 있는 '건강함과 솔직함'에 감동을 받고 마침내 자기의 현실과 정직하게 대면하고 치열하게 싸우는 주체로서의 거듭남을 다짐한다.

이러한 상배의 공감이 의미하는 것은 빈민들의 생활의 내용을 이루는 원시적인 충동과 악착같은 투쟁이야말로 사람 사는 현실의 적나라한 실상이며, 그들의 충일한 야성 속에 어떤 주체적인 삶의 에너지가 약동하고 있다는 발견이다. 다시 말해서 그들이 보여주는 야생적 강인성과 좌절적 반항성 속에 주체적인 삶의 정립을 위한 잠재력이 내포되어 있다는 판단이다.

분명 이 소설은 이들의 '장한몽(長恨夢)'이 쉽게 깨질 수 있거나 극복되거나 초월될 수 있을 것으로 결말짓지는 않았다. 그럼에도 불구하고 한의 응어리라는 면에서 더 깊고 크게 패인 인물들이라 할 수 있는 김상배와 구본칠, 그리고 최미실이 도달한 결말은 '포월(匍越)27)적 한(恨)

---

26) 「장한몽」, 『창작과비평』, 1971 가을, 608~609쪽(페이지는 영인본에 의거함).

27) '포월(匍越)'을 글자그대로만 풀이하면, '기어가면서 넘어감'의 뜻이다. 이 용어는 철학자 김진석의 저작에서 빌려 온 용어로서, "기어가기. 그냥 오랫동안, 한평생 가까이 또는 한평생보다 더 오래, 기어가기. 열심히 기어가다 보니, 어느새 넘어가 있음을 깨닫게 되기. 그리고 그 넘어감도 뭐 대단히 멀리 훌쩍 뛰어 넘어간 게 아니라, 거의 보이지 않을 거리를 움직이며 또는 거의 제자리에서 그냥 머물러 있는 듯한데도 어느 아득한 경계를 넘어가 있음을 깨닫기"의 의미로 사용되었던 것이다 (김진석, 『초월에서 포월로』, 솔, 1994, 212~213쪽) 이것이 비록 철학적으로 정립된 개념은 아닐지라도 『장한몽』의 한(恨)을 논구할 경우, 한의 풀이를 초월로 해석하기도 곤란하거니와 이는 낭만적 성격을 의미하는 경향이 있기 때문에 좀 더 현실적인 성격을 강조하기 위하여 빌려 썼으며, 이러한 관점으로 장한몽을 분석한 우찬제의 글도 참고하였다(우찬제, 「융섭의 상상력과 한의 포월」, 『상처와 상징』, 민음사, 1994).

의 진경(眞境)’을 보여준다. 즉 열심히 기어가다 보니 어느새 아득한 경계를 넘어가고 있음을 그들은 깨닫게 되는 것이다.[28]

아버지의 죽음을 복수하기 위해 살인자를 처형하고 그 죄의식에 짓눌려 삶을 탕진하던 구본칠은, 마침내 이 공동묘지 이장공사장에서 용서와 화해의 실마리를 찾게 된다. 그는 자기가 죽여 묻은 시체처럼, 거꾸로 묻힌 유골을 발견하고는 그 뼈를 잘 추스르고 가마니로 덮어 찬이슬을 피하게 해준다. 그날 밤 그는 악몽을 꾸지만 그것은 더 이상 악몽이 아니라 그때까지 그를 괴롭히던 죄로부터 용서받는다는 안도감을 느끼면서 구원의 가능성을 찾게 해주는 해원(解冤)의 꿈이 된다.

이장 공사를 마칠 무렵 김상배와 최미실의 ‘몽유(夢遊)’도 깨어날 만한 가능성을 발견한다. 김상배는 ‘남의 인생을 대신 살고 있는’ 최미실의 절실한 ‘자기 도로 찾기’를 보면서 실물을 찾아 몽유해온 상배 자신의 처지를 비로소 확인하게 되고, 그녀에게 “자기 외부, 말하자면 이 사회, 이 세상 물정들과의 교섭해볼 필요성”을 역설하는데, 이는

---

28) 이런 점에서『장한몽』은 황폐한 삶의 불가피한 견고성을 승인하고 있는 작품이다. 그러나 이런 작품이 흔히 표방하기 쉬운 결정론적 인간관을『장한몽』에서는 찾아보기가 어렵다. 소설사에서 볼 때, 김동인의『감자』는『장한몽』과 대조적으로 설명할만한 대목이 있다. 익히 알려진 대로, 김동인의『감자』는 식민지 초기, 황폐한 삶의 극단적 양상과 불가피함을 사실적으로 표현한 작품이다. 그러나 여기에서 숨길 수 없는 것은 작가의 결정론적 인간관이 적나라하게 드러나고 있다는 사실이다. 물론 여타의 작품에서 김동인은 ‘광기’를 통해 이러한 것으로부터 탈출을 시도한 바 있다. 따라서 그의 작품에 빈번하게 등장했던 ‘광기’란 기실 양보할 수 없는 자아의 의지와 완강한 세계 사이의 왜곡된 긴장상태의 표현이었다. 그러나 이문구는 『장한몽』을 통해 이러한 김동인의 자연주의적 한계와 세계인식, 그리고 결정론적 인간관을 넘어서고 있다. 아울러 방영웅의『분례기』(1966)에 나타난 ‘분례’의 광기, 천승세의「낙월도」(1972. 1)에 나타난 ‘팥례’의 광기를 동시에 넘어서고 있다. 이들의 광기가 근본적으로는 김동인의 광기와 같은 성격, 즉 근대적 현실에 갇힌 자아의 극단적 탈출이라고 할 때, 이문구의『장한몽』은 철저하게 그러한 초월과 낭만의 줄을 타지 않았기 때문이다.

상배 자신의 자기회복 의지와 자신의 그러한 권리를 지킬 싸움에 던진 스스로의 '각서'라 해도 무방한 것이다.

"저 보통사람들이 하는 일에 뛰어 들어 관계를 하다보면, 그렇지, 보통사람들이 앞으로 해나갈 일을 미리 알 순 있게 될 거요. 그 때마다 나는 옛날에 강제로 도둑맞은 내 자신을 조금씩 발견하게 될 겁니다. 나를 뺏어간 과정이 어떤 것이었나 드러나게 될 테니까. 그러면 그 담에 이제껏 저 사람들한테 괄시받고 짓눌려 온 까닭도 알게 되겠지. 결국은 아마 싸워야 할 겁니다. 이 세상 사람들과 싸워야 한다 그거요. 저 사람들이 늘 돼먹지 않은 수작만 해왔던 건 자기를 도둑맞은 사람은 자연 알게 될 테니 말요, 보통 사람이 되지 않기 위해서 보통사람들한테 뺏긴 자기를 도로 찾아내기 위해서 그래야 할 겁니다. 싸울 용기가 없으면 그대로 몽유를 하고 실성한 인간이 돼야겠고, 용기가 있다면, 다시는 자기를 뺏기지 않고 자기가 가질 수 있는 모든 권리를 지켜야 할 것 같아요."
……(중략)……
겉으론 미실이에게 지껄이고 있었지만 실지는 상배 자기자신에게 준 각서나 다름없었다. 본디 보통사람이었던 원래의 김상배를 중도에서 변모한 현재를 김상배가 자신의 과거와의 갈등 속에서 자신을 의혹하고 비판해 오던 중, 갑자기 피차의 흉금을 터놓고 진실이 어떤 것인가를 합의한 느낌이었다. 그것이 착각이란대도 좋았다. 앞으로 살아가야 할 방법이 무엇인가를 알게만 된다면.29)

『장한몽』의 결말은 김상배의 아내가 사내아이를 출산하는 것으로 끝난다. 그러나 이것은 끝이 아니라 새로운 가능성이고 향일(向日)의 암시이다. 물론 이것은 낭만적 초월의 수준이 분명 될 수 없다. 그렇다면 자기가 자신의 과거를 용서하고 거꾸러졌던 삶을 기어서라도 넘어

---

29) 「장한몽」, 『창작과비평』, 1971 가을, 677~678쪽.

가고자 하는 포월의 세계에 거처를 마련하도록 해준 것은 무엇인가? 그것은 일차적으로 이장 공사장으로 흘러든 개개인의 강인한 생명력일 것이며, 그 근저에는 놓여 있는, 간교하고 약삭빠른 이들의 심층에 놓여있는 양심과 순박한 심성, 그리고 사실과 체험으로부터 도출된 '흙'의 정서일 것이다.

> 그는 자기뿐 아니라 모든 사람들의 고향은 농촌일거라 생각도 했다. 사회적인 지위의 높고 낮음이나 가진 것의 많고 적음 따위엔 관계없이, 모든 사람이 마음 놓고 쉴 수 있는 곳이 고향이라면 그들의 고향은 역시 농촌일 것 같기만 했다. (…) 저 하늘과 함께 여물어가는 농촌의 가을을 보니 그는 갑자기 모든 것을 고지식하게, 원리원칙대로만 생각하고 싶어진 거였다. 반면 그가 지금껏 시달리고 복대겨온 서울생활이 자꾸만 억울해지고 있었다.
> 하늘과 이 대지가 아무런 대가도 요구하지 않고 무상으로 제공한 것을 충분히 이용하지 못하며, 못할 뿐만 아니라 대자연이 준 것을 받아 이용하기에 앞서 사람과 사람끼리 사람만을 이용해 먹고자 하는 생리가 한스럽고 안타깝던 것이다.[30]

> 흙의 생명—그것은 풀과 나무, 산울림, 메아리, 온천, 지진, 화산, 더는 지구의 자전이나 공전 따위에서 느껴지는 숨결에서부터 다가오기 시작한 것으로, 지리교과서에서 얻던 지식하곤 전혀 다른 것에서 감각하고 있었다. 알기 쉽게 말하자면 상배 자신이 직접 몸으로 부딪치고 만짐으로써 터득한 것이었다.[31]

결국 내용적인 측면을 중심으로 본 『장한몽』은 존재의 향배(向背)에 두려움을 지닌 채 하루하루를 전쟁같이 살아가는 군상(群像)들의 인생

---

30) 「장한몽」, 『창작과비평』, 1971 가을, 568~569쪽.
31) 「장한몽」, 『창작과비평』, 1970 겨울, 606쪽.

에 대한 통찰을 보여주는 작품이다. 불안과 두려움, 절망과 슬픔, 인정과 악착, 그리고 한의 포월로 나아가는 그들의 삶에 대한 회한(悔恨)의 기록인 것이다. 이런 점에서 볼 때, 『장한몽』은 그의 초기소설 가운데 「몽금포 타령」, 「두더지」류의 도시체험 및 세태로부터 「해벽」, 「추야장」에서 보여준 자연과의 합일을 지향하는 그리움 등이 한(恨)의 이야기로 흘러드는 저수지요 광장이라고 부를 만하다.

그러나 『장한몽』은 야멸차고 물신화된 죽음의 현장 속에서 이들의 고립된 체험을 하나의 끈으로 묶여주지 못하고, 그래서 개인의 체험이 소설적 총체로 형상화되었다고 보기는 어렵다. 그럼에도 불구하고 작가의 분신인 김상배는 소설의 도입부에서부터 '흙'과 대지적 상상력을 동경해왔고, '모든 사람의 고향'인 흙으로 돌아갈 것을 생각함으로써 새로운 가능성을 암시하는데, 이러한 흙의 정서가 죽음의 공간인 공사장과 '장한몽'에서 깨어나 새로운 재생과 살림의 세계로 이끌어 줄 수 있을지도 모른다는 생각이 그것이다.

이러한 생각은 이후 소설의 화자들이 도시와 농촌을 더욱 뚜렷하게 대비하는 가운데 두드러진다. 그들은 "하다못해 빗소리를 듣더라도 서울에서 들으면 귀에 거슬렸다. 도대체 귀가 가칫거리지 않는 서울 소리란 무엇이 있던가"라며 도시에의 견딜 수 없는 역겨움을 토로한다. 또 "애잇골에서 들리던 소리는 거의가 반가운 것이었다. 닭 우는 소리, 들새 지저귐, 심지어는 자동차소리마저 좋았으니 동지섣달 높새바람이라도 꺼려질 이치가 없던 것이다"을 떠올리며 시골에 대한 향수에 시달린다. 즉 냉혹한 현실주의와 철면피한 이기주의로 자신들을 무장하고서 도시와 시골의 어느 쪽에도 제대로 속하지 못한 채 뿌리 뽑힌 삶을 지속해 가는 이들의 목소리는 이처럼 내면화되거나 사색의 형태로 떠오르게 된다.

따라서 이와 같이 『장한몽』이 보여준 새로운 가능성, 즉 '귀향의지'는 초기소설의 방향을 더욱더 각박한 도시세태에 대한 혐오와 이와 대비되는 농촌과 농민의 형상화 쪽으로 변모하게 만든다는 점에서 도시체험과 세태를 다룬 초기소설과 맥락을 같이하고, 농촌의 해체과정과 풍정이 만든 지향과 동일하다고 할 수 있으며, 이후의 소설의 경계 및 변모과정을 살펴보는데 유용한 가늠자가 된다.

이상에서 살펴본 바와 같이 이문구의 초기 소설은 세부적인 면모의 차이에도 불구하고 두 가지 유형으로 구분되며, 대체로 다음과 같은 특징으로 정리된다.

첫째, 소설의 공간이 서울 / 고향, 도시 / 농촌으로 설정되는 바, 전자는 당대의 '도시종주성'을 바탕으로, 분해되고 해체된 공간(특히 농어촌)으로부터 파생된 이른바 '뿌리 뽑힌 사람들'의 절망과 생존투쟁을 보여주고 있으며, 후자는 정체(停滯)와 인정(人情)의 세계가 아니라 구체적인 당대의 농촌이며, 그러한 농촌 안으로 유입된 '탈향의지' 내지 '도시지향성'이 재래의 가치와 충돌함으로써 발생하는 팽팽한 긴장감을 보여주고 있다.

따라서 이문구 초기소설은 주요 공간을 결코 분리하지 않고 있다는 점에 그 특징이 있다. 즉 도시로 흘러든 인물들은 대체로 전쟁과 가난으로 탈향(脫鄕)한 땅의 후예들이다. 그리고 이들이 농촌의 정체(停滯) 혹은 분해와 해체를 확인하고 절대적 빈곤을 탈피하기 위해 도시를 택하건, 도시의 외곽과 지하를 전전하며 야멸찬 생존투쟁을 감당하건, 아니면 도시로 밀려든 근대화의 물결과 풍속의 변화를 맨몸으로 감당하건 간에, 이들이 따스한 심성과 양심적 면모를 잃지 않고 있기 때문에 이문구의 초기소설은 '팽팽한 긴장감'을 유지할 수 있었던 것이다. 이는 근본적으로 도시와 농촌, 서울과 고향의 당대적 대립에서 비롯된 것이라고 볼 수 있다.

둘째, 여기서 도시에 등장하는 인물들은 저마다 기구한 내력을 가지고 있음에도 불구하고 '보통 사람'들의 영역에 편입되지 못하고 돈과 양심, 윤리의 파탄과정을 적나라하게 경험하는데, 작가는 이러한 과정을 태연히 묘사함으로써 60년대 후반 물량적 발전이 불러온 기묘한 사회적 활력에도 불구하고 자아의 확장이나 삶의 조화로운 개선을 확보하진 못했으며, 오히려 부분적 가치로 전도된 현실을 강조하고 있다.

반면 농촌에 등장하는 인물들은 저마다 선하고 순박하며 양심적인 인물들로서 전근대적 인물의 유형에 가깝다. 따라서 그들은 성격의 발전과 역동적 면모를 갖춰나가기보다 심성과 전인적 면모가 평면적으로 강조될 뿐인데, 이는 작가가 '변하는 것'에 패배하는 '변하지 않는 것', 즉 인간적 도리와 삶의 본원적 가치를 강조하기 위한 역설로 받아들일 수 있다.

따라서 이문구의 초기소설은 농어촌 해체의 과정과 풍정을 들려주면서 산업화·도시화가 시작된 이래 우리 사회에서 가속화되고 있는, 돈과 양심의 문제, 윤리의식이 마비되어 상황을 직시하도록 만든다. 하지만 그의 소설을 단지 사회의 도덕적 타락상에 대한 근심스런 보고로만 읽는 것은 잘못이다. 그의 소설에서 정작 돋보이는 덕목은 이러한 해체와 타락이 지속되어 가는 상황 속에서도 어딘가 따스한 훈기가 통하는 인간적 유대의 공간이 살아 있음을 보여주고, 또 그것을 찾기 위한 노력을 모색하고 있다는 점이다. 그의 초기 소설에서 중요한 관심은 서민들의 불행과 고통에 대한 사실적 관찰 그 자체에도 있지만 심층에 있어서는 그들 속에 존재하는 '강인한 생명력'과 '순박한 인간상', '삶의 본원적 가치'를 그려내는 작업에 있다고 보는 편이 합당할 것이다.

초기소설의 인물들이 척박한 현실과 절망적 상황 속에서 전해주는 이 같은 진정한 메시지는 철저하게 토속성에 기반하고 있다는 점에서 생동감을 느낄 수 있을 뿐만 아니라 대립과 긴장을 이완시키는 넉넉한 해학의 원천을 마련하기도 하고, 때론 날카로운 풍자의 근거가 되기도 하는 이문구 문학의 풍부한 자산(資産)임에 틀림없다.

아울러 이들의 왁살스러우면서도 대범하고, 강인하면서도 구수하며, 영악하면서도 건강한 모습은 박태순의 「정든 땅 언덕 위」(66)에서 보았던 '외촌동 사람들'과 한 이웃이며, 황석영의 「객지」(71), 「삼포 가는 길」(70)에 등장하는 이들과 동료라고 볼 수 있는데, 이들은 70년대 후반 조세희의 「난장이가 쏘아 올린 작은 공」(76)에서 '난장이'와 그의 일가로 잠깐 변신하였다가 마침내는 80년대 개화한 '민중'의 원형이기도 할 터이다.32)

2. 이야기성의 수용과 소설적 실험

여기서 우리는 이제까지 간과해 온 『장한몽』의 또 다른 특징과 의미에 주목할 필요가 있다. 실제로 『장한몽』이 삶의 변두리나 밑바닥에 전전하는 이들로부터 '들은 이야기'를 자신이 '겪은 이야기'와 결합시켜 '사람사는 이야기'로 들려주는 것이라면, 이문구의 소설관, 즉 '구이지학(口耳之學)'을 통해 세 가지 '사실'의 차원으로 구체화시키는 방식―이야기를 전달하는 방식―이야말로 내적 전통 및 의미구현양상과 결코 분리될 수 는 없다는 문제가 그것이다.

---

32) 김병익, 「한에서 비극으로」, 『전망을 위한 성찰』, 문학과지성사, 1987.

우선 『장한몽』의 실질적 서사의 구조이자 등장인물의 삶에 대한 자세한 소개는 이들이 품고 있는 한(恨)의 구체적 내용을 공유함으로써 서로의 삶과 삶 사이에 유용한 '조언'이 오고갈 수 있는 통로를 마련해준다는 점에서 주목되며, 또한 이것들이 김상배, 구본칠, 최미실의 경우에서와 같이 우리 민족이 겪어야 했던 '보편적 질곡과 고통'이라는 점에서 이야기로서의 의미를 갖는다.33)

『장한몽』의 '한(恨)'이란 이런 고통의 응어리에 지나지 않는다. '한(恨)'이란 생명력의 당연한 발전과 지향이 장애에 부딪쳐 좌절되고 또 다시 좌절되는 반복 속에서 발생하는 독특한 정서형태이며, 이 반복 속에서 퇴적되는 비애의 응어리이다. 그런데 작가 이문구의 '구이지학'은 이러한 한을 다른 사람들에게 전해줄 만한 정도의 유의미한 가치를 인정했던 것이며, 더욱이 작가의 분신이랄 수 있는 상배의 처지로 보아서도 그의 개인사(사실 이것은 민족사 차원의 것이기도 한데)를 풀어내는 해원(解寃)의 과정도 필요했던 바, 이문구는 귀와 몸으로 들은 이야기에 작가자신의 이야기를 합쳐 하나의 이야기를 구성할 수 있었던 것이다.

그런데 『장한몽』은 한 등장인물의 소개가 대체로 인물의 묘사와 기구한 이력에 대한 서술이라는 비슷한 패턴을 보이고 있으며, 이러한 소개를 하나의 단위로 삼아 연쇄적으로 구성된 독특한 서사적 구조를 가지고 있다.

『장한몽』에서 일어나는 사건은 이장(移葬)작업의 과정과 그 안에서의

---

33) 벤야민에 의하면 듣는 사람을 향한 유용한 '조언'을 내포하고 있다는 점은 이야기의 중요한 본질이다. 모든 얘기꾼들이 끄집어내는 얘기의 원천은 입에서 입으로 전해지는 경험이지만 그것은 대체로 고통의 골격으로 짜여 있으며, 이때 조언이란 실제적 삶의 재료로 짜여진 '지혜'이기 때문이다. 발터 벤야민, 반성완 옮김, 「얘기꾼과 소설가」, 『발터 벤야민의 문예이론』, 민음사, 1994, 169쪽.

인부들 간의 갈등이 전부인데, 또한 그것은 실제로 닷새 동안에 벌여진 일에 불과하다. 따라서 문제는『장한몽』의 서사진행이 현저히 느리다는 것이며, 이러한 이유가 서사의 구조에서부터 비롯된다는 사실이다. 즉『장한몽』은 기본 줄거리가 진행되는 중간 중간에 끊임없이 인물의 새로운 이야기가 끼워지는 '삽화적 구조'를 가지고 있다.

이것은 하나의 단위로 된 여러 삽화들이 단순하게 병렬적으로 나열되어있는 구조와는 다른 것으로서, 나무의 형상에 비유하자면, 중심줄기에서 곁가지가 뻗어나가고 그 곁가지에서 더 작은 곁가지가 뻗어나감으로써 하나의 전체적인 나무의 모습이 이루어지는 것과 같다. 이때 각각의 곁가지 이야기들은 '부분의 독자성'을 유지하면서 소설 속에서 온전한 하나의 자리를 차지하게 되며, 그러한 독자적인 하나하나의 곁가지 이야기들이 서로서로 연관성을 지니면서 전체 작품의 구조를 이루게 된다. 따라서 그 구조는 긴밀하고 완결된 건축적 구조와는 다른 모습을 갖게 된다. 그것은 처음에서 중간을 거쳐 끝에 이르는 '선형구조(線形構造)', 즉 유기적 짜임의 방식이 아니라 '수형구조(樹形構造)'라 이름 부를 만한 첨가적 짜임의 방식으로 이루어져 있는데, 옹(Walter J. Ong)에 의하면, 이러한 방식은 근본적으로 구술성에 기초한 담화방식에서 파생된 것으로서 쓰기에 입각한 서사와 커다란 차이가 있다.

그렇다면『장한몽』의 이야기성은 무엇을 통해 더욱 두드러지는가?『장한몽』의 첫 문장만이라도 읽어본 사람이라면 그 해답의 열쇠가 문체에 있음을 쉽게 직감할 수 있다. 그리고 그 문체가 우리 문학사의 풍부한 구술적 전통에 기반을 둔 것임을 또한 금방 확인할 수 있다.

작가 이문구가 동시대 작가들과의 상이한 면모를 가진 다는 점은 이미 앞에서 밝힌 바 있다. 따라서 그의 이야기꾼으로서의 작가의식이

서사의 구조와 원리뿐만 아니라 전달의 방식, 즉 서사전통을 수용·계
승한 문체에 있어서도 일정한 영향을 끼쳤으리라는 점은 당연하다. 특
히 그가 영어 번역투에 침윤된 문장과 글쓰기로부터 자유로운 작가이
며 전통적인 한국어 말투를 근대소설 속에 수용하고자 했다는 점은
작가 스스로도 인정하고 있다.

> (본인이 생각하는 문체의 특징은 무엇이냐는 질문에 – 인용자) 전
> 통적인 한국문체(조선적인 문체)라고 생각합니다. 예컨대 판소리 사
> 설이나, 춘향전 등 고전소설의 이야기식 문체를 연상해 보기 바랍니
> 다. 또 현재 우리나라 작가의 80%이상의 문체가 '번역문체'이며 또
> '기사체(記事體)' 문체임을 비교할 필요도 있을 것입니다. 번역문체를
> '한국적' 또는 '전통적'인 문체라고는 할 수 없겠지요. 번역문체는
> 작가들이 외국어과 출신이라서기보다는 일제통치기간의 국어말살정
> 책과 일문일서를 통한 교육, 그리고 광복 후 파도같이 몰려 든 미제
> 및 해외문물을 통한 교육과 정보취득, 기계화과정에서 자연스럽게
> 성립된 것으로 생각됩니다.
> 우리 고전문학 교육의 부실함, 국정교과서 편찬자들이 지금도 일
> 제교육, 미국 유학파들이 장악하고 있음도 무관하지 않을 것입니
> 다.34)

이문구는 문체에 대한 불만과 성찰을 통해 적어도 두 가지를 강조
하고 있는 것으로 보인다. 하나는 '번역체' 혹은 '기사체'의 폐해이다.
소위 신문 기사란 정보를 가장 빠르고 효율적으로 전달하는 데 목적
을 두고 있다. 때문에 그 사건과 관련된 정황(情況)이라든가 그러한 사
건이 일어나게 된 구체적인 전후사정 등은 빠지기 쉽다. 즉 외적으로
드러나는 원인과 결과만을 중시하고 사건의 핵심만을 추리려는 경향

---

34) 김상태, 「이문구 소설의 문체」, 『작가세계』, 1992 겨울, 83쪽에서 재인용.

이 있다. 이문구는 이러한 관점에 분명한 반감을 표명하고 있다. 그는 외부의 시선에 의해 사상(捨象)되기 쉽거나 배제되고 마는, 그러나 정작 실제의 삶 속에서는 중요한 의미를 염두에 두고 있다.

『장한몽』에서도 그가 이러한 효용과 논리의 이름으로 가장된 문체를 거부하고 구체적인 감각과 정황을 중시하는 독특한 면모를 실현하고 있다.

  (가) 신평리 뒷산은 체격이 듬직하고 젊어 아무나 넘나들 수 없게 구색을 갖춘 조용한 산이었다.35)

  (나) 이듬해 초봄, 그는 고생깨나 했다 싶은 자전거를 한 대 마련할 수 있었다. 바야흐로 행상꾼의 본궤도에 올랐던 것으로 볼 순 없을는지.
  생갈치사려, 꽁치여—
  계절 맞게 여름을 찾고 겨울을 부르며 자전거를 비벼, 끼니때도 바쁘고 자정을 보내고야 문지방에다 잠을 쏟은, 그래서 재빨리 보낸 세월도 한 이태는 됐으리라 싶다.36)

(가)에서 '체격이 듬직하다', '젊다', '아무나 넘나들 수 없는 구색을 갖추다', '조용하다'는 것으로 묘사된 산은 구본칠에게 맞아 죽은 황승로가 피신해 들어갔던 곳인데, 말이 없는 산은 죽은 자가 말이 없다는 의미를 함축함으로써 구본칠이 풀어내야만 할 한(恨)을 상징하면서도 여기서의 산은 경외의 대상이고 함부로 들어설 수 없는 격조를 갖춘 물상으로 표현되고 있다. (나) 역시 대상에 인격을 부여하는 독특한 표현을 시도하고 있다. 자전거 형용 속에 든 인생역정, 즉 정신없이 돈

---

35) 「장한몽」, 『창작과비평』, 1970 겨울, 644쪽.
36) 「장한몽」, 『창작과비평』, 1970 겨울, 675쪽.

벌이에 나선 장면과 '끼니때도 바쁘고 자정을 보내고야 문지방에다 잠을 쏟는' 두 장면이 시각연상을 극대화하는데, 이와 같은 장면 묘사의 극대화는 그의 작품 전반에 걸친 특성이다.

하지만 이 보다 훨씬 쉽게 눈에 띄는 것은 『장한몽』 특유의 만연체다. 이문구의 장한몽에서 만연체는 가령 아무 곳에서나 뽑아도 흔히 접할 수 있는 것으로서 이것은 같은 만연체라 하더라도 박태원의 '장거리 문장'처럼 도시적 감성에 의한 의도적 실험을 지닌 것도 아니고, 박상륭의 것처럼 복문(複文)에 의한 그래서 읽기 힘든 구조를 가진 것도 아니다. 대신 그의 문장은 질박한 토속적 질감과 마치 판소리 같은 전통가락 속에 욕심 좋게 늘어놓는 해학성으로 이어진 중문(重文)의 구조를 갖는다.

> (1) 놀보 심사 볼작시면, 술 잘 먹고 쌈 잘하기, 대장군방 벌목시켜 오귀방에 이사권코, 삼살방에다 집 짓기고, 남의 노적에 불 지르고, 불 붙는 듸 부채질, 새 초분으다 불지르고, 상인 잡고 춤추기와, 소대상으 주정 내어 남의 제상 깨뜨리고, 질가는 과객 양반 재울 듯이 붙들었다 해다 지면는 내어 쫓고, 의원 보면은 침 도적질, 지관 보면은 쇠 감추고, 새 갓 보면 땀때 떼고, 좋은 망건 편자 끊고, 새 메투리는 앞총 타고, 만석 당혀 윤듸 끊고, 다 큰 애기 겁탈, 수절 과부 무함 잡고, 음녀 보면은 칭찬하고, 열녀 보면 해담하기, ……(하략)……37)

> (2) 만리의 장성을 높이 쌓아, 나라를 천지로 더불어 길이길이 지키고, 나는 불사약을 먹어 이 나라의 주재자로 이 영광을 무궁토록 누리고…하자던 진시황과, 만석꾼의 가산을 더욱 늘러가면서 전치로 더불어 길이길이 지키고, 양반을 만들어 가문을 빛내되, 나는 오줌을 먹고 보건체조를 하고 보약을 먹고 하여, 이 집안의 가장으로 이 영

---

37) 「흥보가」, 『판소리 다섯 마당』, 뿌리 깊은 나무, 1982, 123~124쪽.

광을 무궁토록 누리고자 하는 윤직원 영감과, 그 둘은 서로 다를 바
가 없는 것입니다.[38]

  (3) 한창 뽑다 보면 치마폭에 싸이다시피 되곤 해, 비로소 돈 주고
돈 살만한 돈이 만져지기 비롯되었다. 이젠 남들만 하는 줄 알았던
그 연애라는 것, 달콤한 첫사랑과 쓰디쓴 첫경험을, 숫기로 말해 실
연의 쓴맛을 곱새기며 아파할 수 있게 시야도 늘었고, 곁들여 약간
은 야바우짓으로, 더러는 바가지로 덮쳐, 얼렁뚱당 얹어먹기, 단골찾
아 밀매흥정, 장물사서 되넘기며, 촌티 보아 재고 정리, <나까마>
붙잡아 뒤로 먹기……, 한번은 거쳐야 할 장사치의 상식에 대해서도
<철저적 기초완성>을 다짐하며, 사서 고생하다 앉아서 배불리며,
밑져도 손해 안보게, 땡잡으나 부자 못되는 그런 시건방지고 되바라
진, 그리하여 점점 그 시장 어디어딜 가면 이러고 저러게 생긴, 그이
가 되어가고 있은 거였다.[39]

  (4) 그가 들오라고 한 곳은 관리 사무실이었다. 동남으로 유리창문
이 하나씩 나 있는 서너평짜리 방은, 방이라기보다도 봉당이나 헛간
을 개조한 듯 바닥은 그냥 흙바닥이었고, 앉자마자 이내 주저앉은
것 같은 비딱한 나무걸상 두 개와 헌 테이블이 놓여 있을 뿐, 마치
정부미 배급소 사무실같이 썰렁한 풍경이었다. 벽에는 광주 양조장
달력 한 권과 음력 찾기에 알맞게 된 한 장짜리 국회의원 달력이 붙
어 있었으며, 그 밑에는 이 사무실하곤 아무 인연도 없을 것 같은
<중단없는 전진 속에 건설하여 부흥하자>와 <퇴비 증산영농개선>
이란 초록색 전단이 각자 한 장씩 붙어 있었다. 책상 위에는 찌그러
진 주전자와 찻종이 한 개 놓여 있고 그 옆엔 먼지가 뽀얗게 앉은
잉크병과 펜 한 자루, 인주갑 그리고 문정숙으로 표지한 「야담과 실
화」 근간호가 한 권 잠들어 있었다.[40]

---

38) 채만식, 『태평천하』, 『전집 3 : 9』
39) 「장한몽」, 『창작과비평』, 1971 가을, 675쪽.
40) 「장한몽」, 『창작과비평』, 1971 가을, 569쪽.

(5) 치러 보기 전에 겉으로 말하는 투를 본다든가 하여 그 사람의 내면을 들여다보려는 것처럼 단순하고도 무모한 짓이 없으리란 추측은 그저 손쉬운 방편에서 그렇게들 저울질하려 든 버릇에, 고학으로 시종해야 했던 학생시절 여러 차례 데어 본 경험인 상배가 속물근성에서 우러난 가장 유치란 처우법이란 경멸로 못박은 데서 맺어진 것이긴 했지만 역시 언제부턴진 몰라도 나이가 들며 거래를 염두에 두고 있어야 하는 생활인이 되고 나면서는 그도 종내 많은 사람들이 많이 하는 일이 곧 시취(時趣)에 알맞게 적응하는 것임을 터득해 오고 있었던가 한다.41)

사실 (1)과 같은 '문장문체상'의 열거는 『홍보가』뿐만 아니라 「심청가」, 「춘향가」, 「수궁가」, 「적벽가」에서도 자주 발견된다. 이것은 구술성의 맥락에서 보면 광대의 구연을 살찌게 하면서 창조적인 변이에 기여하는 바, 다른 구술문학(민요, 설화, 무가 등)에서도 흔하게 발견되는 것이어서, 판소리만의 특징이라기보다는 한국 구술문학의 일반적 특성의 하나라고 할 수 있다. 이러한 특성이 (2)처럼 채만식의 경우에 두드러지고, 특히 『태평천하』같은 작품에서는 그 빈도가 높다는 점은 이미 앞 장에서 살펴본 바 있다. 그런데 이문구의 만연체는 (3)과 같은 리듬감 있는 열거뿐만 아니라 (4)와 같은 사실성을 강조하기 위한 대목의 정밀한 묘사에조차 활용되고 있다는 점에서 더욱 철저한 양상을 확인 할 수 있으며, (5)는 이런 철저한 양상이 소설적으로 수용되는 다소간의 거친 면모를 확인시켜 준다.

이런 열거와 만연체의 구사는 단순히 사건을 구체적으로 서술하거나, 어떤 정황을 실감나도록 하는 구실을 하는 데서 그 역할이 끝나지 않는 것이다. 일면 불필요한 군더더기가 같기도 하지만, 실상은 구술

---

41) 「장한몽」, 『창작과비평』, 1970 겨울, 630쪽.

담론이 지니는 부가적이고 집합적인 특성의 반영으로 본다면, 실제로 구술하는 이야기를 옆에서 듣고 있는 듯한 느낌을 강화시켜주는 기능도 한다. 그렇기 때문에 이문구의 만연체는 표현의 실감과 서술의 구체화를 위해서 작용한다 할지라도, 본질적으로는 이야기 및 구술적 서사전통의 유산이자 그 수용의 결과라 할 수 있다.

한편 『장한몽』이 이야기성과 구술적 서사전통을 수용하는 직접적 방법은 가끔씩 나타나는 서술화자의 개입에서도 드러나지만[42], '-거였다'라는 이야기조의 어미 활용에서 특히 세련되어진다.[43]

어학적으로 볼 때, '-거였다'는 '것이었다'에서 'ㅅ'이 탈락하고 'ㅣ' 모음 뒤에 'ㅓ'가 결합되어 축약된 형태이다. 그러므로 행위자의 사고와 행동을 서술하는 어미인 '것이다'와 달리 그러한 행위자의 사고와 행동을 전달하는 말이 곧 '것이었다'가 되는 셈이다. 이는 마치 '것이었던 것이다'라는 변사체를 연상하면 이해가 쉽다.

그런데 이러한 종결어미는 한승원(韓勝源)이나 이문구의 회고대로 초기소설에서 유별나게 활용될 뿐만 아니라, 특히 『관촌수필』과 같은 작품을 통해 이문구식 표현으로 정착된 것으로서 서술대상과 화자가 객관적 거리를 유지하는 특이한 종지 형태인데, 이것은 또한 판소리의

---

42) "다시 그 비슷한 얘기가 되리라만, 마길식이의 협조는 거기서 그친 게 아니었다." (「장한몽」, 『창작과비평』, 1970 겨울, 657쪽) "한데 보람이란 말이 나온 김에 군소리란 소릴 듣더라도 덧붙여 말할 건"(「장한몽」, 『창작과비평』, 1971 여름, 42쪽).

43) 한승원에 의하면, 이문구는 초기소설부터 '-것이었다'를 항상 '-거였다'라고 썼으며, 그로부터 문단 안에 '-거였다'가 유행되었다고 적고 있다(한승원, 「소설 이문구」, 『소설문학67』, 1981. 6) 이 점에 대해는 작가 스스로의 발언도 참고할 만하다. 그는 애초 종결어미로 '-것이다', '-것이었다' 두 가지만 쓰기에 물려, 그 두 가지를 섞어 '-거였다'라는 말을 만들어 쓴 것이며, '-거였다'도 처음에는 귀에 거슬린다 하여 여러 사람들로부터 비판을 받은 적이 있으나, 시간이 좀 지난 후부터는 '-거였다'의 애용자가 늘 정도로, 오히려 이문구의 문체를 상징하는 것이 되었음을 밝히고 있다(이문구, 『지금은 꽃이 아니라도 좋아라』, 전예원, 1979, 267쪽).

구술성이 기록성으로 옮겨지는 과정에서―완판본과 경판본의 사이에서―등장했던 다양한 종지 형태와 관련하여 그 의미를 생각해 볼 수 있다.

『장한몽』의 이야기성은 인물묘사의 패턴에서도 확인된다. 그는 판소리계 소설의 인물묘사나 구술적 서사전통에 기반을 둔 근대소설이 보여준 인물묘사를 풍부하게 수용하고 있다.

그의 인상은 여러 말 할 것 없이 누구라도 호감을 가져보기엔 인색스러우리라 싶게 다듬어진 구석이라곤 없어 보였다. 거무푸리한 낯빛이 주색에 곯다 못해 지친 게 아니냐 싶은데다 격이 없는 생쥐눈을 가졌고 숱이 숱한 곱슬머리는 이마를 더욱 가난하게 하고 있었다. 게다가 땅딸막한 키면서도 다부진 몸집이라서 한겹 더 만만찮아 뵈는 사내였다. 더우기 흘핏하고 입이 왼쪽으로 돌아 비뚜러지며 소리 없이 웃을 때마다 사리는, 해 넣은 지 오래 됐나 본 은니가 언제나 스산하고 마뜩찮은 인상을 주는 데에 적잖은 역할을 하고 있었다.[44]

구본칠이도 평소 말이 없는 사람이었다. 누구라도 가까이 하긴 쉽잖을 듯한, 좀 조잡해 뵈기도 하는 얼굴이었는데, 눈은 뱁새눈이었고 길게 맥없이 빠진 인중이며, 얇은 입술이 앙다물어진, 늘 무표정으로 굳어진 채 풀리지 못한 상판에서 마치 어디 빈 틈바구니나 찾아 헤매듯 하는 그 눈동자만이 눈자위 추녀로 쏘다닐 뿐으로 자기의 음성은 이미 오래 전에 잃어버렸을 것 같기도 한, 도대체 입이 없는 사람이었다. 그래선지도 모른데다 사무적으로나마도 접근할 계제가 놓이질 않아 우연히 서로 소원하게 지내온 셈이라는 것이었다.[45]

『장한몽』의 주요 등장인물 가운데 하나인 마길식과 구본칠의 인물

---

44) 「장한몽」, 『창작과비평』, 1970 겨울, 627쪽.
45) 「장한몽」, 『창작과비평』, 1970 겨울, 632쪽.

묘사는 채만식, 김유정의 그것과 구분되지 않을 정도로 흡사하다. 이것은 근대적 소설이 의미하는 객관적이고 세밀한 묘사라기보다 과장적이고 구연적 묘사에 기반하고 있기 때문이다.

한편 그의 초기 소설이 보여주는 부정적 근대체험 속의 절망과 황량한 세태를 소설적 의미로 구현해내는 양상은 소재적 측면에서뿐만 아니라 60년대 초반 문학의 저변에 깔려있던 소설적 규범 혹은 동시대 작가들의 글쓰기 전략과 구별된다는 점에서도 주목할 필요가 있다. 왜냐하면 이문구 초기소설의 분위기나 면모를 소재적으로만 접근할 경우, 이는 최서해의 초기소설이 보여준 빈궁과 체험의 문학과 비슷하다고 보거나, 아니면 전후 손창섭으로 대표되는 실존주의를 연상하게 될 확률이 크기 때문이다. 따라서 초기소설의 커다란 특징은 소설의 의미를 구현하는 양상이 상이하다는 점에서도 찾아진다.

김주연은 이문구의 초기소설이 가지는 경향을 동시대의 작가들과 구분하였는데, 이는 김주연이 줄곧 60년대 문학을 상정하고 있던 지표, 즉 '개인의식의 성장과 발견'이라는 특징과 이문구의 소설이 갖는 거리 때문이었다. 그는 이문구의 초기소설의 경향을 '체질적 이야기꾼 스타일'로 규정하였다.

> 그의 세계는 이를테면 김승옥이 보여 주는 감수성의 여린 떨림과 그 사회적 확산, 혹은 이청준의 저 완강한 자의식과 같은 것을 체질적으로 내포하고 있는 편이 못되고, 자기주변의 숱한 사연을 부지런히 전달, 진술하는 전형적인 이야기꾼의 그것을 방불케 한다. 그의 소설이 지니는 시점은 비록 3인칭의 형태로 나타나는 것이라 하더라도 언제나 자가가 자신의 깊숙한 개입이 느껴질 정도로 작가 스스로에 의해 주인공이 조종되고 있는 감을 주는 데, 바로 이 같은 기술적인 설정이 그로서는 설정이라기보다 이미 하나의 체질이라는 점에서 주목된다, 말하자면 이문구의 소설은 각성된 자기인식 위에서 수

행되는 세계의 새로운 비판 작업이라기보다, 우리가 몸담고 살고 있
는 현실 속에서 저절로 솟아오르는 체험의 목소리라는 말이 될 것
같다.[46]

김주연이 포착한 이문구의 상이한 면모, 즉 이야기꾼으로서의 스타
일이란 본고가 이미 1부 2장의 예비적 고찰을 통해 검증한 구술적 전
통과 맥락 위에 놓여진 것인데, 이문구는 초기소설부터, 아니 오히려
초기소설에서 더욱 노골적으로 이러한 측면을 드러내고 있다.

(6) 핫하하……벌써 지쳐? 하긴 여태껏 지탱해온 것만도 무던은 하
다. 지칠 일이야. 허나 조금만 더 계속해보게. 우선 숨은 돌릴 수 있
게 될 테니 말이야. 가만있자……한 십 미터? 그렇게 되겠군. 십 미
터. 십 미터 밖엔 내 본바닥인 보드라운 모래톱이 드넓으니 하는 이
야기인 거야.[47]

「부동행(不動行)」(67. 8)은 공장 수위 자리를 잃고 의지할 곳이 없게
되자 한강 가에 천막을 치고 넝마주이로 살아온 청년의 이야기로서
음산하고 절망적인 분위기와 비극적 결말로 보아 이문구의 초기소설
에 속하는 전형적인 작품이다. 그런데 이 작품은 '강의 정령(精靈)'이
화자가 되어 주인공 청년을 '너'라고 부르면서 그간 주인공 청년과 그
의 일행이 꾸민 어설픈 범죄행각이며 죽음에 이르기까지 과정을 이야
기해주는 독특한 형식을 취하고 있다.

이런 형식은 통상적 서술문법과 달라 낯설기 마련인데, 1인칭이나 3
인칭 시점의 직접적 서술을 피하기 위한 작가의 실험의식은 화자의

---

46) 김주연, 「서민생활의 요설록—이문구의 작품세계」, 『한국문학대전집』, 태극출판사,
    1976, 559쪽.
47) 「부동행」, 『이문구전집 1 : 다갈라불망비』, 솔, 1996, 107쪽.

위치를 전면에 드러내지 않고 청자를 2인칭 '너'와 독자 일반으로 묶어놓는 독특한 방식을 보여준다. 다만 이것은 작가 이문구의 이야기꾼의 욕망과 전통의 수용이 기존의 소설문법과 충돌·조율하는 과정으로 보이는데, 다음과 같은 경우는 이러한 욕망이 노골적으로 제시됨으로써 화자―청자의 관계가 훨씬 선명해진 경우라 할 수 있다.

(7) 이 이야기가 믿기지 않겠지만, 또 그래도 할 수 없지만, 그것은 사실이었다. ……(중략)…… 이에 대해선 후일 장소를 달리하여 보다 자세하게 이야기하기로 하겠다.[48]

(8) 가만있자. 그렇지 내 얘기는 여기서 끝을 내는 것이 좋겠다. 나처럼 말주변이 변변찮은 놈도 없는데 길게 늘어놔봤자 싱겁고 지루하기만 할 테니 말이다. 대신 내가 다녀와서 지껄여댄 걸 들은 마가 녀석이 그게 무슨 신통한 얘깃거리라도 되는 것처럼 글로 써놓은 게 있다. 자식이 주책하고도 돈에 눈을 가린 놈인지 그걸 또 무슨 신문사에서간 어디서 돈 달고 소설을 모집했대서 무턱대고 보냈다가 쫄딱 미끄러졌다고 했다. 젠장, 제놈이 어느 세월에 문장을 했다고. 하지만 기실 마가는 구변도 그런데다가 편지를 써도 글발이 나보다 훨씬 나은 놈임엔 틀림없다. 하기야 아까부터 풍류니 속물성 인간이니 저속하다느니 해댔던 마길식이가 나보다 낫잖겠느냐는 지레 짐작들을 하셨겠으니 이제부턴 마가녀석이 쓴 걸 내놓는 게 좋을 것 같다. 그럼 지금부터 나오는 최상원이가 나 자신임을 아셔야 겠고, 최상원이의 행각이 내가 하고 온 짓이란 것을 잊지 말며 읽어주셔야겠다. 녀석은 제법 제목이란 것도 지어 첨엔 '최생원댁 경사'라더니, 천해 뵌다든가 어쩐다든가 하면서 '이 풍진 세상을'하고 갈아붙여놓고 있다. 문장이고 뭐고 엉망이지만 양해하시기 바란다.[49]

---

48) 「백의」, 『이문구전집 1 : 다갈라불망비』, 솔, 1996, 283·288쪽.
49) 「이 풍진 세상을」, 『이문구전집 3 : 이 풍진 세상을』, 솔, 1997, 90~91쪽.

(9) 내가 천성이 수다장이란 건 피차 익히 아는 터이매 이왕 하던 말이니 마저 털어놔야 할 성부른데 어쩔지 모르겠다.50)

(10) 그러므로 무릇 우연이었다고 밖엔 다시 할 말이 없으련만, 내 자신만큼은 길래 그리 여길 수 없으리란 느낌의 실마리를 터득하진 못한 것이다. 이젠 스스럼없이 모든 걸 털어놓고 이야기할 참이지만, 허나 답답한 노릇이긴, 역시 마찬가지일 터이다.51)

작가는 자신의 천성을 수다쟁이로 못박아 놓고 있다. 그런데 수다쟁이라는 것은 남들이 인정해야 한다. 또한 인정을 받으려면 그가 하는 이야기가 재미도 있고 의미가 있어야 할 텐데, 그렇게 되려면 많은 이야기를 알아야하고 재미있게 풀어낼 만한 재주도 있어야 한다. 그러나 세상일에 확신을 가진 것도 아니고, 항상 듣는 사람들이 재미있게 들어줄까 조심스럽고 긴장하기 마련이다. 이 점이 바로 이야기꾼의 고민이다. 따라서 이야기꾼은 '어쩔지 모르겠다'고 하는 겸손을 표하면서도 그것을 스스럼없이 다 털어놓고 이야기함으로써(물론 그렇다고 어떤 문제가 해결되는 것은 아니며, 그래서 답답하지만) 그렇게 해서라도 이야기꾼의 소임을 다할 수밖에 없다고 생각하는 것이다.52)

위 작품들은 이러한 이야기꾼으로서의 작가적 면모가 작품의 전면에, 첫 문장에서부터 확연히 드러나거나(9, 10) 중간에라도 어쩔 수없이 드러나는 것들인데(7, 8), 이러한 노골적인 서술화자의 개입은 판소리계 소설을 지나 채만식이나 김유정이 성취한 근대소설에서 드러난 바와 같이 불특정 다수로 허구화된 '함축된 독자(청자)'를 상정하고 있다.

---

50) 「다가오는 소리」, 『이문구전집 4 : 만고강산』, 솔, 1998, 180쪽.
51) 「그가 말했듯이」, 『이문구전집 4 : 만고강산』, 솔, 1998, 271쪽.
52) 현길언, 「이야기성과 서사성의 만남─이문구론」, 『작가연구』 7·8, 새미, 1999, 129~130쪽 참조.

여기에 이문구의 소설이 한 발 더 나아간 지점은 작가가 자신의 목소리로 이야기하는 형식을 취하더라도 그것은 철저하게 자신의 이야기이면서 동시에 자신의 이야기로서 끝나지 않게 '소설을 만든다'는 점인데, 무엇보다도 두드러진 점은 독자로 하여금 귀를 기울이도록 강요하는 요설(饒舌)에 가까운 말투로 청각을 자극하며 작가(화자)와 독자(청자)사이의 거리를 현저하게 밀착시켜놓고 있다는 사실이다.

이와 같이 초기소설의 가운데 부분적으로 실험되고 편린의 형태로 나타나는 이야기꾼의 면모와 이야기성은 『장한몽』에 이르러 서사적 구조에까지 영향을 끼침으로써 초기소설의 분명한 특징을 종합적으로 보여준다.[53]

이러한 점에서 보았을 때, 초기 소설, 특히 도시체험과 세태를 다룬 소설에서 보이는 비속어나 거친 언어가 이문구 본연의 문체라고 보기는 어렵다. 이것은 하층 노동자들의 노동판의 인물들을 부각시키기 위한 방법으로만 의미가 있고, 이 점에서만 기능적으로 작용된 것이다. 오히려 이문구의 문체, 그 문체의 힘과 구술적 서사전통이 소설적으로 실험되는 양상이 잘 드러나 있는 곳은 「다가오는 소리」(72. 7)나 「초부」(73. 9) 등에서다. 여기에는 요설과 입심이 반복되고 극단적으로 내면화되는 양상을 보인다. 이것은 그의 소설 저변에서부터 제기하는 문제,

---

53) 그렇지만 이러한 양상은 그가 소설을 쓰기 시작한 때부터 지속적으로 실험되었던 것이지, 일순간 어느 작품에서 급격하게 발현되었다고 볼 수는 없다. 왜냐하면 그의 등단작만 보더라도 이러한 양상은 간간이 비춰지고 있었기 때문이다.
등단작에서부터 이문구의 문장은 판소리 사설을 연상시키며 문장호흡이 지속적이고 넌출넌출 끝없다. 특히 그의 문장은 행동과 사건의 정황 표현이 구체적이고 명확한 특징을 가지고 있으며 서술어구중심인데, 이는 문장구성상 명사형이나 관형사형 어구를 많이 사용한 문체가 박진감은 있으나 난해하기 쉬운 반면(최인훈의 문장이 대표적이다), 부사구와 형용사구 등 서술어구로 이루어진 이문구 문체는 늘어졌으나 이해하기 쉽다. 초기작의 문체와 다른 작가와의 문체비교는 전정구의 글(「이문구의 소설문체」, 『말글생활 2』, 1994. 9)을 참조할 것.

즉 도덕과 윤리의 근본문제가 한계에 도달했을 때 나온 것이라고 생각된다.

따라서 그는 소재와 주제를 확대하지 않을 수 없었던 바, 바로 이것이 「매화 옛등걸」(70. 12), 「만고강산」(72. 9), 「백면서생」(74. 10), 「죽으면서」(74. 10) 등을 거쳐 「오자룡(吳子龍)」(75. 1~12)에서 채 펼치지 못한 소위 '역사'에의 관심이다. 물론 여기서의 역사는 70년대 한때 유행했던 역사가 아니다. 이런 현상은 객관적 상황의 악화에 조우한 작가들이 현실을 비판하는 하나의 방편으로 다만 소재를 역사 속의 사건이나 인물에서 빌려온 형국에 지나지 않는다. 따라서 엄밀한 의미의 역사소설이라 부를 수 없음은 당연하다. 그럼에도 불구하고 이러한 소재와 주제의 확대를 통해 이문구의 문체는 '의고체(擬古體)'를 자기세계 안에 넣게 되는 성과를 거둔다. 이는 실로 중요한 성과의 하나로서 그의 소설이 『관촌수필』로 나아가고, 『관촌수필』에서 성취한 이중의 문체에 하나의 틀을 제공하게 된다.

결국 70년대에 들어 한국 소설이 현실문제에 집착하면 할수록 그 한계를 먼저 느낀 작가 가운데 하나가 이문구다. 왜냐하면 그야말로 소설의 저변으로부터 그 현실의 모순에 대한 근원을 물어 왔기 때문이다. 이것은 변두리 인간과 근대화의 분비물로 보인 하층 노동자나 농민문제가 실상은 단순한 근대화의 부산물일 수 없다는 자극을 동반한 것이기 때문이다. 그리고 이로부터 역사에의 관심이 이루어졌던 것이고, 그것마저 좌절되었을 때, 그는 '수필'을 소설화하는 방식으로 근대를 건너지 않을 수 없었던 바, 역사에의 관심을 통해 다듬어진 의고체 문장이 수필적 글쓰기라는 중요한 한 축과 결합된 세계를 이룰 수 있었던 것이다.

제2장 근대 체험으로서의 고향

1. 고향의 재발견과 기억의 힘

여기서 다룰 내용은 이문구의 중기소설이다. 중기 소설(1972~1981)
은 이문구 소설이 비로소 '자기 세계'를 갖기 시작하였다는 점에서 의
미를 지니는데, 그 뚜렷한 성과로는 『관촌수필』과 『우리동네』를 뽑는
데 이견이 없다. 또한 이로부터 이문구의 소설에 대한 합의의 대강을
'산업화 과정에 노출된 사회적·문화적 황폐에 대한 가장 혼신적인
문학적 반응의 하나'로 규정하게 되는 바, 특히 두 연작소설이 보여주
는 소설 형식적 변용과 의미구현양상은 두 작품의 '관계'와 '대비' 속
에서 이문구 소설의 성격과 특징을 이해하는 핵심을 제공한다. 그러므
로 2부 2장에서 『관촌수필』의 의미를 정리하고 서사전통 및 그 변용
의 양상을 해명함으로써 초기소설과의 변별은 물론 이후 연작과의 관
계를 살펴보고자 하며, 2부 3장에서는 『관촌수필』또 다른 연작의 세
계로 나아가지 않을 수 없는 내적 필연과 두 작품간의 공통성, 그럼에
도 불구하고 나타나는 뚜렷한 서술방식의 차이에 대하여 살펴보고자

한다.

식민지 시대 단편 미학의 완성자로 불리는 이태준에 의하면, 하나의 소설집은 화가의 개인전에 비유되는 바, 여기서 중요한 것은 그 안에서 '하나의 통일된 개성이 전경(全景)을 지배'하는 것이었다. 본고는 이것을 '자기 세계'라는 말로 이해하고 있는데, 자기 세계란 엄밀히 말해 작가가 '독창적 가치'를 창조하는 유일한 원천이 아닐 수 없다.

이렇게 볼 때, 작가 이문구는 『관촌수필』(1972~1977)을 쓰기 전까지 아직 온전한 자기 세계를 갖지 않았다. 이문구의 첫 장편 『장한몽』은 우리 소설사에서 유례없는 소재와 문장으로 평가될 만하다. 그러나 거기서 보여준 노동체험은 부랑노동자의 의식과 정서에 한정된 것이었을 뿐만 아니라 집단적·계급적 의식으로 발현될 성질도 아니었다. 비록 그것이 보여주는 끈질긴 생명력과 반항 속에는 70년대 문학의 잠재력, 즉 부정적 근대를 건너는 '저항'의 서사와 '주체'의 정립이 예비되고 있었으나 그것이 황석영의 「객지」(1971)만큼 분명하고 확고한 세계는 아니었다. 그리고 『장한몽』으로 모아든 구술적 서사전통도 다양한 소설적 실험의 양상으로만 기능하였다.

「몽금포타령」, 「암소」, 「추야장」, 「해벽」으로 이어지는 동안 이문구의 문제의식은 비교적 뚜렷해진다. 하지만 이 또한 자기 세계를 갖기 이전의 이야기가 대부분이다. 왜냐하면 이때까지만 해도 대다수 작품들은 작가의 실제 서울 생활과 세태의 보고 차원에서 쓰였거나 거기에서 비롯된 부정적 근대 체험의 편린들에 지나지 않았기 때문이다. 물론 체험은 귀중한 것이다. 그러나 체험 그 자체는 문학적 세계의 발상적 모체일 뿐 작가 고유의 세계를 정립하거나 문학작품의 가치를 결정하는 것은 아니다. 그밖에 농민소설의 가능성을 보여준 작품들도 아직은 골계와 비장의 그네를 번갈아 타는 형국이었다.

『관촌수필』은 1972년 5월에 발표한 1편 「일락서산(日落西山)」을 시초로 5년여 동안 발표된 총 8편의 소설을 한데 묶은 작품집이다. 이것은 1977년 문학과지성사에서 연작소설의 형태로 출판되었다.

　연작의 첫 작품인 「일락서산(日落西山)」(72. 5)은 서술화자인 '나'가 장성한 뒤, 한참 만에 고향에 성묘차 들렀다가 옛일을 회상하며 느끼는 화자의 그리움을 주조로 하고 있다. 「일락서산」은 화자의 몰락한 가계(家系)를 거슬러 올라가는 애달픈 여정의 이야기로서 특히 서술 화자인 '나'의 의식에 가장 지대한 영향을 끼쳤던 할아버지의 이야기가 많은 분량을 차지한다.

　전형적인 이조선비로서의 조부는 작가의 인격형성에 결정적인 영향을 주신 분이다. 그의 이조적인 교훈은 지금에 와서도 작가의 일상생활을 규제하는 중요한 바탕이 되고 있다. 그런데 오늘날의 시류는 사뭇 달라져 가고 있다. 걷잡을 수 없이 밀어닥치고 있는 이른바 근대화의 물결은 이런 규범조차 밑뿌리부터 흔들어 놓고 있다. 화자는 할아버지만 작고했을 뿐만 아니라 할아버지로 상징되는 이조정신의 규범이 사라진 안타까움을 왕소나무가 없었진 것에 견줘보며 가슴 저미는 아픔을 느끼는데, 이러한 아픔은 그의 고향을 타락한 동네로 생각하게 하고 급기야 자신을 '실향민'으로 규정하게 한다.

　　실향민. 나는 어느덧 실향민이 돼버리고 말았다는 느낌을 덜어버릴 수가 없었다. 고향이랬자 무덤(墓)들밖에 남겨둔 게 없던 터라 어차피 무심하게 여겨온 셈이긴 했지만, 막상 퇴락해버린 고향 풍경을 대하니, 나 자신이 그토록 처연하고 협협하며 외로울 수가 없던 것이다.[1]

---

1) 「일락서산」, 『관촌수필』, 문학과지성사, 1991, 10쪽(이하 작품의 인용은 작품명과 쪽수만을 밝히기로 함).

「행운유수(行雲流水)」(73. 2)는 유년시절 화자의 둘도 없는 친구요, 누이였던 '옹점이'에 대한 이야기다. 옹점이는 어머니의 교전비(轎前婢)로 따라 들어와 화자와 함께 일가의 몰락과 풍상을 함께 겪었을 뿐만 아니라 알게 모르게 화자의 의식에도 다대한 영향을 끼친 이였다. 옹점이는 병약한 화자가 자리에 눕거나 어디가 시원치 않을 때마다 덩달아 숟가락을 들지 않거나, 약종발을 든 채 함께 눈물 흘리며 아파하기를 마지않던 인물이다. 그러나 그녀는 학교에 다닌 적도 없고 누가 가르쳐 주어 배운 글자도 없었건만 웬만한 글은 국한문을 가리지 않고 해득해낼 만큼 영악한 데가 있었고 마을 공동체적 삶을 영위하는 데 누구 못지않게 순박함과 인정스러움이 있었던 것으로 기억된다.[2]

특히 화자는 그녀의 억세고 굳은 의지와 시원시원하면서도 엉뚱한 구석, 그리고 의뭉스러우면서도 나름대로 주체적 면모를 가지고 있던 모습을 뚜렷하게 형상화하였다. 다소 길지만 다음의 에피소드는 옹점이의 형상을 대변하는 가장 생생한 장면으로 기억될 만하다.

"증말루 이집 애여"
"또 물어유"
다소 무안을 느꼈는지 순경은 거칠어진 음성으로 되물었다. 그녀도 독오른 눈을 감그려뜨리면서 대꾸했다.
"그짓말허면 워디 가는 중 알지? 신세 조지지 말구 순순히 대답혀"
"자던 사람 대이구 말시키면 하품 나와유"
"그야 고단헐테지. 손님 밥을 일곱 번이나 지었으니께"
누가 오면 으레 밥을 새로 지어 대접해온 터이므로 식객이 몇이었던 가를 알려는 유도심문이었으나 그만한 눈치가 없을 옹점이는 아

---

2) 이문구가 그녀로부터 인간과 세상을 배웠다는 점은 실제로 그녀를 찾기 위해 공개적으로 보낸 서한(『동아일보』, 1996. 4. 12)에서도 알 수 있고, 여러 산문과 인터뷰를 통해 그녀 혹은 '관촌 시대'의 결곡한 인간상들로부터 배운 바를 토로하고 있다.

니었다.

"넘으 집 안살림을 워치기 그리 잘 아슈. 그 개갈 안나는 소리 웨만큼 허슈"

"야, 굴뚝에서 일곱 번 연기난 것을 본 사람이 있어"

"워떤 옘병허다 용 못 쓰구 뎌질 것이 그류? 밥 짓구 국 끓이구 찌개허면 하루 시끼 연기가 아홉 번 나지 워째서 해필 일곱 번이여. 그런 눈깔을 빼서 개줄 늠 같으니"

"……"

"워떤 용천(나병)허다 올러감사혈 것이 그런 그짓말을 헙듀? 찢어서 젓 담글 늠. 그런 것은 안 잡어가유"

……(중략)……

"너 멫 살 먹었네?"

"멥쌀두 먹구 찹쌀두 먹구, 열두 가지 곡석 다 먹었슈"

하고 나서 그녀는 치맛자락 밑으로 어슬렁대던 검둥이 뱃구레에 냅다 발길질을 하며,

"이런 육시럴 늠의 가이색깃 지랄허구 자빠졌네. 주둥패기 됬다가 뭣허구 이 지랄허여. 너 니열버텀 잘 굶었다. 생전 밥 구경을 시키나 봐라"

하고 거듭 발길질을 하여 금방 어떻게 되는 비명소리가 들리도록 했다. 내가 듣기에도 담 넘어 들어오는 순경을 물어뜯지 않았다는 핀잔이었다.[3]

옹점이의 억세고 굳은 의지는 몇 개의 에피소드를 통해 유감없이 드러나며, '걸쭉한 구습(口褶)'과 거친 언사는 장면의 생동감을 불어넣어 줌으로써 살아있는 인물의 형상화에 기여하고 있다.

그런데『관촌수필』의 옹점이는 몇 가지 점에서 주목되는 바가 있다. 먼저 한국소설사에서 가장 활발하며 건강하고 생동감있는 여성상의 하나라는 점이다. 옹점이의 형상은 멀리 갈 것도 없이 60년대『분례기』

---

3)「행운유수」, 73~74쪽.

의 억척스런 '똥례'가 가지고 있던 생명력을 가지고 있으면서도 70년대 근대화의 모순 속에서 순수성을 희생하고 마는 『겨울여자』의 '백화'나 『영자의 전성시대』의 주인공 '영자'와 구별되는 뚜렷한 모습을 갖고 있기 때문이다.

다음으로, 옹점이는 이문구의 소설에서 다양한 이름으로 바뀌면서도 그 본래의 모습을 간직하는 원형적 형상으로서 후기 작품에서도 「더더대를 찾아서」(94. 12)의 '언년이'나 「장동리 싸리나무」(95. 6)에 등장하는 '끝예'의 모습 역시 옹점이의 또 다른 모습이라고 할 수 있다. 즉 이문구에게 '관촌(冠村)'이 갖는 원형적 이미지는 여러 번 강조될 필요가 있지만 옹점의 모습 또한 뚜렷하게 각인된 이문구 소설 속의 여성상이라고 할 수 있다. 마지막으로, 옹점이의 형상화는 그녀의 억척과 솜씨에 대한 화자의 서술도 가미되지만 인용문에서 보듯 대체로 걸쭉한 구습과 거친 언사, 즉 말(투)을 통해 그 인물의 역동성을 살려내고 있다는 점이다.

「녹수청산(綠水青山)」(73. 9)은 단오가 되면 영당 옆 정자나무에 그네 맬 동아줄도 저 혼자 짚 추렴하여 틀어 꼬고, 백중 장터에 난장판이 서면 빠짐없이 씨름 선수로 나가 으레 판막이에서 지고 돼지 새끼를 타 오던 화자의 어린 시절 우상 '대복이'의 이야기다.

대복이 역시 어지러운 난리 통에 이데올로기와 상관없이 풍파를 겪지만 순박하고 인정 많은 인물임에 틀림없다. 화자는 대복이 뒤만 따라다녀도 겁날게 없고 다채롭던 그 시절을 '동짓날 밤 별빛같이 아름다운 시절'로 비유하면서 현재와 대비되는 유년의 '기억'을 소설의 한 축으로 활용하고 있다. 그리고 나머지 한 축은 자신의 구애를 거절한 '순심이'의 곤경을 돕고 스스로의 고난을 마다 않던 대복의 모습을 통해 그의 맑고 푸른 심성의 일단을 기리고 있다.

아, 대복이 뒤만 따라다니면 모든 것을 맘대로 해도 겁날 게 없었
던 시절의 이 그리움 ―
대복이 뒤만 따라다니면 모든 걸 내 맘대로 장난해도 겁날 게 없
던 그리운 시절―, 그것은 일곱 살 나던 해부터 한 이태동안의 비록
짤막한 세월에 지나지 않지만, 그러나 다시금 꿈결 속에 본 대자연
처럼 그지없이 아름답고, 은하(銀河)를 헤엄쳐 가는 듯한 심란한 향
수에 잠기게 하며, 때로는 나 혼자나 알고 죽을 것같이 비밀스럽고,
혹은 물려줄 수 없는 소중한 재산처럼 여겨지곤 한다.4)

「공산토월(空山吐月)」(73. 12)은 작가가 재산보다도 더 소중히 여기는
인물들을 보여주고 기리는데 있어 가장 감동적인 장면을 연출하는 작
품이다. 여기에는 자신이 희생되더라도 이웃과 남을 위해 몸을 버릴
수 있었던 진실로 어질고 갸륵한 하나의 구원(久遠)한 인간상, 신석공
(본명 신현석)의 아름답고 애틋한 이야기가 유장하게 펼쳐진다.
신석공은 자신과 그 일가가 입은 후의를 동네의 온갖 궂은 일은 물
론이거나 화자의 가문과 보은에 쏟아내고 간 인물이다. 그는 근대화로
인해 황폐화된 사회에서는 좀처럼 보기 드문 심성의 소유자로서 그의
행실에 관한 서술은 석공의 상호부조와 인도주의적 정신을 구체적 사
례로 보여준다. 석공은 '빈산에 홀로 뜬 달'과 같은 존재였으며, '돌의
됨됨이와 성질'을 가졌던 인물로 화자는 작품 안의 모든 삽화와 객담
을 동원하여 그의 덕성을 기리고 있다.

그 사람은 내가 일생을 살며 추모해도 다하지 못할 만큼 나이를
얻어 살수록 못내 그립기만 했다. ……(중략)……
돌은 천년을 값없이 내버려져 있다가도 문득 필요한 자에게 쓸모
가 보이면서 비로소 석재(石材)라는 허울을 얻으며 가치가 주어진다.

---

4) 「녹수청산」, 101, 109쪽.

그럴 기회를 얻지 못한 돌은 만년을 묵어도 골동이 될 리 없으며 어
떤 품목(品目)에 끼어들 명분도 없다. 그렇듯 돌은 용모가 곧 쓸모이
되 장중한 바위로부터 간지러운 자갈에 이르기까지 타고난 성질만
은 매한가지로 같다. 더위에 늘어짐이 없고 장마에 젖으나 물러지지
않으며, 추위에 움츠러들지 않고 바람에 뒹굴지언정 가벼이 날아가
지 않는다. 가벼워지거나 무거워지지 않고 망치로 얻어맞아 깨지긴
해도 일그러지거나 무름해지지 않는다. 옛글에도 "丹可磨 而不可奪其
赤 石可破 而不可奪其堅 …… 단사(丹砂)를 갈더라도 그 붉은 빛을 빼
앗을 수 없고, 돌을 깨뜨려도 그 굳음은 빼앗을 수 없다"고 일렀음을
알고 있다.
  석공은 그렇듯 돌과 같았던 줄로 생각하기를 나는 서슴지 않는다.
산이 높으면 달이 작게 보이듯, 워낙 거친 세상에 섞여 있기로 더러
는 잊으며 살긴 했지마는.5)

또한 석공은 6·25로 인해 풍비박산난 화자의 일가를 위해 온갖 고
초를 감내하고 자신이 존경하던 어른과 그 일가의 풍랑을 수습하였을
뿐만 아니라 화자가 고향을 떠나올 때까지의 뒷수습을 마다하지 않는
다.「공산토월」은 이러한 석공의 감동적인 모습과 별도로 그러한 석공
이 병든 처지에 놓이자 백리 길을 걸어서 헤매는 화자의 인간적인 행
동과 어우러져 절실한 감동을 자아낸다.
  「관산추정(關山芻丁)」(76. 12)은 화자가 장성한 시점에서 서술된 것으
로 여기서부터는 연작의 후기작으로 구분될 수 있다.6) 이 작품은 그토

---

5)「공산토월」, 157~158쪽.
6)『관촌수필』은 크게 두 부분으로 나뉘어진다. 전기작인「일락서산(72. 5)」,「화무십일
  (73. 1)」,「행운유수(73. 2)」,「녹수청산(73. 9)」,「공산토월(73. 12)」은 작가의 유년기
  에 대한 회고담 형식을 띠고 있으며 서술화자의 고향인 '관촌'에 대한 회상, 그 가
  운데서도 특히 자신을 키워주고 길러준 이들이라고 해도 과언이 아닐 만큼 영향을
  준 인물들을 위주로 서술한 작품들이다. 반면 후기작인「관산추정(76. 12)」,「여요주
  서(76. 12)」,「월곡후야(77. 1)」는 화자가 장성한 시점에서 서술되며 귀향했다가 겪
  고 들은 이야기의 경험담이 그 인물과 당시 세태를 중심으로 서술되고 있다. 이에

록 고향이 변하고 고향 앞의 바다가 변할 만큼 세월이 지났음에도 불구하고 변치 않는 존재, 즉 고향 어귀의 늙고 꼬부라진 나무처럼 고향을 지키는 친구 '유복산'의 이야기다. 복산은 동네일에 어울리지는 않았으나 굳은 일엔 먼저 나서던 아버지의 품성을 영락없이 이어받은 데다, 동네의 위아래 사람들을 고루 겸애하여 고향의 성실한 붙박이가 된 인물이다.

> 관촌부락도 어디 못지않게 변했다. ……(중략)…… 산과 바다가 사람보다도 더 못 미더운 동네로 변해버린 거였다. 그러나 유복산이는 거연(居然)했다. 오직 변치 않는 것이 그였다. 빙재가 변하고 바다가 변했음에도 그 한 사람만은 아직 다치지 않고 남겨두고 있었다. ……(중략)…… 그는 그러나, 음식을 첫째로 하고, 노름 낮잠 색을 둘째로 치며, 농한기를 긴 명절로 보내되, 먹을 양식이 있는 한 벌어 보태지 않거니와 혹 그런 것과의 관계없이 부지런한 자는 벌여놓고 곧 죽는다고, 누군가가 말했던 지난날의 농사꾼이 아니었다. 보리밥 한 그릇에 두 끼 물을 마셔 배를 채우고, 첫 눈을 맞아야 여름옷을 벗는 도토리같이 야무진 일꾼이었다.
>
> 그는 이틀 품을 하루에 쪄낼 만큼 근신골강하였고, 동냥 나온 걸인이 울안에서 쉬어가기도록 결곡히고 검용스러운, 정지니무 폭의 붙박이 그늘이 되어 있었다.[7]

그러나 복산과의 대화를 통해 화자가 확인하는 고향의 모습은 공동체의 온기가 사라진 쌀쌀하고 삭막한 농촌의 모습이다. 화자는 이를 동해 도시의 폐수가 이미 농촌까지 흘러드는 징표를 확인하고, 유년시

대한 상세한 구분과 근거 및 차이점에 대해서는 3장 4절에서 상론할 것이다. 다만 여기서는 『관촌수필』의 이러한 내용적 구분 혹은 경향적 단층(斷層)이 창작시기의 차이에서 오는 것임을 감안할 필요가 있다는 점에서 공시적 의미가 강한 '후반부'보다 통시적 의미를 강조한 '후기작'으로 부르고자 한다.

7) 「관산추정」, 238~239쪽.

절의 신비를 앗아간 도깨비불의 정체에 뜨악해하면서도 변치 않는 복산의 모습을 반가움과 즐거움으로 새기는 것을 잊지 않는다.

흔히 『관촌수필』은 작가의 유년 체험이 당대의 농촌현실과 겹치면서 파생된 기억을 씨줄과 날줄로 엮어낸 수작(秀作)으로 평가받아 왔다. 따라서 이 작품이 농민문학의 측면에서 평가의 대상으로 논의되었던 것은 자연스러운 일이었다. 『관촌수필』이 기본적으로 하근찬(河瑾燦), 오영수(吳永壽), 오유권(吳有權) 등으로 이어지는 전후 한국농민문학의 면면한 흐름에 맞닿아 있는 것은 틀림없다. 그러나 60년대 이후 변모된 현실에 뿌리를 내린 농민문학은 농민 주체에 대한 인간적 이해와 요구를 촉발시켰을 뿐만 아니라 수난사 위주의 기록이 아니라 강인한 정신과 끈질긴 생명력을 찾아볼 수 있게 되었고, 절대적 빈곤이 아니라 상대적 빈곤 하에서 농민 스스로의 각성과 저항적 면모를 형상화하기 시작하였다. 그러므로 이문구의 초기 단편과 방영웅의 『분례기』 등은 김정한의 문단 복귀 이후 복원된 농민문학의 전통을 주도함으로써 산업화 시대 농민문학을 더욱 풍요롭게 만든 작품들이라는 점에서 농민문학적 의미를 갖는다.

하지만 『관촌수필』의 의미는 농민문학의 범위로 제한되어서는 곤란하다. 물론 이 작품이 '1970년대 농촌소설 분야의 확고한 성과'로까지 자리매김 될 수 있는 이유는 농촌공동체의 해체과정을 통해 근대화의 명암을 가장 풍부하고 적나라하게, 그리고 따뜻한 시선으로 반영하고 있기 때문일 것이다. 그러나 『관촌수필』의 감동은 근대화로 인해 잃어버린 '고향'의 존재와 의미, 즉 전일적 공동체(全一的 共同體)가 주는 안온함, 그리고 자연의 품속에 들어앉은 인간미를 그리워하는 정서에서 기인한 바가 적지 않다.

이것은 전시대에 대한 그리움과 당대에 대한 반감이 동시에 불러일으키는 긴장감 속에서 발생된다. 이것은 복고적 취향과 반성적 시각의 중첩에서 오는 긴장감이다. 그러므로 전시대 인물과 공간에 대한 절절한 그리움은 당대에 대한 반감을 증폭시키지만 단순히 과거로의 회귀를 지향하거나 복고적 취향에 집착하지도 않는다. 여기서 우리가 읽을 수 있는 것은 그들의 삶과 고향에 대한 '통분(痛憤)'이 야기하는 어떤 힘이다. 이것은 충족과 조화의 세계를 체험한 자가 그러한 공간을 불러일으킴으로써 모든 이들에게 하나의 충족된 정서적 원형을 제공하는 '기억의 힘'인 것이다. 『관촌수필』이 개척한 전인미답의 능선은 바로 이 지점에서 찾아져야 하며, 이러한 해석과 평가의 지평 위에서라야 『관촌수필』의 진정한 의미, 즉 '근대적 기획 자체에 대한 비판적 사유와 전복적 성찰'의 의미가 온전히 드러날 수 있을 것이다.

사실 귀향이라는 주제는 동서고금을 막론한 보편적 주제인 데다가 근대 이후로는 나름대로 뚜렷한 근대적 특징을 가지면서 문학에 빈번히 등장하는 것이기도 하다. 전통 사회에서 이향과 귀향은 주로 사대부계급의 보편적이거나 이상적인 삶의 구도와 관련되는 게 일반적이었다. 그러나 이향—귀향이 전체 사회의 일반적인 체험이 되는 현상은 근대화와 더불어 비로소 나타나기 시작한다. 도시화·산업화가 진전되고 농촌공동체가 붕괴되어 가는 커다란 변동의 추세 속에서 농촌에서 도시로의 이주가 광범위하게 진행된다. 이향 체험의 사회적 보편화가 이루어지는 것이다. 그리고 이로부터 귀향은 '고향상실의 체험'으로 연결된다.

대개 고향상실은 두 가지 방식으로 나타난다. 하나는 이향한 세대가 귀향했을 때 고향이 이제 더 이상 옛 모습을 지니지 않고 있다는 데서 오는 고향상실이다. 다른 하나는, 도시에서 태어나 자란 세대에게는 개별적 실존의 차원에서 볼 때 애당초 돌아갈 고향이 부재한다는 의미에서의 고향상실이다. 물론 본고의 문맥에서 고향을 떠나서 사는 상태 자체는 고향상실이 아니다. 돌아갈 고향이 있고 돌아가서 그 고향을 다시 발견하고 거기에 동화(同化)될 수 있다면 그 고향은 상실된 것이라고 보기는 어렵기 때문이다. 문제는 근대적 체험으로서의 고향상실과 그것을 내용으로 하는 귀향이다.

『관촌수필』에는 두 개의 '고향'이 팽팽하게 맞서고 있다. 하나는 화자의 기억 속에 남아있는 충족과 조화의 고향이고, 나머지 하나는 화자가 현실로 맞닥뜨린 결핍과 파괴의 고향이다. 달리 말하자면, 이것은 전통과 근대, 공동사회와 이익사회, 농촌공동체와 자본주의적 근대의 대립이다. 『관촌수필』의 화자는 고향과 고향 사람들에 대한 그리움, 유년시절에 경험한 농촌공동체의 조화와 따스한 인정들을 기억의 우물 속에서 길어낸다. 뿐만 아니라 산업화·도시화 과정에서 겪게 되는 농촌사회의 소외와 해체과정까지를 이문구 특유의 문체로 들려준다. 이때 『관촌수필』의 1인칭 회상 형식은 두 개의 고향을 수시로 교체·대비하는 데 적절히 사용된다.

『관촌수필』의 화자에게 두 개의 '고향'을 동시에 호명하고, 충족과 조화의 고향을 기억하는 작업은 그것이 부재의 공간, 상실의 공간을 확인하는 과정이라는 점에서 고통스러운 일이다. 어쩌면 「일락서산」의 첫 대면에서 보듯 그것은 '분노'에 가까운 것인지도 모른다.

> 나는 한동안 두 눈을 지릅뜨고 빗발무늬가 잦아가던 창가에 서서, 뒷동산 부엉재를 감싸며 돌아가는 갈머리부락을 지켜보고 있었다. 마음이 들뜬 것과는 별도로 정말 썰렁하고 울적한 기분이었다. 내 살과 뼈가 여문 마을이었건만, 옛모습을 제대로 지키고 있는 것이라고는 아무 것도 없었던 것이다. 옛모습으로 남아난 것이 저토록 귀할 수 있을까.[8)]

그러나 기억은 현실의 결핍을 구체화 시켜주고 인간에게 보다 근본적인 상태가 어떠해야함을 환기(喚起)시켜주는 것이기도 하다. 이러한 점에서 기억은 과거의 어떤 '충만한 심적 충족의 경험'과 관련되며, 현재의 결핍이나 모순에 대해 그것의 극복 가능성으로서 과거의 충만성이 작용한다. 이문구의 '관촌(冠村)'이란 충만한 공간의 원형임에 틀림없다. 그런데 여기서 중요한 것은 이문구가 끄집어 낸 기억은 개인적 차원의 고립적이고 단절된 기억이 아니라 일종의 '집합 기억', 즉 사회적 현상으로서의 성격을 지니며 당대의 보편인들이 공유함으로써 반영적(反映的) 측면과 조형적(造型的) 측면을 동시에 갖는 기억이라는 점이다.9)

따라서『관촌수필』의 화자가 두 개의 '고향'을 동시에 호명하고, 충족과 조화의 고향을 기억하는 과정에서 느끼는 서러움의 실체는 더 이상 개인적 차원의 서러움이 아니다.『관촌수필』의 화자인 '나'가 잃어버린 것은 더 이상 혼자 잃어버린 것이 아니라 우리 민족 전체가 잃어버린 것의 의미로 증폭된다. 또 '나'를 키운 사람들은 우리와 더불어 살던 사람들이고, 종내는 우리가 잃어버린 심성들이라는 사실을 환기시킨다. 그리하여『관촌수필』의 최대 압권인「공산토월(空山吐月)」에서 빈산(공동체가 해체되어 가는 시대)에 홀로 뜬 둥근 달이 다름 아닌 신석공이었음을 알았을 때, 그 짤막한 마지막 문장―"나는 울었다"―을 읽은 독자들은 긴 여운으로 그 시대의 잃어버린 가치를 환기하며 그것에 공감할 수 있었던 것이다. 물론 여기에는 이러한 기억의 공유가 가능할 정도로 당시 한국사회가 전통과 근대의 요소가 공존하는 중층

---

8)「일락서산」, 8쪽.
9) 김영범,「알박스(Maurice Halbwachs)의 기억사회학 연구」,『사회과학연구』, 대구대, 1999.

구조로 되어 있었고, 해체되어 가는 공동체의 모습도 조금만 손을 뻗으면 잡힐 듯한 시간과 거리에 있었음을 감안해야 한다.

그런데 기존의 관점은 『관촌수필』을 농촌공동체의 해체에 따른 화자의 분노와 그의 고향 및 고향사람들에 대한 그리워하는 마음으로만 한정하였다. 이러한 해석은 작중화자와 작가 이문구를 동일시하는 시각과 맞물려 『관촌수필』의 분석에 일정한 틀을 마련해왔다. 그러나 이 틀은 사실상 중요한 문제를 간과할 확률이 높다. 작중화자가 느끼는 고향에의 그리움과 격절(隔絶)에 초점을 맞추게 되면 귀향이나 고향상실이라는 주제는 그리움의 등가물이나 그리움을 가능케 하는 배경 내지 조건으로만 취급된다. 그리하여 작중화자 '나'와 작가 이문구를 동일시하게 되면 허구와 사실 사이의 일치 및 불일치 관계가 오직 사실에 비추어 허구를 해석하기 위해서만 의미를 갖는 것으로 되어 버린다. 이는 사실과 허구 중 어디까지나 사실에 비중을 두는 태도라 하지 않을 수 없다. 그러나 더욱 중요한 것은 '허구의 자율성'이다. 만약 이 소설이 격절과 그리움을 중심 주제로 하는 것이라면 충격적인 변화보다는 점진적인 변화의 과정에 대한 고찰이 보다 적절할 수 있다. 그런데 이문구가 충격적인 변화 쪽을 택한 것은 그것이 고향상실이라는 주제에 한층 적합하기 때문이다. 요컨대 그리움이나 그 속의 인물들은 고향상실이라는 의미망 속에서 존재 의의를 갖는 것이지 그 역은 아닌 것이다.

『관촌수필』은 고향상실의 이야기일 뿐만 아니라 동시에 고향 탐색의 이야기이기도 하다. 생각해 보면, 고향상실이 없다면 고향 탐색도 없을 것이 아닌가. 이문구의 『관촌수필』은 지리적·공간적 고향의 상실로부터 심리적 고향의 발견으로 나아가고, 다시 그 심리적 고향이 상실의 체험을 거쳐 스스로를 재조정하여 되살아나기까지의 과정을 그린 작품인 것이다. 그리고 이러한 과정은 근대적인 것이라 할 수 있다. 왜냐하면 전근대의 고향은 이향과 귀향의 대상이기는 했어도 근본적으로 상실의 대상으로 존재하지는 않기 때문이다. 거기에서 고향은 지극히 당연하고 자연스러운 존재였다. 그리고 거기에서는 지리적·공간적 고향과 심리적 고향이 분열되지 않고 합일되어 있다. 그런데 근대화와 더불어 이들 간의 분열이 일어났던 것이다.10)

결국 이문구의 실향민 의식이란 심리적·정신적 고향의 상실을 의미하며, 이는 사실상 60년대 이후 우리 모두가 다 같이 체험한 것이다. 물론『관촌수필』을 통해 드러난 전인적 인간상과 농민적 심성, 혹은 통분의 정서는 전근대의 공동체 생활에서 발원하는 화해와 통합의 원리에 기초를 두고 있다. 따라서 그것이 작가의 지향으로 표방된다기보다 팽팽한 긴장감을 형성하기 위한 문학적 준거임을 감안하여야 한다. 그리고 분명한 것은 여기에 '오래된 미래'가 문화적 기억의 심층에 자리잡고 있는 집단주의적 이미지에 호소함으로써 우리에게 적지 않은 감명을 준다는 점이다.

한편 이러한 연작의 전체적 면모는 소설의 전편(全篇)을 관통하는 작가의 뚜렷한 의도 하에서 이해되어야 한다.

세월은 지난 것을 말하지 않는다. 다만 새로 이룬 것을 보여줄 뿐이다. 나는 날로 새로워진 것을 볼 때마다 내가 그만큼 낡아졌음을 터득하고 때로는 서글퍼하기도 했으나 무엇이 얼마만큼 변했는가는 크게 여기지 않는다. 무엇이 왜 안 변했는가를 알아내는 것이 더 중요하겠기 때문이다.11)

---

10) 성민엽, 「루쉰과 근대적 체험으로서의 고향 상실」,『황해문화』, 1999 여름, 261쪽.
11) 「관산추정」, 238쪽.

그렇다. 작가는 변화를 부정하지는 않는다. 아니 부정하지는 못한다. 그는 근대화의 물결이 시대적 대세라는 것을 인정한다. 그러나 그에게는 나날의 변화, 급격한 변화 속에서도 변치 않거나 변치 않아야 할 것들, 그래서 더욱 소중한 가치를 발견하고 싶었던 것이다. 화자의 궁극적 시선은 반상적(班常的) 질서를 회고하거나 유기적 농촌공동체를 추억하는 곳에 있지 않다. 다만 그러한 공동체를 이루는 '삶의 본원적 가치'를 천착하고 있었을 따름이다.

이러한 측면에서 볼 때, 『관촌수필』의 또 하나의 중요한 의미는 근대의 기준과 척도를 마련하였다는 점, 즉 소설의 공간과 시간, 집단과 개인을 통해 '문학적 준거(準據)'를 마련하고 있다는 점이다.12)

산업화 이후 우리 농촌이 어떤 변화의 와중에서 고통을 당하고 있는가 하는 문제는, 그것이 우리 사회 전반의 문제를 집약적으로 보여줄 수 있을 뿐만 아니라 변화된 삶과 대조될 수 있는 공동체적이고 지속적인 삶의 원형이 비교적 남아있던 곳이 바로 농촌이기 때문에 그 변화의 척도가 될 수 있다는 점에서 보다 중요한 의미를 지닌다. 이 말은 전통적인 농촌의 삶이 이상적이라고 주장하거나 그것으로서 『관촌수필』의 의미를 평가할 수 있다는 말이 결코 아니다. 다만 『관촌수필』과 그 안의 공동체적 삶의 표상이 변화된 삶의 질을 가늠하는 '척

---

12) 이러한 사실은 『관촌수필』이 연작일 수밖에 없는 이유와도 관련된다. 즉 1970년대 상황과 문학에서 볼 때, 소설 '안'으로부터 현실을 탐구하고 인간의 내면을 탐구함으로써 문학적 전망을 마련하기는 어려운 것이었다. 이는 현실 속으로 진격한 황석영의 소설이 영웅주의와 낭만주의적 편향에 기대지 않을 수 없는 사정이 의미하는 바와 같고, 현실을 초월하는 형태의 환상과 시적 분위기가 조세희의 소설 속에 편재할 수밖에 없었던 상황으로 증명된다. 따라서 이문구가 근대의 기준과 척도를 '오래된 미래'로부터 부조(浮彫)하는 일 또한 일회적으로 가능할 수는 없었던 바, 그의 연작은 작가의 취향이나 기질과 별도로 이러한 작업의 지속적인 천착과 시도로 이해될 수 있다.

도'가 될 수 있다는 말이다.[13]

다소 거칠게 말한다면, 『관촌수필』은 넓은 의미의 유토피아적 의식의 제시 혹은 그것과의 현실 대비라는 각도에서뿐만 아니라 변화된 삶의 질을 가늠하는 척도로서의 농촌 혹은 고향의 제시에 초점을 두어야 한다는 뜻이다. 이런 의미에서 보면, 『관촌수필』의 '관촌'은 미래의 고향이자 과거 속에 미래를 담고 있는 고향인 것이다.

흔히 우리가 말하는 유토피아 의식은 아주 멀리 있는 무엇을 바라보려는 경향이 있다. 그러나 에른스트 블르흐(Ernst Bloch)의 말에 귀 기울여 보면, 그것은 결국에는 기껏해야 (모든 실존하는 것들이 그렇게 활동하고 은폐되어 있는) 충만한 삶의 순간이라는 어둠 속으로 침투하는 데에 기여할 뿐이다. 가장 가까이 위치하고 있는 근친성('지금'과 '이곳'-인용자) 속으로 침투하기 위해서, 우리는 잘 연마되어 있는 유토피아의 의식이라는 아주 강력한 '망원경'을 필요로 하는 것이다.[14] 이것을 바꿔 말하면, 유토피아 의식은 하나의 망원경이지만, 세상과 멀리 떨어져 있는 사물을 파악하기 위한 것은 아니라는 뜻이다. 오히려 가장 가까운 것에서 아직 아무도 밝혀내지 못한 새로운 무엇을 찾아내는 작업이 바로 유토피아의 작업이다. 따라서 이 망원경(유토피아 의식)은 인간의 내면과 외부적 사실을 예리하게 파악할 수 있는 '의식적 현미경'이나 다름없다.

---

13) 이남호, 「달라지는 농촌의 속모습」, 『광장』, 1985. 11.
14) 블로흐에 의하면, 지식, 정확하게 말하면, 유토피아의 사고는 과거에 존재한 무엇을 본질로 삼는 게 아니라, 새롭게 창조되는 무엇을 미래 지향적으로 추적하는 데에서 획득되는 것이다. 다만 우리가 여기서 주의해야 하는 것은 블로흐가 과거의 사항 내지 과거에 존재했던 것들을 부정하고 있는 게 아니라, 과거의 사항 내지 과거에 존재했던 것들로 향하려는 일방적인 퇴행적인 시각을 비판하고 있다는 점이다. 에른스트 블로흐, 박설호 옮김, 『희망의 원리 1 : 더 나은 삶에 관한 꿈』, 솔, 1995, 265쪽, 특히 주 133) 참조.

　『관촌수필』에 제시된 문학적 준거가 내면적 꿈과 같은 단순한 영지(領地)라든가, 가장 바람직한 사회의 법과 같은 문제로 이해되는 것은 온당치 않다. 또한 이것을 전근대로의 회귀 및 복고적 향수라는 퇴행적 논리로 바라보는 것도 일면적 해석이다. 이것이야말로 과도기적 현실의 농촌과 그 중층적 구조 속에서 근대를 체험하는 인간들의 내면에 형성된 팽팽한 긴장의 산물이다.『관촌수필』에 제시된 전일적 공동체와 그 질서 안에서 살아가던 인간들은 화자가 경험한 기억으로부터 발원한 것이지만 동시에 그것은 '완결되지 않는 무엇'으로서의 현실을 향한 강력한 요소가 담겨 있다. 따라서『관촌수필』은 역설적 의미의 리얼리즘소설이기도 하다. "이 세상의 지도가 유토피아라는 땅을 포함하지 않는다면, 지도를 들여다볼 가치란 전혀 없다."15) 만약 어떤 리얼리즘이 이러한 유토피아라는 강력한 요소가 담겨 있다는 사실을 부정한다면, 그것은 리얼리즘이 아니기 때문이다.

　그런데『관촌수필』의 후기작은 이문구가 경험했던 조화롭던 시절, 그리고 그 속에서 더욱 빛났던 전인적 인간들의 모습보다는 그들의 눈으로 본 변화 이후의 세계와 인간(심성)의 변모가 두드러진다. 예를 들어, 「관산추정」의 중심인물인 복산이는 굽은 나무처럼 고향을 지키면서도 궂은일 마다 않고 동네일까지 뒷치닥거리하는 천품의 소유자다. 그런데 세월과 더불어 고향의 변화를 지켜온 그가 화자에게 들려주는 넋두리의 핵심은 물질적·외형적인 것이 아니라 동네의 풍속과 인심의 타락에 관한 것이다. 이러한 복산이와 같은 인물의 형상화는 「행운유수」의 옹점이나, 「청산녹수」의 대복이, 「공산토월」의 신석공과 같이 선하고 올곧은 영혼을 제시하고 있다는 점에서는 같지만, 그토록

---

15) 에른스트 블르흐, 박설호 옮김, 『희망의 원리 4 : 자유와 질서』, 솔, 1993, 38쪽.

변치 않는 심성의 소유자에게서 나오는 날선 비판이라는 점에서 확연히 달라 보인다. 특히 「여요주서」에 등장하는 신용모의 현실 비판과 자신에 대한 각성은 다소 희화화 되어 나타나지만 예리하고 당당하다. 비록 소설은 그의 우행(愚行)으로 마감되지만 그것은 "잘 먹구 못 먹구가 문제 아니라 열화 터져 못 살겠다"는 말처럼 농촌의 소외 내지 상대적 박탈감을 전제로 했던 것이기 때문이다.

이와 같이 『관촌수필』의 후기작(6, 7, 8)은 소설적 공간이 당대의 농촌현실 속으로 보다 가까이 옮겨와 있다. 화자의 시선 또한 부정적 인물의 형상화나 일그러진 농촌 풍속과 윤리에 집중함으로써 풍자적 서술이 한층 강화된 양상을 띤다. 비록 그것의 발단은 다분히 도덕적이고 양심적인 차원의 수준이고, 그나마도 대개는 희화화 되거나 요설적 풍자로 인하여 날카로움이 반감되는 측면도 없지 않다.

따라서 『관촌수필』 내에서의 이 같은 단층(斷層)은 70년대 농민소설의 차원에서 보나 이문구 소설의 경로에서 보나 적지 않은 의미를 지닌다. 즉 『관촌수필』의 후기작은 작가 개인적으로 볼 때 이미 『우리동네』의 소설적 공간과 형상화 방식을 예비하고 있었던 것이며, 전체 소설사적으로 볼 때 권위적이고 억압적인 현실 안에서 점차 불투명해지는 농민적 전망을 풍자의 방법으로 실현하거나 역사소설적 형태의 농민문학으로 초월하는 방법(예를 들면 송기숙의 『자랏골의 비가』와 같은)을 이해할 수 있게 해준다.

훗날 이문구는 이러한 변화의 이면과 소설의 내적 변화에 대해 어렴풋하게, 그러나 무엇보다도 또렷한 이유를 다음과 같이 적고 있다.

매우 심한 청각장애자가 아니라면 누구라도 먼저 소리가 나는 쪽으로 먼저 돌아다보기 마련이 아니던가. 하물며 들리는 소리의 태반

이 비명소리, 신음 소리, 한숨 소리였던 어둠의 시대였음에랴. 나도
남들처럼 소리가 나는 쪽으로 먼저 돌아다보는 여느 생리구조에 지
나지 않았던 것이다.[16)

1970년대 중반 한국의 농촌은 더 이상 그리움과 친화적 공간이 아
니라, 문명과 도시의 모든 쓰레기가 고스란히 유입되어 있는 피폐된
공간으로 변해 갔다. 더불어 '겨울 공화국'에서 흘러나오는 모진 소리
들이 난무하는 실정이었다. "발자국 소리 호르락 소리 문 두드리는 소
리 / 외마디 깊고 긴 누군가의 비명소리 / 신음소리 통곡소리 탄식소
리"[17)를 외면할 수 없었던 시인과 마찬가지로 이문구 또한 '시대의 소
리', '역사의 소리'를 외면하기는 어려웠을 것이다.[18)

더욱이 소설이란 끊임없이 변화하는 가운데 당대의 소리들을 예민
하게 흡수하면서도 정전화(正典化)를 거부하는, 그 변화의 전위에 서 있
어야 하는 장르가 아닌가. 때문에 이문구는 엄혹한 시대의 서사화에
대한 요구를 비판하면서 동시에 정전 같은 '단일 언어'의 '왕관을 벗
길 수 있는' 메타담론을 내장한 소설형식을 모색하지 않으면 안 될 상
황에 놓였던 것이다.

부정적 도시체험이 도달한 환멸과 소외를 뒤로 하고, 전일적 공동체
와 그 질서를 변용시켜 문학적 준거를 마련했던 이문구의 '미적 전환
(Horizont-wandel der asthetishen Erfahrung)'[19)은, 그것이 스스로 정립한 '자

---

16) 이문구, 『소리 나는 쪽으로 돌아보다』, 열린세상, 1993, 95쪽.
17) 김지하, 『타는 목마름으로』, 창작과비평사, 1982, 8쪽.
18) 특히 이문구의 경우, 70년대 최초의 저항적 문인단체인 '자유실천문인협의회'(1974.
    11. 8 설립. 현 민족문학작가회의 모체)의 실무간사로서 적극적인 활동을 폈고, 이
    로 인해 문인으로서는 유일하게 정치규제대상자명단에 오르기도 하였다. 유신 이
    후 정치상황의 변화와 문인들의 집단적 저항에 대하여는 박태순의 「문예운동사의
    새로운 정립을 위하여」(『작가』, 1998 여름)를 참고할 것.
19) 한스 로베르트 야우스, 김경식 옮김, 『미적 현대와 그 이후』, 문학동네, 1999, 7쪽.

기 세계'에도 불구하고 당대의 현실(폭정과 급격한 공동체의 붕괴) 속에서 화해와 질서를 배척하는 쪽으로 선회한다. 그리하여『관촌수필』의 후기작부터 서서히 변하기 시작했던 이 같은 징후가 정박한 곳은 '세태와 풍속의 감각'이 '말의 감각'과 어우러지는 또 하나의 자기세계, 즉『우리동네』였던 것이다.

2. 수필적 글쓰기 전략과 '전(傳)' 양식의 미학

앞에서 살펴본 바와 같이『관촌수필』이 농촌공동체에 대한 향수나 단순히 과거에 대한 그리움의 정서를 지향한다기보다 그 이면에 놓인 변화의 구체적 정체를 밝히면서 부정적 근대를 환기시키는 방식을 취했다고 할 때, 우리는 또한 그것이 소설의 외피를 쓴 채 수필적 글쓰기로 구사된다는 점을, 또한 그것이 '전(傳)' 양식을 띤 수필이었다는 점을 주목하지 않을 수 없다. 왜냐하면 이점은 수필적 글쓰기가 단순히 작가의 일탈적 행위 혹은 일회적 발상에서 비롯된 것이 아니라면 그러한 글쓰기 선략과 '전(傳)' 양식의 차용이 필연적인 이유와 그 결과로부터 소설의 미달인지 아니면 소설의 확장인지에 대한 궁극적 평가를 내릴 수도 있기 때문이다. 그리고 이점은 이문구 개인뿐만 아니라 우리 소설사의 진행·형성에 있어서도 매우 의미심장한 사건이 될 수 있기 때문이다.

『관촌수필』은 작가가 어릴 적부터 습득한 한학적(漢學的) 인문교양에 바탕을 둔 의고체(擬古體) 문장에다가 충남지역의 토속어가 어우러져 품어내는 독특한 작품이다. 그런데『관촌수필』을 한국적 문예미학의 백미로 거론하는 대목에서라면 거기에는 포폄의식(褒貶意識)에 기반을 둔 '전(傳)' 양식의 문제를 덧붙이지 않을 수 없다.

물론 단순화를 무릅쓰고 말한다면, 소설이란 모름지기 인물의 이야기이며, 인물의 성격과 형상화 및 그들간의 대립과 갈등의 서사물이다. 이태준이 "소설이란 인간사전이라 느껴졌다"는 뜻의 말을 구인회(九人會) 기관지 『시와 소설』의 첫머리에 적어놓은 것도 대략 이러한 뜻이리라. 하지만 본고가 주목하는 '전(傳)' 문학적 요소 혹은 '전(傳)' 양식의 미학이라 함은 이와는 차원이 조금 다르다.

본래 전(傳)이란 역사에서 두드러진 인물들의 행적을 돌이켜 내는 기록의 한 방식이었다. 중국 사마천의 『사기』 '열전(列傳)'은 그 표준형이며, 김부식의 『삼국사기』 '열전(列傳)'이 그 영향아래 지어진 것임은 주지의 사실이다. 또한 열전은 동시에 평전(評傳)이기에 거기에 등재된 인물상이란 인간성의 두드러진 특징, 가령 용(勇), 지(知), 우(愚), 악(惡), 의(義), 추(醜) 등의 대표성을 유형적으로 드러내는 글쓰기 형식이다. 여기에 일정하고도 엄격한 평가가 전제되었음은 물론인데, 이를 두고 포폄의식(褒貶意識)이라고 부른다.

한편 일찍이 사마천이 그러했듯, 또한 이것은 서술자의 의지를 피력하는 수단일 수 있었다. 역사가 결국 서술의 형태로 존재할 수 있는 것인 이상 서술자가 서는 입장의 중요성이란 새삼 강조할 필요가 없는 것일 텐데, 어찌됐든 '전(傳)' 양식의 이러한 의탁적(依託的) 성격이 역사서술의 문학적 변용의 길을 연 것만은 분명한 사실이다.

이처럼 '전(傳)' 양식이 다른 한편으로 『사기』의 권위를 업은 채 한 인간의 일대기를 그리되, 우상화하는 방식으로 변질되어 간 것을 '전형성의 세속화'라고 한다면, 조선조 후기로 갈수록 무수한 문집류에 붙여진 평전은 이 범주에 드는 전형적 사례일 것이다. 그런데 여기서 우리가 주목할 점은 초기 '전(傳)'의 포폄의식은 말미에서 인물의 덕성을 기리는 짤막한 수준이었다가 이후 비판적 행적을 좀더 구체적으로 서술하기에 이르고 그 양과 구성에 있어서도 좀더 세련된 면모로 더욱 '세속화' 되어갔다는 점이다. 그리하여, 아직도 학계의 쟁점은 남아 있으나, '전(傳)'의 다양한 형태(實存人物傳, 托傳, 假傳, 家傳, 私傳 등)와 전자류(傳字類) 고대소설과의 관련성 및 '전(傳)' 문학의 소설로의 이행 가능성이 확인되고 있다는 점이다.[20]

　이문구의 『관촌수필』은 격동적인 근대체험의 장(場)으로서 고향 혹은 고향상실을 다룬 이야기다. 그러나 그의 실향민 의식은 '고향상실'에 머무르는 것이 아니라 '고향탐색'의 길로 나아감으로써, 즉 고향상실에도 불구하고 여전히 사라지지 않은 고향의 원형적 이미지를 되살려 냄으로써 근대를 환기시키는 힘을 발휘하였다고 했다. 그런데 그 고향의 원형적 이미지를 견인한 것은 사실상 그를 키워준 사람들이었다. 그들은 한결같고 결곡하며 겸용스러운 인간들이어서 격동의 근대에 거의 남아있지 않거나 남아나지 않았다. 따라서 그들을 통해 고향의 원형적 이미지를 부조(浮彫)하는 일이란 곧 그들의 덕성을 기록하고 그 세목(細目)을 서술하여 기리는 일이 되지 않을 수 없었던 것이다.[21]

　이러한 점은 『관촌수필』을 관통하는 지배적 원리가 되고 있을 뿐만

---

20) 박희병, 『조선후기 '전(傳)'의 소설적 성향 연구』, 대동문화연구소, 1993 참조.

21) 앞서 살펴보았듯이 이문구의 『장한몽』이 엄밀한 의미에서 장편소설이 될 수 없는 이유 중 하나는 각 등장인물의 사연과 이력이 삽화적으로 구성된 '전(傳)'적 면모 때문이기도 하다. 이밖에 '전(傳)'적 요소가 강하거나 제목으로부터 이를 표방한 작품도 적지 않다. 「김탁보전」(68. 3), 『오자룡(吳子龍)』(75. 1~12, 미완), 「변(卞)사또의 약력(略歷)」(82. 8), 「명천유사(鳴川遺事)」(84. 10), 「유자소전(兪子小傳)」(91. 6) 등이 그러하다. 『매월당 김시습』(92) 또한 역사소설이라기보다는 '상상적(想像的) 평전(評傳)'이라고 볼 때, 『관촌수필』 이후 '전(傳)' 문학적 요소와 '전(傳)' 양식의 차용은 이문구 소설의 특징적 요소라고 할 수 있다.

아니라 다음과 같은 대목에서 확연히 드러나는 것이기도 하다.

> 세월은 지난 것을 말하지 않는다. 다만 새로 이룬 것을 보여줄 뿐
> 이다. 나는 날로 새로워진 것을 볼 때마다 내가 그만큼 낡아졌음을
> 터득하고 때로는 서글퍼하기도 했으나 무엇이 얼마만큼 변했는가는
> 크게 여기지 않는다. 무엇이 왜 안 변했는가를 알아내는 것이 더 중
> 요하겠기 때문이다. ……(중략)……
>
> 우연히 되잖은 글줄이나 쓰게 됐다고 내가 이제 와서 복산이의 월
> 단(月旦 : 인물의 비평)을 함부로 농할 수 있을까. 안 될 일임을 나는
> 스스로 안다.
>
> 비록 몽당붓일지언정 그런대로 제법 낙필(落筆 : 낙서)하여 주어진
> 내 한몫의 삶이라도 떳떳하게 지탱해왔다면 가능한 일일지도 모른
> 다. 그러나 나는 현실에 투생(偸生 : 죽어야 옳을 때에 안 죽고 욕되
> 게 살기를 꾀함)하여 이 오죽잖은 생활이나마도 누릴 수 있기를 도
> 모하였고, 애초부터 사문(斯文 : 유교에서 유교의 문화를 일컫는 말)
> 을 따르지 못하여 나이 넉 질(四秩 : 40세)이 다 되도록 구이지학(口
> 耳之學 : 귀로 들은 것을 그대로 남에게 이야기하는, 조금도 자기의
> 것으로 소화하지 못한 학문)으로 활계(活計 : 생계)함에 그쳤으니, 얼
> 굴은 들 수 있어도 뒤통수 부끄러워 못 다닐 지경에 이르지 않았는
> 가?[22](뜻풀이 보충 – 인용자)

위 인용문의 첫 단락은 그가 지향하는 바를 비교적 선명하게 제시
하고 있는 편이다. 여기에는 급격한 근대화의 한 복판에 놓인, 변화
자체를 거역하기 어렵다는 작가의 현실인식이 간접적으로 드러난다.
그러면서도 그는(적어도 이 대목에서의 서술화자는 작가와 분리되어진 존재라
고 보기 어렵다) 변하는 것보다 변하지 않는 것에 대한 천착을 목적의식
적으로 지향하고 있다. 이것은 복고적 취향이나 일탈적 관점이 아니라
변치 않는 것의 의미와 가치를 통해 급격한 변화의 이면을 탐색하려

---

22) 「관산추정」, 237~238쪽.

는 물음(소설)의 방식이다. 물론 여기서 그가 택한 것은 고향의 붙박이 정자나무가 된 복산이지만 이전의 '옹점이', '대복이', '신석공' 또한 각각의 물음을 견인하는 소설적 주체들이다.

'전(傳)' 양식의 차용이 보다 적나라하게 지향되고 있음은 다음 단락에서다. 이는 표면적으로만 보면, 화자인 '나'가 미욱한 성품과 글쓰기의 부족함을 토로하는 대목으로 이해할 수 있다. 그런데 월단(月旦)이란 무엇인가? 인물의 비평이야말로 '전(傳)' 문학의 기본이요, 이른바 '포폄의식'을 전제로 하는 것이 아닌가? 그러므로 연작 여섯 번째의 소설 「관산추정」의 의도는 복산이를 평(評)하고 기리는(讚, 褒) 것인데, 다만 여기서는 자신의 미욱한 성품이 복산이의 심성을 헤아리기 어렵고 자신의 글쓰기(소설)란 것도 그대로 옮겨 적는 일마저 부족한 형편임을 덧붙이고 있을 뿐, 그렇다고 해서 애초의 의도는 가려지지 않고 있는 셈이다.

그 다음 단락에서는 당대를 살아가는 자세와 삶의 방식에 대한 그의 생각까지도 얼핏 드러난다. 여기서 그가 강조하려는 것은 김지하, 고은 등 이른바 70년대 문학의 다른 양상, 즉 적극적 투쟁의 방법을 도모하지 못했다는 자의식이 겸손한 어조로 깔려있다. 특히 '구이지학(口耳之學)'을 운운하는 대목은 학문에 일가를 이룬다는 유교의 가르침에 못미쳤다는 뜻이 일차적이나, 이를 글쓰기(소설)로 한정할 경우, 이야기꾼으로서의 의식과 그의 소설관이 역설(力說)되는 의미심장한 대목으로 받아들일 수 있다.

다시 말하자면, 이 대목은 기본적으로 자신을 낮추고 부끄러워하는 마음이 드러내면서도 이야기꾼으로서의 자각과 그러한 의식으로부터 표방되는 일정한 소설관이 나타나고 있는 것인데, 여기서 '구이지학(口耳之學)'이란, 1부 2장에서 잠깐 살펴본 바 있듯이 긴밀한 건축적 이야기 구성과 내면탐구를 창조하는 의미라기보다는 '전(傳)'적 요소를 포함한 문학적 '전승'의 의도가 강하고 구성의 강박을 탈피한 글쓰기의 지향이라고 할 수 있다.

그런데 한 인간의 덕목이 비로소 온전히 드러나고 전인적인 면모가 드러나는 지점은 어디일까? 이문구는 다른 사람들이 어려운 지경이나 곤궁에 처했을 때 비로소 한 인간의 덕성이 제대로 드러난다고 본다.

> 산이 제대로 보이는 철은 요즘과 같은 한겨울뿐이다. 산마루의 낮고 높음, 산등성이의 숙고 솟음, 산골짜기의 얕고 깊음, 산기슭의 좁고 넓음 등이 있는 그대로 드러나는 것은 나뭇잎이 죄다 지고 난 다음의 일이다. 벼랑의 암석, 계곡의 수석, 산지의 임상(林相)이 잘 보이고 전인미답의 비경이 엿보이는 것도 이 무렵의 일이다. ……(중략)…… 하지만 사람은 어려운 일을 당해봐야 알 수 있다는 말을 나는 더 믿는다. 위기관리 능력이야말로 곧 그 사람의 됨됨이이며 진면목이 드러나는 경우라고 나름껏 생각해왔기 때문이다.[23]

『관촌수필』에 등장하는 인간상은 대개 그들의 진정성이 다른 사람들의 어려운 지경이나 곤궁에 처했을 때 비로소 진면목이 드러난다. 여기에서 「행운유수」의 옹점이, 「녹수청산」의 대복이, 「공산토월」의 신석공 등은 그들의 진정한 가치와 그로부터 상징되는 덕목을 나타내주고 있으며, 이렇듯 진실성이 드러나는 극적 요소와 정황이 '전(傳)'적 요소를 갖춘 소설과 상통하는 부분임은 당연한 것인데, 『관촌수필』에서 궁극적으로 강조한 '변하지 않는 것'의 의미와 소설 속 인간상을 통해 보여준 '진인(眞人)' 혹은 '절의(節義)' 문제도 이와 연관되는 것이다.

결국 근대화에 대한 작가의 반감과 이와 대비되는 근대화 이전의

---

23) 이문구, 「산은 한 겨울에야 알 수 있고」, 『동아일보』, 2000. 1. 30.

농촌사회에 대한 작가의 그리움, 그리고 그로부터 시작되는 고향의 재발견은 『관촌수필』에서 이와 같은 인간상의 재현으로부터 드러난다. 즉 근대적 도시와 풍속에서는 좀처럼 발견할 수 없는 친화적이고 전인적인 인물에 대한 자세한 묘사야말로 『관촌수필』의 전편(全篇)을 관통하는 뚜렷한 주제일 뿐만 아니라 이로부터 '전(傳)' 양식을 차용하게 된 근본적인 동기가 되는 것이다. 그러므로 작가 이문구는 바로 그러한 인물을 통해 근대적 도시와 풍속이 구현한 이기적이고 개인주의적인 인간형을 비판하고 있으며, 일련의 근대적 기획이 인간의 심성을 얼마나 황폐하게 만드는가 하는 점을 효과적으로 보여주고 있는 것이다.

그렇다면 어째서 그러한 '전(傳)' 양식을 띤 소설이 수필이라는 이름을 달지 않을 수 없는가?

『관촌수필』에서 '수필'이 안고 있는 함의(含意) 가운데 하나로 우리는 작가의 겸손함을 생각할 수 있다. 앞서 인용한 글에서 드러난 바와 같이 작가는 자신에게 가장 귀중한 가르침을 주었던 할아버지, 한 마당에서 자라며 자신을 여러모로 키웠던 이들을 이야기하며, 그들이 이룩하였던 인생이나, 안고 살았던 신고(辛苦)에 비해 자신의 글쓰기가 늘 곁다리에 불과하였음을 고백한 바 있다. 그러므로 그들의 삶을 기리는 자신의 작업이란, 한낱 붓 가는대로 따라 가는 것일 뿐 어떤 품격 같은 것은 감히 바랄 수도 없다는 겸손의 마음으로부터 수필이라 명명할 수 있었다. 그러나 이것은 겸손의 표현이자 표면적 이유일 뿐 그 이면에 놓인 본질적 이유를 가릴 만한 것은 아니다.

흔히 수필이 세계와 삶에 대한 고도로 세련된 '지적 통찰'의 한 표현으로 일컬어지고, 그 속에서 일정한 인생관·세계관이 피력될 수 있다는 뜻에서의 의미로 좁혀진다면 『관촌수필』의 제목은 부자연스런 구석이 있다. 다만 그러한 인생관·세계관을 가장 평이하고 자유스럽게 전개한 것이 수필이라고 본다면, 『관촌수필』은 여기에 걸맞은 함의를 찾을 수 있다. 즉 『관촌수필』에서 수필의 진정한 의미는 '자유로움'에 있다 할 것이다.

그렇다면 여기서 가장 문제가 되는 것은 작가가 수필이라 명명했을 때, 그가 염두에 둔 '자유로움'의 내용이 무엇인가 하는 점이다.

이는 대략 두 가지로 볼 수 있다. 하나는 기존의 소설관으로부터의 일탈이다. 즉 형식적 일탈인데, 이는 직접적으로 텍스트로서의 건축적 이야기 구성이 아닐 수 없다. 그리고 이것은 필히 작가의 권위적 위치를 거부하는 것과도 관련된다. 이와 관련하여 이문구의 수필 혹은 수필적 글쓰기 전략이 60년대적 글쓰기 및 소설관에 대한 탈선 혹은 저항에서 비롯되었다는 점은 앞서 간략히 언급했던 바 있다. 1960년대 전반 4·19세대를 자임하는 이들로부터 제기된 소설적 규범, 즉 '긴밀하고 건축적인 이야기 구성', '내면의 탐구와 개인 발견을 위한 문체와 감수성'은 1960년대 후반부터 전개되는 현실적 지형의 변화, 특히 소외된 민중의 삶을 소설적으로 감당하기에는 다소간의 어려움이 생길 수밖에 없었던 것이다. 뿐만 아니라 이문구의 이야기꾼으로서의 의식이 파국을 위한 갈등구조를 차곡차곡 계산하는 '소설'과 번번이 충돌해 왔음은 초기 소설의 다양한 소설적 실험이 증명하는 바다.

다른 하나는 내용과 관련된 것으로서 '무게 중심의 변환' 혹은 '발상의 전환'이다. 작가 이문구는 소설이 급격히 변모하는 삶과 그 의미에 대한 탐색으로 나아가야 하는 것임을 모르지 않는다. 그럼에도 불구하고 이문구는 변하는 것보다도 변하지 않는 것, 혹은 변하지 말아야 할 것들에 대해 '들려줌'으로써 소설의 구성적 내용을 달리하기로 한 것이다. 그가 주목하고자 한 것은 상상력으로 쥐어짠 허구가 아닌 실화에 토대를 둔 이야기다. 그것은 사소하고 세속적인 이야기지만 동시에 진솔한 '삶의 지혜'가 담긴 것이다.

우리가 삶을 영위해 나가면서 매일 듣는 일상적 이야기는 사소한 것들이다. 그러나 놀랍게도 그 사소한 이야기들 속에, 한 철학자가 범속한 트임, 세속적 트임이라고 부른 삶의 예지(叡智)가 번득이는 경우가 있다. 작가 이문구가 좀더 세속적이고 사소한 성질의 '실화성(實話性)'에 접근하는 것, 즉 이러한 '수필적 경로(經路)'와 평범한 이웃과 내 친구의 변치 않음을 통해 근대의 변화를 성찰적으로 환기하는 '전(傳)적 경로(經路)'는 결코 다르지 않은 것이다. 그리고 이러한 길이 합쳐져 우리 소설사의 한 장관을 『관촌수필』에서 보게 되는 것이다.

『관촌수필』은 적어도 두 가지 점에서 이문구의 이 같은 '미적 전환', 즉 부정적 도시체험이 도달한 환멸과 소외를 뒤로 하고, 전일적 공동체와 그 질서를 변용시켜 문학적 준거의 마련을 받아들일만한 요소를 갖추고 있다.

첫째, 수필의 삽화적 구조와 비체계성이다. 이미 앞에서 살펴본 바와 같이 이문구의 초기소설은 『장한몽』에서 두드러지는 것처럼 단일한 체계의 '선형구조(線形構造)'라기보다 삽화적 구성을 기본으로 한 '수형구조(樹形構造)'에 가깝고, 이는 이문구 소설이 구술적 서사전통의 수용하고 이를 다양한 소설적 실험으로 전개한 과정의 부산물이었다. 따라서 이문구의 소설은 더 이상 긴밀하고 건축적인 양식으로서의 근대소설에 강박될 필요가 없이 아예 수필적 양식을 표방함으로써 서구적 의미의 근대소설관 및 60년대적 글쓰기에 저항하는 쪽을 택했던 것이다.

둘째, '실화성'에 접근하였을 경우, 그것이 갖는 호소력의 극대화와 관련된다. 『관촌수필』의 작가는 작중청자(confidant)에게 '나'의 가문의 쇠락과 '나'를 키워준 전인적 인간의 품성과 덕목을 '―거였다'라는 종결어미에 실어 최대한 담담하게 서술해나간다. 그리고 때때로 현실과 선명하게 대비되는 장면에서는 주관적 감정을 자연스럽게 이입시키는 수필적 글쓰기 전략을 통해 가장 직선적인 거리로 독자에게 호소하고 있는 것이다.

따라서 이러한 '수필적 글쓰기 전략' 혹은 수필적 양식을 표방하는 '소설'은 작자와 독자 사이의 단축된 거리로 인하여 소설에 있어서의 가장 핵심적인 요소가 탈락되어 버릴 위험성을 동시에 갖게 된다. 그 핵심적 요소란 작중의 현실 그 자체다. 사실 이 작품에는 작중현실 그 자체의 구체적인 제시가 매우 적은 편이다. 특히 연작의 실질적 본체라 할 수 있는 '전기작(前期作)'의 대부분은 사실상 '나'의 감상적인 기억과 서술에 의존하고 있다. 요컨대 대부분의 경우 작중현실은 나의 다분히 감상적인 소회로 변용되어 독자에게 전달될 뿐이다. 이렇게 볼 때,『관촌수필』의 수필적 글쓰기 전략은 작중현실과 독자사이의 산문적 교환(交歡)을 상당부분 제한하면서까지 '실화성'에 좀더 접근하고자 하는 작가의 완고한 의지가 내재되었다고 볼 수 있다.

그렇다면 마지막으로, 이 모든 형식의 차용과 글쓰기 전략의 과정을 겪으면서도 변치 않고 오히려 자기세계의 뚜렷한 징표이자 요소가 되는 것은 무엇인가? 그것은 구술적 서사전통의 보다 완숙하고 세련된 정착이라 하지 않을 수 없을 것이다. 즉 이전보다 한학적(漢學的) 소양이 두드러지게 활용되면서 '의고체(擬古體)'가 성립되는 것을 제외하면,『관촌수필』에서 여전히 그리고 빈번하게 찾아볼 수 있는 대목과 양상은 구술적 서사전통에 기반을 둔 열거와 표현, 그리고 해학적 묘사들일 것이다.

『관촌수필』에는 초기소설만큼 직접적이고 노골적인 서술화자의 개입은 줄어든다. 이것은 '─거였다'라는 이문구 특유의 종결어미가 어느 정도 정착되어지는 과정과 연관이 있다. '─거였다'의 세련과 정착

은『관촌수필』의 커다란 성과일 뿐만 아니라 이문구 작품의 힘과 특
징을 함축하고 있다. 자기의 아픈 가족사(인민위원장 경력의 아버지를 감싸
안고 쫓겨 떠돌며 생활해야 했던 자신의 아픈 비밀과 그로 인한 몰락의 가족사),
그리고 시대의 변화로 정신적・경제적・사회적으로 사그러드는 그 삶
들을 아무렇지도 않게, 오히려 재미있는 옛날이야기를 하듯이 추려놓
는 힘은 (가)에서처럼 ‘―거였다’라는 말끝에서 나오고 있기 때문이다.

그렇다고 해서 서술화자의 개입양상이 전혀 없는 것은 아니다. 이러
한 양상은 삽화와 삽화를 연결하거나(다, 라), 본 이야기의 의미를 배가
(倍加)시키기 위한 대목(나)에서 여전히 드러나기도 한다.24)

> (가) 그가 이년이라고 일컫는 것은 옹점이였다. 그는 정분을 두었
> 던 이매에게 옹점이를 잉태시켜놓고 징용에 나갔다가 해방과 더불
> 어 귀국했다던 거였다.25)

> (나) 그 대목의 전말을 나는 ‘어느 날이었다’라는 상투적인 말로
> 서두를 삼지 않으면 안 되리라. 그것은 살아오면서 겪음 한 바가 적
> 지 않았듯, 길흉화복이건 일상의 범속한 일이었건, 삶의 과정은 무슨
> 조짐이나 예측이 없이 우연으로 시작되기 예사이고, 종말 역시 그렇
> 게 맺던 것에 바탕하여 하는 말이다.26)

> (다) 역시 객담이지만, 지난 9월 초순 어느 날이던가, 나는 어느 신
> 문사 문화부의 전화를 받고 한참 동안이나 말다툼 비스름한 실랑이
> 를 벌인 적이 있었으니, 까닭은 전화를 걸어온 그쪽 용건이 도무지
> 신통치 않는 데에 있었다.27)

---

24) 서술화자의 개입이 소극적인 형태마저 사라지는 것은『우리동네』에서다. 이는 1인
  칭이 아닌 3인칭으로 서술된 이유도 있지만 서술화자의 주관적 의지와 감정이입이
  ‘말’과 ‘대화’로 활발히 소통될 수 있는 구조였기 때문이기도 하다.
25)「행운유수」, 67쪽.
26)「행운유수」, 82쪽.

(라) 어쩌다가 이야기가 이에 이르렀는지 알지 못하겠다. 그러나 이왕 꺼낸 말이매 매듭을 짓기로 한다. 다시 영화 관람기로 돌아가거니와,28)

한편 이문구 특유의 만연체는 예의 해학적 장면묘사(마)나 서경(敍景)의 제시(바, 사)뿐만 아니라 당대에 대한 반감을 표출(아)하는 데까지 두루 구사된다.

(마) 무찌르자 오랑캐 몇 천만이냐 대한 남아 가는 데 초개로구나…가슴을 치고 통곡하는 소리, 아무개를 숨넘어가게 부르고 몸부림치는 노인, 땅바닥에 대굴대굴 구르며 머리칼을 쥐어뜯는 아낙네, 제지하던 헌병에게 떠다박질려 고꾸라지며 코피가 터진 여자, 헌병의 구둣발길에 넘어졌다 일어나서 얼굴을 쥐어뜯으려고 덤비는 노파…전우의 시체를 넘고넘어 앞으로 앞으로…우리 학교 전교생은 목통이 터져라고 노래를 부르고, 호루라기 소리, 경찰관의 고함과 호통소리, 떠난다고 울려대는 기적 소리, 젖먹이 아이들 우는 소리, 중고등학생들이 불고 치는 북소리 나팔소리…동이 트는 새벽꿈에 고향을 본 후에 배낭 메고 구두끈을 굳게 매고서…노래를 불렀다. 기차가 움직이면 더욱 큰 소리로 노래를 불렀다. 기차가 움직이면 더욱 큰 소리로 노래를 불렀다. 만세를 부르고 박수를 쳐대고…기차가 엿가래 휘어지듯 산모퉁이를 돌아가 버리면 아무도 없는 빈 철길을 맨발로 뛰어 쫓아가며, 아무개를 부르다가 치맛자락을 밟고 넘어지고, 다시 일어나 만세만세를 외쳐대던 백발노파의 울부짖음, 너울너울 춤을 추다가 정신이 돌아버리던 허연 노파의 눈동자…우리들은 만세와 군가만을 신나게 불렀다.29)

(바) 그 무렵은 봄볕 든 양달보다도 더 눈부신 햇살이 온누리에 잦

---

27) 「공산토월」, 142쪽.
28) 「공산토월」, 149쪽.
29) 「녹수청산」, 136쪽.

아드는 것처럼 산과 들에 그리고 개펄에 매일같이 내리 쏟아지고 있
었다. 미처 못 떠난 제비들은 아침마다 전깃줄에 주렁주렁 열리고,
범바위 둘레 가시덤불에는 까치밥이 고추밭보다 더 짙은 색깔로 빨
갛게 익어 어우러졌으며, 대복이네 집 뒤 너럭바위 아래 잔디밭에는
뽑아 넌 목화대의 목화다래가 한껏 벙그러지고 피어, 먼 논으로 메
뚜기를 잡으러 가려면 반드시 스쳐가게 되던 충길이네 메밀밭의 흐
드러진 메밀꽃보다도 훨씬 눈부시고 깨끗하게 널려 있기도 했다.[30]

(사) 황소바위 가장자리에 다래가 여물고, 터져 눈송이로 핀 목화
대 틈으로 해설피 반짝이는 서릿바람 그림자가 얼룩질 때, 반지르르
살진 검은 염소는 개랑둑 실버들가지 밑에서 잠들고, 구름 아래에
머문 솔개 한 마리가 온 마을을 깃 끝으로 재어보며 솔푸데기 틈의
장끼우는 소리를 엿들을 때, 범버위 앞의 찔레 덩굴 속에서 핏빛 짙
은 옻나무 잎을 비켜가며 까치밥을 떠먹던 나는 언제가도 한 번 들
은 바 있는 신서방의 울부짖음에 소스라쳐 놀라고 말았다.[31]

(아) 세상이 어지러운 난세일수록 유언비어가 난무함이 예사이고,
말을 않으며 병신 대접 받기 십상인줄 모르지 않으나, 주체의식이나
주체성이란 말을 외래어보다도 막연하게, 개나 걸이나 지껄여 대지
않으면 행세를 못하는 줄 알던 많은 사람을 보아온 터여서, 그 천한
말을 옹점이는 일찍이 내게 행동으로써 보여준 셈이라고 장담하게
되지 않았나 싶기도 하다. 한번 더 다짐해두지만, 그 무렵 옹점이의
태도를 주체의식, 또는 주체성이 있는 것으로 보아 무방하다면, 나는
그녀만한 정신 자세를 가진 인간을, 내가 이 사회에 나와 벌어먹게
된 뒤로는 몇 사람 외에 구경하지 못했다고 단언할 수 있으리라 믿
는다.[32]

---

30) 「공산토월」, 162쪽.
31) 「공산토월」, 177쪽.
32) 「행운유수」, 82쪽.

이런 열거나 병렬의 방식으로 되어있는 '엮음'은 단순히 사건을 구체적으로 서술하거나, 어떤 정황을 실감나도록 하는 구실을 하는 데서 그 역할이 끝나지 않는다. 이점에 대해서는 이미 살펴본 바 있거니와, 여기서 중요한 점은 '전(傳)' 양식을 차용하거나 수필적 글쓰기 전략이 진행되는 과정에서도 일관되게 유지되고 있다는 점일 것이다.

결국 이문구는 '자기 세계'를 구원할 힘이 없는 소설과 역사를 역사의 '타자'를 통해 구원하기 위해서는 한층 더 강력한 치유력이 필요했다. '전(傳)' 양식의 차용은 이러한 과도적 상황을 과거의 준거(공간과 집단)를 통해 되비춰 보려는 방향전환이었으며, 변하는 것과 변하지 않는 것 사이의 관계의 파탄에 대한 이문구 나름의 소설적 물음 방식이었던 것이다.

아울러 이문구의 『관촌수필』은 소설을 수필화함으로써 동시에 수필을 소설화했다. '전(傳)' 양식을 띤 수필 속에 소설체를 내포시킨 글쓰기의 형식이 『관촌수필』이다. '전(傳)' 양식을 차용하고 수필을 표방하는 육체에도 불구하고, 고향과 고향상실을 탐색하고 나아가 문학적 준거를 통해 근대를 묻는다는 의미에서 그것은 소설을 정신으로 삼은 독창적 글쓰기가 아닐 수 없다. 이로써 그의 소설은 구술적 서사전통의 수용과 확장을 통해 소설의 정신과 육체를 근대적으로 변용시킬 수 있었던 셈이다. 물론 이러한 수필적 글쓰기 전략과 '전(傳)' 양식의 차용을 통한 소설의 자기갱신은 1970년대를 짓누른 역사의 압력에서도 기인하는 것이다. 그렇기 때문에 『관촌수필』의 의미는 개발의 변증법 혹은 70년대 한국적 근대화의 이중성(아포리아)에서 발원한 이성비판의 한 형태로 볼 수 있는 것이다.

제3장 세태의 저인망과 말의 갈등

1. 저항적 주체의 성립과 풍자적 서술의 힘

『우리동네』의 우선적 특징은 70년대 한국의 근대적 농촌 현실, 즉 상대적 박탈감과 농촌공동체의 해체에 관한 가장 풍부한 보고서라는 점이다. 그도 그럴 것이 변모된 당대 농촌의 세태와 풍속을 '다채로운 저인망'으로 끌어내다시피 하는 작가의 삽화는 매우 방대한 분량에 달하며, 어느 단편을 뽑든지 간에 어렵지 않게 펼칠 수 있으며, 다음과 같은 예문이 대표적으로 거론될 수 있다.

사내들은 술 생각이 나면 떼지어 장터로 몰려나가곤 했다. 그전 같으면 기껏해야 호미씻이하는 백중에 보릿되나 여투어 개를 한 마리 도리해 먹거나, 안는닭 비틀어 놓고 막걸리 두어 되 추렴하는 게 고작이었다. 그러나 그때는 옛날이었다. 이제는 본전을 찾자면서 장터로 몰려나가 1년 동안 드나든 단골집들을 훑는 게 버릇이었다. 동네 청년들과 장터 장사꾼들은 피차 상대방을 물주로 여기고, 서로 꾀를 다하여 등쳐먹으려고만 들었다. 장사군들이 1년 동안 갖은 물품에 웃돈을 얹어 농민들에게 바가지를 씌웠으므로 얼핏 생각하면 동네 청년들이 본전을 빼먹으려 덤비는 것도 무리가 아니었다. 하지만 그 역시 올가미였다.[1]

그전 같으면 이 찌는 복중에 무슨 장맛으로 굴속같은 집구석에서만 옴닥거릴 터인가.

마당에 평상이나 멍석을 펴고 모깃불을 놓으면 절로 땀이 가시고, 끓는 화덕에서 갓 떠낸 수제비를 훌훌 들어마셔도 더운 법이 없었다. 뉘집 마당을 가보아도 으레 이웃집 마실꾼이 있기 마련이고, 가리마타고 흐르는 은하수나 가끔 훑어가며 논밭 되어가는 이야기, 나가서 묻어들인 시국 이야기로 담배가 떨어져도 심심한 줄을 몰랐다.

그러나 앞으로는 그런 풍속이 되풀이될 성싶지 않았다.

아무리 삶는 날이라도 TV 앞에다 상을 놓았고, 그 바람에 하늘이 덮이기 무섭게 대문부터 걸어닫지 않는 집이 없었다. 안식구 따라 사내들마저 그 지경이고 보니 더러 들어볼 말이 있어도 마실 갈 데가 없었다. 내집 뉘집 없이 낮에는 죄다 들에 나가 살고 날만 저물면 빗장 걸고 틀어박히기를 다투니, 추녀를 나란히 하고 한 우물을 길어 먹는 이웃 사람도 며칠씩 얼굴 얻어 보기가 어려웠다. 그러니 동네에 무슨 일이 생겨도 일삼아 가보기 전에는 얼굴 한번 내밀지 않는 것이 오히려 당연한 일이었다.[2]

흔히 우리는 세태와 풍속을 사소한 것으로 여기거나 '트리비얼리즘(trivialism)'으로 보려는 경향이 있다. 그러나 생각해보면 일상생활의 내용을 이루는 이러한 자질구레한 세목(細目)들의 변화야말로 엄청난 혁명적 의의를 예비하거나 포함하는 것이다. 왜냐하면 대체로 우리의 삶의 감각을 근본적으로 규정짓는 것은 무슨 거창한 개념적 어휘로 표

---

1) 「우리동네 이씨」, 『우리동네』, 민음사, 1981, 39쪽(이하 작품의 인용은 작품명과 쪽수만을 밝히기로 함).
2) 「우리동네 황씨」, 283~284쪽.

현되는 이념이나 제도라기보다는 그러한 일상의 구체적 구성물들이기 때문이다.

물론 풍속은 잡스러운 것이다. 우리가 보통 풍속이라고 부르는 그 영역은 그야말로 잡스러운 것의 소굴이다. 그러나 삶의 잡스러움을 용납한다는 것은 바꿔 말하면 윤리적인 범주나 개념으로 쉽사리 환원되지 않는 특수한 경험들의 뒤섞임 속에서 인간 현실을 발견하는 일이다. 그것은 사람들이 공유하는 문화의 일부이지만 정연한 규칙이나 체계를 갖고 있진 않다. 라이오넬 트릴링(Lionel Trilling)의 유명한 에세이에 따르면 "문화의 함축 있는 잡음과 소음"이라고 부를만한 것이 풍속이다.3) 훌륭한 작가는 그 잡음과 소음을 해득하는 비범한 청력(聽力)을 갖고 있어서 사람들의 말버릇, 복장이나 장식, 일상의례와 같은 사소한 사실을 가지고도 경이로운 현실을 암시할 줄 알아야 한다.

위의 인용문에는 저녁 식사 후 마실 풍속이 사라진 세태와 왜곡된 망년회 풍속이 등장한다. 그러나 이 장면의 효과는 단지 풍속의 생생한 재현에 그치지 않는다. 그것은 나름대로 계산도 하고 주체성을 지켜보려는 농민들일지라도 광범위하게 유포되고 속속들이 침투하는 소비문화에 불가항력적인 현실을 알려주는 가운데, 그들의 삶을 제약하고 왜곡시키는 사회적·문화적 관습을 상기시키는 것이다. 저녁 식사 후 풍경 내지 모임의 형태변화라는 '풍속의 세목'을 그렇게 하여 근대적 농촌의 왜곡된 삶에 대한 반성의 계기로 마련하는 것이다. 나아가 근대화 과정이 한국식의 도덕의 부재, 즉 무규범 현상을 어떻게 구조화, 만성화 시켰는지를 돌아보게 하는 것이다.

실제로 『우리동네』 안에 산재된 편편의 삽화—형식적인 각종 교육

---

3) 황종연, 『비루한 것의 카니발』, 문학동네, 2000, 243~244쪽.

과 기만적 농정, 동원행정으로 인한 민관의 갈등과 대립, 농민의 이중성과 기회주의적 속성, 망년회와 관광계 등 무분별한 소비풍조, 부동산 투기와 선거행태 등등―는 소설의 자잘한 축을 이루는데, 이것을 따라가다 보면 성장의 덫에 걸린 70년대 농촌의 일그러진 자화상을 만나게 된다.

가서 점심을 거저 먹는 것은 좋지만, 농촌지도소에서 나온 강사들이 온종일 연설한댓자 결국은 1953년에 도입되어 퇴화한 일본 벼 아키바레를 심지말고, 내년부터는 농민들이 꺼린다 하여 다수성 신품종이라고 이름을 바꾼, 통일계나 유신계통으로 볍씨를 바꾸라는 말밖에 들을 것이 없겠던 것이다.4)

리도 아다시피 근본적인 잘 잘못을 따지자면 무엇보다도 농민들의 뒤틀린 살림규모와 설익은 정신에 있었다. 그러나 그것을 부채질해가며 조합이 영리만 노리는 것도 모른 척 하기만 할 일이 아니었다. 조합에서 영농자금을 농민들보다 장터 상인들에게 보다 적극적으로 대부해 주는 행위도 그렇지만, 영농자금 대부 형식으로 TV나 전열기구를 외상판매하는 것도 크게 잘못된 것이었다. 리도 자기의 불찰을 모르지 않는다. 하지만 세상 풍속이 이미 그쪽으로 기울은 이상, 자기 혼자서만 외면하기도 수월한 일이 아니었다.5)

동네 사람들이 자립 마을 육성을 위한 자체자금 적립이라는 거죽으로, 사내 따로 아낙 따로 일년 열두달 계를 부어나가는 것도, 목적은 농한기를 말미하여 관광여행에 쓰려는 유흥비 저축에 지나지 않았다. ……(중략)…… 그들은 자기들이 구경한 비정상적인 여러 가지 것들을 발전이라고 믿었으며 그런 견문을 유식으로 여겼다.6)

---

4) 「우리동네 이씨」, 44쪽.
5) 「우리동네 이씨」, 45쪽.
6) 「우리동네 이씨」, 49쪽.

물론 위의 인용문에서처럼 한 편의 소설 안에 이러한 세태와 풍속의 세목이 지나치게 많은 경우가 있고, 즉각적인 소설적 반영에도 불구하고 개괄적 전달에 그친 경우도 없지 않다.7) 그럼에도 불구하고『우리동네』에 대한 평가 가운데, 특히 세태의 양상과 그 의미를 해석함에 있어 임화가「세태소설론」(『문학의논리』, 학예사, 1940)이 제시한 구도와 기준에 맞춰 도식적으로 평가하는 것은 온당치 않다. 나아가 이문구의 경우와 관련해서 볼 때, 삽화의 양적 총합이 결코『우리동네』의 소설적 가치를 담보한다고 말할 수 없다. 또한 앞서 살펴본 '풍속의 세목'이 단순히 재현되는 수준이 아니라면, 그리고 작가가 그러한 것에만 전적으로 의탁한 것이 아니기 때문에『우리동네』를 '超산문성의 세계(임화가 임꺽정을 두고 말한)'로 평가하기는 어렵다. 따라서『우리동네』의 의미를 세태소설적 면모에서만 굳이 찾아야할 이유도 없는 것이다.

그렇다면『우리동네』의 진정한 의미는 어디에서 찾을 수 있는 것인가? 오히려 우리는 세태와 풍속의 세목이 현실비판의 논리로 수용되고, 주체들의 저항의지로 삼아지는 과정을 좀더 눈여겨 볼 필요가 있다. 그리고 이러한 방법이 특유의 구술적 전통 하에서 '말'을 통해 구조화되는 측면과 연작의 형태로 끊임없이 시도되는 문제의식에 주목할 필요가 있다.

아이러니컬하게도 경제성장은 일반적으로 대중들의 사회적·정치

---

7)「우리 동네 최씨」(78. 6)에서 최씨가 딸의 친구 명순으로부터 듣는 일화는 당시 '동일방직 사건'과 유사하다. 동일방직은 최초의 여성노조가 설립된 곳으로서 77년 알몸시위(7. 23)와 78년 사측의 똥물 만행사건으로 세간에 널리 알려진 바 있다. 따라서 이 작품은 이러한 배경이 즉각적으로 반영된 결과물로서 작가의 세태와 정치적 감각을 확인할 수 있다. 그러나 명순의 일화는 단순히 전해 듣는 이야기로만 취급될 뿐, 이것이 소설의 어떠한 인물과 사건에 직접적으로 연관되지 않는다는 점에서 그러한 감각이 소설 '안'에서 기능하고 있다고 보기는 어렵다.

적 태도에서의 적극성을 증대시키기도 한다. 어느 정도 빈곤을 극복하는 경험 속에서 대중들은 마치 절대적인 빈곤이 영원한 자신들의 운명이 아님을 자각하였듯이 사회적 비정의(非正義)를 더 이상 운명적인 태도로 받아들이지 않게 된 것이다. 이러한 모습은 상대적 박탈감을 경험한 농민의 저항으로, 자주성으로 발전하여『우리동네』의 곳곳에 드러난다.

『우리동네』에 등장하는 대부분의 농민들은 이제 누구랄 것도 없이 거의 농업과 여타의 불균형을 이야기하고, 경솔한 농업정책을 질타한다. 그들은 이제까지의 공정성에 대해 회의를 갖게 되고 정부의 일방적인 하향식 태도에 반기를 든다. 농민과 정부의 갈등 혹은 관권과 자주성의 대결양상은『우리동네』를 관통하는 서사의 굵직한 축이다.

> 농사꾼은 호적 파갖구 물 근너온 의붓국민인감. 다른 물건은 죄다 맹그는 늠이 기분대루 값을 매기는디 워째서 농사꾼만 남이 긋어 준 금에 밑돌어야 혀? 마눌 한 접이 금가면 버리는 푸라스틱 바가지만두 못허니 이래두 갱기찮은겨? 드런 늠덜. 암만 초식장사 제 손 끝에 먹구 산다지만 해두 너무 헌다구. 꼭 이래야 발전헌다는 겨?[8]

> 그 숙맥같은 소리 말어, 모르기는 왜 모르것네. 이런 디서 살어두 짐작이 천리구 생각이 두 바퀴란다. 말 안허면 속두 읎는 중 아네. 촌것이라구 업신여기다가는 불개미에 빤스 벗을 중 알어라. 위에서 시키는 것두 반은 빌구 반은 눌러두 들을지 말지 헌 게 촌사람들이여.[9]

사실 관(官)에 대한 농민의 불신은 오래 전부터 있어 왔고, 채만식의

---

8) 「우리동네 강씨」, 191쪽.
9) 「우리동네 유씨」, 174쪽.

「논이야기」 같은 작품을 통해 예리하게 지적되기도 하였다. 그러나 「논이야기」의 '한 생원'이 해방 직후 국가와 정치의 허구성에 대해 통렬히 풍자하고 있음에도 불구하고 종국에 가서는 허무주의나 냉소주의로 빠지고 말았던 것에 비추어 보면, 『우리동네』에서 보이는 농민과 정부의 대립은 농민의 주체적 각성과 자주성의 문제로 이어진다는 점에서 70년대적 의미를 띠는 것이다.

다시 말해서 『우리동네』는 농민의 다양한 포우즈—자기합리화, 과대망상, 현실과의 정면대결(물론 제일 약하지만), 풍자 등—를 통해 한국 농민소설사에서도 하나의 전환점을 마련한 셈이다. 이 길은 동시대 농민문학론의 또 다른 모습, 즉 김정한 등이 개척한 직접적 저항의 면모와는 다소 차이가 있지만 넓게 보아 저항적 주체의 성립이라는 면에서 70년대적 정서와 상황이 반영된 것임에 틀림없다.

> 김승두도 그랬다. 김은 대개 살아온 경우에 비춤으로써 스스로 깨달음이 있어, 가물면 하늘 탓, 물마지면 관청 탓하던 묵은 버릇을 우선하여 고치고, 제 힘으로 재변을 이겨낼 줄 알아야만 흙의 종살이에서 벗어나 흙을 부리는 농군이 되느니라고 믿었다.
> 한누 번 속아봤던가. 제구실하는 농군이라면 하늘이건 관청이건 일찍이 아무것도 믿을 만한 게 없었음을 터득하여, 자기농토는 자기 요량으로 다스려 보겠다는 정신부터 기르지 않으면 안되겠던 것이다.10)

> 나는 내 양심 내 정신으로, 이리 가두 흥, 전주 가두 흥, 허메 살어왔지만 두구 봐라. 아무리 농토백이루 살어두 헐 말은 허메 살테니. ……(중략)…… 이 리낙천은, 그것덜(이동화, 이창권 등 동네의 같은 이가들—인용자)허구 씨알은 비스름헐지 몰러두 줄거리가 다르다.

---

10) 「우리동네 김씨」, 15쪽.

그것덜은 세상이 꺼꾸루 돌어가두 나만 괜찮으면 장땡인 중 아는 상
것덜이여. 그런디 내가 그런 상것덜하구 하냥 이가 노릇을 허면 쓰
것네? ……(중략)…… 절대 넘으 장단에 덩달지 말구 늬덜 깜냥껏 줏
대 있이 살으란 말여.11)

리는 되새겨 볼수록 부끄러웠다. 땅임자답게 땅을 거루지 못해 부
끄럽고, 겨우 뿌리가 잡힐 만하여 캐어버린 뽕나무의 주인됨이 부끄
러웠고, 소임자답게 소를 가다루지 못해 부끄러웠으며, 자기 가늠을
저버리고 시킨대로 따를 수밖에 없었던, 무능하고 무력한 됨됨이가
짝없이 부끄럽던 것이다. ……(중략)……
　그는 부끄러웠다. 뉘우침과 후회도 부질없는 짓이었다. 오늘만 해
도 자고나서 일변 지금까지 남과 다를 것 없는 짓만 골라한 꼴이었
다. 그것은 허당이었다. 그는 그 허당을 느낀 순간 문패를 그전대로
다시 고치리라고 다짐했다.
　그는 나온 김에 문패 만드는 도장포에 들러 이낙천으로 문패를 새
로 마출 작정이었다. 그것은 자기의 떳떳치 못한 행위에 대해 스스
로 사과하고 과오을 반성하기 위한 조치였다.12)

「우리동네 리씨」(78. 5)에서 이십 년 농민 이낙청씨는 그릇된 풍속에
휘둘리지 않고, 남의 장단에 덩달아 나서지 않고, 깜냥껏 줏대 있게
살 한 가지 방법으로 자기의 이씨 성을 리씨로 바꾼다. 또 「우리동네
김씨」(78. 3)의 김승두는 자기 농토는 자기 요량으로 다스려 보겠다는
의지로 혼자서 가뭄을 헤쳐 나간다. 이렇듯 『우리동네』 전편을 관통하
는 주목할 만한 특징은 농민들이 스스로 반성하고 모종의 부끄러움을
느끼며 자각의 단계를 거친다는 점이다. 비록 작지만 이들의 주체적
판단과 선택은 기존의 농민 형상과 뚜렷한 대조를 보이며 소외와 불

---

11) 「우리동네 이씨」, 50쪽.
12) 「우리동네 이씨」, 60 · 64쪽.

만의 웅얼거림을 넘어 주체적 비판과 저항의 단계로 나아가는 성격을 띠고 있다.

사실 한국의 민중들은 수백 년 동안 '공공의 영역'에 대한 경험은 말할 것도 없고 그에 대한 인식마저도 매우 제한적인 상태에서 생활해왔으며, 이러한 상황은 해방에 이르기까지 지속되었다. 게다가 해방과 전쟁을 거치면서 이데올로기의 대립은 낮과 밤을 따라 공공의 기준이 뒤바뀌는 극한 상황을 야기하였다. 이러한 과정에서 사람들의 마음속에서는 나라의 일, 공공의 일에는 관여하지 않는 것이 좋다는 생각이 자연스럽게 형성되었으며, 공공의 영역에서 자신의 의사를 적극적으로 피력하는 주체의 역할에 대한 동기부여도 극히 미약하게 되었다.

이러한 상황에서 기본 성격상 이중적일 수밖에 없고, 이제껏 가장 수동적인 민중으로 자타가 공인하던 농민들에게서 자각과 주체의 선언을 나오고 있다는 것은 '국민총화(國民總和)'의 이름으로 그 어느 시기보다 이데올로기의 통제가 심했던 70년대 현실을 감안하면 그 자체가 획기적인 일이 아닐 수 없는데, 이문구의 소설은 바로 이러한 대목을 포착해내고 있는 것이다.13)

---

13) 사실 신화가 되어버린 '조국 근대화'의 논리, 특히 관창민수(官唱民隨)운동으로 변질되어버린 '새마을 운동'만 하더라도 그것은 애초 의도나 가시적 성과에도 불구하고 농촌공동체의 자율성을 오히려 약화시켰을 뿐만 아니라 농촌이 가지고 있던 공동체적 전통을 부정·파괴하였다는 점을 간과할 수 없다. 새마을 운동에서는 옛것을 무조건 '낡은 것' 또는 '헌것'으로 치부해 버리는 경향이 있었다. 가령, 거의 대부분의 마을에서 동제나 당제 등 공동제(公同祭)를 폐지했다. 공동제에 포함되어 있는 역사적 지혜, 공동체적 지혜는 완전히 무시되고 단지 근대적 잣대로만 재단되었다. 전통과 근대를 양분법적으로 단순화하는 이러한 태도는 결국 새마을운동 이전과 이후를 대립시키고, 더 직접적으로는 1970년 이전과 이후를 대립시켜 실제 농촌발전을 과잉단순화하였던 것이다. 또한 새마을 운동은 일제시기의 '농촌진흥운동'과 유사하게 농촌문제를 사회구조적인 이유에서 찾지 않고 농민의 나태, 농민정서의 결여에서 찾았다는 데서 기본적인 한계를 가지고 있다. 이러한 한계는 정신계발을 강조한 데서 잘 드러나고 있다. 농촌진흥운동이나 새마을운동 모두 정

한 사회학자의 표현을 빌리자면, 70년대 한국에서는 새로운 '국민'이 생겨나기 시작했다. 그것은 바로 자본주의적 산업화와 더불어 형성된 농민, 노동자, 빈민이라는 집단이었다.[14] 이들에게 '국민'은 어쩌면 '강요된 공동체'에 가까운 것이었는지도 모른다. 비록 봉건시대의 백성에서 식민지시대의 신민(臣民)을 거쳐 해방 이후 비로소 국민이라는 명칭을 부여받았지만 사실상 국가 내의 다른 국민으로, 의붓 국민으로 존재해왔기 때문이다. 70년대 문학은 시대적 징후의 핵심으로 그들의 집단적 저항 및 주체적 모습을 적극적으로 수용하였다. 이러한 맥락에서 볼 때, 『우리동네』 연작은 70년대 농민의 언술 속에 등장하는 국민에 대한 의심과 '다른 국민'의 성립, 즉 민중의 원형을 발견하고 이를 '동네'라고 하는 축도 속에 그려놓은 것이다.

그런데 『우리동네』의 이러한 성과는 사실상 이문구의 풍자적 서술을 통해 그 효과가 증폭된다. 주지하다시피 풍자는 있어야 할 것을 바탕으로 있는 것의 본질을 우스꽝스럽게 폭로함으로써 사회적·윤리적 비판을 가하는 것이다. 따라서 풍자는 이상과 현실, 본질과 외관의 차이를 날카롭게 의식하는 정신의 산물이다. 그런데 '있는 것'이 매우 견고하거나 폭력적 억압에 의해 강요될 때, 그러니까 '있어야 할 것' 즉 긍정적인 것을 곧바로 제시하기 어려운 상황일 때, 풍자의 기법은

신계발을 가장 중요한 목표로 삼았으며, 운동의 최종 목표가 경제적 성과가 아니라 정신계발로 나아가야 한다는 것을 강조해왔다. 문제는 이러한 정신주의적 운동이 농촌문제의 객관적 요인을 간과했기 때문에 절약운동, 근면운동, 환경개선운동, 의례간소화운동 등 생활개선분야에 집중될 수밖에 없었다는 데 있다. 때문에 농민들이 이러한 운동에 자발적으로 선뜻 나서려 하지 않은 것은 당연하다. 일제하의 농촌진흥운동과 마찬가지로 새마을운동도 관(官) 주도로 전개될 수밖에 없었던 이유는 바로 여기에 있다. 박진도·한도현, 「새마을운동과 유신체제―박정희 정권의 농촌 새마을 운동을 중심으로」, 『역사비평』, 1999 여름 참조.
14) 김동춘, 「20세기 한국에서의 국민」, 『창작과비평』, 1999 겨울.

더욱 교묘해지고 복잡해지게 된다.

『우리동네』 연작은 70년대 후반 유신말기의 엄혹한 현실 하에서 씌어졌다. 작가 개인적으로는 '자유실천문인협의회'(74. 11. 8 설립)에서의 적극적인 활동으로 신변이 제한되고, 1년여의 절필 뒤, 실제 농촌(경기도 화성군 향남면 행정리) 한가운데서 자리 잡고 쓴 작품이 바로『우리동네』연작이다. 따라서 애초 해학적 전통이 풍부하고 유연한 풍자의 모습이던 그의 소설은 이러한 여건으로 말미암아 더욱 복잡한 양상을 띠게 된다.

대개 풍자소설의 양상은 등장인물들이 벌이는 행동의 인과관계를 통해 드러나는 데 비해,『우리동네』의 풍자는 그에 대한 서술자의 개입에 의해 제시되는 양상을 보인다. 즉『우리동네』의 경우 서술자의 개입은 인물들 간의 빈번한 대화를 통해 진행된다. 하지만 서술자가 개입하는 정도를 불문하고『우리동네』의 풍자는 서술 대상의 작은 잘못이나 모순을 공격하기 이전에 그러한 대상에 대한 서술자의 풍자적 서술행위 자체에 의하여 주제가 형성된다는 특징을 가지고 있다.『우리동네』안의 수많은 어깃장과 댓거리는 풍자적 서술의 흔적이자 핵심적 요소로써 기능하고 있다.

> "알면 지랄헌다구 물으유? 평(坪)두 있구 마지기두 있구 배미두 있는디, 해필이면 알어듣기 그북허게 헥타르라구 헐 건 뭐냐 이거유"
> "천동면이 이렇게 촌인가…… 저런 딱헌 사람두 다 있으니. 나 보슈. 국가 시책으루, 미터법에 의하야 도량형 명칭 바뀐지가 원젠디 여태까장 그것두 모르는 겨? 당신이 시방 나를 놀려보겄다―이게여?"
> 부면장은 당장 잡도리를 할 듯이 눈을 부라리며 언성을 높였다. 곁에 앉은 남병만이가 팔꿈치로 집적거리며 참으라고 했으나 김도

주눅들지 않고 앉은 채로 응수했다.

"내 말은 그렇게백이 안들리유? 저 핵교 교실 벽떼기 좀 보슈. 뭐라구 써붙였유? 나라 사랑 국어 사랑…우리 말을 쓰자는 것두 국가 시책이래유. 옛날버텀 관공리 말 다르구 농민들 말 다른 게 원칙인 게유. 천동면이 이렇게 촌인가…… 끙一"15)

"구루마 바쿠루도 못쓰는 흔 다이야를 원제 엿 사먹자구 안태울 거유. 말씀을 위쩨 그렇게 듣기 거북스럽게만 허신대유"

뒷전에서 조용하던 고가 고개를 거우듬하게 꼬고 눈을 지릅뜨며 뺏성있게 말했다.

"왜, 내말이 틀유? 그렇잖어두 듣기 싫으라구 헌 말이유"

계장이 고를 돌아보며 쏘아붙였다. 고도 말다툼엔 이골난 사람이라 직수굿하지 않고 대들었다.

"자세허지 말유. 사는 건 같잖게 살어두 관공리 구박받을 사람은 여기 안왔유."

오서기가 눈을 부라렸다.

고도 끝내 소주 두어 잔 들어간 표를 낼 셈인지 거듭 말끝을 반미주룩 하게 꼬부렸다.

"네밋―우리 여편네 허구 씨비 헐 새두 읎는 판에 넘 허구 시비를 허여?"16)

인용문에서 보듯 이문구는 거대한 뿌리처럼 단단히 박혀있던 농민의 의식뿐만 아니라 국가와 권력에 의해 오도되고 때론 동화되어 마치 껍데기 같은 존재로만 있던 농민의 모습(혹은 삶의 양태)을 스스로 비판하고 때론 풍자하거나 반성하게 하면서 그것을 넘어서는 발언을 기어이 내뱉고 만다. 그러면서도 그에게는 '뿌리 깊은 나무'에 대한 모종의 믿음처럼 그들에게 바라는 소망과 기대와 애정을 가지고 있기에

---

15) 「우리동네 김씨」, 32쪽.
16) 「우리동네 황씨」, 297~298쪽.

그의 비판은 날선 것이면서도 긍정적 에너지로 전화될만한 힘을 가지고 있다.

한편 풍자의 근간은 '말'을 통해 이루어지고 있다는 점은 우리에게 또 다른 측면을 제시해 줄 수 있다. 그러나 이제까지 이러한 측면은 『우리동네』에 관한 '환원적 읽기'에 묻혀 소홀하게 취급된 감이 없지 않다.

실제로 『우리동네』를 사회경제적 토대의 일정한 조건에 상응하는 농민들의 삶을 형상화하는 작품으로 읽어온 것이 우리의 익숙한 독법이었다. 그러나 그러한 '환원적 읽기', 즉 이문구 소설에서 이루어지는 '말'의 다양한 층위와 역동성을 그것 자체로 인정하지 않고, 단일한 이데올로기로 편입해서 읽어내는 방식이야말로 이문구 소설을 잘못 읽는 지름길이기도 하다. 어디까지나 『우리동네』의 무게중심은 서사적 사건이나 인물의 선택적 행위에 있는 것이 아니라, 그들이 수행하는 풍자와 그것을 떠받치고 있는 '발화행위'에 온통 집중되어 있기 때문이다.

김우창은 『우리동네』의 대화가 매우 공격적이라는 특징을 지적하면서, 이는 난폭한 인간관계의 증표라고 규정했다. 그리고 이러한 공격적 대화는 사회전체로부터 농민이 받는 수모에 대한 앙갚음에서 연유한다고 분석한 바 있다.[17]

단순하게 말하자면, 『우리동네』에서 이런 '말갚음'의 성격을 배제할 수는 없다. 그러므로 또한 이것은 한수영의 지적대로 "농민 스스로 이미 그러한 지배이데올로기의 언어적 규율로부터 한 치도 자유롭지 못함을 작가가 공들어 제시한"것이라는 역설적 의미 추출도 가능하다.

---

17) 김우창, 「근대화 속의 농촌」, 『우리동네』, 민음사, 1981, 332~333쪽.

그에 의하면, 『우리동네』 연작은 이문구 소설들 중에서 '대화'가 지닌 이데올로기 수행 기능에 가장 공력(功力)을 들여 쓴 작품이다.[18]

그런데 김윤식은 이와 전혀 상반된 평가를 내리고 있어 매우 흥미롭다. 그는 똑같은 현상과 작품을 두고 '말의 성찬(盛饌)', '공허한 글쓰기 형식', '언어 자체의 공허한 증식', '정서의 과잉'으로 평가하고 있기 때문이다.

> 사례들(『우리동네』의 대화의 예 — 인용자)이 막바로 연작 우리동네의 육체를 이루고 있거니와, 중요한 것은 이러한 육체가 작품의 부분적 요소가 아니라 전면적이라는 사실에 있다. 비유컨대 육체가 전부인 만큼 이에 대응되는 정신이랄까 혼이랄까 좌우간 알맹이라 할 수 있는 '그 무엇'이 빠져있는 형국이 아닐 수 없다. 그렇다면 글쓰기의 알맹이란 대체 무엇인가.[19]

『우리동네』를 분석함에 있어 당대의 엄혹한 현실과 이문구 개인의 부자유스럽던 현실을 감안하는 것은 타당하다. 그러나 김윤식의 견해는 지나치게 작가의 실존적 상황과 처해진 글쓰기의 정황, 그리고 내면 심리의 변화를 추론하는 것으로써 소설의 성격을 내맡기고 있다. 그가 기존의 '환원적 읽기'의 단순함을 뛰어 넘고 있으나 동시에 그는 '말'의 등장과 범람을 곧장 '글'의 미달 아니면 초월로 간단하게 정리해버리고 말았던 것이다.

그러나 『우리동네』에서 그가 간단히 정리해버리고만 말과 글의 단순비교로는 말의 역동적 성격이 온전히 다뤄지기 어렵다. 또 그는 문자성에 가려진 구술성의 물질적 성격을 도외시하고 있으며, 더불어 담

---

18) 한수영, 「말을 찾아서」, 『문학동네』, 2000 가을, 362~366쪽 참조.
19) 김윤식, 「모란꽃 무늬와 물빛 무늬 — 전(傳)형식으로서의 소설 미달 혹은 소설 초월의 이문구 문학」, 『한국문학』, 2000 여름, 170쪽.

론의 장으로서의 소설과 그것을 수용할 수 있는 소설의 역동성까지를 간과하고 있다.

말의 혼성적 현실에 대한 예민한 감응이 소설의 중요한 장르적 속성이라는 것은 바흐찐 이후의 문학이론에서는 이미 상식이다. 소설의 특별한 효과로 흔히 지목되는 인간사의 풍부한 표상들이란 결국 풍부한 사회적 방언들의 모상(模像)과 다를 바 없는 것이다. 그러나 소설이 혼성적인 말에 대해 열려 있다는 것은 그것이 단순히 사회적 언어들의 박물지(博物誌)라는 뜻은 아니다. 소설의 언어적 개방성의 가장 중요한 의의는 언어에 대한 정치적·사회적 통제로부터 자유라는 점에서 찾아야 한다.

가령, 표준어라는 중앙집권적인 공식 언어는 사회에서 보편적 통용의 특권을 가지는 데에 필요한 담론의 조건을 규정함으로써 현존하는 잡다한 방언들의 참정권을 제한한다. 표준어의 규칙들에 어긋나는 사회적 방언들은 언어 공동체의 공동 경험과 지식을 정당하게 표현할 자격이 있음을 인정받지 못한다. 그러나 소설의 담론에서 이러한 권력의 언어 통제는 강력한 저항을 만난다. 일상생활 속에서 살아있는 말과 접촉하고자 하는 가운데 소설은 공식적인 담론과 대립되는 사회적 방언들을 널리 수용하며, 나아가 그 방언들의 진실성을 알아보는 것이다.

이런 점에서, 이문구 소설의 지속적이고 방대한 방언의 의미를 단지 현실성을 강조하려는 이유만으로 해석하는 것은 편협한 것이며, 작가가 애초부터 즐겨 사용한 구어체 지향의 일환으로만 보는 것도 단순한 해석이다. 이문구 소설, 특히 『우리동네』의 경우라면, 말의 속성, 혹은 담론의 성격이 고려되어야 하고 그 안 내재되는 방언의 속성, 즉 권력과의 대응 내지 말의 권력 대응적 속성을 염두에 두어야 한다. 이럴 때라야 우리 소설사가 60년대 후반까지 성취했던 방언의 성취, 즉 토속적 세계의 생동감과 개성적 형상의 테두리 안에서 구사되어 왔던 무수한 방언의 활용과 이문구의 방언적 의미가 갖는 지점을 온전히 구분될 수 있다.

『우리동네』의 표면적 특징 가운데 하나는 기존의 만연체가 유지되면서 '─거였다'의 전달형 종결어미 및 서술화자의 개입양상이 현저하게 줄어든다는 점이다. 그리고 이것을 대화로 구성함에 있어 훨씬 왁살스러운 분위기와 격한 말투가 오가며 속담 및 비유가 풍성해짐에 따라 마치 '말의 향연(饗宴)'을 듣는 것과 같은 느낌을 준다는 점이다. 『우리동네』의 첫 장을 펴자마자 보고들을 수 있는 이와 같은 대목은 연작의 마지막에 이르기까지 누그러지지 않는다. 하지만 그의 만연체는 다른 이들과 달리, 복문(複文)이 아니라 중문(重文)의 형태를 띤다는 점을 주목할 필요가 있다. 따라서 이것은 열거와 엮음으로 된 구술적 전통에 기반을 둔 것이고, 한시의 대구(對句)와 대조까지도 수용할만한 것이며, 때문에 다음과 같은 가락 있는 문장으로 녹아드는 사례도 빈번하게 찾아볼 수 있는 것이다(가~마).

(가) 전부터 묵힐 땅은 있어도 놀릴 터는 없다던 동네가 놀미라고 일렀으니, 사람 골리느라고 그새 소나기 한국만 있었더라도 봄것 거둔 터에 뒤그루로 푸성가리를 부쳐, 벌써 여러 뭇 솎아 가용푼이나 해 썼을 거였다. 그러나 못자리 버무리며 무살미 하기 앞서, 그나마 날포를 못넘기며 긋던 가랑비만 서너물 한 뒤, 보리누름해서부터 입때껏 구름마저 드물었으니, 일 반찬 하게 열무라도 삐어본다고, 아무리 씨앗을 배게 부어도 푸서리틈에 개똥참외 움나듯 씨 서는 게 드물어, 아예 한갓지게 버림치로 돌려 묵정이 만들고, 그 위에 호랑이 새끼쳐도 모르게 깃고 욱은 바랭이 개비름 따위나 베어다가 돼지 참주는 집만 해도 여러 가구였다.[20]

(나) 왜 그런고 하니, 걷은 쌀은 돈사설랑은이 현금으루 내게 되어 있는디, 시방까장 들어온 쌀을 볼 것 같으며는 죄다 숭년 그지 동냥 주듯이, 물알 든 베 찧은 싸래기살, 쭉젱이 찧은 물은 쌀, 닭오리 모 이허던 두루메기 쌀, 뒷목 찧은 자갈쌀, 해설랑은이 몽당 시게전 바 닥쓸이 해온 것이나 다름이 읎더라 이것입니다.21)

(다) 섣불리 순이를 추썩거려 비행기 태워가며, 내동 죽어살아온 동네에 오죽잖은 물을 들이기 시작한 이는, 더운 갈이 논 닷마지기 에 몽땅 노풍(魯豊)을 심었다가 일껏 서방까지 데쳐 먹고, 드디어는 호적에 오르고 처음 추수 없는 기울을 겪음하자, 접때부터 유산균 음료수 배달원으로 나가 아침 숟갈 놓기 바쁘게 저녁거리 장만에 허 덕이는 류상범이 여편네였다.22)

(라) 국물 질름거리지 말라고 주전자에 김치를 담고 그 안에 고추 장보시기를 띄워, 걸음을 옮길 적마다 보시기가 주전자를 징삼고, 시 어꼬부라진 냄새가 진동하며 주전자 주둥이에 꽂힌 젓가락이 장구 를 쳤다.23)

(마) 출자헌 농민은 고무신 한 켤레를 살래두 밤낮 아쉰 소리를 허 구…대접 못받어, 돈 더 내여…빽으로 들어가 펜대 잡은 늠은 월급 타구 뽀나스 받ㅓ, 외리로 먹구 코미숀 뜯구…즘심에 매주 처먹구 저녁에 지짐질 허구, 출장가서 장사허구 가습가서 관광허구…이것들 내년 총회에 두구 봐.24)

한편 격한 말투(바~카)는 일반적으로 화자의 심정적·감정적 개입이 어휘와 표현, 어조로 반영되는 경우로 볼 때, 당대의 현실과 밀접한

20)「우리동네 김씨」, 11쪽.
21)「우리동네 김씨」, 43쪽.
22)「우리동네 유씨」, 131쪽.
23)「우리동네 황씨」, 283쪽.
24)「우리동네 황씨」, 303쪽.

관계가 있다는 것은 무수한 사례가 증명하는 바인데,25) 이처럼 70년
대의 현실과 언어의 문제라면 조세희의 그것과 비교해보는 것이 여러
모로 유용하다.

『난장이가 쏘아올린 작은 공』(1978)에서 조세희는 난장이로 상징되
는 소외집단의 언어를 단절과 비약이 심한 짧은 단문(스타카토 문체)으
로 표현한 바 있다. 그런데 이문구의 경우, 구술적 전통에 기반을 둔
치렁치렁한 만연체 및 팽팽한 긴장이 지속되는 아첼레란도(accelerando)
의 대화 패턴을 보여준다. 그러나 이 같은 대조적 양상에도 불구하고
이들의 문체란 결국 당대의 억압적 현실이 짓누른 탓이었고, 이문구
개인으로만 한정에서 보면, '수필'로는 도저히 감당할 수 없는 현실의
변모를 반영한 결과라고 할 수 있다.

    (바) "촌년덜이 전에는 고쟁이 밑이서만 고린내가 슬슬 나더니, 인
저 오장육부는 저리가구 대갈빼기까장 곪어 츠지는구면……예라이
순 민화투 쳐서 시에미 비녀 잡혀먹을 년덜…"26)

    (사) "이런 엿장수 줬다가 가재쳐 개장수 쥐두 션찮을 여편네 보게.
시방 학생애들 저러는 소리가 안 들려 그러구 자빠졌다 이게여?"27)

    (아) "자 작것 또 지랄헌다……저런 넘으 똥에 주저앉을 년…지집
이 여수니께 사내두 덩달어 저 지랄허는 거. 저런 년은 그것 작두루
모감뎅이를 바짝 벼 쥑여야 쓰는디…"28)

    (자) "아니 앉어두 생기구 누워두 번다는 황선주가 품 팔어먹는 사

---

25) 김동언, 『국어 비속어(卑俗語) 사전』, 1999 참조.
26) 「우리동네 이씨」, 41쪽.
27) 「우리동네 정씨」, 111쪽.
28) 「우리동네 황씨」, 280쪽.

람 젖혀놓구 돈 사십원을 까어 내여? 그런 잡어서 내장으루 창란젓
을 담을"29)

    (차) "빤스가 남댑문에 들어가 좆벵이 허구 무슨 회담을 허는지,
짐치 한가지루 건건이 허는 우리네가, 모른다구 세금 물리지 않는
담에야 안다구 젓담을 거여?"30)

    (카) "구만 그릇인디, 황새기젓 새우젓 천일염두 옰는 집보다 더
먹을테니…네미 처먹어두 육시러게 짜게 처먹었네"
    "뭣이 어쪄? 이런 배냇 적에 간수 먹을 늠으 자식―"31)

    그러나 이문구가 『우리동네』에서 '말'로 치달은 이유는 단지 시대
상황의 악화라든지 그가 구술적 서사전통과 그에 기반을 둔 미의식의
풍부하게 수용하였기 때문만은 아니다. 핵심은 그의 소설적 갱신과 자
각, 즉 소설이 말과 대화의 '이중성'을 실현할 수 있다는 자각에서 비
롯된 것이다.
    『우리동네』에서 민관의 대립은 사실상 오래된 것으로서, 특히 채만
식의 풍자적 전통까지를 감안한다면 일반적 흐름에 지나지 않을 수도
있나. 그러나 여기에 이문구는 도시와 농촌의 대립, 농촌 안에서의 대
립까지를 포함하여 단일 언어와 저항언어의 공존 장(場)으로 만들어냄
으로써 득의의 영역을 획득하게 된다.
    '단일 언어'란 언어의 통합과 집중이라는 역사적 과정의 추상화된
표현, 즉 언어에 존재하는 구심적 힘들의 표현이다. 단일 언어란 본질
적으로 이미 주어진 어떤 것이라기보다는 상정된 어떤 것으로서, 그

---

29) 「우리동네 황씨」, 290쪽.
30) 「우리동네 황씨」, 308쪽.
31) 「우리동네 황씨」, 314쪽.

언어학적 진화과정의 계기마다 언어적 다양성의 현실에 대립한다. 이러한 언어적 다양성에 제한을 가하고, 그 안에서 가능한 최대치의 상호이해를 보장하면서도 진정한 통일성(지배적인 일상적 구어와 문어, 즉 표준어가 대표하는 통일성이 바로 이것이다)을 이룩함으로써 언어적 다양성을 실질적으로 극복하는 힘이 곧 단일 언어인 것이다. 그러므로 공통의 단일 언어란 언어적 규범들의 체계이다.

또한 그것은 추상적인 문법적 범주들의 체계가 아닌, 이념적 삶의 전(全)영역에서 최대한의 상호이해를 가능케 하는 언어, 이념이 배어 있는 언어, 세계관으로서의 언어, 나아가 구체적 견해 하나 하나가 구현된 언어이다. 그러므로 단일 언어란 사회·정치적이고 문화적인 집중의 과정과 긴밀히 관련을 맺는 가운데 구체적 언어와 이념의 집중과 통합을 향해 작용하는 힘의 표현이다.[32]

그러나 단일 언어 속에 구현되어 있는 언어의 구심적 힘들은 어디까지나 언어적 다양성의 한가운데에서 작용하고 있는 것이다. 언어가 살아있는 한, 분화와 다양성은 폭과 깊이를 더해나간다. 구심적 힘들과 나란히 원심적 힘들이 작업을 수행한다. 언어 이념적 중심화 및 통일과 더불어 탈중심화와 분열의 과정이 끊임없이 진행된다. 『우리동네』의 의미와 '말'의 본질적 성격은 이러한 지배이데올로기의 단일 언어를 탈중심화하는 과정, 즉 구심적 힘(언어)에 맞서는 원심적 힘(언어)의 구현과 그것이 성취한 팽팽한 긴장에서 찾을 수 있다.

『우리동네』연작에서 이러한 말과 대화의 이중성, 즉 원심적 언어와 구심적 언어가 맞부딪침과 그것이 만들어낸 팽팽한 긴장감을 대위법적 구성으로 정제시킨 작품은 「우리동네 김씨」와 「우리동네 황씨」라

---

32) 바흐찐, 전승희 외 옮김, 『장편소설과 민중언어』, 창작과비평사, 1988, 77~78쪽.

고 할 수 있다.

「우리동네 김씨」에서 한전 직원의 관제어 및 상투적 발언은 '무슨 적', '무슨 적'이라는 말을 통해 부각되며 그 안에 단일 언어의 논리와 구조가 전달되는데, 이에 비해 농민들(김승두, 유순봉, 장재원)은 자문자답형의 반복과 어깃장을 통해 여기에 대응하는 양상을 잘 보여준다.

(관) "사람이라는 것이 종자를 받으면 주둥이에 처넣는 것 허구 배 앝는 것버텀 우선적으루 가르치는 벱이건만, 이 친구는 워치기 컸길 래 남으말에 찌그렝이 붙는 것버텀 배웠는구…불법적으루 쓰다 들 켰으면 사괏적으루 나오는게 아니구, 됩세 큰소리 쳐? 나봐, 위따 대 구 큰 소리여? 당신 허는 짓이 보통 사건인 중 알어? 시대적으루 볼 것 같으면 안보적인 문젠 겨. 뜨건 국에 맛을 몰라두 한도가 있는 게 지, 되지 못허게 위따 대구 큰 소리여, 큰 소리가…" ……(중략)……

(민) "나 봐유. 댁은 워디 기시길래 이러시는지 몰라두, 요란이 과 허실 건 읎는 규. 찬밥 그지는 문전 거절을 해 보낼 수 있어두유, 물 한바가지 동냥을 쫓는 건 풍속을 어그리는 일이유. 하물며 양석이 타서 지나가는 또랑물 좀 잠깐 여뒀다구, 뭐유? 안보적인 문제유? 풍 년 곡석 일년 양석이면 숭년 곡석은 삼년 양석이유. 날좀 더웁다구 되는대루 협박허시면 클나유. 해 저물라면 멀었응께 만이 되는 말만 해두 넉넉허유." ……(중략)……

(관) "도냐 개냐 덤벙대지 말구, 이 얘기를 헐라걸랑 듣구 허슈. 나 는 또랑물을 썼건 새암물을 썼건, 이랄머리 읎이 당신 물 쓴 걸 가지 구 시간 낭비적으루 이러는 게 아녀. 나는 불법적으로 불을 쓰더라는 소리가 들어와서 뒌고 허구 조사 나온 겨. 왜 도전(盜電)을 허는 겨? 이왕 즌깃줄 사는 짐에 쬐끔 더 사서 당신네 두꺼비집 옆댕이에다 잇 어서 쓰면 누가 뭐란댜? 계량기가 돌어가면 작것 멫푼어치나 돌어갈 겨? 그렁께 장터만 나와두 촌것 소리를 듣는겨. 츰버텀 원칙적으루 했으면 이런 일은 있을 수가 읎잖여. 그려 안그려?" ……(중략)……

(민) "이봐유. 아저씨두 양석 팔어 자시지유? 촌간에 사시니께 올

농사가 워치기 되는 중 아실 뀨. 솔직히 말해서 물만 있으면 즌기 아 니라 즌기 할애비…뭐여, 번개를 끌어 써서래두 물을 댈 판인규. 아 무리 양석 팔어 자시기루 농사꾼 심정을 그다지두 모르슈?” ……(중 략)……

(민) “안그러면 워칙헐 겨. 이 물이 아니면 우리게 사람들은 시방 버텀 논밭을 내놔야 내년 양석 팔어 일 년 대게 생겼는디…사정 봐 주다 갈보되는 규. 마당 터지는디 솔뿌레기 걱정허게 생겼유? …… (중략)……

(관) “개갈 안나는 소리 모 붓구 있네. 젊은이들 쇠견이 그것뿐여? 좌우간 당신들 얘기가 지방적인 문제라면 내 얘기는 국가적인 문제 라 이 얘기여. 왜 그런고 허면, 생각적으로 따져봐두 즌기야말루 국 가의 동력이라…… 내가 아까 저이한티 시대적으로 볼 적에는 안보 적인 문제라구. 헌 것두 다 그래서 그런 겨. 이 즌깃줄이 저무닛 동 네 일반 즌기 지선(支線)잉께 망정이지, 만약 방위산업과 직결되는 동력선이라면, 이 도전이 워치기 되는 중 알어? 이적행위여. 상식적 으루 고만헌 생각두 읎으셔?”[33]

한전 직원과의 댓거리 이후 또 한 번의 대화가 충돌하는 것은 민방 위교육장에서다. 부면장(신을종)의 연설은 일 년 전의 그것에 한 마디도 늘고 줄음이 없는 것 같은 반복되는 이야기일뿐더러, ‘이러이러한 이 야기입니다’를 변주하면서 전개되는 그의 말투와 논리 및 어조는 사실 상 권위적이고 상투적인 것이다. 그런데 여기서 흥미로운 것은 그러한 구심적 언어가 부면장의 감정이 흥분되자 본연의 언어로 돌아오게 함 으로써 단일 언어 및 그것으로 감싸여진 이데올로기의 맨얼굴(허구성) 을 작가가 벗겨낸다는 점이다.

아울러 김승두의 어깃장과 댓거리는 일방적인 시책과 농정의 비현 실성을 겨냥하고 있을 뿐만 아니라 다른 농민들의 동의를 이끌어 내

---

33) 「우리동네 김씨」, 24~27쪽.

고, 부면장의 사과를 통해 허구성을 자인하게 만들고 있다. 이러한 장면은 소설의 후반부에서 폭발적으로 드러나는 양상을 보이는데, 「우리 동네 황씨」는 비슷한 양상이면서도 보다 공격적이라는 데 그 특징이 있다.

이를 정리하면, 「우리동네 김씨」는 가뭄으로 농민(김승두)과 농민(장재원, 유순봉)간의 갈등이 농민(김승두, 장재원, 유순봉)과 관청(한전 직원)간의 대립으로 넘어가고, 다시 민방위 교육장에서 생긴 농민(김승두)과 관청(부면장)간의 대립으로 이어져 '놀이성'과 '풀이성'이 공존하는 연쇄적 양상으로 진행되는 반면, 「우리동네 황씨」는 공무원의 시찰을 계기로 마련된 비판적 농민 대 부정적 농민(황선주)을 포함한 관청(하급공무원)의 대립의 장에서 '놀이성'과 '풀이성'이 보다 공격적인 양상을 띠고 일정한 끝막음에 이르는 과정을 보여준다고 할 수 있다.

곰곰이 생각해 보면, 무릇 '말'은 그 자체가 '해소'의 기능이 있는 것은 아닐까? 특히 이야기꾼으로서의 의식이 강한 작가의 경우라면, 이를 풀지 않으면 안 될 세헤라자드의 충동이 있기 마련이고 이를 말로써 풀 수도 있을 것이다. 이런 점에서 보면, '말갚음' 혹은 '말싸움'은 서로의 엇갈림을 풀어주는 기능을 하기도 한다. 물론 그것이 온전한 화합이나 화해에 이르는가는 별도의 문제다. 다만 그런 대로 인정하고 공격하며, 놀고 풀고, 또 그렇게 다시 살아가는 인생사를 말로 엮어 보여주는 것이다.

본고는 이것을 사설시조(辭說時調)의 분석에 활용되었던 '놀이성'과 '풀이성'의 개념을 빌어 설명하고자 한다. 김학성(金學成) 교수의 논지는 "사설시조가 1인칭 독백체로 정감을 최대한 풀어버리거나(풀이성), 또는 3인칭 객관적 시점, 극적 서정의 대화체 방식으로 표현 내용을 최대한 희화화해서 놀이로서 즐긴(놀이성) 문학이었다."는 것으로 요약

된다.34)

이로부터 『우리동네』의 수많은 어깃장과 댓거리는 기실 세태와 풍속 혹은 사소한 사건을 매개로한 말과 대화에서 스스로의 의식과 감정을 풀어내고, 이를 통해 놀고, 때론 인정하고 때론 공격하는 과정으로 볼 수 있게 된다. 실제로 『우리동네』의 많은 대화는 대체로 첫째, 반복과 나열 어법의 사용을 통한 의뭉스럽게든 좀더 공격적으로든 풀이성을 극대화하거나(이는 말하기 기법을 적극적으로 활용한 것이다) 둘째, 대화를 통한 희화적 장면을 제시하고 그 장면을 즐김으로써 놀이성을 극대화하거나(이는 첫 번째와 달리 보여주기 기법의 적극적으로 활용하는 것이다) 셋째, 말놀이를 통한 놀이성을 극대화(이는 극단적인 경우 언어유희(pun)로 나타나기도 한다)하는 양상이 빈번하게 나타난다.35) 그러나 『우리동네』의 대립적 담론을 해체와 동시에 전복을 의미하는 '양가성(ambivalance)'으로 해석하는 것은 일면 타당하면서도 카니발 자체가 '모든 금기로부터의 해방'이라는 요소가 강하고 중세적 질서와 밀접한 관련이 있는 것이기 때문에 우리문학과의 접점을 찾기가 용이하지 않다. 이에 비해 '사설시조'와의 관련성은 훨씬 구체적이고 우리 문학의 내적 전통에 기반한 장점이 있고, 특히 사설시조가 평시조와 더불어 '놀이성과 풀이성이 더 적극적으로 요구되는 상황이 되었을 때' 비롯되었다는 점을 감안하면 70년대 상황과 문학적 대응의 연관성을 해명하는 데에도 도움을 준다.

결국 『우리동네』에서 보다 주목할 점은 대화의 이중성, 즉 다성성(多

---

34) 김학성, 「사설시조의 시학적 특성」, 『벽사 이우성 선생 정년기념논총』, 1990, 여강출판사 참조.

35) 물론 이러한 양상은 『우리동네』를 바흐찐의 '카니발이론'으로 해석할 만한 여지도 제공한다. 이러한 관점으로 『우리동네』를 분석한 것으로는 문재원의 「『우리동네』와 카니발적 양가성」(『한국문학논총』 23집, 부산대, 1998. 12)이 있다.

聲性)을 읽어내는 일이다. 상투어 대 비판어, 구심적 언어와 원심적 언어가 충돌하는 장면을 중심으로 이원적 시선이 소설적으로 구현되는 지점이다. 그러므로 『우리동네』는 작품효과의 대부분을 여기에 의존하기 때문에 극적인 뚜렷한 결말을 필요로 하지 않는다. 일관성 있는 사건의 전개라기보다는 대부분이 사소한 에피소드들의 연결로서 소설이 이루어진다. 결말다운 결말이 별로 없다는 말보다는 굳이 결말다운 결말이 필요하지 않다는 표현이 적합한 구조다.

물론 「우리동네 황씨」가 보여주는 것처럼 갈등을 일으키던 여러 사람이 화해에 이르는 결말도 있으며, 이에 대해 상당한 의미를 부여하고 농촌현실의 바람직한 해결책이라고까지 말한 논자들도 있다. 반면 그런 결말은 희망사항이지 결코 현실은 아니라고 비판하거나, 적어도 그러한 결론은 이제까지의 현실적 갈등을 무화시킬 가능성도 없지 않아 오히려 비현실적인 측면으로 보거나, 그도 아니면 매우 예외적인 결말이라고 치부하는 견해도 있을 수 있다. 그러나 이 모든 견해는 문제의 핵심을 얼마간 빗겨난 해석들이다.

이 작품의 진정한 의미와 감동은 사실상 그런 결말에서 얻어지는 것이 아니라 여러 가지 사소한 갈등의 얽힘에서 얻어지는 것인 만큼, 결말의 방향이나 결말 그 자체는 별로 중요한 것이 아니다. 이런 소설의 경우, 결론이란 사소한 에피소드를 다루는 작가의 시선 속에 이미 들어 있는 것이다. 그리고 그 시선은 '말'을 통해 이미 구현되어졌을 따름이다. 다시 말해 문체 혹은 담론의 성격 속에 이미 결론은 들어있었던 것이다.

담론의 생명은 요컨대 담론 그 자체를 넘어선 곳에, 즉 대상을 향한 생생한 충동 속에 있다. 만일 우리가 이 충동에 대해 전적으로 초연한 입장을 취한다면, 우리에게 남겨지는 것은 벌거벗겨진 시체로서의

'말'들 뿐이며, 그러한 '말'은 우리에게 자신이 처한 사회적 상황이라든지 자신의 운명 같은 것에 대해 아무것도 알려주지 않는다. '말'을 그것 자체만으로 즉 그것 너머에 가닿으려는 충동을 무시한 채 연구하는 것은 심리학적 체험을 그것이 지향하고 또 그것을 결정하는 실제 삶의 맥락과 별개로 연구하는 것과 마찬가지로 무의미한 일이다.[36]

앞서 거론한 한수영의 견해는 이러한 맥락을 감안하고 있긴 하지만 다음과 같은 몇 가지 점에서 보완될 필요가 있다. 우선 그에 의하면 『우리동네』의 '말' 혹은 '대화'는 방법이나 수단이 아니라 주제이자 이념이다. 이는 풍자적 서술의 근간에 말의 힘이 개재되어 있고, 그것은 구술적 서사전통의 또 다른 발현이라는 본고의 해석과 비슷한 부분이 있다. 그러나 한수영이 결과적으로 『우리동네』의 탁월함을 역설하고 있는 대목은 제한적일 수밖에 없다. 사실 그의 기준과 시각으로 본다면 『우리동네』는 『관촌수필』에 비해 탁월한 성과다. 그러나 문제는 그의 말대로 『우리동네』의 성취를 평가하든 기존의 대체적 평가대로 연작으로서의 밀도와 구성적 측면을 들어 『관촌수필』를 고평하든 간에 이문구 문학의 전체상을 판별할만한 잣대로 제시되기는 어렵고, 『관촌수필』과의 '관계'와 '대비'가 수반되지 않은 상태의 일방적 평가는 명백한 한계를 지닐 수밖에 없다.

또한 한수영은 「월곡후야」의 수찬의 대화 혹은 마지막 대목를 두고, 이를 "'붕괴되고 있는 농촌 공동체의 도덕'에 대한 안타까운 만가(輓歌)로 읽는다면, 그것처럼 어처구니없는 넌센스도 없을 것이다"고 하였다. 그러면서 "소설의 핵심은 지배이데올로기와 그것에 기반을 둔 관제담화의 이중성과 허구성이, 그것에 의해 오염되고 식민화된 '수찬'

---

36) 바흐찐, 전승희 외 옮김, 『장편소설과 민중언어』, 창작과비평사, 1988, 102쪽.

의 담화와 행위에서도 그대로 반복 재생산된다는 점에 있다."고 하였는데,[37] 이는 당연히 그대로 반복재생산 될 수밖에 없는 것이지만 그 자체가 농촌의 일정한 해체와 붕괴, 즉 농촌공동체나 도덕적 원리, 윤리적 공동체의 부정과 상관없는 것으로 볼 수 있는가?

여기서 요구되는 것은 말과 서사의 동시적 해석이며, 서사의 원리가 말을 매개삼아 구현하고 있다는 점을 거듭 주목하는 일이다. 사실『우리동네』의 포커스는 표층적 구조와 심층적 구조를 동시에 감안하지 않으면 안 된다. 『우리동네』에서 지적하는 것은, 「우리동네 강씨」(80. 3)에서 세세하게 드러나는 것처럼 경제 자체의 문제라기보다는 무엇인가 크게 잘못되어 있다는 깨달음으로 연결된다. 즉 절대적 빈곤이거나 단순한 상대적 빈곤만도 아니다. 이점은 이 소설의 여러 곳에서 구체적인 수치로 비교되는 공산품과 농산품의 가격의 격차, 수출금융 특혜와 영농자금 대출의 엄청난 차이 등에서 볼 수 있듯이 상대적 빈곤이라고 말할 수도 있겠지만 그뿐 만도 아니다.

『우리동네』에서 제기되는 보다 근본적인 문제는, 그러니까 가장 심층의 차원은 세상 돌아가는 꼴이 근본적으로 잘못되었다는 점이다. 무엇이 어떻게 잘못되어 가는가 하는 문제는 수많은 에피소드를 통하여 드러나는데, 그것들은 대략 저질스런 풍속의 유행, 의식의 황폐화, 인간관계의 기만성 등으로 요약될 수 있다. 또한 이러한 점은『우리동네』뿐만 아니라 이문구 소설의 전편에 항상적으로 흐르는 심층적 의미이기도 하다. 따라서『우리동네』의 진정한 의미는 담론 너머에 있는 '다성성(多聲性)'뿐만 아니라 '심층성(深層性)'을 감안하여야 하는 것이다.

작가는 농촌 현실을 분노의 눈으로 바라보면서 동시에 희망의 눈으

---

37) 한수영, 「말을 찾아서」, 『문학동네』, 2000 가을 참조.

로도 바라본다. 그 희망은 당위적으로 도출한 서투른 결론이 아니라 그 가능성의 실감을 느낄 수 있을 만큼 본질적으로 깔려 있는 것이다. 그 희망의 근거(사실 『우리동네』에서 희망의 근거를 찾기란 그리 쉽지 않다)가 되는 것은 농민들이 제 꾀에 제가 넘어가는 어리석은 자이면서 동시에 세상 돌아가는 이치가 어떤 것인가를 제일 잘 아는, 알 수밖에 없는 영민한 존재들이라는 점이다.

『관촌수필』을 두고 작가가 '묵은 이야기'라고 부른 것은 이문구로서는 반드시 써야만 될, 또 풀어야만 될 부분이었음을 암시한다. 그러나 '묵은 이야기'의 또 다른 의미는 '있어야 할 것'을 서술하는 대신 '있었던 것'을 기억하는 방식에 있다. 그렇다면 『우리동네』의 경우는 아마도 '묵은 이야기'를 접고 '있었던 것'을 기억하는 대신 '있어야 할 것'을 제시하는 지점이었을 터인데, 문제는 작가 이문구가 본 『우리동네』의 현실은 추억과 현실이 행복하게 합쳐지는 두물머리(兩水里)가 아니었다는 점이다. 즉 부정적 근대의 견고함과 억압적 현실로 인해 그로서는 '있어야 할 것'을 곧바로 제시하지 못하고 별도의 방법이 요청될 수밖에 없었던 것이다. 『우리동네』가 풍자적 서술에 의존하게 된 배경은 여기서 비롯된 것이다.

이처럼 『우리동네』가 선택한 풍자적 서술의 길은 황석영이 「객지」(71)를 통해 개척했던 리얼리즘의 길과 다르다. 김지하의 풍자시 「오적(五賊)」(70. 5)은 정치권력에 정면도전하는 길을 택했고, 조세희의 『난장이가 쏘아 올린 작은 공』(78)은 환상의 길을 시도했다면 이 또한 이문구의 길과는 다르다. 그러나 부정적 근대를 건너는 방법은 다양하다. 다만 이문구는 에둘러 가는 길(『관촌수필』까지를 포함하여)을 택했던 것인데, 그것이 결코 70년대 소설의 방향과 틀—대립적 세계 인식과 설정 및 '저항'의 주체를 모색하는 작업—을 벗어나지 않았다는 점에서 소설사적 의미는 획득될 수 있을 것이다.

그러나 '놀이성'과 '풀이성'에 몰입한 나머지 소설의 내적 원리에 소홀해지는 경향을 그는 어떻게 처리하고 있는가? '놀이성'과 '풀이성'이 소설의 내적 원리를 대신하기는 어렵다. 또 심화된 주제와 주제의 분화현상은 서로 별개의 것이다.『우리동네』가 연작 기법을 도입한 이문구의 첫 시도가 아니라 그 확장을 모색해야할 위치에 있었다면 문학사의 엄정한 평가는 이러한 질문을 그대로 넘어갈 수는 없는 것이다. 그러므로 우리는 여기서 연작의 의미와 성격을 다시금 생각해 볼 필요가 있다.

2. 연작 양식의 도입과 확장

1970년대 문학의 특징 가운데 하나는 풍부하고 역동적인 성격이 다양한 문학적 실험으로 현상된다는 점이다. 연작소설은 이러한 실험의 하나로 여겨진다. 본고의 대상으로 삼은 이문구의 연작을 비롯하여 조세희의『난장이가 쏘아올린 작은공』(78), 윤흥길의『아홉 켤레의 구두로 남은 사내』(77) 등은 각각의 양상과 이질적 경향에도 불구하고 70년대 연작소설의 대표적 성과로 분류된다.

물론 한국문학사에서 연작소설의 예가 아주 없었던 것은 아니다. 최인훈의『총독의 소리』(76)와 서기원의『마록열전』(72)은 60년대 후반부터 이미 연작 양식을 실험한 바 있고, 박태순, 조해일, 문순태의 일련의 작품도 연작의 형태로 발표되는 등 70년대의 그것은 경향적이고 집단적으로 나타났다. 따라서 연작의 문제성, 즉 연작소설의 발생론적 배경과 그 양상 및 의미를 살펴보는 일은 70년대 문학이 도달한 자리를 점검하는 데 매우 유의미한 자료가 된다. 그 중에서도 이문구의 연작소설은 좀더 특별한 양상을 지닌다. 왜냐하면 이문구의 경우 그의 중요한 문학적 성과가 연작의 형태로 이루어지고 있으며, 여타의 연작소설이 갖는 '장르관습'과의 거리 등 여러 가지 점에서 비교되는 측면이 있기 때문이다.38)

대체로 특정한 시대가 그 시대를 관통하는 징후적 핵심을 갖는 것은 당연한 일이다. 그러나 그러한 상황에 대한 문학적 응전 '양식'은 고정되거나 단일하지 않으며 갖가지 '형식'의 변용도 이루어진다. 따라서 실제 양상에 대한 체계적 정리도 필요하지만 본고는 기존의 단편·중편·장편이라는 양식(혹은 분류) 이외에 어째서 연작소설이라는 형식(혹은 기법)이 대두하게 되었는가? 그리고 그러한 형식이 유독 1970년대 문학에서 경향적으로 나타나는 것은 무엇을 의미하는가? 하는 의문을 이문구의 연작소설을 통해 풀어보고자 한다.

연작소설(連作小說, Roman-cycle)이란 '독립된 완결 구조를 갖는 일군(一群)의 소설들이 일정한 내적 연관을 지니면서 연쇄적으로 묶여있는 소설 유형'을 가리킨다.

우리의 경우, 연쇄적인 관계를 이루는 일군(一群)의 소설들은 대개 단편인 경우가 흔하다. 하지만 널리 알려진 외국 작품 가운데 발자크의 『인간희극』이나 에밀 졸라의 『루공 마카르 총서』는 장편으로 이루어진 연작소설이다. 장편소설과 달리 연작 소설은 연작을 이루는 각 작품들이 각각의 독립된 제목과 이야기 구조를 가지고 있으며, 그 자체로도 작품으로서의 독립성과 단일성을 지니게 된다. 그러나 각 작품

---

38) 이문구 소설뿐만 아니라 여타의 연작소설과의 비교는 졸고, 「1970년대 연작소설 연구」(『두명 윤병로 교수 정년기념논총』, 국학자료원, 2001. 8)와 김주희, 「한국 현대 연작소설 연구」(청주대 박사학위논문, 1995)를 참조할 것.

에서 작중 인물들은 그 일부, 또는 전부가 중복되어 나타나는 경우가 많으며, 대부분 한 작품에서 주변적 역할을 맡은 인물이 다른 작품에서는 중심인물로 나타나는 형태를 취하고 있다.

예를 들어, 매우 상징적이며 가상적인 공간을 배경으로 한 『난장이가 쏘아올린 작은 공』은 난장이 일가와 주변인물들이 번갈아 주인공으로 등장하면서 다양한 계급 혹은 계층의 관점이 서술되고 있다. 『아홉 켤레의 구두로 남은 사내』 역시 이제 막 형성된 위성도시 '성남(城南)'을 주된 소설적 공간으로 하여 그곳으로 들어와 살게 된 평범한 소시민의 수난과 전락과정을 보여주고 있다. 이 연작은 주인공이라 할 수 있는 중심인물 혹은 그의 주변인물들이 번갈아 담당하는 소설 안의 화자 역할을 통해 이중적 소시민의 삶을 다각적으로 드러난다. 다양한 작중인물들의 일부 또는 전부가 중복되면서 농촌공간의 세태와 풍속을 엮어낸 『관촌수필』(77)·『우리동네』(81) 또한 빼놓을 수 없는 70년대의 대표적 연작이다. 통틀어 이들의 작품은 동일한 공간 속에서 살아가는 인물들을 차례로 각 이야기의 주인공으로 등장시킴으로써, 인간의 삶과 그 관계 양상을 다각적으로 조망할 수 있는 이점을 보여주고 있다.

따라서 연작소설을 좀 더 구체적으로 정의할 경우, 첫째, 연작소설의 성격 규정과 그 기준에 있어 우선적으로 고려될 사항은 각각의 개별 작품들이 갖는 상호관계성, 즉 '계기적 연속성'이 전제되어야 한다. 둘째, 연작이 장편과 다른 이유를 각각의 '독립적 완결구조'에 있다고 할 때, 각각의 개별 작품들이 '독립적 분절성'을 갖추고 있어야 한다. 마지막으로 각각의 개별 작품들이 아무런 계기 없이 나열될 경우 일종의 시리즈물과 구분되지 않으므로 이를 매개해줄 의식적 장치, 즉 독립된 단편을 관통하는 동일한 주제, 유사한 배경, 중복되는 등장인물 따위의 '매개항'이 있어야만 한다.

　이렇게 되면, 연작소설의 개념은 좀 더 분명해질 뿐만 아니라 다수
의 연작소설들을 유형화하는 것도 가능해진다.

　　그런데 잘 살펴보면 같은 연작소설이면서도 하나의 주제나 배경
　　또는 등장인물을 매개로 여러 개의 독립적인 삽화를 병렬적으로 등
　　치시키는 이문구의 『관촌수필』 같은 방식(nebeneinander형)이 있는가
　　하면, 조세희의 『난장이가 쏘아올린 작은 공』처럼 연작의 각 편마다
　　일정한 독자성을 가지면서도 그것들을 시간적 순서에 따라 제시함
　　으로써 장편소설에 좀더 근접하는 방식(nacheinander형)도 있다.[39]

　염무웅이 설명하고 있는 연작의 유형과 작품 구분은 대체로 동의할
만한 것이다. 비록 구체적인 작품 분석을 수반한 것은 아니지만 연작
개념을 제재, 주제, 인물상의 공통성에 한정하지 않고 각각의 차이점
까지 주목함으로써 '병치(竝置), 나란히'의 <nebeneinander형>과 '연속,
잇달아'의 <nacheinander형>을 분명히 구분하고 있다.

　사실 연작의 유형 구분은 연작의 원리를 설명하는 것과 밀접하게
관련되는 문제다. 앞서 살펴본 유형 구분은 연작을 구성하는 방식에
따라 다시 '직렬적 방식'과 '병렬적 방식'으로 나누어 설명할 수 있다.
'직렬적 방식'은 독자적 분절성보다는 내적 연관을 더욱 중시하는 경
우로 조세희의 『난장이가 쏘아올린 작은 공』이 전형적인 작품이다. 이
작품의 논리적 구조에 대해서는—그것이 단절과 비약이 존재한다고
보든, 논리적 완결성을 가진 것으로 보든지 간에—이미 다수의 연구자
가 지적한 바 있거니와 대체로 이러한 연작의 내적 연관 및 논리적 구

---

39) 염무웅, 「'배반'당한 역사의 희생자들, 그리고 쇠잔해진 희망의 빛—유시춘의 소설
　　집 『안개너머 청진항』」, 『혼돈의 시대에 구상하는 문학의 논리』, 창작과비평사, 1995,
　　175쪽.

조란 기실 다양한 시각과 입장을 통해 총체성을 구현해보려는 작가의 정신에서 비롯되었다고 할 수 있다. 그러므로 조세희의 연작은 직렬적·구심적 방식으로 단편을 심화시킴으로써 장편을 도모하려는 경우라고 할 수 있다. 윤흥길의 『아홉 켤레의 구두로 남은 사내』 역시 작가의 문제의식이 하나의 초점으로 모아지는 경향을 띤다.

이에 비해 '병렬적 구성방식'은 내적 연관보다는 독자적 분절성에 치중하는 것으로서 자연스레 개별 작품의 나열적 성격이 강해지는데, 여기에는 이문구의 『관촌수필』·『우리 동네』가 적합한 사례다. 이들의 경우 연작을 가능케 하는 '일정한 틀'이란 동일한 공간에 있으며, 그 안에 펼쳐 놓은 고만고만한 무게의 독립된 이야기가 특별한 내적 연관 없이 다양하게 펼쳐진다.

『관촌수필』은 앞에서 살펴본 것처럼 두 개의 '고향'이 교차·대비되면서 화자가 느끼는 그리움이나 긴장감이 특별한 인과관계 없이 서술되고 있으며, '전(傳)' 양식을 차용하여 고향사람들을 기리는 방식으로써 각각의 단편에 해당되는 압축적·은유적 제목이 전체 제목으로 자연스럽게 모아진다. 『우리동네』 역시 독립된 단편에 등장하는 무수한 삽화(세태 및 풍속의 세목)가 반복·중첩됨으로써 70년대 농촌의 일그러진 현실을 만화경(萬華鏡)처럼 펼쳐 보이지만 이들 간에 특별한 내적 연관은 그다지 뚜렷한 편이 아니다. 따라서 이 병렬적 방식이 규정하는 틀이란 전자에 비해 상대적으로 느슨한 편이다. 이문구의 연작은 병렬적·원심적 방식으로 단편의 확대를 통해 장편을 지향하고 있는 경우라고 할 수 있다.

그럼에도 불구하고 여기서 한 가지 중요한 사실은 이들이 전개하는 각각의 연작 방식은 동일한 문제의식에서 나온 것이라는 점이다. 애당초 이들은 현실의 복잡다단한 성격을 인정하고 이를 다양한 각도에서 조명하고자 하였다. 특히 이러한 점은 이들의 연작 및 연작 전후의 작품들이 70년대 문학의 문제적 공간과 주체(노동자, 농민, 도시빈민)들을 끊임없이 탐색해온 일련의 과정으로도 확인된다. 즉 이들이 지향하는 현실의 입체적 형상을 소설적으로 구현하는 과정에는 직렬적·구심적 방식과 병렬적·원심적 방식을 택했던 것이다. 이들의 상이한 연작구성의 원리와 그 양상은 동일한 문제의식을 각각의 방식으로 해결하고자 했던 모색의 결과였던 셈이다.

대체로 이들이 다루고 있는 대상이 단편적이고 단일한 구조나 성격이 아니라는 것은 두말할 필요도 없다. 오히려 그 보다 중요한 것은 이들이 천착한 대상이야말로 당대 모순의 핵심적 결절점인 노동자, 도시빈민, 농민 문제라는 데 있다. 또한 각각의 문제가 동떨어진 것이 아니라 연관된 것이라는 인식에 이르게 됨으로써 이들의 일관된 문제의식이 당대의 사회변동을 전면적·총체적으로 인식하려는 방향으로 맞춰지게 된다는 사실이다. 따라서 연작소설을 장편으로 가는 '중요한 중간단계'로 볼 수 있는 근거가 여기에서 주어진다. 70년대 연작소설이 문학사적 의미를 갖는 대목도 바로 이 지점이다. 즉 70년대 연작소설이란 사회현실에 대한 전면적·총체적 인식을 도모하는 실험적 형식이자, 그러한 인식이 성숙하였음을 반증하는 소설적 증거가 되는 것이다.

그런데 여기서 한 가지 짚고 가야할 것은 연작이 갖는 내적 연관성의 문제에 올바로 접근하기 위해서는 별도의 '독법(讀法)'이 필요하다는 점이다. 앞서 연작의 기본적 특성상 개개의 작품이 갖는 독립성 이외에 전체 구조와의 연관성을 거론한 바 있다. 하지만, 이때 연작으로 묶이면서 발생하는 작품들 간의 내적 연관과 긴장의 핵심은 그것을 중심적으로 매개하는 작품에 대한 이해, 즉 연작으로 들어가는 '포탈

(portal) 작품'을 이해하는 것에서 비롯된다고 할 수 있다.

이는 달리 말하면 연작의 벼리(綱)에 해당되는 작품이 있다는 뜻이다. 물론 전체 연작의 실마리가 되거나 핵심적 매개고리가 되는 작품이라 해서 반드시 발표순서와 관련되는 것은 아니다. 애초부터 계획된 연작이 아니더라도 벼리(綱)에 해당되는 작품은 존재할 수 있지만, 이것의 있고 없음은 사실상 연작소설의 성패를 좌우하기도 하는 매우 중요한 요소라고 생각된다. 따라서 연작 안의 개별 작품들은 그 자체로도 작품으로서의 독립성과 단일성을 가진 것이니 만큼 따로 떼어내서 읽는 것이 가능하겠지만 연작의 의미를 충분히 살리기 위해서는 '포탈(portal) 작품'에 대한 이해가 선행되어야 한다는 의미이다.

이문구의 『관촌수필』은 70년대 연작소설의 가능성을 제일 먼저 보여준 작품이다. 그리고 이 연작에서 관문이 되는 작품은 「일락서산(日落西山)」(72. 5)이다. 「일락서산」은 작품 전체의 순서나 발표시기로도 포탈적 성격을 보이지만 더욱 중요한 것은 화자인 '나'의 일가(一家)가 어떻게 가족과 고향을 잃게 되었는가 하는 일련의 과정을 서술하고 있다는 점이다. 그러므로 이후에 연속되는 고향 체험, 즉 변모된 고향을 보며 나를 키워주었으나 지금은 사라진 사람과 공간 등을 끄집어내는 아픈 작업들, 또 그와 동시에 대비되는 부정적 근대의 환기는 「일락서산」의 비극적인 가족사를 전제하지 않고는 감동이 반감될 수밖에 없는 것이다. 실제로 『관촌수필』의 정점은 「공산토월(空山吐月)」(73. 12)로 보이는데, 이러한 연작의 기본적 성격을 무시하고 「공산토월」을 단독으로 읽은 경우와 『관촌수필』 안의 작품으로, 즉 「일락서산」을 읽고 나서 「공산토월」을 읽은 경우 감동의 폭은 비교하기 어려울 만큼 차이가 나게 된다.

결국 화자인 '나'가 현실과의 대비를 기억이라는 매개항으로 끌어올

릴 때의 내용들, 즉 고향을 만나고 고향상실과 고향탐색을 하기 위해
서는, 또 고향의 사람들을 만남으로써 잃어버린 전인적 인간상과 그들
의 덕목을 아로새기기 위해서는 아프더라도 가장 솔직하고 담담하게
자신과 자신의 가문의 몰락사를 먼저 불러 내야한다. 이는『관촌수필』
이 애초부터 기획되었건 아니면「일락서산」이후 의도적으로 덧붙여
지는 과정을 거쳤든 간에「일락서산」이 연작의 맨 앞에 놓이는 이유
다. 따라서「일락서산」에서 마지막 문장의 변주―"그 너머 서산마루
에는 해가 지고 있었다. 지는 해가 있었다."―는 소설의 시간적 배경
을 넘어『관촌수필』전편에 정서적 울림을 준다고 할 수 있다.

그런데 연작의 첫 번째 작품인「일락서산」을 비롯해서 총 8편의 단
편으로 구성된『관촌수필』은 연작의 원리와 구성적 측면에서 볼 때,
두 가지 점에서 특징적이다.

우선 하나는『관촌수필』이 표면상 어떠한 내적 연관도 없다는 점이
다. 널리 알려진 대로 이 연작의 백미는「행운유수」의 '옹점이',「녹수
청산」의 '대복이',「공산토월」의 '신현석(신석공)',「관산추정」의 '복산
이' 등 유년시절 화자인 '나(이는 동시에 작가 본인이기도 하다)'를 거의 기
르다시피 한 이들의 탁월한 형상화에 있으며, 이러한 자전적 기록의
대상이 되는 인물과 공간이 제시되는 과정에서 화자가 느끼는 그리움
과 통분(痛憤)이 개인적 차원을 넘어 민족적 차원의 울림으로 공명(共鳴)
된다는 점일 것이다. 따라서 이것은 소설의 외피를 썼지만 사실상 '전
(傳)' 양식의 차용을 통해 부정적 근대를 환기시키는 방법인 것이며,
이것을 위해 기억과 삽화를 수필처럼 구성하는 방식을 표방하였던 것
인데, 이런 상황에서 연작의 내적 연관과 위계는 애초 느슨한 것일 수
밖에 없다. 이것은『관촌수필』연작의 첫 번째 특징이자 동시에 연작이
병렬적·원심적 방식에 기초한 이유다.

『관촌수필』이 독립적인 작품들의 분절성을 뛰어넘어 그 작품들을
느슨하게나마 연관시켜주는 것은 '관촌(冠村)'이라는 동일한 공간적 배
경과 여기에서의 유년 추억을 매개해주는 화자의 서술방식(혹은 패턴),
그리고 주제의 유사성 정도다. 다만 각 작품의 도입부는 이러한 내적
연관을 찾아보는 데 다소간 유용한 대목이다.

초사흗날, 기중 붐비지 않을 듯 싶던 열차로 가려 탄 것이 불찰이
라 하게 피곤하고도 고달픈 고향길이었다. 한내읍에 닿았을 때는 이
미 3시도 겨워 머잖아 해거름을 만나게 될 그런 어름이었다. 열차가
한내읍 머리맡이기도 한 갈머리 모퉁이를 돌아설 즈음엔 차창에 빗
방울까지 그어지고 있었다.40)

신작로 초입에는 여러 채의 오죽잖은 집장수 집들이 좁좁하게 늘
어서 있었는데, 그 중에서도 그 시간까지 창밖으로 불을 밝히고 있
던 집은 관촌이발소였다.41)

벌판에서 얼음지치던 바람이 신작로로 몰려 말달리기 시작하면서
부터 눈자위가 맵고 두 볼이 남의 살이 되도록, 그 모진 추위는 한결
더한 것 같았다.
저만치로 보이던 읍내 주택들의 불빛마저 성에가 돋은 사금파리
의 반사처럼 차디차게 느껴질 정도의 혹한이었다. 변성기 이후, 보온
내복을 모르고 따로 장만한 양말 한 켤레 없이 삼동을 나온 만큼은
추위를 안다던 터였지만, 아랫윗니가 마치고 턱이 굳으며 머릿속까
지 시린 것 같았다.42)

칠성바위 가운데서도 기중 어른스럽던 범바위 뒤 모시밭 곁에는
겨릅대와 수수깡을 두른 서너 칸내기 초옥 한 채가 있었다.43)

---

40) 「일락서산」, 8쪽.
41) 「화무십일」, 49쪽.
42) 「행운유수」, 65쪽.

　　연작 1번 「일락서산」은 오랜만에 성묘를 위해 고향을 찾았다가 보게 된 고향의 변모와 동시에 떠오르는 원형적 고향의 그리움, 그리고 자신에게 가장 영향을 끼친 조부에 대한 기억을 주로 다루고 있다. 소설의 시간적 배경은 구체적으로 드러나고 있지만 드문드문 대비되는 현실과 과거 이외에 시간의 흐름은 거의 없고, 공간이라는 것도 역전에서 신작로를 거쳐 옛집을 보고 다시 읍내로 돌아 나오는 것이 전부다.

　　그런데 연작 2번 「화무십일」의 서두는 이렇게 돌아 나오는 서술화자가 신작로에서 맞닥뜨린 이발소를 보고 윤영감의 일을 차근차근 되살리는 쪽으로 나아간다. 즉 연작의 1번과 2번은 주로 할아버지와 윤영감을 중심으로 한 유년시절의 관촌 추억을 떠올리는데, 각각의 이야기는 어떠한 내용적 연관도 없이 별도로 진행될 뿐이다. 연작 3번도 이와 유사한 서두를 보여준다. 양력(陽曆)이라고는 하지만 연초(年初)면 한 겨울인데 날이 저물어 신작로에 들어선 화자에게 추위는 심해진다. 갑각스런 추위가 몰려드는 것처럼 불현듯 떠오르는 옹점이에 대한 기억으로 연작 3번은 시작된다. 시간적으로 구분하기는 어려우나 공간을 좀 달리해 고향 뒷동산의 범바위에서 본 풍경으로 시작되는 연작 4번도 소설의 도입 양상은 크게 다르지 않다. 범바위에서 바라본 초옥은 대복의 집이었고, 「녹수청산」은 대복의 이야기이기 때문이다.

　　결국 연작 1, 2, 3, 4번의 연관성은 서두에서 긴밀하게 드러난다. 그러나 여기서 등장하는 인물들과 사건들이 어떠한 연속성을 갖는다는 의미는 아니다. 각각의 단편은 한 인물의 덕성을 기리고 빛내기 위한 단일한 이야기로 구성되어있기 때문이다.

---

43) 「녹수청산」, 99쪽.

다음으로, 『관촌수필』연작은 '전기작(前期作)'과 '후기작(後期作)'이 뚜렷이 구별되는 특징을 지닌다. 『관촌수필』은 주제의 측면 화자의 서술시점을 기준으로 전기작과 후기작로 나눌 수 있다. 『관촌수필』의 전기작들은 어린 화자의 시선으로 주로 현실과 대비되는 과거의 고향이 서술되고 있으며 자신의 유년시절에 지대한 영향을 끼친 인물들을 형상화하고 있는데 반해, 후기작들은 성년이 된 화자가 현재의 고향에 들르면서 발생한 일과 변모한 세태풍속에 대해 주로 서술하고 있다.

작가는 이러한 단층(斷層)의 이유에 대하여 비슷한 것으로 비슷하게 쓰다 보니 싫증이 나서 약간의 변화를 모색한 것이라고 말한 바 있다. 그러나 이는 겸손한 표현에 불과할 뿐 실제양상에 있어서의 현격함과 그러한 차이를 거의 모든 연구자들이 공통적으로 지적하고 있다는 사실을 외면한 것으로 보인다. 그렇다면 이와 같은 '단층'의 실제이유와 그것이 의미하는 바는 무엇인가?

먼저 이러한 단층이 주목되는 이유는 『관촌수필』의 후기작이 『우리동네』의 여러 특징적 면모들, 즉 소설적 공간이나 시간으로도 유사할 뿐만 아니라 왁살스런 대화 및 풍자적 요설, 특히 농민과 관(官)의 대립이 주를 이루고 있이 『우리동네』의 전사(前史)로서 볼 수 있는 데서 찾을 수 있다.

이미 앞에서 살펴보았듯이 여기에는 작가 이문구의 개인적 사정이 이 같은 단층과 전환의 실마리로 삼아진다. 그러나 이러한 단층과 실험과 전환이 이문구 개인의 차원으로만 한정될 수 없음 또한 사실이다. 그것은 수필의 이름과 외관을 마다 않고 '전(傳)' 양식을 차용하면서까지 밀고 간 이문구의 소설이 여전히 연작의 형태가 아니면 안 될 사정과 이를 강제한 1970년대가 지닌 특수성의 문제다. 이런 점에서 볼 때, 『우리동네』란 '전' 형식을 띤 '수필'에서 탈출하고자 하는 필사의 도주이거나 또 다른 소설적 모색이 아닐 수 없다.

『우리동네』의 연작 구성 원리 역시 기본적으로는 『관촌수필』과 같은 '병렬적 방식'에 의존하고 있다. 우리나라의 대표적 성씨로 제목이 붙은 총 9편의 작품에서 작중 인물들은 그 일부 또는 전부가 중복되어 나타나는데, 대부분 한 작품에서 주변적 역할을 맡은 인물이 다른 작품에서는 중심인물로 나타나는 형태를 취하고 있다. 다만 전작인 『관촌수필』에 비해 동일한 공간인 '동네' 안의 다양한 모습은 인물 그 자체에 대한 묘사보다는 세태 및 풍속의 세목을 보여주는 데 주력하고 있다. 따라서 『우리동네』는 연작소설 가운데서도 가장 이완된 구조를 가진 셈인데, 이는 마치 우리의 전통극 중 하나인 탈춤이 하나의 독립된 과장(마당)으로 구성되었던 것과 마찬가지로 어느 것을 먼저 읽어도 전체 이야기의 맥락에는 특별한 지장이 없는 형태인 것이다.

이제까지 『우리동네』는 70년대 농촌의 가장 풍부한 보고서로 일컬어졌다. 하지만 이 연작의 이완된 구조는 삽화의 병치(竝置)가 거듭될수록 중첩되는 부분이 생기고, 연작의 주제 자체도 심화되지 못한 채 밋밋한 변주로 끝나고 마는 감이 있다. 따라서 작가는 이러한 한계를 극복하기 위해 '풍자적 서술'로 나아간다. 즉 왁살스럽게 내뿜는 이문구식 댓거리와 어깃장은 주어진 농촌의 현실에 더 이상 순종하지 않는 '다른 국민(저항적 주체)'으로 우뚝 서게 하고 지배체제의 엄숙한 현실을 여지없이 풍자하는 데까지 이른다.

> 농사꾼은 호적 파갖구 물 근너온 의붓국민인감. 다른 물건은 죄다 맹그는 늠이 기분대루 값을 매기는디 위째서 농사꾼만 남이 긋어 준 금에 밑돌어야 혀? 마눌 한 접이 금가면 버리는 푸라스틱 바가지만두 못허니 이래두 갱기찮은겨? 드런 늠덜. 암만 초식장사 제 손 끝에 먹구 산다지만 해두 너무 헌다구. 꼭 이래야 발전헌다는 겨?[44]

『우리동네』에 등장하는 대부분의 농민들은 이제 누구랄 것도 없이 거의 농업과 여타의 불균형을 이야기하고, 경솔한 농업정책을 질타한다. 그들은 이제까지의 공정성에 대해 회의를 갖게 되고 정부의 일방적인 하향식 태도에 반기를 든다. 그들은 스스로를 더 이상 '촌 것'이나 '쑥맥' 같은 허룹숭이가 아니라 스스로의 운명을 개척해갈 '농민'으로 여기게 되는데, 이는 상대적 빈곤과 박탈감으로 인한 '의붓 국민'일지도 모른다는 판단과 자각에서 비롯된 것이다. 다만 그들의 판단과 자각은 말을 하지 않고 있기 때문에 지르숙은 모습으로 보일지도 모르나 '말'로써 이를 한번 표현하기로 하면 못할 것도 없는 것임을 다음과 같은 장면은 잘 보여준다.

  "알면 지랄헌다구 물으유? 평(坪)두 있구 마지기두 있구 배미두 있는디, 해필이면 알어듣기 그북허게 헥타르라구 헐 건 뭐냐 이거유"
  "천동면이 이렇게 촌인가…… 저런 딱헌 사람두 다 있으니. 나 보슈. 국가 시책으루, 미터법에 의하야 도량형 명칭 바뀐지가 원젠디 여태까장 그것두 모르는 겨? 당신이 시방 나를 놀려보겄다—이게여?"
  부면장은 당장 잡도리를 할 듯이 눈을 부라리며 언성을 높였다. 곁에 앉은 남병만이가 팔꿈치로 집적거리며 참으라고 했으나 김도 주눅들지 않고 앉은 채로 응수했다.
  "내 말은 그렇게뵉이 안들리유? 저 핵교 교실 벽돼기 좀 보슈. 뭐라구 써붙였유? 나라 사랑 국어 사랑…우리 말을 쓰자는 것두 국가 시책이래유. 옛날버텀 관공리 말 다르구 농민들 말 다른 게 원칙인 게유. 천동면이 이렇게 촌인가…… 끙—"45)

  "구루마 바쿠루도 못쓰는 흔 다이야를 원제 엿 사먹자구 안태울 거유. 말씀을 워쩨 그렇게 듣기 거북스럽게만 허신대유"

---

44) 「우리동네 강씨」, 191쪽.
45) 「우리동네 김씨」, 32쪽.

뒷전에서 조용하던 고가 고개를 거우듬하게 꼬고 눈을 지릅뜨며 뺏성있게 말했다.

"왜, 내말이 틀유? 그렇잖어두 듣기 싫으라구 헌 말이유"

계장이 고를 돌아보며 쏘아붙였다. 고도 말다툼엔 이골난 사람이라 직수굿하지 않고 대들었다.

"자세허지 말유. 사는 건 같잖게 살어두 관공리 구박받을 사람은 여기 안왔유."

오서기가 눈을 부라렸다.

고도 끝내 소주 두어 잔 들어간 표를 낼 셈인지 거듭 말끝을 반미주룩 하게 꼬부렸다.

"네밋―우리 여편네 허구 씨비 헐 새두 읎는 판에 넘 허구 시비를 허여?"46)

이와 같은 『우리동네』 연작의 양상 및 특징은 「우리동네 황씨」의 분석을 통해 좀더 뚜렷하게 드러난다. 「우리동네 황씨」는 『우리동네』 연작을 보다 풍부하게 이해할 수 있는 '포탈적 성격'을 지닌 작품으로서 『우리동네』의 결론으로 삼아질 만큼 이 같은 내용적 지향을 가장 안정된 서사로 구조화한 작품이다. 특히 「우리동네 황씨」에서는 농촌현실 및 농정에 대한 왁살스런 비판이 '말'을 통해 오고가는데, "전같잖어서 이제는 잔뜩 주눅들어 지르숙은 농민들도 속기만 하지는 않던 것이다. 그들도 대들고 덤비며 대거리하러 드는 데에 주저하지 않게 된" 현실을 느티울 마을의 조그만 일화를 통해 여실히 보여준다.

이 소설의 대체적인 인물구성은 '비판적 인물군(人物群)―저항적 농민'과 '부정적 인물군(人物群)―지주 및 하급관리'로 나뉜다. 부정적 인물을 대표하는 황선주는 느티울에서 버림치로 치부하여 진작 젖혀둔 인간이었지만 이재에 밝고 돈푼이나 만지기로는 면내에서도 엄지손가

------

46) 「우리동네 황씨」, 297~298쪽.

락에 꼽힌다는 작자이다. 그는 지주이자 고리대금업자로서 수의계약과 매점매석을 일삼아왔는데, 상호부조의 공동체 정신을 마다하여 동네 사람들로부터 배척된 후, 시찰 나온 공무원을 통해 치부를 도모하려다 농민들로부터 호된 곤욕을 치른다.

복성아버지 김봉모는 어눌하고 표현도 서툰, 말끝마다 '거시기'를 남발하는 농민이지만 부정적 인물을 대표하는 황씨에 대한 반감을 뚜렷이 가지고 있다. 그는 느티울의 고리대금업자인 황선주의 돈을 안 쓰는 사람 가운데 하나인데, 손에 호미자루 한번 쥐는 법이 없이 식전 저녁으로 흰 목 젖혀가며, 남 허리 부러지는 논두렁 밭가리로 거드름을 피우며 산보 다니는 황선주가 눈꼴이 시어서, 죽으나 사나 황에겐 절대 손을 안 내밀기로 작정했던 인물이다.

고명근과 조갑기는 부정적 인물에 대한 가장 신랄한 비판을 수행한다. 말반죽이 질음한 조갑기는 능글거리면서, 성질 급한 고명근은 고개를 거우듬하게 꼬고 눈을 지릅뜨며 뼛성있게 대들곤 한다.

이장인 이주상은 나름의 주견과 통솔력이 돋보이는 인물로 대화가 진행되는 동안 뚜렷한 마음가짐의 변화를 통해 다른 이들의 말을 반영하고 일련의 사단(事端)을 매조지한다. 즉 그는 관변적 태도로만 일관했던 자신을 냉정히 반성하고, 황선주에 대한 공동체적 응징과 대안을 주도면밀하게 설파하면서 이젠 농민들 스스로가 일어설 것을 당부한다.

애초 「우리동네 황씨」는 「으악새 우는 사연」(77. 12)으로 발표되었던 것인데, 연작을 염두에 두고 단행본으로 묶이면서 제목이 바뀐 작품이다. 연작의 첫 작품인 「우리동네 김씨」(77. 11)가 이 보다 한 달 전에 발표되었으니 실질적으로 연작의 두 번째 작품인 셈인데, 내용적으로만 보면 「우리동네 황씨」는 이 연작 전체를 관통하는 주제를 가지고 있을 뿐만 아니라 여타의 작품을 이해하는데 '영도(零度)'를 제공할 만한 상징성까지 담고 있다.

　　사람들이 입을 모아 "끙－" 소리를 내며 어둠 속으로 들어가자 으악새가 길닿게 욱어 서로 칼질하는 둠벙 뚝셍이로 오토바이가 들어섰다.47)

　　둠벙은 무시로 자고 이는 마파람 결에도 물너울을 번쩍거리고, 그때마다 갈대와 함께 둠벙을 에워싸고 있던 으악새 숲은, 칼을 뽑아 별빛에 휘두르며 서로 뒤엉켜 울었다. 으악새 울음이 꺼끔해지면 틈틈이 여치가 울고 곁들여 베짱이도 울었다. 김은 그것을 밤이 우는 소리로 여겼다. 하늘은 본디 조용한데 으례 땅이 시끄러웠었다는 것도 더불어 깨우치면서, ……(중략)……
　　그러니께 결과적으로 우리 스스로 보호허지 아니허면 아니되겠더라―이게 결론여. 내 맘만 같으면 당신이구 오두바이구 죄다 남대문표 빤쓰에 싸서 둠범 속에 쳐늫겄어. 또 그래야 옳어. 그러나 위쨌든 간에 당신은 우리게 사람여. 우리는 아직두 이웃을 보살피구 동네 사람을 애끼구 싶다 이게여. 그리고 당신 빤스 아니더래두 수재민들이 홑바지는 안입는답디다. 부디 니열 새벽 빤스버텀 걷어 가슈. 당신 손으루, 동트기 전에.48)

이 작품의 원제목은 「으악새 우는 사연」(77. 12)이었다. 흔히 '으악새'로 불리어지는 억새는 질긴 생명력을 상징하는데, 이문구는 『장한몽』 이래 민중의 낮고 질긴 생명력과 그로부터 나올 수 있는 에너지의 원천을 중시해왔으며, 민중을 생명력 강한 자연대상물에 상징하곤 하였다.49)

---

47) 「우리동네 황씨」, 297쪽.
48) 「우리동네 황씨」, 315~316쪽.
49) 『엉겅퀴 잎새』(1977)의 제목과 그 주인공 '필례'가 상징하는 것도 이와 관련된다.

이런 점에서 볼 때, 특히 이 작품의 '둠벙'이 상징하는 바와 그 서경 (敍景)의 묘사는 주목할 만하다. 첫 번째 둠벙에 관한 묘사는 그 자체가 소설의 공간으로 한정된다. 그런데 두 번째 둠벙에 관한 묘사를 감안 하면 이것은 (농촌)공동체의 상징과 축도로서 기능하는 것을 짐작할 수 있다. 즉 소설의 공간으로 후경화(後景化)되어 있던 첫 번째 둠벙의 묘 사는 공무원 시찰이 행해지고 여기에 그들 나름의 준비과정이 진행하 기 위한 두 번째 묘사부분에 오면, 으악새로 상징되는 민중, 즉 농민 들이 길게 우거져 서로 등을 맞대고 사는 농촌공동체의 모습으로 확 연히 살아나는 것이다.

갈대와 으악새가 함께 둠벙을 에워싸고 있다는 대목에서, 우리는 잘 났거나 못났거나, 잘살거나 그만 못하거나 하는 이들이 모여 사는 우 리네 세상과 축도(縮圖)로서의 '동네'를 연상할 수 있다. 그런데 서술자 는 이들이 마파람에도 서로 뒤엉켜 운다고 한다. 마파람은 남풍, 즉 남쪽에서 불어오는 바람으로 흔히 가을에 불며 그리 거센 바람이라고 할 수 없는 것을 감안하면 뒤엉켜 운다는 표현은 갖은 신산고초(辛酸苦 草)를 겪을 수밖에 없다는 뜻이다.

문제는 그 다음부터다. 으악새 울음이 잦아들면 틈틈이 '여치'도 울 고 '베짱이'도 울었다 하였는데, 이는 단순한 자연 대상물로서의 여치 와 베짱이가 아니라 으악새와는 유(類)가 다른 일반인이거나 일관된 상 징의 연장선상에서 볼 경우, 게으르고 알겨먹을 것만 찾는 '하급 관리' 를 상징하는 듯하다.[50] 여기에서 서술자의 시각을 대변하는 등장인물

또한 『내 몸은 너무 오래 서있거나 걸어왔다』(2000)의 '나무 연작'도 제목과의 직 접적 연관성은 옅어졌지만 작고 낮은 존재들의 유의미성과 그 생명력에 관한 것을 다룬 작품이 많다.

50) 억압과 통제 및 폭정이 심해질수록 민중의 수난은 가중되기 마련이다. 그러나 사 회 전반에 미만(彌滿)해있는 폭정과 통제보다 그들이 피부로 실감하는 구체적인

은 이것을 '밤이 우는 소리'로 여기는데, 이때의 '밤'이란 엄혹한 현실을 상징하던 김지하의 '밤'과 같다. 김지하가 억압적 통치와 압제를 흔히 밤에 비유하곤 하였으며, 이로부터 신새벽을 소망하였음은 「타는 목마름으로」라는 시편에 잘 드러나 있다.

그러나 정작 문제는 여기서부터다. '밤이 우는 소리'로부터 등장인물이 더불어 깨닫는 것은 "하늘은 본디 조용한데 으레 땅에서 시끄러웠다는 것"이다. 하늘(天)은 유교적 세계에서 말하는 사물의 근본이며, 농본적 세계관에서 보면 만물의 중심이다. 그러므로 하늘은 땅(地)밖의 자연과 그 섭리이며, 이로써 인간들이 사는 세상(紅塵)과 엄연히 구별되기에 이른다. 즉 하늘(자연)은 조용하고 섭리대로 움직이건만 아웅다웅하는 인간사의 온갖 잡스러움이 그에게는 땅에서의 시끄러움이었던 것이다.51)

억압과 권위는 하부조직과의 충돌에서 드러난다. 「우리동네 황씨」에서는 '여치'와 '베짱이'로 상징되는 하급관리로 '산업계장 김신철'과 '담당서기 오근택'이 등장하는데 이들은 황선주와의 모종의 거래(청탁과 뇌물수수)가 틀어지고, 이 일로 황선주에게 시달리자 이장 이주상에게 은근히 중재를 청한다. 그러나 이장은 이를 간파(이장은 이를 '횡재수'라고 표현하고 있다)하고 모두 모인 자리에서 황선주에 대한 농민의 정서를 날선 '말'로 대변할 뿐만 아니라 김과 오의 이중적 처사 또한 비판하면서 일방적 시책을 강요하는 데 휘둘리지 않기를 당부한다. 비록 미완이지만 역사소설의 형태를 띤 이문구의 장편소설 「오자룡(吳子龍)」(75. 1~12)은 역사를 거슬러 올라간 19세기의 현실을 다루고는 있으나 당대의 폭정과 참혹한 현실을 다룬 '이문구 소설답지 않은' 소설로 보이는데 여기서 주요하게 드러난 것 중 하나도 하급관리(衙前)들의 횡포였다.

51) 임우기는 '농민적 세계관'을 계급적 혹은 시대적 산물로 보기 이전에 인류의 시원성의 바탕 위에서 보아야 함을 강조한다. 이런 점에서 그는 이문구의 소설이 바탕하고 있는 농민적 세계관을 생명사상으로까지 연결시켰다. 그에 의하면, 인간은 '대지를 통해' 하늘의 뜻을 받들고, 인간과 하늘과 땅은 그렇듯 조화를 섬긴다. 그 조화에 대한 깊고 드넓은 성찰 속에서 천지인의 '합일사상'이, 동학의 '인내천 사상'이, 김지하의 '밤이 곧 하늘'이란 명제로 생명사상이 잉태되는 것인데, 이문구 소설의 지향 또한 여기서 찾아야 한다는 것이 그의 주장이다(임우기, 「농민적 세계관의 인간적 또는 진보적 의미」, 『녹색평론』, 1992. 7, 131쪽).

그런데 이것은 김봉만의 깨달음으로 대변된 작가 이문구의 내면에서부터 우러나오는 소리요, 깨달음이라 하지 않을 수 없다. 그러므로 이것은 『우리동네』의 무수한 삽화와 작은 투쟁과 신경전의 연속을 해명할 만한 실마리를 제공한다. 김봉만을 통해 깨달은 '아웅다웅하는 인간사의 온갖 잡스러움'이란 무엇인가? 기실 그것은 잡스러운 풍속과 세태의 세목이 아닐 수 없다. 따라서 『우리동네』의 삽화적 구성과 나열이 반복·중첩될 수밖에 없고, 나아가 연작구성의 원리가 '병렬적 방식'이 아니면 안 되는 근본적인 이유가 여기서 비롯된다. 또한 '땅에서의 시끄러움'이란 무엇인가? 이러한 풍속과 세태가 얽히고설키는 '말'의 향연, 즉 말참견, 말갚음, 말싸움이 아닐 수 없다. 실제로 김봉모의 이러한 깨달음 이후에 곧바로 「우리동네 황씨」의 최대 압권, 즉 둠벙이 내려다보이는 뚝셍이에 비판적 농민과 부정적 농민과 하급관리(공무원)들이 한데 모여 그들 나름의 거칠고 왈살스러운 어깃장과 댓거리 한 판이 이어진다는 점은 이 같은 판단을 뒷받침해준다.

한편 여기에는 『우리동네』를 포함하여 작가 이문구의 소설 전편에 흐르는 중요한 의식의 주류(主流)가 흐르고 있을 뿐만 아니라, 『우리동네』 이후 소설에 두드러지는 의식의 지류(支流)를 엿볼 수 있다. 그의 산문집을 통해 드러난 것을 보면, 인용문의 원 모습은 다음과 같다.

> 내가 여기로 오며 일변 느낀 것이, "세상은 본디 태평한데 어리석은 것이 시끄럽게 한다(天下本無事 庸人擾之耳)"는 옛말의 옳음이었다. ……(중략)……
> 땅 위에 도생(倒生)하는 것들은 죄다 하늘의 이치를 고이 따르고 있었다. 임자 없는 것들은 제 성질대로 살고, 임자 만난 것들도 제 구실을 다 하며 살고 있었다. 하찮은 풀꽃도 수채 옆이나 두엄더미 곁에서 핀 것은 한결 이뻐 보이고, 같은 이삭이라도 자갈투성이의

메진 땅에서 맺힌 것들은 훨씬 여물게 영글어 있었다. 물물 것을 가
리기 전에, 먹고 못 먹는 것을 따지기 전에, 모든 것은 싱싱하고 싱
그럽고 소담하게 살고 있었다. 심지어 바위는 늙은 것일수록 듬직한
것 같고 자갈은 어릴수록 야무져 보였으니, 오히려 여리고 가냘프며
풍덩한 것으로는 오로지 사람이 있을 따름이었다.[52]

다소간의 미묘한 차이가 있을 수도 있지만 소설에 인용된 깨달음의
대목과 산문집을 통해 드러난 작가의 의식에서 우리는 일상 속에서마
저 문득문득 빛나는 생명과 역사에 대한 작가의 통찰을 알 수 있다.
그러나 하늘의 이치를 마냥 견고하고 절대적인 것으로 승인한 채 그
것에 순종하는 삶의 태도와 하늘과 땅을 엄격히 분리·대비하는 방식
은 그가 무수히 다루고 접하는 일상과 풍속에도 불구하고 그 너머의
어떤 것을 상정하는, 자칫 반속주의(反俗主義) 내지 개결주의(介潔主義)에
빠질 위험이 있는 것이기도 하다. 더욱이 현실의 간교함이 있어야할
것과 있는 것 사이의 간격을 멀어지게 할 때라면 더욱 그러하다.

물론 한 작가의 세계관 혹은 의식은 단일하지 않은 경우가 있고, 경
우에 따라서는 서로 갈등하거나 충돌하는 수도 있다. 어찌 보면 이문
구의 문학이야말로 이러한 의식들 간의 팽팽한 긴장과 갈등 사이에 놓
여있는, 그리고 그것이 결착(結着)되지 못하는 상황에서의 글쓰기를 소
설의 형식적 변용을 통해 돌파해온 과정의 산물이라고도 할 수 있다.

그의 의식 가운데 두드러지는 하나는 '이야기꾼으로서의 소설가 의
식'이다. 그러나 이것은 예술가 의식과 지사적 의식이 갈등하는 양상
을 보였던 이태준이 '문자성(文字性)'의 의미를 통해 묘사의 영역을 개
척하고 이로써 근대적 미의식을 모색해나가는 모습과는 양상이 전혀

---

52) 이문구, 『지금은 꽃이 아니라도 좋아라』, 전예원, 1979, 34쪽.

다르다.53) 이문구의 경우, 채만식·김유정 이래 구술성이 지닌 의미를 본격적으로 제기하고 구술적 서사전통의 맥락과 그에 기반을 둔 미의식을 계승함으로써 서구적 의미의 소설 규범에 스스로를 가두지 않는 모습을 보인다.

이문구의 의식 가운데 또 하나의 축은 그가 조부로부터 철저하게 영향을 받은(훈육되고 그리하여 체질화된) 선비의식과 유교적 세계관이다. 자본주의와의 상충성을 지적하기 위한 의도로 쓰였지만, 베버(Max Weber)도 지적한 바 있듯이 유교는 중요한 의미에서 '세속적'인 종교이다. 이는 그것이 금욕적 가치를 포함하는 종교는 아니라는 뜻이다. 또한 유교적 가치는 세속적 사건들의 초월을 신성화시키지도 않는다. 대신에 유교적 가치들은 사물의 기존질서에 개인들이 조화롭게 적응하는 것을 이상으로 삼는다. 종교적으로 도야된 사람이란 우주의 내적 조화와 자신의 행동을 일치시키는 사람이다. 이러한 맥락에서 베버는 '있는 그대로'의 세상에 대한 합리적 적응을 강조하는 유교적 윤리와 가치는 유럽 자본주의의 정신적 특성에 비견할만한 경제활동의 도덕적 역동성을 발생시킬 수 없다고 보았는데,54) 일견 타당한 말이지만 실상 작가 이문구에게 보다 중요하게 받아들여진 대목은 유교의 부정적 잔재들이다.

---

53) 서영채는 이태준의 의식을 근대적 미의식을 추구하려는 소설가로서의 '예술가 의식'과 전통적 미의식을 고집할 수밖에 없는 '지사적 의식' 간의 긴장과 갈등으로 분석한 바 있다(서영채, 「두 개의 근대성과 처사의식」, 『이태준 문학연구』, 깊은샘, 1993). 한편 박헌호는 이태준이 단편소설을 통해 정초한 근대성은 근대적 실증정신과 그것의 육화로서의 산문, 그리고 묘사의 방법과 밀접하다는 점을 밝히고, 이태준이야말로 문자성이 지닌 의미를 본격적으로 제기하고 그것을 자신의 문학관으로 삼은 첫 작가라고 하였다(박헌호, 「이태준 문학의 소설사적 위상」, 성균관대 박사학위논문, 1997).
54) 막스 베버, 박성우 옮김, 『프로테스탄티즘의 윤리와 자본주의 정신』, 문예출판사, 1988.

문단의 말석이 된 뒤에는 '논어'를 좋아했다. 역사에 대한 민중주
의가 풍미함에 따라, '그렇다면 선비정신은?'하는 의문과 함께 역사
를 이끈 수레바퀴는 외짝이 아니라는 생각에서 더 그랬는지도 몰랐
다. 내가 쓴 어떤 잡문에선가는 공자를 굳이 공부자(孔夫子)로 썼을
만큼이나 잔뜩 기울었던 적도 있었다.

그러나 오래지 않아서 시들거리기 시작했다. 김일성 부자(父子)가
가장 많이 재미를 본 이현령비현령식의 충효주의를 비롯하여 때아
닌 구태의연과 악풍 폐습까지 미풍양속과 온고지신과 전통문화라는
미명으로 떠받드는 모양이나, 이제가 옛날 같지 않은 세상인데도 의
식의 저변에 또아리를 틀고 있는 유행(儒行)의 잔재에서 자유롭지 못
해 부대껴가며 사는 사람들의 모습 때문이었다. 지킬 것보다 버릴
것이 더 많은 유산상속은 재산이 아니라 재앙이라고 생각한 것이다.

인용문을 통해 드러난 이문구의 선비의식은 마냥 고루하거나 시대
착오적인 것만은 아니다. 오히려 역사에 대한 균형 있는 시각이랄까
중용(中庸)의 길[道理]을 위한 지침으로서 옛 모습 그대로가 아니라 비판
적인 시대인식을 수용할 만한 융통성을 가지고 있는 것으로 생각된다.
그러므로 이문구는 선비의식 혹은 선비정신을 말하면서도 유교주의
및 그것의 우월의식을 강조하는 부류와는 궤를 달리 한다. 높고 지순
한 곳에서의 나르시시즘이 아니라 발딛고 선 땅에서의 이웃들을 수용
하고 있기 때문이다.

다음으로, 작가 이문구에게 있어 근간이 되는 중요한 의식은 아버지
나 고향사람들로부터 배운 민중의식과 농본적 세계관이라 할 수 있다.
특히 그의 소설에 나타난 아버지상은 표면적으로 드러난 것과 달리
매우 의미심장한 요소가 담겨져 있다. 『관촌수필』의 화자는 자신에게
가장 절대적 영향을 끼친 인물로 조부를 들고 있다. 하지만 이것은 어
려서부터 훈육되고 정서적으로 영향을 받은 탓이지 체득된 것이라고

하기는 어렵다. 그러므로 이성적 판단과 시대상황에 따라 다소간의 융통성도 발휘할 수 있는 것들이다. 이에 비해 옹점이, 대복이, 신석공, 복산이로부터 화자가 배운 것들, 즉 주체성, 타인에의 배려, 결곡함, 절의 등은 그에 못지않을 만큼 절실하고 단단하게 각인된 것들이다. 더욱이『관촌수필』에 등장하는 아버지의 형상은 '좌익 아버지'라는 당대적 꼬리표를 의식하지 않을 수 없었기에 간단한 삽화로만 등장하지만 그 이면에는 민중을 휘어잡는 신화적 인물의 풍모와 기꺼이 그들과 어울려 지내고 나누는 민중의식의 소유자로 그려지고 있으며(이는 할아버지의 의식과 행동으로는 상상할 수도 없는 것들이다), 이를 어린 화자는 '경외감'으로 바라본다. 따라서 이런 아버지상과 그로부터 느끼는 경외감이야말로 유년의 거대한 충격이 아닐 수 없었던 것인데, 이 안에는 아버지에 대한 이해의 모티브뿐만 아니라 이후 이문구 소설의 거대한 축인 백변(白邊)의 미학, 즉 민중의식의 거점이 마련되고 있었던 것이다.

이처럼 그의 문사의식은 계층적, 도덕적 명분론이 주를 이루는 유교적 세계관에 근거하고 있으며, 그의 민중의식은 자연과 이웃사람들로부터 지언적으로 터득한 농빈석 세계관에 기초를 두고 있다. 그러므로『관촌수필』은 이 두 의식이 절묘하게 균형을 이루고 각각의 기반이 되는 문체가 세련되게 구사된 것이다. 그리고 그것이 소설이 될 수 없었음은 그의 말대로 형식적 일탈의 의미도 아예 없었던 것은 아니지만 보다 근본적으로는 자신의 이야기를 서술할 수밖에 없었던 탓에다가, 사실을 중시하고 '포폄', '전승', '환기'의 의도를 실현하기 위해서는 소설의 형식이 감당할 수 없었기 때문이다. 따라서『관촌수필』은 이문구의 의식 가운데 문사의식과 민중의식이 '전(傳)'적 요소를 축으로 결합한 1인칭 소설이라고 할 수 있다. 이야기꾼으로서 소설가 의식은 1인칭과 3인칭을 넘나들며 이 두 의식을 절묘하게 균형 맞출 수 있었던 것이다.

그러나 『우리동네』에 오면서 현실의 변모를 직시한 작가는 '포폄'의 무게중심을 바뀌게 되고 기존의 규범의식과 명분이 해체되자 민중의식에 기반을 둔 풍자적 서술을 소설의 형식에 담게 된다. 따라서 『우리동네』는 민중의식과 풍자적 요소가 극대화된 이야기꾼으로서의 소설가 의식이 전면화 된 시기의 소설이라고 할 수 있다. 즉 '수필'과 '전(傳)'적 요소가 후퇴하고, 대화의 주체가 되는 퍼스나의 활용을 통해 놀이성과 풀이성이 강화되는 양상의 풍자의 세계로 접어드는 것이다.

앞서 살펴본 「으악새 우는 사연」(「우리동네 황씨」)은 『우리동네』 연작의 이러한 성취가 절정에 이르렀음을 보여준 작품이다. 그럼에도 불구하고 이후 발표된 후속 연작은 「으악새 우는 사연」의 상징성을 좀더 직접적이거나 심도 있게 다루고 있지 못하다. 말싸움의 수위도 「우리동네 김씨」나 「우리동네 황씨」에 미치지 못하고 세태와 풍속의 나열도 밋밋하다. 그러나 양적 축적이 반드시 질적 변환을 가져오는 것이 아니듯이, 파편화된 현실인식의 산술적 총합이 총체성에 도달하기를 기대하는 것은 그리 자연스럽지 않다. 따라서 이문구의 경우, 그의 연작은 스타일의 고수와 집착이 아니면 창작적 취향을 극대화시키는 방법이 되는 듯하다. 즉 그가 삽화적 구성과 고유의 서사적 전통을 체득하고 이를 연작의 양식으로 더욱 확장하였음에도 불구하고 그의 스타일은 더욱 공고해지고 끝내는 이러한 결과 장편에 이르지 못하는 결정적 원인을 제공하고 있는 셈이다.

이런 점에서 보면, 『우리동네』 연작의 구성은 『관촌수필』과 같이 확연한 단층을 보이는 것도 아니고, 『난장이가 쏘아올린 작은 공』이 보여주는 단절과 비약으로 소설적 긴장을 제공하는 양상과 사뭇 다르

다.55)

『관촌수필』이후 연작의 기법이 좀더 확장된 형태로 볼 수 있는『우리동네』의 경우,『난장이가 쏘아올린 작은 공』만큼 역동적인 성격을 가지고 있지 못하다. 이는 단순히 이문구 연작의 원심적인 방법과 조세희 연작의 구심적인 방법과의 차이로 설명되는 것에 그치지 않는다. 이는 원심적인 전략(연작원리)을 채택한 작가의 방법선택 및 세계인식 대 구심적인 전략(연작원리)을 채택한 작가의 그것과의 차이이다.

『난장이가 쏘아올린 작은 공』의 중심서사는 서서히 역사 자체의 아이러니를 드러내는 데에서 두 계급의 도덕적 각성을 촉구하는 자리로 옮겨간다. '낙원구 행복동'에서 '은강'으로 옮겨가는 것이다. 반면『우리동네』는 중심 서사의 변화를 보이지 않는다.『관촌수필』은 중심서사의 변화가 분명히 있다. 흔히 이를 두고 연작 소설의 결격사항처럼 말하는 이가 있지만 실상은 그렇게만 볼 것도 아니다. 왜냐하면『난장이가 쏘아올린 작은 공』의 경우처럼 중심서사의 변화는 연작 소설의 역동성에서 내재하는바 단절과 비약을 다듬을 수만 있다면 이러한 중심서사의 이동은 오히려 연작의 궁극적 의미를 실현할 중요한 에너지가 될 수 있기 때문이나. 다만『관촌수필』의 경우 명백한 단층은 서사의 비약과 단절에 의한 것이 아니라 애초 연작의 성격에서 기인하는 바도 있거니와 전혀 새로운 차원의 공간과 시간으로서의 이전(移轉) 및

---

55) 가령,『난장이가 쏘아올린 작은 공』연작이 소설 안에서 다루려는 문제는 빈곤, 노동, 교육, 환경, 죽음, 폭력 등 매우 다양하다. 뿐만 아니라 그 안에는 이질적인 요소들이 자의적이고 독창적인 병존관계를 이룬다. 즉『난장이가 쏘아올린 작은 공』은 상호모순적인 요소들의 자의적이고 독창적인 형태로 병존하며, 상이한 형식충동이 공존하고, 이들의 병존관계는 수시로 변모한다. 그리고 연작 전반부의 판단정지에서 마지막의 적극적인 판단으로 나아가는 길목에서 몇 단계의 서사적 단절과 비약이 이루어진다. 류보선, 「사랑의 정치학」, 『1970년대 문학연구』, 소명, 2000, 389쪽.

창작시기의 변화에 의한 것이었다.

다시 말해서 이문구의『우리동네』연작은『난장이가 쏘아올린 작은 공』처럼 처음의 판단정지에서 적극적인 판단으로 나아가는 양상과 다르다. 연작 처음의 판단과 마지막의 판단이 대동소이하며 처음과 끝의 단계에 커다란 질적 차이와 형식충동이 없다. 그러므로 그 사이에 서사적 단절과 비약이 존재하는 양상도 없는 것은 당연하다. 이것은 연작이 추구하는 총체성의 지향, 혹은 총체성에 접근할 역동성 자체는 그만큼 적어진다는 의미이다.

결국『난장이가 쏘아올린 작은 공』에서 이루어진 새로운 위계질서는 소설의 미적 환기를 오히려 반감시키는 결과를 낳기도 하지만, 동시에 이는 문학만이 가능한 정서적 울림을 전해줌으로써 사회적 실감과 주체의 실감을 일치시키는 데에 도달한다. 이는 타락한 세계에서 타락한 방법으로 진정한 가치를 추구하는 형식에 해당된다고 할 것이다. 반면 이문구의 방법과 형식은 적어도 이러한 방식과 형식의 타락을 허용하거나 추구하였던 것은 아니라는 점에서『난장이가 쏘아올린 작은 공』과의 차이를 분명히 확인할 수 있다. 그러나 이러한 비교란『난장이가 쏘아올린 작은 공』이 기초한 아이러니적 인식과 표현에 비해 이문구의 소설 특히『우리동네』가 기초한 풍자적 인식과 표현을 구별할 수는 있어도 이들 작품이 성취한 성과 및 우열관계로 설명될 수는 없는 일이다.

정리하자면,『우리동네』연작이 뚜렷한 결말이 없고, 별다른 진전이 없이 같은 이야기를 맴돌고 있다는 점,『관촌수필』에 비해서도 구성의 밀도가 떨어진다는 지적은 일견 타당하다. 그러나 이것은 이문구의『우리동네』연작이 조세희의『난장이가 쏘아 올린 작은 공』연작처럼 내적 연관성을 강조함으로써 주제를 심화시키는 방식, 즉 직렬적 구성방

식이 아니라 비슷한 성격의 에피소드를 늘어놓음으로써 주제를 다양
하게 확대시키는 병렬적 구성방식을 취한 것임을 감안하여야 한다. 그
렇기 때문에 조세희의 연작이 '사랑'이라는 화두를 핵으로 노동자, 중
산층, 자본가가 서로 길항하는 모습을 보여준다면, 이문구의 연작은
성장의 덫에 걸린 70년대 농촌의 일그러진 모습을 만화경처럼 펼쳐놓
음으로써 가장 풍부한 보고서를 만들 수 있었던 것이다. 뿐만 아니라
무엇보다도 부정적 근대화의 그늘 속에서 새로운 저항적 주체의 발견,
즉 '다른 국민'이 성립과정을 적나라하게 보여주었고, 특히 '말'을 통
한 이데올로기의 긴장과 대립의 양상을 생생하게 보여주었다는 점에
서 그 의미는 배가된다.[56]

따라서 연작소설이 갖는 일반적인 특성 내지 경향성을 연작소설의
'장르관습'이라는 말로 표현할 수 있다면, 70년대 연작소설들은 각각
의 현실인식 및 미학적 특성으로 인하여 그 장르적 성격이 고정되어
있지 않고 계속 확장되거나 갱신되었던 것으로 볼 수 있다. 여기서『우
리동네』연작의 실체와 의의는 한편으로는 연작일반의 '장르관습'과

---

56) 이 시기 이문구는『개구쟁이 산복이』(88)라는 다소 이채로운 동시집(童詩集)을 펴
   낸바 있다(이후 출간된『이상한 아빠』(96)는『개구쟁이 산복이』(88)에 새로 추가된
   것을 포함 것이다). 여기에는 순정과 순수의 세계를 맛볼 수 있는데, 작가의 노래
   는 시간의 벽을 느끼게 하기보다는 과거를 잊고 살아온 현재에 대한 반성과 거울
   의 역할을 해주고 있다. 그러나 보다 중요한 지점은 이러한 동심의 전령(傳令)에도
   불구하고 그 근본에는 이문구의 거대한 뿌리, 즉 반속주의적 세계관(혹은 개결주
   의)이 자리 잡고 있다는 사실이다. 달리 말하자면 이문구의 소설이 좌절과 실망,
   해체와 붕괴에 대한 왁살스런 말싸움과 나아가 고단하고 쓸쓸한 산문적 태도를 실
   현하는 과정에서 이문구의 동시는 순정과 순수한 별도의 세계를 상정하는 방법을
   보인다는 점이다. 이것은 특이하게도 작가의 창작 분리 전략을 의미하는데, 이렇게
   되면 소설의 세계와 방법에 대한 여지는 시의 세계를 통해 보완된다. 즉 작가는 소
   설 속의 산문적 방식을 궁극적으로 추구하는 방법 대신 별도의 출구, 즉 분리된 창
   작 장르의 실현을 통해 그의 세계에 대한 불완전성을 보완하고 있는 것으로 해석
   된다.

거리가 있는 개별 연작 자체의 해명이지만 동시에 연작의 형태를 띨 수밖에 없는 이문구 문학의 본질에 육박하는 의미가 있고, 나아가 한 국 근대소설의 갱신과 존재방식에 대한 한 가지 양상으로 이해되어질 수 있을 것이다.

제4장 고독과 성찰의 내면화

1. 고독과 성찰의 형식

① 문정(文正)의 미학과 도덕적 신념의 이상화

1970년대 이후 농촌과 도시를 양분하고 그 상대적 빈곤과 현실을 대비하던 논리는 더 이상 우리 문학이 처한 역사적 현실 위에서 생산적인 역할을 수행하는데 한계를 보였다. 그리하여 이러한 인식은 농민문학의 새로운 모색을 촉구하였다. 가령, 김정환은 농민문학이 제3세계적 문제인식 속으로 수렴 발전되어야 할 것을 주장했다.[1] 김사인 역시 80년대 들어 농촌문학의 논의가 선명하게 부각되지 못하는 것은 첫째, 티브이나 교통의 발달로 농촌과 도시의 공간적 거리감이 해소되었으며, 둘째, 농촌지역마저 상업적 소비문화권으로 흡수되었고, 셋째, 이제 빈곤의 문제 혹은 삶의 질 문제는 도시와 농촌 어디에나 걸쳐 보편화되었기 때문에 농촌문학 역시 문제의 초점과 방향을 달리할 필요

---

[1] 김정환, 「80년대 문학을 위한 모색」, 『정경문화』, 1982. 4.

가 있음을 강조한 바 있다.[2]

그렇다면 70년대 농민문학의 뚜렷한 존재이자 연작의 형태로 응답했던 이문구의 모색은 무엇이었던가? 1980년대 쓰여진 이문구의 후기 소설(1981~2003) 가운데『산너머 남촌』은 이러한 물음에 대한 하나의 답을 제공함으로써 작가의 문학적 행로를 가늠할 수 있도록 해줄 뿐만 아니라 많지 않은 80년대 농민문학의 대응양상을 살펴보는 데에도 단서를 제공해준다. 그러나 결론부터 말하자면 그의 대응양상이란 매우 완고한 형태이며, 70년대의 잔상이 여전한 채 작가의 주관적 신념이 과도하게 이상화되는 경향을 보여준다.

『산너머 남촌』(90)은 서울 근교에 살고 있는 농촌의 터주대감 '이문정(李文正)'과 그의 아들 '영두'가 보고 겪는 이문구식 '전원일기'다.[3] 소설은 문정의 80년대 농촌풍경에 대한 일별(一瞥)과 원로의식에 대한 필요가 서술된 다음, 곧바로 영두의 서울 나들이로 넘어간다. 그리고 다시 문정의 시점에서 농촌의 잡다한 세태와 풍경이 아로새겨지다가 자신의 절친한 친구의 아들('의곤'이라는 농촌 총각)을 장가보내기 위한 에피소드로 마무리된다.

---

2) 김사인, 「농촌현실과 문학」, 『농민문학론』, 온누리, 1983.
3) 원래『산너머 남촌』은『농민신문』에 연재(1984. 1~12)되었던 것을 거의 고치지 않고 단행본으로 엮은 작품이다. 그러므로 단행본으로 출판된 것은 훨씬 후(1990년)지만 연재시기를 기준으로 작품의 평가는 행해져야 한다. 한편『전원일기』는 1981년 이래 얼마 전까지도 방영되었던 대표적인 TV농촌드라마로서 이것이 제작된 동기도 그러하려니와 지향하는 바에 있어서도 대체로 순박한 농심과 시골의 인정을 다룬다는 점에서 '전원일기 이데올로기'라는 말이 성립될 수 있다.『우리동네』이후 이문구의 농민소설은 이러한 「전원일기」식의 지향과는 거리가 있고, 작가 스스로 "전원일기 찍은 일 있남?"하는 투의 거리감을 빈번히 확인하고 있는 바, 이문구식 전원일기라는 대립적 표현을 사용하였다. 「전원일기」의 이데올로기적 성격에 대해서는 한종만, 「TV드라마의 이데올로기 재생산에 관한 연구—TV드라마 '전원일기'를 중심으로」(1990, 한양대 석사학위논문)를 참조할 것.

소설의 전반부, 특히 영두의 서울 나들이는 서울에 대한 그의 이중적 시선이 극명하게 교차되는 것이 특징이다. 영두는 농촌생활에 대한 염증과 소외의식으로 서울과 서울생활에 대한 막연한 동경을 놓지 못하고, 안달을 부리다가 급기야 서울에 사는 고향 친구 봉득의 집을 다녀오게 된다. 그러나 영두의 눈에 비친 서울은 '사람이 지천(至賤)한 곳'일 뿐 돈과 쓰레기가 모이는 곳이라는 결론에 다다른다. 즉 온갖 부정적 세태와 숨 막히는 풍경으로 서울에 대한 부정적 인상과 체험만을 가지고 오게 된다.

이러한 일련의 과정은 서울로 가는 버스 안에서 듣는 두 남녀 대화에서부터 시작되며, 봉득 내외와의 대화에서 극에 달한다. 그는 두 남녀의 과장된 행태(세태와 풍속이 말로 표현된)에 대한 반감을 분명히 할 뿐만 아니라 봉득 내외의 허구성, 즉 그들이 생활신조로 삼은 '본능' 충실이 갖는 허구성을 깨닫고, 그들의 '가짜 중산층의식'에 대해 야멸찬 시선을 보낸다. 특히 이러한 인상과 체험은 터미널 앞 극기훈련 소동을 보고 더욱 굳어진다. 결국 영두의 나들이는 서울에 대한 부정적 인상과 체험을 아로 새기고 고향의 온기와 훈풍을 그리워하는 계기로 삼아신다. 이는 마치 『장한몽』의 '김상배'가 흙과 고향을 그리워하며 야멸찬 도시체험에서 도출했던 결론, 즉 농촌생활에의 원망(願望) 및 자기회복에의 의지를 추스르는 과정과 비슷하다.

　영두는 그것이 인간들의 체취가 아니고 세속의 속취라는 생각이 들자 불현듯이 흙냄새와 퇴비 냄새가 그리웠다. 흙냄새와 퇴비 냄새가 본디 인간의 채취인 것 같기도 하였다.[4]

---

[4] 『산너머 남촌』, 창작과비평사, 1990, 99쪽(이하 작품의 인용은 작품명과 쪽수만은 밝히기로 함).

눈을 감아도 머릿속은 어둡지 않았다. 망막이 영사막으로 변하여 시중에서 겪은 일들이 요지경 속처럼 번화하게 얼비치는 덕이었다. 봉득이네를 비롯한 무리들이 뭇사람들의 건강병, 배금병, 친일병, 뛰는병, 그리고 발악하는 듯이 구호를 부르짖던 재벌회사의 신입사원과 홍보요원이 보여준 극기병 따위가 한 눈이 두 분이 되도록 주살나게 오르내리는 것이었다. 두고 생각해도 그들은 다들 성한 사람이 아니었다. 모두가 중증에 이르른 가여운 사람들이었다.[5]

그런데 소설의 보다 많은 양을 차지하고, 또 실제로 중심인물로 등장하는 것은 영두의 아버지 '이문정'의 형상이다. 그는 조그마한 시골에서 오랫동안 농사를 지어온 농투성이지만, 무엇보다도 마을의 공동체의식(풍속과 질서)을 강조하고 그것을 지키는 존재로서의 원로상(元老像)을 생각하는 인물이다.

그의 울타리는 하루 보고 일 년이 가는 자식들이 아니라, 자고새면 마주보며 기침하는 허름한 이웃들인 까닭이었다. 검불이나 북더기도 한무더기로 모이면 열이 나는데 하물며 버릇을 서로 나눠온 한 동네의 인심에랴.[6]

누가 터주대감인가. 얼른 대꾸하자면 동네를 지키는 어른일 터이었다. 무엇을 지키는가. 이 동네를 다시없는 삶의 터전으로 믿어 붙박이로 살면서 사람의 도리, 일의 경위, 동네의 전통, 이웃 간의 풍속, 그리고 사회의 해묵은 덕목을 애써 분별하고 몸소 실천하되, 나중에라도 그르치고 끊기지 않도록 보살펴 가르치며 지탱해 나가는 것이다.[7]

---

5) 『산너머 남촌』, 116쪽.
6) 『산너머 남촌』, 6쪽.
7) 『산너머 남촌』, 7쪽.

작가는 이같이 터주대감의 성격과 소임을 서술하는 대목에서 지역 공동체의 '원로상'을 뚜렷하게 제시하고 있다. 여기에 등장하는 문정의 형상과 그가 지향하는 원로상이란 틀림없이 『관촌수필』에 등장했던 화자의 할아버지, 즉 고색창연한 이조인의 외모와 품성을 좀더 현대적으로 갖춘 이에 다름 아니거나 또는 『해벽』의 조등만이 좀 더 나이를 먹은 뒤의 모습으로 추측된다.

사실 이러한 문정의 형상과 의식은 『우리동네』의 후반부에서부터 잠깐씩 나타났던 것이기도 하다. 「우리동네 조씨」(81. 12)에서 주인공 '조태갑'은 이전의 작품들과 달리 풍속과 세태의 변모를 지켜보며 왁살스럽게 떠들기보다 쓸쓸함에 잠기곤 했었다.

어쩌다가 이 지경에 이르렀는가. 조는 추연한 마음으로 들대를 한 바퀴 둘러보았다. 대낮에도 두견이 울음이 있게 깊이 외오앉은 동네에 언제부터 자고나면 말이 서로 엇갈려 왔는지 생각수록 안타까운 일이었다.[8]

조는 듣다 말고 자기도 모르게 진저리를 쳤다. 어린 시절은 꿈이 양식이라던 그 동안의 지기 나름이 하루 저녁에 사라져버리고 마는가 싶기 때문이었다. 더욱이 아이들의 계모임이 부모들의 소갈머리 없는 허영에서 비롯되었다는 사실, 그것은 서글프다 못해 징그럽기까지 하였다.[9]

『우리동네』의 '조태갑'이나 『산너머 남촌』 '이문정'의 모습은 그만큼 광범위하게 변모된 객관적 현실을 주체가 더 이상 심리적으로 수용할 수 있는 범위를 넘어선 데 따른 정서적 충격을 의미한다고 볼 수

---

8) 「우리동네 조씨」, 254쪽.
9) 「우리동네 조씨」, 264쪽.

있다. 그러나 문정의 경우, 제구실에 대한 평가에는 스스로 인색하지만 쓸쓸함의 정도는 아직 덜하고, 오히려 공동체에 대한 믿음과 도덕적 신념을 강조하는 쪽으로 나아간다.

'도덕이 있고 널리 들은 것을 문(文)이라 하고, 바르게 일을 보는 것을 정(正)이라 한다' 이것은 자호(自號) 문정(文正)에 대한 주인공의 뜻풀이로서 이러한 문정의 모습은 이문구의 80년대 농민문학이 설정한 기본 형상이며, 이후 90년대 문학에 이르기까지 이어지는 의미 있는 인물상이다. 즉 『산너머 남촌』(90) 이후 「장곡리 고욤나무」(91), 「장척리 으름나무」(94), 「장이리 개암나무」(96) 등에 이르는 일련의 소설 가운데에는 바로 이 문정의 정신을 좇는 인물이 우뚝 서있고, 그들의 고독과 성찰이 소설의 핵심으로 자리 잡고 있는 것이다.

대체로 그들은 돈과 권력을, 화려하고 단 것을, 자신의 한몸과 가족의 이익을 좇아, 그 길을 방해하는 것이며 무조건 내치며 내달리는 시류를 거슬러 살고자 하는 인물들이다. 그렇기 때문에 그들은 대개 '외오앉은(삐딱하게 앉은)' 사람들이거나 '판밖엣(판밖의)' 사람들이고, 그로부터 일종의 외로움과 쓸쓸함을 느낀다.

특히 그들의 외로움과 쓸쓸함은 표면적으로 온갖 사건과 세태와 풍속과의 충돌로 드러나지만 그것의 이면, 즉 그들의 사색과 상념이 진행되면 진행될수록 부각되는 것은 도덕과 윤리의 문제다. 다시 말해서 그들의 외로움과 쓸쓸함은, '사람의 도리를 알아 스스로 낮추어 겸손하고 하잘 것 없는 것이라고 그 생명을 귀하게 섬기는 마음'에서 비롯된 것이다. 또 '어울려 살아가는 자연의 이치를 알기에 비록 짐승이나 나무라 할지라도 보듬어 안으며, 오랜 세월 이 땅이 키워냈으며 이 땅을 살다간 선조들과 함께 호흡한 것들을 소중히 여기는 마음'에서 비롯되고 있다. 그러므로 그들의 외로움과 쓸쓸함은 외래의 신기(新奇)한

문물에 얼을 놓지 않는 그런 정신의 소유자를 외롭게 쓸쓸하게 만드
는, 나아가 그런 이들을 '웬수' 취급하는 지경에까지 한국사회가 떼밀
려 왔음을 역설적으로 증언하는 것이다.[10]

　여기서 문정의 정신 혹은 문정의 미학을 기초하고 있는 것은 대략
'자연과 조화를 중시하는 세상이치'라고 할 수 있다.

　　땅은 곧 천기(天機)의 물상(物像)인데 누가 감히 홀대를 하고 업시
　름을 한단 말이냐. 천지일체라고 했어 하늘의 얼굴이 머리 위에 있
　지 않고 바로 우리 발 밑에 있다는 뜻이야. 아무리 발달한 기계를 써
　도 보기엔 땅을 다스리는 것 같지만 결국 땅의 비위를 맞추는 일에
　지나지 않는 것 아니냐. 낙양성 십리허에 높고 낮은 무덤더러 물어
　볼 것도 없이 농민이 모질음을 써가며 뛰지 않는다고 해서 함부로
　억패를 하거나 푸대접을 한다면 그게 즉 후진국이라는 증거야.[11]

　문정은 자연 혹은 천기가 이미 조화롭게 되어 있다는 점을 강조하
면서 그 질서에 순응하는 삶을 주장한다. 그가 중용론(中庸論)을 설명하
고 그러한 삶의 쉽지 않음을 일매지어 강조하는 대목은 이러한 바탕
위에서 행해지고 있으며, 그것은 일종의 신념의 차원에 가깝다

　　"자네 한자 오만자 중에 무슨 자가 젤 어려운 잔지 알겠나?"
　　의곤이는 쉽게 대답했다.
　　"저희 때는 학교에서 안 가르쳤어요, 아마 제 또래는 다 그럴걸요."
　　"배웠거나 안 배웠거나 어려운 자는 늘 어려운 법일세"
　　"무슨 잔데요"
　　"가운뎃 중(中)잘세"
　　"상중하 할 때의 그 중자 말인가요?"

---

10) 정호웅, 「소설의 잔치마당」, 『샛길에 나홀로 : 3인 진작 소설집』, 강, 1996. 164~165쪽.
11) 『산너머 남촌』, 61쪽.

"바로 그걸세. 상도 아니고 하도 아니라서 어렵다는 얘기여"

의곤이가 모처럼 직수굿하게 문정이 주춤하고 서서 담배를 붙여 물었다.

"중은 글자 그대로 중앙 중심 한복판…즉 넘치지도 않고 모자라지도 않는 알맞은 상태라고 했지만 그건 공자님도 어렵다고 하신 말씀이고…우리네는 그저 겨울이냐 여름이냐 하는 일도양단의 극단만 참을 수 있어도 제법 괜찮은 편이지."[12]

편을 가르고 패를 지어서 참나리 참싸리 참비름 참두릅이 따로 놀고, 개나리 개싸리 개비름 개두릅이 따로 논다면 결국 표리를 갖추지 못한 채 앞면만 있는 꼴이니, 표면만 있고 이면이 없는 형체란 한갓 그림자나 다름이 없는 것이다.

어떤가. 천애지각이란 말은 하늘과 땅의 차이가 멀고 멀다는 뜻이지만, 잠깐 되짚어보면 하늘 끝 땅 변두리는 필경 하나로 통하는 것이니 이윽고 천지일실이요 마침내 천지일체에 이르는 것이 아니겠는가.

무릇 천애와 지각이 이 서로 맞물려 한 덩이의 외양을 이루었으면 구경에는 그 속도 또한 한통속이 될 수밖에 없는 것이다.

한 부리에서 두 가지 열매가 열리지 않고 한 열매에 두 가지 씨앗이 있을 수 없는 것이니, 내가 혹 꽃이라면 남들도 같은 꽃일 터이요. 내가 혹 풀이라면 남들도 역시 같은 풀이 아니겠는가.[13]

결국 『산너머 남촌』에 제시된 문정의 형상에서 우리가 접하는 것은 도시산업화문명에 대한 혐오와 저항이 '문화적 보수주의'로 강화된 형태다. 즉 외로움과 쓸쓸함 혹은 중용론의 이면에 가려져 있는 도덕적 신념의 이상화인 것이다.

물론 삶의 모든 관계들이 도시 자본주의 문화의 영향아래 돌이킬

---

12) 『산너머 남촌』, 159쪽.
13) 『산너머 남촌』, 261쪽.

수 없이 급변하고 있는 상황에서 문화적 보수주의가 과연 얼마나 많은 사람들을 설득하고 움직일 수 있을지 의문을 가져보는 것은 그 자체로 무리가 아닐 것이다. 그러나 여기서 기억할 것은 이문구에게 있어서 불변의 진정한 가치라고 믿어지는 것에 헌신하는 일은 도시화·산업화 추세를 전복시킬 만한 어떤 세력이 되느냐 되지 못하느냐 하는 문제와 별도로 그것 자체로 인간적 존엄의 증표가 된다는 사실이다. 아니 어쩌면 작가 이문구야말로 이러한 점, 즉 도시화·산업화 추세를 전복시킬 만한 어떤 세력이 되기는 어렵다는 점을 가장 잘 알고 있는지도 모른다. 이미 현실은 그것이 힘없는 소수의 개인적인 신념으로 남게 되어진 상황이므로 더더욱 외로움과 쓸쓸함을 강조하지 않을 수 없는지도 모른다.

그럼에도 불구하고 이문구가 지금까지 발표한 작품들 중에서 시대의 추세에 영합하지 않고 자기의 도덕적 신념대로 사는 사람에게 바친 충심의 헌사(獻辭)는 한둘이 아니다. 『관촌수필』이 '전(傳)' 양식을 차용한 근거 역시 이와 무관치 않으며, 그러한 헌사를 '전(傳)' 양식을 빌고서도 굳이 수필의 이름을 달아 소설의 지평을 확장시켜온 그의 완강한 보습도 이와 전혀 무관한 것은 아니다.

사실 한국문화의 관습과 전통에서 자라 나오는 근대에 대한 저항과 환멸은 서양추수적 근대주의가 팽배한 식민지 시대의 문학에서 충분한 표현을 보지는 못했다. 그런데 이문구 소설은 이러한 흐름을 산업화 시대를 받아들이는 시기에 보여주는 표현한 대표적 사례라 할 수 있다. 특히 『관촌수필』에 드러나는 농민적 심성이나 구원적 인간상, 그리고 통분의 정서야말로 한국적 근대의 사회문화적 과정에 대한 모종의 반감을 전제하지 않고는 제대로 이해되기 어려운 작품이고, 양상은 조금 달리 나타나지만 『우리동네』의 저변에도 이런 종류의 저항과 반감이 깔려있다는 것은 이미 앞에서 살펴본 바대로다.

이러한 점을 감안해 볼 때, 『산너머 남촌』의 문정이 제시하는 미학과 정신은 단순히 처사적(處士的) 삶을 모방하는 데 그치지 않는다. 그의 반(反)시대적 고립의 자세는 산업화 시대와 그 이후 경험과 관련하여 주목할 만한 점이 있다. 거기에는 근대화·산업화가 야기한 인간생활의 황폐화에 대한 가차 없는 도덕적 비판의 예봉(銳鋒)이 잠복되어 있는 것이다.

그럼에도 불구하고 『산너머 남촌』의 안이한 결말은 그 자체로 아쉬움을 남길 뿐만 아니라, 또한 이것은 역설적으로 그의 80년대 농민문학이 제시한 완고한 틀을 동시에 보여주는 것이라고 할 수 있다. 즉 『산너머 남촌』에는 농민문학적 위상에서 보았을 때, 『관촌수필』이나 『우리동네』의 성과가 오히려 소박한 관점으로 도식화될 뿐만 아니라 새로운 농촌현실 및 그에 조응할 만한 어떠한 전망의 모색도 보이지 않는다.

물론 농업과 농부 예찬의 논리 안에는 그 기본 속성상 생명주의적이고 그래서 진보적인 면도 없는 것은 아니다. 그러나 그것이 현상적 차이마저 희석된 당대의 농촌현실을 매개하거나 감안하지 않고 곧바로 도덕적 신념을 이상화하는 쪽으로 가는 것은 문제다. 그러한 일방적 예찬과 계몽적 제시는 그 자체가 비현실적이며, 낭만적 한계를 그대로 보여주는 것이 아닐 수 없다. 아울러 문제적인 것은 도덕적 신념을 이상화하거나 견결성(堅決性)을 지키는 것만이 능사냐 하는 점이다. 특히 소설가의 경우, 그러한 태도는 소설의 길, 즉 산문의 치열성을 청산주의적으로 해소하는 길이 아니면 반속주의에 기반을 둔 소설 미달 혹은 초월의 길로 접어들지도 모르는 일이기 때문이다.

처사적 삶의 기율(紀律)이란 타락한 근대의 현실과 정면으로 대립하는 것이지만, 그것이 세속적 성취를 부정하고 체념과 관조로써 정신적 평온을 구할 때, 반속주의(反俗主義) 혹은 개결주의(介潔主義)에 빠지기 쉽다. 사실 도덕적 신념을 이상화하는 것도 이러한 반속주의에 뿌리를 둔 다른 한 면에 지나지 않는다. 그러므로 문제는 불우한 인생과 외롭고 쓸쓸한 정조를 신변담 형식으로 되뇌이거나, 세태나 풍속의 말단만을 건드리는 것과 한 몸을 이루고 있는『산너머 남촌』의 경우 본래의 저항과 환멸이 소설 안에서 충분한 표현을 보지 못한다는 것이다.

이런 점에서 볼 때, 『유자소전』(1993)으로 이어지는 이문구의 소설 가운데, 특히 「유자소전」과는 별도로 하나의 경향을 뚜렷이 보여준 「강동만필(江東漫筆)」류의 세태풍자와 「그리고 기타 여러분」류의 이중풍자는 가까스로 소설의 미달과 초월을 비껴선 글쓰기방식이라고 하지 않을 수 없다.14)

이들 작품은 대개 소외된 인간의 절망적 상황, 예외적인 인물의 숨겨진 진실, 그리고 허위의 가치에 함몰되어 가는 8, 90년대의 현실을 예리하게 통찰하고 있다. 「강동만필」의 작중인물들은 대체로 사회의 중심 가치를 무기로 세상을 살아간다. 그런데 이야기가 진행되거나 반

---

14)『유자소전』은 대략 세 갈래의 경향으로 구분히 가능한 소설집이다. 먼저 첫 번째 갈래는 「유자소전(兪子小傳)」, 「변(卞)사또의 약력(略歷)」, 「명천유사(鳴川遺事)」로 이들의 작품은 기본적으로『관촌수필계』로 구분될 수 있다. 「유자소전」은 작가의 절친한 친구이자 결곡한 품성으로 문단에까지 교류가 있던 재야문인 '유재필'의 일생을 그린 실전(實傳)형태의 실명(實名)소설이며, 「변사또의 약력」은 작가의 공사장체험시절 잊지 못할 은혜를 입은 도십장 '변판술' 영감에 대한 일화이고, 「명천유사」는 명천폭포에 들러 생각난 행랑채 머슴 '최서방(최호복)'에 대한 애달픈 이야기인데, 이들은 각각의 품성과 일화를 들려주는 '전(傳)' 양식의 차용이 두드러지는 작품들이다. 다음으로, 「江東漫筆」이라는 제목 하에 쓰여진 1, 2, 3편과 「달빛에 길을 물어」, 「그리고 기타 여러분」은 제목이 표방하고 있는 바와 같이 사소한 이야기의 묶음인데, 대체로 세태풍자와 신변의 잡담을 소재로 하되 콩트 내지 장편(掌篇)소설에 가까운 소품인 경우이다. 마지막 갈래는 「장곡리 고욤나무」와 「인생은 즐겁게」로 90년대 농촌문학의 도입부로 분류된다.

전되는 대목에 이르러 그 중심가치 자체가 허위임이 드러나면서, 그 가치를 무기로 살아가는 인물 역시 허위임이 희화적으로 드러난다. 이들은 허위의 가치를 붙들고 산다는 점에서 문제적 인물이지만 서사의 단위를 제공하는 삽화의 연관은 매우 느슨하고 그 자체로만 기능하거나 아니면 반전의 계기 및 희화화의 대상으로 한정되고 만다. 그러므로 세태는 '말'에 의존하는 경향을 결코 뛰어 넘지 못하고, 삽화는 신변소설의 수준에 머문다. 이것은 결코 『관촌수필』계도 『우리동네』계도 아닌 어정쩡한 세계로 보이는데, 따라서 『산너머 남촌』의 도덕적 신념이 희화화 되거나 이중풍자의 대상이 되면서 소설의 본령에서 방황하는 형국이 아닐 수 없다.

풍속과 세태의 세목(細目)을 통해 사회적 징후를 발견하고, 세대, 직업, 계층, 성별, 제도에 따라 분화된 사회적 방언을 능란하고 유창하게 구사한다는 것, 즉 사회적 방언에 통달한 복화술사적(複話術士的) 재능이 있다는 것은 그 자체로 소중한 작가적 자산이다. 그것은 인간사회 내부의 차이에 대해 열려있는 감각과 통하는 것이기 때문이다. 사회적 방언의 형상화는 가깝게는 잡다한 풍속의 사실적 탐구에 필수적이며, 멀리는 인간현실의 모든 획일적 규정과 싸우는 노력에 긴요한 것이다. 하지만 복화술사적 재능을 모자이크 수준에서 발휘하고 마는 것은 아까운 낭비다. 그러한 재능은 사회적 방언이 함축하는 그 차이와 대립의 현실을 전체적으로 알아보게 만드는 서사 구성에 동원하는 것이 바람직하다. 마냥 수다스럽게 느껴지는 사회적 방언의 방류(放流)는 자질구레한 풍속 묘사와 마찬가지로 삶의 잡스러움에 대한 관용을 넘어서 소설 자체를 잡스럽게 만들 우려가 있다.

이에 비해 『매월당 김시습』(92)은 소설 미달 혹은 초월의 경계에서 또 다른 길을 모색한 소설로 보인다. 『매월당 김시습』은 『관촌수필』의 연장선상에서 있으면서도, 그의 소설적 재능을 잘 드러내주고 있는 작품이다. 무엇보다도『관촌수필』에서 정착된 의고체 문장이 적절한 대상과 소재를 만나 새로운 가능성을 보여준 것은 이 작품의 커다란 성과인데,『관촌수필』보다 그 문장이 훨씬 짧아지면서 그에 따라 플롯의 진행이 빨라졌고, 인물의 행위에 보다 많은 의미를 싣고 있다. 이는 기본적으로『관촌수필』류의 문예미학을 되살리고 계승하면서도, 좀더 대중적일 수 있는 근거가 되었다.

『매월당 김시습』은 표면적으로는 '절의(節義)'에 그 초점이 있다. 김시습의 윤리적 설화가 깔고 있는 주제, 즉 정치적 불의에 대한 윤리적 저항은 여전히 정서적 공감을 불러일으킬 수 있는 것임에 분명하다. 따라서 전작들에 비해 이 소설이 대중적 반향을 가져온 데에는 이러한 이유도 감안할 수 있다.

그런데 김시습의 고독감은 심중한 사회적·역사적 유래를 갖는 것이기도 하다. 때문에 그것은 단순히 개인적 영역에만 속하는 것이 아니며, 단종(端宗) 폐위를 둘러싼 당대 현실과의 깊은 관련을 맺고 있다. 즉 그의 고독감은 그 자체가 이미 '사회적'이며, 이는 근본적으로 소여(所與)로서의 현실을 인정하지 않음에서 기인한다(이 점에서 그의 자세는 '반체제적'이라 할 수 있다). 소외(疎外)·분리(分離)·격절(隔絶)·불우(不遇) 등의 감정은 여기서 파생된다.[15] 작가 이문구의 소설적 재능, 특히 역사소설이 요구하는 작가적 요약능력은 매월당의 이 같은 쓸쓸함과 그 사회적 의미를 간취하고, 이를 상상적 평전의 중심서사로 옮겨 삼은 데 있다.

한편 김시습의『금오신화』는 세계와 운명의 횡포 앞에서 인간에게

---

15) 박희병,『한국 전기소설(傳奇小說)의 미학』, 돌베개, 1997, 217~218쪽.

주어진 주체적 몫이란 자신의 내면적 가치를 훼손하지 않고 고수하는 것이라는 인식을 보여준다. 그것은, 세계와 운명이 소유한 그 막강한 힘조차도 인간의 의지와 소신만큼은 어찌할 수 없다는 것, 설사 세계가 인간을 패배시킬 수 있을지는 몰라도 결코 굴복시킬 수 없다는 인식이다. 이문구의 『매월당 김시습』은 이 같은 『금오신화』의 인식론을 고스란히 받아들이고 있다. 또한 이것은 그의 소설 전편을 통해 강조하여 온 '절의' 혹은 '변하지 않는 것'의 본원적 가치와 연관된다.

사실 어느 시대이건 그 시대를 움직이는 몇 개의 중심적 이론 체계가 있었던 법이고, 그런 지배적 이론들 또는 정신들이 활발하게 펼쳐진다. 하지만, 실상 세속의 삶을 사는, 그 삶의 마음들 혹은 연원들이란 그런 중심적인 또는 지배적인 이론과 정신의 맹활약과는 아주 동떨어져 있는 경우가 허다하다. 그러니 세속적 삶을 자연의 이치로(自然之理)로 수락하면서 문명사적 지배 이론에 대항하여 그것의 진정한 해체를 꿈꾸는 마음은 외로울 수밖에 없는 것이다.

이문구는 『매월당 김시습』에서 그 쓸쓸함의 의미와 양상을 다층묘사하는 데 좀더 초점을 맞추고 있다. 그는 천재적 인간의 고민을 담아냄으로써 매월당의 보다 인간적인 면모를 부각시켰다. 불의에 대한 늠름한 '매월당(梅月堂)'의 응징과 더불어 실의에 빠진 '열경(悅卿, 김시습의 字)'의 쓸쓸한 모습도 곳곳에 드러난다.

> 아까 어떤 사내의 말마따나 이름이 한때를 독차지하였던 오세신동은 어디가고, 지금은 초라하고 왜소한 몰골의 웬 췌세옹(贅世翁 : 사마귀, 사마귀처럼 세상에 붙어사는 무용지물—인용자) 하나가 고작 청려장(靑藜杖)에 의지하여 다들 아무 겨를 없이 바빠하는 거리를 한갓지게 비치적거리고 있는 것이었다.
>
> 오세신동. 이제는 그것도 한갓 뜬이름에 지나지 않을 뿐이었다.

심사는 갈수록 쓸쓸하였다.16)

세월은 가는 것이 아니다. 세월은 오는 것이었다. 병이 깊어지고, 꿈이 얕아지고, 몸이 무거워지고, 생각이 가벼워진 것으로써, 그 동안 세월을 흘려보낸 것이 아니라 오히려 세월에 매달려서 온 것을 느끼는 것이었다. 그렇다. 매월당 자신이 오고 와서 이만큼 늙어 버린 것이었고, 세월이 스스로 오고 와서 이만큼 낡아 버린 것이었다. ……(중략)……

매월당은 오늘도 가벼운 생각에 잠기어 있었다. 들앉으나 나앉으나 그렇게 묵은 일들을 되새기고 곰새기고 하는 것이 요즈음의 소일이었다. 생각하면 그 동안 걸어온 길은 아득하도록 길었다. 어찌 그렇지 않으랴. 내일 모레가 이순(耳順)인 것을. ……(중략)……

유문(儒門)을 열지 않았으니 유가도 아닌 듯하고, 불문을 열지 않았으니 불가도 아닌 듯하고, 도문을 열지 않았으니 도가도 아닌 듯하고, 아닌 듯하면서 아닌 것이 아닌 듯하고, 아닌 것이 아닌 듯하다가도 아닌 것이 아닌 것도 아닌 듯하고, 그렇게 듯하고 듯해서 듯하고 듯한 몰골로 그러저럭 나이 육십의 턱밑에 다다른 현실을 느낄 때마다 허망하고, 허무하고, 허전하기 이를 데 없는 심사가 되는 것이었다.17)

뿐만 아니라 『매월당 김시습』의 탁월한 성과 중 하나는, 그러한 다층적 쓸쓸함의 초월 형식으로 마련된 천기(天機)의 뜰, 즉 그의 시와 문장이 나오게 된 배경과 그것들의 자유분방함을 평설(評說)을 곁들여 풀어내는 대목이다. 작가는 그가 가지고 있는 풍부한 한학적·인문학적 교양을 통해 매월당의 고뇌와 삶에 착종된 문제들은 소설의 중심서사로 결합시키고 있다. 또한 이것들이 시문(詩文)으로 구현되는 과정을 개

---

16) 『매월당 김시습』, 문이당, 1992, 24쪽(이하 작품의 인용은 작품명과 쪽수만을 밝히기로 함).
17) 『매월당 김시습』, 298~299쪽.

성있게 설명하고 현란하게 덧붙임으로써 독자들로 하여금 역사적 진
실은 물론 또 다른 종류의 교양(한학적·인문학적 교양)을 제공받을 수
있도록 하였던 것이다.

> 가슴을 씻지는 못하더라도 그나마 가슴을 어루만져 주고 다독거
> 려 주는 것은, 그것은 城도 아니고 들고 아니고 山이었다. 또 집도
> 아니고 절도 아니고 길이었다. 울음도 아니고 웃음도 아니고 광기였
> 고, 욕도 아니고 잠도 아니고 책이었고, 물도 아니고 차도 아니고 술
> 이었고, 병도 아니고 꿈도 아니고 글이었다.[18]

> 그리고 일찍이 읊어 두지 않았던가.
> '그림자는 돌아다봤자 외로울 따름(顧顔太伶俜)'라고'. '갈림길에서
> 눈물 흘렸던 것은 길이 막혔던 탓(臨歧泣路窮)'이었다고. '삶이란 그
> 날그날 주어지는 것(生涯隨日給)'이었으며, '살아 생전의 희비애락은
> 물 위의 물결 같은 것(百歲悲歡事 還同水上波)'이었노라고.
> 그리하여 말하지 않았던가.
> 이룩한 미완성 하나가 여기 있노라고.[19]

그러므로 이 작품은 역사소설이라기보다 '상상적 평전(評傳)'이라고
보아야 한다. 왜냐하면 우선 이 소설이 역사적 총체성을 재현하려는
역사소설의 의도를 애초부터 표방하고 있지 않을 뿐더러, 오히려 김시
습이라는 문제적 인물의 삶과 의식, 특히 그의 인간적 고뇌와 그것의
문학적 성취의 과정에 많은 부분을 할애하고 있기 때문이다.[20]
『매월당 김시습』은 크게 보아 주인공의 행적과 이력의 바탕 위에
시와 글이 직간접적으로 활용되고, 주인공의 생각인양 작가의 평설이

---

18) 『매월당 김시습』, 63쪽.
19) 『매월당 김시습』, 344쪽.
20) 신형기, 「정치 현실에 대한 윤리적 대응의 한 양상」, 『작가세계』, 1992 겨울.

덧붙여지는 부분으로 구성된다. 여기서 그의 소설적 재능이 드러나는 부분은 작가의 요약능력, 풍부한 한학적 소양이 활용되는 대목이고, 곳곳에 첨가되는 평설(評說) 부분이다. 이러한 작가의 요약능력은 상상적 평전에서 평설의 형태로 드러나며, 이는 작품의 속도감에 크게 기여한다. 때문에 묘사 못지않게 평설(評說)적 지문에 무게가 실려 있다 할 만큼 해석의 묘에 작품의 흥미가 의존하고 있기도 하다. 그리하여 이 작품은 김시습이 기억하고 있는 것인 양 도입되고 있는 구체적 세목(당시의 제도나 문물 및 풍속에 관한)과 작가의 목소리가 직접 배어 있는 평설과 요약 부분이 상호 교체 혹은 교직되어 전개된다. 구체적 세목 장면은 작가의 능란한 이야기 솜씨로 해서, 또 평설 부분은 특색 있는 독자적 관점 때문에 제각기 진진한 독서의 원천이 되어준다. 물론 이 양자는 상호보완적 관계에 있으며 실상 그 뿌리는 같다.

그럼에도 불구하고 분명한 사실은 『매월당 김시습』의 이러한 고독과 성찰적 면모는 후기 소설의 뚜렷한 변모양상으로 이해될 수 있으며, 그 양상이 다른 소설에도 이어진다는 점이다. 따라서 아래 인용에서 이순(耳順)에 다다른 '하석귀'의 쓸쓸한 귀향과 삶의 반추와 깨달음은 기실 매월당의 인간적 고민이 드러냈던 대목과 너무도 흡사한 것이다. 이는 작가 이문구의 실제 모습과 겹쳐지는 대목이기도 한데, 더이상 허구적·상상적 평전의 외피를 마다한 채 작가의 신변으로 내려앉은 모습이 아닐 수 없다.

그는 그 소리, 그 달빛, 그 난초, 그 물빛, 그 물새들을 차례로 되새기다가 정신이 온통 그런 것들에게만 가 있는 자기의 현실이 우습다 못해 생각하는 방향을 고친 것이 잠을 놓친 장본이었던 것이다. ……(중략)……
그는 그날 밤에도 달빛이 한껏 피어나서 물이 얼어붙은 위에 눈이

내려도 함박눈이 내린 것처럼 환하게 트이고, 풀을 먹여서 다리미질
을 하여 깔아놓은 이불잇같이 먼빛으로도 고르롭게 반들거리는 저
수지를 하염없이 바라보며 변함없는 어조로 중얼 거렸다.

　나 역시 저냥 저랬던겨. 달빛에 번들거리는 저 물빛마냥 살아 온
겨. 지지리도 못나게.[21]

　무릇 무엇으로 인하여 허전함을 느끼고, 무엇으로 인하여 달빛에
사로잡히며, 무엇으로 인하여 여느 사람 다 놓아두고 예사롭지 않은
누군가가 지나가기를 기다리고 있는 것인가.
　그는 답답하다 못해 자기가 온 길을 되짚어 올라가면서 답이 됨직
한 것을 이르집었다.[22]

② 백변(白邊)의 미학과 성찰의 양상

『내 몸은 너무 오래 서 있거나 걸어왔다』(이하 『내 몸』으로 줄여 부름)
는 이제까지 이문구 소설의 다양한 모습이 한자리에 모인 작품이다.
따라서 이전 작품의 다양한 흔적이 자유자재로 되뇌어지는 광경을 볼
수도 있고, 이전 그의 의식이 완고하게 유지되면서 발산하는 팽팽한
긴장을 엿볼 수도 있다. 그러나 이 작품은 후기 소설의 변모양상 뿐만
아니라 이문구 소설 전반에서 분명히 한 걸음 나아간 지점에 서 있다.
　이문구가 그동안의 소설을 통해 누누이 지적하는 바이지만,『내 몸』
에서의 농촌 역시 더 이상 여유롭고 한적한 전원이 아니며, 희망과 꿈
의 공간이 아니다. 여전히 도시의 검은 욕망들이 구석구석까지 깊숙이
스며들고 이를 감당하는 몸짓으로 농촌은 몸살을 앓는다.
　작가는 『내 몸』에 두드러지는 '나무연작'[23]을 통해 이처럼 급변하

---

21) 「장동리 싸리나무」,『내 몸은 너무 오래 서 있거나 걸어왔다.』, 문학동네, 2000.
　　177쪽(이하 작품의 인용은 작품명과 쪽수만을 밝히기로 함).
22) 「장동리 싸리나무」, 183쪽.
23) '나무연작'이란 『내 몸』을 편의적으로 부른 말에 지나지 않는다. 엄밀한 의미에서

는 농촌현실 속에서 '나무'라는 시적인 메타포로 90년대 이후 변모된 농촌의 현실과 그 속의 농민상을 제시해 놓은 한편, 비주류 민중들의 원형적 삶을 통해 도시의 물신적 욕망과 맞서고자 한다. 작가는 키 작고 왜소한 나무들 속에서 역설적으로 겸손하고 심지 굳은 인간의 상징을 발견하다. 시류에 휩쓸리지 않고 조용히 자신의 세계를 지켜나가는 나무처럼 살고 싶다는 것은 『내 몸』을 통해 드러난 작가의 은밀한 첫 번째 욕망이다.

사실이지, 인간사가 그러하듯, 나무 또한 다종다기(多種多岐)하며, 또한 이런저런 삶과 양태가 있는 것이다. 그러나 종(種)과 류(類)와 양태(樣態)로 표현되는 겉모습이 나무나 삶의 진정성과 곧바로 연관되는 것은 아니다. 다만 소나무, 전나무처럼 한 개의 줄기가 높게 자라는 '교목(喬木)'도 있고, 진달래, 개나리처럼 줄기가 여러 갈래로 갈라지는 '관목(灌木)'도 있는 반면, 등나무나 칡나무처럼 줄기가 덩굴로 되는 '만목(蔓木)'도 있는 것이 마치 인간사의 다채성과 비유된다. 그러나 작가가 관심을 갖는 것은 전나무나 낙엽송처럼 굵고 우뚝 솟은 근사한 나무들이 아니라, 찔레나무나 개암나무나 싸리나무 같은 시시하고 초라하며 볼품없는 나무들이다. 나무이되 나무 같지 않은 나무들이다.

여기서 우리는 작가 이문구가 감싸 안는 것들은 늘 제외되고 소외되지만, 그러한 나무들처럼 원초적 생명력으로 꿋꿋하게 살아온 비주류

『내 몸』은 '연작'이라고 부르기는 어렵다(연작의 개념 및 구성원리와 특징에 대해서는 본고의 3장 2절의 4항을 참고할 것). 제목의 유사성으로만 한정하더라도 '나무시리즈'는 될지언정 어떠한 내용적, 구성적 연관은 찾아보기 어렵기 때문이다. 다만 작품 안의 내용을 중심으로 두 개의 경향을 나누어 볼 수는 있는데, 90년대 이후 농촌의 현실과 세태를 중심적으로 다룬 계열(「장곡리 고욤나무」, 「장척리 으름나무」, 「장이리 개암나무」, 「장천리 소태나무」, 「장평리 찔레나무」)과 화자의 내면 심리와 성찰적 면모가 두드러지는 계열(「더더대를 찾아서」, 「장동리 싸리나무」)로 구분할 수 있다.

민중들의 삶이었다는 사실을 상기할 필요가 있다. 또 그토록 하찮은 삶에도 나름의 이유를 주어왔음을 기억해야한다. 이런 맥락에서 그는 도시의 잘 나가는 '상행선' 인생들보다는, 농촌의 소외된 그러나 똑같이 중요한 '하행선' 인생들에 더 많은 애정과 관심을 보이며, 작가의 말대로, 비록 '있는 듯 없는 듯 존재가치가 희미하지만, 돈 없고 힘없는 일 년 살이들도 숲을 이루는 데는 꼭 필요한 존재'임을 역설한다.

오히려 작가는 이 세상을 다양한 나무들로 이루어진 숲으로 본다는 점에서 하나의 생태주의적 문학세계를 구축하고, 그 안에 비주류 민중들의 원형적 삶을 시적 메타포로 제시하는데, 그러한 나무가 때론 '희망(「장이리 개암나무」)'으로, 때로는 '심난한 처지(「장곡리 고욤나무」, 「장천리 소태나무」, 「장평리 찔레나무」)'로 표상됨에도 불구하고 그것들은 대체로 경제성과 효용성의 추구에 대한 역설적 비판 및 작가의 완강한 저항을 담고 있다. 왜냐하면 여기에 등장하는 고욤나무, 소태나무, 으름나무, 싸리나무 따위는 식용과 약재 등 다양한 방면에 유용한 것들이므로 현대의 척도로 제시하는 효용성의 기준에서 보더라도 모자람이 없기 때문이다. 다만 오늘날의 그것들은 또 다른 효용의 실체에 가려져 있거나 대체되었기 때문에 잘 드러나지 않을 뿐이다.

그럼에도 불구하고, 주로 비평의 영역에서 주목된 '나무적 상상력' 혹은 '나무계열화' 문제란 『내 몸』의 한 면에 불과하며 전혀 새로운 발상은 더더욱 아니다. 실제로 『관촌수필』에 등장하는 「일락서산」의 고향을 상징하는 왕소나무와 어머니의 분신인 감나무, 「관산추정」의 복산에 투영된 굽은 나무 이미지, 「우리동네 황씨」의 '으악새'가 성취한 뛰어난 시적 정경과 상징성, 그리고 『매월당 김시습』의 '나무로부터의 성찰들'을 보면 이문구의 나무적 상상력이란 결코 엉뚱하지도 새롭지만도 않다는 사실을 금방 알 수 있다.

그러므로 나무적 상상력이란 황장목(黃腸木)과 대비되는 나무 같지 않은 나무의 존재에 대한 이문구의 지속적인 관심과 그의 작품 전반을 관통하는 민중적 정서에서 자연스럽게 '백변(白邊)의 미학'으로 정립된 것으로서 이것은 예의 농본적 세계관 자체, 즉 유기체적이며 생명주의를 포함한 세계관의 당연한 발로라고 생각할 수 있다.

물론『내 몸』에는 이전 시기 소설의 주요한 특징이었던 구술적 서사의 전통의 영향과 풍요한 비유와 방언의 세계가 여전히 웅숭깊다.「더더대를 찾아서」와 같은 작품은 변치 않는 구원의 인간상을 찾는 구조와 맥락이 마치『관촌수필』을 연상시키기에 충분하며,「장동리 싸리나무」는 고독의 이면(裏面)을 성찰적 사유로 따라가다 보면, 주인공 '하석귀'는 '문정'의 후예가 아니면 '매월당 김시습'으로 덧칠해 있던 작가 이문구의 맨얼굴임을 알 수 있다.

그리고 또한 여전한 것은 여러 작품의 곳곳에 산재되어 있는『우리동네』의 잔상들이다.『내 몸』에서 작가는 전일화(全一化)되어가는 과정 속에서도 여전히 잔존하고 있는 한국사회의 상대적 차이와 차별을 인식하고 지적해낸다. 또한 여전히 부조리한 관행에 대한 예민한 감각이며 체질적 반감도 빈번히 활용되고, 주로 소비문화의 유입에서 따른 내부(농촌공동체) 붕괴와 세태의 재현도 계속되고 있다.

「장곡리 고욤나무」(91)는 1990년대 우루과이라운드 이후 농촌의 모습을 그려낸 최초의 소설이다. 여기엔 허구농정(농지매매증명제, 토지거래허가제)을 비판하는 맥락과 농촌의 세태변화를 충실히 따라간 흔적이 있을 뿐만 아니라 농민의 이중성 내지 비주체성까지―"소갈머리 없는 게 촌사람덜", "허릅숭이들"―가차 없이 비판하고 있다는 점에서『우리동네』계열로 보인다.

고욤나무는 늙은 농부 이기출씨의 분신이며, '절반은 삭정이로 묵어

버린 볼품없는 나무'라는 점에서 주인공 이기출씨의 처지를 대변하기도 한다. 문제는 왜 그의 사촌인 이봉출씨가 그 고욤나무를 자기 손으로 베어 내는가 하는 것이다. 봉출씨는 '무릇 울안의 나무란 함부로 심고 베지 않는 법'임을 생각하면서도 우선 늙은 주인을 잡은 교수목(絞首木)이기 때문에 형수의 원대로 나무를 잘라 없애버리기로 한다.

그런데 고욤나무를 자르면서 내뱉는 봉출씨의 말이 의미심장하다. "퉤. 재미없어서 죽었다는 말이 무슨 뜻인지도 모르고 재미없어 하는 병신 같은 놈들"이라니. 봉출씨는 고인의 비통한 죽음이 왜곡되고 조롱되자 고인의 생각을 받드는 차원에서, 또 고인을 멸시하고 조롱하다 못해 제대로 된 뜻을 새기지 못하는 사람들에 대한 분노의 차원에서, 이에 대한 상징적 응징으로 나무를 베어버린다. 그러므로 「장곡리 고욤나무」에 드러난 주인공의 분노와 직접적 행동에는 『우리동네』에서 '말'을 통해 풍자하고 풀어내던 울분이 삭여지지 않고, 그것이 더욱 축적되어온 현실과 그에 대한 작가의 현실인식이 개재되어 있다. 그렇다고 해서 「장곡리 고욤나무」가 『우리동네』에서 보여준 현란한 입담과 댓거리를 아예 건너뛰고 있는 것은 아니다.

예를 들어, 초상집으로 가는 버스 안에서 동네 사람들이 엮어내는 입담장면은 이문구 소설의 전형적 특징을 보여주며 각각의 등장인물들의 묘사 또한 전통적인 우리 문학의 과장적 구연적 묘사에 기초한 것으로서 '넥타이 차림의 반백짜리', '덕석처럼 뒤퉁스런 오리털 잠바를 걸친 황토색 얼굴', '아랫도리가 물통보리처럼 덤적스럽게 생긴 사십 줄의 여편네', '남북 대가리', '오갈 든 어깨에 비듬을 허옇게 얹고 가던 사내의 수리목 지른 목소리', '입이 건 김순몽' 등이 주고받는 지 자체(地自體) 얘기며 3김 따위의 입담이란, 이 소설의 가장 생생한 장면이 아닐 수 없다.

「장척리 으름나무」(94) 역시 이와 비슷한 계열로 볼 수 있는데, 특히 여기서 돋보이는 것은 '은산'과 같은 사이비 농민운동가의 입에서 농촌 혹은 농민의 처지를 비판하는 과정을 통해 제 스스로를 풍자하게 되는 구조이다. 마치 이것은 「치숙」의 풍자구조와 유사하다. 즉 어린 조카의 아저씨 비판은 고스란히 어린 조카의 속물적 세계관을 드러냄으로써 작가의 풍자가 실현되는 것과 마찬가지 양상이다.

> 누구라니, 허 이사람 봐, 자, 볼래? 우선 농수산부가 있잖여. 그리구 농협이랑 단협에 6만 7천 3백여 명, 농촌진흥청과 농촌지도소에 1만 1천여 명. 농어촌진흥공사에 2천 4백여 명, 농수산통계사무소에 2천여 명, 농산물검사소에 1천 5백여 명, 농산물유통공사에 9백여 명, 양곡관리특별회계 공무원 9백여 명, 농직지개량조합연합회 5백여 명, 이밖에두 수두룩허지만 좌우간 농짜 들어간 직장에서 인건비 판공비 기밀비 체력단련비 다위를 타먹는 인원만두 줄잡어서 10여만 명이랴. 10여만 명이면 어떻게 되는지 알기나 혀? 농업인구가 1천 2백만 명일 때 짜놓은 인원을 농가 인구가 그 반두 안 되게 줄어버린 지금가지 그대루 둬놔서, 이제는 농가 인구 55명에 하나꼴루다가 있는 판이라 이거여. 그런데 왜 우리가 나선댜. 이날 입때껏 그 사람들한테 노다지 욕먹구 황먹구 물먹구 애먹구 헌 우리가 왜 움직이느냐 이거여, 이 미련 꼼탱아.[24]

결국 '은산'의 '종구' 비판과 장인 '이상만'에 대한 비판을 통해 그의 사이비 농민운동가로서의 이중성(생활과 운동의 분리, 모순적 행동)과 농정의 허구성은 여실히 드러나는 셈이다. 특히 관(官)에 대한 비판적·적대적 감정은 『우리동네』의 양상과 거의 다름이 없을 정도다.

---

24) 「장척리 으름나무」, 224~225쪽.

그건 워디까장이나 긔네 사정여. 그 새마을운동이 한참일 적에 내
가 땅을 얼마나 뺏겼는지 한동네서 살었던 자네가 더 잘 알껴. 마을
안길 넓힌다구 한 구텡이 비여갔지, 공동축사 맹근다구 한 모서리
도려갔지, 마을회관 앞마당 닦으면서 멀쩡한 밭 오려갔지, 고샅길 포
장헐 때 자가웃씩이나 먹어들었지…마을 ?꽃동산 가꾸기 헐 때 그랬
지, 사에치 표석이라나 지랄이라나 해 박으면서 그랬지, 올림픽 때
호돌이상인지 얼룩괭이상인지 세울 때 세멘 공구리 비벼서 논 한배
미 절딴내놨지…그때는 심으루 누르던 무단시대라 찍소리두 못 허
구 당해버렸지만 이제는 어림두 없느니, 암.25)

이름을 돈으루 부르는 상사람덜인디 성이면 어떻구 아우면 워떤
겨. 하여간 그 사람덜이랑 댕기면서 내 고장 담배 사 피우기 운동을
허더라는 게 사실인겨?”
담배에 붙은 세금은 지방세거던유. 우리 군에서 팔린 담뱃세는 몽
땅 우리 군 재정으루 들어오닝께 담배만이래두 우리 군 관내에서 사
자, 김만원씨가 그런 스티카를 다소 찍엇다길래 하낭 붙이구 댕겼더
니 그런 말이 났어구먼 그류”
“그러면 그 사람이랑 예식장으루 음식점으루 댕기면서 금연 구역
을 왜 안 두느냐구 따지더라는 것두 사실인겨?”
“담배연기 안 마실 권리랑 쾌적한 휴식공간을 누릴 권리랑두 소중
허잖유. 여북허면 정부에서두 권고헐라구유”26)

그런데 소설의 마지막 부분에서 주인공의 권리를 주창하는 부분—
“내 땅은 더 이상 안 뺏겨서 내 가슴 속에다가 쾌적한 휴식공간을 마
련헐 권리”—은 「여요주서(與謠註序)」의 ‘신용모’가 법정에서 진술하는
양상과 흡사하다. 즉 압도적인 현실 아래 놓인 앙상한 대응이 차라리
연민의 정을 느끼게 하기 때문이다.

---

25)「장척리 으름나무」, 229쪽.
26)「장척리 으름나무」, 230~231쪽.

이점은 주인공 '이상만'옹이 느끼는 외로움과 쓸쓸함에서도 기인한다. 그가 외롭고 쓸쓸하다고 느끼는 가장 큰 이유는 세태로부터 떨어져있는 그의 현실인식과 하루가 다르게 변하는 인심 간에 생긴 낙차 때문이다. 그러한 그가 의지하는 것은 자연이다. 나무들이다.

소설의 제목으로 활용되는 으름나무는 두 가지 인식 혹은 두 가지 다른 서술에서 주목된다. 사위이자 사이비 농민 운동가인 이은산은 장인인 이상만 옹을 으름나무에 빗대어 이렇게 말한다.

> "어떻기는, 묵으면 나무 같아서 그렇지 그건 나무두 아니구 풀두 아니구 나무랑 풀 사이에서 어중간허게 걸치구 양쪽 눈치나 보구 사는 덩굴이라구. 다른 나무를 타구 올라가서 그 타구 올라간 나무 덕에 키가 자라는 덩굴말여" ……(중략)…… "그러면 못쓴다구. 고목나무를 감구 올라가면 고목나무 대접을 받구, 풀잎을 잡구 뻗어가면 풀덤불 취급을 받구…으름이라구 열리지만 그게 어디 과일이여? 우리 또래나 입에다 대두 되는 건 줄 알지. 요새 애들은 이건 또 뭐여 허구 쳐다두 안 보는 게 으름이라구"27)

즉 '은산'이 보기에는 장인 이상만의 존재는 그럭저럭 기대어 사는 존재요, 이젠 전혀 알아주지도 않고, 쓸모도 없어진 존재에 불과한 것이다. 이에 비해 비교적 건실한 귀농민으로 묘사되는 '종구'는 이상만을 '대추방맹이'에 비유한다. 이는 이상만 스스로가 보는 으름나무와 상통하는 면이 있다.

> 그늘은 해가 갈수록 짙어갔다. 볕이 쨍할 때 쳐다봐도 별이 보이지 않을 지경으로 느릅나무의 우듬지가 우거지기도 했지만, 줄기의 퉁테가 서까래 폭이나 굵어진 으름덩굴이 느릅나무를 타고 올라가

---

27) 「장척리 으름나무」, 225~226쪽.

서 느릅나무의 둥치가 거우듬하게 기울도록 느릅나무 가지를 반나
마나 뒤덮은 탓에, 웬만한 소나기는 그 밑에 들어서서 비그이를 해
도 넉넉할 정도로 녹음이 두터웠던 것이다.[28]

아마도 이상만 옹은 더불어 사는 공생의 관계, 조화로운 세대 관계,
웬만한 소나기(시련)는 막아도 주며 한 여름의 햇볕도 막아 그늘(막이)
이 되어 주는 인간적 관계를 나무와 덩굴의 조화로 비유하였는지도
모른다. 진정 그는 조화로운 공동체의 꿈과 그리움을 여전히 상기하고
있는 모습이다. 아무튼 이 작품에서부터 갖가지 나무가 등장하고 특히
덩굴 내지 나무 같지 않는 나무의 존재에 대해 고찰이 시작된다. 또
그들의 생명력은 대단해서 토종품이 박래품(舶來品)보다 더 세다고 말
하게 함으로써 그런 존재와 처지에 대한 은근한 오기 및 신념을 되뇌
이고 있다.

본고는『내 몸』에 대한 말머리를 열면서 이 작품이 분명히 한 걸음
나아간 점이 있다고 하였다. 그렇다면『내 몸』이 이전 세계의 연장선
상에 있으면서 '새롭고 결정적인 한 걸음'을 내디딘 것으로 볼 수 있
는 근거는 무엇인가? 무엇보다도『내 몸』의 새롭고 결정적인 한 걸음
이란, 이 소설집의 한 축을 진중하게 떠받치고 있는 '성찰(省察)'에서
찾을 수 있다. 그 속에는 이제껏 작가가 견지해온 삶과 글쓰기에 대한
성찰이 있기 때문이며, 그 투명한 성찰 속에서 '타자(他者)'의 시선이
대담하게 시도되고 있기 때문이다.

「더더대를 찾아서」(94. 12)는「장동리 싸리나무」와 더불어 이 소설집
가운데 가장 이채로운 작품이다. 이 소설의 출발은 우리 주변에서 '사
라진 혹은 잊혀진 것들'에 대한 새삼스런 의문에서부터 시작한다. 먼

---

28)「장척리 으름나무」, 202쪽.

저 떠오른 것은 까마귀. "까마귀는 죄다 어디로들 갔을까?" 주인공 이립의 생뚱맞은 의문은 '언년이'에 대한 궁금증으로 옮겨졌다가 마침내 '더더대'에 대한 의문과 실체 확인으로 발전된다. 그러므로 언년이의 역할은 이립의 기억 속에 남아 있는 까마귀와 같은 존재이자 동시에 또 하나의 까마귀와 같은 존재를 연결시켜주는 매개자다. 그리하여 주인공 이립이 기억의 끝자락에서 만나게 되는 '더더대'란 과연 어떤 존재인가?

> "집이 워디껜지도 모르구…굴에서 사는지 움에서 사는지 워치게 생긴 디서 사는지두 모르구…… 암두 없이 사는지 누구랑 하냥사는지 그런 것두 모르구……누구 하나 동정해주길랑사리 워쩌다 한 번이나 보면 우스갯가마리루 알구 놀려대지를 않나. 돌팍을 던지지 않나, 나무때기 같은 걸루 집적거리지를 않나……오나가나 머리가 흐옇토록 숫제 인간 품목에두 못들던 이가 바루 그인디, 아 그런디 워느 날버터 느닷없이 찾아오는 이가 없나, 가만가만 뒤를 밟는 이가 없나…그러다가 원제버터 워디룬가 사러지구 말었으니, 똑 까그매 짝 나구 말은 이가 더더대 아닌감"29)

소설은 까미귀 ↘언년이 → 너너대로 기억의 단초가 이어지는 과정을 통해 주인공 이립이 느끼던 그리움과 의문의 실체가 조금씩 선명해진다. "그 동안 보고 싶었던 사람, 보고 싶어도 만날 수가 없어서 그 대신 보고 싶지 않은 사람이나 피하고 싶은 사람만 생기게 했는지도 몰랐던 장본인, 그러나 만나보기만 하면 모든 문제가 쉽사리 풀릴 성 싶었던 사람, 하지만 그것이 누군지 영 생각이 안 나서 생판 모르는 사람인지도 모른다고까지 했었던 바로 그 인물"30)은 기실 '언년이'가

---

29) 「더더대를 찾아서」, 302~303쪽.
30) 「더더대를 찾아서」, 294쪽.

아니라 '더더대'였다.

언년이는 말한다. '까그매 같았던 더더대', '똑 까그매 짝 나구 말은 이가 더더대'라고. 더더래란 어떤 존재였던가? 더더대는 '누가 뭐라구 하면 하루 종일 더더더더 허구 죙일 말만 더듬다가 판나던 으덩박시'였다. 남들이 흉물스럽다고 꺼려하고 그들로부터 소외 받는 존재였다. 언년이와 연결되는 대목도 바로 이 지점이다. 그러므로 더더대 역시 까마귀처럼 소외받고 흉물처럼 취급받았던 존재다.

그러나 존재한다는 것은 그저 '거기에 있다'는 것뿐만 아니라 '거기에 속한다'는 것을 의미한다. 거기에 속한다는 것을 달리 말한다면 거기에 있는 다른 사람들과 관계를 맺고 있다는 것이 된다. 그러므로 '느닷없이' 이러한 존재와 관계를 인위적으로 갈라놓기 전까지만 해도 더더대는 당대의 공동체 안에서 그들의 곁에 있었고, 그들과 함께 세상을 이루었던 존재다. 비록 더더대가 '으덩박시'와 '반편이'라는 말로 구분되긴 했어도 그것은 한낱 분리의 기호에 지나지 않았지 격리되거나 소제되거나할 대상도 아니었고, 쉽게 의식하지 못하는 존재도 아니었다. 즉 주인공 이립의 먼 기억 속에서 희미한 옛 사랑의 그림자로만 남아있는 그 시대의 농촌공동체란 평범한 인간 군상들이 한데 어울려져 살아가는 가운데 홀로 빛나는 전인적 인간도 있고, 흠이나 불균형을 간직한 존재마저 껴안고 살아가는 나름의 질서와 온기를 지니고 있던 곳이었다. 어린 시절 이립의 어머니가 당부했던 말 속엔 더더대와 같은 인간을 대하는 공동체적 질서와 교훈이 담겨져 있다.

> 그러면 못쓴다. 성헌 사람이 반실(半失)이 숭보면 죄루 가는겨. 말 두 너덜거리는 사람 말버덤 차라리 더덜거리는 사람 말이 더 낫은 벱이구.31)

'더더대'는 이문구식 표현을 그대로 빌려 쓰자면, '존재가 없는 존재'인 셈이다. 그러나 지금은 사라진 아니 요즈음 우리가 쉽게 의식하지 못하고 만 순수한 대상이다. 나아가 그러한 존재를 질서 안에 편입시켜 유지하던 공동체를 상징하는 인물인 것이다. 때문에 이문구 특유의 '객담' 형태로 제시되고 있지만, 주인공 이립이 방송국에서 신분증을 잃어버렸을 때의 이유—"분실사유. 왔다갔다하다가 정신이 없어서"—가 의미심장한 것도 이와 관련이 된다.

결국 더더대를 만날 수 없을 것이라는 생각은 언년이의 것이기도 하지만 작가 '이립(그가 곧 낙향한 작가 이문구의 얼굴이기도 하지만)' 또한 그러한 생각을 떨칠 수는 없었던 것인데, 이것은 오늘날의 환경이란 것이 더더대로 상징되는 순수한 인간과 그를 포용하던 공동체의 훈기마저도 없거나, 아예 그러한 존재를 자각하지 못할 정도로 너무 멀리 와있거나 너무 빨리 달려온 지점을 증언하고 있는 것이다. 그러므로 '까마귀—더더대'의 코드는 본질에 있어 '늙은 농민—나무 같지 않은 나무'의 코드와 결코 다르지 않은 것이다.

이런 점에서 볼 때, 『내 몸』에는 앞서 살펴본 『우리동네』 계열의 다성적인 '수다(말)'와 정면으로 배치되는 지극히 단성적인 '침묵(성찰)'의 세계가 '한 뿌리의 두 가지'로 존재하고 있는 것이다. 특히 후자의 경우에는 『우리동네』의 '말'이 지닌 역동성과 재기발랄함은 문득 사라지고, 서술자의 직접 진술에 의존한 세계의 주관적 전유가 길게 펼쳐지게 된다. 극단적으로 보면 이는 전망 없는 세계에 대한 작가의 굴복 혹은 자연적 연령에 따른 관조적 삶의 태도에서 나온 결과라고 볼 수도 있다. 그러나 분명한 것은 현대 농민의 물신적 욕망과 세태가 화자

―――――――――

31) 「더더대를 찾아서」, 300쪽.

의 심리를 통해 표백되어 드러난다는 점이고, 실제로『내 몸』의 소설목록은 이 두 개의 이질적이고 극단적인 세계 사이를 끊임없이 왕복하는 과정의 반복행위에 다름 아니라는 점이다. 즉 수다(가, 나)와 침묵(다, 라)의 두 가지가 공존하는 '나무'인 것이다.

> (가) 나야마(과연), 그 개잡은 디에 가서 조상(조상)이나 헐 늠이 워쩐 일루 보리밥 먹구 쌀방구를 꾸나 했더라. 그런 줄을 전전 모른 채 웬 열쇠냐 자물쇠냐 허구서 잘해줄 때는 어프러지게 잘해주구 지랄했으니, 아서라, 내년이 미친년이다. 그 인간 알어본 지가 워디 한두 해였어야 말이지. 시집화서 신랑허구 꽃잠자는 새벽에두 툭허면 문짝 흔들어가며 밥 늦어 핵교 지각허겄다구 심술부리던 인간이 지제라구 워디 가겄냐. 다 내년이 미친년인겨.[32]

> (나) 전은 아내가 그 촌철살인의 월부체질론을 거듭 쳐들고 나설 조짐이 보이자 자칫 잘못하면 말문이 막힐 수도 있다는 생각에 지레 질겁을 하면서도, 접때처럼 성질 좋은 이가 따로 없는 양 무름하게 있다가는 저절로 주눅이 들고 말 것 같아서 부러 꺽진 소리로 되물었다.
> "누울 자리가 워떤 자리간디?"
> "워던 자리? 뻗치는 자리! 왜?"
> 아내도 되알지게 대꾸했다.
> "내 말이 바루 그 말 아녀. 그런디 뭘 여러소리여 참말루."
> 전은 말귀를 못 알라듣고 도리어 퉁바리를 주었다. 그녀도 웃느라고 이날껏 말 한마디 져본 적이 없는데다가, 가끔식 속에 있던 말을 할라치면 말귀가 어두운 것이 답답하여 뼛성이 난 소리로 부르대게 마련이었다.
> "넘은 자는 말을 허는디 죽는 말 허구 있네. 시방 말을 먹구 있는 겨 듣구 있는 겨. 뻗치는 것허구 뻐드러지는 것허구가 워째서 같어"

---

32) 「장평리 찔레나무」, 23쪽.

"뻐드러지는 것이야 죽는다는 소리지만, 그것두 두 다리를 뻣뻣하게뻗쳐야 뻐드러지는 거 아닌감"

"양다리가 뻗친 건 쓰러지는 것이구, 외다리가 뻗친 것은 슨 것이구"

전은 또 그이야기가 나오나 싶어서 찔끔하는 바람에 그예 말문이 막히고 말았다. 그가 입을 다물자 그녀는 그러잖아도 벼른 지가 자못 오래라는 듯이 단순에 해대었다.[33]

(다) 그는 그 소리, 그 달빛, 그 난초, 그 물빛, 그 물새들을 차례로 되새기다가 정신이 온통 그런 것들에게만 가 있는 자기의 현실이 우습다 못해 생각하는 방향을 고친 것이 잠을 놓친 장본이었던 것이다.

내가 지금 왜 이러는 것일까. 내가 어쩌다가 이렇게 된 것일까. 내가 이러는 것이 제목은 무엇이며 뜻은 또 무엇일까. 이러면서 있는 것이 옳은 것인가 그른 것인가, 옳으면 무엇이 옳고 그르면 무엇이 그른 것일까? ……(중략)……

그는 그날 밤에도 달빛이 한껏 피어나서 물이 얼어붙은 위에 눈이 내려도 함박눈이 내린 것처럼 환하게 트이고, 풀을 먹여서 다리미질을 하여 깔아놓은 이불잇같이 먼빛으로도 고드롭게 반들거리는 저수지를 하염없이 바라보며 변함없는 어조로 중얼거렸던 것이다.

나 역시 저냥 저랬던겨. 달빛에 번들거리는 저 물빛마냥 살아 온 겨. 못나게 지지리도 못나게.[34]

(라) 그렇다면 그 동안 만나보고 싶었던 사람은 누구일까. 만나서 피로를 느끼지 않을 사람은 누구일까. 이립은 통 알 수가 없었다. 곰곰이 따져도 생각나는 사람이 없었다. 어쩌면 한 번도 만나본 일이 없는 생판 모르느는 사람인지도 몰랐다. 아니면 무엇에 씌어 전생에 만난 사람을 막연히 그리워하고 있는 것이나 아닌지도 몰랐다.[35]

---

33) 「장이리 개암나무」, 107~108쪽.
34) 「장동리 싸리나무」, 177쪽.
35) 「더더대를 찾아서」, 284쪽.

시끄러운 삶에서 도망치듯 떨어져 나온 '이립'이나 '하석귀'는 중얼거린다. "더더대는 어디에 있을까? 까마귀는 죄다 어디로들 갔을까?", "그랬던겨. 늘 물에 뜨는 물 같은 것만 봤던겨. 못나게. 지지리도 못나게." 그들은 중심부에서 스스로를 고립시키고 나서야 비로소 자기에게로 회귀한다.

이와 달리 본래부터 주변에 있던 인물들은 그들의 온전한 세계를 침범해 오는, 중심부에 흔들리지 않으려 완강한 고집을 부린다. 「장이리 개암나무」의 '전풍식'은 아내의 줄기찬 잔소리에도 아랑곳 않고, 아무짝에도 쓸모없는 개암나무를 애지중지 기른다. 그리고는 신경 쓰는 이 하나 없는 까치집을 다칠세라 흘끔흘끔 쳐다보며 간절한 소원을 빈다. 「장평리 찔레나무」의 '김회장'은 심기를 건드려오는 소소한 일들에 등을 지고 모로 누워 중얼거린다. "그래라. 누가 말려. 너는 상행선 나는 하행선, 가는 데까지 가보자 이거여." 또 「장석리 화살나무」의 '홍쾌식' 옹은 소리 없이 웃으며 말한다. "세상이 뒤숭숭헐 적마다 누가 물어 보기두 전에 나는 중도여, 중간이여, 허구 돌어댕기는 사람"들을 살아가면서 특히 조심해야 한다고.

그렇다면 나무들의 수다 혹은 수다 떠는 나무들과 그 한 켠에 놓인 진중하고 유장한 침묵의 세계는 무엇인가? 주변에 쏟아내는 정신없는 수다는 세상사에 대한 여전한 불만이, 반면 그 뒤에 놓인 짧은 침묵 속에는 외롭고 쓸쓸한 삶의 회한과 생에 대한 투명한 성찰이 담겨져 있다. 앞의 모습은 세태에 대한 감각을 표현하지 않고는 배기지 못하는 이야기꾼으로서의 소설가상이 내재되어 있는 형국이고, 뒤에는 그럼에도 불구하고 그러한 생을 다시 한번 성찰하고 되돌아보아야만 할 시기에 도달한, 그러한 자의식으로 가득한 작가 본연의 초상이 들어 있는 것이다.

「장동리 싸리나무」(95. 6)가 주목되는 이유는 단연 이러한 점과 관련
된다. '하석귀'는 피곤함과 답답한 심사를 느낀다. 외롭고 쓸쓸하기 때
문이다. 그는 왜 답답해하는 것일까? 하석귀의 낙향동기가 이를 설명
해준다. 그가 늘 피곤함을 느낀다는 것은 단지 육체적인 것으로만 해
석되지 않는다. 그는 소란을 피해, 사람을 피해, 보고 싶지 않은 사람
혹은 세태를 피해서 내려왔던 것이다. 따라서 그의 낙향은 '자기가 스
스로 격리되고 소외당하기를 도모'하는 행위인 것이다. 이렇듯 「장동
리 싸리나무」의 세계 혹은 그 주인공 하석귀의 성찰의 핵심은 '고립된
주체의 내면 성찰'이다. 그렇다면 이러한 행위(성찰)가 일종의 모험일
수도 있다는 주인공의 인식에도 불구하고 더욱더 고립과 소외를 마다
하지 않고 침잠하는 이유는 무엇일까?

이것은 고립을 실천하는 주체의 자기 긍정이 전제되어야만 가능하
다. 고립을 향해 나아가는 것이 긍정일 수 있는 것은 세계가 그만큼
속되고 천해졌다는 말과 통한다. 그럼에도 불구하고 자기 삶에 대한
성찰이 궁극적으로는 체념 섞인 듯한 자기 긍정에 도달하였다면, 이러
한 자기 긍정이란 자기 인식과 자기지양에서 비롯되었다고 볼 수 있
는 것이다.[36] 더욱이 이러한 일련의 과정은 단순한 푸념도 낙담도 절
망도 아닌 존재론적 성찰에 육박해 들어간다는 점에서도 문제적이다.
이점은 주인공의 깨달음과 밀접한 관련이 있다.

그는 저수지(물)의 주인이 누구인지를 단지 피상적으로만 생각했던
것에 아픈 각성의 바늘을 찌른다. 그는 철새들이 저수지의 주인인줄
알았다가 소설의 말미에 가서 저수지의 주인이야말로 뜨내기 철새가
아니라 싸리나무와 같은 존재들, 즉 "물거리 밖에 되지 않는 아무도

---

36) 서영채, 「충청도의 힘」, 『내 몸은 너무 오래 서 있거나 걸어왔다 - 해설』, 문학동네,
  2000, 340~341쪽.

낫을 대지 않는 나무들", "지질하게 자라고 퍼져도 다다분하게 퍼져서
베어다 말린대도 불땀이 없어 잔가시가 있거나 언 가닥이 줄기이고
어느 가닥이 가지인지 대중을 못하게 자란" 나무들, "이름은 나무지만
나무 축에도 못 들고 풀 축에도 못 드는" 것들이라는 사실을 깨닫는
다. 기실 이것은, 숲의 주인은 '황장목(黃腸木)'과 같은 커다란 나무만이
아니요, 백변(白邊)에 존재하는 작은 나무들, 나무 같지 않은 나무들이
라는 '나무연작'의 핵심과 일맥상통하는 것이다. 그리고 이때 숲과 저
수지는 인간의 역사와 공동체를 상징하는 표상이 되고, 역사의 주체이
자 본질적 구성원으로서의 민중의 존재를 나지막하게 읊조리는 공간
이 된다.

> "나 역시 저냥 저랬던 겨. 저냥 물에 뜨는 물 마냥 살아온 겨. 못
> 나게 지지리도 못나게"
> "나 역시 저냥 저랬던 겨, 달빛에 번들거리는 저 물빛 마냥 살아온
> 겨, 못나게도 지지리도 못나게"
> "그랬던 겨, 늘 물에 뜨는 물 같은 것만 봤던 겨, 못나게도. 지지리
> 도 못나게"[37]

따라서 소설의 맨 앞과 중간을 거쳐 맨 뒤에 이르기까지를 수미상
관(首尾相關)적으로 구성하며, 소설 내내 주인공 하석귀가 읊조리듯 뇌
까리는 이 말이란 사실상 이 소설집을 관통하는 섬광 같은 말이라고
할 수 있다. 주인공 하석귀는 못남 혹은 뜬 것만을 보았기 때문에, 뜨
는 것에만 열중했던 삶에 대한, 그래서 그것에만 너무 허비했던 삶을
본 것이다. 이것은 겉만 봐왔지 진정한 핵심을, 진정한 주인을 보지
못하고 살아왔다는 깨달음에서 나온 것이며, '자기가 밟은 묵란도(墨蘭

---

37) 「장동리 싸리나무」, 157・177・196쪽.

圖)는 그림이 아니라 창가에 늘어놓은 춘란의 그림자였음'을 깨닫는 한밤의 묵란도 사건 역시 이런 맥락에 놓여있는 것이다. 그림 혹은 실체가 아니라 그림자에 불과하였다는 것은 가짜요, 표상이요, 겉모습만 보아왔다는 것이기 때문이다. 결국「장동리 싸리나무」를 관통해 흐르는 투명한 자기성찰의 핵심은 자아에 대한 새로운 인식이다. 즉 자기인식과 지기지양에서 비롯된 자기긍정의 도저(到底)한 세계인 것이다.

그러므로『내 몸』의 이러한 '성찰'의 의미와 성격은 대략 다음과 같이 정리해 볼 수 있다. 우선 이러한 성찰이 투명하다는 점은 성찰의 주체들이 내뿜는 생에 대한 성찰, 즉 균형 잡힌 존재론적 성찰에서 찾을 수 있다.

「장동리 싸리나무」의 '하석귀'와「더더대를 찾아서」의 '이립'으로 대표되는『내 몸』의 성찰은 우선 '체념의 늪과 허무의 숲'에서 벗어나 있다. 그렇다고 해서 그들의 성찰이 고백과잉의 신변적 글쓰기에 갇혀 있는 것은 더더욱 아니다. 오히려 그들의 형안(炯眼)은 지혜롭고 내면화된 성찰의 표정을 하고 있으며, 비판과 성찰이 진정으로 한 몸을 구성하는 상태다. 따라서 이 같은 성찰의 주체들은 더 이상 동일성에 집착하는 나르시스트와 구별되며 그들이 스스로가 발견하고 소설 스스로가 정립한 새로운 '타자'인 것이다.

가라타니 코오진(柄谷行人)에 의하면, 타자란, "나와 동질적인 것이 아니고, 또한 나와 적대하는 또 하나의 자기의식도 아니다. 공통의 언어 게임(공동체) 안에서 출발하는 것이 아니라 그러한 것을 전제할 수 없는 장소에 섰을 때 만나는 것"이다.[38] 그는 '내성(內省)'에서 서양철학

---

38) 가라타니 고진, 송태욱 옮김,『탐구』1(새물결, 1998) 1장 및 권기돈 옮김,『탐구』 2(새물결, 1998) 참조. 최근 학계의 근대성 논의 가운데 주요한 개념으로 등장한 것 가운데 하나가 바로 이 '타자' 개념이다. 그러나 근대성 개념 자체에 대한 논란

의 독단을 이끌어 낸다. 일반적으로 철학자체가 내성에서, 즉 자기 독백에서 시작한다고 봐도 좋을 것이라며, 데카르트 이후 '독아론(獨我論)'의 역사를 해석하고 있다. 그가 말하는 '독아론'이란 나와 타자가 동질적이라고 상정하는 것을 의미한다. 그는 "나 자신의 '확실성'을 잃게 하는 타자, 그것은 데카르트와는 반대방향이지만 일종의 방법적 회의의 극한에서 나타난다"고 한다.

이문구의 경우, 『내 몸』의 성찰은 이러한 극한에서 비롯된 타자와 타자의 성격을 담지하고 있다. 소설의 주인공들은 외로움이 극한에 달

만큼이나 '타자'의 개념 또한 논자마다 조금씩 차이가 있는 것 같다. 가령, 강상중은 오리엔탈리즘이 지배한 시대가 곧 근대라고 본다. 그런데 이러한 담론의 지배는 첫째, 이데올로기와 문화를 극도로 폐쇄하고, 둘째, 타자 혹은 타문화를 멀리할 뿐만 아니라 억압하며, 셋째, 분열된 경험의 문화다. 즉 특별한 경험의 복합적인 역사가 문화의 분리라는 수사 속으로 흡입되고 마는 것이다. 여기서 그가 말하는 타자란, 그러한 문화(오리엔탈리즘이 지배한 서구중심의 담론지배질서)에 의해 표상될 수 없는 것에 부여된 속성인 것이다(강상중·이경덕·임성모 옮김, 『오리엔탈리즘을 넘어서』, 이산, 1997).

한편 권성우가 강조하는 '타자의 시선'이란 '대화적 상상력' 혹은 '생산적 대화'의 핵심이다. 그는 주로 90년대부터 이런 말을 사용해 왔는데, 그는 민중문학의 바깥이라는 의미로 타자의 입장과 타자에 대한 배려를 누누이 강조한 바 있다. 다시 말하자면, 그는 민중문학에 해당되지 않더라도 소중한 문학적 성과를 보여주는 다양한 입장을 강조하였던 것이다. 결국 그가 말하는 타자란, 일종의 다양성 혹은 다원주의와 관련된 것으로서, 문학적 진정성에 입각한 다원주의의 변형 내지 다른 이름이라고 생각된다.

이마무라 히토시(今村仁司)의 타자 개념은 정신 혹은 (윤리)의식 아니면 본성과 비슷해 보인다. 그에 의하면, 일반적으로, 개개인은 서로 타자다. 타자를 동일성의 문법에 실어 '질서 안에서의 타자'로 개조하는 것이 인간사회의 어쩔 수 없는 작법이다. 서로 다른 타자가 '동일성이란 틀 안에서의 타자'로 변환된다(즉 시민적 인간이 된다). 그렇다 하더라도 누구든지 자기내부에 완전히 동일화되지 않은 타자를 안고 있다. 보통은 타자성을 억압하고 망각하고 있으나 이것을 근절시킬 수는 없다. 사회 안에서 사는 인간은 이미 자신의 내부에서 타자의 배제와 차별이라고 하는, 사회성의 드라마와 똑같은 드라마를 겪고 있는 것이다. 자기 내부의 타자를 깨닫는 것으로부터 시작하는 것이 배제와 차별의 회로를 끊는 첫걸음이다. 자기 내부의 타자를 보는 것은 반성의 노력이며, 바로 거기에서 이성의 능력이 시험된다(이마무라 히토시, 이수정 옮김, 『근대성의 구조』, 민음사, 1999).

했을 때, '타자'를 부르곤 한다. 아마도 이것은 나이가 주는 무게를 자꾸만 의식한 결과일지도 모른다. 즉 이순(耳順)이라는 작가의 혹은 화자의 나이란, 기실 분별뿐만 아니라 무분별의 경지를 찾아 나섰던 셈인데, 자꾸만 밀려드는 헛헛함은 분별력에 대한 회의이고 의심이며, 무분별의 경지에 대한 의식인 것이다. 결국 외로움의 극한에서 비롯된 타자의 경로는 자기대화의 극한에서 나온다는 말과 같은 것이다. 따라서 그러한 행위이기 때문에 철저하게 근본적인 성찰인 것이고, 삶의 본질에 육박하는 힘을 느낄 수 있는 것이다.

그렇다면 『내 몸』의 존재론적 성찰은 소설 속의 주인공, 특히 '하석귀'와 '이립'으로 표상된 작가 이문구의 성찰이기도 할 터이다. 이것은 소설 속의 주인공이 작가 이문구와 비슷한 상황이라거나 비슷한 처지여서 만도 아니다. 이것은 소설 속 주인공들의 외로움과 자기대화의 극한이 타자의 경로에 이르는 것이고, 그러한 행위가 철저히 근본적인 것이라면, 또한 그것을 쓰는 이의 근본적인 성찰과 만나지 않을 수 없을 것이기 때문이다. 그러므로 『내 몸』을 구성하는 성찰의 최종 한 겹에는 궁극적으로 한 소설가의 글쓰기에 대한 성찰이 고즈넉이 자리하고 있는 것이다.

먼저 소설 속 주인공, 즉 '하석귀'와 '이립', 그리고 이순(耳順)의 나이에 다다른 자연인 이문구의 성찰이라면, 무엇보다도 소설의 제목으로 삼은 시인의 시구를 통해 이해하는 것도 하나의 방법이다.39) 이들의 성찰은 무엇보다도 "살아있음이란 결코 지울 수 없는 파동, 그 숱한 멀미 / 가득 실었다해도 모든 만선(滿船)은 쓸쓸하다"(「아버지의 고기잡이」)에 이르는 존재론적 성찰에 놓여있다. 또한 그것이 "오랫동안 배를

---

39) 金明仁, 『길의 침묵』, 문학과지성사, 1999.

저어 물살의 중심으로 나아갔지만, 강물은/금세 흐름을 바꾸어 스스로의 길을 지우고/어느덧 나는 내 소용돌이 안쪽으로 떠밀려 와 있다"(「침묵」 중에서)는 현재의 판단 위에 서있는 것이라고 보면, 주인공 하석귀와 이립의 모습이란 영락없이 자연인 이문구의 그것과 다르지 않다. 그러므로 "분간이 안될 정도로 길은 이미 지워졌지만 누구나 제 안에서 들끓는 길의 침묵을 울면서 들어야 할 때도 있는 것"(「침묵」 중에서)을 통해 그들이 얻는 결론이란, 자신의 마음을 가지런히 정돈하는 회심(回心)의 자세요, 말년의 회향(回向)을 준비하는 마음인 것이다.

두 번째 성찰의 겹은 이제까지의 글쓰기에 대한 작가 이문구의 자기대화를 극한까지 밀고 나아가는 것이다. 좀 더 구체적으로 말해서, 이것은 '전(傳)' 양식을 띤 수필을 통해 자기 세계를 갖추고, 이로부터 필사의 자기갱신을 모색한 결과로 획득한 풍자적 서술과 다성적 말의 세계가 진정 소설의 이름에 맞는 것인가에 대한 물음일 것이다. "내 몸은/너무 오래 서 있거나 걸어왔다"는 생각이 들어 문득 앉기를 권하지만, "흔들리는 생각이 저절로 무거워져/의자를 이마 높이로 받들고"(「의자」 중에서) 싶어지는 소설가의 자의식으로부터 나오는 물음일 것이다.

한편 하석귀와 이립의 성찰이 작가 이문구의 것이기도 하다는 점까지 감안하고 보면, 세 번째 성찰의 겹은 작중인물과 작가의 범위를 넘어 우리시대에 대한 반성과 성찰로 이어질 가능성이 있다. 즉 이것은 역사에 대한, 진보에 대한 성찰의 모티브가 되는 것이다. 공동체적 이상을 견지했던 작가 이문구에게 속도와 효율이 만능화되어 가는 상황이란 역사의 방향성이 상실된 출구 없는 혼돈의 현실로만 지각된다. 그러므로 이 같은 상황 속에 놓인 작가가, 삶에 대한 성찰과 내면에의 응시 속에서 포착해 낸 '창랑정(滄浪精)'이야말로 「장동리 싸리나무」와

「더더대를 찾아서」였던 셈이고, 그의 중단 없는 현실에 대한 비판과 이른바 '시정의 리얼리즘'를 넘어서는 고집과 희망의 한 끝에 그의 '나무 연작'들이 놓여 있었던 것이다. 이렇게 보았을 때, 이문구의 『내 몸』은 주인공의 성찰과 작가의 성찰을 넘어 우리로 하여금 공명하게 하는 성찰인데, 이로써 작가는 근대의 가장 깊은 곳을 건드리고 있는 셈이다. 근대정신의 근원적 비판을 지향하고 있는 것이다.

결국 『내 몸』의 제목에 함축된 '서 있거나 걸어 왔다는 것'은 근대에 대한 근원적 질문이 내재된 것이고, 근대적 주체의 중심 잡기에 대한 괴로움을 고백한 것이 아닐 수 없다. 그럼에도 불구하고 『내 몸』이 투명한 성찰을 통해 주저앉거나 자학적 명상의 반복에 그치기를 거부하고 있다는 점이야말로 사실상 새로운 한 걸음을 내딛는 것과 다르지 않은 것이다. 주저앉지 않는다는 것은 포기하지 않는다는 것을 의미한다. 또 자학적 명상의 반복이 아니라 정체에 대한 거부는 계속 걷겠다는, 투명한 성찰의 끈을 놓지 않는 다는 것인데, 이는 동시에 섣불리 비약하거나 초월(낭만화)하지 않겠다는 의미이자 의지일 것이다.

아울러 이것을 작가의 글쓰기에 견주어 보면, 보고들은 이야기 혹은 '구이지학'의 길로 지나온 글쓰기를 이젠 여섯 질(耳順)이 되어 돌아보면서 다시금 포기하지 않고 걸어갈 것을 다짐하는 것이다. 그리고 이러한 다짐은 이미 「더더대를 찾아서」나 「장동리 싸리나무」 이후 『내 몸』의 후반부 작품이 보여주는 여전함이 이를 증명해준다.

누군가가 '외롭다'는 것은 그가 우리 시대를 열심히, 치열하게, 왕성하게 살아간다는 증거이며, 자기 자신에 대해 철저한 것이야말로 시대의 보편에 육박한다는 것을 『내 몸』은 실증해 준다. 그리고 『내 몸』이 보여준 '한 뿌리의 두 가지' 양상이 끊임없는 자기성찰과 자기비판의 산물임을 확인시켜준다.

이런 의미에서, 『내 몸』의 진정한 의미는 자기 자신에 대한 철저를 통해 한 시대의 정신적 지향, 즉 시대적 징후의 핵심을 간파하고 이를 자기 삶과 작품으로 밀고 나간 점에서 찾을 수 있을 것이다. 또한 내 몸이 너무 오래 서 있거나 걸어왔음을 아는 이야말로 이 시대를 진격(眞擊)하게 걸어가는 사람임에 틀림없을 것이다.

2. 이야기성의 퇴조와 소설적 모색

후기소설에서 다뤄진 작품들은 대략 80년대 이후의 것들이다. 그런데 『산너머 남촌』, 『매월당 김시습』, 『유자소전』, 『내 몸은 너무 오래 서 있거나 걸어왔다』 등은 그 다양한 형태에도 불구하고 전반적으로 작품을 관통하는 정조는 매우 쓸쓸하며, 고독과 성찰이 내면화되는 특징적 모습을 보인다.

『산너머 남촌』의 경우, 그것은 문화적 보수주의가 강화된 형태로 고착되고, 도덕적 신념이 이상화되며, 『유자소전』은 그나마도 잦아든 자리에 해체된 삽화가 이중풍자의 형태로 앙상하게 남겨진다. 이에 비해 『매월당 김시습』은 고독과 성찰의 연원을 다층적으로(인간적, 사회역사적으로) 밝힐 수 있는 소재와 만나고 있으나 이 또한 '절의'와 윤리적 신념이 강조되거나 이상화되는 형태를 보여준다. 결국 후기소설의 대체적 정조, 즉 쓸쓸함은 자아와 세계의 넓혀진 간극에서 비롯되며, 이를 감당하는데 버거워하는 주체의 현실인식과 태도가 반영된 것이다.

이것은 서사적 측면에서 볼 때, 『관촌수필』과 『우리동네』에서 구술적 서사전통을 계승하고, 이를 변용(變容)하면서 달성된 '이야기성'이 상당부분 퇴조하는 현상으로 나타난다. 다시 말해서 『관촌수필』의 '전

(傳)’적 요소와 수필적 경향은 부정적 근대를 환기하기 위한 주체의 글쓰기 전략이었고, 『우리동네』의 연작성과 ‘말’의 갈등 또한 현실의 총체성을 감당하고자가 하는 소설형식적 변용에서 비롯된 것이었다. 그리고 그것은 ‘서사의 긴장과 이완’으로 현상되면서 한국 근대소설의 지평을 넓히는 데 기여했다.

그러나 이문구의 후기소설은 도덕적 신념을 이상화하고 일방적으로 예찬하기 위해 삽화를 파편적으로 운용하는 등, 결과적으로 소설의 서사는 확연히 이완된 구조를 띠게 된다. 특히 『산너머 남촌』의 경우, 문정(1~2장) → 영두(3~6장) → 문정(7~12장)으로 바뀌는 중심서사의 축은 애초 도덕적 신념의 이상화마저 세태 나열 속으로 종속시키고 만다. 『유자소전』의 ‘만필(漫筆)’류 역시 삽화적 구성의 가장 이완된 형태를 띠고 있는데, 이렇듯 이야기성이 퇴조하면서 서사의 골격이 무너진 자리에 남는 것이라고는 세태의 나열과 이중풍자의 앙상함(콩트 혹은 장편(掌篇)소설) 그 자체가 아닐 수 없다.

그럼에도 불구하고 다음과 같은 장면들은 이문구 특유의 구술적 서사전통과 그 활용이 빛나는 대목이 아닐 수 없으며, 후기소설에서도 여전히 능숙하게 구사되는 예의 문장과 문체를 보여준다.

　　그윽이 생각하건대, 쥐구멍에 홍살문을 세우려고 주제넘은 궁리를 해본 적이 없었고, 쥐구멍에 소를 몰아넣으려는 허튼 수작도 일찍이 삼가하여 마지않은 터였다. 남의 것이라 하여 함부로 쥐같이 물어 나른 일만 없는 것이 아니라, 내 것이라 하여 쥐 소금 먹듯이 두고두고 갉작거려 마침내 자리가 날 만큼 축낸 것도 없었다.
　　풀방구리에 쥐 드나들 듯 방정스레 걸터듬으며 쥐뿔도 없이 중뿔나 하거나, 별쭝맞아 남을 성가시게 한 위인은 더더욱 아니었다. 오로지 쥐구멍에도 볕들 날이 있다는 것만 알고 모름지기 쥐죽은 듯이 조용조용히 살아왔을 따름이었다.

그의 울타리는 하루 보고 일년이 가는 자식이 아니라, 자고 새면
마주보며 기침하는 허름한 이웃들인 까닭이었다. 검불이나 북더기도
한무더기로 모이면 열이 나는데 버릇을 서로 나워온 한 동네의 인심
임에랴.[40]

『산너머 남촌』의 첫 장부터 펼쳐지는 위와 같은 대목에서 우리는
쥐와 관련된 속담만을 가지고도 의도에 맞게 엮어 가는 작가의 능력
에 새삼 감탄을 금하지 않을 수 없다. 그런데 이러한 수법으로 문장을
구성하고 의도를 실현하며 주제를 구현하는 것은 우리말과 그 운용에
대한 고집스러울 만큼의 집착이 아니고서는 생각하기 힘든 것이다. 그
러므로 이러한 대목은 결코 가볍게 평가해서 안 될 부분이다. 뿌리 깊
은 가락과 감각을 활용한 다음 대목도 마찬가지다.

웬 오십줄이 다 된 스커트자리 하나가 허겁지겁 허위단심으로 기
어올라가더니 조심성이라곤 터럭끝만큼도 없이 대뜸 풀이 덜한 곳
으로 가서 스커트를 홀러덩 뒤집어올리기가 무섭게 소변을 보는데,
기가 막힌 것은, 일을 보는 도중에도 라디오의 숨넘어가는 가락에
맞추어서 안반만한 엉덩이를 사분의 사박자도 아니고 중중몰이도
아닌 잦은몰이 휘몰이로 사정없이 제겨대니, 걸게 먹은 오줌줄기에
황토사태가 요란한 것은 둘째요, 허벅지고 종아리고 김칫국물 같은
붉덩물이 튀어올라 미관상으로도 그런 잼병이 없었다.[41]

그러나 뚜렷한 사건이 없고 특히 8장 이후 후반부로 갈수록 밀도가
떨어진다는 점은 차치하더라도 이러한 장면은 다음과 같은 『우리동네』
의 양상과는 전혀 다른 성격으로 해석된다.

---

40) 『산너머 남촌』, 5~6쪽.
41) 『산너머 남촌』, 89쪽.

　　"구루마 바쿠루도 못쓰는 흔 다이야를 원제 엿 사먹자구 안태울 거유. 말씀을 워쩨 그렇게 듣기 거북스럽게만 허신대유"
　　뒷전에서 조용하던 고가 고개를 거우듬하게 꼬고 눈을 지릅뜨며 뺏성있게 말했다.
　　"왜, 내말이 틀유? 그렇잖어두 듣기 싫으라구 헌 말이유"
　　계장이 고를 돌아보며 쏘아붙였다. 고도 말다툼엔 이골난 사람이라 직수굿하지 않고 대들었다.
　　"자세허지 말유. 사는 건 같잖게 살어두 관공리 구박받을 사람은 여기 안왔유."
　　오서기가 눈을 부라렸다.
　　고도 끝내 소주 두어 잔 들어간 표를 낼 셈인지 거듭 말끝을 반미주룩 하게 꼬부렸다.
　　"네밋－우리 여편네 허구 씨비 헐 새두 읎는 판에 넘 허구 시비를 허여?"42)

　　즉 『우리동네』에서 '말'의 갈등은 뚜렷한 대립의 주체들 간에 형성되는 담론의 한 형태로서 거기에는 상이한 이데올로기가 길항(拮抗)하는 팽팽한 긴장이 수반되고 있었다. 따라서 이를 통해 '놀이성'과 '풀이성'도 공존하는 양상이었다.
　　그런데 아래 예문에서 보듯 『산너머 남촌』이 대체적으로 형성하는 담론의 성격은 화자간의 의미전달과 오해를 푸는 수준이거나 적어도 공공의 이해에서 비롯된 것이 아니고, 오로지 일상적 대화의 수준을 단지 놀이성이 강화된 형태로 늘리고 붙임으로써 긴장감이 상실된 형태가 연속될 뿐이다.

　　웅두가 아무도 없는 외동나무처럼 저 생긴대로 싹둑거린 소리에 한번 덧나버린 문정의 감정은, 날이 새고 제돌이 겨워도 못내 가라

---

42) 「우리동네 황씨」, 297~298쪽.

앉지 않았다. 웅두가 저물게 올라가는 것을 구태여 말리지 않은 것도 그만큼 정나미가 십리 밖으로 달아난 까닭이었다.

새겨 들으나 흘려 들으나 얼마 안 있으면 애미애비도 짐스러워하며 저만 살려고 빋나갈 장단이 역연하자, 자식을 두둔해도 본래 말이라면 막내보다 겹으로 접어 생각하던 마누라까지 크게 노염이 나서…

"커날 적부터 싸가지없이 주접만 떨 던 것이라 서울가서 나이를 채우면 먹은 밥값은 못해도 흘린 국값은 할 줄 알았던 것이…"

문정이 부앗김에 마누라의 악매를 부추겼다.

"삶어서 땟국 안 바진 것이 대려서 땟물 나던 것 봤남?"

"그런 본데없는 망나니도 맏배자식이라고 여태껏 삭신을 땀에 절여 가며 농사지어, 멥쌀 찹쌀 들깨 참깨 된장메주 고추장메주를 여투어 자루에 가마에 올려보내며 뜨습게 먹어라, 뜨뜻이 먹여라 하고 성화댔구먼"

"여편네 통은 커봤자 깡통이라니까…귀한 곡식 축내어 흔한 모이 보태준 꼴인 물만 알라구"

"아무리 이물스럽기 이무기 손위라도 유만부동이지, 그 모로 닮은 빨랫돌 같은 상판에, 사람 음식 들어가는 입으로 짐승 다음가는 소리만 아갈거리던 화상을 생각하면 지금도 까치소리가 까마귀소리로 들려"

"농지개량한 논 팔아 수리조합의 봇물을 산 폭이니…늙게 짚세기 신고 산길 걷게 된 신세만 따분하게 됐어"

"한마디를 해도 글로 하지 말고 말로 좀 하슈. 겨우 입 하나 살았으면 무슨 소린지 알아나 듣게 해야지"

"송아지 주고 강아지 얻은 턱이란 말이야"[43)]

좀더 구체적으로 말하자면, 영두가 친구 봉득 내외와 주고받는 대화를 제외하면 문정의 대화는 '말의 갈등'이라기보다 '말의 나열'에 불

---

43) 『산너머 남촌』, 366~367쪽.

과한 것이다. 이는 대립과 갈등의 요소를 화자의 주관적 전유를 통해 도덕적 신념의 차원으로 이상화시켜 버렸기 때문에 그 빈자리를 세태로 나열한 뿐이며, 이를 다시 말의 나열로 채우고 있을 뿐이다. 이러한 점은 문정의 입에서 나오는 말의 서술형태가 '말휘갑', 즉 딴말이 없도록 다짐을 두면서 진행되는 것이 점차 늘어나고 있다는 점으로 증명된다.

한편 이 소설에는 유난히 농촌특유의 어휘와 순우리말이 빈번하게 쓰이고 있으며 농촌에 대한 해박한 지식도 다양하게 제공된다. 그러나 이 또한 말의 갈등이나 이야기성에 기여하는 쪽으로 활용되지 못한다.

자연사박물관에 버금가는 이문구의 농촌에 대한 해박한 지식은 이를 읽는 소설의 독자로 하여금 새로운 차원의 '교양 체험'을 가능하게 하는 요소로만 그치고 만다. 이는 마치 대중적 성격이 강한 이문열의 소설이 조작을 통해 독자들에게 충족시켜주는 지적 교양 혹은 지적 호기심의 차원과 비슷한 것으로 비유하면 이해가 쉽다. 물론 이문구의 그것(농촌에 대한 해박한 지식과 순우리말 어휘 및 표현들)은 우리네의 정서와 풍속을 하나의 지적 교양차원에서 전달시켜주는 가장 풍부한 자연 교과서라 해도 과언이 아닐 것이다. 하지만 동시에 그것에만 머물러서도 안 될 성질의 것이다. 그럼에도 불구하고 그 자체가 서사의 끈을 놓치거나, 그 자체를 하나의 장면으로 독립시켜 정보의 차원으로 극단화하는 것은 바람직하지 않다. 또한 그것이 풍속과 세태의 세목을 나열하는 데에만 활용된다면 그것은 단순히 지적 교양이나 호기심을 해결하는 차원에 머물거나 별도로 떨어져 돌아다니기 십상이고, 생경한 그래서 전원적인 테두리에 머물고 마는 것이다.

이런 의미에서 『유자소전』의 진정한 의미는 「유자소전」를 비롯한 '전(傳)'적 요소가 유지되고 있는 갈래에서 찾는 것이 바람직하다. 대체

로 이 작품들은 전근대적인 인물형상에 가까운 주인공의 면면이거나,
이들의 애틋한 사연과 선의, 그리고 기구한 삶의 역정으로부터 모종의
'통분(痛憤)'을 느끼게 하는 구조가 영락없는『관촌수필』계열로 판단
되는데, 특히 이들의 작품을 감싸고도는 해학성이 빈번한 대목에서 더
욱 그러하다.

　　존재라는 말이 나올 때마다 지금도 불현듯 생각나는 일이 있다. 2
　학년도 다 돼서였다. 하루는 무슨 일인가로 담임 선생의 호출을 받
　아 교무실에 갔더니, 입학하고부터 줄곧 생물과 미술을 담당하여 일
　주일에도 너더댓 시간씩이나 교실에 들어왔던 백모 선생이 내 얼굴
　과 명찰을 번갈아가며 쳐다보고 나서, 암만 봐도 처음 보는 아이란
　듯이 이러고 묻는 것이었다.
　　"야, 너는 워느 반 애냐?"
　　"일반인디유"
　　"니가 왜 일반여?"
　　"기유"
　　"일반에 너 같은 애가 워딧어?"
　　"있슈"
　　"원제 전학왔는디?"
　　"입학허구버터 여태 댕겼는디유"
　　"집이 워딘디?"
　　"대천유"
　　"그럼 대천국민핵교 댕겼게?
　　"그렇지유"
　　"그려? 그런디 왜 그렇게 통 존재가 읎어?"[44]

　여기서 한 가지 흥미로운 사실은 작가가 책의 서문에서 소설가로서

---

44)「유자소전」,『유자소전』, 벽호, 1993, 31~32쪽.

'작가적인 자질'이 부족한 것을 절실하게 느낀 것은 「유자소전」을 쓸 때의 일이었다고 말하는 대목이다. 같은 글에서 작가 이문구는 「유자소전」을 쓰기에 앞서 몇 가지 원칙을 정하였던 바, 첫째, 실명으로 쓸 것. 둘째, 이야기를 소설적으로 꾸며대어 작품으로 쓰지 말고 있는 그대로 쓸 것. 셋째, 소설로 발표하여 널리 알리되, 소설로서의 평가 따위 쓸데없는 생각은 하지 말 것이다.

이것은 정도나 표현의 차이가 있을지언정 있는 사실 혹은 경험한 것을 허구적으로 구성하거나 지적으로 조작하지 않는다는 대략적 의미에서 그의 소설에 대한 원칙의 일단(一端)이기도 하다. 그럼에도 불구하고 『관촌수필』과 『우리동네』 연작을 훨씬 지나서 거듭 표명하고 있다는 것은 무엇을 의미하는가?

이는 『우리동네』 연작으로 나아갔던 소설적 실험과 확장에서 돌아와 다시 한번 『관촌수필』적 세계에서 출발하지 않을 수 없거나 출발하려는 작가의 완고한 소설적 모색이라 하지 않을 수 없다. 이문구는 특히 「유자소전」을 두고, 만약 작가적 자질이 넉넉한 작가였다면 '유자의 마지막 투병과정'을 결코 생략할 수도 없고 또 생략해서도 안 되었다고 말하고 있다. 왜냐하면 참담한 유자의 마지막 투병과정이야말로 진짜 소설감이었기 때문이라는 것이다. 그러나 그는 그렇게 사실 그대로의 모습을 사실 그대로 옮기는 것을 원치 않았고, 행하지 않았다. 이것은 작가적 '용기'의 문제가 아니라 사실상 창작방법의 문제이기도 한 것이다. 즉 사실주의적 소설이 아니라 '전승' 위주의 이야기가 그가 말하는 소설이고, 그는 이러한 소설이 진짜 소설에의 미달로 판정될지언정 끝끝내 그리 하지 않는 완고함을 피력하였던 것이다.

이것은 소설가로서의 소설관 및 창작의 원리가 끝내 자연인으로서의 선비적 혹은 윤리적 문사의식을 넘지 못하는 데서 비롯되었다고도 볼 수 있다. 즉『산너머 남촌』이나『매월당 김시습』의 세계가 강조했던 도덕적·윤리적 신념을 이상화하지 않고, 사실주의 소설도 쓸 수 없을 때, 선택한 그의 방법이 바로 '전기성(傳記性)을 강화하는 방법이었던 셈이다.

결국『내 몸』이전 후기소설의 변모양상과 일련의 과정은 전반적으로 고독과 성찰이 형식화되는 가운데 이야기성이 퇴조하고, 작가의 소설적 모색이 거듭되는 모습으로 파악된다. 이런 맥락에서 볼 때,『내 몸』이야말로 이러한 상황, 즉 이야기성의 향방을 주인공의 회한과 반성, 그리고 깨달음이라는 형식으로, 작가적 차원의 성찰로 수렴하고 있다는 점에서 주목된다.

이야기성의 수용과 확장뿐 아니라 이야기성이 퇴조하는 상황에 이르는 일련의 과정을 응시하고 있는 모습이야말로『내 몸』의 핵심적 장면의 하나다. 더욱이 이러한 이야기성에 대한 반성을 소설 그 자체로 수용하고 동시에 또 다른 모색의 형태로 실현하고 있는 것이야말로『내 몸』의 진정한 성과인 것이다. 여기에는 앞서 살펴보았듯이 자학과 명상으로 일관하지 않고 자기긍정의 세계로 열어놓은, 즉 '의뭉스러우면서도 모든 사람 다 껴안는 그의 소설 세계'와도 같은 대긍정의 세계가 전제되어 있다.

실제로『내 몸』은 강한 부정과 강한 긍정이 팽팽한 긴장을 유지한 채 엇갈린 '말'을 통해 오가는 모습이 그 자체로 펼쳐져있다. 「장곡리 고욤나무」는 팽팽한 긴장에서의 패배를 개탄하며, 「장평리 찔레나무」나 「장척리 으름나무」는 강한 부정을 되뇌이며 팽팽한 긴장의 연속으로 끝이 나고, 「장이리 개암나무」는 팽팽한 긴장 가운데 희망을 싹을 열고, 「장천리 소태나무」는 팽팽한 긴장 그 자체를 비판하고 있으며, 「장석리 화살나무」는 팽팽한 긴장을 막판에 반전시키는 묘미가 있다.

『내 몸』 중에서도 가장 문제적인 것은 「장평리 싸리나무」다. 여기에는 강한 부정과 강한 긍정이 엇갈리는 삶과 그와 같은 현실의 판단에 대한 고민 속에서 행해지는 주체의 존재론적 성찰이 있다. 따라서 단순한 신변소설의 차원을 뛰어넘는 그 무엇이 있다. 이를 두고 "강한 부정이 스스로 강한 긍정이 되고 뜨거운 비판이 스스로 맹렬한 의지로 솟구치는 변증법적 원융(圓融)의 세계"라고 고평하는 것은 다소 과도한 표현일지 모르나 적어도 핵심을 왜곡한 것으로 생각되지는 않는다.

사실 강한 부정이 강한 긍정이 되려면 강한 부정의 세계 안에 긍정으로 전화할만한 내적 에너지를 가지고 있어야 한다. 그런데 이문구 소설에는 그러한 내적 에너지가 있는 것이 아니라 작가의 관점이 내적 에너지의 역할을 대신하여 다른 세계로의 이월을 선도하고 있다. 따라서 『내 몸』의 세계는 새로운 경지 혹은 변증법적 원융의 세계라기보다 다양한 양상을 재현하고 여전히 문제적인 삶에 대한, 그리고 소설에 대한 투명하고 솔직한 성찰의 세계 그 자체라 할 수 있다. 아울러 투명한 성찰 속에서 건져진 '창랑정(滄浪精)'이 『산너머 남촌』의 도덕적 신념이나 『매월당 김시습』에서 보여준 반속주의(反俗主義)적 경향으로 쉽게 기울어지지 않고 있다는 점은 그의 소설적 모색 역시 진중한 것임을 알 수 있게 해준다.

「장동리 싸리나무」(95. 6)는 창작시기로 보나 내용으로 보나 『내 몸』의 정 가운데 위치하고 있다. 이 소설은 성찰의 다층적 의미를 통해 이야기성의 반성과 소설적 모색을 드러낸다. 이런 점에서 「장동리 싸리나무」는 『내 몸』의 정점이며, '나무 연작'의 벼리에 해당된다. 그리고 이것은 이문구 개인적으로 볼 때, '장산리 문학'의 중간 결산을 의미하는 것으로 보인다. 그러나 이러한 이문구 문학의 새로운 경지가 곧바로 새로운 방향의 설정으로 결론나지 않고, 또 그러한 성격도 아니라는 점을 상기한 후 그의 소설은 다시 제 자리로 돌아온다. 즉 「더 더대를 찾아서」의 간절함과 「장동리 싸리나무」의 진중한 성찰을 통해 자기 스스로에 대한 점검을 가진 뒤 자신이 걸어온 길에 대한 거역할 수 없는 운명의 길, 순응의 길을 다시 한번 확인하고 돌아오는 것뿐이다. 「장동리 싸리나무」 이후 전개되는 소설의 양상과 그 소설 속의 인물들이 추구하는 삶에 대한 태도는 이러한 경로를 증명해준다.

제3부 변하는 것과 변하지 않는 것

내가 지금 왜 이러는 것일까. 내가 어쩌다가 이렇게 된 것일까. 내가 이러는 것이 제목은 무엇이며 뜻은 또 무엇일까.

이러면서 있는 것이 옳은 것인가 그른 것인가, 옳으면 무엇이 옳고 그르면 무엇이 그른 것일까?

그는 그날 밤에도 달빛이 한껏 피어나서 물이 얼어붙은 위에 눈이 내려도 함박눈이 내린 것처럼 환하게 트이고,

풀을 먹여서 다리미질을 하여 깔아놓은 이불잇같이 먼빛으로도 고드롭게 반들거리는 저수지를 하염없이 바라보며

변함없는 어조로 중얼거렸던 것이다.

나 역시 저냥 저랬던거. 달빛에 번들거리는 저 물빛마냥 살아 온겨. 못나게 지지리도 못나게.

—소설 「장동리 싸리나무」 중에서

❶작가의 유골이 뿌려진 고향 뒷산의 솔숲. 이문구 전집이 완간된 것을 기념하는 조촐한 행사가 거행되었다.
❷『내 몸은 너무 오래 서 있거나 걸어왔다』로 2000년 동인문학상을 수상하고 나서 심사위원 및 관계자들과 함께 찍은 사진.
❸호숫가에서 상념에 잠긴 이문구의 모습.
❹집 근처 공원을 찾아 한가롭게 거니는 말년의 이문구.

제1장 이문구 소설의 문학사적 위상

1. 근대적 의미의 농촌 탐구와 재현

농촌의 삶이 동시대의 같은 아픔을 나누고 있는 동질의 삶이라는 시각을 유지하지 않을 때 농촌의 현실은 오히려 호도(糊塗)되고, 농촌이란 낭만과 서정이 넘치는 곳, 혹은 보살펴주고 계몽해주어야 할 곳, 혹은 착취와 고통의 극한지역으로 각색되어 버리기 쉽다.

멀리 식민지시대까지 갈 것도 없이, 전후문학으로 한정하더라도, 우리 문학사에서 농민 소설은 적지 않았고 농촌 작가도 적은 편이 아니었다. 그러나 그것들 가운데 한 부류는 목가적인 전원 소설의 범주를 벗어나지 못하는 것이었다. 그것은 마치 한 폭의 관념 산수화처럼 생활이 없는 농촌이었다. 농촌은 언제나 물 좋고 산 좋고 그 속에 사는 사람들은 한없이 착하고 순박하기만 한 세상이었다. 그렇기 때문에 여기서의 농촌 소설은 모두가 다 같이 스테레오 타입으로 화석화되어 있었다.

전후 농민문학 가운데 다른 한 부류는 무엇보다도 전자의 비현실성과 관념성을 거부하였다. 그럼에도 불구하고 대체로 이 부류는 농촌을 가난과 소외와 수난의 절대 공간으로만 다루었다. 물론 우리 민족의 역사는 수난사로서의 농촌과 농민을 결코 도외시할 수 없다. 그렇지만 가난을 운명으로 받아들이거나 질곡과 소외의 주체로만 형상화된 농민상 안에는 농민 고유의 내재적 역동성과 진보성이 결여되었거나 적어도 간과되는 경향이 있다. 특히 그들의 토속성에 기반을 둔 생동감과 토착어로 표현되는 민중적 에너지, 그리고 넉넉한 해학적 전통의 미의식은 결코 부분적이지 않은 것임에도 불구하고 실제로는 부분적으로 다뤄지거나 그나마도 전근대적 양상으로 치부되었다.

1970년대 일련의 농민문학은 이러한 스테레오 타입과 수동성을 과감히 깨뜨렸다. 이문구의 초기 단편과 방영웅의『분례기』등은 기본적으로 하근찬, 오영수, 오유권 등으로 이어지는 전후 한국농민문학의 면면한 흐름에 맞닿아 있는 것이면서도, 특히 김정한의 문단 복귀 이후 복원된 농민문학의 전통을 주도함으로써 산업화 시대 농민문학을 새롭고 풍요롭게 만들었다.

특히 이문구의 소설은 60년대 이후 변모된 현실과 거기에 뿌리를 내린 농민문학을 통해 농민 주체에 대한 인간적 이해와 요구를 촉발시켰을 뿐만 아니라 수난사 위주의 기록이 아니라 강인한 정신과 끈질긴 생명력을 찾아볼 수 있게 되었고, 절대적 빈곤이 아니라 상대적 빈곤 하에서 농민 스스로의 각성과 저항적 면모를 형상화하기 시작하였다. 그리고 풍요로운 사투리와 넉넉하게 감싸고도는 해학성으로 말미암아 그의 소설은 더욱 따뜻하고 생동감 있는 농촌에 접근할 수 있었다. 이문구 소설이야말로 이러한 농민문학의 새로운 흐름을 70년대적 자장(磁場) 안에서 계승하고 있는 뚜렷한 실체다.

따라서 이문구의 소설에 대한 합의의 대강을 '산업화 과정에 노출된 사회적·문화적 황폐에 대한 가장 혼신적인 문학적 반응의 하나'로 규정할 경우, 이러한 규정 안에는 무엇보다도 한국적 전통주의 및 인정주의와 구별되는 근대적 농촌현실의 탐구와 재현을 포함시키지 않으면 안 된다.

그 중에서도 이문구의 『관촌수필』은 '1970년대 농촌소설 분야의 확고한 성과'로까지 자리매김 될 수 있는 또 다른 이유를 가지고 있다. 그것은 우선 농촌공동체의 해체과정을 통해 근대화의 명암을 가장 풍부하고 적나라하게, 그리고 따뜻한 시선으로 반영하고 있기 때문이다. 『관촌수필』은 전(前)시대에 대한 그리움과 당대에 대한 반감이 동시에 불러일으키는 긴장감을 가지고 있다. 이것은 복고적 취향과 반성적 시각의 중첩에서 오는 긴장감이다. 그러므로 전시대 인물과 공간에 대한 절절한 그리움은 당대에 대한 반감을 증폭시키지만 단순히 과거로의 회귀를 지향하거나 복고적 취향에 집착하지도 않는다. 여기서 우리가 읽을 수 있는 것은 그들의 삶과 고향에 대한 '통분(痛憤)'이 야기하는 어떤 힘이다. 『관촌수필』이 개척한 전인미답의 능선은 바로 이 지점에서 찾아져야 하며, 이러한 해석과 평가의 지평 위에서라야 '근대적 기획 자체에 대한 비판적 사유와 전복적 성찰'로 연결되는 『관촌수필』의 의미가 온전히 드러날 수 있다.

이러한 점에서 『관촌수필』은 우리 문학이 가지고 있는 뿌리 깊은 농업적 체질을 어느 작품보다도 효과적으로, 또 근대적 의미로 정착시킨 작품이라고 말할 수 있다. 그러나 그것은 동시에 우리 문학의 뿌리 깊은 낭만주의 토양 위에 서 있었던 것임을 간과할 수 없다. 사실 『관촌수필』이 형성한 그리움, 반감, 그리고 팽팽한 긴장감 및 '전(傳)'적 요소로부터 환기되는 정서는 전근대의 공동체 생활에서 발원하는 화해와 통합의 원리에 기초한 것이 틀림없다. 『관촌수필』이 직접적으로 제시하고 있진 않지만 그 이면에 원형적으로 강조되어진 이러한 것은 문화적 기억의 심층에 자리 잡고 있는 집단주의적 이미지에 호소함으로써 적지 않은 감명을 준다.

물론 『관촌수필』이 강조하던 농민적 심성이나 전인적 인간상 혹은 '통분(痛憤)'의 정서를 밑받침하던 사회적·문화적 기반은 근대화의 파괴적인 작용에 의해 이미 해체되었거나 아니면 해체되고 있는 상태이다. 그러므로 『관촌수필』이 전통적인 공동체 감각에 매달리기를 계속하였다면 그것의 본래적 의미는 퇴색되거나 심한 비판을 면하기 어려웠을 것이다. 때문에 팽팽한 긴장을 뒤로 하고 급격한 해체의 농촌현실을 풍속과 세태로 포착하는 방향으로 나아간 것은 작가의 영민한 감각이자 동시에 이문구 소설의 근대적 변용에 대한 감각일 터인데, 이로써 『우리동네』 역시 농민문학적 위상을 새로이 가질 수 있는 근거가 마련된다.

『우리동네』의 우선적 의미는 70년대적 농촌의 현실, 즉 상대적 박탈감과 농촌공동체의 해체에 관한 가장 풍부한 보고서라는 점이다. 『우리동네』에서 변모된 당대 농촌의 세태와 풍속을 '다채로운 저인망'으로 끌어내다시피 하는 작가의 삽화는 매우 방대한 분량에 달하며, 어느 단편을 뽑든지 간에 어렵지 않게 펼칠 수 있다. 그리고 그 안에 산재된 편편의 삽화는 소설의 자잘한 축을 이루는데, 이것을 따라가다 보면 성장의 덫에 걸린 70년대 농촌의 일그러진 자화상을 만나게 된다.

사실 한국의 민중들은 수백 년 동안 공공의 영역에 대한 경험은 말할 것도 없고 그에 대한 인식마저도 매우 제한적인 상태에서 생활해 왔으며, 이러한 상황은 해방에 이르기까지 지속되었다. 그러나 해방과 전쟁을 거치면서 이데올로기의 대립은 낮과 밤을 따라 공공의 기준이 뒤바뀌는 극한 상황을 야기하였다. 이러한 과정에서 사람들의 마음속에서는 나라의 일, 공공의 일에는 관여하지 않는 것이 좋다는 생각이 자연스럽게 형성되었으며, 공공의 영역에서 자신의 의사를 적극적으로 피력하는 주체의 역할에 대한 동기부여도 극히 미약하게 되었다.

이러한 상황에서 기본 성격상 이중적일 수밖에 없고, 이제껏 가장 수동적인 민중으로 자타가 공인하던 농민들에게서 자각과 주체의 선언이 나오고 있다는 것은 '국민총화(國民總和)'의 이름으로 그 어느 시기보다 이데올로기의 통제가 심했던 70년대 현실을 감안하면 그 자체가 획기적인 일이 아닐 수 없다.『우리동네』가 '말의 갈등'을 통해 포착한 대목은 바로 이 지점이며,『우리동네』는 70년대 농민의 언술 속에 등장하는 국민에 대한 의심과 '다른 국민'의 성립, 즉 민중의 원형을 발견하였던 바, '동네'라고 하는 축도 속에 그려놓은 것이다.

결국 농민적 심성이나 전인적 인간상 혹은 통분의 정서와 같은 데에서 느끼게 되는 것은 근대의 사회적·문화적 과정에 대한 모종의 반감이다. 우리는 이문구의『관촌수필』이나『우리동네』에서 기억을 통해 환기시키거나 '말'의 갈등으로 구조화하거나 간에 이러한 근대비판의 정신이 공명(共鳴)하고 있다는 것을 감지할 수 있다. 그러나 사람들 사이의 유기적 관계가 사라진 근대성의 조건을 직시하지 않고 민족적 일체성을 꿈꾸는 것은 그야말로 낭만적인 몽상에 그치기 십상이다. 그러므로 이문구가『관촌수필』에서『우리동네』로 나아간 방향은 낭만적 근대부정이 흔히 범하기 쉬운 '민족(상상적 공동체)'에의 경도가 아니라 '담론(談論)의 장(場)', 즉 사회구성원들의 다성성(多聲性)이 대립·충돌하는 구체적 공간(농촌)이었다는 점에서 유래 없는 농민문학적 위상을 지닌다.

2. 구술적 서사전통의 계승과 근대적 변용의 공과

일반적으로 문학의 실제와 이론은 상호 영향을 주면서 발전한다고 볼 수 있는 바, 하나의 문학 형식이 변용되거나 별도의 장르가 성립하는 데에는 무엇보다도 완미(完美)한 작품의 존재가 전제되어야 한다. 물론 그러한 형식의 독자성을 이론적으로 정초하는 작업이 전혀 불필요하거나 무의미한 것은 아니다. 이런 점에서 볼 때, 이문구 소설이 갖는 문학사적 위상은 구술적 서사전통의 계승과 그것의 소설형식적 변용을 가장 완미한 작품의 형태로 보여준다는 점이다.

이문구 문학이 구술적 서사전통을 수용하고 이를 근대적 의미와 양상으로 변용하게 된 데에는 일차적으로 작가 자신의 특이한 경력과 문학수업이 있었던 때문으로 보인다. 그러므로 그것의 연원은 매우 뿌리 깊은 것인데, 본격적인 영향을 끼치게 된 것은 '작가적 성향'이 비슷한 채만식·김유정의 소설로부터 일정한 친화성을 느낀 다음이며, 이로부터 전승 위주의 이야기와 이야기꾼으로서의 소설가상을 정초하게 되었고, 바로 이렇게 해서 마련된 것이 이른바 '구이지학(口耳之學)'이다.

이문구의 '구이지학(口耳之學)'은 이야기로서의 소설관을 정초할 뿐만 아니라 소설 구성의 원리에도 영향을 주었다. 이문구의 '구이지학'은 그것이 이야기성을 수용하고 서사적으로 실험되는 초기소설은 물론 이야기성을 확장하고 서사적 변용이 두드러지는 중기소설에까지 광범위하게 영향을 끼쳤다. 따라서 '구이지학'의 첫 번째 의미는 이문구 소설의 영도(零度)를 제공한다는 점에 있다.

두 번째로, 이문구의 구이지학은 60년대적 글쓰기 및 소설관에 대한 탈선 혹은 저항에서 비롯되었으며, 1970년대 문학의 핵심적 좌표

－소외·불화·저항－안에서 마련되었다는 의미를 지닌다. 사실 서양 소설이 유입된 이후 대다수의 한국 작가들은 '긴밀하고 건축적인 이야기 구성'을 소설창작의 요체인양 착각해 왔다. 60년대의 소설도 예외는 아니어서 60년대 문학이 보여주는 '성찰성(省察性)'은 대부분 주제와 플롯, 인물의 유기적 상관관계에 간혀있거나, 반대로 감각적 이미지나 상징적 언어로 구사되기 일쑤였다. 이 과정에서 민중의 삶과 언어 또한 소외될 수밖에 없었는데, 따라서 1960년대 후반부터 전개되는 현실적 지형의 변화를 60년대적 글쓰기로 감당하기는 데에 다소간의 어려움이 생기게 되었다.

이문구의 초기소설은 소외된 민중의 육체적 건강성, 생명력을 회복시키고, 특히 소외된 민중의 말을 되찾으려는 언어의식과 이들의 삶을 들려주고픈 이야기꾼의 충동을 보여준다. 따라서 이문구가 소설적 '자기세계'를 갖추게 되는 작품을 굳이 '수필'이라는 제목을 명명하면서까지 소설을 쓰게 된 것은 텍스트주의 혹은 서양적 의미의 서사로 고착화되어 가는 당대의 산문적 현실에 대한 일종의 '은폐된 논쟁'을 의미한다고까지 말할 수 있다.

결국 판소리문학으로 대표되는 구술적 서사전통이 채만식·김유정에 의해 근대소설의 흐름에 수용되어졌음에도 불구하고 격세유전(隔世遺傳)되는 상황, 즉 이야기꾼이 소멸될 운명에 놓인 산업화시대에야 비로소 나타날 수밖에 없었던 것은 위와 같은 일련의 문학사적 흐름과 관련이 있다.

그런데 이문구 문학이 구술적 서사전통을 계승하고 그로부터 한국적 근대소설의 새로운 가능성을 보여주었다고 할 때, 우리는 적어도 두 가지 점에서 그것의 소설사적 위상을 재고하여야 한다. 하나는 계승 그 자체가 갖는 의미와 위상이고, 다른 하나는 계승의 의미 안에 담긴 보다 근본적인 것으로서 한국 근대소설에 켜켜이 쌓인 서사전통, 즉 구술성에 기반을 둔 서사전통에 대한 재인식과 오해를 불식시켜 준 작품적 성과로서의 위상이다.

오늘날 학계에서조차 고전문학과 현대문학 사이에 무슨 장강(長江)이 흐르는 것처럼 인식하는 풍조가 만연되어있다. 특히 구술문학과 기술문학의 차이는 마치 무슨 우열관계 혹은 단계론으로 인식하거나, 그 사이의 전환을 표현수단의 변화 정도로만 피상적으로 파악하고 마는 경향이 있다. 문학의 역사가 말로 하던 문학형태에서 글로 하던 문학형태로 점차 변해왔다는 것은 주지의 사실이다. 물론 글로 하던 문학형태가 등장한 후에도 말로 하던 문학형태의 일부는 자신의 영역을 변질시키지 않고 나름의 구술방식을 계속하여 유지해오기도 했지만, 삶의 양식이 변하고 문학의 소통 방식이 변하는 상황 속에서 거기에 대한 적응력 혹은 응전력을 갖추지 못한 대부분의 구술문학은 소멸되거나 기술문학으로 전환되지 않을 수 없었다. 이렇게 문학사가 구술문학으로부터 기술문학으로 진행되어 왔다고 할 때, 우리는 이 전환의 역동적 과정뿐만 아니라 심층에 잠재되어 있는 의미들에 대해 진지하게 숙고해볼 필요가 있다.

이런 점에서 볼 때, 이문구 소설의 소설사적 위상은 '판소리문학'의 영역을 벗어나 한국 근대 소설의 통시적 좌표를 이해하는 데 작품으로써 기여하고 있다는 점을 들어야 한다. 우리의 경우, 구술적 서사전통의 총화라 해도 과언이 아닌 판소리문학은 고유의 구조와 생명력을 오늘날까지도 이어오고 있다. 그러므로 그것을 수용했던 근대소설 초기의 성과, 즉 채만식·김유정의 성과가 한 시대를 건너 바야흐로 이야기성이 소멸될 운명의 산업화시대에 격세유전(隔世遺傳)되어 이문구에 의해 계승되고 있다는 점은 그 자체로 값진 것이다. 그러나 더욱 중요한 점은 이문구의 소설이 구술적 서사전통을 계승·변용하는 과정을 통해 보여준 구술적 전통의 물질성(사고방식이나 표현방식)과 근대적 의미구현양상이다. 즉 이문구 소설은 구술성 혹은 구술적 전통이 근대적 의미와 양상으로 구현되는 과정에서 소설형식적 변용을 이루어내고 있는데, 그 구체적 성과로는 '전(傳)' 양식의 차용과 수필적 글쓰기 전략, 그리고 연작 양식의 도입과 확장을 들 수 있다.

이문구의 초기 소설이 보여주는 부정적 근대의 체험과 사실인식은 『장한몽』을 통해 입체적으로 수렴된다. 그리고 그것은 근대화에 대한 작가의 반감과 이와 대비되는 근대화 이전의 사회(농촌, 고향, 관촌)에 대한 모종의 그리움으로 나아가는데,『관촌수필』은 이것을 단지 그리움이나 복고적 향수를 불러일으키는 고향상실의 차원에서 취급하지 않고 그로부터 시작되는 고향탐구와 고향의 재발견으로 나아갔다. 그 중 대표적인 것은 근대적 도시와 풍속에서는 좀처럼 발견할 수 없는 친화적이고 전인적인 인물에 대한 서술과 형상이다. 이것이야말로『관촌수필』의 전편(全篇)을 관통하는 뚜렷한 주제일 뿐만 아니라 이로부터 '전(傳)' 양식을 차용하게 된 근본적인 동기가 설명되어진다. 작가 이문구는 바로 그러한 인물을 통해 근대적 도시와 풍속이 구현한 이기적이고 개인주의적인 인간형을 비판하고 있으며, 일련의 근대적 기획이 인간의 심성을 얼마나 황폐하게 만드는가 하는 점을 효과적으로 보여주고 있는 것이다.

결국 이문구는 '자기 세계'를 구원할 힘이 없는 소설과 역사를 역사의 '타자'를 통해 구원하기 위해서는 한층 더 강력한 치유력이 필요했다. '전(傳)' 양식의 차용은 이러한 과도적 상황을 과거의 준거(공간과 집단)를 통해 되비춰 보려는 방향전환이었으며, 변하는 것과 변하지 않는 것 사이의 관계의 파탄에 대한 이문구의 소설적 물음이었던 것이다.

　아울러 이문구의 『관촌수필』은 소설을 수필화함과 동시에 수필을 소설화했다. 이야기체 속에 소설체를 내포시킨 글쓰기의 형식이 '수필'이다. 이야기체를 육체로 삼고, 소설체를 두뇌로 삼았기에 이문구스런 독창적 글쓰기가 아닐 수 없다. 이로써 그의 소설은 소설의 육체를 근대적으로 변용시키는 데로 나아간 셈이다. 물론 이것은 이야기체 속에서 소설체를 내포시키는 글쓰기의 방식, 이를 일러 '수필'이라 부르게 한 것은 1970년대를 짓누른 역사의 압력이었다. 또한 이것은 개발의 변증법 혹은 70년대 한국적 근대화의 이중성(아포리아)에서 발원한 이성비판의 한 형태였던 것이다.

　『우리동네』는 이러한 이성비판의 특이한 양상, 즉 '말의 갈등'을 통해 당대 모순의 핵심적 결절점(結節點) 가운데 하나인 농촌과 농민의 장을 다룬 것이다. 그러나 이문구의 연작이 다루는 대상(농촌)만 하더라도 단편적이고 단일한 구조가 아니었다. 따라서 작가의 문제의식은 병렬적 구성 원리에 입각한 연작형식을 도입하고 또 그것을 확장함으로써 총체성에 도달하고자 하는 의지를 드러낸다. 그러나 이문구의 연작은 벼리(綱)가 되는 작품의 뚜렷한 성과에도 불구하고 무수한 삽화가 반증하는 것처럼 말의 갈등으로 확장된 『우리동네』에서조차 서사의 긴장과 이완을 반복할 뿐 또 다른 역동적 에너지를 마련하지는 못한다. 즉 파편화된 현실인식이나 산술적 총합이 가져오는 소설적 만화경 이외에 그 이상의 소설적 긴장이나 질적 변환을 가져오진 못한 것이다. 따라서 이문구의 경우, 그의 연작은 스타일의 고수와 집착이 아니면 창작적 취향을 극대화시키는 방법이 된다. 즉 그가 삽화적 구성과 고유의 서사적 전통을 체득하고 이를 연작의 형식으로 더욱 확장하였음에도 불구하고 그의 스타일은 더욱 공고해지고 끝내는 이러한 결과 장편에 이르지 못하는 결정적 원인을 제공하고 있는 셈이다.

3. 전통과 근대의 조화를 위한 모색

오늘날 우리가 맞이하고 있는 정신적·문화적 상황에 대하여 우려하는 눈길들이 있다. 인간적인 것의 가치와 의미가 자본의 힘 앞에서 묵살되고, 인간을 위한 정신문화적 구상(構想)이 '속도'와 '시장'의 논리에 함몰되고 있기 때문이다.

이러한 '우려와 위기 혹은 정체성(正體性)'이란 화두는 인간의 존엄과 신비에 대한 자기 질문 속에서 나온 것이며, 때문에 우리 사회 전반에 광범위하게 제기될 필요를 느낀다. 그리하여 이러한 화두가 자기 갱신을 위한 성찰의 계기로 삼아지는 동시에 우리의 미래를 모색할 가늠자가 되어야할 것이다. 문학도 예외는 아니다. 이러한 문제의식이 문학의 자기 갱신이라는 과제로 고스란히 수렴되어야 한다. 이런 점에서 볼 때, '전통'과 '근대'에 대한 성찰과 전망은 그 어느 때보다 절실하다.

최근 학계에서 활발하게 논의된 바 있는 근대성과 그것에 대한 관심은 우리 시대의 과정과 경험의 총체, 즉 근대에 대한 근본적인 성찰과 전망에서 비롯된 것으로 보인다. 이것은 간단히 말해 우리에게 근대란 무엇이고 또 그것이 전통과 어떠한 관계를 맺어 왔는가의 물음이기도 하다.

전통은 '우리'와 '타자'를 구분하는 근거이자 원초적 정체성의 매개체다. 그러나 전통은 자연 상태의 객관적 실재로 존재하는 것이 아니라 선택적인 해석 작업의 결과이다. 앤소니 기든스의 표현을 빌면, "전통은 여러 세대에 걸쳐 지속된다는 단순한 사실로부터가 아니라, 현재를 과거에 얽어매는 끈을 확인하기 위해 수행되는 끊임없는 해석 작업으로부터 도출된다." 근대성과 전통이 제휴하는 것은 바로 이 해석 작업 안에서다. 그러므로 이런 맥락에서 보면 전통이란 철저히 근대적 산물이며, 진정한 근대란 축적된 시간의 작용과 확장된 공간의 영향이 상호작용하는 총체로서 정의할 수 있다.

이문구는 구술적 전통에 기반을 둔 서사적 구조와 그것의 소설형식적 변용을 통해 한국근대소설의 자기갱신을 도모해왔다. 그는 채만식·김유정 이래 한국 근대소설의 면면한 흐름, 즉 구술적 서사전통을 수용하고 근대적으로 변용함으로써 한국근대소설의 새로운 가능성을 향도(嚮導)하였으며, 그의 잔영은 오늘날 '이문구의 후예들'로 하여금 의연히 한국문학의 한 지평을 넓히고 있다.

그러나 이문구 소설의 소설사적 위상은 단지 이런 구술적 전통의 통시적 좌표를 확인해준다는 점 이외에 보다 내용적인 의미를 감안하지 않을 수 없다. 그것은 그의 소설이 저변으로부터 지향하고 있는 완고한 전통, 근대에 대한 반감, 그리고 전통과 근대의 조화를 위한 모색이다.

사실 아무런 전통도 없는 백지상태에다 합리적으로 설계된 '무엇(그것을 근대라고 부르더라도)'을 세우겠다는 것은 자유주의의 유토피아에서나 가능한 일일 것이다. 그러므로 우리가 일정한 선험적인 원칙들을 현실생활에 적용시키려면, 그런 문제를 해결할 수 있는 길은, 그것이 꼭 유일한 길이 아닐지라도, 현존하는 제도와 관습 그리고 전통적으로 인정된 가치나 질서에 준거를 마련해보는 것뿐이다. 대체로 생동하는 전통은 그런 원칙을 제공할 수 있으며, 문학적 준거 또한 이러한 맥락에서 의미를 갖는다. 즉 시대의 지평에서 즉각 그 근거가 설정될 수는 없다고 하더라도 아직 인식되지 않은 채 생각 혹은 소망될 수는 있는 어떤 것을 드러내기 위해 기대들을 만들어내는 것은 예전부터 미적 경험의 불가결한 역할이었다.

『관촌수필』에서 화자가 고향을 대면하는 순간 일종의 분노를 느끼고 실향민의식을 갖는 것은 긴장감 때문이다. 이는 작가의 완고한 전통과 근대에 대한 반감이 동시에 불러일으키는 긴장감이다. 또한『관촌수필』을 통해 드러난 전인적 인간상과 농민적 심성, 혹은 통분의 정서는 전근대의 공동체 생활에서 발원하는 화해와 통합의 원리에 기초를 두고 있다. 따라서 이와 같은 것들은 작가의 지향으로 표방된다기보다 팽팽한 긴장감을 형성하기 위한 문학적 준거임을 감안하여야 한다. 그리고 그렇게 설정한 '오래된 미래'가 문화적 기억의 심층에 자리 잡고 있는 집단주의적 이미지에 호소함으로써 우리에게 적지 않은 감명을 준다는 점이다. 따라서 이문구 소설을 복고주의나 反근대로 읽는 것은 성급한 판단이며 이면의 의미와 심층의 분석을 결여한 것들이다. 이문구 소설이야말로 전통성과 근대성이 대립·갈등하면서 공존하는 양상을 보여주는 문학사적 실례이고, 따라서 이 현재형으로서의 문학적 가능성에 대한 면밀한 고찰이 더 요구된다.

그럼에도 불구하고 그의 소설 가운데 일부는 팽팽한 긴장감을 형성하기 위한 문학적 준거가 도덕적 신념으로 이상화되거나 문화적 보수주의의 강화된 형태로 나타나는 경우도 있다. 하지만 이러한 경우에 있어서도 우리는 현실을 전복시킬 만한 세력이 되는 지와 상관없이 그 가치를 완강하게 밀고 나가는 작가의 의지, 즉 '도덕과 윤리의 골격'에 대한 의지를 소홀히 취급할 수는 없다.

재래의 전통으로 내려오는 것 중에 우리가 가장 중요하다고 간주해야 하는 것은 사회의 '도덕적 골격(이는 제도를 나타내는 '법률적 골격'에 상응한다)'이다. 그 사회가 전통적으로 계승하면서 도달했던 정의 또는 공평의 감각, 그리고 도덕적 감성 등이 여기에 포함된다. 이 도덕적 골격 때문에 필요할 경우 갈등을 일으키는 이해관계들 사이에 공평하거나 평등한 타협이 성립할 수 있는 기반이 마련된다. 이 골격은 물론 불변하는 것은 아니지만, 변하더라도 비교적 완만하게 변한다. 이런 전통적 골격을 파괴하는 것보다 더 위험스러운 일은 없는 것이다.

이문구의 후기소설이 드러내는 일련의 정조는 사실상 이러한 점과 관련이 깊다. 즉 후기소설의 주인공들이 느끼는 외로움과 쓸쓸함이란 일종의 자기소외와 고립에서 기인하는 것이다. 그리고 그것은 풍속과 세태의 세목에까지 관철되는 도덕적 골격의 와해에서 비롯된 것이다. 그럼에도 불구하고 후기 소설이 보여준 이문구 소설의 '성찰'적 의미는 이러한 소외와 고립을 더욱더 강화시켜 강한 불만을 펼쳐 보이던 다성적 '수다'의 세계로부터 한 걸음 나아가고 있다. 이는 강한 부정을 극한까지 밀고 나갔을 때 발견한 강한 긍정의 세계, 즉 '타자'의 발견을 보여주고 있기 때문이다. 여기에 이르면, 이문구가 느림과 이완의 미학으로 저항하던 기존의 방식이 투명하고 진중한 단성적(單聲的) '성찰'의 세계로 바뀌는 모습을 볼 수 있다.

그렇다면 투명한 성찰의 본질과 강한 부정 뒤에 도달하는 대(大)긍정의 세계는 무엇인가? 이것은 우선 '나무연작'을 통해 드러나는 백변(白邊)의 미학이고, 다음은 정체를 거부하고 끊임없는 자기성찰을 통해 삶의 본질에 육박하려는 정신이다. 사실이지 모든 비판의 깊이는 이해의 깊이이며, 자기 자신에 철저한 것이야말로 시대의 보편에 육박하는 것이다.

오늘날 새로운 것의 우선권은 그 어느 때보다 더 결정적으로 문제시되고 있다. 그 근거가 먼저 제시되어야 할 것은 전통의 보존이 아니라 그것의 변화라고 주장되고 있다. '과거적인 것의 구제'가 지혜의 최종 결론으로 간주되고 있다. 이것은 효율만능주의와 상관이 있으며, 오늘날의 신자유주의의 테제들이기도 하다. 신자유주의의 한계는 그것이 '효율만능주의'에 빠져 있다는 점이다. 효율만능주의에 빠져 있으면 인간의 존재에 대해 고민할 여유가 없다. 거기엔 사람의 세상을 위한 정신문화적 구상이 왕창 빠져있다.

이제 우리에게 좀 더 필요한 것은 이윤보다 인간이다. '인간의 얼굴'을 진보의 기준으로 제시해야한다. 그러기 위해서는 공동체 전체의 속 깊은 건강과 유기적 조화에 관심을 기울여야 하며, 합리주의 넘어서는 총체적 관점 필요하다. 이문구의 문학을 관통하는 것이 바로 이러한 점임은 새삼 상기할 필요가 있다.

아울러 진보가 이름값을 하자면 자유, 그리고 인간 존재에 대한 성찰이 전제되어야 한다. 그렇지 않으면 껍데기가 되고 만다. 이문구의 성찰이 최종적으로 도달한 것은 껍데기 같은 삶이었는지도 모른다는 깨달음과 자기성찰이 불러일으키는 알맹이에 대한 은밀한 욕망이다.

제 2 장 결 론

　이상에서 본고는 이문구 소설의 구술적 서사전통과 그 변용의 양상을 살펴보고 그것이 갖는 근대적 의미와 소설사적 위상을 살펴보았다. 이를 간략히 요약함으로써 결론을 대신하고자 한다.

　본고의 문제의식은 첫째, 서구적 근대소설이 표방한 합리적 체계화 및 그를 바탕으로 한 문학사적 구도를 재고하고, 둘째, 근대소설에 나타난 구술적 서사전통과 맥락에 대한 실증적 이해를 도모한 뒤, 셋째, 이를 바탕으로 한국 소설의 서사전통과 변용의 양상을 살펴보되 이를 가장 두드러지게 체현하고 있는 이문구 소설의 성격과 특징을 각 시기별로 집중 분석하는 것이었다.

　이제까지 한국 소설사는 합리주의와 텍스트론에 근거한 문학사적 구도로 일관해왔다. 그런데 이러한 구도가 전횡적으로 지배하면서 한국소설의 면면한 전통, 즉 구술적 서사전통과 그에 기반을 둔 근대소설의 양상 및 성과는 서구적 의미의 근대 소설에 못 미치는 미달형 혹은 변이형으로만 취급되었다.

　여기에는 소설관 및 철학적 토대를 둘러싼 동서양의 차이가 개재되어 있지만, 보다 근본적으로는 문자성 중심의 문학 및 소설의 이해로 인하여 구술성 고유의 의미가 도외시되거나 폄하되어진 탓도 있다. 문자성과 구술성 사이에는 일반적으로 생각하는 것과 달리 근본적인 사고방식과 표현방식의 차이가 존재한다. 더욱이 우리의 경우, 구술적 전통의 총화라 해도 과언이 아닌 판소리문학은 그 고유의 구조와 생명력을 오늘날까지도 이어오고 있다.

그러나 실증적·합리적 검토를 거치지 않은 채 막연한 흐름을 상정하고 계보를 추론하는 것으로는 전통의 실체를 잡을 수도 없거니와 자칫 전통이 신비화하거나 퇴화될 가능성이 있다. 따라서 본고는 구술성과 기술성의 근본적 차이점을 바탕으로 해서, 의식적으로 고안된 서사가 없는 판소리의 구술성 혹은 구술적 전통이 기록되고 옮겨지는 역동적 과정을 감안하고, 그것을 수용했던 근대소설 초기의 구술적 서사전통을 확인한 다음, 궁극적으로는 이문구의 소설이 어떠한 서사적 특성과 방식으로 전통을 변용(變容)하는지를 검증해야 한다고 보았다.

예비적 고찰에 해당되는 1부 2장은 이러한 한국 소설의 서사전통과 맥락을 살펴보고자 마련되었다. 이문구의 소설은 소위 '전(傳)' 문학적 형태가 많고 화자의 서술방식이 고전소설, 특히 판소리문학(판소리 및 판소리계 소설을 포함한)에 그 맥락이 닿아 있는데, 이것은 우리 문학사에 존재하는 폭넓은 '이야기 문화'의 전통에 그 연원을 두고 있기 때문이다. 즉 조선 후기 '이야기 문화'의 개화는 이야기꾼의 등장과 판소리 및 판소리계 소설의 형성·발달로 이어지면서 우리 문학의 구술적 전통에 있어 중요한 결절점(結節點)을 형성했던 것으로 판단된다. 특히 본고의 관심에 비춰볼 때, 조선 후기 판소리문학을 정점으로 하는 서사양식의 발달은 근대 소설의 형성과 밀접한 관련을 지니고 있다.

하지만 그것이 좀 더 근대 소설적 면모를 띠고 수용과 실험의 양상을 뚜렷하게 보여준 것은 채만식과 김유정에서다. 채만식과 김유정은 각각 '담론'의 형태를 지향하거나 '이야기(설화성)'을 도입하는 방식의 차이는 있으나 두 사람 모두 '글'을 가지고 '말'을 하는 상황을 모방하려고 노력했던 작가들이다. 이들은 마치 앞에 독자가 있어 자신의 이야기를 읽어주는 것처럼 글을 쓰고 있다. 즉 소설의 서술양식을 '말하기'와 '보여주기'의 두 가지 양상으로 구분하여 볼 때 그들의 작품은 대부분의 근대 사실주의 소설들이 지향하는 보여주기의 기법과는 달리 말하기의 서술양식을 즐겨 사용했던 것이다. 1부 2장에서는 실증적 사례를 통해 그들의 소설이 구술성에 기반하고 있으며, 이것이 뚜렷하게 실현되는 양상과 특징을 살펴보았다.

그런데 이문구의 소설은 채만식, 김유정 같이 구술적 전통에 기반을 둔 근대소설의 계보를 형성하면서도 그것이 이야기와 이야기꾼이 소멸하는 산업화시대에 등장한다는 점에서 주목되는 바가 있다. 여기에는 소위 4·19세대가 표방한 60년대적 글쓰기 및 소설풍토를 이해할 필요가 있고, 이에 대한 탈선 혹은 저항에서 이문구의 글쓰기가 전략적으로 수용되었던 바, 이문구의 '구이지학'이 그것이다. 그의 '구이지학(口耳之學)'은 이야기로서의 소설관을 정초할 뿐만 아니라 소설 구성의 원리에도 영향을 끼침으로써 이문구 소설의 영두(零庞)를 제공한다.

제2부의 각 장에서는 구술적 서사전통이 이문구 소설로 변용되는 양상 및 특징을 주요 개념과 의미구현양상을 통해 살펴보았다.

이문구의 초기 소설은 세부적인 면모의 차이에도 불구하고 두 가지 유형으로 구분된다. 소설의 공간이 서울 / 고향, 도시 / 농촌으로 설정되는 바, 전자는 당대의 '도시종주성'을 바탕으로, 분해되고 해체된 공간(특히 농어촌)으로부터 파생된 이른바 '뿌리 뽑힌 사람들'의 절망과 생존투쟁을 보여주고 있으며, 후자는 정체(停滯)와 인정(人情)의 세계가 아니라 구체적인 당대의 농촌이며, 그러한 농촌 안으로 유입된 '탈향의지' 내지 '도시지향성'이 재래의 가치와 충돌함으로써 발생하는 팽팽한 긴장감을 보여준다.

따라서 이문구 초기소설은 주요 공간을 결코 분리하지 않고 있다. 즉 도시로 흘러든 인물들은 대체로 전쟁과 가난으로 '탈향'한 땅의 후예들이다. 이들은 때로 농촌의 정체(停滯) 혹은 분해와 해체를 확인하고 절대적 빈곤을 탈피하기 위해 도시로 떠나기도 하고, 도시의 외곽과 지하를 전전하며 야멸찬 생존투쟁을 감당하기도 하고, 아니면 도시로 밀려든 근대화의 물결과 풍속의 변화를 맨몸으로 감당하기도 하는데, 대체로 인정(人情)과 악착(齷齪)이 착종된 모습으로 형상화된다.

이 시기 작품은 작가의 체험과 체험을 통해 얻은 사실을 다양하게 입체화한다. 특히 두드러지는 것은 등장하는 인물들이 저마다 기구한 내력을 가지고 있으며, 그럼에도 불구하고 '보통 사람'들의 영역에 편입되지 못하고 돈과 양심, 윤리의 파탄과정을 적나라하게 경험한다는 점인데, 작가는 이러한 과정을 거친 언어와 행태를 통해 사실적으로 묘사함으로써 60년대 후반 물량적 발전이 불러온 기묘한 사회적 활력에도 불구하고 자아의 확장이나 삶의 조화로운 개선을 확보하진 못했으며, 오히려 부분적 가치로 전도된 현실을 강조하고 있다. 이것은 인간적 도리와 삶의 본원적 가치를 강조하기 위한 역설로 받아들여진다.

한편 여기서 주목할 만한 것은 초기소설에 이야기성이 수용하면서 다양한 형태로 소설적 실험을 보여준다는 점이다. 이문구의 문체, 그 문체의 힘과 구술적 서사전통이 소설적으로 실험되는 양상이 잘 드러나 있는 곳은 「다가오는 소리」(72. 7)나 「초부」(73. 9) 등에서다. 여기에는 요설과 입심이 반복되고 극단적으로 내면화되는 양상을 보인다.

특히 2부 2장과 3장에서는 주요 작품의 양상과 원리를 '관계'와 '대비' 속에서 논의해 보았다. 그의 작품세계에서 소설미학적 정점에 올라 있는 작품은 『관촌수필』과 『우리동네』다. 그런데 이 두 작품은 여러모로 비교될 만한, 그럼으로써 이문구의 작품세계와 그 구조의 특징을 명징하게 보여주면서도 각각의 뚜렷한 특징을 갖고 있다.

『관촌수필』의 중요한 의미는 소설적 근대의 기준과 척도를 마련하였다는 점, 즉 소설의 공간과 시간, 집단과 개인을 통해 '문학적 준거(準據)'를 마련하고 있다는 점이다. 사실 산업화 이후 우리 농촌이 어떤 변화의 와중에서 고통을 당하고 있는가 하는 문제는, 그것이 우리 사회 전반의 문제를 집약적으로 보여줄 수 있을 뿐만 아니라 변화된 삶과 대조될 수 있는 공동체적이고 지속적인 삶의 원형이 비교적 남아 있던 곳이 바로 농촌이기 때문에 그 변화의 척도가 될 수 있다. 이 말은 전통적인 농촌의 삶이 이상적이라고 주장하거나 그것으로서『관촌수필』의 의미를 평가할 수 있다는 말과 다르다. 다만『관촌수필』과 그 안의 공동체적 삶의 표상이 변화된 삶의 질을 가늠하는 '척도'로 기능할 수 있다는 뜻이다.

표면적으로만 보면,『관촌수필』은 격동적인 근대체험의 장(場)으로서 고향 혹은 고향상실을 다룬 이야기다. 그러나 그의 실향민 의식은 '고향상실'에 머무르는 것이 아니라 '고향탐색'의 길로 나아감으로써, 즉 고향상실에도 불구하고 여전히 사라지지 않은 고향의 원형적 이미지를 되살려 냄으로써 근대를 환기시키는 힘을 발휘한다. 그런데 그 고향의 원형적 이미지를 견인한 것은 사실상 그를 키워준 고향 사람들이다. 그들은 한결같고 결곡하며 겸용스러운 인간상들이어서 격동의 근대에 거의 남아있지 않거나 남아나지 않았다. 따라서 그들을 통해 고향의 원형적 이미지를 부조(浮彫)하는 일이란 곧 그들의 덕성을 기록하고 그 세목(細目)을 서술하여 기리는 일이 되지 않을 수 없었던 것이다.『관촌수필』이 '전(傳)' 양식을 차용하게 된 동기는 여기서 비롯된다.

그러나 부정적 도시체험이 도달한 환멸과 소외를 뒤로 하고, 전일적 공동체와 그 질서를 변용시켜 문학적 준거를 마련했던 이문구의 '미적 전환(Horizont-wandel der asthetishen Erfahrung)'은, 그것이 스스로 정립한 '자기 세계'에도 불구하고 당대의 현실(폭정과 급격한 공동체의 붕괴) 속에서 화해와 질서를 배척하는 쪽으로 선회했다. 그리하여 『관촌수필』의 후기작부터 서서히 변하기 시작했던 이 같은 징후가 정박한 곳은 '세태와 풍속의 감각'이 '말의 감각'과 어우러지는 또 하나의 자기세계, 즉 『우리동네』였던 것이다.

『우리동네』의 진정한 의미는 세태와 풍속의 재현이나 그 자체의 나열에만 머물지 않는다. 오히려 본고는 세태와 풍속의 세목이 현실비판의 논리로 수용되고, 주체들의 저항의지로 삼아지는 과정을 좀더 눈여겨보았으며, 이러한 방법이 특유의 구술적 전통 하에서 '말'을 통해 구조화되는 측면과 연작의 형태로 끊임없이 시도되는 문제의식에 주목하였다.

아이러니컬하게도 경제성장은 일반적으로 대중들의 사회적·정치적 태도에서의 적극성을 증대시키기도 한다. 어느 정도 빈곤을 극복하는 경험 속에서 대중들은 마치 절대적인 빈곤이 영원한 자신들의 운명이 아님을 자각하였듯이 사회적 비정의(非正義)를 더 이상 운명적인 태도로 받아들이지 않게 된 것이다. 이러한 모습은 상대적 박탈감을 경험한 농민의 저항으로, 자주성으로 발전하여 『우리동네』의 곳곳에 드러난다.

이런 점에서, 이문구 소설의 지속적이고 방대한 방언의 의미를 단지 현실성을 강조하려는 이유만으로 해석하는 것은 편협한 것이며, 작가가 애초부터 즐겨 사용한 구어체 지향의 일환으로만 보는 것도 단순한 해석이다. 이문구 소설, 특히 『우리동네』의 경우라면, 말의 속성,

담론의 성격이 먼저 고려되어야 하고 그 안 내재되는 방언의 속성, 즉 권력과의 대응 내지 말의 권력 대응적 속성을 염두에 두어야 한다. 이럴 때라야 우리 소설사가 60년대 후반까지 성취했던 방언의 성취, 즉 토속적 세계의 생동감과 개성적 형상의 테두리 안에서 구사되어 왔던 무수한 방언의 활용과 이문구의 방언적 의미가 갖는 지점을 온전히 구분할 수 있게 된다.

『우리동네』의 대상(농촌 혹은 농민)이 단편적이고 단일한 구조나 성격이 아니라는 것은 두말할 필요도 없겠지만, 보다 중요한 것은 이들이 천착한 대상이야말로 당대 모순의 핵심적 결절점인 노동자, 도시빈민, 농민 문제라는 데 있다. 또한 각각의 문제가 동떨어진 것이 아니라 연관된 것이라는 인식에 이르게 됨으로써 이들의 일관된 문제의식이 당대의 사회변동을 전면적·총체적으로 인식하려는 방향으로 맞춰지게 된다는 사실이다. 따라서 연작소설을 장편으로 가는 '중요한 중간단계'로 볼 수 있는 근거가 여기에서 주어진다면 이문구의 연작성을 분석하는 것도 유의미한데, 대체로 사회현실에 대한 전면적·총체적 인식을 도모하는 실험적 형식이자, 그러한 인식이 성숙하였음을 반증하는 소설적 증거가 되는 것이다.

그러나 한 작가의 세계관 혹은 의식은 단일하지 않은 경우가 있고, 경우에 따라서는 서로 갈등하거나 충돌하는 수도 있다. 어찌 보면 이문구의 문학이야말로 이러한 의식들간의 팽팽한 긴장과 갈등 사이에 놓여있는, 그리고 그것이 결착(結着)되지 못하는 상황에서의 글쓰기를 소설의 형식적 변용을 통해 돌파해온 과정의 산물이라고도 할 수 있다.

그의 의식 가운데 두드러지는 하나는 '이야기꾼으로서의 소설가 의식'이다. 이문구의 경우, 채만식·김유정 이래 구술성이 지닌 의미를 본격적으로 제기하고 구술적 서사전통의 맥락과 그에 기반한 미의식을 계승함으로써 서구적 의미의 소설 규범에 스스로를 가두지 않는 모습을 보인다. 이문구의 의식 가운데 또 하나의 축은 그가 조부로부터 철저하게 영향을 받은(훈육되고 그리하여 체질화된) 선비의식과 유교적 세계관이며, 다른 하나는, 작가 이문구의 중요한 의식은 아버지나 고향사람들로부터 배운 민중의식과 농본적 세계관을 들 수 있다. 이때 그의 문사의식은 계층적, 도덕적 명분론이 주를 이루는 유교적 세계관에 근거하고 있으며, 그의 민중의식은 자연과 이웃사람들로부터 자연적으로 터득한 농민적 세계관에 기초를 두고 있다.

이렇게 볼 때, 『관촌수필』은 이 두 의식의 절묘한 조합이 세련되게 나타난 것인데 그것이 소설이 될 수 없었음은 그의 말대로 형식적 일탈의 의미도 아예 없었던 것은 아니지만 보다 근본적으로는 자신의 이야기를 서술할 수밖에 없었던 탓에다가, 사실을 중시하고 '포폄'과 '전승', '환기'의 의도를 실현하기 위해서는 소설의 형식이 감당할 수 없었기 때문이다. 따라서 『관촌수필』은 이문구의 의식 가운데 문사의식과 민중의식이 '傳'적 요소를 축으로 결합한 1인칭 소설이라고 할 수 있다. 이야기꾼으로서 소설가 의식은 1인칭과 3인칭을 넘나들며 이 두 의식을 절묘하게 균형 맞출 수 있었던 것이다.

하지만 『우리동네』에 오면서 현실의 변모를 직시한 작가는 '포폄(褒貶)'의 무게중심을 바꾸게 되고 기존의 규범의식과 명분이 해체되자 민중의식에 기반한 풍자적 서술을 소설의 형식에 담게 된다. 따라서 『우리동네』는 민중의식과 풍자적 요소가 극대화된 이야기꾼으로서의 소설가 의식이 전면화 된 시기의 소설이라고 할 수 있다. 즉 '수필'과 '전(傳)'적 요소가 후퇴하고, 대화의 주체가 되는 퍼스나의 활용을 통해 놀이성과 풀이성이 강화되는 양상의 풍자의 세계로 접어드는 것이다.

사실 「으악새 우는 사연」만 보면 『우리동네』 연작의 성취가 절정에 이르고 그 가능성 또한 매우 높다. 그럼에도 불구하고 이후 발표된 후속 연작은 「으악새 우는 사연」의 상징성을 좀더 직접적이거나 심도 있게 다루고 있지 못하다. 말싸움의 수위도 「우리동네 김씨」나 「우리동네 황씨」에 미치지 못하고 세태와 풍속의 나열에 치중한다. 양적 축적이 반드시 질적 변환을 가져오는 것이 아니듯이, 파편화된 현실인식의 산술적 총합이 총체성에 도달하기를 기대하는 것은 그리 자연스럽지 못하다. 따라서 이문구의 경우, 그의 연작은 스타일의 고수와 집착이 아니면 창작적 취향을 극대화시키는 방법이 되는 듯하다. 즉 그가 삽화적 구성과 고유의 서사적 전통을 체득하고 이를 연작의 형식으로 더욱 확장하였음에도 불구하고 그의 스타일은 더욱 공고해지고 끝내는 이러한 결과 장편에 이르지 못하는 결정적 원인을 제공하고 있는 셈이다.

이후 『산너머 남촌』을 비롯한 후기소설의 핵심은 고독과 성찰의 의미와 그 형식화다. 『산너머 남촌』에 제시된 문정의 형상에서 우리가 접하는 것은 도시산업화문명에 대한 혐오와 저항이 '문화적 보수주의'로 강화된 형태이다. 즉 외로움과 쓸쓸함 혹은 중용론의 의 이면에 가려져 있는 도덕적 신념의 이상화인 것이다.

후기 소설에서 특히 주목할 만한 점은 『내 몸』이 한 걸음 나아간 지점이다. 이것은 이 소설집의 한 축을 진중하게 떠받치고 있는 '성찰(省察)'에서 찾을 수 있다. 그 속에는 이제껏 작가가 견지해온 삶과 글쓰기에 대한 성찰이 있기 때문이며, 그 투명한 성찰 속에서 '타자(他者)'의 시선이 대담하게 시도되고 있기 때문이다.

이런 점에서 볼 때, 『내 몸』에는 앞서 살펴본 『우리동네』 계열의 다성적인 '수다(말)'와 정면으로 배치되는 지극히 단성적인 '침묵(성찰)'의 세계가 '한 뿌리의 두 가지'로 존재하고 있는 것이다. 특히 후자의 경우에는『우리동네』의 '말'이 지닌 역동성과 재기발랄함은 문득 사라지고, 서술자의 직접 진술에 의존한 세계의 주관적 전유가 길게 펼쳐지게 된다. 극단적으로 보면 이는 전망 없는 세계에 대한 작가의 굴복 혹은 자연적 연령에 따른 관조적 삶의 태도에서 나온 결과라고 볼 수도 있다. 그러나 분명한 것은 현대 농민의 물신적 욕망과 세태가 화자의 심리를 통해 표백(漂白)되어 드러난다는 점이고, 실제로『내 몸』의 소설 목록은 이 두 개의 이질적이고 극단적인 세계 사이를 끊임없이 왕복하는 과정의 반복행위에 다름 아니라는 점이다. 즉 수다와 침묵이 공존하는 세계인 것이다.

제3부에서는 이러한 논의들을 종합하여 이문구 소설의 소설사적 위상을 첫째, 근대적 의미의 농촌탐구와 재현이라는 농민문학적 측면에서, 둘째, 구술적 서사전통의 계승과 근대적 변용의 공과를 위주로 한 소설형식적 측면에서, 셋째, 전통과 근대의 조화를 모색하기 위한 한국적 근대의 자기반성이라는 맥락에서 각각 정리하였다.

참고문헌

1. 기초자료

『장한몽』, 「창작과비평」(1970. 12~1971. 9), 삼성출판사(1972), 책세상(1987).

『해벽』, 창작과비평사, 1974.

『몽금포타령』, 삼중당, 1975.

『관촌수필』, 문학과지성사, 1977(1991).

『엉겅퀴 잎새』, 열화당, 1977.

『으악새 우는 사연』, 한진출판사, 1978.

『우리 동네』, 민음사, 1981.

『산너머 남촌』, 창작과비평사, 1990.

『매월당 김시습』, 문이당, 1992.

『유자소전』, 벽호, 1993.

『이문구 전집』 1~7, 솔, 1996~1998.

『내 몸은 너무 오래 서 있거나 걸어왔다』, 문학동네, 2000.

『그리운 이문구』, 중앙M&B, 2004.

『이문구 전집』 1~26, 랜덤하우스코리아, 2004~2006.

2. 국내 단행본 및 저서

강상대, 『우리 소설의 일탈과 지향』, 청동거울, 2000. 9.

구인환, 『근대작가의 삶과 문학』, 서울대학교출판부, 1994.

＿＿＿, 『소설론』, 삼지원, 1996.

구자황 편, 『관촌가는 길』, 랜덤하우스코리아, 2006.

국어문학회 편, 『채만식 문학연구』, 평민사, 1997.

권영민, 『한국현대문학사 : 1945~1990』, 민음사, 1993.

김동춘, 『근대의 그늘』, 당대, 2000.

김윤식·정호웅, 『한국소설사』, 예하, 1993.

김종철, 『시와 역사적 상상력』, 문학과지성사, 1978.

＿＿＿, 『시적 인간과 생태적 인간』, 삼인, 1999.

김현주, 『판소리 담화 분석』, 좋은날, 1997.

김호기, 『한국의 현대성과 사회변동』, 나남출판, 1999.
민족문학사 연구소, 『1970년대 문학연구』, 소명출판사, 2000.
민충환, 『이문구 소설어 사전』, 고려대 민족문화연구원, 2001.
문학사와 비평연구회 편, 『1970년대 문학연구』, 예하, 1994.
박영은 외, 『한국의 근대성과 전통의 변용』, 한국정신문화연구원, 1999. 8.
박희병, 『조선후기 전의 소설적 성향 연구』, 성균관대 대동문화연구원, 1993.
______, 『한국 전기(傳奇)소설의 미학』, 돌베개, 1997. 3.
신경림 편, 『농민문학론』, 온누리, 1983.
윤병로, 『한국 근현대문학사』, 명문당, 1991.
이재선, 『현대 한국소설사』, 민음사, 1991.
임동철, 『판소리와 판소리계 소설 연구』, 민속원, 1997. 10.
임철규, 『왜 유토피아인가』, 민음사, 1994.
전신재 편, 『김유정문학의 전통성과 근대성』, 한림대 아시아문화연구소, 1997.
조건상, 『한국 현대 골계소설 연구』, 문학예술사, 1985.
조동일·김홍규, 『판소리의 이해』, 창작과비평사, 1978.
최상규 엮음, 『낭만주의 문학의 재조명』, 예림기획, 1998.
최시한, 『가정소설연구』, 민음사, 1993.
판소리학회, 『판소리의 세계』, 2000. 2.
한국고전문학회 엮음, 『국문학의 구비성과 기록성』, 태학사, 1999.
한국정신문화원 편, 『1960년대 사회변화연구 : 1963~1970』, 백산서당, 1999.
____________ 편, 『1970년대 전반기의 정치사회변동 : 1963~1970』, 백산서당, 1999.
황종연, 『비루한 것의 카니발』, 문학동네, 2001.

3. 국내 논문

권성우, 「1991년에 읽은 관촌수필」, 『관촌수필』, 문학과지성사, 1991.
권영민, 「연작소설의 기법과 장르적 가능성」, 『현대소설』, 1990 겨울.
권혁범, 「구체적 사실주의와 사회적 의식화의 조화」, 『신동아』, 1980. 2.
김 현, 「60년대 문학의 배경과 성과」, 『분석과 해석』, 문학과지성사, 1988.
______, 「고향탐색의 문학적 의미」, 『책읽기의 괴로움』, 민음사, 1984.
김경수, 「1960년대 문학의 균형잡힌 이해를 위한 첫걸음」, 『황해문화』, 1996 여름.
김경일, 「근대적 일상과 전통의 변용 : 1950년대의 경우」, 『한국의 근대성과 전통의
        변용』, 한국정신문화연구원, 1999. 8.
김동환, 「『태평천하춘』의 판소리 문체 연구」, 『국어교육』 73·74, 1991. 7.
______, 「생태학적 위기와 소설의 대응력」, 『실천문학』, 1996 가을.

김만수, 「잉여와 효율사이의 거리」, 『이문구 전집 4 : 만고강산』, 솔, 1998.

_____, 「1950년대 귀향소설 연구」, 『관악어문연구』 18집, 서울대, 1993.

_____, 「전래적 농촌에 대한 회고의 시각」, 『작가세계』, 1992 겨울.

김병익, 「한에서 비극으로―이문구의 '장한몽'」, 『전망을 위한 성찰』, 문학과지성사, 1987.

김신정, 「근대의 체험과 '고향'을 향한 시선」, 『한국근대문학연구』, 태학사, 1998.

김영범, 「알박스의 기억사회학 연구」, 『사회과학연구』 6집 3호, 대구대사회과학연구소, 1999.

김우창, 「근대화 속의 농촌」, 『세계의문학』, 1981. 12.

_____, 「언어, 사회, 문체」, 『신동아』, 1983. 9.

김윤식, 「모란꽃 무늬와 물빛 무늬」, 『한국문학』, 2000 여름.

_____, 「이문구의 미학」, 『몽금포 타령』, 삼중당, 1973.

김인환, 「체험의 입체」, 『창작과비평』, 1977. 6.

김종철, 「사회변화와 전통적 가치」, 『문학과지성』, 1978. 3.

_____, 「작가의 진실성과 문학적 감동」, 『한국문학의 현단계1』, 창작과비평사, 1982. 2.

김주연, 「서민생활의 요설록」, 『한국문학대전집』, 태극출판사, 1976.

_____, 「폐쇄사회, 인정주의, 이데올로기」, 『나의 칼은 나의 작품』, 민음사, 1975.

김주희, 「한국 현대 연작소설 연구」, 청주대 박사학위논문, 1995.

김치수, 「농촌소설은 가능한가」, 『문학과지성』, 1971. 3.

_____, 「상황과 문체」, 『문학과지성』, 1972. 7.

_____, 「유머와 소설기법―이문구의 '우리동네'를 중심으로」, 『표현』, 1982. 6.

김태현, 「문체의 윤기와 농촌의 변모」, 『현대소설』, 1990 겨울.

김흥규, 「생생한 고향의 기억과 상실」, 『한국현대문학전집』, 삼성출판사, 1979.

김홍수, 「소설의 방언에 관하여」, 『국어문학』 25집, 전북대국어국문학회, 1985.

문재원, 「<우리동네>와 카니발적 양가성」, 『한국문학논총』 23집, 1998. 12.

문학사와 비평연구회, 『1970년대 문학연구』, 예하, 1994.

민병인, 「이문구 소설 연구―농경문화 서사와 구술적 문체 분석을 중심으로」, 중앙대 박사학위논문, 2000. 12.

박진도·한도현, 「새마을 운동과 유신체제―박정희 정권의 농촌 새마을 운동을 중심으로」, 역사비평, 1999 여름.

박태순, 「문예운동사의 새로운 정립을 위하여」, 『작가』, 1998 여름.

백낙청, 「사회비평 이상의 것」, 『창작과비평』, 1979. 3.

_____, 「한국문학의 현단계」, 『민족문학과 세계문학』, 창작과비평사, 1985.

성민엽, 「루쉰(魯迅)과 근대적 체험으로서의 고향 상실」, 『황해문화』, 1999 여름.

송기숙, 「시골밭둑의 싱싱한 수풀」, 『산너머 남촌』, 창작과비평사, 1990.

송희복, 「말투의 복원, 청감의 시학」, 『이문구 전집 3 : 이 풍진 세상을』, 솔, 1997.

______, 「이문구 소설을 보는 두 관점」, 『작가세계』, 1992 겨울.

신종한, 「한국근대소설의 판소리 서술양식 수용」, 『단국대 논문집』 27집, 1993.

신형기, 「정치 현실에 대한 윤리적 대응의 한 양상」, 『작가세계』, 1992 겨울.

염무웅, 「농촌문학론」, 『창작과비평』, 1970. 9.

______, 「산업화시대의 문학」, 『민중시대의 문학』, 창작과비평사, 1979.

우찬제, 「융섭의 상상력과 한의 포월」, 『상처와 상징』, 민음사, 1994.

원종국, 「이문구의 『관촌수필』 연구」, 동국대 문화예술대학원, 2000. 12.

유복순, 「이문구의 『관촌수필』 연구」, 한국교원대 석사학위논문, 2000. 2.

유종호, 「농촌 최후의 시인」, 『이문구 전집 1 : 다갈라불망비』, 솔, 1996.

______, 「시와 토착어지향」, 『현실주의 상상력』, 나남, 1981.

이남호, 「산업화와 문학」, 『해방 40년, 민족지성의 회고와 전망』, 문학과지성사, 1985.

이대성, 「이문구 소설 연구」, 고려대 교육대학원 석사학위논문, 1997. 6.

이동하, 「70년대의 소설」, 『한국문학의 현단계』, 창작과비평사, 1982.

이득재, 「문체와 공간」, 『문학과지성』, 1994. 5.

이명우, 「한국 농민소설의 사적 연구」, 동국대 박사학위논문, 1997.

이수훈, 「한국의 고도 경제성장과 가치 변동」, 『정신문화연구』 22권 1호, 1999.

이춘섭, 「이문구 농민소설 연구」, 경희대 석사학위논문, 2000. 2.

임명진, 「채만식 소설의 판소리 수용에 관한 연구」, 『한국언어문학』 37집, 1996.

______, 「판소리 사설의 구술성과 전승원리」, 『국어국문학』 30집, 1995.

임우기, 「'매개'의 문법에서 '교감'의 문법으로」, 『그늘에 대하여』, 강, 1996.

______, 「농민적 세계관의 인간적 또는 진보적 의미」, 『녹색평론』, 1992. 7.

임지현, 「민족주의 : 전통과 근대의 변증법?」, 『인문과학』 30집, 성대인문과학연구소,
        2000.

장노현, 「『임꺽정』의 삽입구조 : 끝나지 않는 이야기」, 『정신문화연구』, 22권 3호,
        1999.

전은옥, 「이문구 소설의 문체 연구」, 중앙대 석사학위논문, 1999. 6.

전정구, 「이문구 소설의 문체연구」, 『현대문학이론연구』 9호, 1998. 5.

정명기, 「전과 야담의 엇물림(1)」, 『한국언어문학』 33집, 한국언어문학회, 1994. 12.

정현기, 「『장한몽』의 <아픔>, 이야기 방식」, 『매지논총』 17집, 2000. 2.

______, 「유년기 체험소설연구」, 『매지논총』 11집, 연세대, 1997.

정호웅, 「문정(文正)의 문학」, 『문예중앙』, 1990. 9.

조용미, 「이문구 소설 연구―1960~70년대 작품을 중심으로」, 연세대 석사학위논문,

1999. 6.
진영복, 「인정(人情)의 세계에서 인정(認定)의 세계로」, 『현역중진작가연구 1』, 국학
　　　자료원, 1997.
진정석, 「이야기체 소설의 가능성」, 『1970년대 문학연구』, 예하, 1994.
채희문, 「진정한 자유를 실천하는 의미」, 『작가세계』, 1992 겨울.
하정일, 「근대성의 변증법과 주체화의 미학」, 『우리 시대의 소설, 우리 시대의 작가』,
　　　계몽사, 1997.
_____, 「저항의 서사와 대안적 근대의 모색」, 『1970년대 문학연구』, 소명출판, 1999.
한　기, 「합리주의의 문턱에서」, 『문예중앙』, 1993 가을.
한상준, 「이문구 농촌소설 연구－우리동네를 중심으로」, 조선대 석사학위논문, 2002. 2.
한수영, 「분단과 전쟁이 낳은 비극적 역사의 아들들」, 『역사비평』, 1999. 2.
_____, 「이문구론－말을 찾아서」, 『문학동네』, 2000 가을.
현길언, 「이야기성과 서사성의 만남－이문구론」, 『작가연구』 7 · 8, 새미, 1999.
황종연, 「도시화 · 산업화시대의 방외인」, 『작가세계』, 1992 겨울.

4. 국외 논저

Edward W. Said, 박홍규 역, 『오리엔탈리즘』, 교보문고, 1995.
Ernst Bloch, 박설호 옮김, 『희망의 원리 1, 4』, 솔, 1995.
Georg Lukacs, 반성완 역, 『소설의 이론』, 심설당, 1985.
Georg Lukacs, 반성완 역, 『영혼과 형식』, 심설당, 1988.
Hans Robert Jauß, 김경식 옮김, 『미적 현대와 그 이후』, 문학동네, 1999.
J. Mıddleton Murry, 최창록 옮김, 『문제론 강의』, 현대문학, 1990.
Max Weber, 『프로테스탄시즘의 윤리와 자본주의 정신』, 문예출판사, 1988.
Mikkail Mikhailovich Bakhtin, 전승희 외 옮김, 『장편소설과 민중언어』, 창작과비평
　　　사, 1988.
Olivier Reboul, 홍재성 · 권오룡 옮김, 『언어와 이데올로기』, 역사와비평사, 1994.
Peter V. Zima, 서영상 · 김창주 옮김, 『소설과 이데올로기』, 문예출판사, 1996.
Seymour Chatman, 한용환 옮김, 『이야기와 담론』, 고려원, 1991.
Walter Benjamin, 반성완 편역, 『발터 벤야민의 문학이론』, 민음사, 1983.
Walter J. Ong, 이기우 · 임명진 옮김, 『구술문화와 문자문화』, 문예출판사, 1995.
이마무라히토시(今村仁司), 이수정 옮김, 『근대성의 구조』, 민음사, 1999.
카라타니 코오진(柄谷行人), 권기돈 · 송태욱 옮김, 『탐구 1, 2』, 새물결, 1998.

부 록

범속(凡俗)한 트임과 심상(尋常)한 지혜들
- 이문구 작 「강변의 빈터」(1982) 짚어 보기 -

1. 소설가 의식의 두 뿌리

나는 현실에 투생(偸生 : 죽어야 옳을 때에 안 죽고 욕되게 살기를 꾀함)하여 이 오죽잖은 생활이나마도 누릴 수 있기를 도모하였고, 애초부터 사문(斯文 : 유교에서 유교의 문화를 일컫는 말)을 따르지 못하여 나이 넉 질(四秩 : 40세)이 다 되도록 구이지학(口耳之學 : 귀로 들은 것을 그대로 남에게 이야기하는, 조금도 자기의 것으로 소화하지 못한 학문)으로 활계(活計 : 생계)함에 그쳤으니, 얼굴은 들 수 있어도 뒤통수 부끄러워 못 다닐 지경에 이르지 않았는가?

    -『관촌수필』 중에서(뜻풀이 보충-인용자)

구이지학(口耳之學)이란 것이 있다. 작가의 육성이 그대로 묻어난 위 글에서 우리는 구이지학으로 표현되는 이문구의 '이야기꾼으로서의 소설가 의식'을 확인할 수 있다. 잃어버린 민중의 말을 되찾으려는 언어의식, 그리고 이들의 삶을 들려주고픈 이야기꾼의 충동과 자질은 이러한 의식의 안과 밖을 넘나들며 이문구의 소설세계를 오랫동안 지탱해주었다.

이문구의 '구이지학(口耳之學)'은 독특하면서도 오래된 연원을 가진 것이다. 그는 어려서부터 『유충렬전』, 『옥단춘전』, 『추풍감별곡』 같은 껍데기가 울긋불긋한 육전소설(六錢小說)들을 읽다가, 얼마 후 『춘향전』, 『흥부전』 같은 고대소설에 심취하였던 적이 있고, 근대소설을 접하게 된 때는 그 후로도 오랜 시간이 지난 뒤였다. 더욱 특이한 것은 이야기책이나 고대소설을 동네사람들 앞에서 낭독하면서 되도록 듣기 좋게 읽어 버릇했고, 그렇게 하는 과정에서 문장의 호흡과 가락의 맛을 느껴 보았다는 점이다.

이러한 이야기꾼으로서의 소설가 의식은 때론 작가의 처사(處士)적 기질 혹은 처사적 삶의 기율(紀律)과 갈등하기도 한다. 처사적 삶의 기율이란 타락한 근대의 현실과 정면으로 대립하는 것이다. 하지만 그것이 세속적 성취를 부정하고 체념과 관조로써 정신적 평온을 구할 때, 반속주의(反俗主義) 혹은 개결주의(介潔主義)에 빠지기 쉽다. 그러나 그의 처사의식은 『관촌수필』의 '할아버지'가 상징하는 바와 같이 유교적 이념에 근거하고 있으면서도, 그가 자연과 이웃사람들로부터 체득한 공동체적 질서, 즉 '왕소나무'가 표상하는 바를 감싸는 넉넉한 것이다.

여기서 소설가 의식의 두 뿌리, 즉 이야기꾼으로서의 소설가의식과 처사의식의 갈등을 완충하고 이것을 소설 내적으로 정착시키는데 기여한 것은 이른바 '구술성(口述性, Orality)'이다. 옹(Walter J. Ong)에 따르면, 의사소통이나 사고하는 데 있어 구술에 입각한 세계(oral universe) 또는 '구술성'은 일반적으로 생각하는 것과 달리 문자에 입각한 세계(literal universe) 또는 '문자성(記述性, literacy)'의 한 변종이 아니며, 일정한 '정신구조(mentality)'의 차이까지 드러낸다. 즉 구술의 양식에 뿌리박은 사고방식이나 표현방식과 문자양식에 매개된 그런 방식들과의 사이에는 뚜렷한 차이가 있다는 것이다. 이러한 점을 고려하면, 말과 글은 언표상으로만 약간의 차이를 지닌, 표현되고 나면 둘 다 비슷해지고 마는 그런 단순한 표현 수단이 아니다. 말과 글은 무엇을 표출하고 어떻게 표현해야 하는지를 사전에 결정하게 한다. 또한 표출하는 도중에도 끊임없이 영향을 끼치며, 표출하고 난 다음에도 그 의의를 사뭇 다르게 전달하는, 심대한 차이와 의미를 지닌 표현 수단인 것이다.

이문구는 말과 글이라는 언어적 껍데기뿐만 아니라 그 내부의 속성을 인식하고 그것이 문학적 형상화에 어떻게 기여하는지를 주목한 소설가다. 그리하여 우리 문학 안에 풍부하게 자리하고 잡은 구술적 서사전통, 즉 판소리 이래 채만식, 김유정으로 이어지는 근대문학의 구술적 서사전통을 움켜쥘 수 있었다. 구술성을 통해 현대소설의 영역을 개척하고 이로써 작가 고유의 근대적 미의식을 모색해나간 이가 바로 소설가 이문구였던 셈이다.

2. 저인망에 걸린 세태

자가는 풍속과 세태의 세목(細目)을 통해 사회적 징후를 발견할 수 있다. 왜냐하면 그 안에 범속한 트임이 존재하기 때문이다. 심상한 지혜가 녹아있기 있기 때문이다. 또한 그 사회적 징후란 때론 철학자의 예지에 버금가는 것이고, 사회학자의 무수한 통계보다 훨씬 풍부한 것일 수도 있다. 이런 점에서 볼 때, 작가가 세대, 직업, 계층, 성별, 제도에 따라 분화된 사회적 방언을 능수능란하게 구사한다는 것, 즉 사회적 방언에 통달한 복화술사적(複話術士的) 재능이 있다는 것은 그 자체로 소중한 작가적 자산이다. 이것은 인간사회 내부의 차이에 대해 열려있는 감각과 통하는 것이기 때문이다. 사회적 방언의 형상화는 가깝게는 잡다한 풍속의 사실적 탐구에 필수적이며, 멀리는 인간현실의 모든 획일적 규정과 싸우는 노력에 긴요한 것이다.

7, 80년대 이문구의 소설은 우리네 세태와 풍속을 '다채로운 저인망(底引網)'으로 끌어올림으로써 그 성가를 높였다. 『우리동네』 연작(1977. 11~1980. 6)은 70년대적 농촌의 현실, 즉 상대적 박탈감과 농촌공동체의 해체에 관한 가장 풍부한 소설적 보고서 가운데 하나다. 『우리동네』에서 보여준 당대 농촌의 변모된 혹은 변모되어가는 세태와 풍속은 어느 작품의 어느 장면을 뽑든지 간에 어렵지 않게 펼쳐진다. 그리고 그 안에 산재된 삽화는 소설의 자잘한 축을 이루는데, 이것을 따라가다 보면 성장의 덫에 걸린 70년대 농촌의 일그러진 자화상을 만나게 된다. 후속 작품 역시 『산너머 남촌』(1984. 1~12)과 「강동만필」 시리즈(1984. 9~1988)에서 보듯, 농촌 및 근교의 도시세태를 다룬 작품이 두드러진다. 이는 당연한 결과로, 1980년대 들어 맥주거품처럼 흘러넘치기 시작한 소비문화의 세태나 풍속이 농촌과 도시의 경계를 허물면서 점차 한국사회에 편만(遍滿)해졌기 때문이다.

『우리 동네』를 여러 각도에서 음미해 볼 수 있겠다. 하지만 세태와 풍속을 '말의 갈등'으로 풀어낸 성과에 주목해 보면, 이 소설의 의미는 '다른 국민'의 성립으로 이해할 수도 있다. 사실 한국의 민중들은 수백 년 동안 공공의 영역에 대한 경험은 말할 것도 없고 그에 대한 인식마저도 매우 제한적인 상태에서 생활해왔으며, 이러한 상황은 해방에 이르기까지 지속되었다. 그러나 해방과 전쟁을 거치면서 이데올로기의 대립은 낮과 밤을 따라 공공의 기준이 뒤바뀌는 극한 상황을 야기했다. 이러한 과정에서 사람들의 마음속에서는 나라의 일, 공공의 일에는 관여하지 않는 것이 좋다는 생각이 자연스럽게 형성되었으며, 공공의 영역에서 자신의 의사를 적극적으로 피력하는 주체의 역할에 대한 동기부여도 극히 미약하게 되었던 것이다.

　이러한 상황에서 기본 성격상 이중적일 수밖에 없고, 이제껏 가장 수동적인 민중으로 자타가 공인하던 농민들에게서 자각과 주체의 선언이 나오고 있는『우리동네』의 등장은 새로운 사회적 징후의 발견이라 하지 않을 수 없다. 더욱이 이러한 사회적 징후의 발견은 '국민총화(國民總和)'의 이름으로 그 어느 시기보다 이데올로기의 통제가 심했던 70년대 현실을 감안하면 그 자체가 획기적인 것이다.『우리동네』가 '말의 갈등'을 통해 포착한 대목은 바로 이 지점이며,『우리동네』는 70년대 농민의 언술 속에 등장하는 국민에 대한 의심과 '다른 국민'의 성립, 즉 민중의 원형을 '동네'라고 하는 축도 속에 그려놓은 것이다.

　「강변의 빈터」는 시기적으로도 그러하지만, 내용에 있어서도『우리동네』와『산너머 남촌』의 경계에 놓여있다.『우리 동네』에서 보여 준 예의 왁살스러움이 정도를 달리할 뿐 고스란히 드러나고 있으며, 그 근저에 깔린 세태의 변화가 소설의 주조를 이룬다. 이는 곧이어『산너머 농촌』에서 보여 질 도시세태의 농촌유입과 소비문화의 폐해를 예비하는 것이기도 하다.

3. '말의 갈등'과 문제적 개인

　이번에 우리가 새로 보게 된「강변의 빈터」(1982)가『우리동네』의 연장선 위에 놓여질 수 있는 이유는 무엇보다도 '말의 갈등'이 소설의 중심축이라는 점에서 기인한다.

　「강변의 빈터」는 매우 간단한 줄거리를 가지고 있다. 주인공 '박명자'는 남편이 중동으로 일하려 간 사이 두 아들을 데리고 평범하게 살고 있었는데, 같은 처지의 이웃 '세빈 엄마'를 알고부터 새로운 삶을 알게 된다. 소위 '춤바람'이 난 것인데, 당시 장안의 화제라던 강남 영동지구의 캬바레를 출입하게 된 박여인을 통해 그러한 삶이 불러 온 새로운 고민과 갈등을 독백형식으로 서술하고 있다.

물론 '중동부인(中東夫人)' 박명자의 춤바람이라는 소설의 외피는 그 자체로 평범하기 그지없는 것이다. 73년 이래 한국 사회를 풍미한 '중동특수(中東特需)'의 한 단면을 통속의 서사로 붙잡아 맨 것이기 때문이다. 그러나 「강변의 빈터」는 중심에 육박할수록 통속과 거리가 멀어진다. 오히려 중동특수의 그림자를 활용하여 물신주의와 교양빈곤의 세태를 예리하게 찌르고 뒤돌아선다. 『우리동네』만큼 왁살스러운 형국은 아니고, 치렁치렁한 방언의 향연도 없다. 하지만 「강변의 빈터」는 결코 길지 않은 분량에 짧지 않은 여운을 준다.

역시 여운의 핵심은 '말의 갈등'에 있다. 세태풍자의 본질이 두드러지는 대목은 박여인과 세빈엄마와의 대화 혹은 박여인의 독백 속에서다.

(1) "나는 하면 된다느니, 잘살아보자느니, 하는 말에도 의식주의 풍요만을 뜻한다면 문제가 있다고 생각해요. 먹고 입고 자는 것만 넉넉하면 다다, 그건가요? 물질도 제정신을 가진 사람에게나 가치가 있지, 심신이 건강치 못한 사람에겐 그것처럼 별 볼일 없는 것도 없다고 봐요."

(2) 무릇 정신적인 여유나 정서의 어떠함을 이야기 하는 아낙네는 1년을 가도 하나 있기가 어려웠다. 더욱이 교양이나 문화를 의논하는 글은 기적과 맞설 만큼 그 비스름한 내용조차도 구경할 수가 없었다.

(3) 박여인은 그렇게 생각하였다. 서방 잘 만난 귀부인 떨거지나

제 세상 만난 복부인 나부랭이, 그리고 직업적으로 노는 다된 여자들이나 재미있는 곳으로 여겼던 라이트클럽과 캬바레의 고객이, 노동자의 아내들까지 저변확대를 하여 현금차원에서 평준화를 이루었다는 말에, 종래의 이질감을 씻은 듯이 가셔낼 수 있은 거였다.

‘하면 된다’와 ‘잘살아보자’야말로 당시 정권이 추구한 개발독재의 마술적 표제였다. 그러한 개발독재의 빛과 그림자가 극명하게 교차하던 시기가 바로 이 소설의 배경을 이루는데, 여기서 소설 「강변의 빈터」는 물질과 속도와 자본의 논리에 밀려 가뭇없이 사라질 처지에 놓인 것들, 즉 정신과 교양과 문화의 가치를 박여인의 심드렁한 대화를 통해 길어 올리고 있다. 나아가 물질만능주의로 치닫는 소비세태의 풍조를 두고는 ‘평준화’ 운운하는 댓거리로 오금을 박는다. 이렇듯 말로 집약된 지배이데올로기를 말의 갈등으로 형상화하고 저항의 논리로 구성하는 것이야말로 『우리동네』 이후 이문구가 추구해온 뚜렷한 성과이자 결정적 매력이었다.

소설 「강변의 빈터」는 ‘말의 갈등’을 여기서 멈추지 않는다. 일심동체(一心同體), 총화단결(總和團結), 정권안보(政權安保)와 같은 국가이데올로기의 대표적 표어를 해체시킨다. 그리하여 ‘일심동체’는 박여인과 세빈엄마의 일탈을 추동하는 ‘일심이체’ 혹은 ‘이심일체’로 활용되고, ‘총화단결’과 ‘정권안보’는 두 여인의 방종을 합리화하는 ‘여권안보(女權安保)’로 탈바꿈하게 된다. 이정도면 ‘말의 갈등’을 넘어 ‘말의 정치학’이라고 해도 과언이 아닐 정도다.

소설의 예민한 촉수는 사보(私報)에 실린 편지를 비판하는 대목에서도 돋보인다. 즉 사보에 실린 편지가 물질과 행복을 어떻게 계산하고, 또한 그것을 천편일률적으로 정형화함으로써 궁극적으로 물질만능주의로 이끌고, 노동자와 그 가족들을 개발의 희생양으로 삼는지에 대한 예리한 비판이 다음과 같이 적나라하게 드러나고 있다.

> 무턱대고 아빠라고 불러 되새기고 곰새겨가며 읽기 전에는 아내의 것인지 자녀의 것인지조차 분간이 안 되던 그네들의 글은, 열이면 열이 만날 그 소리인 '아빠께서 하면 된다는 정신과 우리도 잘살아보겠다는 의지로 행복이 그날을 앞당기기 위해서 조국을 떠나신 지도 벌썬 (얼마가) 되었습니다.'로 서두가 장식되어 있었고, 뒤미처 '조국 근대화에 앞장 선 자랑스러운 대한의 남아로서, 조국과 민족의 명예를 두 어깨에 짊어지시고, 오늘도 40도가 넘는 열사의 사막에서 작업에 열중하시는 아빠……'를 거치면 드디어 '피보다 짙은 땀방울'과 '피가 마른 돈'이 나오고, 이어서 빚쟁이 이잣돈→사글세 문간방→전세 판잣집→우리 아파트로 끝나기까지의 묵은 가난타령, 그리고 고용회사의 그룹총수에 대한 지극한 감사와 만강의 경의를 표하면서 '안녕'이 나오고 그치는 것이 대부분이었다.

결국 박여인의 위악적 태도는 개인적 번민, 즉 조혼에 7년여의 독수공방으로 인한 외로움에서 비롯된 것이 아니다. 비록 소설의 서두는 '내가 왜 이러나'하며 자신의 마음을 부쩌지 못하는 것으로 시작하여 '아니 내가 왜 이러나'하는 말로 끝나는, 고민이 계속되는 형국이지만 이 독백이 이끌어내는 원인과 적나라한 세태의 발생론적 배경이야말로 소설의 중심을 이루고 있다. 즉 물질만능과 천박한 도시개발의 후유증이 남긴 정신의 빈곤상태를 겨냥하고 있는 것이다.

여기서 한 가지 흥미로운 것은 박여인 형상이 이문구 재래의 소설에서는 좀체 드문 문제적 개인의 면모를 보인다는 점이다. 사실이지 이문구 소설은 근대소설이 표방하고 있는 저자(Author)의 이념에 충실한 편이 아니다. 그의 소설에서 하나의 허구적 세계를 자기의 의지에 따라 지어내고 그 위에 군림하는 창조자의 모습을 찾기 어렵다. 오히려 이야기를 끌어가는 서술자가 허구적·경험적 세계의 인물과 사건을 독자에게 전달해주는 면모가 강하다. 흔히 그가 즐겨 쓰는 서술양식이 일반적 의미의 근대소설과 달리 '보여주기(묘사)'보다는 '말하기(서술)' 위주로 진행되는 경우도 이와 관련이 깊다. 때문에 가변적 현실을 돌파하는 문제적 개인의 형상보다 현실이 무엇인지를 알려주는 숭고한 개인이 유독 많다. 이문구 소설이 빈번하게 활용해온 '전(傳)' 양식이란 것도 기실은 이러한 맥락에서 비롯된 것이다.

그런데 「강변의 빈터」에서는 문제적 개인이 등장한다. 개인적 번민과 일탈 위에 있으면서도 사회적 문제를 체현하는 이가 바로 주인공 박여인이다. 그리하여 이윽고 가변적 현실의 문(門) 앞에서 알몸으로 선 채, 자신을 찾아 나설 채비를 갖추는 인물이 박여인이다. 박여인의 형상은 『관촌수필』의 걱실걱실한 '옹점이'를 연상시키는 한편, 삐딱하면서도 올곧은 면모로 보면 『엉겅퀴잎새』의 '필례'와 닮은꼴이다. 그러나 옹점이도 필례도 그들의 품성을 대변하기 위한 서술에 의존한 인물들이었고, 특히나 그들의 개인적 번민과 자의식이 강하게 드러나는 인물형이 아니었다. 설령 그러한 면모가 있다 하더라도 그것은 과거형으로 기록되거나 전적으로 서술화자의 추측과 판단에 의지하여 전개되곤 하였다. 즉 옹점이든 필례든 스스로 살아 꿈틀거리는 갈등과 번민의 주체로, 즉 서사의 담지자(擔持者)로 등장한 것은 아니었다.

아쉽게도 이 소설은 문제적 개인의 자기 확인을 위한 여정이 출발하기 직전에 끝이 나고 만다. 하지만 전승(傳承)적 의미가 강한 이야기꾼으로서의 소설가가 '말의 갈등'을 통해 세태로 고착되어가는 가변적 현실에 저항하고, 나아가 그러한 각다분한 현실의 전면에 문제적 개인의 형상을 등장시킨 것은 그 자체로 흥미로운 장면이 아닐 수 없다. 나아가 이것은 문제적 개인의 설정에도 불구하고 주인공이 길을 나서

지 못한 이유를 정치적 민감성 때문에 더 이상의 전개를 꺼려했기 때문으로 볼지, 아니면 문제적 개인의 향배를 감당할 작가의 소설관의 균열에서 찾을지 하는 문제적 고민을 우리에게 남겨준다.

4. 이문구식 세태소설의 뒷맛

멀리 임화(林和)의 지적에 기대지 않더라도 세태소설의 한계는 자명하다. 때문에 사회의 문제는 언제나 사회시평(社會時評)의 복사(複寫)에 머물러서는 안 된다. 예컨대 농촌문제는 언제나 농업이론으로 그리고 연애는 언제나 연애론으로서 제출되어서는 곤란하다. 거기에는 작가의 창조적 호흡과 열의라는 것이 전연 그림자를 감추어버리고 없기 때문이다. 이문구 소설이 세태소설의 영역을 개척하였다는 것은 '말의 갈등'을 통해 현실에 육박해 들어가는 힘을 보여주었기 때문이다. 도드라지진 않지만 묻혀서는 안 될 덕목들을 은근 슬쩍, 때론 왁살스럽게 들춰냄으로써 범속한 트임과 심상한 지혜를 제시해주었기 때문이다. 어찌 보면 진리란 일리(一理)에서 비롯되고, 일리는 범속과 심상의 풀밭에서 노니는 것인지도 모른다.

『우리동네』를 정점으로 70년대 후반과 80년대 초 이문구를 강하게 붙잡았던 것은 이른바 세태와 풍속의 변화였다. 「강변의 빈터」는 서서히 혹은 부지불식간에 편만(遍滿)해가는 세태, 그리하여 완전하게 일상화되어 심지어 어떤 이들에겐 '자연스럽게' 받아들이고 있는 세태의 일단을 저인망으로 끌어올린다. 그리고 그 속에 내재해 있는 독특한 문화적, 풍속적 '권력'을 파악할 수 있는 시선을 견지하고 있다. 이로써 개발독재와 반동적 근대가 내포한 위험성을 적시해주고 있는 셈이다.

「강변의 빈터」는 '말의 갈등'이 여전히 주를 이루고 뚜렷한 사건은 없다. 때문에 외양은 울퉁불퉁한 멍게 같은 세태소설이지만, 그 안의 여린 속살과도 같은 범속한 트임과 심상한 지혜는 결코 사소한 것만은 아니다. 아니 이것이야말로 철학자의 예지나 사회학자의 통계를 넘어서는 것이라는 점에서, 「강변의 빈터」는 멍게 뒷맛과 흡사하다. 싸하고 신맛이 가시면서 단맛이 남는다.

— 출전 : 「세태의 저인망과 말의 갈등」, 『문예중앙』, 2004 여름

살아있는 원민(怨民)들
—이문구 전집 26권 『숨쉬는 장승』 해설—

1. 전집 완간의 의미

이 책에는 모두 10편의 새로운 작품이 실려 있다. 새로 발굴한 작품도 있긴 하지만 이런저런 사정으로 빠진 작품들을 전집 발간을 계기로 그러모았다고 하는 편이 낫겠다. 새로운 작품들에 대한 면밀한 검토며 전체 이문구 소설에서 어떠한 위상을 갖게 될지 하는 문제는 더 연구해 봐야 할 것이다. 하지만 이번 작품의 발굴과 수록은 전집의 완성도를 높여 줄 뿐만 아니라 이문구 문학의 외연을 확장하였다는 점에서 그 의의가 있다. 아울러 후속 연구를 통해 이문구 문학의 총체적 조망을 가능케 할 기초를 마련하였다는 점에서도 그 수고가 헛되지 않을 줄 안다.

이 가운데 1976년작 「마지막 그믐」은 미처 완성되지 못한 채 남아 있던 원고를 그대로 실은 것이고, 1982년작 「강변의 빈터」는 완성은 되었지만 어디에도 발표된 적이 없던 작품을 수록한 것이다. 두 작품은 이문구 사후, 작가가 말년을 보낸 집필실을 정리하는 과정에서 발견된 것인데 「강변의 빈터」는 해설(졸고, 「세태의 저인망과 말의 갈등」, 『문예중앙』, 2004 여름 참조)과 함께 잠깐 소개된 적이 있지만 본격적인 빛을 보게 되기는 이번이 처음이다. 또 1979년 신문에 연재되다가 뚜렷한 이유 없이 중단되고만 「숨쉬는 장승」도 새로 선뵈는 작품이다. 나머지 작품들은 지면을 통해 발표는 되었으나 단행본으로 묶인 적이 없고, 그래서 목록만 전해지던 작품들이다. 몇 편은 사보류(社報類)에 실렸던 가벼운 분량의 작품들이지만 몇 편은 작가의 출신 학교 학회지(서라벌 예술대학 문예창작과)에 실렸던 초기 작품들이어서 흥미롭다.

이렇게 새로 발굴한 작품과 의미 있는 미완성 소설까지 엮는 것으로 이문구 전집은 사실상 완간된다. 기대 반 두려움 반으로 첫 권을 낸지 2년여가 흘렀고, 총 9차에 걸쳐 26권의 작품집과 1권의 연구서까지 곁들여, 비로소 대장정을 마무리하게 된 것이다. 전집 발간을 시작하면서 이문구 소설을 한국문학의 정전(正典, canon)이라고 부르짖은 편집위원은 한 명도 없었다. 그러나 이문구 소설이 우리 문학의, 근대소설사의 뚜렷한 성좌임을 편집위원 모두 의심치 않았던 것만은 사실이다. 소위 팔리는 책을 염두에 두었던 것도 아니다. 언젠가, 누군가, 우리 문학의 별자리 속에서 또렷하게 빛나는 이문구 소설을 발견하게 될 때, 그 때 비로소 제대로 된 별을 볼 수 있도록 정본(正本)을 삼게 하자던 소박한 바람뿐이었다.

문학이란, 인간의 곁에 선 가장 인간스런 학문적 얼굴이다. 문학을 두고 인간학(人間學)이라고 곧잘 부르는 것도 이 때문이다. 그러나 문학 작품을 읽고 그 작품 속을 뚜벅뚜벅 걸어 나오는 인물과 만나고 그들의 시대와 더불어 우리의 삶을 읽는 것도 우선은 '텍스트'로부터 비롯되는 것이다. 결코 텍스트 지상주의를 의미하는 것이 아니다. 가장 정제되고 믿을만한 정본을 통해 비로소 그 작가와 작품의 얼굴과 만나는 인간적 실천이 가능해진다는 뜻이다. 독자와의 만남을 통해 문학을 향수하고 보존하는 것이 이러할 진대 하물며 문학연구에 있어서의 정본의 의미는 더 말해 무엇 하겠는가. 이문구 전집의 완간은 이런 점에서 또 하나의 새로운 시작인 셈이다.

2. 마지막 그믐 : 해원(解寃)을 위하여

전집의 마지막 해설을 자청하면서 필자는 10편 모두를 대상으로 일정한 논의를 전개하기 어려웠다. 발표 시기도 제 각각인데다가 각각의 작품 사이에 특별한 연관성도 없었기 때문이다. 그래서 편편(片片)의 인상을 주목하지 않을 수 없었는데, 이 가운데 두 편의 작품이 눈길을 끌었다.

먼저 눈에 들어 온 작품은 「마지막 그믐」이다. 작가의 친필 원고로 정확히 1976년 9월 날짜까지 찍힌 이 소설은, 그러나 미완성 작품이다. 200자 원고지로 143매까지 썼으나 본격적인 이야기는 전개되지 않고 있다.

시낭송회에서 각각 남여 고등학교 대표로 나간 이근창과 김종숙은 초등학교 6학년 때 같은 반이었다. 한 눈에 서로를 알아 본 그들은 낭송회가 끝나고 지난 시절의 이야기로 어색한 재회를 갖는데, 중간중간에 주인공 이근창의 회상을 통해 그들의 부친이 일가를 이루게 된 과정과 집안의 내력이 서술된다. 소설의 두 번째 장에서 드러나기 시작한 갈등, 즉 그들의 부친들이 보인 엇갈린 선택과 행보는 이 소설의 본격적인 전개를 암시하지만 아쉽게도 이야기는 여기서 그치고 만다.

남자 주인공 이근창의 아버지는 일제 때 노무대에 징용으로 끌려갔다 온다. 그 후 일가가 몰락하면서 농투산이로 전락한다. 여자 주인공 김종숙의 아버지는 일제 때 헌병대 대장을 지냈던 경력이 있으나 어찌어찌하여 그 사실을 숨긴 채 특무상사가 되었다. 김종숙은 김종국이라는 친척 집에 유숙하며 학교를 다니고 있었는데 김종국은 이근창과도 동창으로, 그의 아버지는 대서사로 일하며 지역의 유지행세를 하고 있는 인물로 소개된다. 소설은 이근창—김종숙—김종국으로 이어지는 2세들의 사춘기적 연애담으로 이어가는 듯하지만, 기실 본격적인 서사는 그 너머에 있어 보인다. 역사적 격동기 1세대(이러한 용어는 편의적으로 부르는 말에 지나지 않지만 해설을 위해 잠정적으로 쓰기로 한다), 즉 주인공의 아버지들이 같은 고향에서 같은 역사를 살면서 전변(轉變)하게 되는 과정이 암시되고 있기 때문이다.

이처럼 「마지막 그믐」은 연애소설의 외피를 쓰고 있는 듯하다. 그러나 소설의 육체는 역사적 격동기를 온몸으로 살아낸 1세들의 서로 다른 운명과 선택으로 구성되었으며, 그들로부터 시간과 공간을 물려받은 이들, 즉 2세들의 해원(解寃)에 관한 문제를 겨냥한 것으로 보인다. 아마도 이근창과 김종숙의 주된 대화가 근대화를 화제로 진행되고 있다는 사실을 감안하면, 작가는 근대화의 왜곡과 굴절이 해방과 전쟁에서부터 비롯되었음을 차곡차곡 더듬어 보고 싶었는지도 모를 일이다.

이문구야말로 이런 2세들의 갈등과 화해문제에 누구보다 관심을 갖지 않을 수 없었던 인물이다. 소위 좌익 아버지 때문에 그의 일가가 풍비박산되고, 형제들마저 차례로 잃게 됨으로써, 졸지에 넷째 아들이었던 그가 장남이 되어버린, 그러다가 끝내는 고향을 떠날 수밖에 없었던 개인사가 그의 대표작 『관촌수필』을 통해 적나라하게 서술되고 있다. 일반 독자에겐 덜 알려지긴 했지만 악착같은 삶의 생명력과 고단한 이들의 한(恨)을 써내려간 그의 첫 장편 『장한몽』(1970. 12~1971. 9)에서도 이미 작가는 '구본칠'이라는 등장인물을 통해 2세들의 해원에 관한 문제를 진지하게 접근한 바 있다. 또한 작가의 유년시절을 밝힌 산문에 의하면, 해방 후 좌익치하에서 인민재판으로 죽은 피해자의 아들과 그러한 활동을 주도했던 아버지의 아들, 그러니까 바로 이문구 자신이 같은 반 짝꿍이 되었던 당시의 섬뜩함을 자세하게 기록하고 있다.

한편 「마지막 그믐」의 집필 시기와 미완의 이유에 대해서는 이런 생각을 해보게 된다. 우리에게 한국적 노스탤지어의 강력한 위력을 보여준 『관촌수필』이 연작소설 이라는 것은 주지의 사실이다. 그런데 그 구조와 내용을 면밀히 살펴보면 총8편 가운데, 1편에서 5편까지 주로 과거의 고향, 즉 '관촌'을 회상하는 부분과 6편에서 8편까지 현재의 '관촌'을 배경으로 쓴 작품들 사이에 일정한 단층(斷層)이 있음을 보게 된다. 그리고 단층의 핵심은 소설의 시대적 배경에 있다기보다는 왁살스런 '말'의 등장과 비판적인 '인물'의 형상화에서 찾을 수 있다. 여기엔 70년대 전반과 후반을 보는, 다시 말하면 작가 이문구의 70년대에 대한 비판적 인식의 변화가 내재되어 있다.

이러한 인식의 변화가 『관촌수필』의 단층으로 나타났다는 것이 필자의 생각이다. 그리고 여기에는 필화사건으로 얼마간 붓을 꺾게 만들었던 75년작 『오자룡』의 영향도 무시할 수 없다. 『오자룡』은 70년대 중반, 작가의 사회적 인식이 매섭게 날카로워질 무렵 이를 '역사소설'의 구조로 구현한 작품이다. 그런데 작품 속의 '방위세 운운' 대목으로 작가는 정권에 의해 연행·취조 당하고 작품은 강제로 연재가 중단되었다. 작가 이문구는 이 사건으로 인하여 거의 1년간 절필 상태에 놓이게 되는데, 이로 인해 76년 말 『관촌수필』 연작을 재개하기 전까지 몇 편의 콩트 이외에는 거의 작품을 발표하지 못했다. 이렇게 볼 때, 「마지막 그믐」 역시 큰 호흡으로 소설을 시작했으나 연재 중단의 후유증 등 여의치 않은 사정으로 말미암아 중도반단된 것이 아닌가 생각된다.

3. 숨쉬는 장승 : 호민(豪民)을 찾아서

　새로 수록된 작품 가운데, 「숨쉬는 장승」 또한 인상적이다. 소설은 낙농업에 종사하는 주인공이 당시 농정에 휘둘리면서 겪게 되는 고초와 농촌 풍속을 근간으로 진행되는데, 삽화로 등장하는 예비군 훈련의 폐해와 선거철 세태가 흡사 『우리동네』를 방불케 하며, 이들이 주고받는 '말들의 향연' 또한 '이문구표'임을 확신케 한다. 그러나 이 작품 역시 미완인데, 좀 더 정확히 말하자면 1979년 『일요신문』에 연재되다가 중단되고만 작품이다. 현재로서는 연재 중단의 이유를 정확히 알 수 없다. 당시 신문 어디에도 중단 사유에 대한 뚜렷한 해명이 없고, 작가 역시 이에 대한 저간의 사정을 밝힌 바 없다.

　「숨쉬는 장승」은 『우리동네』가 씌어지던 시기에 연재되었던 작품이다. 『우리동네』는 『관촌수필』의 뒤를 잇는 이문구의 대표적인 작품으로, 이 또한 연작 소설의 형태로 구성된 것이다. 그러니까 1980년 단행본으로 출간 된 『우리동네』란 기실, 1977년 11월부터 하나씩 창작되기 시작한 단편이 일정한 포맷, 즉 동일한 소설적 공간(농촌)에서 주인공과 주제를 변형시켜가는 방식으로 확장되어 가다가 나중에 이르러서는 하나의 소설로 묶이게 된 작품인 것이다. 시기적으로 보면, 「숨쉬는 장승」은 정확히 『우리동네』의 창작시기 안에 놓여있다.

　사실이지 「숨쉬는 장승」은 『우리 동네』와 거의 유사하다. 문체와 전개방식이 비슷할 뿐만 아니라 중단 직전 주요 삽화로 등장하는 '여관 에피소드' 대목 등이 특히 그러하다. 「숨쉬는 장승」의 맨 마지막 부분은 주인공이 지방 선거를 활용해 금품을 수수하고, 그 돈으로 동네 다방 아가씨들과 하룻밤을 노니는 세태를 보여준다. 그런데 이러한 설정내지는 주인공이 여관에서 황당한 결말을 맞이하게 되는 장면은

「우리동네 류씨」(대한 YWCA, 79. 9)의 내용과 거의 일치한다. 「우리동네 류씨」에 등장하는 일명 '정승화 사건'은 여관방에서 두 사내가 시비가 붙었는데 알고 보니 옆방의 여자가 주인공의 정부였다는 에피소드인데, 이 두 소설의 창작 시기와 에피소드의 유사성을 고려해보면, 「숨쉬는 장승」이 중단되고, 마지막 부분의 에피소드가 「우리동네 류씨」에 거의 그대로 들어간 것이 아닌가 싶다.

이러한 점을 감안해보면, 「숨쉬는 장승」의 연재 중단은 사실상 작품의 내적 동력이 고갈된 것에서 연유하는 바가 크다고 보는 편이 타당하다. 즉 「숨쉬는 장승」은 『우리 동네』 연작의 궤도 안에서 독자적인 작품으로서의 자기 정체성을 형성하지 못하고 위성으로 떠돌다가, 결국은 스스로 자기 궤도를 이탈한 셈이다. 물론 이 시기가 독재 정권의 말기로서 그 엄혹함이 절정에 이르렀던 시절이고, 당시 이문구는 『실천문학』의 발행인이 되어 작품의 실천보다 사회적 실천에 주력하던 사정을 감안해야 하는 것도 필요할 것이다.

그럼에도 불구하고 「숨쉬는 장승」은 범상치 않은 제목과 소설을 관통하는 '말'의 갈등 때문에 읽는 내내 일정한 긴장감을 만들어낸다. 때로는 그 '말'의 갈등이 하도 예리하고 소설의 행간이 넓어 허균의 「호민론(豪民論)」을 무시로 연상시킨다.

허균은 백성을 셋으로 나누었는데, 늘 눈앞의 이익 때문에 시키는 대로 법을 받들고 윗사람의 부림을 받는 자를 항민(恒民), 폭정 앞에 격정하고 탄식하되 입속으로만 중얼중얼 윗사람을 원망하는 자를 원민(怨民), 그리고 세상 돌아가는 형편을 눈을 부릅뜨고 흘겨보다가, 때를 만나면 자기의 소원을 풀어보려는 자를 호민(豪民)이라 하였다. 허균은 천하에 가장 두려운 것은 오직 백성뿐이라고 하면서 무릇 이들 호민이야말로 참으로 두려운 존재라고 역설하였다.

「숨쉬는 장승」에는 항민(恒民)과 원민(怨民)이 자주 등장한다. 농번기임에도 불구하고 예비군 비상 훈련에 동원되지 않으면 안 되는 농민들이 나온다. 그리고 자신의 몸이 아프면 왕진은 물론 병원 한번 찾기도 힘든 상황이지만 그들이 기르는 가축(젖소)을 위해서는 수의사의 왕진을 청하지 않을 수 없는, 그리하여 의사의 왕진료보다 더 비싼 값을 치르지 않을 수 없는 낙농업자들이 등장한다. 그들은 무작정 법을 받들고 눈앞의 이익을 위해 서로의 살을 뜯는 데 혈안이 된 항민들이다. 그러나 「숨쉬는 장승」은 그들의 아둔한 의식과 단순한 이기심을 일방적으로 비판하거나 계몽하지 않는다. 항민으로만 묘사하지 않는 것이다. 대신 장승에 숨을 불어 넣는다. 그리하여 그들이 삶을 좀 더 악착같이 부여잡고, 좀 더 왁살스럽게 댓거리를 하게 만드는데, 이것을 매개하는 것이 바로 말이다. 더욱이 그 말이란 것이 방언이라는 사실을 절대로 간과해서는 안 된다. 방언의 가능성이란, '제도화된 언어의 억압성을 뚫고 탈주하는 활력과 역동성'에 있기 때문이다. 작가가 말을 통해, 그것도 방언을 통해 스스로의 처지와 신세를 주고받는 동안 말은 삶을 위무하고, 현실에 눈을 부릅뜨며 의식을 증폭시킨다. 어느새 원민이 되는 것이다. 비록 「숨쉬는 장승」은 호민을 형상화하지 않았고, 소설도 더 이상의 증폭을 보여주진 못했다. 그러나 작가는 소설의 증폭 대신 『실천문학』의 발행인이라는 사회적 실천을 택함으로써 호민으로서의 이상(理想)을 마침내 구현했는지도 모른다.

4. 다성성(多聲性)과 거대한 실천

최근 의사소통능력에 대한 사회적 요구가 많다. 한 사회를 관통하는 거대한 담론의 형성이 부재하고, 그것을 선도하던 지식인들이 어디로 숨었는지도 모르게 꼭꼭 숨어서 의사소통을 거부하는 세태도 문제지만 대학에 몸담고 있는 필자의 입장에서 보자면 말과 글을 통한 의사소통의 능력 그 자체가 현저히 떨어지고 있다는 사실에 더욱 심각한 문제의식을 느끼지 않을 수 없다.

보통 의사소통과정에는 전달 내용 외에 '발신자', '수신자', '맥락' 등 여러 가지가 관여하듯이, 인문적 글쓰기의 텍스트는 '서술자'와 '잠재적 독자', '내용' 외에 다양한 '언어적 표현(문체와 수사가 부각되는 요소)' 등이 복잡하게 관여한다. 그 중에서도 문학작품, 특히 소설은 극단화된 텍스트로서의 면모를 보이는데, 이문구의 소설은 이러한 소설의 기질과 특성을 이해하는 데 그 절정에 놓여있다고 해도 과언이 아니다. 오히려 말의 향연에 흠뻑 빠지고 나면 그 멀미(?)로 인해 정작 그 내용적 전달을 놓치고 마는 경우도 허다하다.

그러나 한 가지 명심해야 할 것은 이문구 소설의 극단적 면모가 형성된 저간(這間), 즉 시대적 맥락을 읽어내는 일이다. 아마도 이것은 바흐친이 말한 소설의 다성성(多聲性)을 우리식으로 이해하는 데 가장 좋은 지름길이 될 수 있을 것인 바, 이문구의 소설이 궁극에 닿으려고 한 지점은 단순한 현실을 기록하거나 현실과 담을 쌓는 것이 아니라, 그 자체가 일종의 '현실적 실천' 공간이다. 이 세계는 '현실' 못지않게 언어적 표현체인 담론으로 이루어져 있고, 담론적 실천이라는 말까지 있고 보면, 이문구의 글쓰기는 현실을 재편하는 거대한 실천이었다는 점을 잊지 말아야 할 것이다.

— 출전 : 「살아 있는 원민(怨民)들」, 『숨쉬는 장승』 이문구 전집 26권 해설, 랜덤하우스코리아, 2006

여기에 수록된 어휘는 이문구 소설에 자주 등장하는 소설어(고유어, 한자어, 방언 등)를 정리한 것이다. 독자에게는 간략한 어휘의 길라잡이로 활용될 수 있으며, 연구자에게는 이문구 소설어의 외연과 특징을 간략하게나마 살펴볼 수 있게 할 것이다. 본 해설은 『이문구 전집』(랜덤하우스코리아, 전26권)의 각 권에 부록으로 실린 어휘 해설 가운데 3회 이상 반복된 것을 뽑은 것이며, 기왕의 이문구 소설어에 대한 연구(민충환, 『이문구 소설어 사전』, 고려대민족문화연구원, 2001)와 표준국어대사전(국립국어원)을 참조하였다.

일러두기

개어(個語)	개	방언	방	비슷한말	비	작은말	작
고어(古語)	고	본딧말	본	센말	센	준말	준
반대말	반	부사	부	속어	속	큰말	큰
						참고	※

ㄱ

가기(家忌) : 자기 조상의 기제사(忌祭祀).

가늑하다 : 흡족하고 느긋하다.

가동치다 : 단출하게 추리고 정리하다. 방 가둥치다

가래톳 : 허벅다리와 불두덩 사이의 림프샘이 부어 생긴 멍울.

가량(假量) : (주로 부정하는 말과 함께 쓰이어) 어림짐작. 가량할밖에 없다.

가로다지 : 가로로 된 방향.

가마리 : 감. 시빗거리. ※ 먹을 거리 : 먹을 감.

가웃 : (수량을 나타내는 말 뒤에 붙어) 되·말·자 따위로 되거나 잴 때, 그 단위의 절반 가량에 해당하는, 남는 분량을 이르는 말.

가잠나룻 : 짧고 성기게 난 구레나룻.

가장귀 치다 : 말 끝마다 신경을 곤두세우다. ※ 가장귀 : 나뭇가지의 갈라진 곳.

가탈 : ① 일이 순편하게 나아가지 못하게 방해가 되는 일. ② 억지 트집을 잡아 까다롭게 구는 일. 센 까탈.

가풀막(지다) : 땅바닥이 가파르게 비탈져있다.

각근(恪勤)하다 : 삼가다. 조심하다.

각다귀 : ① 모기와 비슷하며 벼나 보리의 뿌리를 잘라 먹는 해충. ② '남의 것을 착취하는 사람'을 비유하여 일컫는 말.

각죽(刻竹) : 무늬를 새긴 담뱃대.

간릉거리다 : 간능(幹能)거리다. (남의 환심을 사려고) 엉너리치는 솜씨가 좋음.

간사리 : 간살. 일정한 규격으로 건물을 둘러막은 공간.

간종(거리다)그리다 : 흐트러진 일이나 물건을 가닥가닥 골라서 가지런하게 하다.

간평(看坪) : (지난날, 도조(賭租)를 매기기 위하여) 지주가 추수 전에 농작물의 잘되고 못
    됨을 실지로 살펴보던 일. 🖽 간추(看秋).

갈개 : (괸 물을 빠지게 하거나, 어떤 경계를 짓거나 하기 위해서) 얕게 판 작은 도랑.

갈급하다 : (목이 타는 듯이) 몹시 조급하다.

갈마들이(하다) : 서로 번갈아들게 하다.

갈마쥐다 : ① 한 손에 쥔 것을 다른 손에 바꾸어 쥐다. ② 쥐고 있던 것을 놓고 다른 것
    으로 갈아 쥐다.

갈모 : 기름종이로 만들어, 비가 올 때 갓 위에 쓰는 것(접으면 쥘부채처럼 되고, 펴면 고
    깔 비슷함). 입모(笠帽)

갈바래다(질) : 흙 속의 벌레 알을 죽이기 위하여 논밭을 갈아엎고 볕과 바람에 쬐다(쬐는 일).

감뭇 : 🚹 깜빡

감뭇없다 : 🚹 가뭇없다. (사라져서) 찾을 길이 없다.

감발 : 발감개 또는 발감개를 한 차림새.

감여가(堪輿家) : 풍수지리에 관한 학문을 연구한 사람.

감역(監役) : '감역관'의 준말. 역사(役事)를 감독함.

감장하다 : (어떤 일을 하는 데) 남의 도움 없이 혼자 힘으로 꾸리어 나가다.

감투거리 : 여자가 남자 위에 올라가 하는 성행위.

강가(降嫁)들다 : 지체 높은 집의 처녀가 그만 못한 이에게 시집감.

강상(綱常) : 삼강(三綱)과 오상(五常). 즉 사람이 지켜야 할 근본적인 도리.

강짜 : '강샘'의 속된 말. (부부간이나 서로 사랑하는 이성 사이에서, 상대자가 자기 아닌
    다른 이성을 사랑하는 데 대한) 강한 샘. 질투. 투기(妬忌). 🖽 샘

강파르다 : ① 몸에 살이 적고 파리하다. ② 성미가 깔깔하다.

개갈 안 나다 : ① 말이 맺고 끊는 맛이 없다거나 섞갈리거나 요령부득이다. ② 일이 매동
    그려지지 않거나 매듭이 나지 않거나 마무리가 없다. ③ 뜻이 가당치 않거나 막연하거
    나 어림도 없다. ④ 하는 짓이 칠칠치 못하거나 갈피가 없거나 허술하여 매듭이 없고
    싱겁거나 결과가 예측불허다.

개랑 : 매우 좁고 얕은 물.

개맹이(없다) : 똘똘한 기운이나 정신(주로 소극적 · 부정적으로만 쓰임).

개밥바라기 : 저녁때 서쪽 하늘에 보이는 '금성(金星)'을 속되게 이르는 말. 어둠별.

개비하다 : 헌 것을 버리고 새 것을 장만하여 갖추다.

걀근걀근 : 자꾸 간살부리는 모양.

걀금거리다 : (이로) 조금씩 얄밉게 갉아 먹다.

걀상하다 : (얼굴이) 갸름한 듯하다.

걀쭘하다 : 🚹 걀쯤하다. 꽤 갸름하다. 걀쑴하다.

거냉 : 약간 데워서 찬 기운을 가시게 함. 🈖 거냉(去冷).

거늑하다 : 넉넉하여 아주 느긋하다.

거든그리다 : 간단하게 끄려 싸다.

거룻배 : 돛을 달지 아니한 작은 배. 거도선(居刀船). 소선(小船). ㈜ 거루.

거리비끼다 : ㈞(지팡이나 막대기 같이 길쭉한 물건의 놓여 있는 상태가) 무엇에 기대어 거우듬하게 비끼어 있다.

거섶 : 냇물이 둑에 바로 스치어 개개지 못하도록 둑가에 말뚝을 늘어 박고 가로 결은 나뭇가지.

거연(居然)하다 : 심심하고 무료하다.

거우듬하다 : 조금 기울어진 듯하다.

거조(擧措) : 말이나 행동의 태도. 행동거지.

거쿨지다 : 몸집이 크고, 언행이 시원시원하다.

거탈 : 실상이 아닌, 겉으로 나타난 태도.

걱실하다 : 성질이 너그러워 언행을 시원시원하게 하다.

건건찝질하다 : 감칠맛이 없고 건건하고 찝질하다.

건들마 : 초가을에 남쪽에서 불어오는 시원한 바람.

걸기질 : 논밭의 바닥을 평평하게 고르는 일.

걸때 : 사람의 체격. 몸피의 크기.

걸립(乞粒) : ① 무당이 굿할 때 위하는 낮은 급의 귀신. ※ 화주걸립. ② 동네의 경비를 마련하기 위하여, 무리를 지어 집집마다 다니며 풍악을 울리고 전곡(錢穀)을 얻는 일, 또는 그 일행.

걸싸다 : (하는 일이나 동작이) 매우 날쌔다.

걸태질 : 탐욕스럽게 마구 재물을 긁어 모으는 짓.

검비검비 : 어떤 행동을 쉽게 대강대상하는 모양.

검특(黔慝)하다 : 마음이 음흉(陰凶)하고 능갈치다.

게접스럽다 : 약간 지저분하고 더럽다.

게정(을) 부리다 : 불평스러운 말과 행동을 일부러 나타내다.

겨끔내기 : 서로 번갈아 하기.

겨르롭다 : ㈐ 한가롭다.

겨릅대 : 껍질을 벗긴 삼대. 마골(麻骨). ㈜ 겨릅.

견대미 : 실꾸리를 결을 때, 실의 가락을 가로걸치는 자그마한 틀.

견성(見性) : 불교에서, '모든 망념과 미혹을 버리고 자기 본디의 타고난 불성(佛性)을 깨달음'을 이르는 말.

겯다 : 암탉이 알을 배기 위해 수탉을 부르느라고 골골하는 소리를 내다. 알겯다.

결곡하다 : 생김새나 마음씨가 빈틈이 없고 야무지다.

결김에 : 결이 난 김에.

겸두겸두 : '겸사겸사(兼事兼事)'의 잘못.

겸애(兼愛)하다 : (자기 부모나 남의 부모나 차별 없이 또는 친하고 친하지 않은 구별 없이) 모든 사람을 하나 같이 두루 사랑하다.

겸용(兼容)스럽다 : 도량이 넓다.

겸자(鉗子) : 외과 수술용구의 한 가지. 기관·조직·기물 따위를 고정시키거나 압박하는 데 쓰는, 가위모양의 날이 없는 금속제 용구.

겹것 : ① 겹옷. 솜을 두지 않고 겹으로 지은 옷. ② 겹으로 된 것.

경아리 : 서울 사람을 약고 간사하다 하여 욕으로 이르는 말.

곁두리 : (농사일 등 힘든 일을 하는 사람이) 끼니 외에 참참이 먹는 음식. 새참.

고당(高堂) : ① 남의 '부모'를 높여 일컫는 말. ② 상대편을 높이어 그의 '집'을 이르는 말.

고두머리 : 도리깨 머리에 비녀장처럼 가로지른 짧은 나무.

고드래떡 : 물기가 말라서 빳빳하게 굳어 고드랫돌 같이 된 떡. ※ 고드랫돌 : 발이나 자리를 엮을 때 날을 감아서 매다는 돌.

고래실논 : 바닥이 깊고 물길이 좋은 기름진 논.

고랫재 : 방고래에 쌓여 있는 재.

고련 한 푼(없다) : 고린돈 한 푼. 돈도 한 푼도 없는 빈털터리 신세다.

고록고록 : 뭥 고로롱고로롱.

고리 : 고리버들의 가지나 대오리 따위로 결어서 만든 상자 같은 물건(옷 등을 넣어 두는 데 쓰임). ※ 고리짝 : 고리의 낱개.

고리삭다 : 케케묵고 시들하다.

고리장이(柳器匠) : 고리짝이나 키를 만들어 파는 것을 업으로 하는 사람. 유기장이.

고막이 : 마루 아래의 터진 곳을 돌, 흙 등으로 쌓은 것.

고미 : 반자의 한 가지. 고미받이를 걸어서 고미혀를 건너지르고, 그 위에 산자를 엮어 진흙을 두껍게 바른 것.

고섶 : 가장 가까운 곳. 물건을 넣어 두는 그릇 같은 것의 가장 앞쪽, 곧 손쉽게 찾을 수 있는 곳.

고시랑거리다 : 못마땅하거나 하여 군소리를 듣기 싫도록 자꾸 하다.

고주배기 : 고주(高柱)배기. 한옥에서, 여러 기둥 가운데 특별히 높게 세운 기둥. 주로, 대청마루의 한가운데에 세운 것을 이름.

고지 : 논 한 마지기에 얼마의 값을 정하여, 모내기로부터 김매기까지의 일을 해 주기로 하고 미리 받아쓰는 삯, 또는 그 일.

고패 : 제자리에서 또는 무엇의 둘레를 돌거나 뒹구는 것을 세는 단위.

고팽이 : (두 지점 사이의) 한 차례의 왕복.

곤댓짓 : 뽐내어 우쭐거리며 하는 고갯짓.

곤죽(배미) : ① 매우 질어서 질척질척한 것. ② 일이 얽혀 갈피를 못 잡게 됨을 이르는 말. ③ (주색에 빠지거나 몸이 상하여) '힘없이 늘어진 모양'을 비유하여 이르는 말.

곰방메 : 흙덩이를 깨뜨리거나 씨를 묻는데 쓰는 농기구. 둥근 나무토막에 긴자루를 끼워

'T'자 모양으로 만든 것.

곰배팔이 : 팔이 꼬부라져 붙어 펴지 못하거나 팔뚝이 없는 사람. 㽹 곰배.

곰살궂다(스럽다) : 성질이 싹싹하고 다정하다. 꼼꼼하고 자세하다.

곱삶이 : 두 번 삶아 짓는 밥. '꽁보리밥'을 달리 이르는 말.

곱솔 : 박이옷을 지을 때 한 번 접어서 박고, 다시 접어서 박는 일.

곱은탱이 : 㽐 굽이진 길모퉁이.

곱장리 : 묵은 장리까지 합쳐서 그것을 다시 받아내는 장리. ※ 장리(長利) : 곡식을 꾸어주고 받을 때에 본디 곡식의 절반을 받는 변리.

공글리다 : 단단하게 다지다. (일을) 틀림없이 따져 끝마무리하다.

공초(供招) : 조선시대에, 죄인이 범죄 사실을 진술하던 일.

공포(功布) : 관(棺)을 묻을 때, 관을 닦는 데 쓰는 삼베 헝겊(발인할 때 명정(銘旌)과 같이 세우고 감).

과만(瓜滿) : 벼슬의 임기가 다 참.

교군꾼 : 가마를 메는 사람. 교부(轎夫). 교정(轎丁). 㽹 교군.

교전비(轎前婢) : 지난날, 혼례 때 신부를 따라가던 계집종.

구길지르다 : '구기지르다'의 잘못. 함부로 구기어서 비비다.

구꿈스럽다(맞다) : '귀꿈스럽다'의 잘못. 어딘가 어울리지 아니하고 촌스럽다.

구덥다 : (굳건하고 확실하여) 아주 미덥다.

구들더께 : 늙고 병들어 늘 방안에만 들어 있는 사람을 농으로 이르는 말.

구듭(을) 치다 : 귀찮고 힘든 남의 뒤치다꺼리를 하다.

구뜰한 : 변변찮은 음식의 맛이 제법 구수하여 먹을 만하다.

구럭 : 새끼로 그물처럼 눈을 성기게 떠서 만든 물건.

구령찰 : 늦게 익은 찰벼.

구쁘다 : (별난 음식이) 먹고 싶어 입맛이 당기다.

구새 먹다 : 크게 자란 나무의 속이 썩어서 구멍이 나다.

구순하다 : 사귀거나 지내는 데에 의가 좋고 화목하다.

구습(口習) : 입버릇. 말버릇.

구적 : 돌이나 질그릇 따위가 삭아서 겉에 일어나는 엷은 조각.

구적구적 : 매우 더럽고 지저분함 모양.

구접스럽다 : 지저분하고 더럽다.

구종 : 지난날, 벼슬아치를 모시고 다니던 하인. 구종배.

국청(鞫廳) : 조선시대에 역적 등 중죄인을 심문하기 위하여 임시로 두었던 관청.

군내 : 군둥내. 제 본맛의 것이 아닌 좋지 않은 냄새.

굴신거리다 : 몸을 굽히고 펴다.

굴왕신 같다 : 낡고 찌들고 몹시 더러워져 흉하게 보이는 것을 흉보는 말.

굴축스럽다 : 㽐 괴팍스럽다.

굴타리먹다 : 참외나 호박·수박 따위가 흙에 닿아 썩은 자리를 벌레가 파먹다.

굴품하다 : 궁금하다. 속이 출출하여 무엇이 먹고 싶다.

굼뜨다 : 동작이 답답할 만큼 느리다. 우통하다. 뻰 재빠르다.

굽격지 : 団 굽달린 나막신.

굽도리 : (방안의) 벽의 맨아랫부분

굽죄이다 : 꿀리는 일이 있어 기를 펴지 못하다.

궁겁다 : 뱅 궁금하다.

권속(眷屬) : 식구. 가족. (남 앞에서) 자기의 아내를 겸손하게 이르는 말. 가속(家屬).

궤연(几筵) : 죽은 이의 영위(靈位)를 두는 영궤(靈几)와 그에 딸린 물건을 차려 놓은 곳. 영실(靈室).

귀꿈맞다(스럽다) : 어딘가 어울리지 아니하고 촌스럽다.

귀둥대둥 : 말이나 행동을 가리지 않고 함부로 하는 모양.

귀살스럽다 : 보기에, 정신이 나갈 정도로 엉클어져서 뒤숭숭하다. 귀살머리스럽다. 귀살쩍다.

귀수(鬼祟) : 귀신의 빌미로 나는 병.

귀얄 : 풀 따위를 칠할 때 쓰는 도구.

그닐거리다 : 살갗이 근지럽고 자리자리한 느낌이 자꾸 나다.

그루(를) 박다 : 사람을 기를 펴지 못하게 억누르다.

그루갈이 : 한 경작지에서 한 해에 두 차례 다른 작물을 짓는 일. 근경(根耕), 근종(根種) 이모작.

그악스럽다 : 몹시 모질고 사납다.

그앙없다 : 뱅 끝없다. 아득하다.

근기(根氣) : 참을성 있게 배겨 내는 힘.

근천스럽다(맞다) : 뱅 주접스럽다.

금상(今上) : 현재 왕위에 있는 임금.

기국(器局) : 사람의 재능과 도량. 기량(器量).

기박(奇薄)하다 : (이상하게도) 운수가 사나워 일이 뒤틀리고 복이 없다.

기신거리다 : (기운이 없어) 힘없이 움직이다.

기음 : 김. 논밭에 난 잡풀.

기휘(忌諱) : ① 꺼리어 싫어함. 꺼리어 피함. ② (남의 비밀이나 불상사 따위를) 입에 올려 말하기를 꺼림.

길굼턱 : 길이 굽어진 턱.

길나장이 : 조선시대에, 수령(守令)이 외출할 때 길을 인도하던 나장. 囲 길라잡이.

길래 : 禺 길게. 길이. 오래도록.

길마 : 짐을 싣거나 수레를 끌기 위하여 소나 말 따위의 등에 얹는 안장.

길미 : 빚돈에 덧붙어 일정한 푼수로 느는 돈. 변리(邊利). 이식(利息). 이자(利子).

길섶 : 길의 가장자리. 길가.

길쯤하다 : 🅑 꽤 긴 듯하다.

길체 : 한쪽으로 치우친 구석 자리.

깃고대 : 옷의 깃을 붙이는 자리. 두 어깨솔 사이로 목뒤에 닿는 곳. 🅟 고대.

깃다 : 무성하다. 논밭에 잡풀이 많이 나다.

깜냥(껏) : 일을 가늠 보아해낼 만한 능력.

깜뭇 : 순간적으로 깊이 빠져 들거나 멀리 사라지는 모양.

께끼다 : (노래나 말을) 옆에서 거들어 잘 어울리게 하다.

꼴때말때 : 아이들이 소꿉질하며 놀 때 아궁이에 불을 지피는 시늉을 하며 밥이 빨리 끓
  으라고 반복적으로 중얼거리는 소리.

꽃샘잎샘 : 이른 봄, 꽃과 잎이 필 무렵에 추워짐, 또는 그런 추위.

꽃패집 : 🅑 모말집. 추녀가 사방으로 빙 둘려 있는 모양의 집. ※ 모—말 : (곡식 따위를 되
  는) 네모가 반듯한 말. 방두(方斗).

꾀송거리다 : 달콤하거나 교묘한 말로 자꾸 꾀다.

끄느름하다 : 날씨가 흐리어 어둠침침하다.

끌탕 : 속을 태우는 걱정.

└ ·················

나부대다 : 얌전히 있지 못하고 철없이 촐랑거리다.

나승개 : 🅑 냉이.

나지리하다 : (키나 능력 따위가) 상대적으로 낮은 듯하다.

날탕 : ① 무슨 일을 하는 데에 아무런 기구 없이 마구잡이로 함. ② 안주 없이 술을 먹는
  것을 이름. ③ 아무 것도 없는 사람.

남실하다 : 액체가 그릇에 가득 차서 넘칠 듯하다.

납평(臘平) : 동지 뒤의 셋째 미일(未日). 납일(臘日). 이날 납향(臘享)을 올림.

납향(臘享) : 납일(臘日)에, 그해의 농사를 비롯한 여러 가지 일을 사뢰기 위하여 지내는 제
  사. 납평제(臘平祭).

낭자 : 여인의 예장(禮裝)에 쓰던 딴머리의 한 가지. 쪽 찐 머리 위에 얹어 긴 비녀를 꽂음.

낯박살 : '낯을 박살내다'의 준말. 많은 사람 앞에서 대놓고 잘잘못을 지적하여 망신을 시
  키는 것.

내미룩 네미룩하다 : 책임 따위를 지지 않으려고 서로 미루적거리다.

내전보살(內殿菩薩) : '알고 있으면서도 모르는 체하고 시치미를 떼고 있는 사람'을 이르
  는 말.

냅뜰성 : 내뛸성. 수줍어하거나 주저하지 않고 활발히 나서는 성질.

냇내 : 연기의 냄새.

너나들이 : 너니 나니 하면서 터놓고 지내는 사이.

너누룩하다 : ① 떠들썩하던 것이 잠시 조용하다. ② 심하던 증세가 잠시 가라앉아 있다.

너덜겅 : 돌이 많이 흩어져 있는 비탈.

너름새 : 떠벌려서 주선하는 솜씨.

너리(먹다) : 잇몸이 헐어 이뿌리가 드러나며, 이가 빠지게 되는 병.

너미룩내미룩 : 니미룩내미룩. 서로 상대편으로 책임을 떠넘기어 미루는 모양.

너벅지 : 〔방〕 자배기.

너볏하다 : (됨됨이나 태도가) 번듯하고 의젓하다. 〔작〕 나볏하다.

너울가지 : 남과 잘 사귀는 솜씨.

너테 : 얼음 위에 덧얼어붙은 얼음.

넉걷이 : 오이, 호박 따위의 덩굴을 걷어 치우는 일.

넌덕스럽다(넌덕을 부리다) : 너털웃음을 치며 솜씨 있는 말을 늘어놓는 재주가 있다.

넌출 : 길게 뻗어 나가 너덜너덜 늘어진 식물의 줄기. (등(藤), 다래, 칡 따위의 줄기).

널벅 : 〔방〕 너부주하게.

노각 : 늙어서 빛이 누렇게 된 오이.

노느매기 : (물건 따위를) 나누는 일.

노루잠 : 깊이 들지 못하고 자주 깨는 잠.

노박이 : 노박(魯朴). 어리석고 순박한 사람.

노타리 : 농기구를 이용한 애벌갈이.

녹쌀 : 메밀이나 녹두 따위를 갈아서 쌀알처럼 만든 것. 녹쌀(을) 내다.

녹작지근하다 : 온몸이 힘이 없고 맥이 풀려 몹시 나른하다.

논다니 : 웃음과 몸을 파는 계집. 노는 계집. 유녀(遊女).

놉(살이) : 식사를 제공하고 날삯으로 일을 시키는 일꾼. 삯꾼.

뇌문(雷文) : 번개모양의 굴절된 선으로 만드는 연속무늬, 또는 사각형의 소용돌이모양으
　로 된 무늬. (흔히, 발이나 돗자리 등의 가장자리에 둘러 놓음) 뇌문(雷紋).

뇌작거리다 : 노닥거리다. 좀 수다스럽게 잔말을 자꾸 늘어놓다.

눅진하다 : (물체나 성질이) 누긋하고도 끈끈하다.

눈비음 : 남의 눈에 좋게 보이기 위하여 겉으로만 꾸밈.

눈자위 : 눈알의 언저리.

눌러듣다 : 탓하지 않고 너그럽게 듣다.

뉘어 사다 : 〔방〕 (물건을) 싸게 사다.

느루 : 한꺼번에 몰아치지 않고 길게 늘여서.

늑줄을 놓다(주다) : 늦줄을 놓다. 긴장을 풀거나 다그치지 않고 늦추다. ※ 늑줄 : 동여맨
　줄이 좀 늦추어진 것.

늑탈(勒奪) : 남의 것을 강제로 빼앗음. 강취(强取). 강탈(强奪).

는개 : 안개처럼 보이면서 이슬비보다 가늘게 내리는 비. 무우(霧雨). 연우(煙雨).

는정는정 : 는적는적. 물체가 자꾸 힘없이 축 처지거나 물러지는 모양.

늘옴치래기 : 늘었다 줄었다 하는 물건.

늘펀히 : (기운이 풀려) 바닥에 늘어진 모양.

늠연하다 : 위풍이 있고 씩씩하다. 囲늠연히.

늡늡하다 : 너그럽고 활달하다.

능갈치다 : 교묘하게 잘 둘러대다.

능놀다 : 늑놀다. 늑장을 부리면서 놀다.

능준하다 : (어떤 기준에 차고도 남아) 넉넉하다. 囲능준히.

능참봉 : 조선시대에, 능을 맡아보던 종구품(從九品)의 벼슬.

닝닝하다 : 느끼하다.

ㄷ ⋯⋯⋯⋯⋯⋯

다따부따 : '따따부따'의 잘못. 딱딱한 말로 이러쿵저러쿵 따지는 모양.

다랑이 : (비탈진 산골짜기 같은 곳에 층층으로 된) 좁고 작은 논배미.

다래끼 : 대·싸리·고리버들 따위로 결어서 만든, 아가리가 좁고 바닥이 넓은 바구니.

다복솔밭 : 가지가 다보록하게 많이 퍼진 어린 소나무밭.

다조지다(다조지듯이) : 말이나 일을 바싹 죄어치다.

단령(團領) : 조선시대에, 깃을 둥글게 만든 공복(公服)의 한 가지. 벼슬아치가 평소 집무복
　　으로 입던 옷. ※ 직령(直領).

단작스럽다 : (하는 짓이나 말이) 보기에 치사하고 더러운 데가 있다.

달구리 : 새벽에 닭이 울 무렵.

달막달막 : (어깨나 엉덩이 등 몸의 일부가) 아래위로 자꾸 가벼이 움직이는 모양.

달싹하다 : '달쌍'의 오기. ※ 달쌍하다 : (얼굴이) 달처럼 둥글다.

달참나다 : ① (물건이) 오래 써서 닳아 해지거나 구멍이 뚫리다. ② (많던 물건이) 조금씩
　　써서 다 없어지게 되다.

달포 : 한 달 이상이 되는 동안. 월경(月頃). 월여(月餘). ※ 날포. 해포.

답쌓이다 : 한 군데로 들이덮쳐서 쌓이다.

당그래 : 囲고무래.

대끼다 : (애벌 찧은 보리 따위를) 물을 부어 마지막으로 깨끗이 찧다.

대상(大祥) : 죽은 지 두 돌 만에 지내는 제사. ※ 소상(小祥).

대판거리 : 크게 벌어진 판국.

더그레 : 각 영문의 군사. 마상재군 들이 입던 세 자락의 웃옷.

더덜뭇하다 : 결단성이나 다잡는 힘이 모자라다.

더운갈이 : 날이 몹시 가물다가 소나기가 왔을 때 그 물을 이용하여 논을 가는 일.

덕대 : 남의 광산의 일부에 대한 채굴권을 맡아 경영하는 사람.

덕살머리 : 囲'덕(德)'의 낮춘 말.

덕석 : 추울 때에 소의 등을 덮어 주는 멍석. 우의(牛衣).

덥걱거리다 : 자꾸 덥적덥적하다. 덥적대다. 㳞 답작거리다.

덧게비 : 다른 것 위에 다시 덧엎어 대는 일.

덧두리 : 㳞 덧거리. 사실보다 지나치게 보태어 하는 말.

덩두렷하다 : 아주 두렷하다. ※두렷하다 : 엉클어지거나 흐리지 않고 아주 분명하다.

덩둘하다 : ① 매우 둔하고 어리석다. ② 어리둥절하여 멍하다.

덩지 : 몸의 부피. 몸집.

데데하다 : 아주 변변하지 못하여 보잘것없다.

데림추 : ‘주견 없이 남에게 끌려 다니는 사람’을 얕잡아 이르는 말.

데면데면하다 : 대하는 태도가 친숙성이 없고 범상하다.

데설궂다 : 성질이 자상하지 않고 털털하다.

데시기다 : (먹고 싶지 않은 음식을) 억지로 먹다.

뎀마 : 거룻배

도두앉다 : 퍼더 앉지 않고 궁둥이에 발을 괴고 높이 앉다.

도드미 : 어레미보다 구멍이 조금 작은 체.

도롱이 : 짚이나 띠 따위로 엮어 어깨에 걸쳐 두르던 재래식 우장(雨裝)의 한 가지. 녹의(綠衣).

도리기(하다) : 여러 사람이 추렴한 돈으로 음식을 마련하여 나누어 먹는 일.

도린결 : 사람이 가지 않는 외진 곳.

도마름(都舍音) : 여러 마름을 거느리는 우두머리 마름.

도부(를) 치다 : 장사치가 물건을 가지고 이곳저곳 팔러 돌아다니다.

도술리다 : ‘도스리다’의 잘못. ① (머리털, 손톱, 초가지붕의 처마, 나무로 만든 물건 따위
 의) 거죽이나 면의 거칠거칠한 부분을 가지런하게 가다듬다. ② 무슨 일을 하려고 별러
 서 마음을 긴장하게 다잡아 가지다.

도지(賭地) : 도조(賭租)를 물기로 하고 빌려 부치는 논밭이나 집터.

도지기 : 한 논다니와 세 번째로 관계하는 일, 또는 그러한 사람.

돋을볕 : 아침해가 솟아오를 때의 첫 햇살.

돌너덜 : 돌너덩. 돌이 많이 깔린 비탈. 㽞 너덜.

돌림부리 : 㳞 돌림감기. ‘유행병’의 뜻으로 쓰이기도 함.

돌성바지 : ‘돌성받이’의 잘못. ※ 돌성받이 : 부계(父系) 혈통이나 내력이 분명치 않은 채
 스스로 주장하는 성씨(姓氏)의 집안에서 태어난 아이.

동부 : 콩과의 일년생 만초. 꽃이 진 뒤에 가느다란 꼬투리를 맺는데, 열매와 어린 깍지는
 먹음.

동살 : 새벽에 동이 트면서 훤히 비치는 햇살.

되꼽치다 : ‘되곱치다’의 센말.

되모시 : 결혼한 일이 있는 여자로서 처녀 행세를 하고 있는 여자. 거짓처녀.

되우 : 매우. 몹시. 되게. 된통. 되우 앓다.

되지기 : 논밭의 면적을 헤아리는 단위의 한 가지. 종자 한 되를 뿌릴 만한 논이나 밭의

넓이. 마지기의 10분의 1이다.

된내기 : 🉑 된서리.

두껍닫이 : 미닫이를 열었을 때, 그 문짝이 들어가 가리어지게 된 곳. 두껍집.

두락(斗落) : 마지기.

두렷거리다 : 🉑 두리번거리다.

두루먹이 : 두루메기 쌀. 쭉정이 쌀.

두루치기 : 한 가지 물건을 여기저기 둘러쓰는 것. 또는 그러한 물건.

두룸길 : 두름길. 둘러서 가는 길. 우회로.

두름 : 나물 따위를 짚 따위로 길게 엮은 것.

두릅 : 이듭. 마소의 두 살.

두리기상 : 여러 사람이 격을 차리지 않고 둘러앉아서 한데 먹게 차린 음식상.

두멍 : 물을 길어 담아두고 쓰는 큰 가마나 독. 물두멍.

두텁떡 : 찹쌀가루를 익반죽하여 꿀과 계핏가루를 소로 넣고 실백과 대추 썬 것을 박아
　경단처럼 빚어, 붉은팥을 묻혀 쪄 낸 떡.

두투레 : 🉑 뒤투레방석. 똬리처럼 새끼를 둘둘 감아서 만든 방석.

둔전(屯田) : ① 주둔병의 군량을 자급하기 위하여 마련되어 있던 밭. ② 각 궁과 관아에
　딸렸던 밭. ※ 둔답(屯畓).

뒝 : 🉑 가루좀. 삭은 나무나 메주 또는 콩이나 팥 따위에 구멍을 뚫어 가루를 내는 벌레.

뒤대다 : 빈정거리는 태도로 비뚜로 말하다.

뒤듬바리 : 투미하고 거친 사람.

뒤발하다 : 무엇을 온몸에 뒤집어써서 바르다.

뒤웅스럽다 : 뒤웅박처럼 생겨 미련스럽다.

뒤퉁스럽디 : 미련하거나 찬찬하지 못하여 일을 잘 저지르다.

뒵들이 : 뒤에서 거들어 도와주는 일. 또는 그런 사람.

뒷갈망 : 뒷감당.

뒷목 : 타작할 때에, 벼를 되고 난 다음에 처진 찌꺼기 곡식.

뒷수쇄 : 뒤치다꺼리.

드난살이 : (흔히 여자가) 남의 집을 옮겨 다니며 고용살이하는 생활.

드난이(하다) : 드난살이하다.

드래드래 : '드레드레'의 잘못. 물건이 많이 매달리거나 늘어져 있는 모양.

드레가 나다 : 사람의 됨됨이로서의 점잖음과 무게. 드레가 있어 보인다.

드잡이 : 서로 머리나 멱살을 움켜잡고 싸우는 짓.

드티다 : 🉑 (뜻밖에) 어긋나거나 어깃장을 놓는다는 말.

드팀전 : 온갖 피륙을 팔던 가게.

든벌 : 집안에서만 입는 옷이나 신발 따위. ※ 든벌날벌.

듣보기장사 : 한 군데에 터를 잡고 하는 장사가 아니라 시세를 듣보아 가며 요행으로 돈

벌기를 꾀하는 장사.

들그서내다 : 안에 든 물건을 함부로 들쑤시며 뒤져 끄집어내다.

들대 : 가까운 들녘.

들뜨리다 : 〔방〕곁들이다.

들메 : 벗어지지 않게 신을 들메는 일.

들명날명 : 〔방〕들면날면. 들락날락.

들무새 : (어떤 일에) 뒷바라지하는 데 쓰이는 물건. 무엇을 만드는 데 쓰이는 재료. 몸을
  사리지 않고 궂은일이나 막일을 힘껏 도움.

들벅거리다 : 벅적거리다. 시끌벅적거리다. 많은 사람이 넓은 곳에 모여 매우 어수선하게
  자꾸 움직이다.

들어단짝 : 서로 뜻이나 손이 맞아서 늘 함께 행동하게 되는 사이 또는 친구. 단짝패. 짝패.

들연(野椽) : 오량(五樑)에서 도리로 걸친 서까래. 야연(野椽). 장연(長椽). 평연(平椽). 하연
  (下椽).

들이단짝 : 〔방〕들어오자마자. 대뜸.

들치근하다 : '들척지근하다'의 준말.

들피지다 : (주려서) 몸이 훌쭉하게 여위고 기운이 쇠약해지다.

등바대 : 홑옷의 안쪽 등덜미에 넓게 댄 헝겊.

등토시(籐—) : 등의 줄기를 가늘게 다듬어 결어서 만든 토시.

따개꾼 : 소매치기.

따따부따 : 딱딱한 말로 이러쿵저러쿵 따지는 모양.

따리를 붙이다 : 아첨하다. 살살 꾀다.

따지기(때) : 이른 봄 얼었던 흙이 풀리려고 할 즈음.

떡심 : '성질이 검질긴 사람'을 비유하여 이르는 말. 떡심도 없다.

또려지다 : 흐릿하지 않고 또렷하다.

뙤창 : '뙤창문'의 준말. 작은 창문.

뜨막하다 : 오랫동안 뜨음하다.

뜬살이 : 〔개〕떠돌이 생활.

뜰팡 : 〔방〕토방.

뜸적뜸적 : 뜸을 들이면서 짭짭거리는 모양.

띠앗머리 : 띠앗을 속되게 이르는 말.

ㅁ ················

마구리 : ① (길쭉한 물건이나 상자 등의) 양쪽 면. ② (길쭉한 물건의) 끝에 대는 물건.

마까질 : 물건의 무게를 달아보는 짓.

마들가리 : 잔가지나 줄거리로 된 땔나무.

마바리 : 한 마지기에 두 섬 곡식이 나는 것을 이르는 말.

마음씨갈 : 마음을 쓰는 태도나 바탕.

마투리 : 곡식의 분량을 '섬' 단위로 하여 셀 때, 한 섬에서 차지 못하고 남은 양.

막고지 : 논 한 마지기에 값을 정하여 모내기로부터 마지막 김매기까지의 일을 해주기로 하고 미리 받아 쓰는 삯, 또는 그 일.

막물태 : 맨 끝물로 잡은 명태. 여기서는 말과 행동이 좀 모자란 듯이 보이는 사람을 비유적으로 이름.

만도리 : 논의 마지막 김매기. ※ 만물.

맏배자식 : 짐승이 첫 번째로 새끼를 가지거나 낳거나 깐 것, 또는 그 새끼.

말감고 : 지난날, 곡물시장에서 마되질하는 일을 업으로 삼던 사람. 말잡이. 말―감고(―監考).

말롱질 : 솩 남녀가 말의 교미를 흉내 내어 하는 장난.

말림갓 : 산에 있는 나무나 풀을 함부로 베지 못하게 하고 가꾸는 일. 금양(禁養).

말림일 : '말림갓'의 준말.

말살스럽다 : 인정이 없고 모질고 쌀쌀하다.

말씹단추 : (옛날에) 가는 헝겊에 오라기를 접어 호아서 만든 끈이나 끈목으로 매듭을 거듭 지어 둥글게 만든 단추. 흔히 적삼에 사용함.

말전주 : 이 사람 저 사람 말을 좋지 않게 전하여 이간질하는 짓.

말코지 : 무엇을 걸기 위하여 벽 따위에 달아놓는 나무갈고리.

말휘갑 : 깨 딴말이 없도록 다짐을 두면서 하는 말솜씨.

맛조이 : 괴 마중하는 사람. 영접하는 사람.

망상스럽다 : 뷔 망상스레. 요망스럽고 깜찍하다.

맞대매 : 단 두 사람이 마지막으로 승리를 결정하는 일.

매갈잇간 : 벼를 매통에 갈아서 매조미쌀을 만드는 매갈이 하는 곳.

매끼 : (볏섬 따위를 묶는 데 쓰는) 새끼나 끈 같은 것. 준 매.

매동그리다(거리다) : 매만져서 뭉쳐 싸다.

매장치기 : 장날마다 장보러 다니는 일, 또는 그렇게 하는 사람.

매초롬하다 : 젊고 건강하며 아름다운 태가 있다.

매흙질 : 벽의 거죽에 매흙(초벽이나 재벽을 바른 다음, 거죽을 바르는데 쓰는 고운 흙)을 바르는 일. 준 맥질.

맥살 없다 : 기운이나 힘 또는 의욕이 없다.

맥쩍다 : ① 열없고 쑥스럽다. ② 심심하고 재미가 없다.

맷방석 : 매통이나 맷돌 밑에 까는, 짚으로 만든 전이 있는 둥근 방석. ※ 매판.

맹문 : ① 일의 경위. 일의 속내. 맹문도 모르고 하는 말. ② 경위를 모르는 상태. ※ 영문.

먼개 : 깨 멀리 나가는 갯벌.

멍덕(을 씌우다) : 어떤 사건이 발생했을 때 증거도 없이 애매하게 의심을 하거나 혐의를 씌운다는 말. ※ 멍덕 : 짚으로 바구니처럼 엮어 토종벌의 벌통에 뚜껑처럼 씌우는 재래식 양봉 기구.

멍둥하다 : ㉺ 싱겁다.

메떨어지다 : 멋없고 퉁명스럽다.

메숲지다 : 산에 나무가 우거지다.

메지 : 일의 끝난 한 단락.

메질 : 메로 물건을 치는 일. ※ 메 : 무엇을 치거나 박을 때 쓰는, 나무나 쇠로 만든 방망이.

멱미레 : 소의 턱 밑 고기. 미레.

멱서리 : 짚으로 총총히 결어서 만든, 곡식 따위를 담는 그릇.

명매기 : 칼새.

명토(를) 박다 : 누구 또는 무엇이라고 지목하다.

모가비 : (막벌이꾼·광대 등과 같은) 낮은 패의 우두머리.

모개 : 이것저것 한데 몬 수효 주로, '모개로'의 꼴로 쓰임. ※ 모개흥정 : 모개로 하는 흥정.

모개 : ㉾ 이삭. 때에 따라서 '꽃자루'를 가리킴.

모끼대패 : 재목의 모서리를 후리는데 쓰는 대패.

모도리 : 빈틈없이 아주 야무진 사람.

모들뜨다 : 두 눈동자를 안쪽으로 몰아 뜨다.

모롱이 : 산모퉁이 휘어 들린 곳.

모르쇠 : 덮어놓고 모르는 체하거나 또는 모른다고 핑계를 대어 막는 것.

모숨 : 한줌 안에 드는 가늘고 긴 물건의 수량.

모제비 : ㉾ 모퉁이.

모착하다 : 위아래를 찍어낸 듯 짤막하고 똥똥하다.

모테 : 지난날, 벼슬아치가 머리에 쓰던 우장(雨裝). 갈모테와 같으나 훨씬 큼.

몰풍스럽다 : 정나미 없고 멋쩍게 들리거나 보이다.

몽그리다 : 멀리 또는 높이뛰기 위하여 두 발을 모두어 힘차게 뛰다. 또는, 어떤 일을 하
려고 벼르거나 굳게 마음먹다.

몽글다 : 낟알이 까끄라기니 허섭스레기가 붙지 않아 깨끗하다. ※ 몽그리다 : '몽글다'의
사역형.

몽깃돌 : 밀물이나 썰물때, 뱃머리를 곧게 유지하려고 고물에 다는 돌. '낚싯봉'의 잘못.

몽니(를) 부리다 : 몽니를 내어 떼를 쓰다. ※ 몽니 : 음흉하고 심술궂게 욕심 부리는 성질.

몽리(蒙利) : 저수지나 보 따위 수리 시설의 혜택을 입음.

묏갈 : 묘갈(墓碣). 무덤 앞에 세우는 묘표(墓標)의 한 가지. 가첨석(加檐石)을 얹지 아니하
고 머리를 둥글게 만든 작은 비석.

무가내기 : ㉾ 무가내하(無可奈何).

무간(無間)하다 : 사귀며 지내는 사이가 썩 가깝다.

무거리 : (곡식 따위를 빻아서) 가루를 내고 남은 찌끼.

무녀리 : '말이나 행동이 보통 사람보다 좀 덜떨어진 사람'을 낮추어 이르는 말.

무논 : 물이 있는 수답(水畓). 쉽게 물을 댈 수 있는 논.

무단향곡(武斷鄕曲) : 시골에서 세도가가 백성을 권세로 억압함.

무두질 : ① (무둣대로 날가죽의 지방 등을 훑어내어) 가죽을 부드럽게 다루는 일. ② ‘매우 시장하거나 병으로 속이 쓰리고 아픈 것’을 비유하여 이르는 말.

무람없다 : 예의를 지키지 않아 버릇없다.

무뢰 : 마소에게 뒷걸음치라고 명령하는 말(농부, 마부 용어).

무류(無類)하다 : 유례가 없다. 비길 데 없다.

무르춤하다 : 뜻밖의 사실에 가볍게 놀라 갑자기 물러서려는 듯이 행동을 멈추다.

무름하다 : ㉑ 마음이 약하여 꺾이다.

무릇 : 백합과의 다년초. 삭과(蒴果)는 원뿔 모양인데, 어린잎과 인경(鱗莖)은 먹을 수 있음.

무무하다 : 언행이 무지하고 서투르다.

무수기 : 조수 간만의 차.

무저지 : 바닷가에 늘 물이 고여 있고 갈대 따위가 자라는 우묵한 개흙바탕.

무지근하다 : 머리가 띵하고 가슴이 무엇에 눌린 듯 무겁다.

묵정이 : 오래 묵은 물건.

문내 : 오래 보거나 겪어서 나는 싫증.

문설주 : 문의 양쪽에 세워 문짝을 끼워 닫게 한 기둥. 선단. ㉣ 설주.

물너미 : ㉑ 물이 넘쳐 흐르는 물목.

물렁헛이 : ‘물렁켱이’의 誤記.

물마 : 비가 많이 와서 미처 빠지지 못하고 땅위에 넘치는 물.

물마지다 : ㉳ 비가 많이 와서 물에 잠기거나 휩쓸리다.

물매(잡다) : 지붕이나 낟가리 따위의 비탈진 정도.

물알 : (덜 여물어서) 물기가 있고 말랑한 곡식의 알. 물알 들다.

물크러지다 : 너무 썩거나 물러서 본모양이 없어지도록 헤어시나.

뭇 : 생선 열 마리를 이르는 말. 채소 따위의 작음 묶음을 세는 단위.

믈믈하다 : ㉑ 기억이 뒤엉켜서 아리송하다.

미구(未久) : 오래지 않음. 주로, ‘미구에’의 꼴로 쓰임.

미당기다 : 밀었다 당겼다 하다.

미럿하다 : ① 살이 쪄서 군턱이 져 있다. ② 턱이 뾰족하지 않고 두툼하다.

미룩거리다 : 일을 자꾸 미루어 시간을 질질 끌어가다.

미룩미룩 : 미루적미루적. 미루적거리는 모양. 일을 자꾸 미루어 시간을 질질 끌어가는 모양.

미사리 : 삿갓이나 방갓·전모의 안쪽에 대어, 머리에 쓸 때에 걸려 얹히게 된 둥근 테두리.

미투리 : 삼이나 노 따위로 짚신처럼 삼은 신. 흔히, 날을 여섯 개로 함.

밈밈하다 : ‘밍밍하다’의 誤記.

밍글거리다 : ㉑ 밉살맞게 능글능글한 모양.

밍긋밍긋 : 해야 할 일이나 지켜야 할 날짜를 자꾸 뒤로 미루는 모양.

밍충이 : ㉳ 빙충이. 빙충맞은 사람.

ㅂ

바구미 : 바구밋과의 곤충을 통틀어 이르는 말. 강미.

바근바근 : (함부로 휘두르는 매를 많이 맞아서) 몸속의 뼈 마디마디에서 소리가 나는 듯
한 느낌.

바디 : 베틀이나 자리틀. ※ 바디질 : 베나 가마니 따위를 짤 때 바디로 씨를 치는 일.

바르집다 : 숨은 일을 들추어내다. 작은 일을 크게 떠벌리다.

바위너설 : 바위가 삐죽삐죽 내민 험한 곳.

바위츠렁 : 바위가 츠렁츠렁 많이 있는 험한 곳.

바이없다 : 견줄 데 없이 매우 심하다. 어찌할 도리가 없다.

바자 : 대나무·갈대·수수깡 따위로 발처럼 엮은 것.

바작 : '발채'의 방언. 지게에 얹어서 짐을 담는 제구. 싸리나 대오리로 둥글넓적하게 결어
만듦.

바지랑대 : 빨랫줄을 받치는 장대.

바투 : 두 물체 사이가 썩 가깝게.

바특하다 : (음식의) 국물이 적어 톡톡하다.

반거들충이 : 배우던 것을 못 다 이룬 사람.

반고지(反古紙) : 글씨 따위를 써서 못 쓰게 된 종이. 반고(反古).

반지기 : (일부 명사 뒤에 붙어) 쌀이나 어떤 물건에 다른 잡것이 섞인 것을 나타낼 때 쓰
는 말.

반지빠르다 : (언행이) 얄밉게 바드럽다.

발괄 : 지난날, 관아에 억울한 사정을 말이나 글로 하소연하던 일.

발떠퀴 : 사람이 가는 곳을 따라서 길흉화복이 생기는 일.

발신(發身) : 미천하고 가난한 처지에서 벗어나 형편이 핌.

발양(發陽) : (정신이나 기운·기세 따위를) 떨쳐 일으킴.

발연(勃然)하다 : 발끈 성을 내는 태도가 세차고 갑작스럽다. 〔튄〕 발연히.

밤느정이 : 밤나무의 꽃. 밤꽃. 〔준〕 밤늧.

방문(榜文) : 여러 사람에게 널리 알리기 위하여 길거리나 사람이 많은 곳에 써 붙이는 글.
〔준〕 방(榜).

배동(오르다) : 벼가 알을 배어 이삭이 패려고 대가 볼록해지는 현상.

배리배리하다 : 배틀어질 정도로 야윈 모양. 〔큰〕 비리비리.

배차기 : 〔방〕 배참. ※ 배참 : 꾸지람을 들은 화풀이를 다른 데다 하는 일.

백수풍진(白首風塵) : 늙바탕에 치르는 온갖 고생.

버긋하다 : 맞붙인 틈이 조금 벌어져 있다.

버덩 : 나무는 없고 잡풀만 우거진, 좀 높고 평평한 거친 들.

버들고리 : 고비버들의 가지로 결어서 만든, 옷 따위를 넣는 고리.

버렁 빠지다 : 〔방〕 크게 손해보다.

버력 : 광산이나 탄광에서 광물을 캘 때 나오는 쓸모없는 잡돌이나 잡 것.

버무리 : 버무리떡. 쌀가루에 콩이나 팥 따위를 한데 버무려 만든 떡.

버캐 : 간장이나 오줌 따위 액체 속에 섞여 있던 소금기가 엉기어서 뭉쳐진 찌끼.

벅굴 : 굴조개의 하나.

번(을) 들다 : ㉠번서게 하다. 번차례로 지키게 하다.

번갈(煩渴) : 번갈증. 병적으로 가슴이 답답하고 몹시 목이 마른 증상.

번들이다 : 번서게 하다. 번차례로 지키게 하다.

번의(翻意) : 먹었던 마음을 뒤집어 돌림.

번철(燔鐵) : 지짐질에 쓰는 솥뚜껑을 젖힌 모양의 무쇠그릇. 적자(炙子). 전철(煎鐵).

벋나가다 : 버드러져 나가다. 어긋나가다.

벋놓다 : 벋가게 내버려 두다. ※ 벋가다 : 옳은 길에서 벗어나게 행동하다.

벌전 : 난전. 허가 없이 길에 함부로 벌여 놓은 전.

벌창 : 물이 많아 넘쳐흐름. 벌창 나다.

벌충 : (손실을 입거나 모자라는 것을) 다른 것으로 보태어 채움.

범장대다 : '벋장대다'의 誤記. 벋대다. 순종하지 아니하고 고집스럽게 버티다.

벗바리 : 뒤에서 힘이 되어 주는 사람. 곁에서 도와주는 사람.

벙글다 : ㉤사이가 틀리어서 벌다. 벙그러진 꽃가지.

베거리 : 꾀를 써서 남의 속마음을 떠보는 짓.

벼룻길 : 강가나 바닷가 따위의 위태한 벼랑에 난 길.

벼르다 : 어떤 비율에 따라 여러 몫으로 고르게 나누다.

벽제 소리 : 지난날, 지위 높은 사람의 행차 때, 구종별배(驅從別陪)가 잡인의 통행을 막아
　길을 치우던 일.

변돈 : 변리를 받기로 하고 빚으로 주는 돈. 변문(邊文). 변선(邊錢).

별반거조(別般擧措) : 보통과 다른 행동. 따로 취하는 조처.

별배(別陪) : 지난날, 벼슬아치의 집에서 사사로이 부리던 하인.

별쭝맞다(스럽다) : 몹시 별쭝나다. 몹시 유난스러운 짓을 하다.

볌 : 반지나 병마개 따위가 헐거워 잘 맞지 않을 때에 꼭 맞도록 사이에 끼우는 헝겊이나
　종이.

볏모개 : ㈝벼이삭.

보고리 채다 : ㈝(미신적으로) 불길하게 남이 쯔그렁이를 부리거나 일이 어긋나다. 거들어
　주어야 할 처지에 오히려 불길한 말로 비아냥거리다.

보굿 : 굵은 나무 몸의 비늘 같이 생긴 껍데기.

보둥되다 : 보동되다. 키가 작달막하고 통통하다.

보풀 : 종이 · 피륙 따위의 거죽에 일어나는 잔털. ㉤부풀.

복달임 : 복날에 복더위를 물리친다하여 고깃국을 끓여 먹으며 노는 일.

복정(卜定) : 왕조 때, 상급 관청에서 하급 관청에게 지시하여 그 고장의 산물을 거두어 바

치게 하던 공물의 액수.

본견(本絹) : 명주실만으로 짠 비단. 순견(純絹).

볼가심 : 아주 적은 음식으로 시장기를 면함, 또는 그렇게 하는 일.

볼끼 : 지난날, 볼을 싸매는 데 쓰던 방한구의 한 가지. 털가죽이나 헝겊에 솜을 두어 갸름하게 만들어서 볼을 싸매었음.

봄낳이 : 봄에 짠 무명.

봉당(封堂) : 재래식 한옥에서, 안방과 건넌방 사이의 마루를 놓을 자리에 흙바닥을 그대로 둔 곳.

봉충다리 : (사람이나 물건의) 한 쪽이 짧은 다리. ※ 봉충다리의 울력걸음.

부개비(를) 잡히다 : 남에게 발목을 잡히거나 남이 하도 조르는 것을 이기지 못하여 자기의 본의가 아닌 일을 마지못하여 하게 되다.

부넘기 : 솥을 건 아궁이에서 방고래로 불이 넘어가게 된, 조금 높게 쌓은 부분.

부등가리 : 오지그릇이나 질그릇 깨진 것으로 만들어 부삽 대신으로 쓰는 기구. ※ 오지그릇 : 붉은 진흙으로 만들어 볕에 말리거나 약간 구운 다음 오잿물을 입히어 다시 구운 질그릇. 오지그릇은 원래 '오'와 '질그릇'이 합쳐서 된 '오질그릇'에서 'ㄹ'이 떨어진 말이다.

부등깃 : 갓난 새 새끼의 다 자라지 못한 약한 것.

부라질 : 몸을 좌우로 흔드는 짓.

부라퀴 : 야물고도 암팡스러운 사람. 자기에게 이로운 일이면 기를 쓰고 영악하게 덤비는 사람.

부루나다 : 한꺼번에 없애지 아니하고 오래가도록 늘려서.

부룩 : 곡식이나 채소를 심는 밭두둑 사이나 빈틈에 다른 농작물을 듬성듬성 심는 일.

부살같다 : 쏜살같다. ※ 부살 : 불이 달린 쏜 화살.

부얼거리다 : 부얼부얼하다. 부어서 살이 찐 것처럼 부해 보이다.

부얼부얼 : 부드러운 살이 많이 쪄서 탐스러운 모양.

부윰하다 : 빛이 좀 부옇다.

부접(을) 못하다 : 한곳에 붙어 배기기 못하다. 가까이 사귀거나 접근하지 못하다.

부접 : '붙접'의 변한 말. 가까이 하거나 붙따라 기대는 일.

부쩌지 못하다 : 안절부절 못하다. 묑 부쩌지 : 붙접지(붙접하지), 가까이 하거나 붙따라 기대는 일.

부황(浮黃) : 오래 굶어서 살가죽이 누렇게 부어오르는 병.

북장지 : 앞뒤를 모두 종이로 바른 장지문.

분탕(焚蕩) : 분탕질. 몹시 시끄럽거나 야단스럽게 구는 일.

불뚝성 : 갑자기 불끈하고 내는 성.

불란사 : 여름옷감으로 쓰이는 서양직물의 한 가지.

불퉁거리다(스럽다) : 자꾸 부루퉁한 얼굴로 퉁명스럽게 말하다.

비각 : (물과 불의 관계처럼) 서로 상극이 되는 일.

비거스렁이 : 비가 갠 끝에 바람이 불고 기온이 낮아지는 현상.

비나리(를) 치다 : 아첨하여 환심을 사다.

비대발괄 : 딱한 사정을 하소연하며 간절히 청하여 빎.

비라리(를) 치다 : '비나리'의 잘못. 아첨하여 환심을 사다.

비바리 : 곡식이나 천 따위를 많은 사람에게서 조금씩 빌려 모아, 그것으로 제물을 만들어 귀신에게 바치는 일.

비빛비빛 : '비빗비빗'의 잘못. 비비대기치는 모양.

비설거지 : 비가 오려 하거나 올 때에 비를 맞혀서는 안 될 물건을 거두거나 덮는 일.

비슬비슬 : 힘없이 비쓱거리는 모양. 웹 배슬배슬.

비쌔다 : ① 무슨 일에나 어울리기를 싫어하다. ② 마음은 있으면서도 안 그런 체하다.

비웃적거리다 : 비웃는 태도로 자꾸 빈정거리다.

빈자문 : 웹 빈지문. 비바람을 막기 위하여 덧댄 문.

빕더서다 : '빗더서다'의 잘못. 방향을 조금 틀어서 서다.

빙깃거리다 : 웹 빙긋거리다.

빙충맞다 : 똘똘하지 못하고 어리석고 수줍기만 하다.

빠드름하다 : '버드름하다'의 센 말. ※ 버드름하다 : 밖으로 조금 벋은 듯하다.

빤드름하다 : 빤드럽다. '반드럽다'의 센말. ※ 반드럽다 : 윤기가 나고 매끄럽다.

뻗서다 : '벋서다'의 센말. 버티어 맞서 겨루다.

ㅅ ··············

사개 : ① 상자 따위의 네 귀퉁이가 꼭 물리도록 가로나무와 세로나무의 끝을 들쭉날쭉하게 파낸 부분, 또는 그런 짜임새. ② 건축에서, 도리나 장여를 박기 위해 기둥머리를 네 갈래로 오려 낸 부분, 또는 그 짜임새. ※ 사개(가) 맞다 ; 말이나 사리의 앞뒤 관계가 딱 들어맞다.

사날 좋다 : 웹 넉살스럽다.

사라지 : 지난날, 한지(韓紙)를 기름에 겯어 두루주머니같이 만들어 차던 담배쌈지.

사문(斯文) : 유교에서 유교의 문화를 일컫는 말.

사물사물하다 : 자꾸 아리숭한 것이 눈앞에 삼삼히 떠올라 아른거리다.

사블사블 : (매우 재미가 있어서) 자꾸 가볍게 웃는 모양.

사살 : 사설(辭說)의 변한 말.

사시(沙匙) : 사기로 만든 숟가락.

사위스럽다 : 미신적으로 어쩐지 불길하고 마음에 꺼림칙하다.

사음(舍音) : 마름. 지난날, 지주의 위임을 받아 소작지를 관리하던 사람.

사첫방 : '웃어른이나 점잖은 손이 묵고 있는 방'을 높이어 이르는 말.

사풍스럽다 : 언행이 경솔한 데가 있다. 웹 사풍스레.

삭갈다 : (보리나 밀 따위를) 맷돌에 갈 때 껍질째 가는 것.

산판 : 벌목 또는 그러한 일을 하는 곳
살강 : 부엌의 벽 중턱에 드린 선반으로 그릇을 얹어 두는 곳.
살쩌머리 : 관자놀이와 귀 사이에 난 털. 귀밑털. 빈모(鬢毛). '살쩍밀이'의 준말.
살포 : 물꼬를 트거나 막을 때에 쓰는 네모진 삽.
살품이 : 가슴과 옷 사이의 빈틈.
삼성들리다 : ① 음식을 욕심껏 먹다. ② 무당이 굿할 때에 음식물을 욕심껏 입에 넣다.
삽밥 : 삽으로 파 넘긴 흙덩이.
상식(上食) : 상가(喪家)에서, 아침저녁으로 궤연(筵) 앞에 차려 올리는 음식.
상차(上車)꾼 : 짐 따위를 차에 싣는 일을 하는 사람.
새경 : 농가에서, 일 년 동안 일해준 대가로 주인이 머슴에게 주는 곡물이나 돈. 흔히, 연
　　말에 치름. 사경(私耕).
새곰새곰하다 : 모두가 다 새곰하거나, 몹시 새곰한 모양. 튄 시굼시굼. 쎈 새콤새콤.
새꼬기 : 억새·갈대·띠 따위의 껍질을 벗긴 가는 줄기.
새꼽맞다 : 새통맞다. 조금 새통스럽다.
새들새들 : 약간 시들어 생기가 없는 모양. 튄 시들시들.
새살거리다 : 새살스럽게 행동하다. 성질이 차분하지 못하여 실없이 수선부린다. 새살을
　　떨다.
새치름하다 : 시치미를 떼고 태연하거나 얌전한 기색을 꾸미다.
새통스럽다 : 어처구니없이 새삼스럽다.
생게맹게하다 : 생급스럽고 터무니없다.
생광(生光)스럽다 : 아쉬운 때에 잘 쓰게 되어 보람이 있음.
서계(書啓) : 조선시대에, 임금의 명을 받아 무슨 일을 처리한 신하가 결과를 보고하여 올
　　리던 문서.
서리병아리 : 이른 가을에 깬 병아리.
서부렁하다 : 묶거나 쌓은 것이 든든하게 다붙지 않고 느슨하다.
서슴서슴 : 서슴거리는 모양. ※ 서슴거리다 : 말이나 행동을 자꾸 결단을 내리지 못하고
　　머뭇거리며 망설이다.
서천 : 목수의 품값.
섯 : 배를 매어 두기 좋은 물가.
선꿈 : 뱅 내용이 기억나지 않는 어설픈 꿈자리.
선불 : 설맞은 총알. 삔 된불
설대 : 담배통과 물부리 사이에 맞추는 가느다란 대통. 간죽(竿竹). 담배설대의 준말.
설때리다 : 설치다.
설레 : 설레는 짓이나 형상.
설원(雪冤) : 원통함을 품.
설유(說諭) : 말로써 타이름.

설컹거리다 : ‘설겅거리다’의 센말. 설익은 밤이나 콩이 썹히는 소리가 자꾸 나다.

성애(술) : 물건의 흥정이 다 된 증거로 여러 사람들에게 술을 대접하는 일 혹은 그런 술.

섶나무 : 잎나무·풋나무·물거리 따위를 통틀어 이르는 말. 㲃 섶.

섶다리 : 섶나무으로 만든 다리.

세찬(歲饌) : 설에 차려서 대접하는 음식.

셈평(이) 펴이다 : 생활이 좀 넉넉해져서 부족을 별로 느끼지 않게 되다.

소가지 : ‘심성’을 속되게 부를 말. ※ 소가지를 부리다.

소갈머리 없다 : 마음 또는 속에 가진 생각을 얕잡아 이르는 말. ※ 소가지가 없다.

소끔 : 솥이나 냄비에 음식물을 끓이거나 삶을 때 국물이 잦아들거나 잘 무르도록 한 차례 더 열을 가하는 것. 한 뭇 가량의 땔나무, 즉 일속(一束)에서 유래한 방언인 듯하나 어원은 불명.

소댕 : 솥뚜껑

소래기 : 굽 없는 접시 모양의 넓은 질그릇.

소릿길 : 㗊 소로(小路).

소주 재강 : 㗊 소주 종지.

소창직(小氅織) : 무명실로 성글게 짠 천(기저귀감 따위로 많이 쓰임).

속긋 : 글씨, 그림 등을 처음 배우는 이에게 덮어 쓰게 하기 위하여 먼저 가늘게 그려주는 획.

속량(贖良) : 종의 신분을 면하여 양민이 되게 함. 속신(贖身).

속종 : 마음으로 정한 소견.

손돌이 추위 : 음력 시월 스무날에 날씨가 춥고 바람이 세찰 때 이른 말.

손씻이 : 뇌물(賂物)을 일컫는 말.

솔기 : 옷 따위의 두 폭을 꿰맬 때 맞대고 꿰맨줄. 㲃 솔

솔수펑이 : 솔숲이 있는 곳.

솔푸데기 : 㗊 다복솔의 밑동 언저리.

솥젖 : (솥전 대신 솥이 부뚜막에 걸리도록) 솥의 바깥 중턱에 붙인 세 개의 쇳조각.

수나롭다 : 㗊 순조롭고 수월하다.

수나이 : 피륙 두 필을 짤 수 있는 감을 주어 한 필만 짜서 받고, 한 필감은 삯으로 주는 일. ※ 수내 : ‘수나이’의 준말.

수떨하다 : 말을 수다스럽게 지껄이다.

수리먹다 : (밤이나 도토리 등의 속살 일부분이) 상하여 퍼슬퍼슬하게 되다.

수리목 지르다 : 㗊(목이 쉬어서) 목쉰 소리를 지르다.

수수러지다 : 돛 같은 것이 바람에 부풀어 둥글게 되다.

수퉁니 : 크고 굵고 살찐 이.

수틀 : 수를 놓을 때 바탕을 팽팽하게 하기 위해 끼는 틀.

숙지근하다 : 맹렬하던 형세가 차츰 줄어든 느낌이 있다.

순라(巡邏) : ① 순라군(巡邏軍)의 준말. ② ‘술래’의 본딧말.

순직(純直)하다 : 마음이 순진하고 곧다.

숫저워하다 : 숫지다, 순박하고 인정이 두텁다.

쉬척지근하다 : 조금 쉰 듯한 냄새가 나다.

스란치마 : 입으면 발이 보이지 아니하는, 폭이 넓고 긴치마. 치마 끝에 금박무늬나 용·봉 따위를 수놓은 옷단을 닮.

승겁(이) 들다 : 몸달아 하지 않고 천연스럽다.

승냥깐 : 圕 대장간.

시난고난 : 병이 심하지는 않으면서 오래 앓는 모양.

시누대 : 가느다란 대나무.

시드름하다 : 圕 시들하다.

시령시령하다 : 圕 (정신이상으로) 실성한 듯하다.

시룻번 : 시루를 안칠 때에 시루와 솥 사이에서 김이 새지 않도록 바르는 반죽. 冏 번.

시르죽다 : 맥이 쑥 풀리거나 풀이 죽다.

시망스럽다 : 圕 시망스레. 몹시 짓궂다. ※ 시망을 부리다

시묵새묵 : 웃음을 참지 못하고 입 언저리를 연방 움직여 소리 없이 웃는 모양.

시부정덥석 : 圕 시답지 않아서 시부저기 넘긴다는 말.

시부정해지다 : 圕 시들하다.

시쁘다 : 마음에 차지 아니하여 시들하다.

시서늘하다 : ① 음식이 식어서 차다. ② 좀 으스스할 정도로 차고 서늘하다.

시우쇠 : 무쇠를 불려서 만든 쇠붙이의 한 가지. 숙철(熟鐵). 정철(正鐵).

시지근하다 : 음식이 쉬어서 맛이 좀 시다.

시척 : 圕 (남이 하는 말이나 행동에 대해) 들은 척도 하지 않거나, 아는 척도 하지 않는 태도를 이르는 말. ※ 시적지근하다.

신기료 장수 : 신을 깁는 것을 업으로 삼는 사람.

신둥부러지다 : 지나치게 주제넘다.

신들신들 : 자꾸 시건드러지게 행동하는 모양.

신실(信實) : 믿음성 있고 착실함.

신역(身役) : 몸으로 치르는 노역(勞役).

신장대 : 무당이 신장(갑옷을 입고 투구를 쓴 귀신)을 내릴 때에 쓰는 막대기나 나뭇가지.

신칙(申飭) : 단단히 타일러 삼가게 함. 신칙을 하다.

실풋실풋 : 다문 입을 터뜨리듯이 하며 자꾸 실없이 웃는 모양.

심경(深耕) : (논밭을) 깊게 갊.

싱금싱금 : 싱겁고 맛이 없는 음식물의 냄새를 나타내는 말.

쌩이질 : '씨양이질'의 준말. 한창 바쁠 때 쓸데없는 일로 남을 귀찮게 구는 짓.

쏠락쏠락 : (물건이) 조금씩 조금씩 보이지 않게 늘거나 축나는 모양. 들락날락하는 모양.

쓰렷쓰렷 : 서 있는 물체가 곧 쓰러질 듯 쓰러질 듯 하는 모양.

쓰름쓰름 : 쓰름매미의 우는 소리.

씀븍씀븍 : 연방 날카로운 것으로 찌르는 듯이 자꾸 아픈 증상.

씁뜰한 : '씁쓸하고 떠름하다'의 줄임말.

씨억씨억하다 : 성질이 굳세고 활발하다.

씨월거리다 : 뱅 씨부렁거리다.

씩둑거리다 : 부질없는 말을 자꾸 수다스럽게 지껄이다.

씩둑꺽둑(하다) : 이런 말 저런 말로 부질없이 자꾸 지껄이는 모양. ※ 씩둑깍둑.

○ ··············

아갈거리다 : 아갈대다. 이러니저러니 아가리를 놀리다.

아개 맞추다 : 아구 맞추다. 여럿을 어울려서 대중을 잡은 표준에 들어맞게 하다.

아늠 : 볼을 이루고 있는 살.

아람 : 밤 따위가 나무에 달린 채 저절로 충분히 익은 상태 또 그 열매. ※ 아람(이) 벌다.

아망을 떨다 : 잘망스럽게 아망을 행동으로 나타내다.

아사리밭 : 무질서하고 어지러운 땅.

아삼륙 : 속 서로 꼭 맞는 짝을 비유적으로 이르는 말.

아수를 보다 : 뱅 아우를 보다.

아퀴(를) 짓다 : 일을 끝마무리하다.

악매(惡罵) : 상스러운 말로 호되게 욕함, 또는 그 욕.

안돌이 : 벼랑길 따위에서, 바위 같은 것을 안고 간신히 돌아가게 된 곳. 뱁 지돌이.

안반 : 떡을 칠 때 쓰는 넓고 두꺼운 나무 판. 떡판.

안산(案山) : 풍수설에서, 집터나 묏자리의 맞은편에 있는 산을 이르는 말.

안서시 : 어린아이를 보살피는 여자 하인.

안찝 : 옷 안에 받치는 감. 안감.

안침지다 : 안쪽지다. 안쪽으로 구석지고 으슥하다.

안혼(眼昏) : 시력(視力)이 흐림.

암팡지다 : (몸은 작아도) 당차고 강단이 있다.

앗다 : (숫·팥 따위의) 껍질을 벗기고 씨를 빼다.

앙감질 : 한 발은 들고 한 발로만 뛰어가는 짓.

앙살거리다 : 뱅 앙알거리다. 윗사람에 대하여 원망하는 뜻으로 종알거리다.

앙앙불락(怏怏不樂)하다 : 항상 마음에 차지 않아 즐거워하지 아니하다.

앙장(仰帳) : 천장이나 상여 위에 치는 휘장.

애면글면 : 약한 힘으로 무엇을 이루려고 온갖 힘을 다하는 모양.

애옥살림 : 개 애옥살이.

야료(惹鬧) : ① 까닭 없이 트집을 부리고 마구 떠들어 대는 짓. ② '야기요단'의 준말.

야리다 : 정한 표준이나 기준보다 조금 모자라다.

야발장이 : 야발쟁이. 야발스러운 사람. ※ 야발스럽다 : 야살스럽고 바라지다.

야살 : 얄망궂고 되바라진 말씨나 짓.

야살스럽다 : 요망하여 까다롭고 얄밉다.

야짓잖다 : 뱅야젓잖다. 야젓하지 아니하다. 큰의젓잖다.

야코(가) 죽다 : 기가 죽다.

약빨리 : 약빠르게. 약삭빠르게. 큰역빨리.

얌하다 : 뱅냠냠하다.

양가(良家)발이 : 지체가 있는 집안, 또는 교양이 있고 생활이 중류 이상인 집안의 사람. 양갓집 사람을 낮춰 부르는 말.

양냥거리다 : 만족하지 못하여 짜증을 내며 자꾸 종알거리다.

양도(陽道) : 남자의 생식력이나 생식기.

어간재비 : '키가 크고 몸집이 큰 사람'을 놀리는 말.

어거리풍년 : 썩 드물게 보는 풍년.

어깻부들기 : 어깨의 언저리.

어녹이치다 : 여기저기서 널리 얼다가 녹다가 하다.

어레미 : 구멍이 가장 큰 체. ※ 가는체.

어령칙하다 : 기억이 뚜렷하지 않다.

어리 : 병아리 따위를 가두어 기르기 위하여 덮어 놓는, 싸리 같은 것으로 둥글게 엮어 만든 것. 닭을 넣어 팔러 다니도록 만든, 닭장 비슷한 것. ※ 어리전.

어리눅다 : 짐짓 못난 체하다.

어리뜩하다 : 말이나 하는 짓이 똑똑하지 못하다.

어리배기 : 어리보기. 얼뜨고 투미한 사람.

어리전 : 닭·오리 따위를 파는 가게.

어리중천 : '이승도 아니고 저승도 아닌 허공 가운데'를 뜻하는 말.

어부슴 : 음력 정월 보름날, 그 해의 액막이나 발원의 뜻으로 조밥을 강물에 던지어 고기가 먹게 하는 일.

어섯 : 사물의 한 부분에 지나지 않는 정도.

어스럭송아지 : 중소가 될 만큼 자란 큰 송아지.

어지저지하다 : 뱅느닷없는 일을 당하여 갈피없이 우물쭈물하고 어름거리다.

억패듯 : 사정없이 마구 협박하는 모양.

언걸 : 남의 일 때문에 당하는 괴로움이나 해.

언죽번죽 : 조금도 부끄러워하는 기색이 없고 비위가 좋은 모양.

언치 : 말이나 소의 안장이나 길마 밑에 깔아 그 등을 덮어 주는 방석이나 담요.

얼겁이 들다 : 매우 겁에 질리다.

얼레발 : 남의 환심을 사려고 어벌쩡하게 서두르는 짓. '엉너리'의 잘못.

얼저리다 : 뱅얼간하다. 때에 따라 '얼버무리다'의 뜻도 있음.

엄벙통 : 엄벙덤벙하는 가운데.

업시름 : 업신여김과 구박.

업저지 : 업저기. 지난날, 어린아이를 업어서 보아주던 여자 하인. 🄗안저지.

엇먹다 : (사리에 어그러지게) 엇나가며 비뚜로 나가다.

엇부루기 : 아직 큰 소가 되지 못한 수송아지.

엉겁 : 끈끈한 물건이 마구 달라붙은 상태.

엉너리 : 남의 환심을 사려고 어벌쩡하게 서두르는 것.

엉버틈하다 : 커다랗게 떡벌어져 있다. 🄟앙바틈하다.

에레미 : '어레미'의 잘못. 구멍이 가장 큰 체.

에멜무지(로) : 결과를 꼭 바라지 않고 헛일 하는 셈치고 시험 삼아.

에움길 : 목적지를 똑바로 가지 않고 돌아가는 길.

엔담 : 사방으로 빙 둘러쌓은 담.

여년묵다 : 여러 해 동안 묵다.

여리꾼 : 상점 앞에 서서 손님을 끌어들여 물건을 사게 하고, 주인으로부터 얼마의 수고비
　를 받는 사람.

여투다 : 물건이나 돈을 아껴 쓰고 나머지를 모아두다.

역청탄(瀝靑炭) : 검고 광택이 있는, 가장 일반적인 석탄. 탄화도(炭化度)는 갈탄보다 높고
　무연탄보다 낮음. 도시가스·코크스의 원료가 됨. 석탄(石炭). 흑탄(黑炭).

연봇돈 : 교회에 내는 헌금. 연보금.

연읍(鉛邑) : 연도(沿道, 큰길을 낀 곳)에 있는 읍.

염간(鹽干) : 제염장(製鹽場)에서 일하던 사람.

염량(炎涼) : ① 더위와 서늘함. ② 선악을 분별하는 슬기. ③ 융성함과 쇠퇴함.

영발하다 : 재기(才氣)가 저절로 겉으로 드러날 만큼 뛰이니거나 현명하다.

영일(寧日) : 별다른 일이 없는 평온한 날. 영일이 없다.

영저리(營邸吏) : 조선시대에, 각 감영(監營)에 딸려 감영과 각 고을과의 연락업무를 맡아보
　던 아전. 영주인(營主人).

영절스럽다 : (마치 실제의 것인 양) 보기에 그럴 듯하다.

예모(禮貌) : 예절에 맞는 태도.

옙들이 : 옆들다. 옆에서 도와주다.

오갈(이) 들다 : 두려움에 기운을 펴지 못하다.

오갈뚝배기 : 🄫전두리 부분이 안으로 옥은 조그만 뚝배기.

오달지다 : 올차고 여무져 실속이 있다.

오두망절 : 🄫우두망찰. 정신이 얼떨떨하여 어찌할 바를 모름.

오두방정 : 몹시 방정맞은 행동.

오려 : 올벼.

오망부리다 : 하는 짓이 괴상스럽고 요망함, 또는 그러한 태도. 🄑우망(迂妄). ※ 오망을 떨

다. 오망을 부리다.

오목조목하다 : 조금 큰 것과 작은 것이 오목오목하게 섞이어 있는 모양.

오미 : 평지보다 조금 낮아서, 물이 늘 괴어 있으며 물풀이 나 있는 곳.

오사리 잡것 : 온갖 못된 짓을 거침없이 하는 잡놈이란 말.

옥퉁소(玉洞簫) : 옥으로 만든 퉁소. 㽘옥소

온새미로 : 가르거나 쪼개지 않고 생긴 그대로 온통으로.

올고르다 : 더하고 덜함이 없이 모두가 한결같다.

올라감사하다 : 죽다.

옴나위 : 꼼짝할 여유.

옴니암니 : 요리조리 좀스럽게 헤아려 따지는 모양.

옴살 : 한몸 같이 친근한 사이.

옴질거리다 : 질긴 물건을 자꾸 오물거리며 씹다. 옴질대다

옴팡(집) : 閔 (움집·움막·오막·오두막 등) 작고 보잘 것 없는 집. 囲옴팡간.

옴패다 : '옴파다'의 피동형. 속으로 오목하게 파이다.

옹두리 : 나뭇가지가 병이 들거나 벌레가 파서 결이 맺혀 혹처럼 불퉁해진 것.

옹송그리다 : 궁상스럽게 몸을 옹그리다.

왁살스럽다 : '우악살스럽다'의 준말. 밉살스럽고 우악스럽다.

왕배덕배 : 이러니저러니 하고 시비를 가리는 모양.

왜장치다 : 누구라고 꼭 집어 말하지 않고 헛되이 큰소리로 마구 떠들다.

왜퉁스럽다 : 엄청나게 새퉁스럽다. ※ 새퉁스럽다 : 어처구니없이 새삼스럽다.

외꼬부리 : 閔 외꼬부랑이.

외동무니 : 단동무니. 윷놀이에서 한 동만 가는 말.

외오빼다 : 반대방향으로 돌리다.

외오앉다 : 외따로 앉다.

외일총 : 사물을 기억하는 총기.

외장치다 : 독장치다(獨場—). ※ 독장치다 : 어떠한 판을 혼자서 휩쓸다. 다른 사람은 무시
  하듯 혼자서 고래고래 떠들다.

요량(料量) : (앞일에 대하여) 잘 헤아려 생각함, 또는 그 생각.

요분질 : 성교할 때, 여자가 남자에게 쾌감을 더해 주기 위하여 허리를 요리조리 놀리는 짓.

요지가지 : 이런 저런 여러 가지.

용갯물 : 용두질 끝에 나오는 정액.

용골때질 : 심술을 부려 남의 부아를 돋우는 짓. 병자호란을 일으킨 용골대처럼 못된 짓을
  한다는 뜻에서 나온 말이다.

용두레 : 지난날, 논에 물을 퍼 올려대는데 쓰이던 농구(農具).

용마름 : 초가의 용마루나 담 위에 덮는, 짚으로 길게 틀어 엮은 이엉.

용수 : ① 술이나 장 따위를 거르는 데 쓰는 기구(싸리나 대오리 따위로 둥글고 깊게 통처럼

만듦). ② 지난날, 죄수를 밖으로 데리고 다닐 때 얼굴을 보지 못하게 머리에 씌우던 물건.

용졸(庸拙)하다 : 못나고 좀스럽다.

우그렁바가지 상이 되다 : 짜증에 겨워 오만상을 찌푸린 모양.

우덜거지 : 허술하나마 위를 가리게 되어 있는 것.

우듬지 : 나무 꼭대기 줄기.

우멍하다 : 물체의 면(面)이 쑥 들어가서 우묵하다. ㉽오망하다.

우무루루 : ㉾(아이들이나 몸집이 작은 동물들이) 한곳에 우그르르 많이 모여 있는 모양.

우므르하다 : ㉾오물거리다.

우북더북 : '우부룩하고 더부룩하다'의 줄임말.

우북하다 : '우부룩하다'의 준말. (많은 풀이나 나무 등이) 한데 뭉쳐 나 더부룩하다.

우세 : 남에게서 비웃음을 당하는 것. 또는, 그 비웃음.

우정 : ㉾일부러.

욱다 : 기운이 줄어들다. 끝부분이 안으로 구부러져있다. ㉽옥다.

욱실대다 : 욱실거리다.

욱이다 : ('욱다'의 사동) 안쪽으로 욱게 하다.

운두 : 그릇이나 신 따위의 둘레의 높이.

울근거리다 : 연해 우물거리며 씹다.

울뚝성 : ㉿성미가 급하여 언행을 함부로 우악스럽게 하는 성질이란 말.

울력 : 여러 사람이 힘을 합해 하는 일.

울바자 : 울타리에 쓰는 바자. ※ 바자 : 울타리를 만드는 데 쓰이는 대·갈대·수수깡·싸리 따위로 발처럼 엮은 물건.

울짱 : 말뚝 같은 것을 죽 늘여 박은 울, 또는, 벌여 박은 긴 말뚝.

움둑가지 : ㉣'별 움둑가지 소리'로 쓰이어, 별 괴상한 밀이라는 뜻. ※ 움둑가지 소리 : 도깨비가 중얼거리는 소리.

움쌀 : (모아서 돈을 마련하려고) 저녁밥을 지을 때마다 한 움큼씩 여투는 쌀.

움씨 : 뿌린 씨가 잘 나지 않을 때 다시 뿌리는 씨.

웁쌀 : 잡곡으로 밥을 지을 때 위에 조금 얹어 안치는 쌀.

웃국 : 간장이나 술 따위를 담가서 익은 뒤에 맨처음에 떠내는 진한 국.

웃기 : 과실·떡·포 등을 괸 위에 모양을 내기 위해 얹는 재료.

워낭 : 마소의 턱밑에 달아 늘어뜨린 쇠고리. 마소의 귀에서 턱밑으로 늘이어 단 방울.

유아등(誘蛾燈) : 주광성(走光性)이 있는 해충을 꾀어서 물에 빠져 죽게 만든 등불(논밭·과수원·유원지 등에 설치하는데, 전등이나 석유등 밑에 물이 든 그릇을 놓아 둠).

유향소(留鄕所) : 조선시대에, 군현(郡縣)의 수령을 보좌하던 자문기관. 향소 향청(鄕廳).

육갑 : ① '육십갑자'의 준말. 육갑을 짚다. ② 남의 언행을 얕잡아 이르는 말. 육갑을 떨다.

으늑하다 : 조용하고 깊숙하다.

으만무지로 : '에멜무지로'의 방언. ※ 에멜무지로 : 결과를 바라지 않고 헛일 하는 셈치고

시험삼아.

으밀아밀 : 비밀히 이야기하는 모양.

을러메다 : 우격다짐으로 으르다. 을러대다.

음충맞다 : 매우 음흉하고 흉측하다.

응구첩대(應口輒對) : 묻는 대로 거침없이 대답함.

의뭉스럽다 : 의뭉한 데가 있다.

의안(義眼) : 유리알 같은 것으로 만들어 박은 인공의 눈알. 이로써 볼 수는 없음.

의여번듯하다 : 圀 의연번듯하다. 번듯하고 떳떳하다.

의지(依支)가지 없다 : 의지할 곳이 전혀 없다.

이기죽거리다 : 빈정거리는 말을 자꾸 밉살스럽게 굴다. 이죽대다. 圀 야죽거리다.

이꾯 : 재물의 이익이 되는 점.

이남박 : 함지박의 한 가지. 쌀 따위의 곡물을 씻거나 일 때에 씀(안쪽에 여러 줄의 골이
나 있음).

이내 : 해질 무렵 밀려 보이는 푸르스름하고 흐릿한 기운.

이룽거리다 : 圀 이글거리다.

이르잡다 : 묵은 일을 들추어내다.

이물스럽다 : 성질이 음험하여 속을 헤아리기 어렵다.

이미룩 저미룩하다 : 마음만 있고, 이 핑계 저 핑계로 일을 미루다.

이방 : 질병·재액 등을 미리 막기 위하여 행하는 미신적 행위.

이슬바심 : 이슬을 맞거나 이슬이 내린 풀섶을 헤치며 걷거나 일을 함.

이엄이엄 : 끊이지 않고 자꾸 이어가는 모양.

이울다 : (해·달 또는 그 빛이) 저물거나 약해지거나 스러지다.

인두판 : 인두질할 때 받쳐 쓰는, 안에 솜을 두고 헝겊으로 싼 널빤지.

인보(隣保) : 이웃집과 이웃사람들. 이웃끼리 서로 힘을 합해 돕는 일, 또는 그러한 조직.

인성만성 : ① 많은 사람이 떠들썩하게 복작거리는 모양. ② 정신이 걷잡을 수 없이 아뜩
한 모양.

일매짓다 : 죄다 고르고 가지런하다.

일습(一襲) : (옷, 그릇, 기구 따위의) 한 벌.

임고리장수 : 버들고리에 바늘, 실, 물감 따위 여러 자질구레한 일용잡화를 이고 집집을
찾아다니며 파는 장수. 황아장수.

입맷상 : 잔치 때에 큰상을 드리기 전에 간단히 차려 대접하는 음식상.

입찬말 : 입찬소리. 자기의 배경·지위 따위만 믿고 지나치게 장담하는 말.

잇긋하다 : (남의 말이나 행동에) 말대답이나 표정 등으로 반응을 하다.

잉걸 : '불잉걸'의 준말. 불이 이글이글한 숯불.

잉아 : 베틀의 날실을 한 칸씩 걸러서 끌어올리도록 맨 굵은 실. 종사(綜絲).

ㅈ ……………

자냥스럽다 : 재잘거리는 소리가 듣기에 똑똑하다.

자닝하다(스럽다) : 약한 자의 참혹한 모양이 너무 불쌍하여 차마 보기 어렵다.

자드락길 : 산기슭의 비탈진 땅길.

자리개 : 무엇을 옭아매거나 묶거나 하는 데 쓰는 짚으로 만든 굵은 줄.

자리끼 : 자다가 깨어 마시려고 잠자리의 머리맡에 두는 물.

자마구 : 곡식의 꽃가루.

자발(머리)없다 : 참을성 없이 가볍고 방정맞다.

자배기 : 질그릇의 한 가지. 둥글넓적하고 아가리가 쩍 벌어진 질그릇으로, 소래기보다 운두가 약간 높음.

자별하다 : (인정이나 교분 따위가) 남보다 특별하다.

자세(藉勢)하다 : 자기나 남의 세력을 믿고 의지함. 자세가 대단하다.

자심(滋甚)하다 : 점점 더 심하다.

자웅눈 : 한 쪽은 크고 한 쪽은 작은 눈. 짝눈. 자웅목.

자자부레하다 : 자질구레하다.

작달비 : 굵고 거세게 내리는 비.

작벼리 : 물가의, 모래와 돌들이 섞인 곳.

작사리 : 한 끝을 엇걸어 동여맨 작대기. 무엇을 받치거나 걸 때에 씀. 㑪 작살.

잔망스럽다 : 나이에 비해서 깜찍하고 엉뚱하다.

잔생이 : ⓑ 사람의 됨됨이가 잔챙이처럼 잘다는 말.

잔입 : 아침에 일어나서 아직 아무 것도 먹지 않은 입. 마른입.

잗다랗다 : 무던히 잘다.

잗젊은이 : 나이에 비해 젊은 이.

잘금거리다 : 자꾸 잘금잘금하다. 잘금대다. 㯎 질금거리다.

잠떳 : 잠꼬대.

잠포록하다 : 날이 흐리고 바람기가 없다.

잡도리 : (잘못되지 않도록) 엄하게 다루는 것.

잡살뱅이 : 온갖 자잘한 것이 뒤섞인 허름한 물건.

잡살전 : 여러 가지 씨앗, 특히 채종(菜種)을 파는 가게.

잡상스럽다 : 난잡하고 음탕스럽다. 잡되고 상스럽다.

장강(長杠) : 길고 굵은 멜대. 장강목.

장계(狀啓) : 감사나 왕명으로 지방에 파견된 벼슬아치가 글로 써서 올리던 보고.

장귀틀 : 마루귀틀 가운데서 세로로 놓이는 가장 긴 귀틀.

장기(掌記) : 물건이나 논밭 따위의 매매에 관한 물목(物目)을 적은 명세서.

장변 : 시장판에서 하는 돈놀이의 이자. 한 장도막, 곧 닷새 동안에 얼마로 셈함. 장도지(場賭地). 시변(市邊). 장변리.

장지틀 : 장지를 끼우는 틀, 곧 장지문이 들락날락하도록 만든 틀.

재바르다 : 재치가 있고 날렵하다. 𝄞 재빠르다.

재우치다 : 빨리 몰아치거나 재촉하다.

재행(再行) : 혼인하고 돌아온 신랑이 처음으로 처가에 감. 또는 그 일.

쟁개비 : (무쇠나 양은으로 만든) 작은 냄비. ※ 쟁개비 끓듯.

적소(謫所) : 지난날, 죄인이 귀양살이하던 곳.

적자(赤子) : ① 갓난아이. ② (갓난아이처럼 여기어 사랑한다는 뜻에서) 임금이 백성을 이르던 말.

전내기 : 물을 조금도 타지 않은 술.

전다리 : (사람·물건·지위·처소 따위가 딴 것으로 옮겼을 경우) 그 이전의 사람·물건·지위·처소 따위를 이르는 말.

전두리 : 둥근 그릇의 아가리에 둘려 있는 전의 둘레, 또는 둥근 뚜껑 따위의 둘레의 가장자리. 주변(周邊).

전장(田庄) : (소유하고 있는) 논과 밭. 장토(庄土).

전접스럽다 : 던적스럽다. 보기에 더러운 태도가 있다.

절등(絶等)하다 : 매우 뛰어나다. 절륜(絶倫)하다.

점직하다(스럽다) : 부끄럽고 미안한 느낌이 있다.

접개다 : 𝄞 접어서 갠다는 말.

접사리 : 모심을 때 쓰는 비옷의 한 가지. 띠나 밀짚 따위를 섞어서 만드는 데, 머리에 덮어써서 무릎 가까이까지 이르게 만듦.

접첨접첨 : 여러 번 접어서 포갠 모양.

정려(旌閭) : 충신·효자·열녀 등에 대하여 그들이 살던 고을에 정문(旌門)을 세워 기리던 일. 작설(綽楔).

젖부들기 : 짐승의 젖퉁이의 살코기.

제여곰 : 𝄞 제각기.

조갈(燥渴) : 목이 마름.

조갑지 : ‘조가비’의 방언(강원, 경남, 평안). ‘조개’의 방언(경상).

조대 : 대나 진흙 따위로 담배통을 만든 담뱃대.

조대(措大) : 청렴결백한 선비.

조락신 : 조라기(삼껍질의 부스러진 오라기)로 삼은 신.

조릿조릿하다 : 겁이 나거나 걱정이 되어 자꾸 마음을 죄는 모양.

조바위 : 여자가 쓰는 방한모의 한 가지. 아얌과 비슷하나 제물 볼끼가 커서 귀를 가림.

조섭(調攝) : 조리(調理). ※ 산후(産後)조섭.

조시(肇始) : 무엇이 비롯되거나 비롯함, 또는 그 시초.

조잔거리다 : 때를 가리지 않고 군음식을 자꾸 먹다. 조잔대다.

조조거리다 : 𝄞 종알거리는 모양.

족자리 : 질그릇 따위의 양쪽에 달린 손잡이.

존조리 : 타이르 듯이 부드럽고 조리 있게.

졸가리 : 쓸데 없이 덧붙은 것을 다 떼어 낸 사물의 고갱이. ※ 줄거리.

졸망(拙妄)하다 : 보잘것없고 실없다. 좀스럽고 방정맞다.

졸밋거리다 : 圐 자꾸 조마조마하다.

졸보이다 : 圐 멀리 보이다.

졸토뱅이 : 졸보. 圐 재주가 없고 졸망하게 생긴 사람.

좀상스럽다 : 圐 좀스럽다.

종구라기 : 조그마한 바가지.

종애골리다 : 약을 올리다.

종작 : 겉가량으로 헤아리는 짐작.

종주먹(대다) : 주먹으로 쥐어박으며 위협하다.

좌도(左道) : 옳지 않은 방법이나 행위(고대 중국에서, 오른쪽을 옳다고 높이고 왼쪽을 옳지 않은 것이라고 한 데서 유래함).

주릅(을) 들다 : 가운데서 매매 등의 흥정을 붙여주다.

주릿대 : 주리를 트는 데 쓰는 두 개의 붉은 막대기.

주멋주멋 : 서슴거리는 모양.

주부(主簿) : ① 조선 시대에, 내의원·사복시·한성부 등 여러 관아에 딸렸던 종육품의 낭관(郎官) 벼슬. ② '한약방을 차리고 있는 사람'을 이르는 말.

주사니것 : '명주(紬)붙이'의 잘못. 명주로 만든 옷.

주살나다 : 뻔질나다.

주장(朱杖-)질 : ① 주장으로 매질함, 또는 그 매질. ② 몹시 나무라거나 때림, 또는 그 짓.

주척(周尺) : 한 자가 곱자로 6치 6푼이 되는 자. 수도, 도로나 토지의 측정에 쓰임.

주천스럽다 : 圐 주체스럽다.

죽데기 : 통나무의 겉쪽에서 떼어 낸 조각.

준절(峻截) : '준절하다'의 어근. ① 산이 깎아지른 듯하다. ② 매우 위엄 있고 정중하다. ※ 준절히 꾸짖다. 圐 준절히.

줄금 : 圐 줄기.

중동무이 : (하던 일이나 말을) 끝마치지 못하고 중간에서 흐지부지 그만둠.

중뿔나다 : (주로 '중뿔나게'의 꼴로 쓰이어) ① 아무 관계가 없는 사람이 당치 않은 일에 참견하여 주제넘다. ② 하는 일이나 모양이 엉뚱하고 유별나다.

중씰하다 : 중년이 넘어 보인다.

쥐알봉수 : '잔꾀가 많고 약은 사람'을 조롱하여 이르는 말.

지게미 : 술을 거르고 난찌끼. 주박(酒粕).

지근덕거리다 : 자꾸 지근덕지근덕하다. 圐 자근덕거리다. 圐 치근덕거리다.

지긋덥다 : 圐 지긋지긋하다.

지노귀굿 : 죽은 사람의 넋이 극락으로 가도록 베푸는 굿.

지돌이 : 험한 산길에서, 바위 따위에 등을 대고 가까스로 돌아가게 된 곳. 凹안돌이.

지딱지딱 : 그 자리에서 바로바로.

지랑 : 간장.

지랑 종재기 : 方간장 종지.

지르숙다 : 앞이나 한 쪽으로 잔뜩 기울어지다.

지르퉁하다 : 못마땅하여 잔뜩 성이 나서 말없이 있다.

지릅뜨다 : 고개를 숙이고 눈을 치올려 부릅뜨다.

지멸(이) 있다 : 꾸준하고 성실하다. 직심스럽고 참을성이 있다.

지분거리다 : 짓궂은 말이나 행동으로 자꾸 남을 건드려 귀찮게 하다.

지싯지싯 : 남이 싫어하건 말건 자꾸 짓궂게 구는 모양.

지악스럽다 : 지악(至惡)한 데가 있다.

지지랑물 : 비가 온 뒤 지붕이 썩은 초가집 처마에서 떨어지는 검붉은 낙수(落水).

지짐거리다 : (음식이) 영념이 부족하고 싱거워 탐탁한 맛이 없고 짐짐하다. 비가 조끔씩 오다 멎다 하며 자주 내리다.

지치러기 : 方지스러기. 고르고 남은 부스러기나 찌꺼기.

지호지간(指呼之間) : 손짓으로 부를만한 가까운 거리. 준지호간.

직수굿(하다) : 풀기가 꺾여 대들지 않고 다소곳이 있다. 기를 못 펴고 하라는 대로 할 뜻이 있다.

진당 : 方진짜.

진동항아리 : 한 집안의 평안을 위하여 정한 곳에 모셔 두고 돈이나 쌀을 담는 항아리.

진솔 : 지어서 한 번도 빨지 않은 새 옷. 진솔옷의 준말.

진잎 : 날것이나 절인 푸성귀의 잎.

진진(津津)하다 : ① 솟아나듯 푸짐하거나 매우 재미스럽다. 재미가 진진한 구경거리. ② 입에 착 달라붙을 만큼 맛이 좋다.

진집 : ① 물건의 가느다랗게 벌어진 틈. ② 너무 긁어서 살갗이 벗어진 상처.

질내 : 方길래. 길게. 길이. 오래도록.

질동이 : 질흙으로 구워 만든동이.

질빵 : 짐을 지는 데 쓰는 줄. ※ 멜빵.

짐짐하다 : 음식이 아무 맛도 없이 찝찔하다.

집달리(執達吏) : '집달관'의 이전 일컬음. 지방법원 같은 데에 배치되어, 재판결과의 집행과 서류의 송달 및 기타 법령에 따른 사무 따위를 맡아보는 공무원.

집터서리 : 집의 바깥 언저리.

짓둥이 : (동작이나 또는 행동할 때) 몸을 움직여 놀리는 모양새.

징건하다 : 먹을 것이 잘 소화되지 않아 더부룩한 느낌이 있다.

짚홰기 : 타작을 한 볏짚의 벼가 열렸던 이삭 부분.

짯짯이 : 彤 낱낱이. 빈틈없이.

쪼간 : 까닭.

쫍쫍하다 : '좁좁하다'의 센 말. 꽤 좁다.

찜부럭(을) 내다 : 몸이나 마음이 괴로울 때 걸핏하면 짜증을 내는 짓.

ㅊ ··············

찰방(察訪) : 조선 시대에, 각 도의 역참(驛站)에 관한 일을 맡아보던 종육품의 벼슬, 또는
    그 벼슬아치.

참나무 전대 구멍 같다 : 말귀를 못 알아들어 답답하다는 말.

참람(僭濫) : '참람하다'의 어근. 彤 참람히. 분수에 맞지 않게 지나친 데가 있다.

창알머리 없는 : 彤 소갈머리 없는. ※ 창알 : 창자.

채독(菜毒) : 한방에서, 채소를 날 것으로 먹어서 생기는 중독증을 이르는 말.

채치다 : 몹시 재촉하다.

처네 : 어린아이를 업을 때 두르는 작은 포대기. 덧덮는, 얇고 작은 이불의 한 가지.

천덕스럽다 : 보기에 품격이 낮고 야비하다.

천신(薦新) : ① 그해에 새로 난 과일이나 농산물을 신에게 먼저 올리는 일. ② 민속에서,
    봄과 가을에 신에게 올리는 굿.

철릭 : 무관이 입던 공복의 한 가지. 직령(直領)으로서 허리에 주름이 잡히고, 넓은 소매가
    달렸음.

철매 : 연기에 섞여 나오는 검은 가루. 또는 그 가루에 엉겨 붙은 그을음.

첫대바기 : 맞닥뜨리자 맨처음으로.

청렴(晴鹽) : 굵고 거친 소금. '알이 굵은 천일염'을 이르는 말. 호렴(胡鹽).

청올치 : 칡덩굴의 속섬실, 또는 그 속껍질로 꼰 노.

체수 : 몸의 크기.

쳇것 : '명색이 그런 사람이나 물건'의 뜻을 나타냄.

쳇다리 : 물건을 거를 때에 체를 올려놓는 데 쓰는 기구.

쳇불 : 쳇바퀴에 팽팽하게 메워 액체나 가루 따위를 거르는 그물. 말총·명주실·철사 등
    으로 짬.

초라니 : 하회 별신굿 탈놀이 따위에 나오는, 언행이 가볍고 방정맞은 인물. 양반의 하인
    으로 대개 여복(女服)을 하고 나옴. 소매(小梅).

초물전 : 지난날, 풀줄기나 대·나무 따위로 만든 잡살뱅이를 팔던 가게. 돗자리·초방
    석·광주리·나막신·빨랫방망이 따위를 팔았음.

초슬목 : 彤 초저녁.

촘초롬하다 : 부슬비가 촘촘하게 내리는 것을 이르는 말.

추깃물 : 송장이 썩어서 흐르는 물.

추렴 : (모임이나 놀이 등의 비용으로) 여러 사람이 돈이나 물건 따위를 얼마씩 나누어 냄.

추어대다(나가다) : (일을) 치다꺼리하여 보살펴나가다.

충그리다 : 圈 지체(遲滯)하다.

춥춥하다 : ① 더럽고 염치가 없다. ② 너절하고 고리타분하다.

칙갈맞다 : 圈 칙살맞다. (하는 짓이) 얄밉고 잘고 더럽다.

칙살스럽다 : 칙살한 데가 있다. ※ 칙살 맞다.

칠넘칠넘 : 철렁거리는 모양.

칠칠하다 : 그득하다.

침침하다 : ① (빛 따위가 약하여) 어둡거나 흐리다. ② 눈이 어두워 잘 보이지 않고 흐릿
   하다. ③ 속력이 매우 빠르다. 튀 침침히.

ㅋ ················

켯속 : 일이 되어 가는 속사정.

콩노굿 : 콩의 꽃

ㅌ ················

타구(唾具) : 가래나 침을 뱉도록 마련한 그릇.

탁고(託孤) : (믿을 만한 사람에게) 고아(孤兒)의 장래를 부탁함.

탁방(坼榜)(을) 내다 : 일이 되고 안 되는 것이 드러나서 끝나다.

탁행(卓行) : 매우 뛰어난 행실.

탑세기 : 圈 쓰레기.

태깔 : 맵시와 빛깔.

태모시 : 겉껍질을 벗긴 모시의 속껍질.

태질 : ① 세차게 메어치거나 내던지는 짓. ② 개상에다 곡식단을 메어쳐 곡식알을 떠는 일.

탱석(撑石) : 각 면석 사이에는 봉분 내부로 뿌리가 길게 뻗어 면석과 봉토가 붕괴되지 않
   도록 지탱해 주는 돌.

터수 : 집안살림의 형편이나 정도. 가력(家力). 가세(家勢).

터앝 : 집의 울안에 있는, 꽃이나 채소 따위를 심을 만한 작은 밭.

터회(攄懷) : 마음속에 품은 생각을 터놓고 이야기함. 터포.

텁석부리 : 수염이 많은 사람.

토정(吐情)하다 : 사정이나 심정을 솔직히 털어 놓다.

톱톱하다 : (국물이) 묽지 않고 바특하다.

통구리 : 圈 (-하는) 통에.

톺다 : 매우 힘들여 더듬다. 삼을 삼을 때, 짼 삼의 끝을 톱으로 눌러 훑다.

톺아보다 : 샅샅이 톺아 나가면서 살피다.

투가리 : 圈 뚝배기.

투깔스럽다 : 모양새가 투박스럽고 거칠다.

투레질 : 젖먹이가 두 입술을 떨며 투루루 소리를 내는 짓. 말이나 당나귀가 코로 숨을 급히 내쉬며 투루루 소리를 내는 일.

투상스럽다 : 툽상스럽다(투박하고 상스럽다)의 준말.

투생(偸生) : 죽어야 옳을 때 안 죽고 욕되게 살기를 꾀함.

툽상스럽다(맞다) : 투박하고 상스럽다. 튼튼하기만 하고 멋이 없다.

퉁바리(를 주다) : (거절하거나 나무라는 뜻으로) 사람의 면전에서 하는 핀잔이나 비아냥거림 등 무안을 주는 말. 퉁바리를 맞다(놓다).

트릿하다 : 먹은 음식이 잘 삭지 않아 가슴이 거북하다.

틀개를 놓다 : 서로 겯고 틀면서 훼방을 놓다.

틀거지 : 튼실하고 위엄이 있는 겉모양. 틀.

틉틉하다 : ⑲(액체가) 좀 걸쭉하고 탁하다.

ㅍ ················

파구분(破舊墳) : 개장(改葬)하기 위하여 무덤을 파냄. 파묘(破墓).

파발(擺撥) : 조선말기에, 공문을 급히 보내기 위하여 설치하였던 역참(驛站).

파수(波收) : 장날에서 장날까지의 사이.

파적(破寂)거리 : 심심풀이가 될만한 재료.

패려하다 : 말이나 행동이 도리에 어긋나고 사납다. 패려 궂다.

편기(褊忌) : 소견이 좁아 남을 시기함.

폄박(貶薄) : 남을 헐뜯고 낮잡음.

평미레 : 곡식을 말이나 되로 될 때, 그 위를 밀어서 고르게 하는 원기둥 모양의 나무방망이. 평목(平木).

폐롭(히)다 : 싱가시고 귀찮다.

포달 : 암상이 나서 함부로 악을 쓰고 욕을 하며 대드는 일.

푸네기 : '가까운 제살붙이'를 홀하게 이르는 말.

푸숲 : ⑲푸서리. 잡초가 무성한 거친 땅.

푸실거리다 : (입술을 터뜨리듯이) 자꾸 픽 소리를 내다.

푸장(나무) : 풋나무.

푸쟁이 : 모시나 베 따위로 지은 옷을, 풀을 먹여 발로 밟고 다듬이질한 뒤에 다리미로 다리는 일.

풀솜 : 허드레 고치를 삶아 늘여 만든 솜. 설면자(雪綿子).

ㅎ ················

하리놀다 : (윗사람에게) 남을 헐뜯어 일러바치다.

한겻 : 반나절.

한고등 : ⑲한고비. 가장 긴요한 때. 꼭대기에 이른 판.

한구재비 : 뼹 한바탕. 일이 크게 벌어진 판.

한둔 : 한데서 밤을 지냄. 노숙. 야숙(野宿).

한소끔 : 한 번 부르르 끓는 모양.

한어리 : 뼹 한동아리.

함함하다 : 털이 보드랍고 반지르르하다. 소담하고 탐스럽다.

핫것 : 솜을 두어서 지은 옷이나 이불 따위를 통틀어 일컬음.

핫옷 : 솜을 둔 옷.

해감내 : 해(海)감의 냄새. ※ 해감 : 물속에서 흙과 유기물이 섞여 생기는 냄새나는 찌끼.

해꽃 : 뼹 햇살.

해끔하다 : 빛깔이 조금 희고 깨끗하다.

해동갑 : 어떤 일을 해질 무렵까지 계속한다는 말.

해바라지다 : 모양새 없이 넓게 바라지다.

해웃값 : 기생이나 창녀들과 상관하고 주는 대가. 화대(花代). 화채(花債).

해찰 : 일에는 정신을 두지 않고 쓸데없는 짓만 함. 해찰부리다.

해토머리(解土−) : 얼었던 땅이 풀릴 무렵.

해톨 : 새 곡식.

해포 : 한 해가 넘는 동안. ※ 달포.

행보석(行步席) : 마당에 까는 긴 돗자리(흔히, 큰일이 있거나 신랑 신부를 맞을 때 씀). 장
    보석(長步席).

행티 : 행짜를 부리는 버릇. ※ 행짜 : 심술을 부려 남을 해치는 것.

허거물 : 뼹 입에 거품을 물고 기절하는 모습.

허구리 : 허리의 갈비뼈 아래 좌우양쪽의 잘쏙한 부분.

허릅숭이 : 일을 실답게 하지 못하는 사람을 얕잡아 이르는 말.

허발 : 몹시 주리거나 궁하여 함부로 먹거나 덤비는 일.

허발(대신)하다 : 뼹 ‘걸신들리다’를 익살맞게 하는 말.

허방(을) 짚다 : 잘못 알거나 그릇 예산하여 실패하다.

허벅허벅 : 허하게 허허거리고 웃는 모양.

허섭스레기 : (좋은 것을 고르고 난 뒤의) 허름한 물건.

허위넘다 : 허위단심으로 높은 곳을 넘어가다.

허위허위 : 힘겨운 걸음걸이로 애써 걷는 모양.

허텅지거리 : 일정한 상대자가 없이 들떼놓고 하는 말.

허펍하다 : ‘헙헙하다’의 잘못. ※ 헙헙하다 : 어이없을 만큼 허망하다.

허픈더픈 : (돈 따위를) 함부로 헤프게 쓰는 모양.

헌걸하다 : 풍채가 좋고 아주 의젓해 보이다. ※ 헌거로운 풍채. 톙 헌거로이.

헐직하다 : 뼹 (물건 값이) 싸다.

헙헙하다 : 어이없을 만큼 허망하다.

헤실바실 : 모르는 사이에 흐지부지 없어지는 모양. 일하는 것이 시원스럽지 못하고 흐지부지하게 되는 모양.

호락질 : 남의 힘을 빌리지 않고 가족끼리 농사짓는 일.

호미씻이 : 농가에서, 김매기를 끝낸 음력 칠월 경에 날을 받아 하루를 쉬며 즐겁게 노는 일.

호비작거리다 : ‘오비작거리다’의 센말. 깊고 좁은 틈 따위를 자꾸 호비다.

호숩다 : 무엇을 타거나 할 때 즐겁고 짜릿한 느낌이다.

호열자(虎列刺) : ‘콜레라’의 한자음 표기.

홀알 : 무정란.

홀앗이 : 살림살이를 혼자서 맡아 꾸려나가는 처지.

홀치기 : 풀리지 않도록 동이거나 벗어나지 못하도록 조처하다. 囝 홀치다.

홀태 : 벼훑이. 벼의 알을 훑어 내는 농구.

화라지 : ‘옆으로 길게 뻗어 나간 나뭇가지’를 땔나무로 이르는 말.

환상(還上) : 왕조 때, 봄에 받은 환곡을 가을에 바치던 일. 환자(還子).

활계(活計) : 생계.

활수(滑手) : ① 금품을 아끼지 않고 시원스럽게 쓰는 솜씨. ② 금품을 쓰는 솜씨가 시원스러움.

황아장수 : 지난날, 온갖 잡화를 등에 지고 팔러 다니던 장수. 임고리장수.

황음(荒淫) : 음탕한 짓을 함부로 함.

황차(況且) : 튄 ‘하물며’의 뜻으로 쓰이는 접속의 말. 비 하황(何況).

회격(灰隔) : 관(棺)과 무덤구덩이 사이에 석회를 채워다짐, 또는 그일. 회다짐.

효시(梟示) : (뭇사람을 경계하기 위해) 죄인의 목을 베어 매달아 대중에게 보임.

후(後-)더침 : 아이를 낳은 뒤에 일어나는 잡병. ※ 후탈(後頉).

후더분하다 : 방 (인신이) 후하고 수더분하다. ‘후터분하다’는 誤記.

후무리며 : 남의 물건을 슬그머니 휘몰아서 제 것으로 가지다.

후밋길 : 후미진 길.

후지르다 : 방 휘지르다. 옷을 더럽힐 정도로 쏘아 다니다.

훌닦다 : 휘몰아서 몹시 나무라다.

휘뚜루 : 무엇에든지 닥치는 대로 맞게 쓰일 만하게.

휘우듬하게 : 방 좀 휘움한 듯하다. ※ 휘움하다 : 조금 휘어져 있다. 휘우듬.

흐리마리(하다) : 그런지 안 그런지 분명하지 않은 모양.

흔전만전 : 돈이나 물건 따위를 조금도 아끼지 않고 함부로 쓰는 모양.

흔털뱅이 : 방 헌털뱅이. ‘헌것’을 천하게 이르는 말.

흘게 : 고동·매듭·사개 등을 단단하게 죈 정도나 무엇을 맞추어서 짠 자리. ※ 흘게(가) 늦다 : 하는 짓이 야무지지 않다.

흘기눈 : 방 흑보기. 눈동자가 한쪽으로만 몰려 늘 흘겨보는 사람.

흘레 : (짐승의 암컷과 수컷이) 교접(交接)함, 또는 그짓. 교미(交尾).

흠빨고 감빨고 : 입으로 검쳐 물고 탐스럽게 빨다.

흥뚱 : 흥뚱항뚱. 어떤 일에 정신을 온전히 쓰지 않고 눈치를 살피며 꾀를 부리거나 마음
  이 들떠 있는 모양.

희떱다 : 말이나 행동이 실속이 없고 이치에 어긋나다.

희읍스름하다 : 썩 깨끗하지 못하고 약간 희다.

히믈히믈 : 입술이 좀 실그러뜨리며 소리없이 자꾸 웃는 모양.

히쭉거리다 : '히죽거리다'의 센말. ※ 히죽거리다 : 흡족한 태도로 자꾸 웃다.

힘힘해하다 : 固 한가하다. 심심하다.

이문구 소설 목록

* '전집'은 '랜덤하우스코리아'에서 완간된 2006년판 '이문구 전집'임

작품명	게재지	년월일	비고(1)
다갈라불망비(不忘碑)	현대문학 129호	1965.9	전집1
백결(百結)	현대문학 139호	1966.7	전집1
야훼의 무곡(舞曲)	현대문학 145호	1967.1	전집1
생존허가원(生存許可願)	현대문학 150호	1967.6	전집1
부동행(不動行)	사상계 172호	1967.8	전집1
지혈(地血)	현대문학 154호	1967.1	전집1
형제	예술서라벌		미확인
이풍헌(李風憲)	예술서라벌		전집6
두더지	창작과비평 9호	1968.3	전집1
김탁보전(金濁甫傳)	농토	1968.3	전집1
담배 한 대	현대문학 162호	1968.6	전집1
간이역	주간 새서울	1968.8	전집9
이삭	사상계 195호	1968.7	전집1
가을 소리	현대문학 168호	1968.12	전집1
백의(白衣)	사상계 195호	1969.7	전집2
지나는 길에	서라벌문학 제5집	1969.8	전집26
몽금포타령	창작과비평 15호	1969.9	전집2
한 겨울의 남향	열차시보	1970.2.3	전집26
덤으로 주고받기	월간문학 24호	1970.3	전집2
장난감 풍선	현대문학 183호	1970.3	전집2
서귀포 친구	가정의 벗	1970.5	전집26
이 풍진 세상을	신동아72	1970.8	전집2
재수 없게	서라벌문학 제6집	1970.8	전집26

암소	월간중앙 31호	1970.10.	전집2
매화 옛 등걸	예술계	1970.11	전집2
두 홉들이 한 병	일간스포츠	1970	미확인
장한몽(長恨夢)	창작과비평 19~22호	1970.12 ~1971.9	전집4, 5
암소	문학과지성 3호	1971.3	재수록
못난 돼지	농민문화	1971.3	전집2
그 때는 옛날	월간중앙 38호	1971.5	전집2
떠나야 할 사람	정경연구 78호	1971.7	전집2
이제는 그만	열차소식	1971	미확인
문병하는 여자	선데이서울	1971	미확인
곽산기생 보름이	香粧	1971	전집
더벅골 有志	한국일보	1971	미확인
추야장(秋夜長)	월간중앙 46호	1972.1	전집6
해벽(海壁)	세대 103호	1972.2	전집6
이풍헌(李風憲)	북한 5호	1972.5	전집6
금모래빛	다리	1972.5	전집6
관촌수필1 : 일락서산	현대문학 209호	1972.5	전집8
다가오는 소리	월간중앙 52호	1972.7	전집6
임자수록(壬子隨錄)	북한 14호	1972.8	전집6
낙양산책(洛陽散策)	창조 12호	1972.8	전집6
만고강산	독서신문	1972.9	전집6
그가 말했듯	문학사상 1호	1972.1	전집6
그럴 수 없음	주간조선	1972.12	전집6
관촌수필2 : 화무십일	신동아 101호	1973.1	전집8
간이역(簡易驛)	한양 110호	1973.1	전집9
관촌수필3 : 행운유수	월간중앙 59호	1973.2	전집8
우산도 없이	세대 120호	1973.7	전집9
초부(艸夫)	월간중앙 66호	1973.9	전집9
관촌수필4 : 녹수청산	창작과비평 29호	1973.9	전집8
관촌수필5 : 공산토월	문학과지성 14호	1973.12	전집8
만추(晩秋)	여성동아	1974.1	전집9
새로 생긴 곳	서울평론 12호	1974.1.31	전집9
낚시터 큰 애기	주부생활	1974.7	전집9

죽으면서	문학사상 25호	1974.10.	전집9
백면서생(白面書生)	월간중앙 79호	1974.10.	전집9
오자룡(吳子龍)	월간중앙 82~92호	1975.1~12	전집3
단념하면 싫어	가정의 벗 77-83호	1975.1~7	「엉겅퀴 잎새」로 개작
재탕	소설문예	1975.7	전집16
빈산에 둥근 달이	여성세계	1975.7	전집9
그 전 애인	여성중앙	1975.9	전집9
마지막 그믐		1976.9	전집26
관촌수필6 : 관산추정	창작과비평 42호	1976.12	전집8
관촌수필7 : 여요주서	세계의문학 2호	1976.12	전집8
관촌수필8 : 월곡후야	월간중앙106	1977.1	전집8
엉겅퀴 잎새	엉겅퀴 잎새	1977.2	전집9
월하초(越夏抄)	문학사상 59호	1977.8	전집9
동계유사(東溪遺事)	湖西文學	1977	미확인
곽산기생 보름이	湖西文學	1977	전집16
우리동네 김씨	한국문학 49호	1977.11	전집12
우리동네 황씨	문예중앙	1977.12	전집12
우리동네 김씨	문학과지성 31호	1978.3	재수록
우리동네 리씨	한국문학 55호	1978.5	전집12
우리동네 최씨	창작과비평 48호	1978.6	전집12
우리농네 성씨	문학과지성 33호	1978.9	전집12
만세소리	주말꽁트여행, 청람	1978.10.	전집16
재탕	주말꽁트여행, 청람	1978.10.	전집16
청혼	주말꽁트여행, 청람	1978.10.	전집11
우리동네 최씨	한국문학 63호	1979.1	재수록
우리동네 유씨	대한YWCA	1979	전집12
숨쉬는 장승	일요신문	1979	전집26
우리동네 강씨	실천문학 1호	1980.3	전집12
우리동네 장씨	창작과비평 56호	1980.6	전집12
소설 김주영	소설문학	1980.8	전집11
곽산 기생 보름이	누구는 누구만 못해서 못허나, 시인사	1980	전집16
버드나무가 있는 풍경	누구는 누구만 못해서 못허나, 시인사	1980	전집11
이모연의(李某演義)	누구는 누구만 못해서 못허나, 시인사	1980	전집11

연애는 아무나 되나	소설문학	1980.9	전집11
남의 여자	한국문학 97호	1981.11	전집26
안개 낀 마포종점	동아그룹	1982.6	전집26
우리동네 조씨	세계의문학 22호	1981.12	전집12
광화문 근처의 두 사내	동아그룹	1982.6	전집26
강변의 빈 터		1982	전집26
변(卞)사또의 약력(略歷)	문학사상 118호	1982.8	전집15
그리고 기타 여러분	한국인	1982	전집16
강동만필(江東漫筆)1	창작과비평 신작소설집	1984.9	전집15
명천유사(鳴川遺事)	실천문학 5호	1984.10.	전집15
산너머 남촌	농민신문	1984.1~12	전집13
강동만필(江東漫筆)2	황순원 고희기념논문집	1985	전집15
만세소리	괜찮게 생긴여자, 다락원	1987.12	전집16
괜찮게 생긴 여자	괜찮게 생긴여자, 다락원	1987.12	전집11
고추타령	괜찮게 생긴여자, 다락원	1987.12	전집11
보리밥	괜찮게 생긴여자, 다락원	1987.12	전집11
강동만필(江東漫筆)3	포항문학	1988	전집15
토정 이지함 1부	서울신문	1989	전집7
매월당 김시습 1부	서울신문	1990	전집17
괜찮게 생긴 여자	사랑줍기-22인꽁트집, 민족과문학사	1990	전집11
오후의 철학	사랑줍기-22인꽁트집, 민족과문학사	1990	전집11
연애는 아무나 하나	사랑줍기-22인꽁트집, 민족과문학사	1990	전집11
장곡리 고욤나무	우정반세기-창비 창간25주년 신작소설집	1991	전집20
유자소전	세계의 문학	1991.6	전집15
인생은 즐겁게	작가세계	1992.12	전집15
달빛에 길을 물어		1993	전집15
장척리 으름나무	신동아	1994.10.	전집20
더더대를 찾아서	문학동네	1994.12	전집20
장동리 싸리나무	한국문학	1995.6	전집20
장이리 개암나무	샛길에서 나홀로 : 3인 신작 소설집, 강	1996	전집20
장천리 소태나무	창작과비평	1998.3	전집20
장석리 화살나무	해양과문학	1999	전집20
장평리 찔레나무	한국문학	2000.3	전집20

이문구 작품집 목록
─전집, 소설집, 산문집 기타─

작품명	출판사	출간년도	비고(1)
장한몽	삼성출판사	1972	제1장편
이 풍진 세상을	정음사	1972	제1소설집
해벽	창작과비평사	1974	제2소설집
몽금포타령	삼중당	1975	제3소설집(문고판)
관촌수필	문학과지성사	1977.12	제4(연작)소설집
아픈 사랑 이야기	진문출판사	1977.8	제1산문집
엉겅퀴 잎새	열화당	1977	제5(중편)소설집
으악새 우는 사연	한진출판사	1978.10.	제6소설집
장한몽	경미문화사	1979	현대한국문학전집
남의 하늘에 붙어 살며	청람출판사	1978	문제작가 10인 자전소설
주말꽁트여행	청남출판사	1978	제1꽁트집(15인꽁트집)
지금은 꽃이 아니어도 좋아라	전예원	1979	제2산문집
으악새 우는 사연 외	삼성출판사	1979	이문구,박태순 편(선집)
누구는 누구만 못해서 못하나	시인사	1980	제2꽁트집
우리동네	민음사	1981	제7소설집
일과 사랑과 우리들의 공동체	지양사	1985	80년대 대표소설선2
그리고 기타 여러분	사회발전연구소	1985	제3꽁트집(최일남, 송기숙 공저)
김지하 사상기행1	실천문학사	1985.창간호	
장한몽	범한출판사	1986	현대의 한국문학21
다가오는 소리	삼중당	1987	제8소설집
몸으로 살러온 사내	산하	1987	제4꽁트집
개구장이 산복이	창작과비평사	1988	제1동시집
오늘의 한국문학 33인선	양우당	1988	선집

우리시대 우리작가6	동아출판사	1988	선집
장한몽	책세상	1989	제1장편, 1책 2권, 문장수정
토정 이지함	서울신문사	1990	장편 1부(역사인물평전)
산너머 남촌	창작과비평사	1990	제2장편
매월당 김시습	문이당	1992	제3장편
유자소전	벽호	1993	제9소설집
소리나는 쪽으로 돌아보다	열린세상	1993	제3산문집
글밭을 일구는 사람들 －이문구의 문인기행	열린세상	1994	제4산문집
장곡리 고욤나무	동아출판사	1995	한국소설문학대계55(선집)
이상한 아빠	솔	1996	제2동시집(전2권)
샛길에서 나홀로	강	1996	제10(3인 공동)소설집
나는 남에게 누구인가	엔터	1997	제5산문집
관촌수필	나남출판	1999	선집
줄반장 출신의 줄서기	학고재	2000	제6산문집
내 몸은 너무 오래 서 있거나 걸어왔다	문학동네	2000.5	제11소설집
김탁보전	랜덤하우스중앙	2004	전집1
암소	랜덤하우스중앙	2004	전집2
오자룡	랜덤하우스중앙	2004	전집3
장한몽上,下	랜덤하우스중앙	2004	전집4,5
다가오는 소리	랜덤하우스중앙	2004	전집6
토정 이지함	랜덤하우스중앙	2004	전집7
관촌수필	랜덤하우스중앙	2004	전집8
엉겅퀴 잎새	랜덤하우스중앙	2005	전집9
이문구의 문학동네 사람들	랜덤하우스중앙	2005	전집10
부끄러운 이야기	랜덤하우스중앙	2005	전집11
우리동네	랜덤하우스중앙	2005	전집12
산 너머 남촌	랜덤하우스중앙	2005	전집13
글로 벗을 모은다	랜덤하우스중앙	2005	전집14
유자소전	랜덤하우스중앙	2005	전집15
그리고 기타 여러분	랜덤하우스중앙	2005	전집16
매월당 김시습	랜덤하우스중앙	2005	전집17
마음의 얼룩	랜덤하우스중앙	2005	전집18
끝장이 없는 책	랜덤하우스중앙	2005	전집19

내 몸은 너무 오래 서 있거나 걸어왔다	랜덤하우스중앙	2006	전집20
고개 들어 세상 보니	랜덤하우스중앙	2006	전집21
인간 사회에 대한 꿈	랜덤하우스중앙	2006	전집22
가득 가득 한 가득	랜덤하우스중앙	2006	전집23
나무도 나무 나름 쓸모도 쓰기 나름	랜덤하우스중앙	2006	전집24
풀 익는 냄새 봄 익는 냄새	랜덤하우스중앙	2006	전집25
숨쉬는 장승	랜덤하우스코리아	2006	전집26

이문구 연구논문 목록

필자	제목	출처	년월일
김병익	팽팽한 의식의 대결	대학신문	1968.11.18
최인훈	문체의 소재와 위치	조선일보	1970.8
김 현	윤리와 현실감 사이	한국일보	1970.10.7
염무웅	농촌문학론	창작과비평	1970.9
신동욱	문학과 현실문제	고대신문	1971.3.9
김치수	농촌소설은 가능한가	문학과지성	1971.3
신동한	71년 문학결산	주간한국	1971.12.26
이선영	현실인식과 소재구성	경향신문	1972.2.28
이형기	근대화의 그늘을 추구	한국일보	1972.2.29
김윤식	근대화에 밀려난 농촌의 파멸과정	동아일보	1972.2.29
김병익	한의 세계와 비극의 발견	문학과지성7	1972.3
김치수	상황과 문체	문학과지성	1972.7
천승원	서민생활의 긍적적 탐구	삼성출판사	1972
천승원	한국문학전집	삼성출판사	1972
김윤식	이문구의 미학 / 삼중당 문고	삼중당	1973
염무웅	60년대 현실의 소설적 제시—이문구소설집 해설 / 해벽	창작과비평33	974.9
	한국문학의 반성	민음사	1976
김주연	폐쇄사회, 인정주의, 이데올로기 / 나의 칼은 나의 작품	민음사	1975
김인환	체험의 입체	창작과비평44	1977.6
김주연	서민생활의 요설록 / 한국문학대전집	태극출판사	1976
이선영	불건전한 사회구조와 애정	조선일보	1977.10.25
김종철	사회변화와 전통적 가치 / 시와 역사적 상상력	문지	1977
김종철	사회변화와 전통적 가치	문학과지성31	1978.3

천이두	추억과 역사	세계의 문학7	1978.3
염무웅	근대소설의 경향과 전망	창작과비평	1978.3
최광렬	쟁이들의 환상과 세계	한겨레	1978.5
백낙청	사회비평 이상의 것	창작과비평51	1979.3
염무웅	77소설문학의 양상,77문제작가 작품20선	한진출판사	1978
김홍규	생생한 고향의 기억과 상실,한국현대문학전집	삼성출판사	1979
홍기삼	갈등과 고통에서 현장에 남긴 기록들	한국일보	1979.11.21
염무웅	산업화시대의 문학	창작과비평사	1979
권혁범	구체적 사실주의와 사회적 의식화의 조화	신동아186	1980.2
화 보	오늘의 작가-이문구	소설문학	1980.6
안건혁	연민의 눈으로 파헤친 실향의 아픔	경향신문	1981.5.30
한승원	소설 이문구	소설문학67	1981.6
이광원	70년대 농촌을 보는 눈-이문구의 작품세계	소설문학67	1981.6
김우창	근대화 속의 농촌	세계의문학22	1981.12
김우창	우리동네 – 해설	민음사	1981
박경열	80년대 농촌문학의 새 가능성	동아일보	1982.1.25
김종철	작가의 진실성과 문학적 감동 한국문학의 현단계1	창작과비평사	1982.2
김병익	관찰과 성찰	세계의문학23	1982.3
김치수	유머와 소설기법 – 이문구의 '우리동네'를 중심으로	표현	1982.6
정규웅	현실의 조명 혹은 투시 / 오늘의 문학현장	행림출판사	1982
조태일	작가테생 / 한국현대문학전집	삼중당	1982
이동하	70년대의 소설 / 한국문학의 현단계	창작과비평사	1982
김 현	고향탐색의 문학적 의미 / 책읽기의 괴로움	민음사	1984
신동욱	우리 삶의 밑바닥을 형성하는 사람들의 감정과 의지 / 현대의 한국문학	범한출판사	1984
김시태	문학과 사회의 상관관계 / 현대한국단편문학	금성출판사	1984
이남호	달라지는 농촌의 속모습 / 광장		1985.11
백낙청	한국문학의 현단계 / 민족문학과 세계문학	창작과비평사	1985
장문평	촌사람 결말의 문학 / 우리시대 한국문학	계몽사	1986
김시태	사회 속의 개인과 삶 / 정통 한국문학대계	어문각	1986
정과리	벼랑에 선 인생들의 한과 꿈	중앙일보	1987.8.19
김병익	시대와 문학적 현상 / 전망을 위한 성찰	문학과지성사	1987
김병익	한에서 비극으로 – 이문구의 '장한몽' / 전망을 위한 성찰	문학과지성사	1987

김치수	농촌소설의 의미와 확대 / 우리시대 우리작가	동아출판사	1987
김 훈	이문구의 관촌수필	한국일보	1987(?)
유종호	시와 사상	문학정신	1988.6
김상일	반제 반봉건 문학론 / 반미 소설선	한겨레	1988
신동욱	문학적 지평의 확대를 위하여 / 삶의 투시로서의 문학	문학과지성	1988
김 현	60년대 문학의 배경과 성과 / 분석과 해석	문학과지성	1988
송기숙	시골밭둑의 싱싱한 수풀 / 산너머 남촌	창작과비평사	1990
염무웅	숨은 우리말로 얽은 농촌현실	경향신문	1990.6.28
권오룡	넉넉한 해학정신	주간조선	1990.7.15
임우기	오늘의 농촌문제 절박한 문체로 형상화	서울신문	1990.7.25
김명인	농촌의 세태 기록한 장편 농민소설	출판저널	1990.7.20
정호웅	문정(文正)의 문학	문예중앙	1990.9
전상국	문체에 대하여 / 문학사상	문학사상사	1990.10.
임우기	살림의 언어와 언어의 살림 / 살림의 문학	문학과지성	1990
김태현	문체의 윤기와 농촌의 변모	현대소설	1990.겨울
권영민	연작소설의 기법과 장르적 가능성	현대소설	1990.겨울
김윤식	소설 형식에 대한 성찰	문예중앙	1991.8
권성우	1991년에 읽은 관촌수필 / 관촌수필 — 해설	문학과지성사	1991
박해현	조선 풍자시인 김시습 조명	조선일보	1992.6.24
고미석	저항적 지식인 울분 그렸다	동아일보	1992.6.29
양권모	매월당은 비판적 지식인의 표상	경향신문	1992.6.29
고종석	저항적 문인의 인간적 고뇌	한겨레신문	1992.7.1
이경철	방랑파격의 예술혼	중앙일보	1992.7.1
장인철	조선초 저항지식인의 좌절 조명	한국일보	1992.7.2
호영송	지식인의 기개, 한국적 원형 탐색	세계일보	1992.7.4
임순만	저항시인의 고뇌 형상화	국민일보	1992.7.14
이상문	창작의 고향	경향신문	1992.7.26
유종호	절개지킨 선비의 내면 탐구	중앙일보	1992.8.23
김사인	이문구의 매월당 김시습	한겨레신문	1992.8.25
임우기	농민적 세계관의 인간적 또는 진보적 의미	녹색평론	1992.7
한 기	91하반기 소설의 지형도 / 오늘의 소설	현암사	1992
송희복	남의 하늘에 붙어 산 삶의 뜻 — 문학적 연대기	작가세계	1992.겨울
채희문	진정한 자유를 실천하는 의미	작가세계	1992.겨울
황종연	도시화·산업화시대의 방외인	작가세계	1992.겨울

김만수	전래적 농촌에 대한 회고의 시각	작가세계	1992.겨울
신형기	정치 현실에 대한 윤리적 대응의 한 양상	작가세계	1992.겨울
송희복	이문구 소설을 보는 두 관점	작가세계	1992.겨울
전정구	이문구의 소설문체	말글생활2	1994.9
진정석	이야기체 소설의 가능성 / 1970년대 문학연구	예하	1994
우찬제	융성의 상상력과 한의 포월 / 상처와 상징	민음사	1994
염무웅	역사의 멍에, 해방의 빛	창작과비평	1995.9
김만수	땅의 근본과 사람의 도리에 대한 성찰 / 한국문학소설대계55	동아출판사	1995
임우기	'매개'의 문법에서 '교감'의 문법으로 / 그늘에 대하여	강	1996
유종호	농촌 최후의 시인 / 이문구 전집1 – 다갈라불망비	솔	1996
김경수	1960년대 문학의 균형잡힌 이해를 위한 첫걸음	황해문화	1996.여름
김동환	생태학적 위기와 소설의 대응력	실천문학	1996.가을
이경호	우리동네 / 우리 문체와의 만남	동서문학	1996.겨울
정호웅	소설의 잔치마당 – 문정의 문학 / 샛길에서 나홀로 – 3인 신작 소설집	강	1996
송희복	말투의 복원, 청감의 시학 / 이문구 전집3 – 이 풍진 세상을	솔	1997
이대성	이문구 소설연구	고려대 교육대학원(석)	1997.6
하정일	근대성의 변증법과 주체화의 미학 / 우리 시대의 소설, 우리 시대의 작가	계몽사	1997
진영복	인정(人情)의 세계에서 인정(認定)의 세계로 / 현역중진작가연구	국학자료원	1997
전정구	이문구 소설의 문체연구 / 현대문학이론연구9		1998.5
민충환	우리동네'에 나타난 특이한 관용어구	어문연구 26권 4호	1998
문재원	<우리동네>와 카니발적 양가성	한국문학논총23	1998.12
김만수	잉여와 효율사이의 거리 / 이문구전집4 – 만고강산	솔	1998
김인환	사실의 힘 / 관촌수필 – 나남문학선-해설	나남	1999
전은옥	이문구 소설의 문체 연구	중앙대 대학원(석)	1999.6
조용미	이문구 소설 연구 – 1960~70년대 작품을 중심으로	연세대 대학원(석)	1999.6
현길언	이야기성과 서사성의 만남 – 이문구론	작가연구7 · 8	1999
이춘섭	이문구 농민소설 연구	경희대 대학원(석)	2000.2
한상준	이문구 농촌소설 연구 – 우리동네를 중심으로	조선대 대학원(석)	2002.2
유복순	이문구의 '관촌수필' 연구	한국교원대 대학원(석)	2000.2
정현기	장한몽의 <아픔>, 이야기 방식	매지논총 17집	2000.2
	생명과 사람사는 도리의 근원으로 – 인터뷰	문학사상사	2000.3
유용주	인터뷰 – 장산리 왕소나무	문학동네	2000.3

신경숙	이미 정이 든 냄새와 골계미학	문학동네	2000.3
한수영	이문구론−말을 찾아서	문학동네	2000.3
신경숙	왜 살아왔는지도 모르고 눈감을텐가	조선일보	2000.6.17
김성곤	작은 나무 없이 어찌 숲이 있으랴	동아일보	2000.6.17
신수정	효용성의 신화를 찾아서	서평문화	2000
	문학공간	문학과사회	2000.가을
이명원	한 중견작가의 자기 성찰	문학과사회	2000.가을
손정수	세자락 노래의 울림	동서문학	2000.가을
임우기	동인문학상을 이 작품에(3)	조선일보	2000.10.4
구자황	근대체험으로서의 '고향'과 '다른 국민'의 성립	한국문학평론	2000.가을
민병인	이문구 소설 연구 −농경문화 서사와 구술적 문체 분석을 중심으로	중앙대 대학원(박)	2000.12
구자황	이문구 소설 연구	성균관대 대학원(박)	2001.12
이라온안	이문구의 『관촌수필』 연구	상명대 대학원(석)	2001
조남현	이문구, 고유어의 마지막 파수꾼	새국어생활 11	2001
원종국	이문구의 『관촌수필』 연구	동국대 문화예술대학원(석)	2001
고인환	1980년대 문학을 '타자화'하는 한 형식 −이문구, 김소진, 성석제의 소설을 중심으로	한국문화연구 4	2001
한 기	해학적 입심의 문학−이문구, 그리고 김종광의 소설	문예중앙 93	2001.2
신종한	한국소설의 서술양식 연구	국민대 대학원(박)	2001
구자황	이문구 소설의 구술적 서사전통 연구 −초기소설을 중심으로	상허학보 8집	2002.2
이철환	이문구 소설 연구	대구대 대학원(석)	2002
임영천	최근 한국 농어민소설 연구 −환경 공해와 고향상실, 혹은 농민들의 심적 외상	비평문학 16호	2002.7
정종진	이문구 소설의 선비정신 연구	국제문화연구 20집	2002.2
서혜지	이문구 소설의 담론 연구	충남대 대학원(석)	2003
이 청	이문구 소설의 골계적 특성 연구	고려대 대학원(석)	2003
최석열	이문구 소설에 구현된 농어촌에 대한 현실인식	대전대 대학원(석)	2003
고인환	이문구 소설에 나타난 근대성과 탈식민성 연구	경희대 대학원(박)	2003
홍경표	이문구의 『우리동네』 연작품 연구 −농촌 사회의 문화변동을 중심으로	현대소설연구 20호	2003
한승원	시대 속에서 고뇌하던 미남 문학청년 −대학 시절을 중심으로	동서문학	2003.6
박태순	분단 이겨낸 혼란시대의 파수꾼 −자유 실천문인협의회 시절을 중심으로	동서문학	2003.6

이채형	관촌으로 가는 길	동서문학	2003.6
한영목	이문구 소설의 방언 연구―모음현상을 중심으로	어문연구 43권	2003
김치수	농촌소설을 넘어서―이문구론	문학과사회	2003.여름
김경수	도경(刀耕)의 삶과 문학―故 이문구론	문학판	2003.여름
민충환	이문구 어휘의 바다에서 헤엄치기	동서문학	2003.6
김정아	이문구 소설의 토포필리아	한국문학이론과 비평	2003.9
신재은	'토포필리아'로서의 글쓰기 ―이문구의 『관촌수필』 연작을 중심으로	한국문학이론과 비평	2003.9
송희복	이문구 소설의 문학사적 의미	동서문학	2003.6
오창은	1960년대 도시 하위주체의 저항적 성격에 관한 연구 ―이문구 도시 소설을 중심으로	상허학보 12집	2004.2
방민호	죽음의 현장에서 삶을 기록하는 역설의 의미 ―이문구 선생의 『장한몽』론	한국문학평론	2004.가을
이만교	이문구 소설 연구	인하대 대학원(박)	2004
허윤정	이문구 소설의 골계 형성 연구	홍익대 대학원(석)	2004
양윤의	이문구 소설의 서술방식 연구 ―『장한몽』, 『관촌수필』, 『우리 동네』를 중심으로	고려대 대학원(석)	2004
김정아	이문구 소설의 토포필리아 연구	충남대 대학원(박)	2004
이윤정	이문구 소설 문체의 사회시학적 연구 ―『우리 동네』를 중심으로	부산대 대학원(석)	2004
임우기	삶의 뜻, 하늘의 뜻을 기리는 문학 ―이문구 문단 데뷔 초기작을 중심으로	문예중앙	2004.봄
강희숙	이문구의 소설과 움라우트	우리말글 31집	2004.8
이경철	필화의 전말, 그리고 '농촌 민중시대 소설' 『오자룡』	문예중앙	2004.봄
최용석	이문구 소설 문체의 형성 요인 및 그 특징 고찰	현대소설연구 20호	2004.3
구자황	세태의 저인망과 '말의 갈등' ―이문구의 「강변의 빈터」 짚어보기	문예중앙	2004.여름
조은숙	이문구 소설의 토포필리아 연구―연작소설을 중심으로	전남대 대학원(석)	2005
최수용	한국현대소설의 창작방법론 연구 ―'공간'의 서사화를 중심으로	단국대 대학원(박)	2005
유은재	이문구 소설의 한과 문체의 교감 연구	중앙대 대학원(석)	2005
심지현	1970년대 소설의 사회변동 수용 연구 ―이문구, 윤흥길, 조세희의 연작소설을 중심으로	대구가톨릭대 대학원(박)	2005
최진옥	이문구 소설 연구	서울대 대학원(석)	2005
임금희	이문구 소설 『매월당 김시습』 연구	한국문예비평연구	2005.8
유은재	우리 문학의 정인 이문구 님 2주기 추모 소설론 ―이문구 소설의 한(恨)과 문체의 교감	문학나무	2005.봄

김재영	연작소설의 장르적 특성 연구 －1970년대 연작소설을 중심으로	현대문학의 연구	2005.7
한영목	이문구 소설어와 충남 방언	우리말글 35집	2005.12
이승준	한국 현대소설에 나타나는 '나무' 연구 －황순원, 이청준, 이문구, 이윤기의 소설을 중심으로	문학과 환경	2005.하반기
심지현	1970년대 소설의 현실인식 연구 －이문구의 『우리 동네』를 중심으로	현대소설연구	2005.12
고인환	탈식민주의와 담론의 전용 －이문구의 『산너머 남촌』(1990)을 중심으로	학산문학	2005.겨울
강찬모	이문구 소설 『관촌수필』에 나타난 탈향과 귀향의식 소고	우암논총	2005
선은주	1970년대 한국 농촌소설 연구 －이문구, 오유권, 방영웅을 중심으로	경원대 대학원(박)	2006
이경원	1970년대 연작소설 연구 －이문구, 조세희, 윤흥길을 중심으로	이화여대 대학원(석)	2006
한만수	이문구의 『우리 동네』 연구	고려대 대학원(석)	2006
서세림	이문구 소설에 나타난 폭력성 연구	서울대 대학원(석)	2006

저자 구자황(具滋晃)

1968년 충남 보령 출생.
성균관대학교 국어국문학과 및 동 대학원 졸업(문학박사).
현재 서원대학교 교수.
저서로는 『관촌가는 길』(편저), 『창조적 사고 개성적 글쓰기』(공저),
『사고와 표현』(공저) 등이 있으며, 논문으로는 「'구인회'와 주변단체」,
「단층파 문학의 성격과 의의」, 「독본을 통해 본 근대적 텍스트의 형성과 변화」,
「최남선의 시문독본 연구」 등이 있다.

이문구 문학의 전통과 근대 ▨ ▪ ▪

인 쇄 2006년 11월 10일
발 행 2006년 11월 17일

저 자 구 자 황
펴낸이 이 대 현
편 집 권 분 옥
펴낸곳 도서출판 역락
　　　　서울 성동구 성수2가 3동 301-80 (주)지시코 별관 3층
　　　　전화 • 3409-2058, 3409-2060 / FAX • 3409-2059
　　　　홈페이지 • http://www.youkrack.com
　　　　이메일 • youkrack@hanmail.net
　　　　등록 • 1999년 4월 19일 제303-2002-000014호

정 가 18,000원
ISBN 89-5556-512-7-93810

▪ 파본은 교환해 드립니다.